Douglas Preston et Lincoln Child sont tous deux auteurs de thrillers à succès.
Diplômé de littérature anglaise, Lincoln Child a été responsable éditorial aux éditions St. Martin's Press à New York avant de se consacrer entièrement à l'écriture. Avec sa femme et sa fille, il vit aujourd'hui dans le New Jersey.
Douglas Preston, diplômé en littérature anglaise, a démarré sa carrière en tant qu'auteur et éditeur pour le Muséum d'histoire naturelle de New York. Il a également enseigné à l'université de Princeton.
Preston et Child ont débuté leur collaboration dans les années 90. Ce tandem de choc a notamment écrit La chambre des curiosités et Les croassements de la nuit, publiés aux Éditions J'ai lu. Leur premier travail en équipe, Relic, a été adapté à Hollywood par la Paramount en 1997. Vivant à plusieurs centaines de kilomètres l'un de l'autre, ils coécrivent leurs livres par téléphone, fax et via Internet.

Danse de mort

Preston Douglas et Lincoln Child
aux Éditions J'ai lu

LA CHAMBRE DES CURIOSITÉS
N° 7619

LES CROASSEMENTS DE LA NUIT
N° 8227

ICE LIMIT
N° 8433

LE VIOLON DU DIABLE
N° 8671

Douglas Preston
aux Éditions J'ai lu

LE CODEX
N° 8602

T-REX
N° 8892

DOUGLAS
PRESTON

LINCOLN
CHILD

Danse de mort

Traduit de l'américain
par Sebastian Danchin

J'AI LU

Titre original
DANCE OF DEATH

1

Les paupières de Dewayne Michaels pesaient des tonnes, ses tempes bourdonnaient et sa langue était pâteuse, mais il faisait tout pour donner l'impression de s'intéresser à ce que disait le prof. Il était arrivé en retard, l'amphi était bondé et la seule place encore libre se trouvait au deuxième rang, pile en face du prof.

Génial.

Dewayne suivait des études d'ingénierie électrique et il s'était inscrit à ce cours-là par facilité, comme tous ses condisciples depuis des lustres. « Littérature anglaise – Une perspective humaniste ». Une unité que n'importe quel abruti obtenait les doigts dans le nez, sans ouvrir un bouquin. Le prof habituel, un vieux fossile du nom de Mayhew, faisait cours d'une voix monocorde, quittant rarement des yeux les mêmes notes jaunies qu'il conservait depuis quarante ans. Un raseur de première, capable d'endormir un hypnotiseur, dont la principale qualité était de donner chaque année le même sujet à l'examen. Quelle mouche avait bien pu le piquer de se faire remplacer ce semestre-là par un universitaire de haut vol, un certain Torrance Hamilton ? Les pontes de la fac en avaient plein la bouche, on aurait pu croire qu'Eric Clapton avait accepté de venir jouer à la fête de fin d'année.

Dewayne, les fesses endolories, s'agita sur son siège en plastique et jeta un coup d'œil furtif autour de lui. Les autres, une majorité de petits bourges, prenaient studieusement des notes sur leurs ordinateurs portables quand ils n'enregistraient pas le cours à l'aide d'un magnétophone miniature, suspendus aux lèvres du prof. Jamais l'amphi n'avait été aussi plein, et pas un seul élève d'ingénierie électrique en vue.

Quelle merde…

Dewayne se rassura en se disant qu'il lui restait une semaine pour changer de cours. D'un autre côté, il fallait bien choisir une option et ce Hamilton avait peut-être la note facile. Comment expliquer autrement qu'il y ait autant de monde un samedi matin ?

En attendant, exposé comme il l'était, il avait intérêt à faire semblant de suivre le cours.

Hamilton faisait les cent pas sur l'estrade en dissertant d'une voix sonore. On aurait dit un vieux lion avec sa crinière grise tirée en arrière et son costume anthracite dont l'élégance tranchait avec les vestes en tweed de ses collègues. Hamilton avait un drôle d'accent, mais il n'était manifestement ni yankee ni anglais. Assis derrière lui, un assistant prenait consciencieusement des notes.

— Aujourd'hui, poursuivit Hamilton, nous nous intéresserons à *La Terre vaine*, le poème d'Eliot qui aura le mieux résumé la vanité du XXe siècle. Une œuvre poétique majeure.

La Terre vaine… Dewayne se souvenait vaguement avoir vu ça sur la liste des bouquins au programme. Avec un titre pareil, il ne l'avait pas ouvert. Un roman, passe encore, mais un poème. Autant le lire tout de suite, ça ferait passer le temps.

Il prit son recueil de poésies. Ou plutôt celui du copain auquel il l'avait emprunté. Dewayne avait autre chose à faire de son fric que d'acheter une connerie pareille. Le portrait de T. S. Eliot figurait sur la page de garde. Un gringalet avec des petites lunettes de grand-mère, les lèvres pincées. Encore un qui devait avoir un manche à balai dans le cul. Il feuilleta le livre en ricanant. *La Terre vaine*, *La Terre vaine*… Ah, voilà !

Putain de merde. En fait de poème, il y en avait des pages et des pages.

— Les premiers vers nous sont aujourd'hui si familiers qu'il est difficile d'imaginer à quel point cette œuvre a pu choquer lors de sa parution dans la revue *The Dial*, en 1922. Il s'agissait de tout sauf de poésie aux yeux des lecteurs de l'époque. Il ne pouvait même s'agir que d'anti-poésie. L'auteur s'effaçait derrière son œuvre et les gens se sont immédiatement interrogés sur ce poète qui accumulait dans ses strophes une telle somme de pensées dérangeantes. À commencer par la référence acerbe à

Chaucer que l'on découvre dès le premier vers. Mais Eliot ne s'arrête pas là. J'en veux pour preuve les images sur lesquelles s'ouvre son œuvre, ces « lilas émergeant d'une terre morte », ces « racines mornes », cette « neige amnésique ». Aucun poète avant lui n'avait décrit le printemps avec un tel vocabulaire.

Dewayne se rendit directement à la fin du poème et constata qu'il faisait plus de quatre cents vers. *Vacherie*...

— Il est intéressant de noter qu'Eliot a choisi d'évoquer le lilas au deuxième vers, et non le coquelicot qui était pourtant davantage dans l'air du temps. Dans l'Europe des années 1920, les champs regorgeaient littéralement de coquelicots à cause des cadavres de la Grande Guerre qui pourrissaient dans le sol. Et n'oublions pas que le coquelicot est une variété de pavot, une plante dont les vertus narcotiques auraient convenu à merveille à l'imagerie développée par Eliot. Dans ce cas, pourquoi l'auteur a-t-il jeté son dévolu sur le lilas ? On le comprendra en se penchant sur la prédilection d'Eliot pour les références littéraires. Ici, on pense tout naturellement au poème de Whitman, *Au temps dernier que les lilas fleurirent.*

Quel blabla... Dewayne vivait un vrai cauchemar. Comment pouvait-on consacrer un poème aussi long à un putain de terrain vague ? En parlant de vague, Dewayne sentait monter celui qu'il avait à l'âme. En plus, il avait un mal de crâne carabiné. Il n'aurait jamais dû boire de la Grey Goose au citron jusqu'à quatre plombes du mat'.

Le silence qui pesait brusquement sur l'amphi le tira de sa rêverie. Hamilton s'était tu et Dewayne constata en levant les yeux que le vieux beau s'était figé sur l'estrade, une expression étrange sur le visage. Ses traits s'étaient brouillés, on aurait dit qu'il avait fait dans son froc. Sous les yeux étonnés de ses étudiants, Hamilton sortit lentement un mouchoir dont il se tamponna le front avant de le replier soigneusement et de le remettre dans sa poche, puis il toussota.

— Je vous prie de m'excuser, dit-il en portant à ses lèvres le verre d'eau qui se trouvait sur son bureau. Je vous propose de nous intéresser à la métrique de la première partie du poème d'Eliot. Vous noterez à quel point la première strophe est libre, la ponctuation en est presque agressive. Seules les fins de phrases répondent aux canons habituels du genre. Vous remarquerez également la puissance rythmique des verbes : *produire*, *mêler*, *remuer*. On pense à l'appel lancinant du tam-tam. Un battement sourd, inquiétant, destructeur. D'emblée, on sait que quelque chose de sinistre nous attend.

Dewayne replongeait déjà dans sa torpeur. Le vieux prof s'était repris et son visage avait retrouvé des couleurs.

Dewayne s'essaya à nouveau à la lecture du recueil, décidé à lire le poème en diagonale, histoire de savoir de quoi il retournait. Sous le titre, il découvrit l'épigraphe, ou l'épigramme, il ne savait plus très bien comment ça s'appelait.

Nam Sybyllam quidem...

Interloqué, il se demanda ce que ça pouvait bien signifier. Ce n'était pas de l'anglais, en tout cas. Et là, au milieu de la page, ces signes bizarres ? En consultant les notes de bas de page, il apprit que la première inscription était en latin, la seconde en grec. Venait ensuite la dédicace : « Pour Ezra Pound, *il miglior fabbro* ». Un nouveau coup d'œil aux notes lui indiqua qu'il s'agissait cette fois d'italien.

Du latin, du grec, de l'italien. Et tout ça avant même le premier vers de cette saloperie de poème. Il ne manquait plus que des hiéroglyphes pour que le tableau soit complet.

Il survola la première page, puis la deuxième. Un charabia incompréhensible.

« Je ferai surgir la peur d'une poignée de poussière. » Qu'est-ce que ça pouvait bien vouloir dire ? Son regard s'arrêta sur le vers suivant : *Frisch weht der Wind...*

Dégoûté, Dewayne referma le recueil. Il en avait sa claque. Cinq langues différentes en moins de trente vers, la coupe était pleine. C'était dit, il irait au secrétariat lundi matin et il demanderait à changer d'option.

Il avait toujours aussi mal à la tête. Maintenant que sa décision était prise, il se demanda s'il tiendrait encore quarante minutes sans devenir chèvre. S'il avait été au fond de l'amphi, il aurait encore pu s'esquiver, mais là où il était assis...

Sur l'estrade, le prof poursuivait son monologue.

— Je vous propose à présent de nous intéresser à...

La voix de Hamilton s'arrêta dans sa gorge.

— Je vous prie de m'excuser.

Son visage se métamorphosa, laissant place à une expression qui ressemblait à de la *peur*.

Curieux, Dewayne se redressa sur son siège.

D'un geste maladroit, le vieux professeur tira son mouchoir de sa poche, mais il lui échappa et tomba sur le sol. Le regard flou, il fit mine de chasser une mouche. Ses doigts tremblants effleurèrent ses lèvres, ses yeux, son nez et ses cheveux, puis ils balayèrent l'air devant lui.

On aurait entendu un diptère voler dans l'amphithéâtre. L'assistant du professeur Hamilton posa son stylo, l'air inquiet.

Il nous fait une crise cardiaque, ou quoi ? se demanda Dewayne.

Le professeur fit un petit pas en avant et se cogna contre le bureau. Sa main gauche s'approcha brusquement de sa figure et il se tritura furieusement la peau, tirant sur sa lèvre inférieure, se claquant les joues à plusieurs reprises.

Hamilton s'arrêta soudain et demanda à la cantonade :

— Mon visage a-t-il quelque chose d'anormal ?

Un silence de mort lui répondit.

Avec une infinie lenteur, ses traits s'apaisèrent et il s'éclaircit la voix en prenant longuement sa respiration.

— Ainsi que je vous le disais…

Sous le regard ahuri de Dewayne, le prof fut à nouveau pris de tremblements et il se malaxa nerveusement le visage d'une main crispée.

Décidément, quelque chose ne tournait pas rond.

— Je…

Hamilton s'arrêta net, incapable de poursuivre. Tandis qu'il agitait frénétiquement la main devant sa bouche secouée de spasmes, il avança comme un robot et se cogna de nouveau contre le bureau.

— Que me veulent-ils ? demanda-t-il d'une voix méconnaissable.

À force de se gratter le visage, de tirer furieusement sur ses paupières, une longue traînée sanguinolente se dessina sur sa joue, là où il s'était griffé avec un ongle.

Un murmure affolé parcourut la salle.

— Vous ne vous sentez pas bien, professeur ? s'enquit son assistant d'une voix inquiète.

— Je... vous ai... posé... une question, répondit-il d'une voix rendue presque inintelligible par les mouvements désordonnés de ses mains qui lacéraient de manière convulsive son visage.

— Ma tête ! Dites-moi ce qui se passe avec ma tête ! hurla-t-il en titubant.

Nouveau silence de mort.

De ses doigts effrénés, le professeur se griffait les joues, le front, le menton. L'une de ses mains se referma et il se donna de violents coups de poing sur le nez qui émit un craquement sinistre.

— Aidez-moi à m'en débarrasser ! *Ils vont me dévorer !*

Putain ! Voilà qu'il saignait du nez ! De grosses gouttes de sang roulèrent sur sa chemise blanche, laissant des traînées inquiétantes sur son costume sombre. Les mains poursuivaient leur œuvre dévastatrice, arrachant la peau par lambeaux. Sous le regard horrifié de Dewayne, un doigt crochu s'introduisit dans une orbite.

— Aidez-moi à m'en débarrasser !

D'une rotation du poignet, le professeur fit jaillir de son orbite un globe oculaire qui se mit à pendre, énorme et grotesque, en fixant Dewayne.

Les étudiants assis au premier rang, dans un même réflexe de dégoût, firent un bond sur leurs chaises et des hurlements fusèrent de toutes parts. L'assistant du professeur se précipita, mais Hamilton le repoussa.

Hébété, Dewayne était pétrifié sur son siège.

Le professeur traversa machinalement l'estrade, s'arrachant les cheveux par touffes. Dewayne, paralysé, crut un instant que le vieil homme allait s'effondrer sur lui.

— Vite ! Un docteur ! hurla l'assistant.

Son appel suffit à mettre le feu aux poudres. D'un même élan, les étudiants se levèrent bruyamment, laissant tomber leurs livres et poussant des cris affolés.

— Mon visage ! s'éleva la voix angoissée du professeur au-dessus de la mêlée. Rendez-moi mon visage !

Le chaos le plus absolu régnait dans l'amphithéâtre. Les étudiants couraient en tous sens. Certains pleuraient, d'autres s'étaient précipités vers l'estrade afin de secourir le professeur qui les repoussait avec des cris aigus en multipliant les mouvements désordonnés, le visage recouvert d'un masque de sang.

Quelqu'un écrasa le pied de Dewayne en traversant la rangée au pas de course. Des gouttes de sang avaient giclé jusqu'à lui, il sentait leur tiédeur sur sa peau. Les yeux écarquillés, il regardait fixement le professeur, incapable d'échapper à cette vision de cauchemar.

Un groupe d'étudiants était enfin parvenu à allonger le professeur de force sur l'estrade. Dérapant sur les planches que le sang du malheureux avait rendu glissantes, ses sauveurs le plaquaient au sol tant bien que mal. Soudain, il échappa à leur étreinte et s'empara du verre d'eau qu'il brisa sur le bureau avant de se taillader le cou.

La scène suffit à guérir Dewayne de sa paralysie. Il se leva d'un bond, se précipita vers l'allée la plus proche et remonta les marches à la vitesse de l'éclair en direction de la sortie. Il aurait donné n'importe quoi pour échapper à l'horreur du spectacle auquel il venait d'assister. À l'instant où il franchissait enfin la porte de l'amphithéâtre, une phrase d'Eliot qu'il venait de lire lui revint à l'esprit :

Je ferai surgir la peur d'une poignée de poussière.

2

— Vinnie ? Tu es sûr que tu n'as pas besoin d'aide ?

— Non !

De peur de s'être montré brusque, le lieutenant Vincent D'Agosta rectifia le tir :

— Non, je te remercie. J'en ai pour deux minutes.

Il jeta un coup d'œil à la pendule au-dessus de sa tête. Bientôt 9 heures. Deux minutes, tu parles. Il aurait de la chance si le dîner était prêt à 10 heures.

D'Agosta avait emménagé chez Laura Hayward six semaines auparavant, et il n'avait guère eu le temps de se familiariser avec sa cuisine. Les lieux, habituellement à l'image de leur propriétaire, avaient tout du champ de bataille. L'évier débordait de casseroles sales, une demi-douzaine de boîtes de conserve dégoulinant de sauce tomate et d'huile d'olive gisait autour de la poubelle. Plusieurs livres de cuisine ouverts s'amoncelaient sur le plan de travail, souillés de chapelure et de farine. À cause des taches de graisse et de saucisses qui maculaient les vitres, c'est tout juste si l'on distinguait le carrefour enneigé de la 77e Rue et de la 1re Avenue à travers l'unique fenêtre de la pièce, et la hotte qui fonctionnait à plein régime ne parvenait pas à chasser une odeur persistante de viande carbonisée.

Depuis qu'ils vivaient ensemble, Laura s'était chargée de leur mitonner des petits plats chaque fois que leurs horaires de travail respectifs leur permettaient de se croiser. Elle faisait la cuisine avec un naturel qui surprenait d'autant plus D'Agosta que sa future ex-femme, désormais installée au Canada, avait toujours considéré la préparation des repas comme une corvée qu'elle accompagnait de soupirs et de bruits de casseroles, avec des résultats peu probants.

D'Agosta avait pourtant des doutes sur le fait que Laura soit meilleure cuisinière que lui. Tout le monde sait que les grands chefs sont des hommes, en particulier chez les Italiens. Déjà complexé à l'idée que Laura Hayward, capitaine au sein de la brigade criminelle du NYPD, ait un grade supérieur au sien, il lui avait promis à maintes reprises de lui préparer un vrai dîner italien, digne de ses origines. Le grand jour était enfin arrivé et il avait choisi de lui préparer les lasagnes à la napolitaine de son enfance. À peine installé dans la cuisine, il s'était aperçu qu'il ne se souvenait plus très bien de la recette de sa grand-mère. Il l'avait pourtant vue faire des dizaines de fois, mais de là à rendre fidèlement le *ragù* dans lequel baignaient les feuilles de pâte… À part les saucisses et diverses variétés de fromages, il ne connaissait pas la composition exacte des petites boulettes de viande qui accompagnaient traditionnellement les lasagnes. En désespoir de cause, il s'était plongé dans la lecture des livres de cuisine de Laura, mais tous proposaient des recettes contradictoires. Après des heures passées à se battre avec ses lasagnes, rien n'était prêt et il ne savait plus où donner de la tête.

Laura, prisonnière du salon, prononça des paroles inintelligibles de l'autre côté de la porte.

— Tu m'as parlé, ma chérie ?

— Je disais que je risquais de rentrer tard demain soir. Rocker a prévu de réunir tous les capitaines le 22 janvier, je n'ai plus que demain pour mettre à jour mes dossiers.

— Quel bureaucrate, ce Rocker. À propos, comment va-t-il, ton préfet de police chéri ?

— Arrête ton char, ce n'est pas mon préfet de police chéri.

D'Agosta se replongea dans la préparation du *ragù* qui mijotait sur le feu. Il était persuadé d'avoir retrouvé son grade et son ancien poste grâce à l'intervention de Laura auprès de Rocker. Ça ne lui plaisait guère, mais c'était comme ça.

Dans la casserole, le *ragù* s'était mis à bouillir et une goutte brûlante atterrit sur sa main.

— Aïe ! s'exclama-t-il en plongeant celle-ci dans le bac d'eau de vaisselle avant de baisser la flamme.

— Qu'est-ce qu'il y a ?

— Rien, tout va bien.

Tout en remuant la sauce à l'aide d'une cuillère en bois, il constata que le fond de la casserole avait brûlé et il s'empressa de la changer de plaque. Il porta la cuillère à ses lèvres d'un geste hésitant. Pas mal. Et même pas mal du tout. Juste la bonne consistance et un parfum plutôt agréable, malgré un petit goût de brûlé. Mais pas aussi bien que la sauce de sa grand-mère.

— Tu mettais quoi d'autre dans ta sauce, Nonna ? murmura-t-il.

Depuis son petit coin de paradis, la vieille femme dut lui souffler la réponse d'une voix trop faible car il n'entendit rien.

Un sifflement strident interrompit le cours de ses pensées : l'eau des pâtes qui débordait. Ravalant un juron, il baissa le gaz, ouvrit à la hâte le paquet de lasagnes qu'il déversa dans le fait-tout.

Des bribes de musique lui parvenaient du salon où Laura avait mis un CD de Steely Dan.

— Il faudra que je touche un mot au proprio à propos du nouveau portier, fit la voix de la jeune femme.

— Quel portier ?

— Celui qui est là depuis quelques semaines. Jamais vu un type aussi revêche. Tu connais beaucoup de portiers d'immeubles qui ne te tiennent pas la porte quand tu rentres ? Encore ce matin, il a refusé de m'appeler un taxi. Il s'est contenté de hocher la tête avant de repartir en grommelant dans sa langue. Je ne crois même pas qu'il parle anglais. Ou alors il fait semblant de ne rien comprendre.

Un type qui touche à tout casser mille cinq cents dollars par mois, il ne faut pas s'attendre à des miracles, pensa D'Agosta. Mais il préféra ne rien dire. C'était elle qui payait le loyer. Jusqu'à présent, en tout cas, mais il comptait bien que ça change très vite.

Il sortait de l'une des périodes les plus sombres de son existence lorsqu'il s'était installé chez elle, et il n'avait pas envie de faire de projets. Il venait d'entamer une procédure de divorce qui promettait d'être pénible, et se mettre en ménage avec quelqu'un d'autre n'était pas ce qu'il y avait de plus judicieux. Les choses avaient pourtant mieux tourné qu'il ne le pensait. Laura Hayward était davantage qu'une simple petite amie. Pour la première fois de sa vie, il avait le sentiment d'avoir trouvé l'âme sœur. Au début, il s'était dit que le fait de travailler tous les deux dans la police serait un obstacle à leur relation, d'autant qu'elle était capitaine, mais le boulot les avait au contraire rapprochés. Ils n'hésitaient pas à s'entraider, à parler ensemble des dossiers dont ils s'occupaient sans avoir à se soucier de la discrétion de l'autre.

— Du nouveau dans l'affaire de l'Agitateur ? interrogea-t-elle depuis le salon.

Le surnom donné au type qui dévalisait les distributeurs d'argent à l'aide d'une carte trafiquée avant d'agiter son sexe devant la caméra de contrôle. La plupart des vols avaient eu lieu dans le secteur de D'Agosta.

— On a peut-être un témoin pour le vol d'hier.

— Un témoin qui a vu quoi ? ironisa Laura.

— Son *visage*, rétorqua D'Agosta en remuant les lasagnes dans le fait-tout avant de baisser la flamme.

Il s'assura que le four était à la bonne température et passa en revue tous les ingrédients disséminés sur le plan de travail : les saucisses, les boulettes de viande, la ricotta, le parmesan, la mozzarella *fiordilatte*.

Avec un peu de chance, je devrais réussir à m'en tirer…

Merde ! Il avait oublié de râper le parmesan.

Il fouillait frénétiquement dans les tiroirs lorsqu'il entendit la sonnette de la porte d'entrée.

À moins qu'il ne se soit mépris. Laura avait rarement de visites, et lui jamais. Surtout à une heure pareille. Le livreur du restaurant vietnamien d'à côté avait dû se tromper de sonnette.

Ah ! La râpe à fromage ! Il la posa sur le plan de travail et prit le gros morceau de parmesan qu'il approcha de la grille la plus fine.

— Vinnie ? l'interrompit Laura. C'est pour toi.

Quelque chose dans la voix de sa compagne lui fit comprendre que c'était grave. Lâchant tout, il sortit de la cuisine.

Debout sur le pas de la porte, Laura discutait avec un visiteur en pardessus chic dont le visage était dans l'ombre. La silhouette lui était pourtant familière.

L'homme fit un pas en avant et D'Agosta sursauta.

— Vous ?! dit-il.

Le visiteur acquiesça.

— Bonsoir, monsieur D'Agosta.

Laura, intriguée, se tourna vers lui.

— Laura, je te présente Proctor, le chauffeur de l'inspecteur Pendergast.

Elle écarquilla les yeux.

— Enchanté de faire votre connaissance, madame, répondit Proctor avec une courbette.

Elle lui répondit d'un hochement de tête machinal.

— Monsieur, poursuivit Proctor en se tournant vers D'Agosta, si vous acceptiez de me suivre.

— Vous suivre ? Où ça ?

Mais il connaissait déjà la réponse.

— Au 891 Riverside Drive.

D'Agosta passa la langue sur ses lèvres sèches.

— Pour quoi faire ?

— Quelqu'un vous y attend.

— Tout de suite ?

Proctor se contenta d'acquiescer.

3

Installé à l'arrière de la Rolls Royce Silver Wraith 1959, D'Agosta regardait défiler le paysage d'un air distrait. Après avoir traversé Central Park, Proctor remontait Broadway à vive allure.

D'Agosta avait le plus grand mal à réfréner sa curiosité et il aurait volontiers harcelé Proctor de questions s'il n'avait su d'avance que le chauffeur conserverait le silence.

Le 891 Riverside Drive. L'adresse, ou plutôt l'une des adresses de l'inspecteur Aloysius Pendergast du FBI. L'ami fidèle en compagnie duquel D'Agosta avait mené les enquêtes les plus marquantes de sa carrière. Un être mystérieux, en apparence indestructible, que le lieutenant connaissait sans tout à fait le connaître…

D'Agosta ne l'avait plus revu depuis cette journée fatale en Italie, deux mois plus tôt, dans les collines escarpées au sud de Florence. Lorsqu'il l'avait entraperçu pour la dernière fois entre les arbres, l'inspecteur se trouvait au centre d'une clairière, entouré d'une meute de chiens hurlants, cerné par une dizaine d'hommes armés[1].

Pendergast s'était sacrifié pour lui, et D'Agosta l'avait laissé faire.

Le lieutenant s'agita sur la banquette de cuir à l'évocation de ce souvenir douloureux. *Quelqu'un vous attend…* Pendergast aurait-il réussi à en réchapper malgré tout ? Ce n'était pas la première fois qu'il se serait joué de la mort, mais D'Agosta s'obligea à faire taire l'espoir qu'il sentait naître en lui…

---

1. Voir *Le Violon du diable*, L'Archipel, 2006.

D'ailleurs, c'était impossible. Il avait toutes les raisons d'être sûr que Pendergast était mort.

La Rolls roulait à présent sur Riverside Drive. D'Agosta, plus agité que jamais, voyait défiler les rues avec une impatience non dissimulée : la 125ᵉ Rue, la 130ᵉ... Les immeubles pimpants à proximité de l'université de Columbia laissèrent bientôt place à des maisons à moitié en ruine. Le vent glacial de janvier s'était chargé de chasser la faune du quartier et la rue était déserte, seulement éclairée par la lueur des rares réverbères encore en état de marche.

À peine passé la 137ᵉ Rue, D'Agosta frissonna en reconnaissant la façade sinistre de la vieille demeure de Pendergast, avec son belvédère et ses fenêtres aveuglées par des panneaux de tôle ondulée.

La Rolls franchit la grille surmontée de pointes et s'arrêta devant le péristyle protégeant la lourde porte d'entrée. D'Agosta n'attendit pas que Proctor lui ouvre la portière pour descendre. Il leva la tête. Le bâtiment n'avait pas changé et tout semblait indiquer qu'il était à l'abandon, à l'image des propriétés voisines, mais les apparences étaient trompeuses car la maison recelait des trésors insoupçonnables. Le cœur de D'Agosta se mit à battre plus vite à l'idée que Pendergast, vêtu de son sempiternel costume noir, l'attendait peut-être devant la cheminée de la bibliothèque, son teint de marbre animé par la chaleur des flammes.

— Merci d'être venu, mon cher Vincent, lui dirait-il. Puis-je vous servir un vieil armagnac ?

D'Agosta attendit que Proctor pousse la porte d'entrée après l'avoir déverrouillée. Un rai de lumière frappa la brique usée et D'Agosta s'avança dans le hall tandis que Proctor refermait à clé. Il fut submergé aussitôt par une vague de sentiments contradictoires, un mélange d'excitation, d'angoisse et de tristesse indicible.

— Si vous voulez bien me suivre.

Le chauffeur lui fit traverser le grand hall surmonté d'un dôme bleu, à travers un dédale de vitrines débordant de spécimens fabuleux : des météorites, des pierres précieuses, des fossiles, des papillons... Mais D'Agosta n'avait d'yeux que pour la double porte de la bibliothèque. Si Pendergast était encore en vie, c'était là qu'il l'attendrait, confortablement installé dans une bergère, un petit sourire aux lèvres, ravi du tour qu'il jouait à son vieil ami.

Le cœur battant, D'Agosta suivit Proctor jusqu'au seuil de la pièce dont il reconnut immédiatement l'odeur de vieux cuir, de reliures anciennes et de feu de bois. Pourtant, aucun feu ne dansait dans la cheminée. La pièce était froide et l'on distinguait à peine les dorures travaillées des milliers de volumes rangés sur les rayonnages. Seule une lampe Tiffany, posée sur une petite table, traçait un rond lumineux dans la pénombre.

Le temps d'accoutumer ses yeux à l'obscurité et D'Agosta distingua une silhouette debout dans l'ombre, à l'écart de la petite table. La silhouette s'approcha silencieusement sur le tapis et il reconnut Constance Greene, la jeune protégée de Pendergast qui lui faisait également office d'assistante. Elle portait une robe de velours à l'ancienne très cintrée qui lui descendait jusqu'aux pieds.

En dépit de ses vingt ans, il émanait d'elle une maturité surprenante que soulignait la façon désuète dont elle s'exprimait. D'Agosta avait toujours été frappé par son regard. Un regard étrange, empreint de sagesse et d'expérience, aussi imperméable à la course du temps que ses tenues démodées.

Aujourd'hui, pourtant, les yeux de Constance brillaient d'un éclat plus terne qui trahissait son chagrin. Ou peut-être sa peur.

— Bonsoir lieutenant, l'accueillit-elle d'une voix douce.

D'Agosta restait interdit, sans savoir s'il devait serrer la main qu'elle lui tendait ou bien y poser les lèvres, et elle finit par baisser le bras.

Constance, ordinairement d'une courtoisie parfaite, semblait manquer à ses devoirs élémentaires. Ne sachant comment en venir au fait, elle oubliait de proposer un siège à son visiteur et négligeait de s'enquérir de sa santé. Au comportement de la jeune femme, D'Agosta comprit que tout espoir de revoir Pendergast vivant s'était évanoui.

— Auriez-vous de ses nouvelles ? demanda-t-elle dans un murmure à peine intelligible.

Abattu, D'Agosta lui fit signe que non.

Constance soutint son regard quelques instants, puis elle baissa les yeux en hochant lentement la tête, les mains tremblantes.

Ils restèrent debout l'un en face de l'autre pendant de longues secondes, jusqu'à ce que Constance se décide à rompre le silence.

— Je suis décidément bien sotte de continuer d'espérer. Cela fait à présent plus de six semaines qu'il n'a plus donné de nouvelles.

— Je sais.

— Il est mort, murmura-t-elle dans un souffle.

D'Agosta ne répondit pas.

La jeune femme se reprit soudain.

— Le moment est donc venu pour moi de vous remettre ceci.

Tout en parlant, elle prit sur la cheminée un coffret de bois de santal incrusté de nacre qu'elle déverrouilla à l'aide d'une petite clé et qu'elle tendit à D'Agosta sans l'ouvrir.

— Je n'ai que trop tardé, mais j'espérais encore son retour.

D'Agosta, hypnotisé par le coffret, croyait le reconnaître. Soudain, la mémoire lui revint : un soir de l'automne précédent, en pénétrant dans cette même pièce, il avait surpris Pendergast en train de rédiger une lettre qu'il avait ensuite glissée dans ce coffret. C'était la veille de leur départ pour l'Italie, le jour où Pendergast lui avait parlé de son frère Diogène.

— Lieutenant, je vous en prie, l'implora Constance d'une voix brisée par l'émotion. Ne me faites pas attendre davantage.

— Oui, excusez-moi.

D'Agosta lui prit délicatement le coffret des mains. Il en souleva le couvercle et découvrit une simple feuille d'un papier beige épais, pliée en deux.

D'Agosta aurait tout donné pour ne pas devoir lire le message qui l'attendait. Il se résolut pourtant à saisir la feuille, la déplia et lut :

Mon cher Vincent,

Si vous lisez ces lignes, cela signifie que je n'ai pas survécu. Cela signifie surtout que la mort ne m'a pas laissé le temps d'accomplir la mission qui m'incombait : empêcher mon frère Diogène de commettre ce qu'il a qualifié un jour de « crime suprême ».

Je souhaiterais pouvoir vous en dire davantage sur ce forfait, mais je ne le puis. Je sais qu'il en planifie l'exécution depuis de nombreuses années et qu'il souhaite en faire l'apothéose de sa carrière criminelle. Il faut voir dans ce « crime suprême », quel qu'il soit, la perfection dans l'infamie. Notre quotidien en sera sans nul doute bouleversé car Diogène n'est pas homme à se contenter de moins que de l'exceptionnel.

Je crains, mon cher Vincent, que le devoir d'arrêter Diogène ne vous revienne. Je ne saurais vous dire à quel point je le déplore. C'est une mission que je ne souhaiterais pas à mon pire ennemi, encore moins à un être que je considère désormais comme un ami fidèle, mais vous êtes la personne la plus apte pour la mener à bien. La menace de Diogène est trop vague pour que je puisse m'en entretenir avec quiconque du FBI ou d'ailleurs. Le fait qu'il ait fait croire à sa propre mort il y a quelques années complique encore les choses. Un individu seul et résolu sera plus à même d'empêcher mon frère de commettre son crime. Cet individu, vous l'aurez compris, n'est autre que vous.

Dans la lettre qu'il m'a fait parvenir, Diogène s'est contenté d'une simple date : le 28 janvier. Il est fort probable qu'il passera à l'action ce jour-là, mais je ne voudrais pas m'égarer. Cette date pourrait n'être qu'un leurre, tout est malheureusement possible avec Diogène.

Il vous faudra provisoirement quitter vos fonctions au sein de la police municipale de Southampton, ou tout autre poste que vous pourriez occuper. C'est malheureusement inévitable. Vous obtiendrez le maximum d'informations auprès du capitaine Laura Hayward, sans toutefois l'impliquer directement afin de ne pas lui faire courir de risques inutiles. Diogène possède des connaissances extrêmement développées en criminologie, et tout indice retrouvé sur le lieu de son crime – s'il parvenait à le commettre, n'en déplaise à Dieu – y aura été placé intentionnellement afin de tromper la police. Le capitaine Hayward, en dépit de toutes ses qualités, n'est pas de taille à affronter un tel adversaire.

Je laisse à Constance des instructions séparées afin qu'elle soit au courant de cette affaire. Elle mettra à votre disposition ma maison et l'ensemble des moyens dont je dispose. Par son inter-

médiaire, vous disposerez ce jour d'un crédit de 500 000 dollars déposé sur un compte bancaire à votre nom, que vous utiliserez à votre discrétion. N'hésitez pas à faire appel aux compétences de Constance, tout en veillant à ne pas la mettre en danger. Elle ne devra jamais quitter cette demeure et je vous demanderai de veiller tout particulièrement à sa sécurité. Comme moi, vous la savez fragile, physiquement et psychologiquement.

Pour commencer, je vous suggère de rendre visite à ma grand-tante Cornelia qui demeure dans une institution spécialisée à Little Governors Island. Elle a connu Diogène enfant et sera en mesure de vous donner des informations personnelles et familiales qui vous seront utiles. Faites-en bon usage, mais soyez prudent, y compris avec elle.

Une ultime recommandation. Diogène est un être éminemment dangereux. S'il est mon égal au plan intellectuel, il est dépourvu de toute conscience morale. Son cerveau s'est de plus trouvé affecté par une grave maladie infantile. Il est habité à mon encontre d'une haine inextinguible, et voue à l'humanité un profond mépris. Efforcez-vous d'attirer son attention le plus tard possible et faites preuve à tout instant de la plus grande vigilance.

Au revoir, mon ami, et bonne chance.

Aloysius Pendergast

D'Agosta leva les yeux sur Constance.

— Le 28 janvier ? Mais c'est dans une semaine !

Pour toute réponse, la jeune femme baissa la tête.

4

La première fois qu'elle était retournée au Muséum, elle s'était immédiatement souvenue de l'odeur : un mélange de naphtaline, de poussière, de vieux vernis et de moisissure qui la suivait aujourd'hui alors qu'elle avançait le long de l'immense couloir du quatrième étage. Les noms des conservateurs s'inscrivaient en lettres dorées sur les portes en chêne devant lesquelles elle passait et, curieusement, peu d'entre eux avaient changé. Le monde avait subi bien des bouleversements en six ans, mais le temps semblait s'être arrêté au Muséum.

Sans vouloir se l'avouer tout à fait, elle avait éprouvé une certaine appréhension à l'idée de retravailler dans ce lieu où elle avait connu les expériences les plus traumatisantes de son existence. Il lui avait fallu franchir le pas, mais les premiers jours passés, elle devait bien admettre que rien ne justifiait sa peur. Ses cauchemars et ses angoisses avaient fini par s'estomper et tout ce qu'elle avait vécu entre ces murs appartenait désormais au passé. Elle retrouvait avec plaisir ce vieux bâtiment, un château gothique aux proportions démesurées, peuplé de personnages excentriques, et débordant de spécimens extraordinaires : la plus belle collection de trilobites au monde, le plus gros diamant de tous les temps, le Cœur de Lucifer, ou encore ce vieux Snaggletooth, le plus beau tyrannosaure fossilisé jamais découvert.

Elle veillait toutefois à ne pas s'attarder dans les sous-sols du Muséum, et si elle travaillait rarement après la fermeture, ce n'était nullement par dilettantisme.

Ce couloir majestueux lui rappelait sa première visite à cet étage, lorsqu'elle était encore étudiante. Les jeunes chercheurs étaient si peu considérés dans la hiérarchie du Muséum que c'est à peine s'ils existaient, mais elle n'en avait jamais pris ombrage, consciente qu'il s'agissait d'un passage obligé. À l'époque, personne ne prêtait attention à elle, c'était tout juste si on l'appelait « Mademoiselle ».

Les choses avaient bien changé depuis. On lui donnait désormais du « professeur » et des titres prestigieux étaient venus enrichir son curriculum : celui de membre associé de l'Institut Pierpont, celui de maître de conférences en ethnopharmacologie et surtout, depuis trois semaines, celui de rédactrice en chef de la revue *Muséologie*. Elle qui avait toujours méprisé les états de service ronflants constatait à présent qu'elle les portait avec un certain orgueil. Le mot « professeur » sonnait agréablement à ses oreilles, en particulier lorsqu'il sortait de la bouche de conservateurs rances qui ne daignaient pas lui adresser la parole six ans auparavant. Aujourd'hui, ils se bousculaient à sa porte pour recueillir son opinion et lui proposer leurs articles. Ce matin encore, son patron, Hugo Menzies, était venu s'enquérir du sujet de l'atelier qu'elle dirigerait lors du prochain congrès de la Société américaine d'anthropologie.

La roue avait fini par tourner.

Le directeur du Muséum avait son bureau dans la tour de l'aile la plus prisée du bâtiment. Elle s'arrêta devant la vénérable porte en chêne et prit sa respiration avant de frapper. Heureuse comme elle l'était de travailler de nouveau au Muséum, elle se demanda si elle n'allait pas faire une bêtise. Elle voulut se rassurer en se disant qu'il lui fallait bien asseoir son autorité ; il en allait de sa crédibilité de rédactrice en chef de *Muséologie*. Mais avant toute chose, elle en faisait une question d'amour-propre.

Elle toqua à trois reprises d'une main ferme.

Le battant s'ouvrit quelques instants plus tard sur la silhouette de Mme Surd, la secrétaire du directeur, une femme aussi sèche qu'efficace qui s'effaça après l'avoir toisée de la tête aux pieds.

— Professeur Green ? Le professeur Collopy vous attend.

Margo se dirigea vers la grande porte séparant le bureau de la secrétaire de celui du directeur. Elle agrippa la poignée en laiton, la tourna, et le battant pivota silencieusement sur ses gonds.

Frederick Watson Collopy, le directeur du Muséum d'histoire naturelle de New York, trônait derrière un grand bureau sous un tableau des chutes Victoria signé De Clefisse. Il se leva galamment et un sourire s'afficha sur son beau visage. Un nœud papillon de soie rouge donnait une touche de couleur à la chemise blanche empesée qu'il portait sous un costume gris foncé.

— Ah, Margo ! Merci de vous être déplacée. Asseyez-vous, je vous en prie.

Merci de vous être déplacée. Le mot qu'il lui avait fait passer ressemblait davantage à une convocation qu'à une invitation.

Collopy contourna son bureau et désigna à sa visiteuse l'un des superbes fauteuils de cuir disposés autour de la cheminée de marbre rose. Margo s'installa et Collopy l'imita.

— Puis-je vous offrir quelque chose ? Du café, du thé, de l'eau minérale ?

— Rien, merci, professeur.

Il se cala dans son siège, les jambes négligemment croisées.

— Nous sommes particulièrement heureux de vous avoir de nouveau parmi nous, Margo, commença-t-il avec l'intonation légèrement traînante propre à la vieille bourgeoisie new-yorkaise. J'ai été le premier à me réjouir que vous acceptiez la rédaction en chef de *Muséologie.* C'est une chance pour nous d'avoir pu vous débaucher de chez GeneDyne. Nous avons tous été frappés par la qualité de vos publications et votre passé d'ethnopharmacologue faisait de vous la candidate idéale.

— Je vous remercie, professeur.

— Sinon, comment se sont passées ces premières semaines ? J'ose espérer que tout se déroule comme vous le souhaitez, s'enquit Collopy d'un ton bienveillant.

— Tout est parfait.

— Vous m'en voyez ravi. *Muséologie* a été créé en 1892, c'est non seulement la plus ancienne publication en ce domaine, mais également la plus respectée. Votre tâche n'en est que plus grande, Margo.

— J'entends bien respecter la tradition de la revue.

— Nous l'espérons également, acquiesça le directeur en caressant sa barbe poivre et sel méticuleusement taillée d'un air pensif. Nous tenons avant tout à préserver l'indépendance éditoriale de *Muséologie.*

— Absolument, approuva Margo.

Elle savait où il voulait en venir, et elle se tenait prête.

— Le Muséum n'est jamais intervenu dans la ligne éditoriale de *Muséologie* et nous n'avons pas l'intention de changer notre fusil d'épaule. De notre point de vue, l'indépendance éditoriale du journal est sacrée.

— Je suis heureuse de vous l'entendre dire.

— Toutefois, nous ne souhaiterions pas voir *Muséologie* tomber dans le piège de la facilité en ouvrant ses colonnes... *à tout va*, si vous me passez l'expression.

Dans sa bouche, la formule prenait des allures de gros mot.

— L'indépendance ne se conçoit pas sans un sens aigu du devoir, poursuivit-il. N'oublions pas que *Muséologie* reste attaché au Muséum d'histoire naturelle de New York.

Le ton restait patelin, mais on sentait que Collopy ne plaisantait pas. Margo attendait qu'il en vienne au fait, décidée à ne pas se départir de son calme. Sa réponse était déjà prête. Elle avait été jusqu'à la rédiger par écrit avant de l'apprendre par cœur, par souci d'efficacité, mais elle voulait laisser Collopy aller jusqu'au bout.

— Les rédacteurs en chef de *Muséologie* qui vous ont précédée ont toujours veillé scrupuleusement à user de leur indépendance éditoriale à bon escient.

— Vous voulez probablement évoquer l'éditorial que je m'apprête à publier au sujet de la demande de restitution faite par les Indiens Tanos.

— Précisément. Le courrier des responsables de la tribu demandant la restitution des masques du Grand Kiva nous est parvenu la semaine dernière et le conseil d'administration n'a pas encore eu le loisir d'en discuter. Nous n'avons même pas eu le temps d'en parler avec les avocats du Muséum. Ne serait-il pas prématuré de consacrer un éditorial à un sujet dont nous n'avons pas encore débattu ? D'autant que vous venez tout juste de prendre vos fonctions.

— Cette affaire me semble pourtant claire, répliqua-t-elle d'une voix douce.

Collopy s'enfonça dans son fauteuil, un petit sourire supérieur aux lèvres.

— Cette affaire est *tout* sauf claire, Margo. Ces masques appartiennent aux collections du Muséum depuis cent trente-cinq ans. Je vous rappelle que ce sont les pièces maîtresses de notre exposition « Images du Sacré », la plus importante réalisée par le Muséum depuis « Superstition », il y a six ans.

Il marqua une pause, mais Margo était décidée à le laisser poursuivre.

— Loin de moi l'intention de vous demander de renoncer à votre éditorial, reprit Collopy. Je souhaiterais toutefois attirer votre attention sur certains points qui auraient pu vous échapper.

Il tendit le bras et appuya sur un bouton dissimulé sur son bureau, s'adressant à sa secrétaire par le biais d'un interphone invisible.

— Madame Surd, pourriez-vous m'apporter le dossier ?

La secrétaire pénétra dans la pièce quelques instants plus tard, un vieux classeur entre les mains. Collopy la remercia et tendit le dossier à Margo après y avoir jeté un coup d'œil.

Margo s'en empara et une odeur de moisi lui monta aux narines. Elle déplia avec précaution le rabat et découvrit plusieurs feuilles manuscrites rédigées d'une écriture serrée, un contrat, et une série d'esquisses.

— Il s'agit de l'original du dossier d'acquisition de ces masques que vous semblez si prompte à vouloir restituer aux Indiens Tanos. Avez-vous pris le temps de le consulter avant d'écrire votre éditorial ?

— Non, mais…

— Vous auriez dû. Le premier document que vous tenez entre les mains est un acte de vente en bonne et due forme, précisant que les masques ont été achetés 200 dollars. Une somme importante en 1870. Le Muséum n'a pas obtenu ces masques pour une pacotille. Le deuxième document est le contrat lui-même. Le X figurant au bas de la page est la signature du chef de la Société du Grand Kiva ; c'est lui qui a vendu les masques à Kendall Swope, l'anthropologue attaché au Muséum. Quant au troisième document, il s'agit de la lettre de remerciement adressée au chef par le Muséum. Cette lettre a été transmise à son destinataire par le biais de l'agent des Affaires indiennes qui lui en a fait lecture. Il y est précisé que le Muséum s'engage à prendre le plus grand soin de ces masques.

Margo regardait fixement le contenu du dossier. La méticulosité du Muséum pour ses archives n'avait jamais cessé de l'étonner.

— En clair, Margo, cela signifie que le Muséum s'est procuré ces masques en toute bonne foi. Nous les avons payés un bon prix, nous en sommes propriétaires depuis près d'un siècle et demi, et nous en avons pris le plus grand soin. En outre, ils figurent parmi les objets les plus précieux de nos collections amérindiennes. Des milliers de visiteurs les admirent chaque semaine, certains choisissent même la profession d'archéologue ou d'anthropologue après les avoir vus. Depuis cent trente-cinq ans, aucun membre de la tribu Tano n'a jamais accusé le Muséum de les avoir acquis frauduleusement. Ne trouvez-vous pas injuste que l'on vienne nous réclamer ces masques aujourd'hui ? À la veille d'une prestigieuse exposition dont ils constituent la clé de voûte ?

Une chape de silence s'abattit sur le bureau du directeur, dont les hautes fenêtres, encadrées par du lambris sombre et des tableaux d'Audubon, dominaient Museum Drive.

— Cela peut paraître injuste, en effet, concéda Margo.

Le visage de Collopy s'illumina.

— J'étais certain que vous comprendriez mon point de vue.

— Mais ça ne changera rien à ma décision de publier cet éditorial.

Un souffle glacial traversa la pièce.

— Je vous demande pardon ?

Le moment était venu pour Margo de débiter son petit discours.

— La nature de ces documents ne change rien au fond du problème qui est par ailleurs très simple. Tout d'abord, le chef de la Société du Grand Kiva n'était pas propriétaire de ces masques. Ils appartenaient à la tribu tout entière, et non à lui seul. C'est un peu comme si un prêtre décidait de céder des reliques appartenant à son église. Du strict point de vue de la loi, vous n'avez pas le droit de vendre quelque chose qui ne vous appartient pas. Cet acte de vente et ce contrat n'ont donc aucune valeur juridique. Kendall Swope en était parfaitement conscient, on en trouve la confirmation dans le livre qu'il a publié sur le sujet, *Les Rites Tanos.* Il savait pertinemment que le chef n'avait pas le droit de lui vendre ces masques. Il savait également que ces masques sacrés étaient indispensables au bon déroulement des cérémonies du Grand Kiva et qu'ils ne pouvaient en aucun cas quitter le kiva. Dans son livre, il traite même le chef d'escroc. C'est écrit noir sur blanc.

— Margo…

— Je vous en prie, professeur, laissez-moi terminer. Le véritable enjeu de cette affaire est plus important encore. Ces masques sont *sacrés* aux yeux des Tanos. Personne ne le conteste. Ces objets sont uniques et irremplaçables. Pour les Tanos, ces masques sont des esprits vivants. Il ne s'agit pas de croyances frelatées, mais de convictions religieuses profondes.

— Mais enfin ! Au terme de cent trente-cinq années de silence ! Comment expliquer que ces gens ne se soient pas manifestés plus tôt ?

— Les Tanos ignoraient que ces masques se trouvaient ici jusqu'à l'annonce de la nouvelle exposition.

— Je me refuse à croire que ces gens aient pu pleurer la perte de ces objets pendant tout ce temps. Ils les avaient oubliés, voilà tout. Tout ça est un peu trop facile, Margo. Ces masques ont aujourd'hui une valeur de 5 à 10 millions de dollars. C'est une affaire d'argent, et rien d'autre.

— Je peux vous assurer le contraire. Je me suis entretenue avec eux.

— Vous dites que vous vous êtes entretenue avec *eux*?

— Bien sûr. J'ai appelé le gouverneur du peuple Tano afin d'en discuter avec lui.

L'espace d'un instant, Collopy, jusqu'alors imperturbable, laissa tomber son masque.

— Les implications juridiques de cette affaire sont incalculables.

— En tant que rédactrice en chef de *Muséologie*, il était de mon devoir de savoir de quoi il retournait. Contrairement à ce que vous pensez, les Tanos n'avaient pas oublié ces masques. Ils étaient déjà vieux de près de sept siècles lorsqu'ils nous sont parvenus, la datation par le carbone 14 le confirme, et je puis vous affirmer que les Tanos ne se sont pas remis de leur disparition.

— Jamais ils ne seront capables de les conserver comme il se doit. Les Tanos ne disposent pas des infrastructures nécessaires !

— Jamais ces masques n'auraient dû quitter le kiva. Ce ne sont pas de simples objets de musée, ils font partie intégrante de la religion Tano. Croyez-vous réellement que les ossements de saint Pierre au Vatican sont « conservés comme il se doit » ? Ces masques doivent impérativement retrouver leur place dans le kiva, qu'il soit climatisé ou non.

— Si nous restituons ces masques, cela créera un terrible précédent et nous serons aussitôt inondés de demandes émanant de toutes les tribus indiennes d'Amérique.

— Peut-être, mais l'argument n'est pas recevable. Nous devons rendre ces masques. Vous le savez aussi bien que moi et rien ne m'empêchera de publier un éditorial dans ce sens !

Margo s'arrêta brusquement, s'apercevant qu'elle se laissait emporter malgré ses bonnes résolutions.

— En tant que garante de l'indépendance éditoriale du journal, ma décision est irrévocable, ajouta-t-elle sur un ton plus mesuré.

5

Il ne fallait montrer patte blanche à aucune secrétaire, aucune hôtesse d'accueil ou aucun sous-fifre pour accéder au bureau de Glen Singleton. La pièce elle-même n'était pas plus grande que les dizaines d'autres bureaux disséminés à travers le vieux commissariat. Aucune inscription sur la porte n'annonçait la fonction de son occupant. À moins de faire partie de la maison, personne ne pouvait se douter qu'on avait affaire au patron.

Le capitaine Sigleton était ainsi fait. Il appartenait à une catégorie rare au sein des hiérarques de la police : celle des fonctionnaires qui avaient su gravir les échelons à force de travail et d'enquêtes minutieusement menées, sans compromission ou excès de zèle. Son seul but dans la vie était de mettre les criminels hors d'état de nuire. Avec Laura Hayward, Singleton était le flic le plus bosseur que connaissait D'Agosta et il savait de quoi il parlait, pour avoir travaillé avec bon nombre de bureaucrates incompétents. Le lieutenant respectait Singleton pour ses qualités professionnelles. Ce dernier le lui rendait bien et D'Agosta en était flatté.

Un jour comme aujourd'hui, sa mission n'en était que plus délicate.

La porte de Singleton était grande ouverte. Le capitaine n'était pas du genre à s'enfermer dans sa tour d'ivoire, quiconque souhaitait le voir n'avait qu'à passer la tête. D'Agosta toqua et s'avança. Singleton, debout derrière son bureau, était au téléphone. Grand et mince, une carrure de maître nageur qu'il entretenait en faisant des longueurs tous les matins à 6 heures, il approchait de la cinquantaine. Avec son visage allongé, un profil aquilin, des cheveux poivre et sel qu'il faisait couper tous les quinze jours par le coiffeur du Carlyle, Singleton aurait fait un candidat idéal à la Maison-Blanche.

Il adressa un sourire à D'Agosta et lui désigna un siège que celui-ci refusa. Il émanait de Singleton une telle énergie qu'il préférait rester debout.

Le capitaine était manifestement en conversation avec quelqu'un du service des relations publiques du NYPD. Derrière son ton courtois, on sentait percer un certain agacement. Singleton était trop respectueux de son métier pour se montrer grand communicateur. Il avait souvent confié à D'Agosta à quel point le concept même de relations publiques l'horripilait, ajoutant :

— Ou bien on a attrapé le coupable, ou bien on n'a pas réussi à le coincer. Je ne vois pas ce qu'on peut dire d'autre.

D'Agosta fit le tour de la pièce des yeux. Ni portrait de famille, ni photo souvenir du capitaine en train de serrer la main du maire ou du préfet de police. Singleton était l'un des cadres les plus décorés du service, mais il n'avait pas jugé utile d'accrocher aux murs ses citations pour actes de bravoure. Des papiers s'accumulaient sur un coin du bureau, à côté d'une pile de dossiers. Des manuels de police scientifique et une demi-douzaine d'ouvrages juridiques copieusement feuilletés étaient posés sur une étagère.

Singleton raccrocha avec un soupir de soulagement.

— Bon Dieu ! s'exclama-t-il. Je crois bien que je passe plus de temps en réunion avec les associations d'action citoyenne qu'à m'occuper des truands. Je me dis parfois que je serais plus utile comme îlotier. À part ça, comment allez-vous, Vinnie ? conclut-il avec un rapide sourire.

— Ça va, répondit d'Agosta, mal à l'aise.

La gentillesse de Singleton venait compliquer sa mission.

Le capitaine n'avait jamais demandé à ce que D'Agosta soit affecté dans son unité, la décision avait été prise au niveau du cabinet du préfet. N'importe quel autre chef de service aurait mal pris la chose et ne lui aurait pas ménagé son hostilité. Un type comme Jack Waxie, par exemple, se serait senti menacé et aurait tout fait pour écarter D'Agosta des enquêtes les plus intéressantes. Singleton avait agi à l'inverse. Non seulement il s'était employé à l'intégrer en le briefant personnellement sur le fonctionnement du service, mais il avait été jusqu'à lui confier l'affaire la plus en vue du moment, celle de l'Agitateur.

L'Agitateur n'avait tué personne, il n'était même pas armé, mais il avait eu le tort de ridiculiser la police new-yorkaise. Pour la presse populaire, l'histoire de ce type qui dévalisait les distributeurs d'argent en agitant son sexe devant les caméras de sécurité était du pain bénit. L'Agitateur s'était déjà attaqué à onze distributeurs et chacune de ses apparitions donnait lieu à des unes riches en sous-entendus dont le NYPD était inévitablement la cible. *L'Agitateur allonge la liste* avait titré le *Post* trois jours plus tôt. *La police est à court.*

— Et votre témoin ? Comment ça se présente ? demanda Singleton en fixant son visiteur de son regard bleu inquisiteur.

Ses interlocuteurs avaient toujours l'impression dérangeante de se trouver sur la sellette.

— Sa version correspond à la scène filmée par la caméra témoin.

— Bon, très bien. De nos jours, on pourrait penser que les caméras sont plus efficaces que ça. À croire que ce type-là connaît tous les angles morts. Vous pensez qu'il aurait pu travailler dans une boîte de surveillance ?

— C'est une des pistes sur lesquelles on travaille.

— Ce type a frappé onze fois, et on sait simplement qu'il est de race blanche.

Et qu'il est circoncis, ajouta D'Agosta intérieurement.

— J'ai demandé à mes hommes d'appeler toutes les agences bancaires situées dans son rayon d'action, poursuivit-il à voix haute. Les banques sont en train d'installer des caméras cachées supplémentaires.

— Qui sait si le coupable ne travaille pas pour la boîte qui fournit les caméras ?

— On est également en train de vérifier.

— Je constate avec plaisir que vous avez un train d'avance sur moi. C'est bien.

Singleton s'interrompit, le temps de passer en revue la pile de dossiers posés sur son bureau.

— Ce type se cantonne à une zone bien précise. Jusqu'à présent, il ne s'est attaqué qu'à des distributeurs de billets situés dans un périmètre d'une vingtaine de rues. Le mieux serait de placer sous surveillance ceux les plus en vue du secteur. À moins de réduire la liste, je ne vois pas comment on pourra le pincer. Heureusement qu'on n'a pas grand-chose d'autre en ce moment. Vinnie, je vous laisse gérer l'équipe, vous établissez la liste des distributeurs qui correspondent le mieux à son profil et vous mettez sur l'affaire le nombre de gars qu'il vous semble nécessaire. Avec un peu de chance, ça peut marcher.

C'est le moment de me lancer, pensa D'Agosta, la gorge sèche.

— En fait, j'aurais voulu vous demander quelque chose.

Singleton le sonda à nouveau de ses yeux bleus. Il n'avait pas imaginé une seule seconde que D'Agosta puisse venir le voir pour une autre raison.

— De quoi s'agit-il ?

— Je ne sais pas comment vous dire ça, chef, mais… j'aurais besoin de prendre un congé exceptionnel.

Surpris, Singleton haussa les sourcils.

— Un congé exceptionnel ?

— Oui, chef.

Il avait eu beau tourner le problème dans tous les sens, il ne voyait pas comment s'y prendre autrement.

Singleton l'observait silencieusement, mais D'Agosta savait pertinemment ce qu'il pensait. *Vous êtes là depuis six semaines et vous voulez prendre un congé exceptionnel ?*

— J'ai un problème familial à régler, expliqua D'Agosta.

Il s'en voulait d'avancer cette explication ridicule, et plus encore de mentir à son chef. Mais comment faire autrement ? *Désolé, capitaine, mais j'ai besoin d'une mise en disponibilité. Je pars à la recherche d'un type que tout le monde croit mort et dont on ignore tout, afin de l'empêcher de commettre un crime mystérieux.* D'Agosta n'avait pas hésité un instant à entreprendre la mission posthume confiée par Pendergast, mais il lui en coûtait beaucoup.

Singleton le regardait d'un air à la fois inquiet et perplexe.

— Vinnie, vous vous doutez bien que je ne peux pas accepter.

D'Agosta comprit que sa tâche serait encore plus ardue qu'il ne le redoutait. Il était prêt à donner sa démission s'il le fallait, tout en sachant que sa carrière serait fichue. On peut pardonner à un flic de démissionner une fois, mais pas deux.

— Ma mère est atteinte d'un cancer. Les médecins lui laissent très peu de temps à vivre.

Singleton prit le temps de la réflexion avant de réagir.

— Je suis sincèrement désolé, dit-il en se balançant sur la pointe des pieds.

Le silence qui suivit était pesant. D'Agosta aurait donné cher pour que quelqu'un frappe à la porte, que le téléphone sonne, ou qu'une météorite s'écrase sur le commissariat. N'importe quoi.

— Je viens juste d'apprendre la nouvelle, je suis encore sous le choc.

Il n'avait jamais éprouvé de sa vie une telle honte. C'était la première excuse qui lui était venue à l'esprit, mais il avait bien conscience d'être pitoyable. Sa mère, un cancer ? Merde, il faudrait qu'il pense à se confesser après un truc pareil. Sans oublier d'appeler sa mère à Vero Beach en Floride, et de lui faire porter deux douzaines de roses.

Singleton hochait la tête.

— De combien de temps avez-vous besoin ?

— Les médecins ne savent pas exactement. Une semaine, peut-être deux.

Le hochement se ralentit. D'Agosta, rouge comme une pivoine, se demandait ce qu'il pouvait bien penser.

— Il ne lui reste plus longtemps à vivre. Vous savez ce que c'est. Je n'ai pas été un fils modèle et je me dis que je lui dois bien ça, s'enferra-t-il. Il vous suffira de le déduire de mes congés.

— Bien sûr.

Singleton s'était immobilisé, mais il ne quittait pas D'Agosta des yeux, histoire de lui faire comprendre qu'un vrai professionnel fait passer son métier avant ses problèmes personnels. Il finit par baisser la tête et ranger les papiers qui traînaient sur son bureau.

— Je demanderai à Mercer et Sabriskie d'assurer la coordination de l'opération, déclara-t-il sèchement. Prenez le temps qu'il vous faudra, lieutenant.

6

Un épais brouillard flottait au-dessus des marais de Little Governors Island. Le grincement sinistre d'un remorqueur descendant l'East River s'éleva dans l'obscurité. Manhattan se trouvait à un kilomètre à peine, mais les lumières des gratte-ciel ne parvenaient pas à percer le voile brumeux.

Assis à l'avant, D'Agosta agrippait la portière de la voiture banalisée de Laura Hayward, qui vibrait de toute sa carcasse sur la petite route. Les phares ouvraient la route en hoquetant au rythme de l'auto, deux pinceaux jaunes éclairant péniblement le chemin bordé de châtaigniers fantomatiques.

— Je crois que tu as oublié un nid-de-poule, grommela D'Agosta.

— Ne t'inquiète pas de ça et réponds à ma question. Tu as vraiment raconté à Singleton que ta mère était atteinte d'un cancer ?

D'Agosta poussa un soupir.

— C'est tout ce que j'ai trouvé sur le moment.

— Mais enfin, Vinnie ! Singleton a perdu sa mère d'un cancer. Et tu sais quoi ? ça ne l'a pas empêché de venir travailler tous les jours. Il s'est même arrangé pour que l'enterrement ait lieu un dimanche. *Tout le monde* est au courant dans le service.

— Tout le monde sauf moi, grimaça D'Agosta en repassant dans sa tête sa conversation du matin avec Singleton. *Vous savez ce que c'est. Je n'ai pas été un fils modèle et je me dis que je lui dois bien ça*. Bien joué, Vinnie.

— Je n'arrive pas à croire que tu prennes un congé pour te lancer à la poursuite du frère de Pendergast sur la foi d'une simple lettre et d'une intuition. Comprends-moi bien. J'étais la première à penser que Pendergast était le flic le plus brillant de la terre. Ça ne l'empêchait pas d'avoir un défaut majeur, Vinnie, et tu sais que j'ai raison. Il se croyait au-dessus des lois, contrairement à tous les crétins dans notre genre qui avons la faiblesse d'obéir au règlement. Et ça me dérange de te voir suivre le même chemin.

— Je ne suis pas le même chemin.

— Cette histoire de frère de Pendergast est tellement bizarre que ça ne me fait pas rire. Je serais curieuse de savoir ce que tu comptes faire si jamais tu trouves ce Diogène.

Faute de pouvoir répondre, D'Agosta préféra conserver le silence.

La voiture trembla violemment en passant dans une ornière.

— Tu es sûr que c'est ici ? Je vois mal comment il pourrait y avoir un hôpital dans le coin.

— Oui, je suis sûr.

Une silhouette indistincte émergea du brouillard à la lueur des phares, celle d'une grille métallique surmontée de pointes acérées, fixée à un mur de briques de plus de trois mètres recouvert de mousse. Hayward s'arrêta devant la grille fermée que jouxtait une vieille guérite. Sur un écriteau, on pouvait lire : *Hôpital Mount Mercy – Unité de psychiatrie criminelle.*

Un gardien sortit de la guérite, une torche électrique à la main, et D'Agosta lui tendit son badge.

— Lieutenant D'Agosta. J'ai rendez-vous avec le docteur Ostrom.

Le gardien se retira dans sa guérite où ils le virent consulter un listing informatique. Quelques instants plus tard, la grille s'ouvrit en grinçant. Hayward remonta une allée de gravier jusqu'à des bâtiments disposés de manière anarchique dont les tours crénelées, à demi noyées dans la brume, figuraient un visage édenté.

— Mon Dieu, fit Laura en écarquillant les yeux. Tu veux dire que la grand-tante de Pendergast est enfermée là ?

D'Agosta acquiesça.

— D'après ce que j'ai cru comprendre, ce lieu abritait autrefois un sanatorium réservé aux millionnaires atteints de tuberculose. Il a été transformé depuis en asile pour criminels jugés irresponsables.

— Tu sais ce que cette femme a pu faire pour se retrouver là ?

— Constance m'a dit qu'elle a empoisonné toute sa famille.

Hayward lui lança un coup d'œil.

— Toute sa famille ?

— Sa mère, son père, son mari, son frère et ses deux enfants. Elle les croyait possédés par le démon. Ou bien par les esprits des soldats yankees tués par son père, personne ne sait exactement. Quoi qu'il en soit, veille à garder tes distances, il paraît qu'elle est très douée pour se procurer des lames de rasoir qu'elle dissimule ensuite sur elle. Au cours des douze derniers mois, elle a blessé grièvement deux infirmiers.

— Arrête !

L'intérieur de l'hôpital sentait le camphre et l'humidité. On devinait encore, derrière les murs de couleur terne, l'élégance des bâtiments d'autrefois avec leurs plafonds à caissons, leurs murs lambrissés et leurs couloirs dallés de marbre usé.

Le docteur Ostrom, un quadragénaire élancé vêtu d'une blouse immaculée, les attendait dans une cellule d'isolement au premier étage. Il se dégageait de sa personne un sentiment d'importance et de gravité. D'un coup d'œil, D'Agosta remarqua que la table et les quelques chaises en plastique étaient vissées au sol et les néons protégés par du grillage.

Les deux visiteurs se présentèrent à Ostrom qui leur fit poliment un signe de la tête, sans leur tendre la main.

— Vous venez voir Cornelia Pendergast, je crois.

— À la demande de son petit-neveu.

— On vous aura sans doute informés des règles de sécurité à observer. Des règles… euh, un peu particulières.

— Bien sûr.

— Ne vous approchez d'elle sous aucun prétexte. Évitez tout mouvement brusque. Ne la touchez jamais et ne la laissez jamais vous toucher. Je ne vous autorise à la voir que quelques minutes. Une visite prolongée serait susceptible de l'énerver, et nous devons veiller tout particulièrement à ce qu'elle reste calme. Au premier signe d'excitation de sa part, je serai contraint de mettre un terme à l'entretien.

— Je comprends.

— Elle n'aime guère recevoir la visite de gens qu'elle ne connaît pas et il se peut qu'elle refuse de vous voir. Si c'est le cas, je ne peux l'y obliger. Un mandat n'y changerait rien…

— Dites-lui que je suis Ambregris Pendergast, son frère.

Ce stratagème lui avait été suggéré par Constance Greene.

Le docteur Ostrom fronça les sourcils.

— Je ne suis pas certain d'approuver ce genre de ruse, lieutenant.

— Il ne s'agit pas d'une ruse, mais d'un pieux mensonge. Comprenez-moi, docteur. Cet entretien est d'une importance capitale. Des vies humaines en dépendent.

Le médecin sembla réfléchir quelques instants, puis il opina sèchement et sortit de la pièce par une lourde porte métallique.

D'Agosta et Laura se regardèrent. Pas un bruit ne parvenait jusqu'à eux. Au bout de quelques minutes, les protestations aiguës d'une vieille femme s'élevèrent dans le couloir.

Les cris se rapprochaient et la porte s'ouvrit soudain, laissant place à Cornelia Pendergast dans une chaise roulante recouverte d'une épaisse couche de caoutchouc noir.

Les mains ridées de la vieille dame reposaient sur un petit coussin brodé posé sur ses genoux. Le docteur Ostrom, encadré de deux infirmiers aux uniformes matelassés, poussait lui-même le fauteuil. Le corps frêle de Cornelia Pendergast semblait perdu dans une longue robe de taffetas noir désuète, son visage dissimulé derrière une voilette. D'Agosta avait du mal à croire que cette créature chétive ait pu s'attaquer à deux de ses gardiens.

La chaise roulante s'immobilisa au milieu de la pièce et la vieille femme cessa aussitôt de se plaindre.

— Relevez mon voile, ordonna-t-elle d'une voix rendue plus autoritaire encore par son accent sudiste aux intonations patriciennes, presque britanniques.

L'un des infirmiers fit un pas en avant et releva le voile de sa main gantée en veillant à conserver ses distances. Sans même s'en apercevoir, D'Agosta s'était penché en avant, fasciné par la vieille dame.

Cornelia Pendergast le regardait fixement de ses yeux d'un bleu délavé. En dépit de l'âge et des taches de vieillesse, la peau de son visage conservait une souplesse étonnante. D'Agosta reconnut les pommettes et la mâchoire de son ami disparu dans les traits étrangement fins de la vieille femme, et son cœur se serra dans sa poitrine. La ressemblance aurait été plus frappante encore sans la lueur de démence qui flottait dans le regard de la malade.

Personne ne disait rien. La grand-tante Cornelia ne quittait pas D'Agosta des yeux et il craignit un instant qu'elle s'aperçoive de la supercherie. Tout au contraire, ses traits se détendirent brusquement.

— Mon cher frère. Comme c'est gentil à toi d'avoir fait tout ce chemin pour me rendre visite. Cela fait si longtemps que tu me délaissais, vilain personnage. Mais comment t'en vouloir ? Je suis la première à souffrir de vivre ici au milieu de tous ces cochons de Nordistes.

La vieille dame ponctua sa phrase d'un petit rire.

Constance avait prévenu D'Agosta que la grand-tante Cornelia s'enfermait dans un monde imaginaire. Elle était persuadée de passer son temps entre Ravenscry, la propriété de son défunt mari à quelques dizaines de kilomètres au nord de New York, et la demeure familiale des Pendergast à La Nouvelle-Orléans.

— Je suis ravie de te voir, Cornelia, répondit prudemment D'Agosta.

— Quelle est donc cette charmante jeune personne avec laquelle tu es venu ?

— Je te présente Laura, ma... ma femme.

Hayward lui lança un coup d'œil furtif.

— Comme c'est charmant ! Je me suis toujours demandé quand tu finirais par trouver une épouse. Il est grand temps de penser à donner du sang neuf à la lignée des Pendergast. Puis-je vous proposer des rafraîchissements ? Du thé ? Ou alors un *mint julep*[1], tu l'aimes tant.

La vieille dame se tourna vers les deux infirmiers qui se tenaient aussi loin d'elle que possible.

— Je te remercie, nous ne voulons rien, répondit D'Agosta.

---

1. Ce cocktail traditionnel sudiste, parfumé à l'aide de feuilles de menthe, est un mélange de bourbon, de sucre, d'eau et de glace pilée.

— C'est sans doute aussi bien, après tout. Le personnel n'est *décidément* plus ce qu'il était, siffla-t-elle en tendant une main méprisante en direction des deux infirmiers qui sursautèrent.

Penchée en avant, elle ajouta sur le ton de la confidence :

— Je t'envie, mon cher frère. La vie est tellement plus douce dans le Sud. Ici, les classes inférieures n'éprouvent aucune fierté à servir leurs supérieurs.

D'Agosta approuva machinalement, perplexe devant cette élégante vieille dame persuadée de s'adresser au frère empoisonné près de quarante ans auparavant. Mais il était temps d'entrer dans le vif du sujet. Ostrom lui avait demandé de ne pas prolonger indûment l'entretien et il n'avait que trop tardé.

— Comment se portent les tiens ? demanda-t-il.

— Je ne pardonnerai jamais à mon mari de nous avoir attirés dans ces ruines glaciales. Le climat est épouvantable, sans parler de l'inculture des indigènes. Heureusement que j'ai mes enfants.

Elle accompagna ses paroles d'un sourire plein de douceur. D'Agosta frissonna, se demandant si elle les avait regardés mourir.

— Nous n'avons aucun voisin digne d'intérêt, de sorte que je dois m'occuper toute seule. Je m'astreins à faire un peu de marche, mais l'air est si froid que j'y renonce souvent. Mon teint est d'une pâleur affligeante. Regarde, précisa-t-elle en levant une main anémiée.

D'Agosta fit un pas en avant, mais le docteur Ostrom fronça les sourcils en guise d'avertissement.

— Et le reste de la famille ? insista D'Agosta. Ça fait une éternité que je n'ai pas eu de nouvelles de nos neveux.

— Aloysius vient me voir de temps en temps, chaque fois qu'il a besoin de mes conseils, sourit-elle. C'est un bon garçon, bien élevé et respectueux de ses aînés. Pas comme l'autre.

Un éclair fugitif traversa son regard.

— Diogène, précisa D'Agosta.

La grand-tante Cornelia hocha la tête.

— Diogène, répéta-t-elle avec un haussement d'épaules. Du jour où il est né, cet enfant n'était déjà pas normal. Et puis il a eu cette maladie… et ce regard si particulier.

Elle hésita un instant avant de continuer :

— Tu sais ce qu'on raconte à son sujet.

— Dis-moi.

— Mais enfin, Ambregris, tu n'as tout de même pas oublié ?

L'espace d'un instant, un soupçon passa dans les yeux de la vieille femme qui poursuivit pourtant :

— Le sang des Pendergast est impur depuis des siècles. C'est notre lot, Ambregris. À toi comme à moi.

La vieille femme ponctua sa remarque d'un long silence.

— Chez Diogène, les premiers symptômes sont apparus dès l'enfance. C'était une mauvaise graine. Avec la maladie, la tare de notre lignée s'est épanouie chez lui dans toute son horreur.

D'Agosta n'osait pas interrompre le soliloque de la vieille femme qui reprit après une courte pause :

— Sa misanthropie est apparue très tôt. Son frère et lui étaient des solitaires, comme tous les Pendergast, mais Diogène était d'un autre acabit. Petit, Aloysius avait un ami très proche qui est devenu un peintre célèbre par la suite. Mon Dieu ! Je me souviens d'Aloysius passant son temps dans les bayous avec tous ces Cajuns, ce qui n'était pas pour me plaire, tu t'en doutes. De son côté, Diogène n'avait pas un seul compagnon. Les autres enfants avaient trop peur de lui, et la situation n'a fait qu'empirer après sa maladie.

— Sa maladie ?

— La scarlatine. C'est ce qu'on a dit, en tout cas. C'est à ce moment-là que son œil a changé de couleur, qu'il est devenu presque blanc. Il ne voit plus que d'un œil, tu sais, précisa-t-elle avant d'enchaîner.

— Aloysius était tout le contraire de son frère. À l'école, il était la cible de ses petits camarades. Ce n'est pas à toi que j'apprendrai à quel point les Pendergast ont toujours été mal vus des petites gens. Aloysius devait avoir dix ans lorsqu'il s'est lié avec ce vieux Tibétain sur Bourbon Street. Il faut bien reconnaître qu'il avait le chic pour dénicher les personnages les plus étranges. C'est ce vieil homme qui lui a enseigné cette vieille technique de méditation avec un nom à coucher dehors, le *chang* ou le *choong*, quelque chose comme ça. Il lui a également enseigné une technique de combat inhabituelle, et plus personne n'a embêté Aloysius par la suite.

— Diogène ne s'est jamais laissé brutaliser par ses camarades, tenta D'Agosta.

— Les enfants ont un sixième sens pour ce genre de choses. Diogène était pourtant plus jeune et plus petit qu'Aloysius.

— Comment les deux frères s'entendaient-ils ?

— Ambregris, mon ami, j'ai l'impression que l'âge te fait perdre la mémoire. Tu sais bien que Diogène *haïssait* son frère aîné ! Diogène n'aimait de toute façon que sa mère, mais Aloysius était sa bête noire. Surtout après sa maladie.

Elle s'arrêta et la lueur de démence qui animait son regard s'atténua, emportée par le poids des souvenirs.

— Tu te rappelles sûrement la souris blanche d'Aloysius.

— Oui, bien sûr.

— Il l'avait baptisée Incitatus, comme le cheval préféré de l'empereur Caligula. Il se plongeait volontiers dans la lecture de Suétone, à l'époque, et se promenait avec le petit animal perché sur son épaule en récitant : « Salut à toi Incitatus, précieuse souris du vénéré César ! » J'avoue avoir une sainte horreur des souris, mais cette petite bête était si douce et gentille que j'en étais presque arrivée à l'aimer. Aloysius faisait preuve d'une infinie patience vis-à-vis de cette bestiole qu'il adorait. Il lui avait enseigné toutes sortes de tours. Incitatus se tenait debout sur ses pattes arrière, elle était capable de rattraper une balle de ping-pong et de la poser en équilibre sur son nez à la façon d'une otarie de cirque. Ça te faisait rire aux larmes, tu te rappelles ?

— Oui, je m'en souviens.

La grand-tante Cornelia reprit son souffle. Même les infirmiers semblaient pendus à ses lèvres.

— Un matin, le petit Aloysius a trouvé une croix de bois plantée au pied de son lit. Une ravissante petite croix d'une vingtaine de centimètres sur laquelle Incitatus avait été crucifiée.

Laura Hayward eut un haut-le-cœur.

— On a tout de suite su qui avait commis cette horreur. Aloysius en a été bouleversé, il n'a plus jamais voulu d'animal domestique par la suite. Quant à Diogène, ce n'était que le début de ses… *expériences* avec les animaux. Les chats, les chiens, même les poules et autres animaux de basse-cour disparaissaient les uns après les autres. Je me souviens d'un incident particulièrement désagréable avec la chèvre d'un voisin…

La vieille femme partit d'un fou rire silencieux qui la secoua longtemps. Le docteur Ostrom, inquiet, fit les gros yeux à D'Agosta en désignant sa montre.

— Quand as-tu vu Diogène pour la dernière fois ? s'empressa de demander le policier.

— Le surlendemain de l'incendie, répondit la grand-tante Cornelia.

— L'incendie, répéta D'Agosta en donnant l'air d'être au courant.

— Mais oui, l'incendie, reprit la vieille dame qui commençait à montrer des signes d'énervement. Quand crois-tu que je l'ai revu ? Cet horrible incendie qui a poussé mon mari à quitter La Nouvelle-Orléans afin de nous installer avec les enfants dans cette horrible maison pleine de courants d'air.

— La visite est terminée, s'interposa le docteur Ostrom en adressant aux infirmiers un signe discret.

— Parle-moi de l'incendie, insista D'Agosta.

L'expression farouche de la vieille femme s'adoucit brusquement, laissant place à une infinie tristesse. La lèvre tremblante, elle se tordait les mains. D'Agosta avait du mal à dissimuler son étonnement face à une métamorphose aussi soudaine.

— Écoutez… voulut intervenir Ostrom, mais D'Agosta l'interrompit d'un geste.

— Je vous en prie, encore une minute.

La grand-tante Cornelia le fixait d'un œil.

— Tout ça à cause de cette foule haineuse, stupide et superstitieuse. Que le diable les maudisse de toute éternité, eux et leur progéniture, pour avoir réduit en cendres la vieille demeure des Pendergast. Aloysius avait vingt ans à l'époque, il faisait ses études à Oxford, mais Diogène se trouvait là le soir où ses parents sont morts brûlés vifs sous ses yeux. Je revois encore son expression lorsque les pompiers l'ont sorti du sous-sol où il avait trouvé refuge…, murmura-t-elle en frissonnant. Aloysius est rentré deux jours plus tard. Dans l'intervalle, nous avions été accueillis par des parents à Baton Rouge. Diogène a pris son frère à part et ils se sont enfermés dans une pièce. L'entrevue a duré à peine cinq minutes. En sortant, Aloysius était blanc comme un linge. Quant à Diogène, il a quitté la maison sans rien emporter, pas même quelques vêtements. Je ne l'ai jamais revu. Les rares fois où nous avons eu de ses nouvelles, c'était par le biais d'un banquier ou d'un avocat. Et puis plus rien. Jusqu'à la nouvelle de sa mort, bien évidemment.

Un silence tendu ponctua la phrase de la vieille femme. Toute trace de chagrin s'était évaporée de son visage et elle semblait avoir recouvré son calme.

— Mon cher Ambregris, que dirais-tu d'un *mint julep*? John ! claironna-t-elle. Trois *mint juleps* bien frais, je vous prie. Vous utiliserez les glaçons qui sont dans la glacière, ils sont bien meilleurs.

Le docteur Ostrom en profita pour intervenir.

— Je suis désolé, mais vos invités doivent s'en aller.

— Quel dommage.

L'un des infirmiers s'approcha avec mille précautions de la grand-tante Cornelia et lui tendit un gobelet d'eau fraîche qu'elle saisit de sa main ridée.

— Vous pouvez aller, John. Je n'ai plus besoin de vous, commanda-t-elle avant de s'adresser à D'Agosta.

— Mon cher Ambregris, tu devrais avoir honte de laisser une vieille femme comme moi boire seule.

— En tous les cas, j'ai été ravi de te revoir.

— J'espère que ta charmante épouse et toi reviendrez bientôt. C'est toujours un plaisir de te voir… *mon cher frère.*

Sur ces mots, elle grimaça un sourire carnassier, leva une main parsemée de taches de vieillesse et dissimula son visage derrière sa voilette.

7

Dans le lointain, une cloche égrena les douze coups de minuit, son chant lugubre atténué par les épais rideaux et les tapisseries tendues sur les murs de la bibliothèque. D'Agosta s'étira dans le fauteuil de cuir et massa son dos endolori. Des bûches crépitaient sur les chenets de fer forgé et la pièce, éclairée dans ses moindres recoins par une demi-douzaine de lampes, avait enfin retrouvé un peu de sa chaleur. Assise au coin du feu, Constance buvait une tisane dans une tasse de porcelaine tout en lisant *La Reine des fées* de Spenser. Proctor, connaissant les goûts moins classiques de D'Agosta, remplaçait régulièrement les verres de Budweiser tiède du lieutenant par de la bière fraîche.

Constance avait mis à la disposition de D'Agosta tout ce que Pendergast avait pu réunir sur son frère, et le policier avait passé la soirée plongé dans la lecture des papiers éparpillés sur la table. Dans cette pièce tapissée de livres dont il connaissait l'odeur de vieux cuir et de feu de bois, D'Agosta croyait presque sentir la présence de Pendergast, son regard clair brillant de curiosité à la veille d'une enquête.

Mais D'Agosta avait beau retourner dans tous les sens les articles de journaux, les lettres, les photos et autres rapports dont il disposait, il ne savait par quel bout commencer. Pendergast avait manifestement pris très au sérieux la menace de son frère, car tous les documents étaient soigneusement rangés et annotés. De toute évidence, il s'était appliqué à mettre de côté toutes les informations utiles, comme s'il avait prévu de passer le relais à un autre le moment venu.

Au cours des dernières heures, D'Agosta avait lu et relu l'ensemble des documents légués par son ami. À la mort de ses parents, Diogène avait volontairement cessé toute relation avec le clan Pendergast et il s'était volatilisé. On perdait sa trace pendant près d'un an, jusqu'à ce courrier, envoyé par l'intermédiaire d'un notaire de famille, qui exigeait le versement d'une somme de 100 000 dollars sur un compte bancaire à son nom à Zurich. Une requête similaire avait été formulée un an plus tard, mais la somme demandée s'élevait cette fois à 250 000 dollars, à virer dans une banque de Heidelberg. Cette fois, la famille avait refusé, contraignant Diogène à se manifester par le biais d'une lettre, soigneusement conservée par Pendergast dans une chemise transparente. D'Agosta se plongea une nouvelle fois dans la lecture de cette écriture serrée, en pattes de mouches dont on imaginait difficilement qu'elle pût être celle d'un garçon de dix-sept ans. La lettre était adressée à Pendergast, sans indication de date ni de lieu :

Ave, frater

Il m'est pénible de devoir t'écrire à propos d'argent, ou pour tout autre motif en vérité. C'est toi qui m'y obliges, car je ne doute pas que tu sois derrière le refus opposé à ma dernière demande.

Dois-je te rappeler que j'entrerai en possession de ma part d'héritage d'ici quelques années ? Dans l'intervalle, je compte bien obtenir çà et là de petites sommes. Sache qu'il en va de ton intérêt, comme de celui des autres. J'avais cru m'être bien fait comprendre à ce sujet lors de notre ultime discussion à Baton Rouge. Je suis actuellement fort occupé par des études et des recherches qui ne me laissent guère le loisir de gagner ma vie. En cas de refus, je trouverai bien quelques moyens amusants de me procurer les sommes dont j'ai besoin. Tu veilleras donc à honorer ma requête au plus vite si tu ne souhaites pas que je m'engage sur ce chemin.

La prochaine fois que je t'écrirai, ce sera de mon plein gré, et non parce que tu m'y auras contraint. Je ne souhaite pas avoir à te le redire. Au revoir, mon cher frère, et bonne chance.

D'Agosta reposa la lettre. Les relevés bancaires montraient que l'argent demandé avait été envoyé aussitôt. Une somme comparable avait été virée un an plus tard sur un compte d'une banque de Threadneedle Street à Londres, et le même montant avait été mis à disposition de Diogène dans le Kent l'année suivante. Le cadet de Pendergast avait brièvement refait surface le jour de son vingt et unième anniversaire afin de réclamer les 87 millions de dollars qui lui revenaient en héritage. Deux mois plus tard, on apprenait sa mort dans un accident d'auto survenu à Canterbury. Son corps, entièrement calciné, était méconnaissable, et jamais on n'avait pu remettre la main sur l'héritage de Diogène.

D'Agosta se pencha sur le faux certificat de décès classé parmi les documents.

Je suis actuellement fort occupé par des études et des recherches. Quelles études ? Quelles recherches ? Diogène ne le disait pas, et Pendergast n'avait laissé aucune indication à ce propos, ou presque. Les yeux de D'Agosta se posèrent sur une pile d'articles découpés dans des revues et des journaux étrangers, tous soigneusement datés et accompagnés d'une traduction lorsqu'ils n'étaient pas rédigés en anglais. Comme à son habitude, Pendergast avait pensé à tout.

La plupart de ces entrefilets traitaient de crimes jamais résolus. Une famille entière décimée par le botulisme au Liban, sans que l'on trouve trace de nourriture dans l'estomac des victimes. Un chimiste de la Sorbonne à Paris, les artères radiales tranchées au niveau des poignets, dont le corps avait été soigneusement vidé de son sang ; des dossiers relatifs à certaines recherches menées par le malheureux avaient disparu. D'autres articles décrivaient des meurtres similaires, tous plus abominables les uns que les autres, au cours desquels avaient été pratiquées des tortures et des expériences dont la nature exacte n'avait pu être déterminée. À ces rapports détaillés s'ajoutaient de simples avis de décès, sans rapport les uns avec les autres, Pendergast n'ayant pas cru bon d'expliquer pourquoi ces événements avaient attiré son attention.

D'Agosta passa une nouvelle fois en revue les coupures de journaux parmi lesquelles figuraient également des comptes rendus de vols : la chambre froide d'une usine de produits pharmaceutiques vidée des échantillons expérimentaux qu'elle contenait, une collection de diamants mystérieusement envolée d'un coffre en Israël, un énorme morceau d'ambre, contenant la feuille fossilisée d'une plante disparue depuis longtemps, subtilisé dans l'appartement parisien d'un couple aisé, un coprolithe de tyrannosaure datant de la période crétacée tertiaire disparu sans laisser de trace…

D'Agosta reposa les articles en soupirant.

Son regard s'arrêta sur un dossier intitulé « Sandringham », un établissement privé du sud de l'Angleterre dans lequel Diogène avait achevé ses études secondaires à l'insu des siens. Il s'y était inscrit à l'aide de faux documents, accompagné de prétendus parents engagés pour l'occasion. En dépit de ses résultats exceptionnels, il avait été expulsé au bout de quelques mois. Pendergast avait bien tenté de comprendre les raisons de ce renvoi, mais le directeur de l'établissement, très mal à l'aise, s'était contenté d'explications douteuses. Une série de lettres montraient que Pendergast avait contacté à plusieurs reprises un certain Brian Cooper qui avait partagé sa chambre avec Diogène à Sandringham, mais ses courriers étaient restés sans suite. Une lettre des parents de l'adolescent expliquait ce silence en précisant que Brian, souffrant de catatonie aiguë, avait dû être placé dans une institution spécialisée.

Au lendemain de son exclusion, Diogène n'avait plus fait parler de lui pendant plus de deux ans, jusqu'au jour où il avait réclamé sa part d'héritage. Deux mois plus tard, il mettait en scène sa mort et disparaissait sans laisser de trace.

Pas totalement pourtant, puisqu'il avait repris contact avec son frère une dernière fois quelques mois plus tôt. D'Agosta se saisit d'une feuille d'un épais papier de lin pliée en deux, posée à l'écart des autres documents. Il l'ouvrit lentement. Un curieux écusson en relief figurait en tête de la lettre : un œil grand ouvert posé sur deux croissants de lune au-dessus d'un lion rampant. Au centre de la page blanche, rédigée à l'encre violette de son écriture aisément reconnaissable, Diogène avait écrit une date : 28 janvier.

D'Agosta repensa machinalement à ce jour d'octobre où il avait vu cette lettre pour la première fois, dans cette même pièce, à la veille de leur départ pour l'Italie. En la lui montrant, Pendergast lui avait brièvement expliqué les intentions néfastes de Diogène.

Mais D'Agosta était rentré seul de leur périple italien. C'était à lui, et à lui seul, de prendre la relève de son ami disparu, de tenter d'empêcher que le pire ne soit commis le 28 janvier.

Il ne lui restait plus qu'une semaine.

Un vent de panique le submergea. Que faire en si peu de temps ? Commencer par cet ancien condisciple de Diogène à Sandringham. Appeler ses parents afin de savoir si l'adolescent était en état de parler. Et même s'il faisait chou blanc, il finirait bien par dénicher d'autres élèves susceptibles de lui parler de Diogène.

D'Agosta replia soigneusement la lettre et la posa sur la table, à côté d'une vieille photo en noir et blanc tout abîmée. Il la prit et l'approcha de la lumière. On y voyait un homme et une femme accompagnés de deux jeunes garçons, debout devant une rambarde tarabiscotée en fer forgé, une demeure imposante en arrière-plan. Il faisait chaud ce jour-là, à en juger par les shorts des garçons et la robe d'été de la femme. L'homme regardait devant lui d'un air supérieur ; quant à la femme, avec ses cheveux clairs et son sourire un brin mystérieux, elle était ravissante. Les deux petits garçons devaient avoir cinq et huit ans. Le plus grand se tenait très droit, les mains derrière le dos, et fixait gravement l'objectif. Ses cheveux d'un blond cendré étaient séparés par une raie soigneusement dessinée, ses vêtements impeccables. Ses pommettes saillantes et son nez aquilin étaient déjà ceux de l'inspecteur Pendergast.

L'autre garçonnet, un petit rouquin, tenait ses mains serrées et tendues vers le haut, comme pour une prière. À l'inverse de son aîné, malgré ses mains jointes dans un geste angélique, Diogène avait quelque chose de débraillé. Pas tant dans sa tenue que dans sa pose décontractée, presque alanguie. Cela tenait sans doute à ses lèvres écartées, étrangement sensuelles pour un enfant aussi jeune. Ses deux yeux étaient de la même couleur, preuve que la photo avait été prise avant sa maladie.

D'Agosta ne parvenait pas à détacher son regard des yeux de Diogène qui regardait l'appareil sans le voir. Des yeux inquiétants, mornes, d'une grande tristesse, en totale contradiction avec ce visage d'enfant.

Le lieutenant sursauta en entendant un bruissement derrière lui. Constance Greene venait de le rejoindre. À l'instar de Pendergast, elle avait le don de se déplacer sans faire de bruit.

— Je suis désolée, s'excusa-t-elle. Je ne voulais pas vous faire peur.

— C'est rien. Je crois que j'ai fini par avoir les boules, à force de regarder tous ces papiers.

— Comment dites-vous ? Les boules ?

— Simple expression.

— Avez-vous pu trouver quelque chose d'intéressant ?

D'Agosta fit non de la tête.

— Rien de nouveau, répondit-il avant d'ajouter, après une légère hésitation :

— Curieusement, je n'ai rien trouvé ici sur la maladie de Diogène. La tante Cornelia a parlé de scarlatine, en précisant que Diogène n'avait plus jamais été le même par la suite.

— J'aimerais pouvoir vous aider, mais je ne sais rien de plus. J'ai longuement fouillé les papiers familiaux d'Aloysius au cas où il aurait omis quelque document, mais méticuleux comme il l'était, je n'ai rien trouvé.

Rien. Rien sur la cachette de Diogène, sur son apparence, ses activités ou le crime qu'il s'apprêtait à commettre.

Rien de rien, sinon la date du 28 janvier. Lundi prochain.

— Pendergast se sera peut-être trompé, tenta D'Agosta d'une voix qu'il voulait optimiste. Au sujet de la date, je veux dire. Il peut s'agir du 28 janvier de l'année prochaine, ou bien de tout autre chose.

D'un geste, il montra les papiers éparpillés autour de lui.

— Tout ça me semble si lointain. J'ai du mal à croire que quelque chose de grave puisse se produire.

Pour toute réponse, Constance lui adressa un sourire fugace.

8

Horace Sawtelle tendit l'énorme menu au maître d'hôtel. Pourquoi ses clients ne venaient-ils jamais le démarcher chez lui ? Ça lui aurait évité d'arpenter à longueur d'année les jungles bétonnées du pays : Chicago, Detroit, aujourd'hui New York. La vie à Keokuk, sa petite ville au cœur de l'Iowa, était plutôt agréable. Il en connaissait tous les cafés, tous les bars à filles. Avec un peu de chance, certains de ses clients pourraient même succomber aux charmes du Midwest.

Le client avec lequel il déjeunait avait commandé un plat bizarre. Avec un nom pareil, ça devait être du vomi de veau, et il se demanda si l'autre savait vraiment ce qu'il faisait. Horace Sawtelle avait lu le menu de long en large non sans appréhension. Une longue liste de plats français imprononçables, écrits en lettres rondes. En désespoir de cause, il s'était rabattu sur ce qu'il avait trouvé de moins étrange, un truc baptisé *steak tartare*. Les Français sont peut-être bizarres question cuisine, mais il faut se lever tôt pour rater un steak. Quant à la sauce tartare, il en prenait toujours avec les bâtonnets de poisson.

— Vous ne m'en voudrez pas d'y jeter un dernier coup d'œil avant de signer ? demanda son client en lui montrant une liasse de contrats.

D'un signe de tête, Sawtelle lui donna sa bénédiction.

— Je vous en prie.

Ça ne faisait jamais que deux heures que l'autre examinait à la loupe cette vacherie de contrat. Tout ça pour 50 000 dollars de pièces de rechange. On aurait pu croire que cet imbécile s'endettait à vie pour une villa à Palm Beach.

Son client se plongea dans la lecture du contrat et Sawtelle en profita pour regarder autour de lui en émiettant un gressin. On les avait installés sur une sorte de terrasse à l'intérieur d'une véranda, à l'écart de la salle de restaurant proprement dite. Toutes les tables étaient occupées, à croire que ces New-Yorkais pâlichons se ruaient sur le premier rayon de soleil venu. À la table voisine, trois rombières squelettiques picoraient des salades de fruits géantes. Un peu plus loin, un homme d'affaires quelconque donnait de grands coups de fourchette dans une chose jaune et visqueuse.

Un camion passa de l'autre côté de la vitre dans un craquement de boîte de vitesses et la main de Sawtelle se crispa machinalement sur le gressin qui s'effrita entre ses doigts. Il s'essuya aussitôt sur la nappe d'un air dégoûté. Quelle mouche avait pu piquer l'autre ostrogoth de vouloir déjeuner dans un endroit pareil, en plein mois de janvier ? Le nom du restaurant, *La Vieille Ville*, s'étalait en lettres blanches sur un velum rose au-dessus de leurs têtes, à l'ombre de l'un de ces gratte-ciel interminables dans lesquels s'entassent les autochtones. Avec ses rangées de fenêtres identiques s'élevant jusqu'au ciel, on aurait dit une prison. Un building comme celui-là devait abriter au bas mot mille personnes. Comment peut-on vivre dans une cage à lapins aussi sinistre ?

Un regain d'activité du côté des cuisines tira Sawtelle de sa rêverie. Avec un peu de chance, c'était pour eux. Le menu précisait que le steak était préparé dans son assiette et il était curieux de voir comment ils comptaient s'y prendre. Avec un barbecue et du charbon de bois, peut-être ? sourit-il intérieurement. Il n'allait pas tarder à le savoir, ils arrivaient tous en rangs serrés avec leurs tabliers blancs, en poussant devant eux une sorte de civière à roulettes.

Le maître d'hôtel gara sa table roulante à côté de Sawtelle d'un geste élégant, puis il donna des ordres en français à des sous-fifres qui s'activèrent aussitôt dans tous les sens, celui-ci pour battre un œuf, celui-là pour hacher un oignon cru. Sawtelle fronça les sourcils en apercevant le contenu de la desserte : des fragments de toasts, un monticule de petites billes vertes (sans doute des câpres), diverses épices, de mystérieux liquides dans des coupelles, une gousse d'ail émincée, le tout disposé autour d'un tas de viande hachée crue. En revanche, ni steak ni sauce tartare.

Le maître d'hôtel déposa cérémonieusement la viande hachée dans un grand bol avant d'y ajouter l'œuf battu, l'ail et l'oignon. Il mélangea le tout et reposa la masse gluante sur la table avant de la malaxer longuement avec les doigts. Sawtelle ferma les yeux en se promettant de demander à ce que son steak soit bien cuit. *Avec tous les microbes bizarres qui circulent à New York, on ne sait jamais.* En attendant, il se demandait où le maître d'hôtel allait bien pouvoir faire griller sa viande.

Lorsqu'il se décida à rouvrir les yeux, un serveur déposait une assiette devant lui. Les yeux écarquillés, il découvrit un petit tas de viande hachée, entouré de morceaux de toast, de câpres et de miettes d'œuf dur.

Incrédule, Sawtelle releva la tête. En face de lui, son client observait la scène d'un air approbateur.

Le maître d'hôtel leur adressa un grand sourire. Il allait s'éclipser dans le sillage de ses sbires lorsque Sawtelle le retint.

— Excusez-moi, mais… vous avez oublié de la cuire, dit-il avec une petite voix.

Le maître d'hôtel s'arrêta net.

— Pardon ? répondit-il en français.

Sawtelle lui désigna son assiette.

— Vous avez oublié de la cuire. Cuire, vous savez. Avec du feu. Flambé.

Le maître d'hôtel secoua vivement la tête.

— Oh non, monsieur ! Jamais cuire, s'exclama-t-il dans un mauvais anglais.

— Le steak tartare ne se cuit pas, s'interposa le client qui s'apprêtait à signer le contrat. C'est de la viande crue. Vous ne le saviez pas ? s'étonna-t-il sans pouvoir réprimer un petit sourire supérieur.

Figé sur sa chaise, s'efforçant tant bien que mal de ne pas perdre son sang-froid, Sawtelle leva les yeux au ciel. *Il n'y a qu'à New York qu'on voit des trucs pareils. 25 dollars pour un petit tas de viande hachée.*

En face de lui, le client le vit se raidir brusquement.

— Mon Dieu, qu'est-ce que c'est que ça ? s'écria Sawtelle.

Au loin, au-dessus de leurs têtes, une silhouette fendait l'air glacé, les bras en croix. L'espace d'un instant, Sawtelle crut qu'il s'agissait d'une hallucination et que le malheureux flottait dans le ciel, avant d'apercevoir, accrochée à son cou, la corde qui pendait d'une fenêtre ouverte. Sawtelle resta comme pétrifié.

Autour de lui, d'autres avaient suivi son regard et des cris étouffés fusèrent de toutes parts.

L'individu se débattait dans tous les sens, le dos plié en deux. Incapable de détacher son regard de ce spectacle, Sawtelle vit brusquement la corde se rompre tandis que l'inconnu entamait une chute vertigineuse en battant des bras et des jambes.

Recouvrant ses réflexes, Sawtelle se jeta au bas de sa chaise en poussant un hurlement. Une fraction de seconde plus tard, un corps désarticulé fondit, dans une explosion de verre brisé, sur les occupantes de la table voisine. Sous le choc, une salade de fruits s'éparpilla dans un camaïeu de vert, de jaune et de rouge. Étalé de tout son long par terre, Sawtelle sentit une masse tiède et humide lui gifler le visage tandis qu'une pluie de verres, d'assiettes, de bols, de fourchettes, de cuillères et de fleurs s'abattait sur lui.

Le restaurant se retrouva plongé dans un silence irréel un court instant, avant que ne résonnent les premiers cris de peur et de douleur, assourdis par le drame. Reprenant ses esprits, Sawtelle s'aperçut que son oreille droite baignait dans une substance visqueuse indéfinissable.

Allongé sur le dos, il prit brusquement conscience de la tragédie qui venait de se produire. Partagé entre l'horreur et l'incrédulité, il était incapable de bouger. Autour de lui, les plaintes se multipliaient.

Au terme d'un effort surhumain, il se mit à genoux et se releva en même temps que d'autres, dans la rumeur étouffée des gémissements. Des morceaux de verre jonchaient le sol, les tables n'étaient plus qu'un amas de nourriture, de sang, de fleurs, de serviettes, de nappes et de bois déchiqueté. Par un curieux effet du hasard, le dôme de viande hachée qu'on lui avait servi quelques minutes plus tôt trônait au milieu des débris de la véranda, intact.

Sawtelle regarda autour de lui et découvrit son client, assis à la même place, parfaitement immobile, son costume constellé de taches d'une matière innommable.

Sans réfléchir, Sawtelle pivota sur lui-même, se dirigea vers la porte d'un pas hésitant, faillit perdre l'équilibre et se reprit.

Derrière lui, la voix du client s'éleva :

— Vous… vous partez ?

La question lui parut si absurde qu'il éclata d'un rire gras.

— Si je pars ? répondit-il en s'essuyant l'oreille d'un geste machinal. Plutôt deux fois qu'une, oui !

Secoué d'un rire nerveux incontrôlable, enjambant les débris épars qui gisaient sur le sol, il franchit les quelques mètres qui le séparaient de la porte, décidé à sortir coûte que coûte de cet enfer. Une fois sur le trottoir, il s'enfuit à toutes jambes sans se soucier des piétons qu'il bousculait dans sa course.

À partir de maintenant, il demanderait à ses clients de venir le voir à Keokuk.

9

William Smithback descendit du taxi et jeta un billet froissé de 20 dollars par la fenêtre côté passager, le regard tourné vers le Lincoln Center : un attroupement avait créé un embouteillage à hauteur de la 65e Rue et de Columbus Avenue, déclenchant un concert de klaxons et de sirènes de police.

Smithback se faufila à travers les voitures et remonta Broadway au pas de course, de la buée s'échappant de sa bouche entrouverte. Depuis quelque temps, il avait l'impression de passer son temps à courir, au détriment de l'image de journaliste vedette du *New York Times* qu'il aimait à se donner. C'est tout juste s'il avait le temps de remettre ses articles avant d'entamer le reportage suivant. Il lui arrivait même de faire deux papiers par jour, au grand déplaisir de Nora Kelly, la jeune femme épousée deux mois plus tôt qui rêvait de petits dîners intimes et de soirées romantiques. À force de courir, Smithback ne trouvait même plus le temps de manger, mais Bryce Harriman courait autant que lui, et il ne s'agissait pas de se laisser distancer.

Smithback avait failli avoir une crise cardiaque à son retour de voyage de noces en voyant la silhouette de Bryce Harriman s'encadrer dans la porte de son bureau. Un Bryce Harriman plus suffisant que jamais dans son costume de fils à papa, qui lui avait déclaré d'une voix acide :

— Bienvenue dans *notre* journal.

Notre journal. Quel cauchemar.

Tout allait pourtant si bien. Grâce à la demi-douzaine de scoops engrangés depuis quelques mois, il faisait figure de star montante au sein de la rédaction du *Times*. Fenton Davies, son rédacteur en chef, s'adressait systématiquement à lui pour tous les reportages importants. Quant à sa petite amie, Nora, il avait réussi à la convaincre de renoncer provisoirement à ses recherches archéologiques, le temps de lui passer la bague au doigt. Leur voyage de noces à Angkor Vat s'était déroulé comme dans un rêve, et il avait gardé un souvenir ému de la semaine passée en pleine jungle, à braver la malaria, les serpents et les fourmis carnivores au cœur des ruines du temple de Bantey Chhmar. Dans l'avion qui les ramenait à New York, il avait soudainement pris conscience d'avoir goûté au bonheur absolu.

Il ne se doutait pas à quel point il avait raison.

Sous des dehors obséquieux, Harriman avait décidé d'avoir sa peau. Ce n'était pas la première fois que les deux hommes se retrouvaient en concurrence, mais ils n'avaient jamais travaillé au sein de la même rédaction auparavant. Comment Harriman, profitant de l'absence de Smithback, avait-il réussi à faire sa place au sein du *Times*? Il est vrai qu'il faisait preuve d'un zèle écœurant auprès de Davies. Il lui apportait des cafés au lait tous les matins, buvait ses paroles comme s'il s'agissait de l'oracle de Delphes, et le rédacteur en chef avait l'air de tomber dans le panneau. La semaine dernière encore, Harriman s'était arrangé pour qu'on lui refile l'affaire de l'Agitateur, alors que l'enquête revenait de droit à Smithback.

Il pressa le pas en direction du restaurant sur lequel un type s'était écrasé un peu plus tôt. Il apercevait déjà les équipes de télévision, la foule des journalistes en train de vérifier leurs enregistreurs, les preneurs de son installant leurs micros. C'était le moment ou jamais de damer le pion à Harriman.

Grâce à Dieu, la police n'avait pas encore fait de déclaration.

Il secoua la tête en maugréant, tout en se frayant un chemin parmi la foule des badauds. Il arriva bientôt en vue de la véranda de *La Vieille Ville*. De l'autre côté des vitres, les enquêteurs procédaient aux examens d'usage, éclairés épisodiquement par des flashes. Le périmètre était sécurisé à l'aide de kilomètres de bande jaune. En levant les yeux, il découvrit l'énorme trou laissé par la victime dans le toit de la véranda, au pied des Lincoln Towers. Son regard s'arrêta sur la fenêtre béante d'où la victime avait sauté. Une série d'éclairs lui indiqua que la police était également à pied d'œuvre dans l'appartement du malheureux et il se mit à la recherche de témoins potentiels.

— Bill Smithback, du *New York Times*, déclara-t-il à la cantonade. Quelqu'un a vu ce qui s'est passé ?

Plusieurs visages se tournèrent vers lui : une rombière du West Side tenant dans ses bras un loulou de Poméranie microscopique, un coursier, le livreur d'un restaurant chinois portant une grosse boîte en équilibre sur une épaule, une poignée d'autres du même acabit.

— Je cherche des témoins. Quelqu'un a-t-il vu quelque chose ?

Personne ne lui répondit. *Si ça se trouve, ils ne parlent même pas anglais*, se dit-il.

— Quelqu'un sait-il quelque chose ?

Cette fois, un type en parka et cache-oreilles hocha vigoureusement la tête.

— Un homme, répondit-il avec un fort accent indien. Lui tombé.

En désespoir de cause, Smithback s'enfonça au milieu de la foule et repéra un peu plus loin un flic occupé à disperser les curieux.

— Monsieur l'agent ! cria Smithback en jouant des coudes. Je suis journaliste au *Times*. Que s'est-il passé ?

Le flic s'arrêta à peine, le temps de le gratifier d'un coup d'œil, et recommença aussitôt à aboyer des ordres.

— Sait-on qui est la victime ?

Sans plus se soucier de lui, le flic s'éloigna.

C'était toujours comme ça. Un journaliste moins accrocheur se serait contenté d'attendre le communiqué officiel, mais pas lui. Il parviendrait bien à tirer quelque chose de juteux de cette histoire, et même les doigts dans le nez.

Il regarda autour de lui et ses yeux se posèrent sur l'entrée principale de l'immeuble, une ruche de plusieurs centaines d'appartements. Ce serait bien le diable si aucun des occupants de l'immeuble ne connaissait la victime. Avec un peu de chance, quelqu'un saurait peut-être ce qui était arrivé. Il leva la tête et compta les étages jusqu'à la fenêtre ouverte. Le vingt-troisième étage.

Il se fraya un chemin à travers le cortège en direction de l'entrée, prenant soin d'éviter les policiers équipés de mégaphones.

Trois agents à la carrure impressionnante gardaient la porte. Aïe ! Il aurait pu prétendre qu'il habitait là, mais ça ne marcherait jamais.

Perplexe, il examina distraitement la foule de ses collègues qui attendaient comme des moutons qu'un gradé quelconque vienne leur lire un communiqué. Ils lui faisaient pitié. Pas question de raconter la même histoire toute faite avec une accroche de circonstance : ses lecteurs comptaient sur lui pour leur raconter le drame qui s'était *vraiment* déroulé au vingt-troisième étage des Lincoln Towers.

Il s'éloigna d'un pas décidé sur Broadway, à la recherche de l'entrée de service, et finit par découvrir une allée étroite séparant l'immeuble du building voisin.

Les mains dans les poches, il s'y engagea en sifflotant d'un air décontracté.

L'air se figea dans sa bouche. Planté devant une porte en fer ornée de la mention *Livraisons – Entrée de service*, un flic le regardait fixement en parlant dans le micro de sa radio, accroché au col de sa veste.

Vacherie. Il était trop tard pour rebrousser chemin et il préféra poursuivre sa route, comme un piéton à la recherche d'un raccourci entre deux immeubles.

— Bonjour, monsieur l'agent, dit-il en passant à hauteur du flic.

— Bonjour, monsieur Smithback, répondit l'autre.

Smithback serra les dents.

Le gradé chargé de l'enquête n'était pas un débutant. Jusqu'à présent, il avait commis un sans-faute, mais Smithback ne se tenait pas pour vaincu. S'il existait un moyen de pénétrer dans l'immeuble, il le trouverait. Il fit le tour du building et se retrouva dans la 65e Rue.

Oui ! L'entrée du personnel de *La Vieille Ville* se dressait à moins de trente mètres, et il n'y avait pas un flic en vue. En attendant de faire un petit tour au vingt-troisième étage, autant jeter un coup d'œil à l'endroit où s'était écrasé le type.

Il accéléra le pas, tout excité. Une fois terminée la visite du restaurant, il trouverait peut-être même le moyen de se glisser dans l'immeuble par le sous-sol.

Tirant à lui la vieille porte métallique, il s'arrêta net en apercevant la nuée d'agents qui recueillaient les témoignages des cuisiniers et des serveurs.

Tous les regards se tournèrent dans sa direction.

Il avança un pied, histoire de faire croire qu'il allait quelque part, mais l'un des flics l'apostropha rudement :

— Interdit à la presse !

— Désolé, s'excusa-t-il en grimaçant un sourire. Je me suis trompé de chemin.

Puis il referma la porte tout doucement et rejoignit l'entrée de l'immeuble devant laquelle ses collègues attendaient toujours, comme des moutons à l'abattoir.

Pas question pour Bill Smithback, du *Times*, de les imiter ! Il se creusait la cervelle, à la recherche d'un plan d'attaque. Il trouva la solution lorsqu'il aperçut un livreur de pizzas à moto qui tentait de se frayer un chemin au milieu des badauds. Un petit maigrichon sans menton, avec un chapeau ridicule sur lequel était écrit *Pizzeria Roméo*, le visage rouge de colère.

Smithback s'approcha et lui montra d'un mouvement de tête la boîte fixée sur le porte-bagages.

— Il y a une pizza là-dedans ?

— Deux, répondit l'autre. Vous avez vu ce merdier ? Elles vont refroidir et je pourrai toujours repasser pour mon pourboire. En plus, les clients peuvent refuser de payer si je mets plus de vingt minutes à leur livrer et…

Smithback l'interrompit.

— Cinquante dollars pour toi si tu me donnes tes deux pizzas et ton chapeau.

Comme le livreur le regardait de ses yeux bovins, Smithback sortit de sa poche un billet de cinquante dollars.

— Tiens. C'est pour toi.

— Mais qu'est-ce…

— Tu n'auras qu'à dire que tu t'es fait braquer en chemin.

Incapable de résister, le type prit le billet et Smithback lui arracha son chapeau qu'il posa au-dessus du sien, puis il ouvrit la boîte accrochée au porte-bagages et sortit les deux pizzas. Se faufilant au milieu des curieux, il s'approcha de l'entrée en tenant ses pizzas d'une main tout en enlevant sa cravate de l'autre.

— Chaud devant ! Livraison de pizzas !

Jouant des coudes, il parvint à hauteur d'un premier barrage de bandes jaunes.

— Je dois livrer des pizzas au 23e à vos collègues de l'identité judiciaire.

Le sésame fonctionna au-delà de ses espérances et le gros flic s'effaça sans dire un mot.

Maintenant, il s'agit d'amadouer le triumvirat posté à l'entrée.

Il s'approcha de la porte, plein d'assurance.

— Je dois livrer une pizza au 23e.

Les trois agents se retournèrent et lui barrèrent aussitôt le passage.

— Donne-les-moi, je vais les monter, fit l'un des flics.

— Désolé, mais j'ai pas le droit. Je suis censé les livrer moi-même.

— Personne n'est admis dans l'immeuble.

— Peut-être, mais c'est pour vos collègues de l'identité judiciaire. En plus, comment je fais pour récupérer mon argent si vous les montez ?

Les flics échangèrent un regard hésitant. L'un d'eux haussa les épaules et Smithback se dit que l'affaire était dans le sac.

— Mes pizzas vont refroidir, insista-t-il.

— Il y en a pour combien ?

— Je viens de vous le dire, je suis *obligé* de les livrer moi-même aux clients. Je peux y aller ? ajouta-t-il en faisant un pas en avant.

Il touchait presque la panse du premier flic.

— Personne n'a le droit de monter.

— Peut-être, mais c'est…

— Donne-moi tes pizzas.

— Je viens de vous expliquer…

Le flic tendit la main d'un geste menaçant.

— Donne-moi ces foutues pizzas !

Smithback, comprenant qu'il avait perdu la partie, tendit docilement ses pizzas au flic qui les lui prit des mains.

— Combien ? demanda le flic.

— Dix dollars.

Le flic lui tendit un billet de dix, oubliant d'y ajouter un pourboire.

— C'est pour qui ?

— Les types de l'identité judiciaire.

— Ton client doit bien avoir un nom. Ils sont une armée là-haut.

— Euh… il me semble que c'est Miller.

Le flic poussa un grognement et disparut dans l'immeuble en emportant les pizzas, laissant ses deux collègues monter la garde.

— Dis-moi, petit, l'apostropha celui qui avait haussé les épaules un peu plus tôt. Je suis preneur d'une grande pizza avec des poivrons, des oignons, de l'ail et double ration de fromage.

— Allez vous faire foutre, rétorqua Smithback en s'éloignant.

Il rejoignait la meute des journalistes massés un peu plus loin lorsque l'un de ses collègues l'interpella :

— Pas mal essayé, Bill !

Un autre enchaînait déjà d'une voix efféminée :

— Oh, Bill chéri ! Ce chapeau te va à ravir !

Smithback arracha son chapeau d'un geste rageur et le jeta par terre. Pour une fois, sa bonne étoile l'avait abandonné. Il sentait déjà sur sa nuque l'haleine de Bryce Harriman.

Le cœur gros, il se perdit dans la foule et attendit sagement le communiqué officiel.

10

Vincent D'Agosta poussa la porte du McFeeley's Ale House, un petit bistrot irlandais comme il n'en restait plus guère à New York, avec de la Guinness, de la Harp et de la Bass à la pression. Le lieutenant se sentait découragé et il avait besoin de se remonter le moral. Un passage étroit et sombre séparait le comptoir de bois verni d'une rangée de boxes, des dizaines de bouteilles étaient alignées derrière le bar devant un immense miroir, des tableaux de chasse recouverts d'un épais manteau de poussière étaient accrochés aux murs et un vieux juke-box attendait près de la porte, les titres des chansons irlandaises imprimés à l'encre verte. Une odeur de graillon et de bière imprégnait la pièce, il ne manquait plus qu'un vieux relent de tabac pour faire bonne mesure, mais D'Agosta avait renoncé au cigare depuis trop longtemps pour en avoir la nostalgie. Il s'était arrêté de fumer du jour au lendemain lorsqu'il avait démissionné de la police avec l'idée de se lancer dans une carrière d'auteur de roman policier au Canada.

D'Agosta, satisfait de constater que le McFeeley's était à moitié vide, se hissa sur un tabouret et s'accouda au comptoir.

Patrick, le barman, s'approcha en le voyant s'installer.

— Salut lieutenant, dit-il en glissant un sous-bock devant lui. Comment vont les affaires ?

— Doucement.

— Ce sera comme d'habitude ?

— Non, Paddy. Je prendrai un Black & Tan avec un hamburger saignant.

Le barman déposa devant lui un mélange de bière blonde et de Guinness mousseuse dans lequel D'Agosta trempa les lèvres d'un air pensif. Il s'autorisait rarement ce genre de fantaisie. Il avait perdu en quelques mois dix kilos qu'il ne comptait pas reprendre, mais il faisait une exception ce soir. Laura Hayward, occupée par l'étrange affaire du pendu du West Side, risquait de rentrer tard.

D'Agosta avait passé la matinée à courir derrière des chimères. Il s'était rendu aux archives afin de se renseigner sur Ravenscry, la propriété de la grand-tante Cornelia, au nord de New York, mais il n'avait rien trouvé. Parallèlement, il avait entrepris des recherches auprès de la police de La Nouvelle-Orléans sur l'incendie de la maison des Pendergast, sans plus de succès. Dans un cas comme dans l'autre, nulle part il n'était fait mention de Diogène Pendergast.

Il s'était ensuite rendu à la vieille demeure du 891 Riverside Drive afin de se plonger à nouveau dans les documents laissés par Pendergast. Il avait pris contact avec la banque de Londres qui avait réceptionné les fonds exigés par Diogène au lendemain de sa fugue, mais le compte sur lequel avait été versé l'argent était clos depuis plus de vingt ans et personne ne savait ce qu'était devenu son titulaire. Même chose à Heidelberg et à Zurich. Il avait joint par téléphone les gens dont le fils avait brièvement partagé la chambre de Diogène à Sandringham, uniquement pour apprendre que l'adolescent s'était suicidé le jour où on lui avait ôté sa camisole de force.

D'Agosta avait alors appelé l'étude notariale ayant servi d'intermédiaire entre Diogène et les siens. On l'avait baladé d'une secrétaire à l'autre, et il lui avait fallu faire preuve d'une extrême patience et débiter inlassablement son histoire. Lorsqu'on lui avait enfin passé l'un des membres de la firme, celui-ci avait insisté pour conserver l'anonymat au nom du secret professionnel avant de lui préciser que Diogène Pendergast n'était plus client de l'étude et que les archives le concernant avaient été détruites à sa demande.

Cinq heures et une trentaine de coups de téléphone plus tard, D'Agosta n'avait strictement rien appris de nouveau.

En désespoir de cause, il s'était attaqué aux articles de journaux réunis par Pendergast. Tous traitaient de meurtres inhabituels et il avait pensé un instant appeler les enquêteurs concernés avant de changer d'avis. Pendergast n'avait rien laissé au hasard et il n'aurait pas manqué de lui donner des indications précises s'il avait trouvé quoi que ce soit. D'Agosta avait d'ailleurs du mal à trouver un lien entre ces meurtres étranges et disparates, commis aux quatre coins de la planète.

Après le déjeuner, sachant que le capitaine Singleton suivrait les principales enquêtes du moment sur le terrain comme à son habitude, D'Agosta avait quitté Riverside Drive et rallié le commissariat. Installé à son bureau devant son ordinateur, il avait passé l'après-midi à fouiller les banques de données auxquelles il avait accès : celle du NYPD bien sûr, mais aussi les archives de la police d'État, des services fédéraux, d'Interpol, des services d'urgence, et même des organismes de retraite. Rien. Telle une ombre, Diogène avait réussi à passer à travers les mailles inquisitrices de toutes les instances bureaucratiques du pays, au point qu'on pouvait réellement le croire mort.

Il était parvenu à cette conclusion lorsque l'envie lui était venue de manger un morceau dans son pub de prédilection.

Il entama machinalement le cheeseburger qu'on venait de lui servir. Moins de quarante-huit heures après le début de son enquête, il était déjà arrivé au bout de ses ressources ; face à un fantôme, même les moyens financiers mis à sa disposition par Pendergast ne lui étaient d'aucune utilité.

Il avala quelques bouchées sans conviction, vida son verre, déposa un billet sur le comptoir, adressa un petit signe à Patrick et sortit. *Vous obtiendrez le maximum d'informations auprès du capitaine Laura Hayward, sans toutefois l'impliquer directement afin de ne pas lui faire courir de risques inutiles.* D'Agosta l'avait à peine tenue au courant de ses recherches depuis leur visite à la grand-tante Cornelia. Sans vraiment savoir pourquoi, il se disait que c'était aussi bien comme ça.

Les mains dans les poches de son manteau, il se recroquevilla sur lui-même afin d'échapper à la morsure du vent glacé qui soufflait sur Manhattan.

Laura était une fille rationnelle, il savait d'avance ce qu'elle lui dirait. *Mais enfin, Vinnie, c'est n'importe quoi ! Tout ça à cause d'une simple date sur une feuille de papier et de vagues menaces proférées par un adolescent il y a vingt ou trente ans ? Comment peux-tu perdre ton temps à de tels enfantillages ?*

Peut-être avait-il peur au fond de lui-même qu'elle ne finisse par le convaincre de l'inanité de la situation.

Il poursuivit sa route d'un pas maussade jusqu'au carrefour de la 77e Rue et de la 1re Avenue où se dressait l'immeuble de briques claires dans lequel il vivait avec Hayward. Il regarda sa montre en frissonnant. 8 heures du soir. Laura ne serait pas encore rentrée. Il en profiterait pour mettre la table et réchauffer au micro-ondes ce qui restait de ses lasagnes *napoletana.* Il était impatient d'en savoir plus sur ce curieux meurtre dont elle était chargée. Ça lui ferait du bien de penser à autre chose.

Le portier, fidèle à son habitude, mit un temps infini à lui ouvrir la porte. D'Agosta traversa le petit hall d'entrée en faisant tinter ses clés dans sa poche. L'un des ascenseurs l'attendait. Il s'y engouffra et appuya sur le bouton du quatorzième étage.

À l'instant où les portes se refermaient, une main gantée s'interposa entre les battants qui coulissèrent en sens inverse. Encore cet emmerdeur de portier. Il pénétra dans la cabine et tourna le dos à D'Agosta en croisant les bras tandis qu'une forte odeur de transpiration envahissait l'espace confiné.

D'Agosta, agacé, observa son compagnon. Un gros gaillard basané avec un visage joufflu et des yeux marron. Curieusement, il n'avait appuyé sur aucun bouton. D'Agosta se désintéressa rapidement de lui et fixa le sol tandis que la cabine s'élevait dans les hauteurs de l'immeuble. 5, 6, 7…

Soudain, le portier se pencha en avant et appuya sur le bouton marqué Stop. La cabine se figea entre deux étages avec un soubresaut.

— Qu'est-ce qui vous prend? s'énerva D'Agosta.

Sans même se retourner, l'autre sortit de sa poche une clé spéciale qu'il glissa dans le tableau de commande. Il la retira et l'ascenseur repartit vers le bas avec une secousse.

Laura a raison. Ce crétin a vraiment un problème.

— Je ne sais pas à quoi vous jouez, mon vieux, mais vous auriez pu attendre que je sois arrivé à mon étage, grommela D'Agosta en appuyant à nouveau sur le quatorzième.

Sans réagir, la cabine poursuivit sa descente, dépassant le rez-de-chaussée en direction du sous-sol.

L'agacement de D'Agosta fit place à un sentiment d'inquiétude, son instinct de flic en alerte. Il entendit dans sa tête l'avertissement de Pendergast dans sa lettre : *Diogène est un être éminemment dangereux. Efforcez-vous d'attirer son attention le plus tard possible.* Sans réfléchir, il sortit son arme de service.

Au même moment, le portier pivota sur lui-même et le plaqua contre la paroi de l'ascenseur avec une agilité surprenante, lui clouant les bras dans le dos d'une main de fer. D'Agosta voulut se défendre, mais l'autre le maintenait trop fermement. Il prenait sa respiration et s'apprêtait à appeler au secours lorsqu'une main gantée s'abattit sur sa bouche.

Il voulut se débattre, furieux de s'être laissé désarmer et immobiliser aussi facilement.

À son grand étonnement, le portier se pencha alors vers lui et lui glissa à l'oreille, dans un murmure :

— Toutes mes excuses, Vincent…

11

Laura Hayward traversa le salon et jeta un coup d'œil au-dehors, veillant soigneusement à ne pas toucher la table placée sous le rebord de la fenêtre. À travers l'ouverture béante, elle vit que Broadway avait recouvré son calme. Conformément à ses instructions, ses hommes avaient soigneusement sécurisé le périmètre. Les blessés avaient été évacués par ambulance et la foule des curieux s'était dispersée. Les journalistes s'étaient montrés plus tenaces, mais ils avaient fini par se contenter du communiqué laconique qu'elle leur avait fourni en fin d'après-midi. L'enquête se révélait ardue, il avait fallu fouiller le restaurant en plus de l'appartement, mais elle avait assuré elle-même la coordination des diverses équipes impliquées et les types de l'identité judiciaire étaient en train de remballer. Les spécialistes des empreintes, les photographes et les gars du labo repartis, il ne restait plus que la fille chargée de recueillir les derniers éléments, et elle en avait pour moins d'une heure.

Laura Hayward était très fière de sa méticulosité. Experts, médecins légistes, techniciens... la coordination des équipes techniques successives, lorsqu'elle était faite dans les règles de l'art, permettait d'oublier un peu l'horreur d'un meurtre. À ses yeux, une enquête criminelle bien menée permettait de remettre un semblant d'ordre dans le cours naturel des choses.

Ce soir, pourtant, Laura Hayward éprouvait un malaise diffus, inexplicable.

Parcourue d'un frisson, elle souffla dans ses mains et boutonna le col de son manteau. À cause de la vitre cassée, et parce qu'elle avait insisté pour que personne ne touche à rien, même au chauffage, il faisait à peine moins froid dans l'appartement qu'au-dehors. L'espace d'un instant, elle ressentit le besoin d'avoir D'Agosta à ses côtés. Ce n'était que partie remise, elle lui parlerait de l'affaire en rentrant. Il s'intéressait toujours à ses enquêtes et ne manquait jamais de lui faire des suggestions pertinentes. En outre, c'était le plus sûr moyen de lui faire oublier son obsession pour le frère de Pendergast. Pourquoi ce satané chauffeur était-il venu le chercher alors qu'il commençait tout juste à se remettre de la mort de l'inspecteur, à surmonter le sentiment de culpabilité qui le taraudait ?

— Madame ?

Un sergent venait de passer la tête dans le salon.

— Le capitaine Singleton est là.

— Merci, faites-le entrer.

Singleton dirigeait le commissariat du quartier, et elle s'attendait à sa visite. Comme tous ses collègues de la vieille école, il jugeait que sa place était sur le terrain, auprès de ses hommes. Pour avoir eu l'occasion de travailler avec lui, Hayward savait que Singleton jouait parfaitement le jeu avec les gens de la Criminelle : jamais avare en conseils utiles, toujours prêt à coopérer tout en laissant le champ libre au personnel de l'identité judiciaire.

Le capitaine pénétra dans la pièce, tiré à quatre épingles avec son manteau en poil de chameau et sa coupe de cheveux irréprochable. Il s'arrêta sur le seuil afin d'examiner le décor qui l'entourait, enregistrant le moindre détail, puis il s'avança, un sourire aux lèvres.

— Bonsoir Laura, dit-il en lui tendant une main ferme.

— Bonsoir Glen. Heureuse de vous voir.

La jeune femme se demanda un instant s'il était au courant de sa relation avec D'Agosta. Mais non, il ne pouvait pas savoir. Ils avaient fait très attention à rester discrets afin de ne pas prêter le flanc aux bruits de couloir.

Singleton montra la pièce d'un geste ample.

— Beau boulot, comme toujours. J'espère que vous ne m'en voudrez pas de venir mettre mon nez dans vos affaires.

— Pas le moins du monde. D'ailleurs, on avait presque fini.

— Alors ?

— Alors les choses se présentent plutôt bien.

Elle marqua une légère hésitation. Après tout, pourquoi ne pas lui en parler ? Contrairement à la plupart des cadres du NYPD, Singleton n'était pas du genre à poignarder ses collègues dans le dos pour obtenir une promotion, d'autant que la Criminelle n'était pas un service concurrent. Et puis ils étaient capitaines tous les deux, et elle pouvait compter sur sa discrétion.

— En fait, c'est un peu plus compliqué que ça, ajouta-t-elle à mi-voix.

Singleton lança un coup d'œil en direction de la fille de l'identité judiciaire qui prenait des notes dans un coin de la pièce, un bloc à la main.

— Mais encore ? interrogea-t-il.

— La serrure de la porte d'entrée a été forcée par un professionnel. L'appartement n'est pas grand, seulement deux chambres dont l'une servait d'atelier. Le coupable est entré sans se faire voir et il s'est apparemment caché ici, expliqua-t-elle en désignant un coin sombre près de la porte du salon. Lorsque la victime est entrée dans la pièce, son agresseur s'est jeté sur elle et l'a probablement frappée à la tête. Le corps était dans un tel état après sa chute qu'il sera difficile de dire de quelle arme le meurtrier s'est servi. Mais regardez un peu ça, ajouta-t-elle en montrant du doigt une tache de sang sur le mur, à côté d'un tableau représentant le lac de Central Park.

Singleton s'approcha.

— La tache est plutôt petite, avec de légères éclaboussures. Un instrument contondant, probablement.

— C'est aussi mon avis. La forme de la tache plaide en ce sens, et sa hauteur confirmerait un coup porté à la tête. À en juger par les gouttes tombées sur le tapis, la victime a fait quelques pas avant de s'effondrer un peu plus loin, là où vous apercevez cette mare de sang. Seule une blessure à la tête a pu entraîner un saignement aussi abondant.

— J'en déduis que vous n'avez pas retrouvé l'arme du crime ?

— Non, le coupable a dû repartir avec.

Singleton approuva d'un air grave.

— Continuez, je vous en prie.

— Selon toute vraisemblance, le meurtrier a traîné sa victime inconsciente jusqu'au canapé où il a entrepris de soigner la blessure qu'il venait de lui infliger.

— Il a soigné sa victime ?!

— Oui, il a étanché le sang à l'aide de tampons de gaze dénichés dans l'armoire à pharmacie de la salle de bains. On en a retrouvé plusieurs boîtes vides à côté du canapé, et il a jeté les tampons tachés à la poubelle.

— Des empreintes ?

— Les types du labo en ont relevé une cinquantaine dans l'appartement. On a même pu en prélever sur le sang de Duchamp, la victime, à l'aide de poudre Amido Black, mais toutes correspondent soit à Duchamp, soit à ses proches. Rien d'autre, ni sur l'armoire à pharmacie, ni sur les poignées de portes, ni sur les boîtes de gaze.

— Le meurtrier devait porter des gants.

— Des gants de chirurgien en caoutchouc, d'après les traces relevées ici et là. Le labo pourra nous le confirmer demain matin.

Hayward fit un geste en direction du canapé et poursuivit le récit du drame.

— Il a ensuite attaché les bras de sa victime dans le dos à l'aide de nœuds compliqués. Il s'est servi de la même corde qui lui a servi à confectionner le nœud coulant. J'ai demandé aux techniciens de la récupérer sur le corps et de la conserver telle quelle. Je n'ai jamais vu des nœuds comme ça, précisa-t-elle en montrant d'un mouvement de tête plusieurs grands sacs en plastique soigneusement scellés et étiquetés, posés sur un boîtier bleu.

— Ce n'est pas de la corde ordinaire, remarqua Singleton.

— C'est tout ce que le meurtrier a laissé derrière lui. Ça, et quelques fibres textiles.

C'est même le seul point positif de l'enquête, pensa-t-elle. La corde pourrait bien être aussi éloquente que des empreintes digitales. La façon dont elle avait été tressée, le type de torsade, la matière utilisée étaient susceptibles de fournir des indications précieuses, au même titre que les nœuds étranges réalisés par le meurtrier.

— Duchamp était probablement ligoté lorsqu'il est revenu à lui. Le meurtrier a poussé ce grand bureau sous la fenêtre, puis il a obligé Duchamp à grimper dessus avant de lui faire subir le supplice de la planche, comme les pirates d'autrefois. La victime ne s'est d'ailleurs pas contentée de marcher, elle a couru sur toute la longueur du bureau avant de sauter par la fenêtre et elle s'est pendue.

Singleton fronça les sourcils.

— Vous êtes certaine de ce détail ?

— Regardez vous-même les marques sur le bureau, répliqua Hayward en lui montrant des empreintes de pas sanguinolentes sur le bois. Duchamp a dû marcher dans son propre sang avant de monter sur le bureau. Les premières empreintes montrent l'endroit où il se tenait debout. On voit ensuite l'écart entre les pas augmenter à mesure qu'il approche de la fenêtre. Sur la dernière trace, on ne distingue plus que la partie antérieure du pied. Il y a donc eu accélération.

Singleton contempla longuement le bureau, puis il releva la tête.

— Le meurtrier n'a pas pu fabriquer de fausses empreintes ? Il aurait pu prendre les chaussures de Duchamp, laisser ces marques et les lui remettre.

— Je me suis posé la même question, mais les types du labo m'ont dit que c'était impossible. Ce serait trop compliqué de réaliser des empreintes crédibles. En plus, l'impact sur la vitre confirme la violence du choc et le fait que la victime n'a pas été poussée, mais qu'elle a sauté.

— C'est incroyable, murmura Singleton en s'approchant de la fenêtre.

La vitre étoilée découpait en dents de scie la forme d'un œil qui regardait Manhattan illuminé.

— J'essaie de m'imaginer Duchamp debout sur le bureau, les bras attachés dans le dos, la corde au cou. Je me demande ce que l'autre a bien pu lui dire pour le contraindre à se jeter dans le vide.

Il hésita.

— Sauf s'il s'agissait d'un suicide et qu'il a demandé à quelqu'un de l'aider. Après tout, vous n'avez retrouvé aucune trace de lutte.

— Aucune en effet. Mais dans ce cas, comment expliquer la serrure forcée, les gants de caoutchouc, le coup porté à la tête de Duchamp ? Les empreintes sur le bureau montrent qu'il n'a pas hésité, contrairement à la plupart des suicidés. Nous avons commencé à interroger les voisins et les amis de Duchamp, et même certains de ses clients. Ils s'accordent tous à dire que c'était l'homme le plus doux de la terre. Toujours un mot gentil, toujours un sourire, ce que confirme son médecin traitant. Pas de troubles psychologiques. Duchamp était célibataire et nous n'avons pas trouvé trace de déboires sentimentaux récents. Une situation financière stable, il gagnait très bien sa vie avec ses peintures. Rien qui puisse confirmer l'hypothèse d'un suicide.

— Les voisins n'ont rien vu ?

— Non. J'ai fait saisir les enregistrements vidéo de la caméra située dans le hall de l'immeuble, mes hommes sont en train de les regarder.

Singleton fit la moue en hochant la tête, puis il fit lentement le tour de la pièce, les mains dans le dos, examinant au passage les restes de poudre sur les empreintes, les étiquettes soigneusement disposées autour de chaque indice. Son examen terminé, il s'arrêta devant la caisse bleue. Hayward le rejoignit et ils scrutèrent longuement le morceau de corde dans son sac en plastique scellé. Une corde d'une matière inhabituelle, brillante et lisse, couleur aubergine. Le nœud coulant avait été réalisé dans les règles de l'art, avec les treize tours obligés, mais Hayward n'avait jamais vu de nœuds aussi compliqués : des nœuds épais et tourmentés, semblables à ceux d'un intestin. La corde avec laquelle étaient entravées les mains de Duchamp se trouvait dans un autre sac. Hayward avait autorisé ses hommes à la couper en veillant toutefois à préserver les nœuds qui étaient presque aussi étranges que ceux de la corde de pendu.

— Regardez-moi ça, fit Singleton avec un petit sifflement. De gros nœuds tout bêtes.

— Je n'en suis pas si sûre, réagit Hayward. Je compte demander à notre spécialiste de les comparer aux nœuds répertoriés dans la banque de données du FBI.

Après une hésitation, elle poursuivit.

— J'ai remarqué quelque chose de bizarre. La corde avec laquelle il a été pendu a été entamée à mi-longueur à l'aide d'un couteau aiguisé ou d'un rasoir.

— Vous voulez dire...

Hayward acheva sa pensée.

— Exactement. Le meurtrier *voulait* que la corde se casse.

Sous leurs yeux, l'étrange corde luisait faiblement à la lueur de la pièce.

Derrière eux, la fille de l'identité judiciaire toussota.

— Excusez-moi, capitaine. Je peux les enlever ?

— Oui, bien sûr, répondit Hayward en se reculant tandis que la jeune femme déposait les sacs en plastique dans le boîtier bleu avant de le refermer, de le sceller et de l'emporter.

Singleton la suivit des yeux.

— On a pris quelque chose ? Des objets de valeur, de l'argent, des tableaux ?

— Rien du tout. Duchamp avait près de 300 dollars dans son portefeuille et des bijoux de grande valeur sur sa commode. Sans parler des tableaux retrouvés dans son atelier. Rien n'a bougé.

Singleton ne quittait pas la jeune femme des yeux.

— Qu'est-ce qui vous met mal à l'aise dans toute cette affaire ?

Elle affronta son regard.

— Difficile à dire. Tout a l'air parfait, c'est presque trop beau pour être vrai. Il ne fait aucun doute que le meurtrier a agi avec une rigueur exemplaire, mais cette histoire n'a aucun sens. Pourquoi assommer un type si c'est pour panser sa blessure la minute d'après ? Pourquoi le ligoter, lui passer une corde au cou, le forcer à sauter par la fenêtre tout en usant cette corde à moitié afin de s'assurer qu'il fera le grand plongeon en se débattant ? Qu'a bien pu dire le meurtrier à Duchamp pour le pousser à se jeter par la fenêtre ? Et surtout, pourquoi une telle mise en scène pour se débarrasser d'un malheureux peintre qui n'aurait pas fait de mal à une mouche ? J'ai le sentiment que tout ça cache quelque chose de beaucoup plus complexe, mais n'allez pas me demander quoi. Les psychologues du service doivent nous dresser un profil du meurtrier, en espérant qu'ils pourront nous expliquer ses motivations. Tant que nous n'aurons pas de mobile, je ne vois pas comment nous pourrons l'attraper.

12

D'Agosta mit un moment à se remettre du choc qu'il venait de recevoir. La voix lui était à la fois familière et étrangère. Il voulut parler, mais la main gantée l'empêcha de parler avec encore plus de fermeté.

— Chuuuuut !

Les portes de l'ascenseur coulissèrent lentement. Tout en maintenant D'Agosta immobile, le portier jeta un coup d'œil furtif des deux côtés du palier plongé dans l'obscurité, puis il poussa avec douceur son prisonnier hors de la cabine et le conduisit à travers un dédale de couloirs aux murs de parpaings jaunes. Enfin, il s'arrêta devant une vieille porte en fer peinte du même jaune que les murs. Les deux hommes se trouvaient près de la chaufferie de l'immeuble et la rumeur des chaudières leur parvenait, à peine étouffée. Le portier s'assura de nouveau qu'ils étaient seuls, puis il examina de près une toile d'araignée qui courait le long du chambranle de la porte. Apparemment rassuré, il sortit de sa poche une clé avec laquelle il ouvrit le battant, il poussa alors D'Agosta à l'intérieur avant de donner un tour de clé derrière eux.

— Je suis ravi de vous retrouver en si bonne forme, Vincent.

Comme D'Agosta restait sans voix, son interlocuteur reprit la parole :

— Toutes mes excuses pour ma brusquerie, dit-il en traversant la pièce d'un pas rapide afin de couler un regard prudent à travers l'unique fenêtre de la pièce. Tout va bien, nous pouvons parler librement.

D'Agosta, sous le coup d'une émotion indicible, ne parvenait toujours pas à faire le lien entre la voix de son interlocuteur et l'homme lui-même, entre cet accent sudiste délicieusement traînant qu'il aurait reconnu entre tous et ce portier adipeux au teint sombre, à la figure poupine traversée par deux yeux marron. Rien dans les attitudes ou les expressions de l'étrange personnage n'évoquait son ami disparu.

— Pendergast ? demanda-t-il lorsqu'il eut enfin recouvré la voix.

L'autre lui répondit par une courbette.

— Pour vous servir, mon cher Vincent.

— Pendergast !

Sans réfléchir, D'Agosta se jeta sur l'inspecteur et l'étreignit.

Pendergast, gêné, attendit quelques instants avant de se dégager d'une main douce mais ferme, et il recula d'un pas.

— Vincent, si vous saviez à quel point je suis heureux de vous revoir. J'ose le dire, vous m'avez manqué.

D'Agosta lui prit la main et la serra entre les siennes. À son embarras se mêlaient l'étonnement, le soulagement et la joie.

— Moi qui vous croyais mort ! Mais comment… ?

— Je vous dois des excuses. À dire vrai, j'aurais souhaité rester « mort » quelque temps encore, mais les circonstances me contraignent à changer mes projets. À présent, si cela ne vous dérange pas…

Il tourna le dos au lieutenant et retira sa veste de portier, savamment rembourrée à hauteur des épaules et du ventre, puis il l'accrocha à une patère fixée sur la porte.

— Que vous est-il arrivé ? l'interrogea D'Agosta. Comment avez-vous pu vous échapper ? J'ai fouillé le château de Fosco de fond en comble. Où diable étiez-vous caché ?

Le premier choc passé, mille questions lui venaient à l'esprit.

Pendergast accueillit cette salve avec un léger sourire.

— Vous saurez tout, je vous le promets. Mais commencez par vous mettre à l'aise, j'en ai pour un instant, conseilla-t-il à son visiteur en disparaissant dans la pièce voisine.

D'Agosta en profita pour examiner les lieux et constata qu'il se trouvait dans le living-room d'un appartement miteux. Une pile de revues automobiles attendait sur une méchante table basse, au pied d'un canapé élimé flanqué de deux fauteuils aux bras maculés. Le bureau à cylindre fatigué qui s'appuyait contre l'un des murs était dépourvu de tout accessoire, à l'exception d'un PowerBook Mac dernier cri qui faisait tache dans cet environnement terne. Des dessins d'enfants à la Poulbot étaient accrochés aux cloisons, près d'une étagère chargée de romans de gare et de best-sellers bon marché. D'Agosta sourit en reconnaissant parmi ces volumes crasseux un exemplaire de l'un de ses livres préférés, *Ice Limit III.* L'une des portes de la pièce donnait sur une cuisine, petite mais propre. On n'aurait pu imaginer cadre de vie plus étranger à ceux auxquels Pendergast était habitué, qu'il s'agisse de la vieille demeure de Riverside Drive ou de son appartement du Dakota.

D'Agosta se retourna en entendant un léger bruit derrière lui et découvrit sur le seuil de la pièce le Pendergast qu'il avait toujours connu, mince, élancé, habité par ce regard clair si particulier. Il avait conservé ses cheveux bruns et son teint basané, mais son visage avait retrouvé ces traits fins et ce nez aquilin que D'Agosta lui connaissait.

Devinant ses pensées, Pendergast lui adressa un sourire.

— Eh oui, c'est fou ce que des coussinets placés à l'intérieur des joues vous changent un homme. Vous ne m'en voudrez pas de les oublier provisoirement, ils sont pour le moins inconfortables, tout comme les lentilles de contact marron que je portais encore il y a un instant.

— Vous m'épatez vraiment. Je savais que vous étiez le roi du déguisement, mais cette fois, c'est le pompon... Jusqu'à ce petit studio... ajouta-t-il en montrant la pièce d'un geste.

Une ombre passa sur le visage de Pendergast.

— Hélas ! Mais je ne dois rien laisser au hasard si j'entends passer pour un véritable portier.

— Un portier mal luné, par-dessus le marché.

— Le fait d'être déplaisant n'incitait pas les locataires à s'intéresser à moi de trop près. Lorsque les gens découvrent un portier bougon et acariâtre, ils ne vont pas chercher plus loin. Puis-je vous offrir quelque chose à boire ?

— Vous avez de la Bud ?

Pendergast frémit malgré lui.

— Je n'ai pas poussé la mascarade jusque-là. Mais je puis vous proposer un Pernod, ou du Campari.

— Rien merci, sourit D'Agosta.

— Je crois savoir que ma lettre vous est parvenue.

— Oui, et depuis je ne m'occupe que de ça.

— Avez-vous fait des progrès ?

— Quasiment rien. J'ai rendu visite à votre grand-tante, mais nous parlerons de ça plus tard, mon cher ami, car vous me devez quelques explications.

— Bien évidemment, rétorqua Pendergast en lui faisant signe de s'asseoir et en s'installant lui-même sur une chaise. Revenons donc à ce jour funeste où nous nous sommes séparés précipitamment dans les monts de Toscane.

— Tout ce qu'il y a de plus funeste. Je n'oublierai jamais le spectacle horrible de ces chiens de chasse prêts à vous dévorer.

Pendergast acquiesça gravement, le regard perdu dans ses souvenirs.

— J'ai donc été capturé, ligoté, drogué, puis ramené au château, où notre encombrant ami m'a fait transporter dans un souterrain avant de m'enchaîner dans une tombe dont le locataire précédent avait été évacué sans cérémonie. Avec son onctuosité coutumière, il s'est ensuite employé à m'y emmurer.

— Seigneur Jésus ! s'exclama D'Agosta. Je suis revenu le lendemain matin avec la police italienne, sans résultat. Fosco avait effacé toute trace de notre passage et les Italiens m'ont pris pour un fou.

— J'ai appris par la suite la mort pour le moins curieuse du comte. Y seriez-vous pour quelque chose ?

— Plutôt deux fois qu'une.

Pendergast eut un mouvement de tête approbateur.

— Qu'est devenu le violon ?

— Je ne pouvais pas le laisser là-bas, alors je l'ai emporté et…

Il hésitait à poursuivre, ne sachant trop si Pendergast approuverait sa décision.

L'inspecteur leva les sourcils, attendant la suite.

— Eh bien, je l'ai apporté à Lady Maskelene, en lui annonçant votre mort.

— Je vois. Comment a-t-elle réagi ?

— Elle a tout fait pour ne pas le montrer, mais elle était extrêmement troublée. J'ai cru comprendre… hésita-t-il à nouveau. J'ai cru comprendre qu'elle tenait beaucoup à vous.

Pendergast restait impassible, mais D'Agosta savait qu'il était ému.

Les deux hommes avaient fait la connaissance de Viola Maskelene quelques mois plus tôt, à l'occasion d'une enquête en Italie. À l'instant où ils s'étaient vus, quelque chose d'indéfinissable s'était produit entre Pendergast et la jeune Anglaise, dont D'Agosta ne pouvait que deviner la nature.

Pendergast sortit brusquement de sa rêverie.

— Vous avez bien fait. Nous pouvons donc considérer que l'affaire du Stormcloud est close[1].

— Tout ça ne me dit pas comment vous avez réussi à vous enfuir du château. Combien de temps avez-vous été emmuré ?

— Je suis resté enchaîné dans mon sépulcre pendant près de quarante-huit heures.

— Dans l'obscurité ?

Pendergast acquiesça.

— Sans air, menacé par l'étouffement. Fort heureusement, la pratique d'une certaine forme de méditation m'a grandement aidé à tenir.

— Et ensuite ?

— Ensuite, on est venu me délivrer.

— Qui donc ?

— Mon frère.

D'Agosta, à peine remis de la résurrection de son ami, fut victime d'un nouveau choc.

— Votre frère ?! Diogène ?

— Lui-même.

— Mais je croyais qu'il vous haïssait ?

— C'est justement parce qu'il me hait qu'il a besoin de moi.

— Je vous avoue que je ne comprends plus rien.

— Depuis six mois maintenant, Diogène s'emploie à observer tous mes faits et gestes. Ne me demandez pas la raison, je n'en ai aucune idée. J'ai moi-même longtemps cru qu'il chercherait à me tuer un jour afin de m'empêcher de lui mettre des bâtons dans les roues, mais je me trompais lourdement. C'est

---

1. Voir *Le Violon du diable*, L'Archipel, 2006.

tout le contraire. Lorsque Diogène a su que j'étais en danger, il a entrepris de me sauver. Se faisant passer pour un autochtone, il a pénétré dans le château et m'a libéré. À côté de Diogène, je ne suis qu'un novice dans l'art du déguisement.

D'Agosta sursauta en se souvenant brusquement d'un curieux incident.

— Attendez une seconde ! Vous m'avez bien dit que votre frère a des yeux de couleurs différentes ?

Pendergast approuva.

— L'un est noisette, l'autre d'un bleu presque blanc.

— Je l'ai vu ! Dans les collines, tout près du château de Fosco, au moment de ma fuite. Il observait tranquillement la battue à l'ombre d'un surplomb rocheux, comme si c'était le spectacle le plus normal du monde.

— Il s'agissait effectivement de lui. Après m'avoir délivré, il m'a conduit dans une clinique privée des environs de Pise où l'on m'a soigné. J'étais en état de déshydratation avancée et les morsures infligées par les chiens de Fosco s'étaient infectées.

— Je ne comprends toujours pas. S'il vous déteste autant, pourquoi ne pas vous avoir laissé emmuré au moment où il s'apprête à commettre le crime parfait ?

Un sourire désabusé se dessina sur les lèvres de Pendergast.

— Dois-je vous rappeler, Vincent, que nous avons affaire à un criminel particulièrement déviant ? Que n'ai-je percé plus tôt ses intentions véritables.

Sur ces paroles amères, Pendergast se leva et se dirigea vers la cuisine. Un glaçon tinta dans un verre et l'inspecteur revint quelques instants plus tard armé d'une bouteille de Lillet et d'un verre à apéritif.

— Êtes-vous certain de ne rien vouloir boire ?

— Tout à fait, mais ne me laissez pas languir plus longtemps. Quelles sont donc les véritables intentions de votre frère ?

Pendergast se versa un doigt de Lillet.

— Ma mort serait venue bouleverser les plans de Diogène. Vous devez comprendre que je suis la victime désignée de son crime.

— Il veut faire de vous sa victime ? Mais alors pourquoi... ?

— Il ne veut pas faire de moi sa victime, Vincent. *C'est déjà fait.*

— Quoi ? !

— Le crime de Diogène est en marche. Il s'y emploie activement à la minute où je vous parle.

— Vous plaisantez.

— Croyez-moi, je n'ai jamais été plus sérieux.

Pendergast vida son verre et le remplit de nouveau.

— Diogène s'est éclipsé pendant mon séjour à la clinique de Pise. Une fois sur pied, je suis rentré à New York incognito afin de le contrer, sachant qu'il allait passer à l'action. Je suis convaincu que son forfait aura pour cadre cette ville. New York est l'endroit rêvé pour quelqu'un qui entend préserver son anonymat, ou se dissimuler sous une fausse identité le temps de peaufiner son plan d'attaque. Aussi, conscient que mon frère me surveillerait, j'ai décidé de prolonger ma « mort » afin de pouvoir agir dans l'ombre. C'est pour cette raison que je n'ai rien dit à mes proches, pas même à Constance.

Un voile de tristesse assombrit de façon furtive le visage de Pendergast qui poursuivait déjà :

— Je le regrette infiniment, mais la prudence l'exigeait.

— Et vous avez trouvé une place de portier dans cet immeuble.

— C'était le meilleur moyen de veiller sur vous et, à travers vous, sur tous ceux qui comptent pour moi. Cet emploi aurait dû me permettre de débusquer Diogène sans me découvrir, et j'aurais continué à ne rien vous dire si des événements de première importance ne m'avaient pas contraint à changer mon fusil d'épaule.

— De quels événements parlez-vous ?

— L'assassinat de Charles Duchamp.

— Vous voulez parler de ce meurtre étrange dans le quartier du Lincoln Center ?

— Celui-là même, ainsi qu'un autre meurtre commis à La Nouvelle-Orléans il y a trois jours : Torrance Hamilton, un universitaire de renom, empoisonné en présence de ses étudiants en plein amphithéâtre.

— Quel rapport entre ces deux affaires ?

— Hamilton a été l'un de mes maîtres au lycée. C'est à lui que je dois ma maîtrise du français, de l'italien et du mandarin. Nous étions très proches. Quant à Duchamp, c'était mon meilleur... que dis-je ? mon seul ami d'enfance. De tous ceux que j'ai connus dans ma jeunesse, Charles était le seul avec lequel j'étais resté en contact. Hamilton comme Duchamp ont été assassinés par Diogène.

— Il pourrait s'agir d'une coïncidence.

— Malheureusement non. Hamilton a été empoisonné à l'aide d'une neurotoxine extrêmement rare, proche de celle sécrétée par une araignée venimeuse de Goa. L'un de mes ancêtres paternels est décédé des suites d'une morsure de cette même araignée alors qu'il était simple fonctionnaire, à l'époque de l'empire britannique des Indes.

Pendergast fit une pause, le temps de tremper ses lèvres dans son verre de Lillet.

— Quant à Duchamp, il a été pendu depuis la fenêtre de son appartement et s'est écrasé vingt étages plus bas lorsque la corde s'est rompue. Mon arrière-grand-oncle Maurice a connu exactement le même sort puisqu'il a été pendu à La Nouvelle-Orléans en 1871 pour avoir assassiné sa femme et l'amant de cette dernière. Le gibet ayant été sérieusement endommagé lors d'émeutes à cette même époque, on l'a pendu depuis l'une des fenêtres du tribunal sur Decatur Street. La corde, défectueuse, s'est rompue sous l'effet des contorsions de Maurice et il s'est tué dans sa chute.

D'Agosta regardait son ami avec des yeux horrifiés.

— Ces meurtres, et les circonstances de leur mise en scène, ont été conçus par Diogène afin d'attirer mon attention. Vous comprenez à présent pourquoi mon frère me veut vivant.

— Vous ne voulez tout de même pas dire que…

— Eh bien si. Je m'étais toujours imaginé que Diogène chercherait à se venger de cette humanité qu'il exècre en commettant quelque forfait terrible. En réalité, c'est avec moi qu'il entend régler ses comptes. Le crime suprême dont il parlait consiste à tuer tous mes proches et c'est bien pour cette raison qu'il m'a sauvé la vie à Castel Fosco. Il lui fallait impérativement me garder en vie afin de mieux me détruire à petit feu, me condamnant à la souffrance et au remords de n'avoir pas été capable de sauver les rares personnes…

Pendergast s'arrêta brièvement, manifestement ému, avant d'achever sa phrase :

— … les rares personnes auxquelles je tiens véritablement sur cette terre.

D'Agosta en avait la gorge nouée.

— Je n'arrive pas à me faire à l'idée que vous êtes le frère d'un tel monstre.

— À présent que j'ai pénétré ses desseins, je me vois contraint de renoncer à mon plan initial afin d'en mettre un autre sur pied. Mon entreprise est loin d'être au point, mais je n'ai guère le choix, étant donné les circonstances.

— Je vous écoute.

— Il nous faut *à tout prix* empêcher Diogène de récidiver. Cela signifie que nous devons impérativement trouver son repaire et c'est là que vous allez pouvoir m'aider, Vincent. Je compte sur votre position au sein de la police pour glaner le maximum de renseignements sur ces meurtres, expliqua-t-il en lui tendant un téléphone portable. Cet appareil nous permettra de rester en contact. Comme le temps nous est compté, je vous propose de commencer par le meurtre de Duchamp puisqu'il a été commis ici même. Ne négligez rien. Arrangez-vous pour faire parler Laura Hayward, mais surtout ne lui dites rien, pour l'amour du ciel. Diogène, aussi diabolique soit-il, aura forcément laissé des traces derrière lui.

— C'est comme si c'était fait, acquiesça D'Agosta.

Après une courte hésitation, il ajouta :

— Mais à quoi correspond la date du 28 janvier ?

— Il s'agit sans aucun doute du jour qui verra l'aboutissement de ses plans, mais la machine est *déjà en marche*. Nous sommes aujourd'hui le 22. Mon frère peaufine cette infamie depuis des années, voire des décennies. Tout est en place et je frémis en pensant à tous ceux qu'il pourrait assassiner au cours des prochains jours.

Le regard fiévreux, Pendergast se pencha en avant :

— À moins d'arrêter Diogène très vite, tous les êtres qui me sont chers sont en danger de mort. À commencer par vous, Vincent.

13

Smithback gagna sa table habituelle dans un recoin sombre des Vieux Os, le café situé derrière le Muséum d'histoire naturelle qui servait de quartier général aux employés du musée. Officiellement baptisé Blarney Stone Tavern, le lieu devait son surnom au penchant de son propriétaire pour les ossements de toutes sortes, de toutes tailles et de toutes origines qu'il s'évertuait à accrocher aux murs et au plafond de son établissement.

Smithback regarda sa montre. Il était en avance pour une fois, et pour peu que Nora le soit également, ils disposeraient de quelques minutes supplémentaires ensemble. Il avait l'impression de n'avoir pas vu sa femme depuis une éternité. Elle avait promis de le rejoindre, le temps de grignoter un hamburger et d'avaler une bière avant de retourner au Muséum où la préparation de la nouvelle exposition l'accaparerait jusque tard dans la soirée. De son côté, Smithback avait un article à terminer avant le bouclage du journal, à 2 heures du matin.

Il poussa un soupir. Quelle vie ! Ils étaient mariés depuis deux mois et ils n'avaient pas trouvé le temps de faire l'amour depuis une semaine. Mais davantage que la passion qui les poussait l'un vers l'autre, c'était leur complicité qui lui manquait le plus. Il adorait discuter avec elle, et aujourd'hui plus que jamais, il avait besoin d'une confidente. Ses recherches sur le meurtre de Duchamp piétinaient, il avait dû se contenter de publier les mêmes platitudes que tous ses confrères, les flics distillaient les infos au compte-gouttes et ses sources habituelles restaient muettes. Quelle déchéance pour le grand Smithback du *New York Times* ! Il était surtout persuadé que Bryce Harriman faisait des pieds et des mains pour lui souffler l'enquête et lui refiler à la place l'affaire de l'Agitateur.

— Vous avez l'air bien sombre, monsieur.

Smithback leva la tête et découvrit une Nora à l'expression rieuse.

— Ce siège est occupé ? demanda-t-elle, ses yeux verts pleins de malice.

— Vous plaisantez, chère madame ! Votre charmant minois suffirait à rendre la vue à un aveugle.

Elle posa son sac par terre et s'installa en face de lui. L'éternel serveur aux oreilles tombantes et aux yeux de chien battu se posta silencieusement à côté d'eux, attendant de prendre la commande avec l'entrain d'un croque-mort.

— Une saucisse purée et un verre de lait, demanda Nora.

— Du lait ? s'étonna Smithback.

— Je dois retourner travailler.

— Moi aussi, et ça ne m'a jamais empêché de boire de l'alcool. Je prendrais volontiers un verre de votre Glen Grant de cinquante ans d'âge, avec une tourte à la viande.

Le serveur acquiesça d'un air lugubre et s'éclipsa.

Smithback prit la main de la jeune femme dans la sienne.

— Nora, tu me manques.

— Toi aussi, tu me manques. On mène des vies de cinglés.

— Je me demande ce qu'on fout à New York. On devrait retourner à Angkor Vat s'enfermer dans un temple bouddhiste au milieu de la jungle pour le restant de nos jours.

— En faisant vœu de célibat ?

Smithback balaya l'argument d'un revers de main.

— Qui te parle de célibat ? On vivra dans une grotte incrustée de pierres précieuses comme Tristan et Iseult, et on baisera toute la journée.

Nora rougit.

— C'est vrai qu'après notre lune de miel, le retour à la réalité a été dur.

— Je ne te le fais pas dire. Surtout pour être accueilli au journal par ce chimpanzé de Bryce Harriman.

— Bill, arrête de faire une fixette sur Harriman. Le monde est plein de types de son espèce. Oublie-le et vis ta vie. Si tu voyais les dinosaures avec lesquels je bosse au Muséum ! On devrait leur mettre des numéros et les enfermer dans des vitrines.

Le serveur revenait avec la commande et Smithback leva son verre.

— *Slainte*[1].

— Chin-chin.

Smithback trempa les lèvres en connaisseur dans son whisky à 36 dollars le verre, puis il regarda Nora dévorer sa saucisse. *Une vraie femme, pas comme ces mijaurées qui passent leur temps à grignoter du bout des dents des salades ridicules.* Il repensa à un certain épisode dans les ruines de Bantay Chhmar et une bouffée de désir monta en lui.

— Quoi de neuf au Muséum ? Tu les fais marcher à la baguette avec ta nouvelle expo ?

— En tant que conservatrice adjointe, c'est plutôt moi qui suis censée marcher à la baguette.

— Ma pauvre chérie.

— Je ne sais pas si tu te rends compte, mais on est à six jours de l'inauguration et près d'un tiers des objets exposés ne sont pas encore en place. Si tu voyais le cirque ! Il me reste vingt-quatre heures pour préparer une trentaine de panneaux explicatifs avant de passer à la mise en place de la section consacrée aux pratiques funéraires anasazis. En plus, je viens d'apprendre aujourd'hui que je dois donner une conférence sur la préhistoire du Sud-Ouest dans le cadre du colloque organisé pendant l'expo. Tu le crois, ça ? J'ai quatre-vingt-dix minutes pour raconter treize mille ans de préhistoire, diapos comprises.

— Tu en fais trop, Nora.

— Je ne suis pas la seule. C'est l'expo la plus importante depuis des années et les petits génies qui nous dirigent ont décidé d'améliorer le système d'alarme du Muséum. Je suppose que tu n'as pas oublié ce qui s'est passé lors de la dernière grande exposition, celle qui s'appelait « Superstition »[2] ?

— Tais-toi, je ne veux plus jamais repenser à ça.

---

1. « Santé » en gaélique.
2. Voir *Relic*, Robert Laffont, 1996.

— Ils n'ont pas envie que ça recommence. Sauf qu'ils sont obligés de bloquer les secteurs les uns après les autres chaque fois qu'on installe le nouveau système dans une salle. On ne sait jamais quel secteur va être fermé et on ne sait plus comment se déplacer, un vrai cauchemar. Heureusement que dans six jours tout sera terminé.

— Ouais, et on sera bons pour des vacances.

— Ou un séjour à l'asile.

— Il nous restera toujours le souvenir d'Angkor, ajouta Smithback sur un ton sentencieux.

Nora lui serra la main en riant.

— Et toi ? Comment tu t'en tires avec l'affaire Duchamp ?

— Je suis dans la merde. On a confié l'enquête à une casse-pieds de première, le capitaine Hayward. Une pro qui ne laisse rien filtrer. Sur ce coup-là, je ne sais pas du tout comment je vais pouvoir m'en tirer.

— Mon pauvre Bill.

— Nora Kelly ? fit une voix derrière eux.

En levant les yeux, Smithback vit une petite brune à lunettes s'approcher. Stupéfait, il la reconnut tout de suite.

— Bill ? s'exclama la nouvelle arrivante avec un large sourire.

— Margo Green ! Tu ne travailles plus pour cette boîte dont j'ai oublié le nom, à Boston ?

— GeneDyne. Non, j'ai enfin compris que je n'étais pas faite pour le privé. J'étais bien payée, mais je m'ennuyais à mourir dans mon boulot, alors j'ai décidé de revenir au Muséum.

— Je l'ignorais.

— C'est tout récent. Je suis arrivée ici il y a six semaines. Et toi ?

— J'ai écrit plusieurs bouquins, comme tu le sais, et je travaille au *Times*. Je rentre tout juste de ma lune de miel.

— Toutes mes félicitations. Si je comprends bien, l'époque où tu m'appelais Fleur de Lotus est révolue. Et je suppose que voici l'heureuse élue ?

— Tout juste. Nora, je te présente une amie de longue date, Margo Green. Nora travaille également au Muséum.

— Je sais, répliqua Margo. À vrai dire et sans vouloir te vexer, c'est elle que je venais voir, précisa-t-elle en tendant la main à Nora. Vous ne vous souvenez sans doute pas de moi, professeur Kelly, mais je suis la nouvelle rédactrice en chef de *Muséologie*. Nous nous sommes récemment croisées lors d'une réunion.

— Je m'en souviens très bien. J'ai surtout lu vos exploits dans *Superstition*, le livre de Bill. Comment allez-vous ?

— Vous permettez que je m'assoie un instant ?

— C'est-à-dire que...

Nora n'eut pas le temps d'achever sa phrase que Margo s'était déjà installée à leur table.

— Je ne vous dérangerai pas longtemps.

Smithback n'en revenait pas. Margo Green. Il lui semblait qu'une éternité s'était écoulée depuis leur dernière rencontre. Elle était toujours aussi mince et d'allure sportive, tout en paraissant plus décontractée et plus sûre d'elle-même qu'autrefois. Avec le temps, elle avait troqué ses jeans et ses polos contre un tailleur de marque. Lui aussi avait changé, ainsi que lui confirma le coup d'œil satisfait qu'il jeta à son costume Hugo Boss.

— J'ai du mal à y croire. Les héroïnes de deux de mes bouquins, l'une à côté de l'autre.

Margo le regarda d'un air interrogateur.

— Comment ça ?

— Nora était l'héroïne d'un autre de mes livres, *Les Sortilèges de la cité perdue*.

— Je ne devrais pas t'avouer ça, mais je ne l'ai pas lu.

Smithback souriait toujours.

— Quel effet cela te fait-il de retrouver le Muséum ?

— L'atmosphère a beaucoup changé en quelques années.

Smithback sentait le regard de Nora sur lui. Elle devait se demander si Margo n'était pas une ancienne petite amie et s'il n'avait pas occulté certains détails scabreux dans le compte rendu de leurs aventures.

— C'est fou ce que le temps passe, ajouta Margo.

— À qui le dis-tu.

— Je me demande souvent ce que sont devenus Lavinia Rickman et le professeur Cuthbert.

— Le diable a dû leur réserver un des cercles de l'enfer.

Margo pouffa.

— Et ce flic qui s'appelait D'Agosta ? Et l'inspecteur Pendergast ?

— Aucune idée en ce qui concerne D'Agosta. Quant à Pendergast, j'ai su par le journal qu'il avait disparu dans des circonstances mystérieuses il y a quelques mois. Il s'était rendu en Italie dans le cadre d'une enquête, et on ne l'a plus jamais revu.

Le visage de Margo afficha son désarroi.

— Ah bon ? C'est étrange.

Personne ne disait plus rien depuis quelques instants lorsque Margo se tourna vers Nora :

— Quoi qu'il en soit, je suis venue vous demander votre aide.

— Mon aide ?

— Oui, j'ai l'intention de publier un éditorial sur la nécessité de rendre aux Indiens Tanos les masques du Grand Kiva. Vous savez sans doute qu'ils ont demandé leur restitution.

— Bien évidemment. J'ai également lu un brouillon de votre édito qui circule actuellement au Muséum.

— Vous vous en doutez, je me heurte à l'hostilité de l'administration en général, et de Collopy en particulier. J'ai donc décidé de solliciter le soutien de tous les membres du département d'Anthropologie. Il faut à tout prix préserver l'indépendance éditoriale de *Muséologie*, et surtout restituer les masques. Il est essentiel que le département affiche sa solidarité dans cette affaire.

— Qu'attendez-vous de moi ? demanda Nora.

— Il n'est pas question de faire circuler une pétition ou quoi que ce soit de ce genre. J'ai simplement besoin de l'appui moral de tous les collègues du département si jamais Collopy cherche la confrontation.

Smithback sourit.

— Aucun problème, tu peux compter sur Nora pour…

— Une petite minute, l'interrompit sèchement Nora. C'est à moi que s'adresse Margo, pas à toi.

— Euh… bien sûr, s'empressa de rectifier Smithback en aplatissant son épi rebelle et en trouvant refuge dans son verre.

Nora adressa à Margo un sourire glacial.

— J'ai bien peur de ne pas pouvoir vous aider.

Smithback la regarda avec des yeux ronds.

— Puis-je savoir pourquoi ? s'enquit Margo d'une voix posée.

— Tout simplement parce que je ne suis pas d'accord avec vous.

— Il ne fait pourtant aucun doute que ces masques sont la propriété des Tanos et…

Nora l'interrompit.

— Margo, je connais fort bien le dossier et je connais aussi vos arguments. Dans un sens, vous avez raison. Ces masques appartenaient aux Tanos et ils n'auraient jamais dû leur être retirés, mais ils font aujourd'hui partie du patrimoine de l'humanité. En outre, il serait désastreux de les retirer de l'exposition à ce stade. N'oubliez pas que je figure au nombre des commissaires de cette exposition. Enfin, je suis moi-même spécialiste d'archéologie amérindienne, et je peux vous dire que si on devait restituer tous les objets sacrés qui figurent dans les collections du Muséum, il ne nous resterait plus rien. *Tout* est sacré pour les Indiens. C'est ce qui fait la force de leur culture. Écoutez, ajouta-t-elle après une courte hésitation, ce qui est fait est fait, ni vous ni moi ne changerons le monde et ce n'est pas la première injustice qui sera commise au nom de l'art. Je ne sais pas si ma réponse vous convient, mais c'est ce que je pense.

— Il n'empêche que la liberté éditoriale de…

— De ce point de vue, je suis à cent pour cent d'accord avec vous. Ce n'est pas moi qui vous empêcherai de publier votre éditorial, mais ne me demandez pas mon approbation. Et ne comptez pas sur le département d'Anthropologie pour se ranger nécessairement à votre opinion.

Margo fixa longuement Nora avant de se tourner vers Smithback. Ce dernier lui adressa un sourire gêné et se replongea dans son whisky.

— Merci de votre franchise, conclut Margo en se levant.

— Je vous en prie.

— J'ai été ravie de te revoir, Bill, ajouta Margo.

— Moi aussi, marmonna-t-il.

Tout en regardant Margo s'éloigner, il sentait le regard de Nora posé sur lui.

— Fleur de Lotus ? demanda-t-elle d'un ton acide.

— Elle disait ça pour rire.

— Tu es sorti avec elle ?

— Jamais de la vie, répondit-il précipitamment.

— Tu es sûr ?

— Je ne l'ai même jamais embrassée.

— Je suis ravie de l'entendre. Je ne peux pas la supporter, siffla Nora en se retournant brièvement sur la silhouette de Margo. Quand je pense qu'elle n'a jamais lu *Les Sortilèges de la cité perdue*. Ce livre est tellement meilleur que tes bouquins précédents... Sans vouloir te vexer, Bill, mais *Superstition*... Disons que tes talents d'écrivain se sont épanouis depuis.

— Quoi ? Qu'est-ce que tu reproches à *Superstition* ?

Nora prit sa fourchette et acheva son assiette en silence.

14

D'Agosta poussa la porte de l'Omeletteria et trouva Hayward installée dans leur box habituel. Elle avait passé une nuit blanche au bureau et ils ne s'étaient pas vus depuis vingt-quatre heures. Il s'arrêta afin de l'observer. Ses cheveux, d'un noir bleuté dans le soleil du matin, brillaient sur sa peau laiteuse. Elle prenait des notes sur un ordinateur portable en se mordillant la lèvre inférieure d'un air appliqué, le front barré d'un pli. D'Agosta fut prit d'une bouffée de tendresse presque douloureuse.

Il ne savait pas comment lui dire.

Elle leva brusquement les yeux, comme si elle avait senti son regard posé sur elle, et son visage s'éclaira.

— Vinnie ! Tu m'en veux de ne pas avoir fait honneur à tes lasagnes *napoletana* ?

Il l'embrassa et s'installa en face d'elle.

— Ne t'inquiète pas pour ça, il y a des choses plus importantes que les lasagnes dans la vie. Mais je trouve que tu travailles trop.

— C'est le métier qui veut ça.

Une serveuse filiforme déposa une omelette devant la jeune femme et remplit sa tasse de café.

— Vous pouvez laisser la cafetière ? lui demanda Hayward.

La serveuse acquiesça et se tourna vers lui.

— Un menu, chéri ?

— Pas besoin. Donnez-moi deux œufs au plat bien cuits avec des toasts.

— Je ne t'ai pas attendu pour commander, reprit Hayward entre deux gorgées de café. J'espère que ça ne te gêne pas, mais je dois retourner au bureau et…

— Tu retournes au bureau ?

Hayward fronça les sourcils et opina.

— Je me reposerai ce soir.

— On te met la pression ?

— Pas plus que d'habitude. Non, c'est mon enquête qui piétine.

Mal à l'aise, D'Agosta la regardait manger en repensant aux paroles de Pendergast : *À moins d'arrêter Diogène très vite, tous les êtres qui me sont proches sont en danger de mort. Arrangez-vous pour faire parler Laura Hayward.* Il fit le tour de la salle des yeux, à l'affût d'un inconnu au regard bleu et brun, tout en sachant que s'il les épiait, Diogène aurait pris soin de porter des verres de contact.

— Justement, parle-moi de ton enquête, suggéra-t-il d'une voix qu'il voulait naturelle.

Elle avala un morceau d'omelette et s'essuya la bouche.

— J'ai reçu les résultats de l'autopsie. Rien de sensationnel. Duchamp est mort des suites des blessures internes dues à sa chute. On note plusieurs fractures au niveau des os du pharynx, mais il n'est pas mort par pendaison. La moelle épinière n'avait pas été sectionnée par la corde et il respirait encore quand il est tombé. Mais c'est là qu'interviennent des faits incongrus. Le meurtrier a *volontairement* entamé la corde à l'aide d'une lame tranchante.

D'Agosta fut parcouru d'un frisson. *Mon arrière-grand-oncle Maurice a connu exactement le même sort…*

— Duchamp a été agressé dans son appartement avant d'être ligoté. Il souffrait d'une contusion à la tempe gauche, mais le crâne était trop écrasé pour que l'on garantisse que le sang retrouvé dans l'appartement provenait de cette blessure. Attends la suite : figure-toi que quelqu'un, probablement le meurtrier, a pris le temps de soigner la plaie de Duchamp et de lui mettre un bandage.

— Je vois.

D'Agosta ne voyait que trop bien, mais il ne pouvait rien dire.

— Ensuite, le meurtrier a poussé un grand bureau sous la fenêtre et il a convaincu Duchamp de grimper dessus et de se jeter par la fenêtre.

— Il ne l'a pas poussé ?

Hayward fit non de la tête.

— Duchamp avait les mains liées dans le dos et une corde autour du cou.

— Quelqu'un a vu le meurtrier ? s'enquit D'Agosta.

— Personne dans l'immeuble ne se souvient de rien. La seule chose dont on dispose est la vidéo de la caméra située dans le sous-sol de l'immeuble. On voit juste un type en imperméable, de dos. Grand, mince, cheveux clairs. On a demandé aux services techniques de travailler sur la bande, mais je n'ai pas grand espoir de ce côté-là. Il savait qu'il était filmé et il a pris ses précautions.

Hayward vida sa tasse de café et s'en servit une autre avant de poursuivre son récit.

— On a fouillé les papiers et l'atelier de la victime, à la recherche d'un mobile possible. Rien. On a ensuite relevé les noms sur son carnet d'adresses et on a appelé ses proches. Tous ceux qu'on a pu joindre avaient l'air stupéfaits qu'on l'ait tué. À croire que ce Duchamp était un saint. Ah, j'oubliais une coïncidence curieuse : Duchamp connaissait l'inspecteur Pendergast.

D'Agosta se sentit rougir, honteux de jouer la comédie à Laura.

— Ils étaient apparemment amis. On a retrouvé l'adresse de Pendergast au Dakota dans son carnet d'adresses. À en croire son agenda, ils ont même déjeuné ensemble à trois reprises l'an dernier, toujours un 21. Si Pendergast n'était pas mort, je serais curieuse d'avoir son opinion sur cette affaire. Au point où j'en suis, je crois que j'accepterais son aide, c'est dire.

Elle s'arrêta soudain en voyant l'expression crispée de D'Agosta.

— Oh Vinnie, dit-elle en lui prenant la main. Je suis désolée, je ne voulais pas te faire de peine.

D'Agosta était plus mal que jamais.

— Et si c'était le crime dont Pendergast me parlait dans sa lettre ?

Hayward retira lentement sa main.

— Pardon ?

— Eh bien… bégaya D'Agosta. Diogène haïssait son frère, il a pu décider de se venger en assassinant ses amis.

Hayward l'observait attentivement, les yeux plissés.

— J'ai appris qu'un autre ami de Pendergast, un universitaire, avait récemment été tué à La Nouvelle-Orléans.

— Mais enfin, Vinnie, ça n'a aucun sens. Pourquoi son frère tuerait-il ses amis maintenant qu'il est mort ?

— Va savoir ce qui peut se passer dans la tête d'un cinglé. Mais si c'était mon enquête, je trouverais la coïncidence plutôt troublante.

— Qui t'a parlé de ce crime à La Nouvelle-Orléans ?

D'Agosta détourna le regard et joua machinalement avec sa serviette.

— Je ne me souviens plus. Il me semble que c'est Constance, son assistante.

— Je reconnais volontiers que cette affaire est étrange, soupira Hayward. Ton hypothèse est un peu tirée par les cheveux, mais tu peux compter sur moi pour ne négliger aucune piste.

La serveuse arrivait avec le petit déjeuner de D'Agosta. Gêné, il donna un coup de couteau dans son œuf et fit gicler une longue traînée de jaune dans son assiette. Agacé, il se retourna.

— S'il vous plaît ! dit-il à l'adresse de la serveuse qui retraversa la salle d'un pas traînant.

D'Agosta lui tendit son assiette.

— J'avais demandé des œufs bien cuits, pas des œufs à moitié crus.

— Pas de problème, chéri. Inutile de t'énerver, répliqua la femme en s'éloignant avec l'assiette.

— Ouh là ! Tu ne crois pas que tu as été un peu dur avec elle ? s'étonna Hayward à voix basse.

— J'ai *horreur* des œufs coulants, répondit D'Agosta, les yeux plongés dans son café. Ça me dégoûte.

Un court silence s'installa.

— Qu'est-ce qui ne va pas, Vinnie ? s'inquiéta-t-elle.

— Ce Diogène me rend cinglé.

— Ne prends pas mal ce que je vais te dire, mais il est grand temps que tu laisses tomber cette histoire. Ce n'est pas comme ça que tu ressusciteras Pendergast. Franchement, je ne te reconnais pas. À ta place, je me replongerais dans le boulot, c'est encore le meilleur remède contre le blues. Sans compter que Singleton risque de finir par s'énerver.

Je sais bien que tu as raison, retentit une voix dans la tête de D'Agosta. Ne rien pouvoir dire à Hayward le rendait déjà malade, mais c'était pire encore de devoir lui soutirer des informations sans lui avouer que Pendergast était vivant.

Il grimaça tant bien que mal un sourire penaud.

— Je suis désolé, Laura. Tu as raison, il est grand temps que je me remette au boulot. Et moi qui me comporte comme un ours mal léché alors que tu as passé une nuit blanche. Je suppose que c'est à cause de ton enquête que tu n'es pas rentrée ?

Elle l'observa quelques instants d'un œil inquisiteur, porta une bouchée d'omelette à sa bouche et repoussa son assiette.

— Je n'ai jamais vu un crime exécuté avec autant de minutie. Non seulement le meurtrier a laissé très peu d'indices derrière lui, mais ceux dont nous disposons sont pour le moins curieux. À part les morceaux de corde, nous n'avons trouvé que quelques fibres textiles.

— Trois indices, c'est mieux que rien.

— Trois indices, exactement : les fibres, les cordes et ces nœuds bizarres. Sauf qu'on a fait chou blanc jusqu'à présent. C'est pour ça que je suis restée au bureau toute la nuit. Ça, plus la paperasse habituelle. Les fibres proviennent d'une laine très rare que les types du labo ne connaissaient pas. On n'a rien trouvé dans nos banques de données, ni dans celles du FBI. On a mis un expert en textiles sur l'affaire. Même chose avec les cordes. On sait seulement qu'elles n'ont été fabriquées ni en Amérique, ni en Europe, ni en Australie, ni au Moyen-Orient.

— Et les nœuds ?

— C'est encore plus étrange. Notre spécialiste n'en revenait pas. Il était fasciné, et on l'avait pourtant tiré du lit à 3 heures du matin. À première vue, on pourrait croire qu'il s'agit de nœuds faits au hasard par un fétichiste ou un cinglé du même tonneau. Eh bien, pas du tout ! Ce sont au contraire des nœuds extrêmement élaborés. Notre spécialiste n'en croyait pas ses yeux, il n'en avait jamais vu de pareils. Il a voulu nous le prouver par a + b en se lançant dans de grandes théories mathématiques auxquelles je n'ai rien compris.

— Je serais curieux de voir une photo de ces nœuds, si c'était possible.

Elle lui lança un nouveau regard surpris.

— Ça doit être mon passé de boy-scout qui refait surface, plaisanta-t-il.

Elle hocha lentement la tête.

— À l'école de police, il y avait un prof qui s'appelait Riderman. Tu te souviens de lui ?

— Non.

— Il avait une véritable passion pour les nœuds. Il disait toujours que les nœuds sont la manifestation en trois dimensions de la quatrième dimension. Si ça a une quelconque signification. Mais je suis sûre d'une chose, ajouta-t-elle après avoir avalé une gorgée de café, ces nœuds sont la clé de l'affaire.

D'un air triomphal, la serveuse s'approcha et posa devant D'Agosta des œufs au plat à moitié carbonisés.

Hayward ne put réprimer un sourire.

— Bon appétit, dit-elle en pouffant.

Une vibration dans la poche de son manteau empêcha D'Agosta de répondre. Étonné, il mit quelques instants avant de se souvenir que Pendergast lui avait confié un portable. Il le tira précipitamment de sa poche.

— Tu t'es acheté un nouveau téléphone ? demanda Hayward.

D'Agosta, désemparé, décida brusquement qu'il ne pouvait continuer à lui mentir.

— Désolé, dit-il en se levant. Il faut que j'y aille. Je t'expliquerai plus tard.

Hayward, stupéfaite, fit mine de se lever à son tour.

— Mais enfin, Vinnie…

— Ça t'ennuie de régler ? lui demanda-t-il en l'embrassant. À charge de revanche.

— Mais…

— À ce soir, mon amour. Bonne chance avec ton enquête.

Il lui serra les épaules d'un geste affectueux en affrontant brièvement son regard interrogateur, puis il tourna les talons et traversa le restaurant à grandes enjambées.

Dans la rue, il relut le message affiché sur l'écran du portable : *RV au coin de York et de la 77e. TOUT DE SUITE.*

15

D'Agosta venait d'arriver au point de rendez-vous fixé par Pendergast lorsqu'une énorme limousine noire s'arrêta à sa hauteur. La portière s'ouvrit à la volée et le lieutenant grimpa à côté du chauffeur qui redémarra aussitôt en klaxonnant, obligeant plusieurs conducteurs à freiner.

Surpris, D'Agosta découvrit derrière le volant un personnage élancé au teint bronzé, vêtu d'un costume gris impeccable, un attaché-case noir posé sur les genoux.

— N'ayez pas peur, Vincent, lui dit la voix de Pendergast. Une urgence s'est présentée, qui me contraint à changer une nouvelle fois d'identité. Vous me voyez aujourd'hui dans la peau d'un banquier d'affaires.

— Quelle urgence ?

Pendergast lui tendit une enveloppe transparente contenant une lettre que D'Agosta déchiffra sans attendre :

Neuf d'Épée : Torrance Hamilton
Dix d'Épée : Charles Duchamp
Roi d'Épée, à l'envers : Michael Decker
Cinq d'Épée : ?

— Diogène me nargue en m'avertissant à l'avance de son prochain coup.

Pendergast avait l'air particulièrement soucieux.

— De quoi s'agit-il ? D'un jeu de tarot ?

— Diogène se passionne depuis toujours pour le tarot. Vous l'aurez deviné, ces cartes symbolisent la mort et la trahison.

— Qui est ce Michael Decker ?

— Mike m'a servi de cicérone lorsque je suis entré au FBI. Je travaillais auparavant pour le compte de services nettement plus… plus *exotiques*, et je lui dois ma reconversion. Mike occupe actuellement des fonctions de tout premier plan à Quantico et je lui suis redevable. Il est à l'origine de la façon peu orthodoxe dont je pratique mon métier. C'est grâce à Mike que j'ai pu faire intervenir le FBI aussi rapidement au lendemain du meurtre de Jeremy Grove, l'automne dernier. Son appui m'a également été d'une grande utilité lorsque j'ai eu le malheur de contrarier certaines personnes haut placées lors d'une enquête récente dans le Midwest[1].

— Si je comprends bien, Diogène souhaite s'en prendre de nouveau à l'un de vos proches.

— Oui, et je n'arrive à avoir Mike ni sur son portable, ni chez lui. Sa secrétaire me dit qu'il est actuellement en mission. Il est donc injoignable, même pour ses collègues. Il est impératif que je l'avertisse du danger, à condition de pouvoir le contacter.

— S'il appartient au FBI, j'imagine qu'il ne s'agit pas d'un enfant de chœur.

— Mike est l'un des agents les plus brillants du Bureau, mais je doute que cela décourage Diogène le moins du monde.

D'Agosta lut à nouveau la lettre.

— C'est l'écriture de votre frère ?

— Curieusement, on pourrait croire qu'il a voulu la déguiser grossièrement. Trop grossièrement à mon goût. Il y a pourtant quelque chose d'étrangement familier dans ces lignes…

Comme Pendergast ne précisait pas sa pensée, D'Agosta lui demanda :

— Comment l'avez-vous reçue ?

— Elle est arrivée tôt ce matin à mon appartement du Dakota. J'ai recours aux services de l'un des portiers de l'immeuble, Martyn. Il a fait parvenir la lettre à Proctor qui me l'a transmise.

— Proctor sait que vous êtes vivant ?

— Oui. J'en ai également averti Constance hier au soir.

— Et *elle* ? Elle vous croit toujours mort ?

---

1. Voir *Les Croassements de la nuit*, L'Archipel, 2005.

D'Agosta n'avait pas jugé utile de prononcer le nom de Viola Maskelene, sachant que Pendergast l'aurait deviné.

— Je n'ai pas pris contact avec elle. Le risque serait trop grand. Aussi douloureux que cela puisse être, il est plus prudent de la laisser dans l'ignorance. Il en va de sa survie.

D'Agosta accueillit la réponse de Pendergast par un silence gêné qu'il s'empressa de rompre.

— Vous me dites que votre frère a fait porter cette lettre au Dakota. Votre appartement n'est donc pas surveillé ?

— Si, bien évidemment. Et même avec le plus grand soin, mais la missive a été déposée par un vagabond. Nous l'avons retrouvé et questionné, il nous a dit avoir été payé pour sa course par un inconnu croisé sur Broadway. La description qu'il nous en a donnée était trop vague pour être utile.

La limousine s'engagea à toute allure sur la bretelle d'accès au FDR Drive.

— Qui vous dit que votre ami du FBI vous croira ?

— Mike Decker me connaît bien.

— À mon avis, vous avez tort de vous précipiter chez ce Decker. C'est précisément ce que Diogène attend de vous.

— Vous avez raison, mais il en est comme d'un coup forcé aux échecs : je n'ai pas d'autre choix que de tomber dans le piège, répliqua Pendergast dont les yeux brillaient derrière ses verres de contact marron. Il nous faut impérativement trouver le moyen d'inverser le cours des choses afin de reprendre la main. Avez-vous parlé au capitaine Hayward ?

— Oui. Les équipes de l'identité judiciaire ont retrouvé quelques fibres textiles sur le lieu du crime. Avec la corde, c'est tout ce dont ils disposent jusqu'à présent. Ce meurtre présente un certain nombre de caractéristiques insolites. Il semble que Diogène ait blessé Duchamp à la tête et qu'il ait pris le temps de le soigner avant de le tuer.

Pendergast secoua la tête.

— J'ai besoin d'informations plus précises, Vincent. Il le faut ! Le détail le plus infime peut avoir son importance. Je dispose à La Nouvelle-Orléans d'un… comment dirais-je ? d'un informateur qui me communique les dossiers de la police locale sur le meurtre de Hamilton. Je n'ai malheureusement personne ici.

— Compris, acquiesça D'Agosta.

— Une dernière chose. Diogène semble procéder de façon chronologique dans le choix de ses victimes. Cela signifie que vous pourriez être le prochain, puisque vous étiez à mes côtés lors de ma première grande enquête pour le FBI, celle des meurtres du Muséum[1].

— Ne vous faites pas de souci pour moi, répondit D'Agosta, la gorge nouée.

— Diogène semble prendre un malin plaisir à m'avertir à l'avance. Nous pouvons donc penser que vous n'êtes pas encore en danger. Tout du moins tant que je n'aurai pas reçu de nouveau message. J'insiste toutefois pour que vous fassiez preuve de la plus grande prudence. Il serait préférable que vous repreniez votre poste au plus tôt. Entourez-vous de collègues, évitez le plus possible de quitter le commissariat, mais le plus important est encore de changer constamment vos habitudes. Commencez par déménager, prenez des taxis au lieu du métro, ne faites pas de marche à pied, veillez à vous coucher et à vous lever à des heures irrégulières. Bref, méfiez-vous de tout et de tout le monde. Cela vaut également pour vos proches. Ne sous-estimez pas les dommages collatéraux au cas où l'on s'en prendrait à vous. Je pense tout particulièrement au capitaine Hayward. Mais vous êtes un policier hors pair, Vincent, et je n'ai rien à vous apprendre en la matière.

La limousine s'arrêta dans un crissement de pneus strident face à l'héliport de la 34e Rue, dont l'aire de décollage baignait dans le soleil du matin. Un Jet Ranger Bell 206 rouge attendait sur le tarmac, moteurs allumés. Pendergast se transforma comme par magie en banquier d'affaires, l'inquiétude qui animait ses traits quelques instants plus tôt faisant place à une expression anodine.

— Une dernière chose, l'arrêta D'Agosta.

Pendergast se retourna.

Le lieutenant fouilla dans la poche de sa veste et tendit son poing fermé à Pendergast. Ce dernier ouvrit la main et D'Agosta y déposa un médaillon de platine à moitié fondu, pendu au bout

---

1. Voir *Relic*, Robert Laffont, 1996.

d'une chaîne. La médaille représentait un phénix renaissant de ses cendres, surmonté d'un œil ouvert, et le verso était orné d'un écusson.

Pendergast l'observa longuement, une lueur indéfinissable dans le regard.

— Le comte Fosco la portait autour du cou lorsque je suis retourné au château avec la police italienne. Il s'est arrangé pour me la montrer subrepticement comme preuve de votre mort. Vous remarquerez qu'il avait eu soin d'y faire graver ses armes pour mieux me narguer. J'ai pensé que vous voudriez la récupérer.

Pendergast retourna la médaille entre ses doigts.

— Je la lui ai reprise le soir où... où je lui ai rendu visite pour la dernière fois, ajouta D'Agosta. Je souhaite qu'elle vous porte chance.

— En temps ordinaire, je me moque de la chance, mais je crois que les circonstances me font provisoirement changer d'avis. Je vous remercie, Vincent, murmura Pendergast, sa voix à demi noyée par le martèlement du rotor.

Il passa le médaillon autour de son cou, le glissa dans sa chemise et serra la main de D'Agosta.

Puis, sans un mot, il tourna les talons et se dirigea à grandes enjambées vers l'hélicoptère.

16

L'appareil atterrit sur un terrain privé à Chevy Chase, dans le Maryland, où une voiture sans chauffeur attendait Pendergast. Il était tout juste 9 heures lorsque l'auto pénétra dans le district de Columbia. Le froid vif de cette journée de janvier était tempéré par le soleil pâle qui filtrait à travers les arbres habillés de givre.

Quelques minutes plus tard, Pendergast longeait les superbes propriétés d'Oregon Avenue, au cœur de l'un des faubourgs les plus chic de Washington. Il ralentit en passant devant la maison de Michael Decker, un bâtiment en brique de style géorgien d'apparence paisible. Aucune voiture ne stationnait devant l'entrée, mais cela ne signifiait rien en soi, Decker disposant à volonté d'une voiture avec chauffeur.

Pendergast traversa une intersection et se gara un peu plus loin le long du trottoir. Il sortit son téléphone portable et tenta à nouveau de joindre Decker, sans résultat.

La masse sombre de Rock Creek Park s'élevait derrière les maisons. Pendergast descendit de l'auto avec son attaché-case et s'enfonça à travers bois, persuadé que Diogène l'observait et qu'il l'aurait reconnu malgré son déguisement. Dans des circonstances analogues, lui-même n'aurait eu aucun mal à identifier son frère.

Contre toute attente, le parc était désert et seul le murmure des eaux de la Rock Creek comblait le silence.

Il longea d'un pas rapide le petit bois, traversa en courant l'allée et le jardin d'une propriété anonyme et se retrouva derrière la maison de Decker dont il franchit la haie. La cour, parfaitement ordonnée, s'étendait jusqu'à l'orée du parc. Dissimulé par un épais buisson, Pendergast regarda à l'intérieur de la maison, mais les fenêtres étaient fermées, les rideaux tirés. Après un dernier coup d'œil en direction des résidences voisines, il s'enhardit jusqu'à l'entrée de service, déposa son attaché-case sur le petit perron et enfila une paire de gants en caoutchouc.

Il s'arrêta une dernière fois, tous les sens à l'affût, puis il coula un regard à travers une petite fenêtre, toujours sans frapper.

Il découvrit une cuisine moderne immaculée dont l'austérité trahissait le célibataire endurci. Un journal plié en deux était posé sur le plan de travail près du téléphone et une veste reposait sur le dossier d'une chaise. Une porte fermée, probablement celle de l'escalier de la cave, faisait face à un couloir sombre menant au salon.

À peine visible dans la pénombre, une silhouette était allongée sur le sol. Elle bougeait encore faiblement.

En un instant, Pendergast gagna l'entrée de service dont il voulut crocheter la serrure avant de s'apercevoir qu'elle était fracturée. La poignée tourna sans peine dans sa main et un câble sectionné lui indiqua que le système d'alarme avait été neutralisé. Le fil du téléphone avait subi le même sort. Il se glissa dans la maison, se précipita vers la forme allongée et s'agenouilla sur le plancher.

Ce qu'il avait pris pour un corps humain était celui d'un chien Weimaraner, les yeux vitreux, dont les pattes arrière se convulsaient à un rythme irrégulier. Il tâta rapidement l'animal et constata que la colonne vertébrale avait été brisée en deux endroits.

Pendergast se releva et sortit de sa poche un Wilson Combat TSGC de calibre 45. Il commença par fouiller sans bruit le rez-de-chaussée en prenant la précaution de se protéger derrière chaque encoignure, l'arme tendue, le regard aux aguets. Il traversa successivement le salon, la salle à manger, le hall d'entrée et une salle de bain sans rien découvrir de suspect.

Il prit alors l'escalier et se retrouva sur le palier du premier étage qu'il explora prudemment avant de s'aventurer plus loin. Le couloir s'ouvrait des deux côtés sur des pièces dont les portes laissaient passer des puits de lumière, dans lesquels dansaient paresseusement des particules de poussière.

L'arme au poing, il pénétra dans la première pièce, une chambre qui donnait sur l'arrière de la maison. Les lits étaient faits avec une précision toute militaire, les couvre-lits tendus au-dessus des couettes et des oreillers. De l'autre côté de la vitre, on apercevait les ombres dépouillées des arbres de Rock Creek Park.

Un bruit indéfinissable rompit le silence.

Pendergast s'immobilisa. Son ouïe aiguisée ne pouvait pas l'avoir trompé : il s'agissait d'un soupir.

Il sortit précipitamment de la chambre et s'arrêta au seuil de la pièce située de l'autre côté du couloir, veillant à rester plaqué contre le mur. De son poste d'observation, il aperçut des rayonnages et un bureau. Un autre bruit se fit entendre, tout proche.

Le pistolet en avant, il pivota sur lui-même à la vitesse de l'éclair et pénétra dans la pièce.

Mike Decker était assis dans un fauteuil en cuir face à sa table de travail. Il avait gardé de son passage à l'armée une certaine raideur, mais son passé militaire n'avait rien à voir avec sa rigidité actuelle, due à la longuc baïonnette qui le clouait à son siège de la bouche jusqu'au cou. La pointe de métal, dégouttante de sang, ressortait de l'autre côté du dossier et une mare écarlate s'étalait sur la moquette aux pieds du fauteuil.

Un faible soupir monta de la gorge transpercée de Decker avant de s'éteindre dans un gargouillis sinistre. Le supplicié, sa chemise blanche uniformément rougie, fixait Pendergast de son regard inanimé. Une rivière de sang s'écoulait lentement sur le plateau du bureau avant de s'écraser par terre.

Pendergast regardait la scène, horrifié. Reprenant rapidement ses esprits, il retira un gant, se pencha et toucha du revers de la main le front de Decker, veillant à ne pas approcher la mare de sang. La peau du malheureux était encore tiède et élastique.

Pendergast se recula brusquement. À l'exception du goutte-à-goutte, tout était silencieux autour de lui. Les poumons se vidaient peu à peu de l'air qu'ils contenaient, mais Decker était mort depuis moins de cinq minutes. Peut-être même trois.

Pendergast eut une hésitation. L'heure exacte de la mort n'avait que peu d'importance, mais il ne faisait guère de doute que Diogène avait attendu son arrivée avant de tuer Decker.

En clair, cela signifiait que son frère était peut-être encore là.

Au loin, le hurlement de plusieurs sirènes de police perça le silence.

Pendergast fit une dernière fois le tour de la pièce des yeux, à l'affût du moindre indice. Son regard se posa sur les mains de Decker et il sursauta : l'une était ouverte, l'autre serrée autour d'un objet invisible.

Sans s'inquiéter des sirènes de police, Pendergast tira de sa poche un stylo en or à l'aide duquel il déplia les doigts du mort, découvrant trois mèches de cheveux d'un blond cendré.

À l'aide d'une loupe d'horloger puisée dans l'une de ses poches, il se baissa afin d'observer les touffes de cheveux. Puis il se redressa, remit sa loupe en poche et sortit une pince à épiler avec laquelle il préleva soigneusement les cheveux collés à la main du mort.

Les sirènes étaient toutes proches à présent.

Diogène avait dû s'éclipser, une fois sa mise en scène parachevée. Le film des événements n'était pas difficile à reconstituer : après s'être introduit dans la maison, il avait immobilisé Decker à l'aide d'un sédatif quelconque, attendant l'arrivée de Pendergast, avant de tuer sa victime. Selon toute probabilité, Diogène avait volontairement neutralisé l'alarme *en repartant.*

La victime était un haut responsable du FBI et Diogène pouvait être assuré que la maison serait passée au peigne fin dès l'arrivée de la police. Il n'aurait donc pas pris le risque de s'éterniser sur place, et Pendergast se décida à l'imiter.

Des crissements de pneus et une cacophonie de sirènes retentissaient déjà sur Oregon Avenue. Pendergast lança un dernier coup d'œil au cadavre de son ami, s'essuya un œil d'un geste brusque et se précipita dans les escaliers.

Au passage, il remarqua que la porte d'entrée était grande ouverte et que le tableau de sécurité clignotait comme un arbre de Noël. D'un bond, il sauta par-dessus la forme inerte du chien, sortit par l'entrée de service, saisit son attaché-case au vol, traversa la cour au pas de course et s'évanouit à l'intérieur de Rock Creek Park, en prenant soin de se débarrasser des mèches de cheveux dans un tas de feuilles mortes.

17

Margo Green pénétra la première dans la Murchison Conference Room, la salle de réunion la plus prestigieuse du Muséum. Tout en prenant place dans l'un des majestueux sièges en cuir disposés autour de la grande table de chêne qui trônait au milieu de la pièce, elle s'intéressa au curieux décor qui l'entourait, passant en revue les trophées de chasse d'espèces rares accrochés aux murs, les défenses d'éléphant disposées des deux côtés de la porte, les masques africains, les peaux de léopards, de zèbres, de lions. Murchison avait sillonné l'Afrique plus d'un siècle auparavant, agrémentant ses recherches anthropologiques de parties de chasse mémorables. Deux pattes d'éléphant creusées servaient de corbeille à papier de part et d'autre de la pièce, un détail sans doute incongru, mais parfaitement naturel dans le cadre suranné d'un Muséum dont la politique avait toujours consisté à ne rien jeter.

Margo mit à profit les quelques instants de tranquillité qui lui restaient avant l'arrivée de ses collègues pour consulter une dernière fois ses notes et rassembler ses idées. Incapable de surmonter l'angoisse qui l'envahissait, la jeune femme se demanda si elle ne faisait pas fausse route en adoptant une position polémique dès son premier éditorial.

Mais elle connaissait déjà la réponse. Margo avait toujours eu des avis bien tranchés et son poste de rédactrice en chef de *Muséologie* lui fournissait l'occasion rêvée de défendre ses convictions. Personne n'aurait compris que la revue ne s'engage pas sur une question aussi importante. Son silence, ou même sa tiédeur, auraient été interprétés comme de la lâcheté et elle en aurait immanquablement porté les stigmates. Il lui fallait au contraire apporter la preuve que *Muséologie* ne craignait pas la controverse. C'était le moment ou jamais de montrer au petit monde de l'anthropologie ce qu'elle avait dans le ventre.

Elle passa ses notes en revue. En leur qualité de dépositaires officiels des collections, les administrateurs du département d'Anthropologie avaient un avis consultatif. Il lui fallait donc les convaincre et elle n'avait pas le droit à l'erreur.

Ses collègues arrivaient les uns après les autres en lui adressant un petit signe de tête, avant de discuter entre eux à mi-voix autour d'un percolateur aux trois quarts vide qui s'évertuait à réchauffer des restes de café du matin. L'un des administrateurs se servit une tasse qu'il reposa bruyamment sur sa soucoupe avec une moue de dégoût. Nora Kelly entra, fit un salut cordial à Margo et s'assit de l'autre côté de la table.

Avec l'arrivée de Hugo Menzies, le directeur du département, les administrateurs étaient au complet. Menzies avait succédé au professeur Frock à la mort de ce dernier, six ans plus tôt. Il gratifia Margo d'un sourire amical et s'installa à l'extrémité de la table afin de présider la réunion.

La grande majorité des articles publiés dans *Muséologie* traitaient de sujets anthropologiques, de sorte que Menzies était le supérieur hiérarchique de Margo. Elle le soupçonnait par ailleurs d'être à l'origine de son recrutement. À l'inverse de ses collègues qui privilégiaient l'attaché-case, élément indispensable à la panoplie de l'homme d'affaires, Menzies avait adopté un superbe sac à dos en toile acheté chez John Chapman & Cie, l'une des grandes signatures anglaises d'équipements de pêche et de chasse. Il tira ses dossiers de son précieux sac et les arrangea soigneusement devant lui, puis il ajusta ses lunettes, redressa sa cravate et lissa sa crinière blanche. Enfin, il jeta un coup d'œil à sa montre, fit de ses yeux bleus le tour de la table et ouvrit les débats d'une voix aiguë et légèrement désuète après un dernier toussotement.

— Je suis heureux de vous voir tous ici. Sommes-nous prêts ?

Le bruissement des dossiers cérémonieusement feuilletés lui répondit.

— Je n'irai pas par quatre chemins, commença-t-il en regardant Margo. Nous savons tous pourquoi nous sommes réunis ce matin. Il s'agit pour nous d'aborder le problème des masques du Grand Kiva.

Les regards convergèrent vers la jeune femme qui se redressa sur son siège tout en veillant à rester impassible. Sa certitude d'avoir raison renforçait sa détermination.

— Margo Green, la nouvelle rédactrice en chef de *Muséologie*, a souhaité nous consulter à ce sujet. Comme vous le savez, les Indiens Tanos demandent la restitution des masques du Grand Kiva qui représentent par ailleurs le clou de notre exposition. En tant que chef de ce département, il est de mon devoir de donner mon avis au directeur et de lui dire s'il est préférable de rendre ou non ces masques, ou bien de tenter de trouver un compromis. Il ne s'agit en aucun cas d'une décision collégiale, mais je tiens cependant à vous assurer que ma décision prendra en considération vos opinions respectives. J'ajouterai que le directeur souhaite également solliciter l'avis du conseil d'administration et des avocats du Muséum avant de rendre son arbitrage, de sorte que ce n'est pas moi qui aurai le dernier mot. À présent, Margo, ajouta-t-il avec un sourire, je vous laisse la parole.

Margo se leva et regarda rapidement ses collègues.

— Vous le savez, je compte publier dans le prochain numéro de *Muséologie* un éditorial dans lequel je prône la restitution aux Tanos des masques du Grand Kiva. Une première mouture de ce texte a largement circulé au sein du Muséum, au grand désarroi de l'administration.

Elle avala sa salive afin de dissimuler sa nervosité et poursuivit son exposé d'une voix qui gagnait en assurance, à mesure qu'elle rappelait l'origine des masques et les circonstances de leur arrivée au Muséum.

— Les Indiens Tanos, pour ceux qui connaissent mal leurs traditions, vivent dans une réserve aux confins du Nouveau-Mexique et de l'Arizona. Leur isolement explique qu'ils aient pu préserver leur langue, leur religion et leurs coutumes tout en prenant pied dans la modernité. À ce jour, moins de vingt pour cent des Tanos se disent chrétiens. Les spécialistes estiment que leur installation dans cette région, le long de la rivière Tano, remonte à près de mille ans. Ils s'expriment dans un langage unique, différent de tous ceux que l'on connaît. Ces éléments vous aideront à comprendre qu'il ne s'agit nullement d'une tribu amérindienne à la recherche de traditions perdues. Les Tanos font figure d'exception dans le paysage des Indiens d'Amérique, dans la mesure où ils n'ont jamais renoncé à leurs traditions.

Elle marqua une courte pause dans son exposé. À défaut d'être tous d'accord avec elle, ses collègues, du moins, avaient la courtoisie de l'écouter attentivement.

— La tribu est divisée en deux groupes religieux et les masques du Grand Kiva ne sont utilisés qu'à l'occasion de la rencontre de ces deux entités au sein du Grand Kiva – le kiva étant la chambre souterraine de forme circulaire dans laquelle se déroulent les cérémonies religieuses qui ont lieu tous les quatre ans. Selon leurs croyances, ces cérémonies assurent l'équilibre et l'harmonie au sein de la tribu, mais aussi sur terre et dans la nature. Les Tanos attribuent les guerres et les cataclysmes de ces cent dernières années à la perte des masques du Grand Kiva. Ne voyez là aucun sensationnalisme de ma part, ils sont réellement convaincus que l'équilibre de la planète est perturbé depuis qu'ils ne sont plus en mesure de réaliser leurs cérémonies.

Cinq minutes plus tard, elle achevait son exposé, heureuse d'avoir su rester relativement concise.

Menzies la remercia et fit du regard le tour de la table.

— Le débat est ouvert.

Dans la rumeur ambiante, une petite voix contrariée s'éleva. Le professeur Prine, un chercheur aux épaules voûtées, se leva :

— Étant moi-même un spécialiste des Étrusques, j'avoue mon inculture sur tout ce qui touche aux Indiens Tanos, mais je ne peux m'empêcher de trouver cette affaire fort nauséabonde. Pour quelle raison les Tanos s'intéressent-ils brusquement à ces fameux masques ? Comment être sûr qu'ils ne vont pas s'empresser de les revendre si on les leur restitue ? Ces masques doivent valoir une véritable fortune et leurs motivations réelles me semblent pour le moins suspectes.

Margo se mordit la lèvre. Pour avoir assisté aux cours du professeur Prine lorsqu'elle était étudiante, elle conservait le souvenir d'un universitaire médiocre qui ne s'était pas bonifié avec l'âge. Son plus grand titre de gloire était une étude sur le foie divinatoire étrusque.

— Pour ces quelques raisons et pour beaucoup d'autres, poursuivait Prine, je suis résolument partisan de conserver ces masques. Je ne comprends même pas que la question puisse se poser. Nous les avons achetés, ils nous appartiennent et nous devons les garder.

Sur ces mots, il se rassit.

Un petit homme grassouillet doté d'une couronne de cheveux roux en bataille prit le relais. Il s'agissait de George Ashton, le commissaire général de l'exposition « Images du Sacré », un anthropologue aussi chevronné que susceptible, connu pour ses sautes d'humeur. Ce matin, il avait l'air particulièrement irritable.

— Je suis absolument d'accord avec le professeur Prine, et je m'inscris résolument contre cet éditorial, aboya-t-il en regardant Margo, les yeux exorbités, le menton tremblant d'énervement. Mlle Green nous met dans l'embarras en choisissant de soulever ce problème aujourd'hui. Nous sommes à moins d'une semaine de l'inauguration de l'une des expositions les plus prestigieuses organisées par le Muséum depuis longtemps. Une exposition, je vous le rappelle, qui nous coûte la bagatelle de 5 millions de dollars. Les masques du Grand Kiva constituent les pièces maîtresses de cette exposition et je ne vois pas comment nous pourrons ouvrir les portes à temps si nous ne les présentons pas. Sincèrement, mademoiselle Green, vous ne pouviez pas choisir plus mal votre moment.

Il s'arrêta, le temps de fusiller Margo du regard, puis il se tourna vers Menzies.

— Hugo, je vous propose d'attendre la fin de l'exposition pour prendre position. Nous aurons toute latitude d'en discuter à ce moment-là. Il est bien évidemment impensable de restituer ces masques, mais de grâce, attendons la fin de l'exposition avant d'en prendre officiellement la décision.

Margo rongeait son frein. Elle comptait bien répondre une fois que tout le monde se serait exprimé. Si toutefois Menzies lui redonnait la parole.

Ce dernier adressa un sourire placide au commissaire de l'exposition.

— Pour mémoire, George, je tiens à signaler que Melle Green n'a rien choisi du tout. Elle ne fait que réagir à un courrier des

Indiens Tanos, envoyé suite à la publicité faite par vos soins autour de l'exposition.

— Sans doute, mais rien ne l'oblige à publier un tel éditorial, rétorqua Ashton en fendant l'air à l'aide d'un papier qu'il tenait en main. Elle aurait au moins pu attendre la fin de l'exposition. Cette affaire est un véritable cauchemar au niveau des relations publiques.

— Les relations publiques ne relèvent pas de notre mission, le corrigea calmement Menzies.

Margo lui lança un regard reconnaissant. Le soutien de Menzies dépassait ses espérances.

— Les relations publiques font partie de notre réalité quotidienne ! s'énerva Ashton. Nous ne pouvons tout de même pas nous enfermer dans notre tour d'ivoire comme si de rien n'était. Je m'efforce de réaliser une exposition dans des circonstances particulièrement ardues et je n'apprécie guère que l'on me savonne la planche, qu'il s'agisse de Mlle Green ou de vous, Hugo !

Tout essoufflé, il se rassit.

— Merci de votre point de vue, George, fit Menzies d'une voix douce.

Ashton opina d'un air bougon.

Patricia Wong, chercheuse au sein du département Textile, se leva.

— Le problème me paraît simple. Le Muséum est entré en possession de ces masques sans respecter les règles éthiques d'usage, peut-être même de façon illégale, ce que Margo démontre clairement dans son éditorial, et les Tanos demandent leur restitution. Si cette institution entend fonctionner de manière éthique, nous devons immédiatement accéder à leur requête. Sauf le respect que je lui dois, je suis en désaccord avec le professeur Ashton. Conserver ces masques et les exposer avant de les restituer relèverait au mieux d'une démarche opportuniste, au pire d'un réflexe hypocrite.

— Bravo ! s'exclama l'une des personnes présentes.

— Merci à vous, professeur Wong, fit Menzies tandis qu'elle se rasseyait.

C'était au tour de Nora Kelly de se lever. Grande et mince, parfaitement à l'aise, elle repoussa ses mèches acajou et dévisagea ses collègues les uns après les autres. Margo sentit la moutarde lui monter au nez.

— Nous nous trouvons confrontés à un double problème, commença Nora d'une voix impassible. Le premier est de savoir si Margo est en droit de publier un tel éditorial. Personne ne me contredira si j'affirme que l'indépendance de *Muséologie* doit être préservée, quelles que soient les opinions exprimées dans les colonnes de la revue.

Un murmure approbateur parcourut l'assistance. Seul Ashton, les bras croisés, manifesta son hostilité en ricanant ostensiblement.

— Je suis moi-même la première à m'inscrire en faux contre cet éditorial, ajouta Nora.

Nous y voilà, pensa Margo.

— Il ne s'agit pas uniquement de savoir à qui appartiennent ces masques. À qui appartient le *David* de Michel-Ange ? Si les Italiens décidaient de le mettre en pièces pour faire des carreaux de salle de bains, les laisserions-nous faire ? Si les Égyptiens décidaient de raser la pyramide de Khéops et d'en faire un parking géant, ne réagirions-nous pas ? Si les Grecs décidaient de vendre le Parthénon à un casino de Las Vegas, en auraient-ils le droit ?

Elle laissa à son auditoire le temps de réagir.

— La réponse à ces questions est bien évidemment non. Ces trésors font partie du patrimoine de l'humanité. Ils sont le symbole de ce que l'esprit humain a de plus noble et leur valeur intrinsèque dépasse la question de leur propriété. Il en est de même des masques du Grand Kiva. Oui, c'est vrai, ils ont été acquis par le Muséum dans des circonstances douteuses, mais cela n'ôte rien au fait que leur importance et leur beauté nous empêchent de les rendre aux Tanos qui les enterreront à jamais dans un kiva obscur. Je propose donc la solution suivante : laissons Margo publier son éditorial, ouvrons le débat, mais pour l'amour du ciel, ne rendons pas ces masques.

Sur ces mots, elle remercia ses collègues de leur attention et se rassit.

Margo, rouge comme une tomate, devait bien reconnaître que Nora Kelly ne manquait pas de superbe.

Menzies releva les sourcils et fit un rapide tour de table. Comme personne d'autre ne semblait vouloir s'exprimer, il s'adressa à Margo.

— Si vous souhaitez ajouter quelque chose, c'est le moment.

La jeune femme se leva d'un bond.

— Oui, je souhaite répondre au professeur Kelly.

— Je vous en prie.

— Le professeur Kelly semble oublier un élément essentiel dans sa démonstration : le fait que ces masques sont des objets religieux, contrairement aux œuvres et aux monuments dont elle a parlé.

Nora se leva à son tour.

— Comment ? Le Parthénon ne serait pas un temple ? Le *David* de Michel-Ange ne ferait pas référence à la Bible ? La pyramide de Khéops ne serait pas une sépulture sacrée ?

— Mais enfin, il ne s'agit pas d'objets ou d'édifices religieux encore usités ! On ne sacrifie plus de béliers au Parthénon depuis longtemps !

— C'est précisément là où je voulais en venir. Ils ont transcendé leur fonction cultuelle originale et ils font désormais partie de notre patrimoine, quelles que soient nos croyances. C'est la même chose avec les masques du Grand Kiva. Les Tanos les ont sans doute créés pour des raisons qui tenaient à leur religion, mais ils appartiennent à présent au patrimoine mondial.

— Sans vouloir vous vexer, professeur Kelly, vos arguments auraient peut-être leur place dans un cours de philosophie de terminale, mais pas dans une réunion savante, rétorqua Margo, très en colère.

Un silence gêné lui répondit. Menzies, les sourcils froncés, posa ses yeux bleus sur Margo.

— Professeur Green, la passion scientifique est une qualité, mais elle n'a de sens que si elle va de pair avec l'urbanité la plus élémentaire.

— Oui, professeur Menzies, répondit Margo, rouge de confusion.

Comment avait-elle pu perdre son sang-froid de la sorte ? Elle n'osait même plus affronter le regard de Nora Kelly. Non seulement elle faisait des vagues avec son éditorial, mais voilà qu'elle se mettait à dos ses collègues.

Des toussotements et des murmures gênés s'élevaient de tous côtés.

— Fort bien, reprit Menzies, soucieux de calmer le jeu. Je crois avoir pris la mesure des enjeux grâce aux avis des uns et des autres. Je constate que les opinions sont partagées de façon à peu près égale, du moins pour celles qui se sont exprimées. Voici donc ma décision.

Il marqua une pause afin d'observer son auditoire.

— Je compte faire à notre directeur deux recommandations. Je lui conseillerai tout d'abord de laisser publier cet éditorial. Margo a eu le mérite d'ouvrir ce débat avec les mots adéquats, son article s'inscrit dans la plus pure tradition de *Muséologie*. Ensuite, poursuivit-il en reprenant son souffle, je lui conseillerai de restituer ces masques aux Tanos, et de le faire sans attendre.

Un silence stupéfait accueillit sa déclaration. Margo, ravie, n'en croyait pas ses oreilles. Elle avait gagné la partie. Elle jeta un regard en coin à Nora et constata que sa collègue était cramoisie.

— Nos règles déontologiques sont claires sur ce point, poursuivit Menzies. Je tiens d'ailleurs à vous en rappeler les termes : « La responsabilité première d'un anthropologue concerne les peuples qu'il étudie. » La restitution de ces masques me chagrine plus que je ne saurais le dire, mais les professeurs Green et Wong n'en ont pas moins raison. Ne fût-ce que par souci de notre éthique, nous nous devons de les rendre. J'ai bien conscience que le moment est critique et qu'une telle décision pose d'énormes problèmes aux organisateurs de l'exposition. J'en suis sincèrement désolé, George, mais nous ne pouvons pas faire autrement.

— Mais enfin, il s'agit d'une perte incommensurable pour l'anthropologie, pour le monde ent… s'exclama Nora.

Menzies la coupa sèchement.

— J'ai dit ce que j'avais à dire. La séance est levée.

18

Bill Smithback s'arrêta au détour du couloir en poussant un soupir de soulagement. Pour une fois, la porte du bureau de Fenton Davies était grande ouverte et la silhouette de Bryce Harriman ne s'y tenait pas encadrée. À bien y réfléchir, Smithback n'avait pas beaucoup vu Harriman ce jour-là. Il se remit en marche d'un pas guilleret en se frottant les mains, ravi que le mauvais sort s'acharne sur son collègue. Harriman avait fait des pieds et des mains pour récupérer l'affaire de l'Agitateur, bien fait pour lui. Cette histoire d'un goût douteux n'était d'ailleurs pas digne du *Times*, mais Harriman avait suffisamment traîné ses guêtres au *Post* pour y trouver un sujet à sa hauteur.

Smithback pouffa de rire.

Il avait eu le nez fin. L'affaire Duchamp était un cadeau du ciel. Un gros coup, avec tous les ressorts dramatiques dont un journaliste pouvait rêver. Les gens ne parlaient que de ça dans toute la ville. Et pour cause ! Un peintre inoffensif, assassiné sans raison apparente, poussé depuis la fenêtre de son appartement avec une corde autour du cou, avait eu la bonne idée de s'écraser sur la verrière d'un restaurant français à la mode, le tout en plein jour et sous l'œil horrifié de centaines de témoins.

Smithback ralentit le pas en approchant du bureau de Davies. Bon, c'est vrai, les témoins en question étaient plutôt coriaces et il lui avait fallu se contenter de la version officielle fournie par la police, mais ce n'était qu'une question de temps. Nora avait raison de dire que son opiniâtreté finissait toujours par payer. Elle le connaissait bien. Le tout était de ne pas se décourager.

Sans doute était-ce pour cela que son rédacteur en chef avait demandé à le voir, il voulait en savoir un peu plus. Aucun problème. Il dirait à Davies qu'il était sur une piste et il n'aurait qu'à retourner aux Lincoln Towers. Cette fois, il n'y aurait plus de flics pour lui mettre des bâtons dans les roues. Il irait ensuite faire un tour du côté du commissariat, histoire de discuter avec l'un de ses informateurs et collecter les derniers ragots. Non, le mot *ragot* convenait mal. Smithback n'était pas du genre à collecter des ragots, il laissait ça à ses collègues. Sa spécialité à lui, c'était les scoops.

Très content de lui, il passa la tête dans le bureau de la secrétaire. Personne. *Elle n'est pas encore rentrée de déjeuner*, pensa-t-il.

La porte de son rédacteur en chef était entrouverte et il allait frapper d'un air martial lorsqu'il s'arrêta, la main en l'air : Davies, à moitié dissimulé derrière une montagne de dossiers, était assis derrière son bureau. C'était un type de petite taille, chauve, avec des mains potelées qui ne tenaient jamais en place. Il fallait toujours qu'il lisse sa cravate, joue avec un crayon ou se gratte les sourcils. Davies était connu pour ses chemises bleues à col blanc et ses cravates en cachemire. Avec sa voix de fausset et ses manières efféminées, il ne payait guère de mine, mais il ne fallait pas s'y fier. On ne devient pas rédacteur en chef du *Times* sans avoir du sang sur les mains, et Davies avait l'art et la manière d'éreinter les gens sans qu'ils comprennent ce qui leur arrivait. Il écoutait davantage qu'il ne parlait et ne disait jamais ce qu'il pensait. Solitaire endurci, il ne faisait jamais ami ami avec ses journalistes et ne fréquentait pas davantage ses collègues. En dehors de son fauteuil, il n'y avait d'ailleurs qu'un seul siège dans son bureau, et il était rare qu'il soit occupé.

Sauf aujourd'hui, puisque Bryce Harriman y était confortablement installé.

Smithback se figea sur le seuil.

— Ah, Bill ! l'accueillit Davies. Vous arrivez au bon moment. Entrez, je vous en prie.

Smithback fit machinalement un pas en avant, puis un autre, tentant désespérément d'éviter le regard de Harriman.

— Vous comptez nous faire un autre papier sur l'affaire Duchamp ? lui demanda Davies.

Smithback acquiesça. Il avait du mal à respirer, comme s'il avait reçu un grand coup de poing dans le ventre, et il espérait que cela n'était pas trop visible.

Davies caressa des doigts le bord de son bureau.

— Quel sera votre angle d'attaque, cette fois ?

Smithback s'attendait à la question et sa réponse était prête. C'était la manière habituelle de Davies de maintenir ses journalistes sous pression.

— J'avais l'intention de m'intéresser aux gens du quartier. L'impact du meurtre sur les gens de l'immeuble, les amis et les proches de la victime. Sans oublier les derniers développements. L'enquête a été confiée au capitaine Hayward, qui est non seulement une femme, mais aussi la plus jeune gradée de la Criminelle.

Davies approuva en laissant un hmmmmmm pensif s'échapper de ses lèvres. Une fois de plus, impossible de savoir ce qu'il pensait.

Smithback, anxieux, se crut obligé d'enfoncer le clou.

— Vous connaissez la chanson. Un truc du genre : « Mort violente dans l'Upper West Side, les ménagères locales n'osent plus promener leurs caniches le soir. » Je compte dresser le portrait de la victime, parler de sa peinture et tout le tremblement. Avec peut-être un encadré consacré au capitaine Hayward.

Davies opina de nouveau en prenant un stylo qu'il roula lentement entre ses mains.

— Je vois bien ça en première page de la locale, insista Smithback.

Davies reposa son stylo.

— Non, Bill. Je crois que ça mérite mieux qu'un article dans la locale. Il s'agit du meurtre le plus spectaculaire à Manhattan depuis l'assassinat de Cutforth, que notre ami Bryce avait couvert à l'époque pour le *Post.*

Notre ami Bryce. Smithback fit un effort pour ne pas faire la grimace.

— Une affaire comme celle-ci nous offre quantité de possibilités. Je ne parle pas seulement des circonstances particulièrement dramatiques du meurtre, mais aussi du fait que cela s'est passé dans un quartier chic, comme vous le disiez vous-même il y a un instant. Et puis la victime était peintre, sans parler de cette jeune capitaine de la Criminelle.

Après une courte hésitation, il ajouta :

— Vous ne craignez pas d'être débordé ? C'est beaucoup pour un seul article, vous ne trouvez pas ?

— Aucun problème. Au besoin, je peux en faire deux ou trois.

— C'est vrai, mais ça nous oblige à faire traîner en longueur les choses sur plusieurs jours.

Smithback, la bouche sèche, se sentait en position de faiblesse car il avait dû rester debout, alors que Harriman était assis. Mais Davies poursuivait déjà :

— Je vous avouerai très franchement que je n'avais jamais entendu parler de ce Duchamp, mais il semble avoir une cote. Peut-être pas dans le petit monde des galeries de SoHo, mais il était apprécié de la bourgeoisie de Sutton Place. Une sorte de Fairfield Porter[1]. On en parlait justement avec Bryce hier soir.

— Bryce, répéta Smithback, au risque de s'arracher la bouche. Hier soir ?

Davies balaya la question d'un geste nonchalant.

— Oui, nous prenions un verre ensemble au Metropolitan Club.

Smithback comprenait maintenant comment ce petit salaud s'y était pris. Il avait invité Davies à boire des coups dans le club huppé de son rupin de père. Et Davies, comme beaucoup avant lui, était tombé dans le panneau. Smithback avait déjà eu l'occasion de constater que beaucoup de rédacteurs en chef ont une mentalité de parvenu. Ils adorent manger les restes de la jet set. Smithback voyait très bien le tableau. Davies, ravi de se retrouver dans l'univers ouaté du Metropolitan, confortablement installé dans un fauteuil Louis XV, servi par des larbins en uniforme, échangeant des amabilités avec les Rockefeller, les De Menil et les Vanderbilt. De quoi impressionner ses voisins en rentrant le soir dans son pavillon du New Jersey.

1. Porter (1907-1975) était l'un des principaux peintres figuratifs new-yorkais du milieu du XXe siècle.

Smithback finit par se résoudre à regarder Harriman. Ce connard était confortablement installé, les jambes croisées d'un air désinvolte, parfaitement à l'aise. Il n'avait même pas pris la peine de se retourner.

— Duchamp n'était pas un New-Yorkais ordinaire, c'était un artiste, reprit Davies. On ne sait jamais à qui on a affaire dans cette ville. Votre voisin de palier peut être un vendeur de hot-dog ou un éboueur comme un peintre de renom dont les tableaux ornent les murs des appartements de River House.

Smithback opina, un sourire crispé accroché aux lèvres.

— C'est le genre de sujet qu'il nous faut, ajouta Davies en lissant sa cravate, et mon ami Bryce nous fera ça très bien.

Dieu du ciel. L'espace d'un instant interminable, Smithback crut qu'on allait lui refiler l'enquête sur l'Agitateur.

— Je souhaiterais lui confier l'aspect people de l'affaire, d'autant qu'il connaît personnellement plusieurs anciens clients de Duchamp. Il saura les faire parler mieux que…

Davies n'avait pas besoin d'achever sa phrase, Smithback avait très bien compris le message. *Il saura les faire parler mieux que vous.*

— Résumons-nous. Bryce se charge de satisfaire les lecteurs de la bonne société new-yorkaise, et vous continuez à couvrir l'enquête sur le terrain.

L'enquête sur le terrain. Smithback ne put s'empêcher de faire la grimace.

— Je vous demanderai de vous tenir mutuellement informés de vos découvertes. Prévoyez par exemple de vous retrouver régulièrement pour faire le point. Vous ne serez pas trop de deux sur une affaire aussi spectaculaire que celle-là.

Un silence pesant lui répondit.

— Autre chose, Bill ? insista Davies.

— Comment ? Euh… non, rien.

— Alors je ne vous retiens pas.

— Bien sûr, bien sûr, bégaya Smithback, aussi furieux que mortifié. Je vous remercie.

Au moment où il quittait la pièce, Harriman daigna enfin lever les yeux sur lui avec un petit sourire satisfait, l'air de dire : *À bientôt, mon vieux. Et gare à tes fesses.*

19

— Alors ? Comment s'est passée cette première journée ? demanda Hayward en se coupant un morceau de poulet.

— Très bien, répondit D'Agosta.

— Singleton ne t'a pas trop mis la pression ?

— Non.

— En fin de compte, tu n'auras manqué que deux jours, ce qui a dû arranger les choses. Singleton est exigeant, parfois trop, mais c'est un excellent flic. Toi aussi. Vous êtes faits pour vous entendre.

D'Agosta acquiesça en plantant sa fourchette dans une tomate cerise qu'il porta à sa bouche. Il aurait pu faire cette recette de poulet *cacciatore* les yeux fermés.

— C'est délicieux, tu sais. Je devrais te laisser faire à manger plus souvent, sourit Hayward.

D'Agosta lui rendit son sourire et reposa sa fourchette, incapable d'avaler une bouchée.

Elle avait fait l'effort de rentrer tôt et elle lui adressait des compliments alors que son poulet était trop cuit, sans même lui demander pourquoi il l'avait quittée en catastrophe à l'heure du petit déjeuner. Il comprit brusquement à quel point il l'aimait.

Ce qu'il allait faire n'en était que plus difficile.

— Je suis désolée de ne pas faire honneur à ton repas comme il se doit, dit-elle, mais il faut que je retourne au bureau.

— Du nouveau ?

— Pas vraiment. Notre spécialiste des nœuds de corde insiste pour nous faire un topo, sans doute pour qu'on ne puisse rien lui reprocher plus tard. Mais jusqu'ici, il ne nous a pas appris grand-chose.

— Ah bon ?

— À son avis, il s'agirait de nœuds asiatiques, probablement chinois, ce qui ne nous avance pas beaucoup.

D'Agosta soupira.

— Tu as eu le temps de réfléchir à ce que je t'ai dit ce matin ? Que le frère de Pendergast pourrait être mêlé à cette histoire ?

Hayward s'arrêta de mâcher.

— Franchement, je ne vois pas ce qui pourrait me pousser à y croire. Tu devrais me faire confiance, tu sais. Je connais mon métier et je m'occuperai de ça quand j'aurai le temps.

D'Agosta ne voyait pas ce qu'il aurait pu ajouter et ils poursuivirent leur repas en silence.

— Vinnie, dit-elle d'une voix qui lui fit lever la tête. Je suis désolée, je ne voulais pas te parler durement.

— Ne t'inquiète pas.

Elle lui sourit. Ses yeux sombres brillaient à la lueur du lustre.

— Si tu veux tout savoir, je suis très contente que tu aies recommencé à travailler.

— C'est gentil, répondit D'Agosta, la gorge nouée.

— Cette drôle de lettre envoyée par Pendergast ne pouvait pas arriver à un plus mauvais moment. C'était sans doute un excellent flic, mais ce type-là n'était pas tout à fait… normal. Je sais que c'était ton ami, mais je trouve…

Elle hésita avant d'aller au bout de sa pensée.

— … je trouve qu'il avait une mauvaise influence sur toi. Et puis cette enquête posthume qu'il te demande de mener à sa place, toutes ces élucubrations au sujet de son frère… Tu sais, je crois que je lui en veux un peu.

Elle ne pouvait pas savoir, bien sûr, mais D'Agosta en éprouva un certain agacement.

— Je sais que tu ne l'as jamais aimé. Il n'empêche que c'était un flic hors pair.

— Je sais bien. On ne devrait pas dire du mal des morts. Je suis désolée.

L'énervement laissant place aux remords, D'Agosta préféra ne rien répondre.

— Laissons ça au passé. L'affaire de l'Agitateur est un parfait tremplin pour toi, Vinnie. Je suis persuadée que tu vas faire des prouesses, comme au bon vieux temps.

D'Agosta allait entamer une cuisse de poulet lorsqu'il laissa retomber son couteau bruyamment sur son assiette. Il n'en pouvait plus.

— Écoute, Laura. J'ai quelque chose de difficile à te dire.

— Quoi donc ?

Il prit sa respiration.

— Je m'en vais.

Elle se figea sur sa chaise. L'incompréhension et la douleur se lurent sur son visage. On aurait dit une petite fille injustement battue par ses parents. D'Agosta ne s'était jamais senti aussi mal de toute son existence.

— Vinnie… balbutia-t-elle d'une petite voix.

D'Agosta baissa les yeux sans répondre.

— Pourquoi ?

Si seulement il avait pu lui expliquer qu'il était en danger et qu'il l'aimait trop pour lui faire courir le moindre risque en restant là… Mais il n'avait pas le droit de lui révéler la vérité.

— C'est à cause de moi ? Quelque chose que j'ai fait ? Ou que je n'ai pas fait ?

— Non, s'empressa-t-il de répondre. Tu n'as rien à te reprocher, bien au contraire, et je tiens énormément à toi. Non, c'est ma faute. Je me dis qu'on a peut-être été un peu vite en décidant de vivre ensemble.

La jeune femme ne disait rien et D'Agosta avait l'impression de s'enfoncer un peu plus à chaque parole. Il l'aimait. Elle était belle, affectueuse, dévouée, il aurait donné n'importe quoi pour continuer à vivre à ses côtés. Il savait qu'il la faisait infiniment souffrir. C'était horrible, mais il n'avait pas le choix. *Vincent, vous devez vous montrer particulièrement prudent.* Le seul moyen de préserver sa relation avec Laura Hayward, sans parler de sa vie, était de la quitter.

— J'ai besoin de prendre un peu de recul, c'est tout, insista-t-il. Le temps de réfléchir à ma vie.

Il préféra s'arrêter plutôt que de continuer à enfiler les clichés.

Il s'était attendu à ce que Laura explose, qu'elle l'injurie, qu'elle lui ordonne de disparaître à jamais de sa vie, mais elle restait murée dans son silence. Lorsqu'il osa enfin relever la tête, elle était prostrée, les mains sur les genoux, les yeux baissés, le teint gris, son visage dissimulé derrière l'écran de ses beaux cheveux noirs. C'était pire que tout ce qu'il avait imaginé.

Au bout d'une éternité, elle renifla, se frotta d'un doigt le bout du nez, repoussa son assiette et se leva de table.

— Il faut que je retourne travailler, dit-elle dans un murmure.

D'Agosta, incapable de bouger, la vit tirer ses cheveux en arrière et se diriger rapidement vers la porte. Elle allait l'ouvrir lorsqu'elle s'aperçut qu'elle oubliait ses affaires. Elle fit demi-tour, se dirigea lentement vers le placard de l'entrée, enfila son manteau, prit son attaché-case et quitta l'appartement en refermant doucement la porte derrière elle, sans un regard pour lui.

D'Agosta resta longtemps assis devant son assiette, sa méditation rythmée par le tic-tac de l'horloge et la rumeur du dehors qui lui parvenait comme assourdie. Il se décida enfin à se lever, débarrassa la table, vida les assiettes à moitié pleines dans la poubelle et fit la vaisselle avant d'aller pesamment vers la chambre faire sa valise.

20

Il était 3 heures du matin et tout avait l'air mort dans la maison de style Beaux-Arts du 891 Riverside Drive. Pourtant, derrière les fenêtres barricadées et les portes soigneusement verrouillées, la vieille demeure ne dormait pas tout à fait : quelque chose bougeait dans le tréfonds des souterrains, taillés à même la pierre, de Manhattan. Davantage qu'un souterrain, il s'agissait en réalité d'une longue succession de sous-sols filant vers l'ouest en direction des eaux de l'Hudson, quelques dizaines de mètres sous Riverside Park. Tout au bout, un escalier sculpté dans la roche s'enfonçait en spirale dans la terre jusqu'à un quai, le long duquel s'écoulait un bras caché de la rivière, dissimulé de l'extérieur par un rideau de végétation. Deux siècles plus tôt, les pirates d'eau douce qui habitaient là utilisaient cette issue dérobée lors de leurs expéditions nocturnes. Le secret s'en était perdu et seuls de rares initiés en connaissaient encore l'existence.

Un bruit de rames se fit entendre, puis une main souleva le voile d'herbes aquatiques protégeant l'entrée du cours d'eau souterrain. C'était une nuit sans lune et c'est à peine si la silhouette d'une barque se dessina brièvement à l'entrée du tunnel. Le frêle esquif glissait sans bruit sous la voûte de pierre et il s'arrêta bientôt le long du quai.

Pendergast descendit de la petite embarcation qu'il attacha à un poteau, puis il jeta un regard autour de lui, ses yeux brillant dans l'obscurité. L'oreille aux aguets, il resta immobile pendant de longues minutes. Rassuré, il tira de sa poche une torche électrique et se dirigea vers l'escalier en colimaçon. En haut des marches, il arriva dans une vaste salle où étaient exposées des armes anciennes dont certaines avaient plus de deux mille ans. Il traversa sans s'attarder la pièce qui débouchait dans un laboratoire à l'ancienne, débordant de cornues et d'éprouvettes posées sur des paillasses.

Un personnage de haute taille l'attendait silencieusement dans ce lieu improbable.

Pendergast s'avança prudemment, la main posée sur la crosse de son arme.

— Proctor ?

— Oui, monsieur ?

Pendergast se détendit.

— J'ai bien reçu le message de Constance.

— De mon côté, j'ai bien reçu le vôtre, monsieur. Je n'en suis pas moins surpris de vous voir en chair et en os.

— J'aurais préféré agir autrement, mais je dois impérativement m'entretenir avec Constance. Il était indispensable que je la voie.

Proctor hocha la tête.

— Je comprends, monsieur.

— À compter d'aujourd'hui, je vous demanderai de veiller sur elle jour et nuit. Vous savez à quel point elle est fragile, en dépit des apparences. Vous savez également qu'elle a enduré des choses qu'aucun être humain ne devrait vivre. À défaut de prendre des précautions, je crains…

Il laissa la phrase en suspens et Proctor acquiesça de nouveau silencieusement.

— Cette affaire survient au plus mauvais moment. Je lui demanderai de se tenir prête à retourner dans son ancienne cachette à la première alerte. *Là-bas*, au moins, personne ne la découvrira jamais.

— Bien, monsieur.

— Avez-vous découvert la brèche ?

— Oui, et je l'ai rebouchée.

— Où se trouvait-elle exactement ?

— Il semble s'agir d'anciens égouts raccordés à ceux de Broadway depuis le XIXe siècle, au-delà des caves à fruits. Il sera parvenu à s'introduire ici en empruntant ce tunnel condamné depuis plus de cinquante ans.

— Il n'a pas trouvé l'escalier conduisant aux souterrains ? demanda Pendergast avec un regard inquisiteur.

— Non. Il n'est resté dans la maison que très brièvement, le temps de prendre l'objet que vous savez dans l'une des vitrines du rez-de-chaussée.

Pendergast ne quittait pas Proctor des yeux.

— Assurez-vous que la maison est parfaitement sûre. Cela ne doit jamais se reproduire. Est-ce bien clair ?

— Tout à fait, monsieur.

— Fort bien. À présent, allons lui parler.

Les deux hommes sortirent du laboratoire et traversèrent une longue litanie de pièces meublées d'armoires vitrées, débordant de collections disparates. Des oiseaux migrateurs empaillés y côtoyaient des insectes d'Amazonie, des minéraux rares et des produits chimiques stockés dans des flacons soigneusement étiquetés.

Ils s'arrêtèrent enfin dans une cave où étaient exposés des milliers de papillons. Pendergast fit courir le pinceau de sa torche sur les vitrines avant d'appeler à voix basse :

— Constance ?

Seul un léger écho lui répondit.

— Constance ? répéta-t-il légèrement plus fort.

Cette fois, une jeune femme d'une vingtaine d'années se matérialisa comme par miracle dans un léger froissement de tissu. Elle portait une longue robe blanche à l'ancienne ornée d'un col de dentelle. Son teint délicat semblait d'une pâleur irréelle à la lueur de la lampe.

— Aloysius, dit-elle en se jetant dans ses bras. Merci, mon Dieu.

Pendergast la garda un moment contre lui, puis il se détacha lentement de son étreinte, s'approcha du mur et actionna un commutateur de cuivre. Une lumière douce envahit la pièce.

— Aloysius, que se passe-t-il ? l'interrogea-t-elle d'un air anxieux.

Ses yeux exprimaient une maturité surprenante dans un visage si jeune.

— Je vous expliquerai d'ici un instant, répliqua Pendergast en posant une main rassurante sur son épaule. Mais parlez-moi d'abord de ce message.

— Il nous est parvenu tard ce soir.

— Qui vous l'a apporté ?

— Quelqu'un l'a glissé sous la porte d'entrée.

— Vous avez veillé à prendre les précautions d'usage ?

Constance fit oui de la tête. Elle glissa la main dans l'une de ses manches et en tira une petite carte de visite, couleur crème, enfermée dans une enveloppe transparente.

Pendergast prit la carte et la retourna. Sous l'inscription *Diogène Pendergast*, gravée d'une belle écriture ronde, quelques mots avaient été tracés à l'encre rose : « Le cinq d'Épée est Smithback. »

Il examina la carte pendant de longues minutes, puis il la glissa dans la poche de son manteau.

— Qu'est-ce que cela veut dire ? demanda Constance.

— J'hésite à vous en dire davantage. Vos nerfs ont déjà été mis à rude épreuve.

Constance lui adressa un sourire timide.

— Je l'avoue, j'ai cru un instant avoir affaire à un revenant en vous voyant paraître devant moi.

— Vous connaissez les intentions de mon frère, son désir de me détruire.

— Oui, murmura la jeune femme.

Plus pâle que jamais, elle tituba un instant et Pendergast posa une main sur son épaule.

— Je vous remercie, ça va aller, le rassura-t-elle d'une voix faible. Continuez, je vous en prie.

— Il a déjà commencé. Au cours des derniers jours, trois de mes meilleurs amis ont été assassinés. Cette carte de Diogène, expliqua-t-il en désignant la poche de son manteau, m'indique le nom de sa prochaine victime. Il s'agit de William Smithback.

— William Smithback ? Qui est-ce ?

— Un journaliste du *New York Times.*

Comme Pendergast marquait une légère hésitation, la jeune femme insista.

— Je lis sur votre visage que ce n'est pas tout. Je veux savoir.

— En effet. Les premières victimes étaient toutes des personnes très proches, ce qui n'est pas le cas de Bill Smithback. Il a été mêlé à trois de mes enquêtes. Un journaliste particulièrement pugnace, impulsif et ambitieux, mais attachant. Je le connais depuis plusieurs années, mais je ne dirais pas qu'il s'agit d'un ami, et c'est bien ce qui m'inquiète. Diogène semble élargir son rayon d'action. Il ne s'attaque plus uniquement à mes proches, cela complique encore davantage la situation.

— En quoi puis-je vous aider ? demanda Constance à mi-voix.

— En veillant à ne prendre aucun risque.

— Vous pensez... ?

— Si je pense que vous êtes une cible possible ? Bien évidemment. Mais il y a autre chose. La troisième victime est un certain Michael Decker, quelqu'un que j'ai bien connu au FBI. J'ai retrouvé son corps hier dans sa maison de Washington. On venait de le tuer à l'aide d'une vieille baïonnette, une allusion transparente à la mort de l'un de mes ancêtres, assassiné dans des circonstances similaires en 1812, pendant la campagne de Russie, alors qu'il était officier dans les armées de Napoléon.

Constance fut parcourue d'un frisson.

— La baïonnette elle-même m'a beaucoup intrigué, pour la bonne raison qu'elle provenait des collections *de cette demeure.*

La jeune femme se raidit.

— Elle venait du chassepot ou du lebel ? s'enquit-elle machinalement d'une voix éteinte.

— Du chassepot. J'ai tout de suite reconnu les initiales *P.S.P.* gravées sur le quillon.

Constance ne répondit pas, mais une lueur d'effroi passa dans ses yeux vifs.

— Diogène a trouvé le moyen de pénétrer dans cette maison. C'est clairement ce qu'il aura voulu me signifier en utilisant cette baïonnette.

— Je comprends.

— Je reste convaincu que vous serez plus en sécurité ici qu'ailleurs, d'autant que Diogène ne vous a pas encore prise pour cible. Proctor a découvert l'endroit par lequel Diogène s'est introduit ici, et ce ne sont pas les protections contre les intrus qui manquent dans cette maison. Proctor redoublera de vigilance et il est de taille à vous défendre, mais il n'empêche. Tenez-vous constamment sur vos gardes. Cette demeure est aussi vieille que vaste, elle regorge de mystères que vous connaissez mieux que quiconque. Fiez-vous à votre instinct. Au moindre soupçon, disparaissez dans l'une de vos cachettes. Et tant que cette menace pèsera sur vous, je vous demanderai de dormir dans l'abri qui vous servait de cachette lorsque Wren travaillait ici à répertorier les collections.

Constance, les yeux écarquillés, agrippa le bras de Pendergast.

— Oh non ! s'écria-t-elle d'un ton déchirant. Non, je ne retournerai jamais là-bas !

Pendergast la prit aussitôt dans ses bras.

— Constance…

— Vous savez ce que ce lieu évoque pour moi ! L'obscurité, l'horreur de tout ce que… Non, je ne veux plus jamais y penser !

— Constance, écoutez-moi. Vous y serez en sécurité. Comment pourrais-je agir si je vous savais en danger ?

La jeune femme ne disait rien et il la serra plus fort contre lui.

— Vous me le promettez ?

Elle posa son front sur la poitrine de Pendergast.

— Aloysius, dit-elle d'une voix brisée par l'émotion. Il y a quelques mois à peine, nous nous retrouvions dans la bibliothèque et vous me faisiez la lecture des journaux. Vous souvenez-vous ?

Pendergast acquiesça.

— Je commençais tout juste à comprendre, à accepter. Comme quelqu'un qui refait enfin surface après avoir nagé trop longtemps sous l'eau. Je voudrais tant revivre ces instants de quiétude. Ne plus jamais… ne plus jamais retourner sous l'eau. Je sais que vous me comprenez, Aloysius. Est-ce que je me trompe ?

Pendergast lui passa doucement la main dans les cheveux.

— Non, vous ne vous trompez pas. Tout redeviendra bientôt comme avant, Constance. Je vous le promets. Mais auparavant, il nous reste à traverser cette épreuve. Êtes-vous prête à m'aider ?

Elle consentit.

Pendergast relâcha lentement son étreinte, puis, avec une infinie douceur, il prit le front de la jeune femme entre ses mains et y déposa un baiser.

— Je dois partir à présent.

Sur ces mots, il se fondit dans l'obscurité.

21

Il était 7 h 45 lorsque Smithback sortit de l'immeuble qu'il occupait avec Nora sur West End Avenue. Il leva la main et un vieux taxi jaune qui attendait au coin de la rue s'approcha. Smithback y prit place en soupirant.

— Au *New York Times*, 44e Rue et 7e Avenue.

Le chauffeur, un grand gaillard au teint olivâtre avec des cheveux noirs et une vilaine peau, grommela quelques mots dans une langue inconnue et démarra dans un long crissement de pneus.

Smithback s'enfonça sur la banquette en regardant d'un air distrait les immeubles qui défilaient par la fenêtre. À cette heure, il aurait dû dormir tranquillement dans son lit, sa femme dans les bras ; mais le souvenir de Bryce Harriman, un sourire fat aux lèvres dans le bureau du rédacteur en chef, l'avait incité à se lever de bonne heure.

Je vous demanderai de vous tenir mutuellement informés de vos découvertes. Tu parles. Smithback savait très bien que jamais Harriman ne lui refilerait ses tuyaux, et il n'avait pas l'intention de se montrer plus généreux. Le temps de s'assurer qu'il n'y avait rien de neuf au bureau et il se mettrait en chasse. Son papier de la veille n'était pas terrible, il lui fallait impérativement trouver quelque chose à se mettre sous la dent. Par n'importe quel moyen, quitte à acheter une saleté d'appartement dans l'immeuble de Duchamp. Après tout, c'était peut-être une idée. Il lui suffisait d'appeler une agence immobilière et de se faire passer pour un acheteur potentiel…

Le chauffeur tourna dans la 72e Rue sur les chapeaux de roue.

— Hé ! Faites un peu attention ! s'énerva Smithback. J'ai une vieille blessure de guerre qui me fait souffrir.

Curieusement, le chauffeur avait repoussé la vitre coulissante séparant l'habitacle en deux. Le taxi sentait un mélange d'ail, d'oignon et de cumin. Smithback voulut descendre sa fenêtre, mais la vitre voulait à peine s'ouvrir, ce qui eut le don de l'agacer.

En fin de compte, il avait bien fait de se lever tôt. Nora était de mauvais poil depuis plusieurs jours. Elle travaillait au Muséum jusqu'à des heures indues et manquait visiblement de sommeil. Sans parler de l'échange qu'elle avait eu avec Margo Green l'autre soir aux Vieux Os. Le souvenir de leur rencontre électrique lui restait en travers de la gorge. Margo était une vieille copine et il aurait bien aimé que les deux femmes puissent s'entendre. *Pas étonnant*, se rassura-t-il. *Elles ont le même caractère.*

Le taxi arrivait à hauteur du West Side Highway, le long de l'Hudson. Mais au lieu de prendre à gauche en direction de Midtown, le chauffeur s'engagea sur la voie rapide.

— C'est pas vrai ! s'exclama Smithback. Hé, vous allez du mauvais côté !

Pour toute réponse, le chauffeur appuya sur l'accélérateur et multiplia les queues de poisson afin de se glisser sur la file de gauche, déclenchant dans leur sillage un concert de coups de klaxon.

Eh merde ! Ce crétin parle encore plus mal anglais que je ne le pensais, se dit Smithback en frappant du poing la vitre en plexiglas.

— Vous allez du mauvais côté. Vous comprenez ce que je dis ou quoi ? Du... mauvais... côté ! Je vous ai dit la 44e Rue. Sortez à hauteur de la 95e et faites demi-tour !

Mais le chauffeur fonçait comme si de rien n'était en slalomant dangereusement entre les voitures. Quelques instants plus tard, il dépassait sans ralentir la sortie de la 95e Rue.

Smithback sentit sa gorge se nouer. *Mon Dieu ! On est en train de m'enlever !* Il voulut ouvrir sa portière, mais la poignée avait été retirée.

Il se mit à cogner de plus belle sur la vitre.

— Arrêtez tout de suite ! hurla-t-il alors que le chauffeur prenait un virage à la corde en faisant crisser les pneus de l'auto.

Faute de réponse, Smithback sortit son portable, décidé à appeler police secours.

— Ne faites pas ça, monsieur Smithback, lui commanda le chauffeur. Je peux vous assurer que vous êtes entre de bonnes mains.

Smithback, prêt à composer le 911, s'arrêta subitement. Il connaissait cette voix. Et ce n'était pas celle d'un chauffeur de taxi étranger.

— Pendergast ? prononça-t-il d'une voix incrédule.

Le chauffeur acquiesça sans tourner la tête, l'œil rivé au rétroviseur.

Pendergast ! pensa le journaliste. *Pourquoi faut-il que je me sente mal chaque fois que nos routes se croisent ?*

— Si je comprends bien, la rumeur était injustifiée.

— La rumeur de ma mort ? Parfaitement injustifiée.

Le taxi roulait à plus de 160 kilomètres-heure. À travers la vitre de Smithback, les voitures qu'ils dépassaient laissaient des taches de couleur éphémères.

— Ça vous ennuierait de me dire ce qui se passe ? Pourquoi ce déguisement ? Vous vous êtes évadé d'une prison turque, ou quoi ? Euh... si je puis me permettre, ajouta-t-il aussitôt.

Pendergast lui lança un coup d'œil dans le rétroviseur.

— Je vous conduis dans un endroit où vous serez en sécurité.

Smithback ne comprit pas immédiatement.

— Vous me conduisez où ?!

— Un tueur cherche à vous assassiner. La menace est suffisamment grave pour que je me voie contraint de prendre des mesures exceptionnelles.

Smithback, hésitant entre la peur et l'étonnement, vit passer dans un éclair la sortie de la 125e Rue.

— Un tueur ? À mes trousses ? Pour quelle raison ? demanda-t-il en recouvrant sa voix.

— Moins vous en saurez, mieux vous vous porterez.

— Comment pouvez-vous savoir que je suis en danger ? Je ne vois pas qui j'aurais pu énerver à ce point. Ces derniers temps, en tout cas.

Le taxi passa en trombe devant l'usine de traitement des eaux de North River et Smithback crut reconnaître la silhouette austère de la vieille demeure du 891 Riverside Drive, de l'autre côté de Riverside Park.

La voiture volait littéralement sur la voie rapide. Smithback chercha en vain une ceinture de sécurité. Des deux côtés du taxi, les autos donnaient l'impression de faire du sur-place. *Comment cette vieille guimbarde peut-elle rouler aussi vite ?* s'étonna Smithback intérieurement, à moitié terrorisé.

— Je refuse d'aller plus loin tant que vous ne me direz pas de quoi il retourne. Je ne sais pas si vous êtes au courant, mais je suis marié.

— Ne vous inquiétez pas pour Nora. On lui expliquera que le *Times* vous a envoyé sur un reportage et que vous n'êtes pas joignable. Je m'en chargerai personnellement.

— D'accord, mais que comptez-vous dire au *Times*? Je dois couvrir une affaire de première importance.

— Vous êtes gravement malade, ils vont recevoir un certificat médical en bonne et due forme.

— Pas question ! Vous ne connaissez pas l'ambiance qui règne au journal. Qui va à la chasse perd sa place, et peu leur importe que je sois mourant.

— On vous confiera d'autres affaires.

— Pas aussi intéressantes. Écoutez, monsieur Pendergast, je vous dis… *merde !*

Smithback s'agrippa tant bien que mal alors que le taxi, zigzaguant dangereusement entre les voitures, évitait de justesse la collision avec un camion chargé de troncs d'arbres. Rivé à son siège, le journaliste ne pipait mot.

Comme Pendergast regardait à nouveau dans le rétroviseur, Smithback se retourna et remarqua une Mercedes noire qui les suivait à quatre ou cinq voitures de distance.

Paniqué, il fit à nouveau face à la route, le temps d'apercevoir une voiture de police garée sur la bande d'arrêt d'urgence. Le flic, occupé à dresser un procès-verbal au propriétaire d'une camionnette, les regarda passer d'un air ahuri et se précipita à son volant.

— De grâce, ralentissez ! étouffa-t-il, mais Pendergast poursuivait sa route comme si de rien n'était.

Derrière eux, la Mercedes aux vitres teintées ne cédait pas un pouce de terrain, bien au contraire.

Les panneaux de l'Interstate 95 et du George Washington Bridge étaient en vue.

— Je vous conseille de vous accrocher, monsieur Smithback, lui cria Pendergast, tentant de couvrir le rugissement du moteur.

Les deux pieds solidement plantés sur le tapis de sol, à moitié paralysé par la peur, Smithback se cramponna à la portière.

La circulation se faisait plus dense à l'approche de l'embranchement entre le Bronx et le New Jersey. Pendergast ralentit tout en gardant un œil sur la Mercedes dans son rétroviseur. Profitant d'une ouverture, il traversa brusquement les quatre files et se glissa sur la bande d'arrêt d'urgence, provoquant une tempête de coups de freins et de coups de klaxon rageurs. Accélérateur au plancher, il remonta la file des voitures à toute vitesse, faisant voler derrière lui des canettes vides et des enjoliveurs.

— Sacré nom de Dieu ! hurla Smithback.

La bande d'arrêt d'urgence se rétrécissait devant le taxi, mais au lieu de ralentir, Pendergast poussa son moteur encore un peu plus. Les pneus mordirent sur le bas-côté et la voiture se cabra dangereusement, poursuivant sa course cahin-caha le long du muret de béton.

Loin derrière eux, le hurlement d'une sirène retentissait.

Pendergast freina brutalement, exécutant un dérapage contrôlé qui lui permit de se glisser entre deux voitures sur le Trans-Manhattan Expressway. Sans attendre, il changea brutalement de file et Smithback se retrouva projeté de l'autre côté de la banquette. Pendergast changea à nouveau de file à deux reprises en accélérant, et le taxi passa en trombe devant les barres des cités.

Cinq cents mètres plus loin, des lumières rouges clignotaient à l'entrée du Cross Bronx Expressway, forçant le trafic à ralentir. La file de droite, fermée pour travaux et neutralisée à l'aide de cônes orange, était vide. Pendergast s'y rua sans hésiter, faisant valser les cônes de tous côtés.

Smithback se retourna. En dépit de tous les efforts de Pendergast, la Mercedes noire les suivait toujours, à quelques voitures d'écart. Beaucoup plus loin, deux véhicules de police tentaient désespérément de les rattraper, gyrophares et sirènes allumés.

Le journaliste se trouva à nouveau projeté de côté. Sans crier gare, Pendergast venait de se jeter sur la bretelle du Harlem River Drive à près de cent soixante à l'heure. Le taxi fit une embardée dans un long crissement de pneus et la carrosserie racla violemment le muret de béton dans une gerbe d'étincelles, avec un bruit de tôle froissée.

— *Espèce de cinglé ! Vous allez nous tuer si... !*

Un violent coup de frein fit taire Smithback. Le taxi se cabra et franchit en cahotant la bordure séparant la bretelle de sortie de la voie opposée qui rejoignait un petit pont sur la Harlem River. La voiture tangua dangereusement, mais Pendergast parvint à la redresser *in extremis.* Reprenant de la vitesse, il franchit le pont en un éclair et se faufila dans le dédale des petites rues du South Bronx.

Le cœur au bord des lèvres, Smithback jeta un coup d'œil par la lunette arrière. À son grand étonnement, la Mercedes était toujours là, et elle regagnait rapidement le terrain perdu. Au même instant, le conducteur de la berline descendit sa vitre et un petit nuage de fumée s'éleva, suivi d'une détonation.

Le rétroviseur du taxi côté passager explosa avec un bruit sourd dans une pluie de verre et de plastique, littéralement arraché par un projectile de gros calibre.

— Saloperie ! hurla Smithback.

— Baissez-vous, lui ordonna Pendergast.

Le conseil était inutile car le journaliste s'était déjà jeté à plat ventre au pied de la banquette en se protégeant la tête des mains.

La poursuite était plus impressionnante encore depuis ce refuge précaire. Dans l'impossibilité de rien voir, ballotté de tous côtés, Smithback suivait les péripéties de la course en comptant les coups de volant et les accélérations brutales, les coups de klaxon désespérés et les invectives en anglais et en espagnol qui lui parvenaient par bribes au fur et à mesure des acrobaties routières de Pendergast, avec en bruit de fond les sirènes de police. Propulsé contre l'armature des sièges avant par les coups de frein, projeté contre la banquette arrière par les accélérations, il vivait un véritable calvaire.

Au bout de quelques minutes interminables, la voix de Pendergast le tira de son hébétude :

— Monsieur Smithback, je vais vous demander de vous relever très lentement.

Le journaliste obtempéra du mieux qu'il le pouvait en s'agrippant au siège. Le taxi zigzaguait à toute allure sur une large avenue dans un *barrio* miséreux du Bronx. Machinalement, il regarda par-dessus son épaule. La Mercedes, accrochée à leur sillage, faisait du slalom entre les camionnettes de livraison, et une demi-douzaine de voitures de patrouille fermait la marche.

— Nous allons bientôt nous arrêter, expliqua Pendergast. Je vous demanderai de descendre de voiture le plus rapidement possible et de me suivre.

— Vous suivre... ? répéta bêtement Smithback, terrorisé.

— Je vous en prie, faites ce que je vous dis. Marchez derrière moi, le plus près possible. Nous sommes d'accord ?

— Oui, balbutia Smithback.

Devant l'auto, la rue se terminait en cul-de-sac face à un épais grillage surmonté de fil de fer barbelé dans lequel s'ouvrait une barrière. Derrière la clôture s'étendait un terrain de plusieurs hectares rempli de voitures, de camionnettes et de 4 × 4 de toutes marques et de tous modèles, serrés à se toucher. Au-dessus du grillage s'étalait en grosses lettres sur un écriteau usé : *Préfecture de police – Fourrière de Mott Haven.*

Pendergast sortit de sa poche un petit émetteur. Tout en conduisant, il composa un code sur le clavier et la barrière s'ouvrit lentement. Comme il ne faisait pas mine de ralentir, Smithback se cramponna à la portière en serrant les dents et le taxi franchit l'obstacle de justesse avant de s'arrêter à quelques centimètres des premières rangées de voitures dans un crissement de frein. Sans même couper le moteur, Pendergast se précipita dehors et se mit à courir en faisant signe à Smithback de le suivre. Le journaliste se rua à sa suite à travers le labyrinthe de voitures en direction du fond de la fourrière. Pendergast volait à travers les autos et Smithback avait le plus grand mal à le suivre.

Au terme d'une course de près d'un kilomètre, Pendergast s'arrêta devant la dernière rangée de véhicules, à une quinzaine de mètres de l'enceinte grillagée, sortit une clé de sa poche, déverrouilla les portières d'une vieille fourgonnette Chevrolet et fit signe à Smithback de monter à l'arrière. Sans attendre, il se précipita derrière le volant, mit le contact et démarra sur les chapeaux de roue.

— Tenez-vous bien, recommanda-t-il à son passager en fonçant sur le grillage.

— Non !!! hurla Smithback. Vous ne passerez jamais, vous allez nous… *Saloperie !*

Il eut tout juste le temps de se protéger le visage avant l'impact.

Un choc violent, un fracas métallique, et la fourgonnette franchit l'obstacle sans grand dommage, à la stupéfaction de Smithback qui baissa les bras et releva la tête, le cœur battant à tout rompre. En se retournant, il vit dans la clôture un grand trou rectangulaire.

— Les poteaux métalliques avaient été découpés et sommairement ressoudés, lui dit Pendergast en guise d'explication tout en s'enfonçant à une vitesse normale dans un dédale de ruelles.

Tout en tenant le volant d'une main, il commença par retirer sa perruque avant d'essuyer son maquillage à l'aide d'un mouchoir en soie. Derrière eux, la Mercedes et les voitures de police avaient disparu.

— Aidez-moi, je vous prie.

Smithback se glissa sur le siège avant et aida Pendergast à retirer le vieux caban brun tout taché qui dissimulait sa chemise blanche et sa cravate.

— Passez-moi ma veste, voulez-vous ?

Smithback découvrit une veste de coupe impeccable sur un cintre accroché au dossier de son siège. Il la tendit à Pendergast qui l'enfila sans attendre.

— Si je comprends bien, vous aviez tout prévu, remarqua Smithback.

Pendergast s'engagea sur la 138e Rue Est.

— Dans ce genre d'affaire, la survie dépend de votre sens de l'organisation.

— Vous avez attiré le type à la Mercedes dans le seul endroit où il ne pourrait pas nous suivre, sachant qu'il n'avait aucun moyen de contourner la fourrière. Bien joué.

— Il est possible de la contourner, mais cela implique un détour de plusieurs kilomètres à travers des rues très fréquentées, expliqua Pendergast en prenant la direction du Sheridan Expressway.

— Mais qui était ce type, et pour quelle raison veut-il me tuer ?

— Je vous l'ai déjà dit, moins vous en saurez, mieux vous vous porterez. Je suis toutefois surpris du tour qu'ont pris les choses. Cette course poursuite, ce coup de feu, cela ne lui ressemble guère. Il aura sans doute agi en désespoir de cause en voyant sa proie lui échapper.

Se tournant vers son interlocuteur, il ajouta, l'air laconique :

— Alors, monsieur Smithback. Enfin convaincu ?

Smithback hocha la tête d'un air pensif.

— Je me demande tout de même ce que j'ai bien pu faire.

— Je ne suis malheureusement pas en mesure de vous répondre.

Le cœur de Smithback recommençait tout juste à battre normalement. Ce n'était pas la première fois qu'il côtoyait le danger en compagnie de Pendergast, et il savait que jamais ce dernier ne l'aurait entraîné sans raison dans une telle aventure. D'un seul coup, son avenir au *Times* se trouvait relégué au second plan.

— Passez-moi vos papiers et votre téléphone portable, je vous prie.

Smithback obtempéra sans réfléchir. Pendergast les rangea dans la boîte à gants et lui tendit en échange un magnifique portefeuille en cuir.

— Qu'est-ce que c'est ?

— Votre nouvelle identité.

Smithback ouvrit le portefeuille. Il ne contenait pas d'argent, mais une carte de sécurité sociale et un permis de conduire délivré dans l'État de New York.

— Edward Murdhouse Jones ? lut-il.

— Exactement.

— Vous auriez pu trouver un nom un peu moins cliché que Jones.

— Bien au contraire, mon cher Edward. J'ai pensé que c'était le plus sûr moyen de vous en souvenir.

Smithback fourra le portefeuille dans la poche arrière de son pantalon.

— Combien de temps va durer ce cirque ?

— Pas longtemps, je l'espère.

— Mais encore ? Un jour ? Deux jours ?

Pendergast ne répondit pas.

— Et d'abord, où va-t-on ? insista-t-il.

— À River Oaks.

— River Oaks ?! Cette espèce d'asile pour millionnaires ?

— Vous êtes désormais le fils d'un important banquier d'affaires de Wall Street. Vous souffrez de troubles mentaux et vous avez le plus grand besoin de repos, loin du rythme échevelé de notre monde moderne.

— Hé ! Attendez une minute ! Ne comptez pas sur moi pour entrer volontairement dans un hôpital psychiatrique.

— River Oaks est une véritable oasis de luxe. Vous y disposerez de votre propre chambre et de repas dignes du gourmet le plus exigeant, le tout dans un cadre idyllique. Le parc est de toute beauté, même s'il est actuellement recouvert de cinquante centimètres de neige. L'établissement dispose de tout le confort imaginable : sauna, bibliothèque, salle de jeu. Le bâtiment lui-même est une ancienne demeure des Vanderbilt au cœur du comté d'Ulster. Quant au directeur, c'est un homme aussi charmant que dévoué. Mais surtout, River Oaks est un refuge idéal pour un homme tel que vous, traqué par un tueur impitoyable.

Smithback poussa un soupir.

— Le directeur est au courant, au moins ?

— Il sait tout ce qu'il doit savoir. Vous serez traité royalement, je puis vous l'assurer.

— Je vous préviens, je ne veux ni médicaments, ni camisole de force, ni électrochocs.

Pendergast ébaucha un sourire.

— Rien de ce genre, vous pouvez me faire confiance. On sera aux petits soins pour vous. Une heure d'entretien par jour, c'est tout. Le directeur connaît parfaitement votre dossier. J'ai également veillé à vous acheter des vêtements qui devraient vous convenir.

Smithback ne répondit pas tout de suite.

— Vous avez bien parlé de repas gastronomiques, c'est ça ?

— À satiété.

— Mais Nora ! s'exclama soudain Smithback. Elle va s'inquiéter.

— Je vous l'ai dit, vous effectuez officiellement une mission confidentielle pour le *Times.* Avec le travail qui l'attend à la veille de l'exposition, c'est tout juste si elle s'apercevra de votre absence.

— Si je suis en danger, elle l'est aussi. Je dois la protéger.

— Je puis vous assurer que Nora ne court actuellement aucun danger. En revanche, elle pourrait bien partager votre sort si vous continuez à vivre à ses côtés. N'oubliez pas que la cible, c'est *vous.* Vous lui rendrez service en vous éloignant temporairement d'elle.

— Peut-être, mais c'est une catastrophe pour ma carrière au *Times.*

— Vous n'aurez guère l'occasion de faire carrière si vous disparaissez prématurément, remarqua Pendergast, philosophe.

La bosse que formait le portefeuille dans sa poche rappela brusquement à Smithback sa nouvelle identité. *Edward Murdhouse Jones !*

— Je suis désolé, mais cette histoire me déplaît souverainement, grommela-t-il.

— Que cela vous plaise ou non, je suis en train de vous sauver la vie.

Smithback ne répondit pas.

— Nous sommes bien d'accord sur ce point, monsieur Smithback ?

— Oui, reconnut du bout des lèvres un Smithback décomposé.

22

Nora Kelly s'efforça de faire taire dans sa tête le brouhaha ambiant afin de mieux se concentrer sur le bac de sable qui s'étalait à ses pieds, au milieu du grand hall. Elle avait aligné d'un côté le squelette en pâte à modeler et l'ensemble des objets mortuaires destinés à l'exposition : des bijoux faits d'or et de jade, des céramiques polychromes, des ossements, des coquillages sculptés. De l'autre, elle avait posé une photographie de la sépulture de la princesse maya Chac Xel, demeurée intacte depuis le IXe siècle. La photo avait été prise lors de l'ouverture de la tombe, et Nora voulait en reconstituer le moindre détail dans le cadre de l'exposition.

Elle sentit soudain derrière elle la présence hostile d'un gardien appelé en renfort pour l'expo. Furieux d'avoir dû quitter son poste habituel dans le grand hall des Oiseaux pélagiques, le gardien agita sa carcasse imposante en poussant un soupir à fendre l'âme, mais Nora n'avait pas l'intention de se laisser impressionner.

Cette tombe était l'un des clous d'« Images du Sacré » et les objets dont elle avait la charge étaient tous d'une fragilité extrême. Elle tenta une nouvelle fois de faire le vide dans sa tête, d'oublier le bruit des perceuses et le grincement des scies électriques, les allées et venues des commissaires de l'exposition, les cris des décorateurs et de leurs assistants. Pour couronner le tout, le système d'alarme du Muséum était en pleine phase de rénovation et on leur avait demandé de tout laisser en plan le temps d'installer les nouveaux capteurs et de procéder aux essais nécessaires.

Nora se pencha sur le bac de sable et disposa les ossements en se référant à la photo. La princesse n'avait pas été enterrée allongée, contrairement aux rites occidentaux. Son corps, enveloppé de couvertures somptueuses, était ramassé sur lui-même, à la façon d'une momie, les genoux serrés sous la mâchoire et les bras serrés autour des jambes. Avec le temps, le tissu avait fini par se déliter et les os de la princesse s'étaient éparpillés sur le sol selon un schéma que Nora tentait de reproduire aussi fidèlement que possible.

Cette première tâche achevée, restait à disposer les objets funéraires. Contrairement aux ossements qui avaient été reconstitués artificiellement, il s'agissait cette fois de pièces uniques, d'une valeur inestimable. Elle enfila des gants de coton et saisit avec mille précautions la plus volumineuse, un lourd pectoral d'électrum forgé à la main, figurant un jaguar entouré de symboles. Elle le porta à la lumière, subjuguée par ses reflets dorés, et le déposa lentement sur la cage thoracique de la princesse. Puis ce fut au tour d'un collier en or qu'elle plaça autour des vertèbres cervicales de la défunte avant de lui glisser une demi-douzaine de bagues autour des doigts. Enfin, elle déposa sur son crâne une tiare d'or pur incrustée de turquoises et de morceaux de jade. La princesse une fois parée, Nora disposa en arc de cercle les poteries remplies d'offrandes précieuses – du jade poli, des turquoises et des fragments d'obsidienne – avant de déposer délicatement un long couteau sacrificiel fait également d'obsidienne, tranchant comme un rasoir.

Elle prit le temps de souffler afin de contempler son travail. Il ne lui restait plus qu'à mettre en place l'extraordinaire masque de jade, taillé d'une seule pièce dans un bloc d'un vert profond, avec des turquoises en guise de dents et des rubis sertis de quartz blanc à la place des yeux.

— Madame, fit le gardien dans son dos, interrompant sa rêverie. Je prends ma pause dans un quart d'heure.

— Je sais, répliqua sèchement Nora.

Elle s'apprêtait à soulever le masque lorsque la voix de Hugo Menzies s'éleva un peu plus loin, au-dessus du brouhaha ambiant.

— Quel travail magnifique ! Splendide !

Nora se retourna et vit Menzies, crinière au vent, qui traversait le hall en zigzaguant au milieu des câbles électriques, des copeaux de bois et autres morceaux de papier bulle. Son éternel sac de toile sur l'épaule, il serrait la main de tous ceux qu'il croisait, manifestant son approbation et multipliant les encouragements en appelant chacun par son prénom, des commissaires de l'exposition aux menuisiers. George Ashton, qui n'adressait jamais la parole au petit personnel, aurait pu en prendre de la graine.

Nora avait commencé par prendre ombrage du soutien de Menzies à Margo Green, mais il était impossible d'en vouloir longtemps à un homme aussi intègre, toujours prompt à défendre les intérêts de son département.

Mais si Nora avait volontiers pardonné à Menzies, il n'en était pas de même avec Margo Green.

— Bonjour Frank, dit Menzies en posant une main sur l'épaule du gardien posté derrière Nora. Ravi de vous voir.

— Moi aussi, monsieur, répondit l'autre en oubliant instantanément sa mine renfrognée.

— Ahhh ! s'exclama Menzies en observant le travail de Nora. Ce masque de jade de la période classique est l'une de mes pièces préférées. Quand on pense à la manière dont ils affinaient le métal, en le polissant à la main à l'aide de brins d'herbe ! Mais je ne dois rien vous apprendre.

— C'est vrai.

Menzies éclata de rire.

— Suis-je bête ! Comment pourrais-je me montrer plus savant que vous en la matière ? Bravo pour ce travail remarquable, Nora. Cette tombe sera à n'en pas douter l'un des moments forts de l'exposition. Ça vous dérange si je reste un instant pendant que vous mettez ce masque en place ?

— Mais pas du tout.

Nora saisit délicatement le masque entre ses doigts gantés, non sans appréhension, puis elle le déposa sur le sable au-dessus de la tête du squelette, tel qu'il avait été découvert, tout en veillant à bien le caler.

— Légèrement plus à gauche, Nora.

La jeune femme obtempéra.

— Parfait. Je suis content d'être arrivé à temps pour assister à ça, conclut Menzies avec un sourire et un clin d'œil avant de poursuivre son tour de chantier, laissant derrière lui des équipes regonflées à bloc.

Son travail terminé, Nora s'assura une dernière fois que tout était en place. La liste des pièces exposées à la main, elle vérifia chaque objet individuellement en s'assurant de sa place exacte à l'aide de la photo. Elle n'avait pas le droit à l'erreur : une fois la vitrine blindée en place, elle serait verrouillée jusqu'à la fin de l'exposition, quatre mois plus tard.

Tout en travaillant, elle pensait à Bill, envoyé d'urgence à Atlantic City où l'attendait un reportage quelconque sur l'univers des casinos, et qui ne rentrerait pas avant... Au fait, quand devait-il rentrer ? Elle s'aperçut qu'elle n'en savait rien. Tout s'était passé si vite, et il était resté très vague. Et son enquête sur le meurtre de Duchamp ? Et pourquoi l'envoyer aussi loin alors qu'il travaillait pour la locale ? À moins que le New Jersey ne fasse partie de la locale... Bill avait l'air bizarre au téléphone. Il était tout essoufflé et elle l'avait senti tendu.

Après tout, c'était peut-être aussi bien. Avec la préparation de l'expo, ils n'auraient pas eu le temps de se voir beaucoup. Tout le monde était en retard, comme d'habitude, et Ashton était sur les nerfs, à en juger par les glapissements qu'il poussait à l'autre bout du grand hall.

Le gardien poussa un soupir d'agacement dans son dos.

— Juste une seconde, lui lança-t-elle par-dessus son épaule. Le temps de mettre la vitrine.

Elle regarda sa montre et constata qu'il était déjà 15 h 30. Elle était là depuis 6 heures du matin et elle en avait encore au moins jusqu'à minuit. Chaque minute perdue était une minute de sommeil en moins.

Nora se tourna vers le contremaître qui attendait patiemment le moment de passer à l'action.

— C'est bon, vous pouvez installer la vitrine.

Sur un signe de leur chef, un groupe d'ouvriers entreprit d'enfermer la sépulture maya dans un énorme cercueil de verre, avec force jurons et grognements.

— Nora ?

La jeune femme se retourna et tomba nez à nez avec Margo Green.

Elle choisit bien son moment, comme toujours.

— Bonjour Margo, dit-elle.

— Wow ! C'est magnifique.

Du coin de l'œil, Nora vit que le gardien faisait la grimace.

— Merci. Mais c'est le coup de feu, comme vous voyez.

— Je sais, répondit-elle, hésitante. Je ne veux pas vous faire perdre votre temps.

C'est pourtant ce que tu fais, pensa Nora en s'efforçant de conserver un semblant de sourire. Il lui restait encore quatre vitrines à installer et elle ne pouvait s'empêcher de tendre le dos en voyant les ouvriers installer péniblement la vitrine. Si jamais ils la faisaient tomber...

Margo fit un pas dans sa direction.

— Je suis venue m'excuser de la remarque que je vous ai faite pendant la réunion, dit-elle à mi-voix.

Nora s'y attendait si peu qu'elle se cambra.

— Je n'avais aucune raison de dire ça. Vos arguments se tenaient parfaitement et vous n'avez fait que défendre votre point de vue. J'ai dépassé les bornes, mais...

Elle n'acheva pas sa phrase.

— Mais quoi ? insista Nora.

— C'est-à-dire que... vous êtes toujours si *brillante*. Vous êtes très sûre de vous et je crois que ça m'a intimidée.

Nora ne savait pas quoi dire. Margo était toute rouge, ces excuses devaient lui coûter.

— Vous n'êtes pas non plus du genre à vous laisser faire, finit-elle par répondre.

— Je sais. Nous sommes têtues toutes les deux. C'est d'ailleurs une qualité... surtout chez une femme.

Malgré elle, Nora laissa percer un sourire.

— Je ne parlerais pas d'entêtement, je dirais plutôt que nous avons le courage de nos opinions.

Ce fut au tour de Margo de sourire.

— Vous avez raison. Présenté comme ça, c'est nettement plus valorisant. Même si la plupart des gens pensent qu'on a un caractère de cochon.

— Qu'ils le pensent. Je ne renie pas mon caractère.

Margo éclata de rire.

— En tout cas, Nora, je voulais vous dire à quel point j'étais désolée.

— J'apprécie votre geste. Vraiment. Merci, Margo.

— À bientôt.

Nora regarda Margo s'éloigner. D'étonnement, elle en avait presque oublié l'installation de la vitrine.

23

Mal installée sur l'une des mauvaises chaises en plastique du laboratoire, au onzième étage du One Police Plazza, Laura Hayward s'efforçait de ne pas regarder sa montre. Archibald Quince, le responsable de la section Fibres et Tissus, marchait de long en large en lui faisant un discours interminable, tantôt les mains croisées dans le dos de sa blouse blanche, tantôt gesticulant. Beaucoup de bruit pour rien car, en fin de compte, ses arguments fumeux se réduisaient à une vérité toute simple : il n'avait pas découvert l'ombre d'une piste.

Il s'arrêta brusquement et tourna vers la jeune femme sa silhouette anguleuse.

— Résumons-nous.

Il était temps, se dit Hayward, ravie de voir enfin le bout du tunnel.

— Seules quelques fibres retrouvées sur le lieu du crime ne faisaient pas partie de l'environnement de la victime. Certaines étaient restées coincées dans les cordelettes qui lui liaient les mains dans le dos, et nous en avons retrouvé une autre sur le canapé où avait été déposée la victime *peri mortem*. Nous pouvons donc en déduire, sans grand risque de nous tromper, que ces fibres appartiennent au meurtrier. Nous sommes d'accord ?

— Nous sommes d'accord.

— Dans la mesure où toutes ces fibres sont identiques – même longueur, même composition, etc. – nous pouvons penser qu'il s'agit de fibres directes et non de fibres indirectes. Pour dire les choses clairement, des fibres provenant des vêtements du meurtrier et non des fibres qui se seraient trouvées par hasard *sur* les vêtements du meurtrier.

Hayward acquiesça, se concentrant du mieux qu'elle le pouvait. Elle avait passé la journée à travailler dans un état second, avec l'impression de flotter loin de son corps. Elle aurait aimé en vouloir à D'Agosta, ressentir de la colère, mais elle était simplement triste. Elle se demandait où il était, ce qu'il faisait. Elle aurait surtout aimé savoir ce qui avait bien pu déclencher une telle crise chez lui.

— Capitaine ?

Hayward leva précipitamment les yeux, consciente qu'on venait de lui poser une question.

— Je vous demande pardon ?

— Je vous demandais si vous souhaitiez examiner de près l'un des échantillons.

— Bien sûr, répliqua-t-elle en se levant.

— Nous avons affaire à une fibre animale d'une extrême finesse. Je n'en ai jamais vu de semblable. Nous avons pu l'identifier, il s'agit d'un cachemire très rare, mélangé à un faible pourcentage de mérinos. Un tissu certainement très coûteux. Vous remarquerez que le mérinos et le cachemire ont été teints en noir avant d'être tissés ensemble. Mais je vous laisse le constater par vous-même.

Quince fit un pas en arrière et laissa la jeune femme s'approcher du microscope stéréoscopique posé sur une table.

Hayward plaça ses yeux derrière l'oculaire et vit apparaître une demi-douzaine de longs fils noirs très réguliers qui brillaient dans la lumière.

Un tissu très coûteux. Elle attendait toujours le compte rendu des psychologues de la Criminelle, mais un certain nombre de faits semblaient établis. Le meurtrier, s'il s'agissait bien d'un homme, était intelligent, distingué et riche.

— Nous ne sommes pas davantage parvenus à identifier la teinture. Elle a été obtenue à l'aide de pigments végétaux, sans additifs synthétiques, mais nous n'avons pas pu mettre un nom sur le colorant utilisé. Il ne figure dans aucune de nos bases de données. La teinture la plus proche dont nous disposons provient d'une baie fort rare, originaire de l'Himalaya, dont se servent les sherpas et certaines tribus tibétaines.

Hayward recula d'un pas. Tout en écoutant les explications de Quince, elle avait ressenti une impression curieuse, comme si son instinct l'avertissait qu'elle avait en main certaines pièces du puzzle. Mais lesquelles ? Elle était encore plus fatiguée qu'elle ne l'imaginait et elle se promit de rentrer sans attendre, de dîner et de se coucher tôt.

— Malgré leur grande finesse, ces fibres sont tissées de façon très serrée, poursuivit Quince. Vous savez ce que cela signifie ?

— Un tissu d'une grande douceur, très agréable à porter ?

— Oui, mais ce n'est pas là où je voulais en venir. À l'inverse des tissus que l'on trouve dans le prêt-à-porter, ceux-là ne se désagrègent pas facilement. D'où le faible nombre de fibres retrouvées.

— Ce qui tendrait à prouver qu'il y a eu lutte.

— C'est exactement ce que je pensais, approuva Quince en fronçant les sourcils. Le fait qu'il s'agit d'un tissu peu ordinaire devrait normalement nous faciliter la tâche, mais c'est tout le contraire. Sans parler d'un autre élément troublant : l'âge de la fibre.

— C'est-à-dire ?

— Les tests réalisés montrent que ce tissu a plus de vingt ans. Ça ne veut pas nécessairement dire que le vêtement dont il provient est ancien. Les fibres sont à peine usées, ce qui ne serait pas le cas si le tissu avait été porté et nettoyé régulièrement. On pourrait croire qu'il est encore tout neuf.

À bout d'arguments, Quince se tut, bras et mains tendus en signe d'impuissance.

— Autre chose ? s'enquit Hayward.

— C'est tout. Comme je vous le disais, nous n'avons rien de plus précis. Nous avons passé au crible les usines de textiles et les fabricants du monde entier, sans résultat. Même chose en ce qui concerne la corde. À croire qu'elle vient de la lune.

— Je suis désolée, mais je ne peux pas me contenter de ce genre de réponse, rétorqua Hayward d'un ton sec. Vous savez très bien que nous disposons de très peu d'indices dans cette affaire. Ces fibres sont notre seule piste. Vous dites vous-même qu'elles proviennent d'un tissu extrêmement rare. Si vous avez déjà vérifié auprès des usines et des fabricants, pourquoi ne pas vous adresser aux tailleurs spécialisés dans le sur mesure ?

Quince, piqué au vif, regarda la jeune femme d'un air blessé.

— Mais enfin, capitaine, il existe des dizaines de milliers de tailleurs à travers le monde. Vous me demandez de chercher une aiguille dans…

— S'il s'agit d'un tissu aussi exceptionnel, adressez-vous aux tailleurs les plus chic en commençant par New York, Londres et Hong-Kong.

La jeune femme se rendit compte qu'elle criait presque. *Calme-toi !*

Dans le silence qui suivit, Hayward entendit un toussotement gêné derrière elle. Elle tourna la tête et découvrit le capitaine Singleton sur le seuil.

— Glen !

Depuis combien de temps était-il là ?

— Bonsoir Laura, répondit Singleton. Il faudrait que je vous voie un instant.

— Bien sûr, s'empressa de répondre Hayward avant d'ajouter à l'adresse de Quince : Merci de me tenir au courant demain.

L'instant d'après, elle suivait Singleton dans le couloir où régnait l'animation habituelle.

— De quoi s'agit-il ? demanda-t-elle à son collègue. C'est bientôt l'heure de la réunion générale des services.

Singleton ne répondit pas immédiatement. Il portait un costume à fines rayures et sa chemise blanche n'avait pas un pli alors qu'on était en fin de journée.

— J'ai reçu un appel de l'inspecteur Carlton, le responsable de l'antenne du FBI à New York, expliqua-t-il en se mettant à l'écart du passage. Il souhaitait me transmettre une requête de leur siège à Quantico.

— Et alors ?

— Avez-vous déjà entendu parler de Michael Decker ?

Hayward fit non de la tête.

— Un ponte du FBI qui vivait dans un quartier chic de Washington. Il a été assassiné hier, la gorge transpercée par une baïonnette. Une sale affaire. Comme vous pouvez vous en douter, le FBI est sur les dents. Ils sont à la recherche de tous ceux qui auraient pu avoir des comptes à régler avec Decker, et ils s'adressent à ses proches. Or il semblerait que Decker ait été très ami avec l'un de ses anciens collègues, un certain Pendergast.

Hayward sursauta.

— L'inspecteur Pendergast ?

— Oui. C'est bien vous qui avez travaillé avec lui sur l'affaire Cutforth, non ?

— J'ai eu l'occasion de le croiser sur plusieurs enquêtes.

Singleton hocha la tête.

— Pendergast est porté disparu depuis plusieurs mois. Il semble qu'il soit mort et Carlton m'a demandé d'interroger tous ceux qui avaient travaillé avec lui au NYPD. Au cas où il aurait évoqué Decker et des ennemis éventuels. Comme vous l'avez connu, je me demandais si vous seriez au courant de quelque chose.

Hayward prit le temps de réfléchir.

— Non, Pendergast ne m'a jamais parlé de ce Decker.

Elle hésita.

— Vous devriez en parler au lieutenant D'Agosta. Je sais qu'ils ont collaboré sur trois enquêtes au moins en six ou sept ans.

— Ah bon ?

Hayward opina, s'efforçant de garder une expression neutre.

— Le problème, fit Singleton d'un air ennuyé, c'est que je n'arrive pas à mettre la main sur D'Agosta. On ne l'a pas revu depuis l'heure du déjeuner, les collègues qui travaillent sur la même enquête que lui ne savent pas où il est, et sa radio reste muette. Vous ne sauriez pas où le trouver, par hasard ?

Singleton avait posé la question avec le plus grand détachement, observant machinalement les gens qui passaient à côté d'eux.

Hayward, gênée, comprit qu'il était au courant de sa relation avec D'Agosta. *Et nous qui pensions que personne ne savait...* Singleton ne tarderait pas à apprendre leur séparation.

Elle passa la langue sur ses lèvres sèches.

— Désolée, mais je ne sais pas du tout où se trouve le lieutenant D'Agosta.

Il hésita.

— Pendergast ne vous a jamais parlé de Decker ?

— Jamais, mais Pendergast n'était pas du genre bavard. Il ne parlait jamais de personne, et encore moins de lui-même. Désolée de ne pas pouvoir vous être utile.

— Je vous l'ai dit, je posais la question à tout hasard. Le FBI n'a qu'à se débrouiller. Je peux vous offrir un café ? lui demanda-t-il en la regardant enfin dans les yeux. On a juste le temps avant la réunion.

— C'est gentil, mais non merci. J'ai encore plusieurs coups de fil à passer.

Sans plus attendre, Singleton lui serra la main en lui adressant un léger signe de tête.

La jeune femme le regarda s'éloigner, pensive, puis elle se dirigea vers son bureau. Elle avait fait quelques pas lorsqu'elle s'arrêta, oubliant d'un seul coup ses soucis et ses peines de cœur.

Elle venait de comprendre.

24

William Smithback tournait comme un lion en cage dans la chambre luxueuse qui lui avait été attribuée au deuxième étage de River Oaks. Pendergast ne lui avait pas menti. À condition d'aimer le style victorien, le cadre était magnifique : des murs tendus de panne de velours, un immense lit à baldaquin, d'énormes meubles en acajou et, sur les murs, une nature morte de fruits, un coucher de soleil sur l'océan et un paysage bucolique habité de vaches et de meules de foin. Pas des copies, mais de véritables huiles dans leurs cadres dorés. Si le mobilier n'était pas vissé au plancher, Smithback avait tout de même noté l'absence d'objets tranchants ou pointus dans la pièce, et on lui avait demandé de laisser à l'entrée sa ceinture et sa cravate. La chambre était aussi dépourvue de téléphone.

L'air songeur, il s'approcha de l'immense fenêtre. Il neigeait et de gros flocons s'écrasaient contre les carreaux. À la lueur du crépuscule, il devina sous la neige une vaste pelouse bordée de haies, entourée de jardins fantomatiques recouverts d'un manteau blanc, avec ce qu'il fallait de statues mangées de stalactites. Un mur d'enceinte séparait la propriété d'une forêt, dans laquelle s'enfonçait une route sinueuse qui traversait les collines, en direction du bourg le plus proche, à dix kilomètres de là. Il n'y avait pas de barreaux aux fenêtres, mais les petits carreaux étaient en verre renforcé.

Smithback voulut ouvrir la fenêtre afin de s'en assurer, mais elle ne voulait rien savoir. Il tira de toutes ses forces, sans succès, et finit par s'éloigner en haussant les épaules.

River Oaks était une énorme bâtisse biscornue perchée en haut de l'une des collines les moins escarpées des Catskills. Avant d'être transformée en hôpital psychiatrique, la propriété avait servi de refuge au célèbre magnat Cornelius Vanderbilt qui l'avait délaissée par la suite, au profit de sa maison de Newport.

Le personnel médical avait renoncé aux uniformes blancs habituels au profit de tenues noires plus discrètes, et leur mission consistait avant tout à veiller au bien-être des « pensionnaires ». En dehors de son heure quotidienne de thérapie et de quelques corvées en cuisine, Smithback disposait de tout son temps. En outre, la nourriture était fabuleuse et il n'avait pas été surpris d'apprendre que le cuisinier était un chef étoilé.

Smithback rongeait pourtant son frein. Depuis le début de sa captivité, il voulait se persuader de prendre les choses avec diplomatie. En d'autres circonstances, il se serait même abandonné au luxe qui l'entourait en se disant qu'une telle expérience lui fournirait même matière à un livre, mais l'idée qu'on puisse en vouloir à sa vie ne le laissait pas en paix. Les heures passaient et les questions se bousculaient dans sa tête.

Au moins n'avait-il aucune raison de s'inquiéter pour Nora, à qui il avait passé un coup de fil en chemin sur le portable de Pendergast. Il s'en voulait de lui avoir menti, tout en sachant que c'était pour son bien et qu'il aurait toute latitude de lui dire la vérité plus tard.

La situation n'était pas aussi rose sur le front du *Times*. Personne ne lui en voudrait d'être tombé malade, mais son absence laissait le champ libre à Harriman. Il aurait de la chance si son rédacteur en chef lui confiait une enquête de seconde zone à son retour de « convalescence ».

Le pire était encore de ne pas savoir combien de temps il allait moisir là, surtout que…

On frappa à la porte.

— Qui est-ce ? demanda-t-il d'un ton agacé.

Une infirmière d'âge canonique, un chignon sévère perché sur le haut du crâne, passa la tête dans l'entrebâillement de la porte.

— Le dîner est servi, monsieur Jones.

— Je descends tout de suite, merci.

Edward Jones, fils d'un important banquier d'affaires de Wall Street. Vous souffrez de troubles mentaux et vous avez le plus grand besoin de repos, loin du rythme échevelé de notre monde moderne. Smithback avait du mal à se couler dans la peau d'un jeune homme de bonne famille dérangé. Seul le docteur Tisander, le directeur de l'établissement, était au courant. Smithback l'avait entraperçu au moment où Pendergast se chargeait des formalités d'admission, et il n'avait pas encore eu le temps de s'entretenir avec lui.

Il tira la porte de sa chambre derrière lui, faute de clé, puis il emprunta un couloir interminable dont les lambris d'acajou lourdement travaillés arboraient des tableaux de maîtres. L'épaisse moquette rose étouffait le bruit de ses pas, et la vieille demeure tout entière semblait enveloppée dans une quiétude irréelle. Seule la plainte du vent dans les arbres du parc venait troubler le silence.

Le couloir débouchait sur un vaste palier où s'élevait un escalier monumental. Smithback, son instinct de journaliste en alerte, ralentit le pas en entendant des voix un peu plus loin.

— ... sais pas combien de temps je supporterai de travailler dans ce nid de cinglés, dit une voix masculine bourrue.

— Arrête de te plaindre ! lui répondit une voix plus aiguë. On est bien payés, le boulot n'est pas compliqué, on mange comme des princes et les barjos sont plutôt calmes. Je ne vois pas ce qu'on peut demander de plus.

Deux infirmiers. Smithback s'arrêta afin d'écouter la suite de leur conversation.

— Peut-être, mais j'en ai ras le bol d'être coincé dans ce trou paumé, en plein hiver, au milieu de nulle part. Ça finit par me taper sur le système.

— Tu n'auras qu'à revenir comme pensionnaire, suggéra le second infirmier en éclatant d'un rire épais.

— Arrête, s'énerva le premier. Tu connais Mlle Havisham ?

— Nellie la Folle ? Bien sûr, pourquoi ?

— Elle prétend voir des gens qui ne sont même pas là.

— Si c'est que ça ! Ils ont *tous* des visions.

— Le problème, c'est qu'elle a fini par déteindre sur moi. Je montais au 4e en début d'après-midi quand j'ai regardé dehors par la fenêtre de l'escalier. Eh bien figure-toi que je jurerais avoir vu quelqu'un dans la neige.

— C'est ça, c'est ça.

— Je te jure. Je l'ai vue ! Une silhouette noire qui courait entre les arbres. Le temps de me pencher et il n'y avait plus personne.

— Sans vouloir te vexer, tu avais bu combien de Jack Daniels ?

— Je n'avais rien bu du tout. Je te dis que cet endroit est...

À force de tendre l'oreille en direction des voix, Smithback avait perdu l'équilibre et s'était étalé de tout son long sur le palier. Les deux infirmiers se turent aussitôt et ils s'approchèrent en reprenant leur expression impénétrable habituelle.

— On peut vous aider, monsieur Jones ?

— Non merci, je descendais dîner, grommela Smithback le plus dignement possible.

La salle à manger du premier étage avait tout d'un club chic de Park Avenue. Smithback dénombra une trentaine de tables, mais la pièce aurait aisément pu en contenir dix de plus. Toutes étaient recouvertes de nappes amidonnées dont la blancheur mettait en valeur l'argenterie, et du plafond bleu Wedgwood pendaient des lustres étincelants. Le lieu était splendide, mais de là à dîner à 5 heures de l'après-midi... Plusieurs pensionnaires étaient déjà installés. Certains discutaient paisiblement, d'autres regardaient fixement dans le vide ou gagnaient leur place d'un pas traînant.

Bon Dieu, pensa Smithback en observant la scène. *Quand je pense que je vais devoir manger au milieu de ces zombies.*

— Monsieur Jones ?

Plus obséquieux qu'un maître hôtel de grand restaurant, un infirmier s'approcha, dissimulant mal son air supérieur derrière un masque servile.

— Où puis-je vous installer ?

— Je vais me mettre là-bas, répliqua Smithback en désignant une table occupée par un jeune homme qui beurrait un petit pain.

Le dîneur solitaire, d'une élégance appuyée, portait un costume du dernier chic, une chemise immaculée et des chaussures soigneusement lustrées. C'était de loin le plus normal du lot. Il adressa un signe de tête à Smithback en voyant ce dernier s'asseoir en face de lui.

— Roger Throckmorton, se présenta-t-il en se levant. Enchanté de faire votre connaissance.

— Edward Jones, répondit Smithback.

Rassuré par l'accueil cordial de son interlocuteur, le journaliste se plongea dans la lecture de l'impressionnant menu que lui tendait le garçon et sélectionna, non pas un, mais deux plats : une plie à la Mornay et des côtes d'agneau, avec de la roquette et un œuf de pluvier en aspic pour faire bonne mesure. Il détailla son choix sur la petite fiche posée à côté de son assiette, la tendit au garçon, et posa les yeux sur Throckmorton. Les deux hommes avaient à peu près le même âge, mais Throckmorton était très beau garçon, ses cheveux blonds séparés par une raie impeccable, un léger nuage d'eau de toilette flottant autour de lui. Quelque chose dans son allure patricienne évoquait Bryce Harriman.

Bryce Harriman...

Smithback s'obligea à ne plus penser à son ennemi intime.

— Dites-moi, fit-il à l'adresse de Throckmorton. Qu'est-ce qui vous amène ici ?

Il avait posé la question machinalement et il se mordit la langue, conscient d'avoir gaffé, mais l'autre ne sembla nullement s'offusquer de son indélicatesse.

— La même chose que vous, je suppose. Je suis fou, répondit-il en riant sous cape d'un air entendu. Plus sérieusement, j'ai eu de petits ennuis et mon père m'a envoyé ici pour prendre... euh, un peu de recul. Rien de bien grave.

— Vous êtes ici depuis longtemps ?

— Quelques mois. Et vous-même ?

— J'avais également besoin de repos.

Smithback aurait bien voulu changer de sujet de conversation. *De quoi peuvent bien parler deux cinglés entre eux ?* se demanda-t-il en se souvenant que les vrais fous étaient enfermés dans une autre aile du bâtiment. Ne vivaient ici que les pensionnaires légèrement « perturbés ».

Throckmorton posa son petit pain sur une assiette et s'essuya délicatement la bouche à l'aide de sa serviette.

— Vous venez tout juste d'arriver, n'est-ce pas ?

— Oui.

Le garçon revenait avec les boissons : du thé pour Throckmorton, un jus de tomate pour Smithback qui avait dû se rabattre sur un apéritif sans alcool. Il lança un regard discret autour de lui. Les autres pensionnaires parlaient à voix basse avec des gestes lents, on se serait cru dans un film au ralenti. *Bon Dieu, jamais je n'arriverai à tenir…* Il tenta de se redonner du courage en se souvenant qu'il avait un dangereux tueur aux trousses, mais il n'en pouvait déjà plus, et ce n'était que le premier jour. Pourquoi voulait-on le tuer, d'abord ? Si ça se trouve, la Mercedes, le coup de feu et tout le reste étaient destinés à Pendergast. Rien ne prouvait que c'était à lui qu'on en voulait. Et puis il était de taille à se défendre tout seul. Ce n'était pas la première fois qu'il devait faire face au danger…

Ses pensées le ramenèrent à son compagnon de table.

— Sinon, que… que pensez-vous de cet endroit ? demanda-t-il sans grande conviction.

— Bof, il y a pire.

La lueur amusée qui flottait dans le regard de son interlocuteur acheva de convaincre Smithback qu'il pourrait bien s'être trouvé un allié.

— Vous n'en avez pas marre de tout ce cirque ? De ne pas pouvoir sortir ?

— C'était mieux en automne, c'est vrai. La propriété est magnifique et j'avoue que la neige n'incite pas à se promener, mais pour aller où ?

Voyant que Smithback ne savait quoi répondre, Throckmorton poursuivit.

— Que faites-vous, Edward ? Dans la vie, je veux dire.

Le journaliste chercha à se souvenir des instructions de Pendergast.

— Mon père est un banquier d'affaires de Wall Street et je travaille pour lui.

— Mon père travaille également à Wall Street.

Smithback eut comme un éclair.

— Vous voulez dire que vous êtes ce Throckmorton ?

Un petit sourire éclaira le visage de son interlocuteur.

— J'en ai bien peur. Disons plutôt que je suis un membre de cette illustre famille, car nous sommes nombreux.

Le garçon posa une truite de rivière devant Throckmorton avant de servir à Smithback sa plie et ses côtelettes.

— C'est un plaisir de manger avec quelqu'un qui dîne d'aussi bon appétit, commenta Throckmorton en découvrant l'assiette de son compagnon.

Smithback éclata de rire. Décidément, ce type était tout sauf fou.

— Je fais toujours honneur aux repas gratuits, rétorqua-t-il en découpant son poisson.

Il se sentait déjà mieux. La nourriture était délicieuse et ce Roger Throckmorton n'avait pas l'air désagréable. Maintenant qu'il avait trouvé quelqu'un avec qui discuter, l'idée de passer un ou deux jours à River Oaks lui déplaisait déjà moins. Il lui faudrait simplement veiller à ne pas se trahir.

— Que fait-on ici toute la journée ? marmonna-t-il, la bouche pleine.

— Je vous demande pardon ?

Smithback avala sa bouchée de poisson.

— Comment passez-vous votre temps ?

Throckmorton émit un petit rire.

— Je rédige mon journal et j'écris des vers. J'essaye de me tenir au courant du marché, en dilettante. Et quand il fait beau, je me promène dans le jardin.

Smithback acquiesça en enfournant un autre morceau de plie.

— Et le soir ?

— Eh bien, il y a des tables de billard dans le salon du rez-de-chaussée, à moins de jouer au bridge ou au whist dans la bibliothèque. Ou alors je joue aux échecs, à condition de trouver un partenaire, mais je lis la plupart du temps. Beaucoup de poésie ces temps derniers. Hier soir, par exemple, j'ai commencé les *Contes de Cantérbory.*

Smithback approuva de la tête.

— J'adore le conte du Meunier.

— Je crois que je préfère le Prologue. On y trouve des passages superbes sur le renouveau. *Lorsque les douces averses d'avril pénètrent le sol aride de mars*, récita Throckmorton en se redressant sur son siège.

Fouillant dans sa mémoire, Smithback lui emboîta le pas :

— Oui, ou alors ceux-ci : *Il arriva qu'un jour en cette saison, alors que je reposais au Tabard Inn à Southwark...*

— *Je pêchais, la plaine aride derrière moi.*

Smithback était occupé à découper une côtelette et il mit quelques instants à réagir :

— Attendez une minute ! Ce n'est pas du Chaucer, ça ! C'est[1]...

— *Éteins-toi, éteins-toi, court flambeau* [2] *!*, s'écria Throckmorton, brusquement au garde-à-vous.

La fourchette de Smithback se figea à mi-chemin de sa bouche.

— Je vous demande pardon ?

— Vous n'avez rien entendu ? chuchota Throckmorton, l'oreille aux aguets.

— Euh... non, rien.

Mais Throckmorton, l'oreille toujours tendue, poursuivait :

— Très bien. Je m'en occupe tout de suite.

— Vous vous occupez de quoi ?

Throckmorton posa sur le journaliste un regard courroucé.

— Ce n'est pas à vous que je parle.

— Ah, excusez-moi.

Throckmorton se leva, s'essuya la bouche d'un geste précieux et replia soigneusement sa serviette.

— Vous ne m'en voudrez pas de vous abandonner, Edward, mais j'ai un rendez-vous d'affaires.

— Je vous en prie, rétorqua Smithback avec un sourire crispé.

Throckmorton s'approcha et lui murmura à l'oreille sur un ton confidentiel :

— Figurez-vous qu'il m'échoit une responsabilité terrifiante, mais qui suis-je pour Lui refuser quoi que ce soit ?

— Lui ? Qui ça, Lui ?

---

1. Il s'agit d'un extrait de *La Terre vaine*, le même poème de T. S. Eliot que le malheureux professeur Hamilton commentait à ses étudiants à l'heure de sa mort dans le premier chapitre de ce livre.
2. Citation tirée de *Macbeth* de Shakespeare (V, 5).

— Notre-Seigneur Dieu, répondit Throckmorton. J'ai été ravi, ajouta-t-il en serrant la main de Smithback. Au plaisir de vous revoir.

Sur ces adieux, il quitta la salle à manger d'un pas alerte.

25

D'Agosta traversa l'immense salle de la Criminelle d'un air contraint. En sa qualité de lieutenant au sein du NYPD, il avait le droit de se promener à sa guise dans les locaux du One Police Plazza, mais il avait l'impression de trahir la confiance de ses collègues.

Pendergast avait impérativement besoin d'informations précises. *Le détail le plus infime peut avoir son importance*, lui avait-il dit. En clair, il voulait une copie du dossier Duchamp et comptait sur D'Agosta pour la lui procurer.

La mission n'était pas aussi simple que D'Agosta l'aurait cru. Il avait repris le travail depuis deux jours seulement, et il lui avait fallu consacrer beaucoup de temps à l'affaire de l'Agitateur. Ce cinglé prenait de plus en plus d'assurance, il avait trouvé le moyen de dévaliser trois nouveaux distributeurs en quarante-huit heures. D'Agosta disposait de moins d'hommes à cause du meurtre de Duchamp et il avait passé un temps fou à coordonner ses troupes, à discuter avec les responsables des agences bancaires concernées, et il lui restait beaucoup de témoins à interroger. Pour autant, il n'avait pas oublié Pendergast qu'il croyait entendre lui chuchoter à l'oreille : *Chaque minute compte, Vincent. Il est susceptible de tuer à tout moment.*

Il avait passé des heures à consulter sur internet tout ce qui avait trait au meurtre de Duchamp. Malgré ses efforts, il n'avait pas appris grand-chose, et il ne lui restait plus qu'une chose à faire : consulter le dossier de l'enquête.

Soucieux de ne pas attirer l'attention sur lui, il avait pris en charge l'interrogatoire d'un témoin qui prétendait avoir vu l'Agitateur. Il regarda sa montre : 17 h 50. À cette heure, l'immense salle était une ruche. La plupart de ses collègues discutaient par petits groupes quand ils ne téléphonaient pas ou ne pianotaient pas sur leur ordinateur. Ce trop-plein d'activité était le meilleur garant de son anonymat. L'essentiel était de ne pas tomber sur Laura Hayward, mais il savait qu'elle ne serait pas dans son bureau. Le jeudi était le jour de la réunion des chefs de service chez le préfet Rocker.

D'Agosta jeta un regard coupable de l'autre côté de la grande salle. La porte de Laura Hayward était grande ouverte, des dossiers empilés à n'en plus finir sur son bureau. Il eut un pincement au cœur en repensant à ce soir, quelques mois plus tôt, où ce même bureau leur avait servi à tout autre chose. Il soupira. Comme tout ça lui semblait loin…

Ce n'était pas le moment de se perdre dans de mornes pensées. Sur sa droite, plusieurs bureaux inoccupés, le nom de leur occupant indiqué sur la petite pancarte traditionnelle. De l'autre côté, une dizaine de meubles de rangement étaient alignés le long du mur : c'était là que se trouvaient les dossiers des enquêtes en cours.

C'était à la fois une bonne et une mauvaise nouvelle. Une bonne parce que le dossier n'avait pas encore été rangé aux archives où D'Agosta aurait dû montrer patte blanche, une mauvaise parce qu'il lui faudrait le consulter au vu de tout le service.

Il jeta autour de lui un regard inquiet. *Ce n'est pas le moment d'hésiter, mon petit père*, se dit-il pour se donner du courage. Affectant un air désinvolte, il s'approcha. Contrairement aux autres services qui attribuaient des numéros à chaque affaire, la Criminelle classait ses dossiers par le nom de la victime et il se dirigea vers le classeur des D : DA à DE, DE à DO, DO à EB…

Nous y voilà. D'Agosta tira le tiroir qui l'intéressait et découvrit plusieurs dizaines de dossiers suspendus de couleur verte. *Bon Dieu ! Mais combien de meurtres traitent-ils à la fois ?*

Il lui fallait faire vite. Prenant soin de tourner le dos à ses collègues, il passa les dossiers en revue d'un doigt nerveux. Donatelli, Donato, Donazzi… À croire que la mafia avait récemment fait une razzia. Dowson, Dubliawitz. Duggins…

Et merde…

D'Agosta s'arrêta net, le doigt sur le dossier d'un certain Randall Duggins. Il n'avait jamais imaginé que le dossier Duchamp pourrait ne pas se trouver là.

Laura l'aurait-elle gardé avec elle ? L'avait-elle laissé sur son bureau en partant à la réunion de Rocker ? Ou bien alors se trouvait-il entre les mains de l'un de ses inspecteurs ?

Quoi qu'il en soit, il était dans la panade. Il lui faudrait revenir, de préférence à un autre moment de la journée afin de ne pas attirer l'attention de ses collègues. Mais comment être certain que Laura ne serait pas là ? Elle collectionnait les heures supplémentaires et pouvait se trouver dans son bureau à n'importe quelle heure du jour et de la nuit. Surtout maintenant qu'il ne vivait plus avec elle.

Une vague de découragement le submergea. Il retira son doigt du dossier Duggins en soupirant.

Il allait refermer le tiroir lorsqu'il entrevit la mention *Charles Duchamp* sur le dossier suspendu derrière celui de Randall Duggins.

Quel coup de chance ! Quelqu'un l'aura mal rangé.

D'Agosta sortit précipitamment le dossier et commença à le feuilleter. Il était nettement plus épais qu'il ne l'aurait imaginé. Laura lui avait pourtant bien affirmé n'avoir que très peu d'indices. Le dossier contenait pourtant une bonne douzaine de rapports : des analyses d'empreintes, des comptes rendus d'enquête et de réunions, des résumés d'interrogatoires, les conclusions des différents laboratoires et de l'identité judiciaire. *Avec une fille comme Laura, j'aurais dû m'y attendre.*

Lui qui avait pensé feuilleter le dossier en quelques minutes avant de le remettre en place… Il n'avait pas le choix, il lui fallait photocopier le tout, et vite.

D'Agosta referma nonchalamment le tiroir, jeta un regard discret autour de lui et aperçut une grosse photocopieuse au milieu de la salle, coincée entre plusieurs bureaux. L'un de ses collègues était en train de s'en servir. Le plus simple aurait été d'emporter le dossier et de le photocopier ailleurs, mais c'était bien trop risqué. Ce serait bien le diable si un service comme la Criminelle ne disposait pas de plusieurs photocopieuses. Il devait certainement y en avoir une autre pas loin. Mais où ?

Là-bas ! À l'autre bout de la pièce, près du bureau de Hayward, une photocopieuse trônait entre un panneau d'affichage et une fontaine à eau.

D'Agosta gagna la machine en quelques enjambées. La chance était de son côté car elle ne nécessitait aucun code d'accès. Mais il fallait faire vite. Il était près de 6 heures et la réunion de Rocker pouvait se terminer à tout moment.

Il posa le dossier à côté de la photocopieuse, prenant soin de le dissimuler sous la liasse de documents qu'il avait apportée. De peur d'être interrompu, il décida de commencer par la pièce la plus importante : le rapport de l'officier chargé de l'enquête. Il serait toujours temps ensuite de photocopier le reste. Il le sortit du dossier et se mit au travail.

D'Agosta avait l'impression que chaque feuille prenait une éternité à copier. Mais peut-être parce qu'il avait une épaisse pile de documents, ou tout simplement parce que la machine se trouvait loin des bureaux de ses collègues, personne n'était encore venu le déranger. Il en profita pour copier à toute vitesse les rapports du labo, ceux de l'identité judiciaire, les analyses d'empreintes et les résumés d'interrogatoires, prenant soin de cacher chaque document sous le dossier de l'Agitateur à mesure qu'il avait fini.

Un nouveau coup d'œil à sa montre lui indiqua qu'il était bientôt 6 h 20. Il n'avait plus le temps, Laura était susceptible de revenir d'une minute à l'autre.

L'un des adjoints de Hayward, lieutenant au sein de la Criminelle, apparut au même instant à l'autre extrémité de la grande salle. C'était le moment de plier bagage. Le temps de finir de photocopier le dernier compte rendu d'interrogatoire et D'Agosta rangea tous les documents dans le dossier Duchamp qu'il s'empressa de remettre à sa place dans le tiroir. Il n'avait pas eu le temps de tout copier, mais au moins pourrait-il donner à Pendergast les rapports les plus importants. Avec les informations de la police de La Nouvelle-Orléans, ça devrait l'aider. Il referma le tiroir et se dirigea vers la sortie le plus innocemment du monde.

Le trajet lui sembla interminable et il redoutait de voir débouler Laura à chaque instant. Il finit par se retrouver dans le couloir central, il ne lui restait plus qu'à rejoindre les ascenseurs un peu plus loin.

Le couloir était relativement calme et personne n'attendait devant l'ascenseur. Il appuya sur la flèche du bas et la porte d'une cabine coulissa en carillonnant, découvrant un unique passager : Glen Singleton.

L'espace d'un instant, D'Agosta resta cloué sur place. *Quel cauchemar. Ce genre de coïncidence devrait être interdite dans la vie.*

Singleton l'observait calmement.

— Montez, Vincent. Vous empêchez l'ascenseur de repartir.

D'Agosta prit place dans la cabine en toute hâte. Singleton appuya sur un bouton et les portes se refermèrent dans un soupir.

Singleton attendit que la cabine se soit remise en mouvement pour prendre la parole :

— Je sors de la réunion des chefs de service.

D'Agosta pesta intérieurement. Il aurait dû se douter que Singleton assisterait à la réunion. Décidément, il n'avait pas toute sa tête en ce moment.

Singleton faisait peser sur lui un regard lourd de signification. Il n'avait même pas besoin de lui demander ce qu'il fichait là.

D'Agosta réfléchit à toute vitesse. Il avait intérêt à trouver une explication, et vite.

— J'ai appris qu'un inspecteur de la Criminelle était passé par hasard sur les lieux du dernier vol de l'Agitateur, juste après les faits. J'ai voulu m'assurer qu'il n'avait rien remarqué de particulier, dit-il en brandissant le dossier qu'il avait pris la précaution d'emporter avec lui.

Singleton acquiesça lentement. L'explication était plausible, et suffisamment vague pour être crédible.

— Ah bon ? Quel inspecteur ? s'enquit Singleton d'une voix douce.

Le visage impassible, D'Agosta se remémora les bureaux vides de la Criminelle, tentant de se souvenir des noms aperçus sur les pancartes.

— L'inspecteur Conte. Michael Conte.

Singleton hocha à nouveau la tête.

— Il n'était pas là. La prochaine fois, je lui téléphonerai.

L'ascenseur poursuivit sa descente dans un silence épais que Singleton rompit soudain :

— Dites-moi, Vincent, avez-vous déjà entendu parler d'un agent du FBI du nom de Decker ?

D'Agosta dut faire un effort pour ne pas laisser paraître son trouble.

— Decker ? Non, ça ne me dit rien. Pourquoi ?

— Il vient d'être assassiné chez lui, à Washington. J'ai cru comprendre qu'il était ami avec l'inspecteur Pendergast. Comme je sais que vous avez travaillé avec lui peu avant sa disparition, je me disais que Pendergast vous avait peut-être parlé de ce Decker. Il aurait pu vous dire s'il avait des ennemis, par exemple.

D'Agosta fit mine de réfléchir.

— Non, je ne vois pas.

Après un court silence, Singleton reprit :

— Je suis heureux de constater que vous avez repris votre enquête. Mais il me semble que vous n'avez pas été d'une grande efficacité ces derniers jours. Des tâches à moitié faites ou pas faites du tout, des missions inutilement déléguées à d'autres.

— Je suis désolé. J'essaye de mettre les bouchées doubles, mais j'ai pris pas mal de retard du fait de mon absence, se justifia D'Agosta avec une pointe d'indignation dans la voix, tout en sachant que Singleton avait raison.

— On m'a également rapporté qu'au lieu de vous consacrer à l'Agitateur, vous posiez beaucoup de questions sur l'affaire Duchamp.

— L'affaire Duchamp ? répéta D'Agosta. Il faut bien reconnaître que c'est un drôle de meurtre. Je suis curieux, c'est tout.

Singleton hocha à nouveau la tête, plus lentement cette fois. Il avait une façon bien à lui de dire ce qu'il pensait sans ouvrir la bouche. *Vous êtes même très curieux, lieutenant.* Sans transition, il changea de sujet :

— Votre radio fonctionne mal, lieutenant ?

Merde. D'Agosta l'avait débranchée tout l'après-midi afin d'éviter les questions embarrassantes. Il aurait dû se douter que son silence finirait par éveiller les soupçons.

— Oui, j'ai l'impression qu'elle débloque un peu, répliqua-t-il en tapotant la poche de sa veste.

— Dans ce cas, faites-la vérifier. Ou bien alors demandez-en une autre.

— Je m'en occupe tout de suite.

— Que se passe-t-il exactement, lieutenant ?

La question était si abrupte que D'Agosta en fut tout désarçonné.

— Je vous demande pardon ?

— Je voulais parler de votre mère. Comment va-t-elle ?

— Ah, ma mère. Eh bien, les choses se présentent mieux que je ne le craignais. C'est gentil à vous de me poser la question.

— Tout se passe bien pour vous depuis votre retour ?

— Tout va très bien, capitaine.

La cabine ralentit, mais Singleton ne quittait pas D'Agosta des yeux.

— Je suis ravi de vous l'entendre dire. Pour être tout à fait franc avec vous, Vincent, je préfère encore qu'un de mes hommes soit absent plutôt que de le voir faire son travail à moitié. Vous me suivez ?

— Très bien, capitaine, acquiesça D'Agosta.

Les portes s'ouvrirent et Singleton ébaucha un sourire en faisant signe à D'Agosta de passer.

— Après vous, lieutenant.

26

Margo marqua un temps d'arrêt devant le bureau de Menzies, puis elle frappa avec un soupir. La porte s'ouvrit sur le professeur en personne. Il avait décidé de se passer des services d'une secrétaire depuis longtemps, au prétexte que c'était une perte de temps. Il fit un signe de tête à la jeune femme et s'effaça avec un sourire.

Margo connaissait bien les lieux, pour les avoir fréquentés à l'époque où elle préparait sa thèse sous la direction du prédécesseur de Menzies, le professeur Frock. À l'époque, la pièce regorgeait de meubles victoriens, de fossiles et d'objets en tous genres. Menzies avait opté pour une ambiance nettement moins étouffante en remplaçant les collections poussiéreuses de Frock par de jolies gravures et son vieux mobilier par de confortables fauteuils en cuir. Un iMac à écran plat trônait dans un coin et les derniers rayons du soleil dessinaient un grand carré rose sur le mur situé derrière le bureau en acajou.

Menzies montra l'un des fauteuils à Margo, puis il s'installa derrière son bureau et croisa les doigts.

— Merci à vous d'avoir répondu si vite à mon appel, Margo.

— Je vous en prie.

— Je vois que vous travaillez tard.

— Oui, je dois boucler *Muséologie* ce soir.

— Je comprends, fit Menzies en décroisant les mains, se calant confortablement dans son siège.

Dans le soleil du soir, sa tignasse blanche ressemblait à un halo doré.

— Je souhaitais vous faire part de la réponse des administrateurs du Muséum au sujet des masques Tanos.

Margo se tortilla sur son fauteuil.

— Je n'irai pas par quatre chemins, soupira Menzies. Le conseil d'administration nous donne tort et décide de ne pas rendre ces masques.

Margo se raidit.

— Je ne saurais vous dire à quel point j'en suis triste, dit-elle avec une petite voix.

— Moi aussi, et Dieu sait que j'aurai fait tout ce qui était en mon pouvoir. Collopy comprenait notre position, mais il lui a fallu faire face à l'intransigeance des administrateurs. Pour la plupart, ce sont des avocats et des banquiers qui s'y connaissent autant en anthropologie que moi en finances internationales. Dans le monde actuel, ce sont eux qui décident, et pas nous. C'est regrettable, mais c'est comme ça. Pour vous dire le fond de ma pensée, leur décision ne me surprend pas outre mesure.

Malgré son calme apparent, Margo voyait bien que Menzies était piqué au vif. Jusqu'au dernier moment, elle avait personnellement espéré que les administrateurs opteraient pour une position dont la légitimité ne faisait aucun doute à ses yeux. Mais comment s'attendre à ce que des financiers de Wall Street se rangent à son opinion alors que ses propres collègues n'étaient pas tous d'accord avec elle ?

Menzies se pencha en avant et la regarda droit dans les yeux.

— Cette décision risque de vous compliquer singulièrement la vie.

— J'en ai parfaitement conscience.

— On va tout faire pour vous dissuader de publier cet éditorial, en vous disant qu'il est inutile de remuer le couteau dans la plaie quand la décision a déjà été prise.

— Ça ne m'empêchera pas de publier mon texte.

— Je m'attendais à une telle réponse, Margo, et sachez que je vous soutiens à cent pour cent. Il n'en demeure pas moins qu'il faut vous attendre à des réactions hostiles.

— Je les attends de pied ferme. *Muséologie* a prouvé son indépendance depuis plus d'un siècle et je ne suis pas disposée à me coucher dès mon premier numéro.

Menzies lui répondit par un sourire.

— J'admire votre force de caractère, mais il y a une autre difficulté dont j'aimerais vous parler.

— Ah bon ? Laquelle ?

— Les Tanos ont décidé de monter une croisade au sujet des masques. Ils comptent traverser le pays d'ouest en est à la tête d'une caravane de protestation. Leur arrivée est prévue ici le soir de l'inauguration. Il ne s'agit pas uniquement de faire de la publicité autour de leurs revendications, mais plus généralement de « faire revenir les âmes perdues des masques », ou quelque chose du genre. Ils comptent organiser sur Museum Drive, juste devant l'entrée, une cérémonie religieuse accompagnée de danses qui devrait se prolonger tard dans la nuit. Les administrateurs en ont été avertis aujourd'hui.

Margo fronça les sourcils.

— La presse va se régaler.

— Je ne vous le fais pas dire.

— Et ça ne va pas arranger les affaires de la direction.

— Sans aucun doute.

— Ça promet une belle pagaille le soir de l'inauguration.

— Indéniablement.

— Quelle pagaille, mon Dieu, quelle pagaille !

— Vous m'ôtez les mots de la bouche.

Menzies finit par poursuivre après un long silence :

— Vous ferez ce que vous croyez devoir faire. La liberté d'expression est un bien précieux en ces temps précaires. Puis-je toutefois vous donner un conseil ?

— Avec plaisir.

— Refusez de parler à la presse. Pas un mot. S'ils vous contactent, contentez-vous de les renvoyer sur votre éditorial et dites-leur que vous n'avez rien à ajouter. Le Muséum ne pourra jamais vous licencier pour avoir signé un éditorial, mais je peux vous dire par avance qu'ils vont vous chercher des poux dans la tête. Faites profil bas, ne dites rien et ne leur donnez aucune occasion de vous démolir.

Margo se leva.

— Professeur, je ne sais comment vous remercier.

Menzies passa les doigts dans sa crinière blanche et se leva à son tour en tendant la main à Margo.

— Vous êtes une femme courageuse, lui dit-il avec un sourire qui dissimulait mal son admiration.

27

Laura Hayward, les yeux rivés sur l'écran de son ordinateur, sursauta en entendant toquer au verre dépoli de sa porte de bureau. L'espace d'un instant, elle eut bêtement la tentation de penser que D'Agosta allait pénétrer dans la pièce, une valise à la main, prêt à rentrer au bercail. Il ne s'agissait que de la femme de ménage guatémaltèque, armée d'un seau et d'une serpillière.

— Pas problème si je fais lavage ? demanda-t-elle avec un petit sourire.

— Je vous en prie.

Hayward recula son siège à roulettes d'un mouvement de hanche afin de laisser l'autre vider la poubelle, et son regard se posa sur la pendule : presque 2 h 30 du matin. Elle qui voulait se coucher tôt, c'était raté. À dire vrai, elle aurait donné n'importe quoi pour ne pas se retrouver toute seule dans cet appartement qui lui paraissait désespérément vide.

Elle attendit que la femme de ménage ait terminé et reprit place devant son écran, à la recherche d'informations dans la banque de données de la police fédérale. Une ultime vérification, elle avait déjà tout ce dont elle avait besoin. Pour l'instant.

Son bureau, encombré en temps normal, ressemblait à un champ de bataille : des piles de tirages informatiques, des dizaines d'enveloppes kraft, des photos d'identité judiciaire en pagaille, des CD-Roms, des fiches cartonnées et autres faxes relatifs aux diverses enquêtes en cours. Un coin de table avait été réservé à quelques affaires bien spécifiques, à en juger par les trois dossiers soigneusement empilés sur lesquels on pouvait lire : *Duchamp*, *Decker*, *Hamilton*. Trois proches de Pendergast, assassinés à quelques jours d'intervalle. Pouvait-il s'agir d'un simple hasard ?

Pendergast avait disparu lors de son séjour en Italie dans des circonstances pour le moins étranges, à en croire le récit que lui avait fait D'Agosta. Personne ne l'avait vu mort et son corps n'avait jamais été retrouvé. Quelques semaines plus tard, trois de ses amis étaient mystérieusement assassinés, l'un après l'autre. Elle n'avait rien trouvé de suspect dans les affaires qu'elle venait d'éplucher, mais il y en avait peut-être d'autres.

La coïncidence était troublante.

Elle tenta de mettre de l'ordre dans ses idées, pianotant machinalement sur les trois dossiers posés à l'écart. Elle finit par ouvrir celui de Hamilton, prit son téléphone et composa un numéro.

À la dixième sonnerie, quelqu'un décrocha. Comme personne ne disait rien à l'autre bout du fil, Hayward crut un moment que la communication avait été coupée. Au bout d'une éternité, une voix endormie répondit enfin :

— J'espère au moins que quelqu'un est mort…

— Lieutenant Casson ? Capitaine Hayward, du NYPD.

— Je me fous de savoir qui vous êtes. Vous savez un peu l'heure qu'il est à La Nouvelle-Orléans ?

— Une heure de moins qu'à New York. Je suis désolée de vous appeler si tard, mais il s'agit d'une affaire importante. J'aurais quelques questions à vous poser au sujet d'un meurtre commis dans votre juridiction.

— Et ça ne peut pas attendre demain matin ?

— Il s'agit de l'affaire Hamilton. Torrance Hamilton, un universitaire.

L'autre poussa un soupir exaspéré.

— Oui, et alors ?

— Avez-vous des suspects ?

— Non.

— Des pistes ?

— Aucune.

— Des indices ?

— Quasiment rien.

— Mais encore ?

— On a le poison avec lequel on l'a tué.

Hayward se redressa.

— Et alors ?

— Une vraie vacherie. Une neurotoxine comme en sécrètent certaines araignées venimeuses, sauf que celle-là était synthétique et très concentrée. Un poison de luxe qui a fait le bonheur de nos experts.

Hayward coinça le téléphone sous son menton afin de prendre des notes sur son clavier.

— Quel type d'effet a ce poison ?

— Hémorragie cérébrale, atteinte encéphalique, démence soudaine, psychose, épilepsie et mort. Vous n'imaginez pas les progrès que j'ai faits en médecine grâce à cette enquête. Le tout s'est déroulé en plein cours à l'université de Louisiane, devant des dizaines d'étudiants.

— J'imagine la scène.

— Tu parles !

— Comment avez-vous pu isoler le poison ?

— On n'a pas eu besoin de le faire. L'assassin nous en a gentiment laissé un échantillon sur le bureau de Hamilton.

— Quoi ?! s'exclama Hayward.

— Il est apparemment entré sans se gêner dans le bureau de Hamilton et il l'a déposé sur sa table. Pile pendant que le prof donnait le dernier cours de sa carrière. Le meurtrier avait pris la précaution d'empoisonner son café une heure et demie plus tôt, il se trouvait donc sur place depuis un petit moment. Il a laissé le flacon bien en vue, comme pour envoyer un message. Ou alors il voulait narguer la police.

— Des suspects ?

— Aucun. Personne n'a été surpris à rôder autour du bureau de Hamilton ce matin-là.

— Ces précisions ont-elles été rendues publiques ? Au sujet du poison, je veux dire.

— On a dit qu'il y avait eu empoisonnement, sans donner de détails.

— D'autres éléments ? Empreintes, traces de pas ou autres ?

— Je ne vous apprendrai rien en vous disant que les types de l'identité judiciaire récupèrent tout ce qui leur passe entre les mains aux fins d'analyse, mais ils n'ont rien trouvé d'intéressant, à un détail près : un cheveu humain avec sa racine, ce qui a permis de nous fournir une empreinte ADN. Le cheveu n'appartenait ni à Hamilton, ni à sa secrétaire, ni à personne sur place. Un cheveu d'une couleur inhabituelle. La secrétaire ne se souvenait pourtant pas avoir vu quelqu'un avec des cheveux comme ça récemment.

— Quelle couleur ?

— Un blond très pâle, presque blanc.

Le cœur de Hayward fit un bond dans sa poitrine.

— Allô ? Vous êtes toujours là ?

— Oui, oui, je suis là, répondit Hayward. Ça vous ennuierait de m'envoyer par fax le rapport d'ADN et la liste des éléments retrouvés sur place ?

— Si vous voulez.

— Je donnerai mon numéro de fax à votre bureau demain à la première heure.

— Pas de problème.

— Une dernière chose. Je suppose que vous avez effectué des recherches sur le passé de Hamilton. Ses proches, ce genre de choses.

— Bien sûr.

— Au cours de vos recherches, êtes-vous tombé sur le nom de Pendergast ?

— Pas à ma connaissance. Vous avez une piste ?

— Peut-être.

— Bon, très bien. Mais la prochaine fois, merci de ne plus m'appeler la nuit. De jour, je suis plus aimable.

— Vous avez été très aimable, lieutenant.

— Sûrement parce que je suis Sudiste. C'est génétique.

Hayward raccrocha et regarda le téléphone sans bouger pendant près de dix minutes. Puis, d'un geste lent et décidé, elle referma le dossier marqué Hamilton, ouvrit celui de Decker et décrocha de nouveau.

28

Une infirmière digne de la famille Addams, grande, maigre et ridée, un uniforme noir porté avec des chaussures et des collants blancs, passa la tête dans l'entrebâillement de la lourde porte d'acajou.

— Le directeur va vous recevoir, monsieur Jones.

Smithback, qui patientait sur une chaise au premier étage de River Oaks, se leva si précipitamment qu'il arracha à moitié la housse de protection de son siège.

— Je vous remercie, répondit-il en replaçant la housse tant bien que mal.

— Par ici.

L'infirmière fit signe à Smithback de franchir une porte qui s'ouvrait sur l'un des innombrables couloirs du bâtiment.

Le journaliste avait eu le plus grand mal à obtenir un rendez-vous avec le docteur Tisander. Les « pensionnaires » avaient apparemment la mauvaise habitude de lui demander audience à tout bout de champ afin d'exiger qu'il arrête de leur donner des ordres par télépathie, ou lui signaler que les murs parlaient français couramment. Smithback avait refusé d'expliquer les raisons de sa requête, ce qui n'avait pas simplifié les choses, mais il avait obtenu gain de cause à force d'insister. Le dîner de la veille avec Throckmorton, tout comme le petit tour effectué ensuite dans les différents salons peuplés de vieux fossiles décatis aux regards mornes, avaient suffi à le convaincre qu'il était temps d'arrêter cette mascarade. Pendergast avait sans doute ses raisons, mais Smithback se voyait mal passer un jour de plus dans ce mausolée infernal.

Il avait tout prévu. À peine sorti, il prendrait un hôtel dans le New Jersey afin d'aller au journal chaque matin par le train tout en veillant à éviter Nora par prudence. Il comptait expliquer au directeur qu'il était assez grand pour se débrouiller tout seul, et il voyait mal comment on aurait pu le faire rester là contre son gré.

Tout en réfléchissant à la manière dont il allait présenter la chose, il suivait l'infirmière dans un couloir interminable aux portes surmontées de numéros dorés. Derrière lui, deux infirmiers fermaient la marche. Enfin, le petit cortège s'arrêta devant une porte imposante sur laquelle figurait le mot *Directeur*. L'infirmière toqua, s'effaça et fit signe à Smithback d'entrer.

Le journaliste la remercia d'un signe de tête et se retrouva dans un appartement lambrissé éclairé par des appliques. Un feu de bois sommeillait dans l'âtre d'une énorme cheminée de marbre et des gravures de chasse ornaient les murs. La salle de réception s'ouvrait sur un bow-window depuis lequel le parc laissait voir sa masse enneigée. Rien n'indiquait au visiteur qu'il venait de pénétrer dans le bureau directorial d'un établissement hospitalier. En passant devant une porte, Smithback aperçut ce qui ressemblait à une bibliothèque.

Un immense bureau protégé par une plaque de verre, impressionnant sur ses pieds en pattes d'aigle, trônait au milieu de la grande pièce. Le docteur Tisander y était installé. Armé d'un stylo à encre, il était plongé dans la rédaction d'une lettre. Il leva brièvement les yeux, le temps d'accorder un sourire chaleureux à son visiteur.

— Je suis ravi de vous voir, Edward. Venez vous asseoir.

Smithback obéit et attendit sagement que son hôte ait achevé sa tâche, le silence troublé par les seuls craquements du feu et le crissement de la plume sur le papier. Tisander remisa le stylo dans son plumier, sécha l'encre à l'aide d'un buvard et repoussa la lettre. Se calant confortablement dans son grand fauteuil de cuir avec un air satisfait, il accorda toute son attention à son visiteur.

— Voilà qui est fait. Edward, dites-moi ce qui vous amène. J'ose espérer que vous vous faites à la vie à River Oaks ?

Il s'exprimait d'une voix grave et melliflue, ses traits adoucis par l'âge. Une crinière blanche en bataille, évoquant celle d'Einstein, couronnait son crâne arrondi.

Smithback remarqua que les deux infirmiers s'étaient postés derrière lui, le long du mur.

— Puis-je vous offrir un rafraîchissement ? De l'eau minérale ? Un soda light ?

— Rien, je vous remercie. Une petite question : est-il absolument indispensable qu'ils assistent à notre entretien ? demanda-t-il en montrant les deux infirmiers.

Tisander lui adressa un sourire compatissant.

— J'ai bien peur qu'il s'agisse là d'une règle incontournable. J'ai beau être le directeur de River Oaks, je dois me soumettre au règlement comme tout le monde.

— Si vous vous portez garant de leur discrétion.

— Aucun souci à ce sujet, le rassura Tisander en lui faisant signe qu'il était tout ouïe.

Smithback se pencha vers son hôte.

— J'ai cru comprendre que vous saviez qui j'étais, et la raison de mon séjour ici.

— Absolument.

L'ombre d'un sourire inquiet s'afficha sur le visage du directeur.

— J'ai accepté de venir ici dans mon propre intérêt. Il en allait de ma sécurité. Cependant, docteur, je souhaitais vous dire que j'ai changé d'avis. Je ne sais pas exactement ce qu'on a pu vous dire sur ce mystérieux tueur qui en voudrait à ma vie, mais je suis assez grand pour me défendre tout seul et je ne vois pas l'intérêt de me terrer ici plus longtemps.

— Je vois.

— Sans compter que mon travail au *New York Times* m'attend.

— C'est-à-dire ?

Encouragé par l'attitude réceptive de son interlocuteur, Smithback poursuivit.

— Je mène actuellement une enquête de première importance et je ne voudrais pas qu'elle soit confiée à l'un de mes collègues. Ma carrière au journal est en jeu.

— Pourriez-vous m'en dire davantage sur cette enquête ?

— Il s'agit de l'affaire Duchamp. Vous en avez sans doute entendu parler.

— Expliquez-moi de quoi il s'agit.

— Un mystérieux meurtrier a obligé un peintre nommé Duchamp à se jeter de la fenêtre de son appartement, une corde autour du cou, et le malheureux s'est écrasé sur la verrière d'un restaurant. Une affaire sensationnelle, comme on a rarement l'occasion d'en voir.

— Qu'est-ce qui vous faire dire ça ?

— Les circonstances pour le moins inhabituelles du meurtre, le statut social de la victime, le fait que le meurtrier n'ait apparemment pas laissé de trace, tous les ingrédients sont réunis pour en faire une affaire de tout premier plan. Je ne peux pas me permettre de laisser passer une telle occasion.

— Vous pourriez vous montrer plus précis ?

— Que vous importent les détails ? L'essentiel pour moi est de sortir d'ici.

— Les détails ont leur importance, au contraire.

Smithback commençait à ressentir un certain malaise.

— Il ne s'agit pas uniquement de mon travail. J'ai une femme, Nora. J'ai dû lui dire que je faisais un reportage incognito à Atlantic City, mais je suis persuadé qu'elle se fait du souci. J'aurais voulu pouvoir l'appeler, lui dire que tout allait bien. Nous nous sommes mariés tout récemment, je suis certain que vous comprendrez.

— Bien sûr, le rassura le médecin d'un ton particulièrement compréhensif.

Smithback, rassuré, continua.

— Voilà, je vous ai tout dit. J'ai bien conscience d'avoir été enfermé ici pour mon bien, mais je ne souhaite pas rester plus longtemps, dit-il en se levant. L'inspecteur Pendergast s'est engagé à régler ma note, ou alors je peux vous envoyer un chèque dès mon retour à New York. Je vous aurais volontiers payé tout de suite, mais Pendergast a gardé mon portefeuille avec toutes mes cartes de crédit.

Debout, Smithback s'attendait à voir le médecin se lever. Au lieu de ça, Tisander posa ses avant-bras sur le bureau et croisa les doigts.

— Vous savez, Edward, commença-t-il sur un ton bienveillant, vous devez bien comprendre…

— Soyez gentil, docteur. Arrêtez de m'appeler Edward, l'interrompit Smithback avec un soupçon d'agacement. Je m'appelle Smithback. William Smithback.

— Je vous en prie, laissez-moi continuer.

Tout sourire, Tisander laissa s'écouler quelques instants, puis il reprit :

— J'ai bien peur de ne pouvoir accéder à votre requête.

— Qui vous parle de requête ? Je suis venu vous dire que je m'en allais, c'est tout. Vous n'avez pas le droit de me retenir ici contre mon gré.

Tisander s'éclaircit la voix avant de poursuivre avec une infinie patience.

— Vos proches nous ont confié votre garde. Nous disposons de tous les documents nécessaires à cet effet. Vous êtes actuellement en période d'observation avec un traitement. Nous sommes là pour vous aider, mais nous avons besoin de temps.

Smithback ouvrit des yeux ronds.

— Docteur, vous ne pensez pas qu'il est temps d'en finir avec cette mascarade ?

— De quelle mascarade voulez-vous parler, Edward ?

— Et arrêtez de m'appeler Edward, bon sang ! Je sais bien ce qu'on vous a dit, alors inutile de continuer à faire semblant. Je veux retrouver mon boulot, ma femme et ma vie. Je vous l'ai dit, ce prétendu tueur ne me fait pas peur. Je m'en vais, un point c'est tout.

Rien ne semblait pouvoir écorner la constance du docteur Tisander.

— Edward, vous êtes ici parce que vous êtes malade. Ce supposé travail au *New York Times*, ce reportage incognito, ce tueur à vos trousses… vous voyez bien que nous pouvons vous aider.

— Quoi ?! s'étrangla Smithback.

— Je vous l'ai dit, nous sommes parfaitement au courant. Votre dossier est très impressionnant. Le seul moyen de guérir est d'apprendre à accepter la réalité, de renoncer à tous ces fantasmes, de sortir de cet univers imaginaire dans lequel vous semblez vous complaire. Vous n'avez jamais été journaliste au *Times*, ou ailleurs. Vous n'avez jamais été marié et personne n'en veut à votre vie.

Smithback s'effondra sur son siège, écrasé par ce qu'il venait d'entendre. Les paroles de Pendergast alors qu'ils quittaient New York à bord de la camionnette lui revinrent en mémoire : *Le directeur sait tout ce qu'il doit savoir. Il connaît parfaitement votre dossier.* Smithback venait enfin de comprendre comment Pendergast comptait assurer sa protection.

La gorge serrée, il se décida à renouer le dialogue en prenant l'air le plus normal possible.

— Laissez-moi vous expliquer, docteur Tisander. L'homme qui m'a amené ici, l'inspecteur Pendergast, m'a inscrit dans votre établissement sous une fausse identité afin de me protéger d'un tueur. Le dossier que vous avez est intégralement truqué. Si vous ne me croyez pas, il vous suffit d'appeler le *New York Times.* Demandez-leur de me décrire physiquement, ou même de vous faxer ma photo. Vous pourrez constater que je ne vous mens pas et que je m'appelle véritablement William Smithback. Edward Jones n'a jamais existé.

Il s'arrêta brusquement, comprenant qu'il s'enferrait. Le docteur Tisander l'écoutait avec beaucoup d'attention, mais Smithback savait ce que dissimulaient ce sourire patient, cette supériorité affligée propre à toute personne saine d'esprit face à un malade mental. Lui-même n'avait pas dû regarder Throckmorton autrement la veille au soir lorsque le malheureux lui avait parlé de son rendez-vous avec Dieu.

— Écoutez, essaya-t-il une nouvelle fois. Vous avez sûrement entendu parler de moi et de mes livres. Je suis l'auteur de trois best-sellers : *Superstition*, *Le Grenier des enfers* et *Les Sortilèges de la cité perdue.* Si ça se trouve, vous les avez dans votre bibliothèque, vous n'avez qu'à regarder la photo qui figure au dos.

— Allons bon... vous êtes donc également un auteur à succès ? demanda le docteur Tisander avec un large sourire. J'ai malheureusement peur que notre bibliothèque ne soit pas très bien achalandée en best-sellers. Ce genre de littérature fait appel aux instincts les plus bas des lecteurs, elle a surtout une fâcheuse tendance à énerver nos pensionnaires.

Ravalant son amour-propre, Smithback fit un effort sur lui-même afin de paraître la personnification même du calme et de la raison.

— Écoutez, docteur. J'ai bien conscience d'avoir l'air d'un fou, mais il suffirait de me laisser passer un simple coup de fil à l'aide de ce téléphone que je vois sur votre bureau, et je pourrais vous apporter la preuve de ma bonne foi. Il me suffit d'appeler ma femme, ou bien encore le rédacteur en chef du *Times*. Ils pourront vous confirmer que je m'appelle bien Bill Smithback. Un seul appel, c'est tout ce que je vous demande.

— Je vous remercie, Edward, fit Tisander en se levant. Je vois que vous aurez beaucoup de choses à dire à votre thérapeute lors de votre prochaine séance. À présent, si vous n'y voyez pas d'inconvénient, il est temps pour moi de me remettre au travail.

— Mais bordel, puisque je vous dis de passer ce coup de fil ! explosa Smithback en se ruant sur le téléphone.

Tisander fit un bond en arrière avec une agilité inattendue et Smithback sentit deux puissantes paires de bras le saisir par-derrière.

— Puisque je vous dis que je ne suis pas fou ! cria-t-il en se débattant. Espèce d'abruti, vous ne voyez donc pas que je suis aussi sain d'esprit que vous ? Pour la dernière fois, vous allez passer ce coup de fil, oui ou merde ?

— Vous verrez, Edward. Tout ira mieux lorsque vous aurez réintégré votre chambre, tenta de le calmer le directeur en reprenant sa place derrière le bureau. Nous nous reverrons bientôt. En attendant, ne vous découragez pas. Je sais à quel point il peut être difficile de s'adapter à un nouvel environnement. Sachez que nous sommes là pour vous aider.

— *Non !* hurla Smithback. Je ne veux pas. Vous n'avez pas le droit de me faire ça…

Le malheureux criait toujours alors que les deux infirmiers l'entraînaient de force hors du bureau.

29

Margo s'éclipsa en direction de la cuisine afin d'achever la préparation du dîner. Seule dans le living-room, Nora en profita pour examiner la pièce en détail. Un piano droit se dressait dans un coin, des partitions de chansons de Broadway ouvertes sur le lutrin, entouré de gravures animales du XIXe. Une bibliothèque bien remplie occupait tout un pan de mur, et des rayonnages accueillaient une collection disparate d'objets précieux : de vieilles monnaies romaines, un flacon de parfum égyptien, des œufs d'oiseaux, des pointes de flèches, une poterie amérindienne, un morceau de bois flotté biscornu, un crabe fossilisé, quelques échantillons minéraux, une pépite d'or… Un vrai cabinet de curiosités miniature. Enfin, un tapis Navajo Eyedazzler de toute beauté formait une tache de couleurs vives sur le mur du fond.

Nora ne s'était pas attendue à découvrir un intérieur aussi grand, ni aussi original. Pour être propriétaire d'un tel appartement, Margo devait avoir de l'argent.

— Désolée de vous abandonner, Nora, fit une voix depuis la cuisine. Je suis à vous dans un instant.

— Vous avez besoin d'aide ?

— Ne bougez surtout pas. Je vous sers un verre de blanc ou de rouge ?

— Je prendrai la même chose que vous.

— Alors j'ouvre une bouteille de blanc. J'ai fait du poisson.

Une délicieuse odeur de saumon poché dans un court-bouillon flottait dans l'air. Margo réapparut quelques instants plus tard, apportant sur un plat le poisson garni de brins d'aneth et de tranches de citron. Elle le déposa sur la table et reprit le chemin de la cuisine dont elle revint aussitôt avec une bouteille de vin. Les verres remplis, elle s'installa à table.

— C'est un vrai festin, remarqua Nora, surprise que Margo ait mis les petits plats dans les grands.

— Je me suis dit que vous aviez besoin d'un break, surtout que Bill est en reportage et que ça doit s'exciter au musée à cause de l'expo.

— C'est extrêmement gentil de votre part, je ne m'y attendais pas.

— J'adore faire la cuisine, mais j'ai rarement le temps. Comme avec les garçons. Je ne sais pas comment je m'y prends, mais je ne rencontre jamais personne, lança Margo avec un sourire en demi-teinte en balayant une mèche de cheveux. Alors, cette expo ?

— C'est le premier soir où je quitte le Muséum avant minuit.

— Aïe.

— On est en permanence sur la corde raide. Je ne vois pas très bien comment on va pouvoir tout terminer à temps, mais les habitués disent que c'est toujours comme ça.

— Je connais bien le problème. Il faut que je retourne au bureau ce soir après le dîner.

— Ah bon ?

Margo hocha la tête.

— Le bouclage de *Muséologie*, expliqua-t-elle.

— Mais enfin, Margo ! Vous n'auriez jamais dû me faire à dîner si vous avez autant de boulot.

— Au contraire. Ça me fait le plus grand bien de quitter ce nid à poussière, ne serait-ce que quelques heures. Et puis ça me fait plaisir.

Elle découpa le saumon dont elle glissa un morceau dans l'assiette de Nora et se servit avant de garnir les assiettes avec du riz sauvage et des asperges.

Tout en la regardant faire, Nora se demanda comment elle avait pu aussi mal la juger. Sa gentillesse ne cessait de l'étonner.

— Pour en finir avec le travail, je voulais vous dire que je compte quand même publier mon édito. La cause a beau être entendue, je tiens à aller jusqu'au bout.

Même avec le soutien de Menzies, la décision ne manquait pas de courage. Pour avoir déjà tenu tête à la direction du

Muséum par le passé, Nora savait que certains administrateurs pouvaient se montrer impitoyables.

— J'admire sincèrement votre cran.

— Je ne sais pas si c'est du cran. Je crois plutôt que c'est de la bêtise, mais je n'ai pas l'intention de me soumettre, même si le conseil d'administration m'a déjà donné tort.

— En plus, c'est votre premier numéro.

— Et peut-être le dernier.

— J'ai déjà eu l'occasion de vous le dire. Je ne suis pas d'accord avec vous sur cette affaire, mais vous pouvez compter sur mon soutien en ce qui concerne l'indépendance du journal. À l'exception d'Ashton, je crois que tout le monde partage mon point de vue dans le département.

— Je sais, acquiesça Margo en souriant. Et je vous en suis très reconnaissante.

Nora porta son verre à ses lèvres. Un coup d'œil à la bouteille lui indiqua qu'il s'agissait d'un excellent Vermentino. Bill s'y connaissait plutôt bien en vin, et elle avait beaucoup appris à son contact depuis quelques mois.

— Ce n'est pas toujours facile d'être une femme dans ce musée, remarqua-t-elle. La situation s'est bien améliorée, mais je n'en vois toujours pas beaucoup à la tête des différents départements. C'est la même chose au conseil d'administration. Un ramassis de banquiers d'affaires et d'avocats aux dents qui rayent le plancher, en grande majorité des hommes sans grand respect pour notre mission éducative et scientifique.

— Je trouve ça décourageant de la part d'un musée aussi important que le nôtre.

— C'est dans l'ordre des choses, commenta Nora en goûtant le saumon.

Elle en avait rarement mangé d'aussi bon.

— Nora, racontez-moi un peu comment vous vous êtes rencontrés avec Bill. Je l'ai connu au Muséum quand j'étais encore étudiante. À l'époque, je le voyais mal se marier, mais je l'aimais bien quand même. Je ne lui ai jamais dit, bien sûr. C'était un curieux personnage.

— Vous l'aimiez bien ?! La première fois que je l'ai rencontré, j'ai pensé que c'était un crétin prétentieux de première, dit

Nora avec un sourire ému. Il avait débarqué dans une énorme limousine à Page, un trou paumé de l'Arizona où il était venu signer ses bouquins.

Margo éclata de rire.

— Je vois d'ici la scène. C'est vrai qu'il est assez insupportable la première fois qu'on le voit, mais c'est quelqu'un de très généreux, sans parler de son courage.

Nora approuva d'un air pensif, surprise de constater que Margo connaissait aussi bien Smithback.

— J'ai mis du temps à comprendre qu'il avait des qualités derrière ses airs de journaliste intrépide. Nous sommes très différents, tous les deux, mais je crois que c'est aussi pour ça que nous nous sommes mariés. Je n'aurais jamais supporté d'épouser quelqu'un qui me ressemble. Je suis bien trop autoritaire.

— Moi aussi, avoua Margo. Et que faisiez-vous à Page ?

— C'est toute une histoire. Je dirigeais des fouilles archéologiques dans les canyons de l'Utah, et Page nous servait de camp de base.

— Ça devait être passionnant.

— Oui, et même un peu trop. Ensuite, j'ai été recrutée au musée Lloyd.

— C'est vrai ?! Vous étiez là quand le musée a fermé ses portes ?

— Je ne sais pas si elles ont jamais vraiment été ouvertes. À ce qu'on raconte, Palmer Lloyd a pété les plombs. Quoi qu'il en soit, je me suis retrouvée le bec dans l'eau et c'est comme ça que j'ai atterri ici.

— Le malheur des uns fait le bonheur des autres.

— Vous ne croyez pas si bien dire, réagit Nora. Quand le Lloyd a bu la tasse, le Muséum s'est empressé de racheter la célèbre collection de diamants de Palmer Lloyd, grâce au don d'un mécène.

— Mais non, la corrigea Margo en riant. Je ne parlais pas des collections du Lloyd, mais de vous.

Nora but une gorgée de vin.

— Et vous Margo ? Comment vous êtes-vous retrouvée ici ?

— Je faisais des études d'ethnopharmacologie et mon directeur de thèse travaillait pour le Muséum. C'était à l'époque des meurtres que Bill a racontés dans son premier livre. Vous l'avez lu ?

— Parce que vous pensez peut-être qu'on peut sortir avec Bill sans avoir lu tous ses bouquins ? Sans insister ouvertement, il y faisait si souvent allusion que j'ai fini par craquer.

Margo éclata de rire.

— À en juger par le récit qu'il en a fait, vous avez vécu des aventures plutôt incroyables.

— C'est un euphémisme. Qui a dit que les disciplines scientifiques sont ennuyeuses ?

— Mais pourquoi être revenue ?

— Après ma thèse, j'ai travaillé dans une grande firme pharmaceutique, GeneDyne. Je crois que c'était surtout pour faire plaisir à ma mère. Elle voulait absolument que je reprenne l'entreprise familiale, ce que je me suis toujours refusée à faire. Alors entrer chez GeneDyne et gagner beaucoup d'argent était une façon comme une autre de lui donner un os à ronger. Pauvre maman. Elle me demandait toujours comment je pouvais passer ma vie à étudier des gens qui ont un os dans le nez. Bref, je gagnais très bien ma vie dans le privé, mais je m'ennuyais à mourir. Je crois que je suis trop individualiste pour ça, et pas assez ambitieuse. Et puis un beau jour, j'ai reçu un appel de Hugo Menzies. Il connaissait mon travail au Muséum, il avait lu certains des articles sur la médecine Khoïsan traditionnelle que j'avais écrits chez GeneDyne et il m'a proposé un poste au Muséum. Ils recherchaient un rédacteur en chef pour *Muséologie* et il avait pensé à moi. Voilà, vous savez tout.

Montrant d'un doigt l'assiette de Nora, elle ajouta :

— Encore un peu ?

— C'est de la gourmandise, mais je vais me laisser tenter.

Margo partagea le reste du saumon entre leurs deux assiettes.

— Vous êtes au courant de la croisade des Tanos ? demanda-t-elle, les yeux baissés.

Nora releva aussitôt la tête.

— Non. De quoi s'agit-il ?

— La direction du Muséum ne tient pas à ébruiter l'affaire en espérant que les choses se tasseront d'elles-mêmes, mais en tant que commissaire de l'exposition, vous avez le droit de savoir.

Les Tanos ont décidé de mener une croisade pour demander la restitution des masques. Ils comptent quitter le Nouveau-Mexique à la tête d'une caravane dont l'arrivée à New York est prévue le soir de l'inauguration, avec danses, chants rituels et distribution de tracts à la clé.

— Oh non ! gémit Nora.

— J'ai pris contact avec leur leader, un dirigeant religieux. Un personnage très charmant, mais qui sait très bien ce qu'il veut. Les Tanos croient les masques habités par des esprits, et ils entendent les pacifier en leur faisant comprendre qu'ils ne les ont pas oubliés.

— Le soir de l'inauguration ? On court droit à la catastrophe.

— Ce sont des gens sincères, remarqua Margo d'une voix douce.

Nora lui lança un coup d'œil, prête à réagir de façon incisive, mais la sagesse l'emporta.

— Vous avez sans doute raison.

— J'ai vraiment tout fait pour les convaincre de renoncer à leur projet. En tout cas, je tenais à ce que vous soyez au courant.

— Merci, fit Nora.

Après une courte hésitation, elle ajouta :

— Ashton va en faire une jaunisse.

— Je ne sais pas comment vous arrivez à travailler avec un type pareil. Quelle vie !

La franchise de Margo fit rire Nora, qui savait que sa compagne avait raison.

— Si vous pouviez le voir en ce moment. Il passe son temps à courir d'un bout à l'autre de l'expo en criant après tout le monde, multipliant les grands gestes avec ses petits bras.

— Arrêtez ! Je ne veux même pas y penser.

— Menzies est tout le contraire. Un mot gentil par-ci, un encouragement par-là, et il obtient plus en cinq minutes qu'Ashton en une matinée.

— Ashton devrait en prendre de la graine. Un autre ? demanda Margo en désignant le verre vide de son invitée.

— Avec plaisir.

Margo remplit les deux verres et leva le sien.

— Malheureusement, nous n'en sommes pas encore au stade où les femmes peuvent se faire entendre en agissant avec la modestie de Menzies, soupira Margo. Que ça ne nous empêche pas de boire à notre réussite dans ce monde de vieux fossiles, ajouta-t-elle en levant son verre.

— À notre réussite, approuva Nora en riant.

30

2 heures du matin.

Smithback entrouvrit la porte de sa chambre et coula un regard à travers l'ouverture en retenant son souffle. Le couloir du deuxième étage était plongé dans le noir. Il poussa le battant de quelques centimètres et passa la tête afin de s'assurer que tout était calme.

Personne.

Il referma la porte et s'y adossa, le cœur battant. Il attendait ce moment depuis longtemps, trop longtemps. Il était resté allongé des heures durant, feignant de dormir, tout en réglant les derniers détails dans sa tête. En début de soirée, il avait entendu les autres pensionnaires retourner dans leur chambre les uns après les autres, puis l'infirmière était venue vers 11 heures s'assurer qu'il dormait bien et, à minuit, le bâtiment s'était retrouvé plongé dans le silence.

Smithback posa la main sur la poignée, prêt à passer à l'action.

À la suite de son explication orageuse avec le docteur Tisander, il avait été appelé normalement à l'heure du dîner. On l'avait installé à une table en lui tendant un menu comme si de rien n'était, à croire que le personnel de River Oaks était habitué à ce genre de crise. Il avait ensuite passé son heure réglementaire en cuisine à ranger les denrées périssables dans les chambres froides.

C'était à cette occasion qu'il avait pu chaparder la clé de la cave.

Au terme de deux jours de corvée de cuisine, il savait comment fonctionnait le système. Les livraisons s'effectuaient sur l'arrière du bâtiment par une plate-forme de chargement donnant sur le sous-sol. La sécurité à River Oaks était quasi inexistante. Tout le monde ou presque en cuisine, du chef cuistot au dernier des plongeurs, possédait une clé de la cave dont la porte restait ouverte la moitié du temps. Smithback, profitant d'un moment où l'adjoint du chef était descendu en oubliant sa clé sur la porte, l'avait discrètement subtilisée. Lorsque le type était remonté quelques minutes plus tard en ployant sous le poids d'une rôtissoire, il n'avait même pas pensé à récupérer sa précieuse clé.

Un vrai jeu d'enfant.

Les nerfs tendus, Smithback tourna la poignée. Il transpirait abondamment à cause des deux pantalons enfilés l'un au-dessus de l'autre et des trois chemises passées sous son pull-over, mais comment faire autrement ? Si tout se déroulait comme il l'espérait, une longue course l'attendait dans le froid et la nuit.

Son service en cuisine lui avait également permis d'apprendre que le premier camion de livraison passait à 5 h 30 du matin. Le tout était d'arriver à se glisser à la dernière minute dans le compartiment arrière après avoir attendu, caché dans le sous-sol à l'entrée de la plate-forme de chargement. Lorsqu'on découvrirait sa fuite deux heures plus tard, il serait déjà loin et les horribles infirmières en uniforme noir du docteur Tisander ne seraient plus qu'un mauvais souvenir.

Il entrouvrit une nouvelle fois la porte. Le silence régnait. Il se glissa dans le couloir et referma le battant sans bruit derrière lui. Un dernier coup d'œil par-dessus son épaule et il enfila le couloir à pas de loup en rasant les murs, direction le palier. Le risque de se faire repérer était minime à la lueur diffuse des rares veilleuses allumées. C'est tout juste s'il distinguait les rectangles sombres des tableaux accrochés aux murs. Quant à la moquette brune, elle semblait presque noire.

En moins de cinq minutes, il se trouva en haut de l'escalier. Le palier était mieux éclairé et il se tint enfoncé dans une encoignure, à l'affût du moindre mouvement. L'oreille tendue, il fit un pas en avant, puis un autre.

Rien.

D'un bond, il se retrouva sur la première marche et entama sa descente en s'agrippant à la rampe, prêt à remonter à la première alerte. Une fois au premier étage, il se tapit derrière une console et attendit en observant les alentours. Plusieurs couloirs s'ouvraient devant lui, vers la salle à manger, la bibliothèque, et les bureaux de l'administration.

Tout avait l'air calme et Smithback se risqua hors de sa cachette. Au même instant, une porte claqua dans les profondeurs du bâtiment. Le journaliste se remit aussitôt à l'abri derrière la console et attendit.

Il reconnut distinctement le bruit d'une clé tournant dans une serrure, puis plus rien. Il attendit une minute sans que rien ne trouble le silence de la demeure assoupie. Quelqu'un qui s'enfermait dans un bureau ?

Il décida d'attendre encore un peu. Toujours rien.

Il s'apprêtait à se relever lorsqu'une silhouette surgit au détour du couloir de l'administration, celle d'un infirmier marchant lentement, les mains dans le dos. L'homme avançait en regardant à droite et à gauche, comme s'il voulait s'assurer que les portes étaient bien fermées.

Smithback se recroquevilla dans l'ombre, n'osant plus respirer, et l'infirmier traversa le palier sans le voir avant de disparaître dans le couloir menant à la bibliothèque.

Par prudence, il attendit encore cinq minutes sans bouger avant de s'enhardir et de descendre les marches.

L'obscurité était presque totale au rez-de-chaussée. Après s'être assuré qu'il n'y avait personne en vue, Smithback traversa en quelques enjambées le couloir menant aux cuisines.

En moins d'une minute, il parvint à une double porte qu'il poussa après un dernier regard en arrière.

Malgré tous ses efforts, la lourde porte refusa de s'ouvrir.

Elle était fermée à clé.

Merde ! Il avait tout prévu, sauf ça, d'autant que la porte était ouverte à tous vents du matin au soir.

Il sortit de sa poche la clé de la cave avec l'espoir ténu qu'elle fasse tourner la serrure de la cuisine, mais c'était un peu trop demander à sa bonne étoile.

Échouer si près du but à cause d'une simple porte… Entre déception et désespoir, il se creusa les méninges à la recherche d'une solution lorsqu'une idée lui vint. Il y avait peut-être encore une toute petite chance…

Revenant sur ses pas, il regagna le premier étage sans bruit, les sens aux aguets, et se dirigea cette fois vers la salle à manger.

L'immense pièce avait des allures de tombeau égyptien, l'obscurité à peine troublée par les maigres rayons de lune filtrant à travers les fenêtres. Smithback se faufila prudemment entre les tables déjà préparées pour le petit déjeuner et gagna le fond de la pièce où une mince cloison dissimulait à la vue des pensionnaires un espace réservé au personnel. Sans hésiter, il se glissa derrière la cloison et se dirigea à tâtons vers le monte-plats dont l'ouverture était cachée par une porte en métal d'un mètre de large.

Très doucement, il ouvrit la porte et découvrit un puits vide. Une grosse corde rugueuse accrochée à une poulie s'enfonçait dans les ténèbres.

Smithback ne put réprimer un sourire.

Lors de ses passages en cuisine, il avait vu les bacs de couverts et d'assiettes sales arriver directement depuis la salle à manger grâce à ce mécanisme. Avec un peu de chance, le monte-plats servirait ce soir à tout autre chose.

Plusieurs boutons permettaient de mettre l'appareil en marche, que Smithback examina longuement dans la pénombre, à la recherche de celui qui ferait remonter la cage. Il n'aurait plus qu'à se glisser à l'intérieur avant de…

Son cœur bondit dans sa poitrine. Impossible ! Le moteur était bien trop bruyant. Pas question d'attirer l'attention sur lui, surtout s'il y avait encore quelqu'un dans les cuisines.

Il tira sur la corde, mais la manœuvre était difficile et il était en nage lorsque la cage apparut enfin.

Le temps de reprendre son souffle, de s'assurer que tout était calme autour de lui, et Smithback se glissa péniblement à l'intérieur du monte-plats en repliant ses longues jambes tant bien que mal.

Il referma le volet métallique derrière lui et se retrouva plongé dans le noir.

Recroquevillé, les genoux à hauteur des oreilles, Smithback se demanda comment il allait pouvoir faire redescendre la minuscule cabine. En pesant des deux mains sur la paroi du puits et en poussant de toutes ses forces vers le haut, il s'aperçut que son étrange ascenseur bougeait et il entreprit la descente dans l'obscurité la plus totale, centimètre par centimètre, au prix d'un effort épuisant. Il sut qu'il arrivait au bout de ses peines en sentant sous ses doigts la surface lisse d'un volet d'acier semblable à celui de la salle à manger. La cuisine, enfin.

Malgré sa position inconfortable, il prit le temps d'écouter. Comme rien ne troublait le silence, il poussa la petite porte.

La cuisine, faiblement éclairée par les boîtiers lumineux signalant les sorties de secours, était vide. Smithback parvint à s'extraire péniblement du monte-plats, déplia ses membres endoloris, et chercha des yeux la porte menant à la cave.

Se retrouver si près du but lui redonna le moral. Rien ne pouvait plus l'arrêter. River Oaks était peut-être une prison idéale pour des cinglés de l'acabit de Roger Throckmorton, mais il en fallait davantage pour retenir un William Smithback.

Les cuisines de l'établissement formaient un mélange contrasté de vieux et de moderne, une antique cheminée noircie de suie flanquée de robots mixeurs géants en acier brossé. Les origines françaises du chef cuisinier se devinaient aux guirlandes d'ail, de poivrons et de feuilles de laurier suspendues au plafond. Des ustensiles rutilants étaient alignés comme à la parade sur les plans de travail en granit, et des dizaines de couteaux de cuisine allemands miroitaient dans leurs vitrines de verre blindé, soigneusement verrouillées.

Mais Smithback n'avait d'yeux que pour la porte située dans le mur du fond. Il l'ouvrit sans peine à l'aide de sa clé et découvrit les premières marches d'un escalier de pierre qui s'enfonçait dans les soubassements du bâtiment. Il referma la porte derrière lui et la verrouilla avant d'entamer sa descente en faisant attention de ne pas glisser dans le noir sur les marches humides qu'il comptait les unes après les autres.

À la 24e, il sentit le sol sous sa semelle.

Il s'arrêta et écarquilla les yeux, mais l'obscurité était totale. Une odeur de moisi et d'humidité flottait dans l'air. À défaut d'avoir pu se procurer une lampe de poche, il regretta de ne pas s'être renseigné discrètement sur la disposition des lieux. Et s'il reportait son évasion d'un jour ou deux, le temps de savoir comment arriver jusqu'à la plate-forme de livraison ?

Non, il n'était plus temps d'avoir des états d'âme. Jamais il ne trouverait la force de se hisser jusqu'à la salle à manger par le monte-plats. Et puis son poste au *Times* était en jeu, sans parler de Nora qui lui manquait terriblement. Il avait trois heures devant lui avant l'arrivée du camion de livraison, c'était plus de temps qu'il ne lui en fallait.

Smithback inspira profondément afin de chasser la peur qui s'immisçait en lui, puis il s'avança dans le noir, les bras en avant, en faisant glisser ses semelles sur le sol afin de ne pas tomber. Au bout d'une dizaine de pas, il rencontra un mur perpendiculaire. Il bifurqua vers la droite en se laissant guider par la paroi, ce qui lui permettait d'avancer plus vite.

Il s'arrêta brusquement en entendant un petit bruit : le couinement caractéristique d'un rat.

Au même instant, son pied rencontra un obstacle et il faillit s'étaler de tout son long. Il étouffa un juron en se frottant le tibia et palpa l'obstacle. Une sorte d'évier de pierre lui barrait la route, qu'il contourna lentement avant de continuer son chemin. À chaque pas, les cris aigus des rats s'éloignaient, comme si les horribles bestioles fuyaient à son approche.

Le mur contre lequel il avançait s'effaça brusquement et il se retrouva à nouveau perdu dans l'obscurité.

Tout ça n'avait aucun sens. Il lui fallait réfléchir, trouver une solution.

Il voulut reconstituer dans sa tête la disposition des lieux. En tenant compte des coudes successifs de l'escalier, l'aire de livraison devait se situer sur sa gauche.

Du coin de l'œil, il aperçut un minuscule point lumineux, ou plutôt un halo grisé aux contours à peine visibles, une ombre légèrement moins sombre, vers laquelle il se dirigea avec l'empressement du naufragé qui aperçoit la terre ferme. Mais plus il avançait, plus le point semblait s'éloigner. Le sol commença par monter, puis il redescendit, mais la lumière était toujours là et il finit par l'atteindre. C'était la diode lumineuse d'un thermostat dont l'éclat vert jetait une lueur diffuse sur un espace voûté, taillé à même la pierre, dans lequel brillaient faiblement une demi-douzaine d'antiques chaudières en cuivre. Des fils électriques les reliaient à un panneau thermostatique, et elles ronflaient doucement au rythme de la vieille demeure assoupie.

Smithback sursauta en entendant le raclement caractéristique d'une botte sur le sol. Il se retourna d'un bloc.

— Qui est là ? demanda-t-il d'une voix blanche dont l'écho se répercuta à travers le sous-sol.

Pas de réponse.

— Qui est là ? répéta-t-il d'une voix plus assurée en reculant d'un pas.

Seuls les martèlements de son cœur troublaient le silence.

31

Margo reposa la dernière page de *Muséologie* en se disant qu'elle était sûrement la dernière rédactrice en chef du pays à relire ses épreuves sur papier. Elle recula sur son siège en soupirant et regarda l'heure à la pendule : 2 heures du matin. Elle bâilla, s'étira et se leva en faisant grincer le vieux fauteuil en chêne.

Les bureaux de la revue étaient situés sous les toits, dans un local mal ventilé surplombant de quelques mètres le quatrième étage de l'aile ouest du Muséum. En plein jour, une lumière glauque filtrait à travers de maigres fenêtres, mais à cette heure, une lampe champignon posée sur le bureau de la jeune femme lui offrait un éclairage succinct.

Margo glissa dans une enveloppe brune les épreuves corrigées, accompagnées des instructions destinées à l'imprimeur. Elle comptait déposer le tout à l'imprimerie du musée en partant. Le lendemain en milieu de journée, les premiers tirages sortiraient des rotatives afin d'être remis en main propre au président du conseil d'administration, au doyen du collège scientifique, à Menzies et aux autres chefs de département.

Prise de doute, elle se demanda si elle avait bien fait de se lancer dans une telle croisade. Surtout au moment où elle retrouvait avec bonheur le Muséum. Pourquoi risquer de tout gâcher ?

Elle secoua la tête. Elle était convaincue d'avoir raison. De toute façon, elle ne pouvait plus faire machine arrière. Avec le soutien de Menzies, jamais ils n'oseraient la renvoyer.

Elle descendit l'escalier de fer et se retrouva dans l'immense couloir du quatrième. Le plus long de toute la ville à en croire les spécialistes, il s'étendait sur l'équivalent de quatre pâtés de maisons. Elle le remonta en direction des ascenseurs, bercée par le cliquetis de ses talons aiguilles sur le sol de marbre. Arrivée à destination, elle appuya sur la flèche du bas et une rumeur sourde monta des boyaux de l'immense bâtisse alors que la cabine se mettait en branle. Moins d'une minute plus tard, les portes coulissaient.

Elle monta dans l'ascenseur et appuya sur le bouton du premier étage. Elle avait toujours aimé l'élégance désuète de la cabine, ses vieilles grilles de laiton et ses parois de loupe d'érable usées. L'ascenseur entama sa descente en grinçant et s'immobilisa trois étages plus bas dans une dernière secousse. Margo en émergea et traversa plusieurs salles d'exposition qu'elle connaissait bien : le hall consacré à l'Afrique, celui des Oiseaux d'Asie et celui des Coquillages, l'alcôve des Trilobites. Les vitrines étaient plongées dans l'obscurité, contribuant à l'atmosphère inquiétante du lieu.

La jeune femme s'arrêta alors que lui revenaient brusquement en mémoire les terribles événements survenus sept ans plus tôt, un soir comme celui-ci[1]. Chassant ses mauvais souvenirs, elle repartit d'un pas plus vif jusqu'aux locaux de l'imprimerie, glissa son enveloppe dans la fente aménagée à mi-hauteur de la porte et retraversa en sens inverse les halls déserts, suivie par l'écho de ses pas.

Au pied du grand escalier, elle se ravisa. Lorsqu'elle s'était entretenue au téléphone avec le vieux chaman Tano, il lui avait recommandé de veiller à ce que les masques soient exposés dans le bon ordre au cas où le Muséum refuserait de les restituer. Selon les croyances Tanos, les masques étaient habités par les esprits des quatre points cardinaux et il était impératif de placer chacun d'eux dans la bonne direction afin de préserver l'harmonie terrestre. Margo n'était pas superstitieuse, mais perpétrer un acte sacrilège ne pouvait qu'alimenter la controverse. Elle s'était empressée de transmettre l'information à Ashton, mais elle le soupçonnait d'avoir prêté une oreille plus que distraite à ses recommandations.

---

1. Voir *Relic*, Robert Laffont, 1996.

Au lieu de se diriger vers la sortie du personnel, Margo bifurqua à gauche en direction du grand hall réservé à « Images du Sacré ». L'entrée de l'exposition reproduisait la porte d'une tombe khmère, ses linteaux de pierre figurant une litanie de déités et de démons engagés dans une lutte épique : des apsaras volants, des Shiva dansants et des dieux affublés de trente-deux bras, dans un face à face violent avec des diables crachant du feu et des cobras à tête humaine. La scène était si réaliste que Margo hésita un instant à rebrousser chemin. Elle aurait probablement décidé de revenir le lendemain matin si elle n'avait eu la hantise de croiser Ashton qui la battait froid depuis son éditorial.

Refusant de se laisser envahir par la peur, elle glissa sa carte magnétique dans le lecteur situé à côté de l'entrée. Un clic discret se fit entendre et une diode verte s'alluma. Elle pénétra dans l'exposition en prenant soin de refermer la porte derrière elle, s'assurant que la diode repassait au rouge.

Le hall, à peine éclairé par quelques spots, était silencieux. À une heure aussi tardive, même les plus acharnés de ses collègues avaient dû quitter les lieux. Une odeur de bois, de sciure et de colle lui monta aux narines. La plupart des collections étaient déjà en place, à l'exception de rares objets qui attendaient sur des chariots qu'on veuille bien les installer. Le sol était jonché de planches, de fils électriques et de morceaux de plastique. Margo se demanda un instant si tout serait prêt pour l'inauguration, trois jours plus tard, mais elle haussa les épaules en se disant que c'était le problème d'Ashton et non le sien.

Sur le seuil de la première salle, la curiosité prit le pas sur le sentiment de malaise qui l'assaillait encore quelques minutes plus tôt. Préoccupée par les excuses qu'elle allait faire à Nora lors de son passage précédent, elle n'avait jeté qu'un coup d'œil distrait à l'exposition. Même à ce stade de l'installation, il ne faisait aucun doute qu'« Images du Sacré » ferait couler beaucoup d'encre.

Elle se trouvait dans une réplique de la chambre mortuaire de Néfertiti, au cœur de la vallée des Reines à Louxor. Mais au lieu de reproduire la tombe telle qu'elle était à l'origine, les organisateurs l'avaient imaginée après le passage des premiers pilleurs de sépultures. L'énorme sarcophage de granit, brisé en plusieurs endroits, avait été vidé de son contenu. La momie de la reine égyptienne gisait sur le sol, éventrée à hauteur de la poitrine, là où les voleurs s'étaient acharnés sur les bandelettes afin de dérober le scarabée d'or et de lapis-lazuli placé sur le cœur de la défunte. Margo examina brièvement la momie, enfermée dans un cercueil de verre. Il s'agissait de la véritable momie de Néfertiti, prêtée pour l'occasion par le musée du Caire ainsi que le précisait une pancarte.

Sa mission provisoirement oubliée, Margo apprit par une longue note explicative que la tombe avait été profanée peu après les funérailles de la reine par les prêtres chargés d'en assurer la garde. Les pilleurs, effrayés par les pouvoirs surnaturels de la défunte, avaient tenté de se protéger en détruisant les objets qu'ils ne comptaient pas voler, espérant ainsi éviter la malédiction de leur souveraine, ce qui expliquait la présence dans la tombe de nombreux débris.

La jeune femme franchit une arche de pierre ornée de bas-reliefs et se retrouva soudainement dans l'univers des catacombes romaines à l'époque des premiers chrétiens. Elle avançait à présent dans un étroit passage, creusé à même la roche, dans lequel étaient taillés des *loculi* et des *arcosolia* débordant d'ossements humains. Des inscriptions en latin, des croix et divers symboles chrétiens maladroitement gravés dans la pierre surmontaient certaines alcôves. Les commissaires de l'exposition avaient poussé le réalisme jusqu'à placer de faux rats derrière certains squelettes.

Ashton avait privilégié une approche sensationnaliste, mais force était de constater que celle-ci était efficace.

Margo se retrouva ensuite dans une salle consacrée à la cérémonie traditionnelle du thé au Japon. Elle avançait sur une allée de gravier, au cœur d'un jardin parfaitement ordonnancé depuis lequel on apercevait la *sukiya* consacrée à la préparation de la boisson. C'était un véritable soulagement pour la jeune femme de goûter à une telle sérénité au sortir de l'univers confiné des catacombes. La chambre de thé était l'expression même de la pureté et de la tranquillité, avec ses cloisons de papier huilé, ses incrustations de nacre, ses meubles de bois poli, ses tatamis, et l'ensemble des ustensiles nécessaires à la cérémonie : la bouilloire en fer, la passette de bambou et la serviette de lin. Cette quiétude artificielle, avec ses cachettes et ses zones d'ombre, ne tarda pourtant pas à provoquer chez Margo une nouvelle bouffée d'angoisse.

Il était temps d'aller vérifier la disposition des masques et de rentrer chez elle.

Elle traversa d'une traite une loge funéraire amérindienne, un hogan rempli de peintures de sable Navajos, une scène de chamanisme Chukchi plus vraie que nature, le chaman physiquement enchaîné au sol afin de mieux protéger son âme de la voracité des démons, avant de parvenir enfin à l'espace réservé aux masques Tanos. Ils étaient maintenus à l'aide de minces tiges métalliques au centre d'une vitrine, tous disposés dans des directions différentes. Un sublime paysage du Nouveau-Mexique était peint sur un mur circulaire de façon à ce que chacun des masques regarde l'une des quatre montagnes sacrées du pays Tano.

Margo était littéralement hypnotisée par la beauté étrange et la puissance évocatrice de ces masques aux traits austères et graves, débordant d'humanité. Vieux de huit cents ans, ils étaient d'une incroyable modernité. De véritables chefs-d'œuvre.

Elle consulta ses notes et s'aida d'un plan accroché au mur pour s'assurer de l'orientation respective des masques. En tournant autour de la vitrine, elle constata à son grand étonnement qu'ils étaient correctement positionnés. En dépit de ses airs supérieurs, Ashton avait suivi ses recommandations ; il fallait bien reconnaître que son exposition était une réussite.

Ses angoisses se rappelèrent à elle, le silence qui l'entourait l'étouffait. Elle fourra précipitamment ses notes dans son sac et décida qu'elle aurait tout le loisir de visiter les autres salles après l'inauguration. En plein jour, de préférence, au milieu de la foule.

Elle allait repartir lorsqu'elle entendit un bruit sec dans la salle voisine, comme si quelqu'un avait fait tomber une planche. Elle sursauta violemment et son cœur se mit à battre la chamade. N'osant plus bouger, elle s'immobilisa plus d'une minute, les oreilles aux aguets, dans le silence.

À demi rassurée, Margo passa prudemment la tête à travers le portique séparant les deux salles. Dans la pénombre, elle reconnut l'intérieur de la grotte des Mains peinte par les Anasazis d'Arizona un millénaire auparavant. Personne.

Elle poussa un soupir de soulagement en apercevant un tas de planches dans un coin : un morceau de bois en équilibre instable avait dû tomber.

Le calme impressionnant qui l'entourait, ajouté à la thématique de l'exposition, allait finir par avoir raison de ses nerfs. *Ne pense plus aux événements d'il y a sept ans. Le Muséum a changé, et même beaucoup changé.* Elle se trouvait sans doute dans l'un des lieux les plus sûrs de toute la ville. La sécurité du musée avait été renforcée à plusieurs reprises depuis ses aventures d'autrefois. Elle avait pu s'en apercevoir un peu plus tôt, personne ne pénétrait dans l'exposition sans une carte magnétique qui permettait d'enregistrer le nom de chaque visiteur et son heure d'arrivée.

Margo se dirigea vers la sortie en chantonnant à mi-voix afin de se protéger du silence. Elle avait effectué la moitié du chemin lorsque le même bruit sec se fit entendre, cette fois dans l'une des salles qu'elle devait encore traverser.

— Ohé ! appela-t-elle d'une voix qui résonna dans le hall désert. Il y a quelqu'un ?

Pas de réponse.

Sans doute un gardien avait-il buté contre un morceau de bois en effectuant sa ronde. Autrefois, certains employés de nuit trompaient leur ennui en puisant dans les réserves d'alcool de grain du département d'entomologie, et il leur arrivait d'en abuser. *Comme quoi certaines choses ne changent pas*, pensa Margo.

Elle repartit à vive allure, rassurée par le bruit de ses talons sur le sol carrelé.

Un claquement sourd, et l'exposition se retrouva brusquement plongée dans le noir.

Le circuit auxiliaire prit aussitôt le relais et les néons de secours s'allumèrent en clignotant l'un après l'autre en ronronnant.

Margo tenta de calmer une fois de plus les battements affolés de son cœur. Elle s'en voulait d'avoir peur, ce n'était tout de même pas la première fois qu'une panne d'électricité survenait au musée. Les bâtiments étaient vieux et ce genre d'incident se produisait régulièrement. Elle n'avait aucune raison de s'inquiéter.

Un nouveau bruit résonna dans la pièce qu'elle venait tout juste de quitter. Cette fois, le doute n'était plus permis : quelqu'un cherchait à lui faire peur.

— Qui est là ? demanda-t-elle, furieuse, en se retournant d'un bloc.

La salle dans laquelle elle se trouvait, une crypte cramoisie où s'étalaient les accessoires d'une messe noire, était vide.

— Si c'est une plaisanterie, je ne trouve pas ça drôle.

Elle attendit, les nerfs tendus, sans que rien ne vienne troubler le silence.

Pouvait-il s'agir d'une simple coïncidence ? Après tout, dans la confusion de ces derniers jours, la chute d'une planche n'avait rien de bien étonnant. Elle fouilla tout de même dans son sac, à la recherche d'un objet pour se défendre, sans rien trouver. Traumatisée par l'affaire des meurtres du Muséum, elle s'était longtemps promenée avec un pistolet, mais cette habitude s'était dissipée d'elle-même lorsqu'elle avait quitté New York et rejoint GeneDyne. Ce soir, elle s'en voulait d'avoir baissé la garde.

En regardant autour d'elle, Margo aperçut sur un établi un cutter sur lequel elle se rua. Le cutter en avant, elle se dirigea vers la sortie.

Un fracas se fit entendre dans son dos, plus sonore que les précédents, comme si quelqu'un avait violemment jeté quelque chose par terre.

Margo savait désormais qu'elle n'était pas seule dans l'exposition et qu'on cherchait à l'effrayer. Mais qui ? Un collègue froissé par son éditorial ? Elle comptait bien demander aux types de la sécurité si quelqu'un d'autre avait pénétré dans l'exposition.

Elle traversa en courant la chambre de thé japonaise et elle pénétrait dans les catacombes lorsqu'un claquement bref se fit entendre. Les lampes de secours s'éteignirent, plongeant le grand hall dans l'obscurité la plus complète.

Margo s'arrêta net, paralysée par la peur et le souvenir d'instants tout aussi angoissants, quelques années plus tôt.

— Qui est là ? demanda-t-elle, apeurée.

— Ce n'est que moi, lui répondit une voix.

32

Smithback se figea, les sens en alerte. Il jeta des regards anxieux à droite et à gauche, tentant de distinguer quelque chose à la lueur de la diode verte. Le silence était total et aucune silhouette ne se précipitait vers lui.

Sans doute un effet de mon imagination, se dit-il. L'endroit aurait donné la chair de poule à n'importe qui.

Il ne pouvait pas rester là éternellement, même si la perspective de quitter l'éclairage ténu du thermostat ne l'enchantait guère. Il lui fallait trouver au plus vite la plate-forme de chargement. À en juger par la distance parcourue depuis qu'il s'était introduit dans la cave, il n'était pas au bout de ses peines.

Il attendit cinq bonnes minutes en tendant l'oreille, histoire de s'assurer que la voie était libre, puis il ressortit du local des chaudières et se dirigea vers ce qu'il croyait être l'arrière du bâtiment. La clarté diffuse de la diode s'estompa avant de s'effacer tout à fait. Il avançait très lentement, les bras tendus en avant, traînant des pieds afin de ne pas se faire à nouveau mal aux tibias.

Il s'arrêta, croyant entendre un nouveau bruit. Et s'il n'était pas seul ?

Le cœur battant, il attendit. Comme rien ne troublait la paix du lieu en dehors des couinements des rongeurs, il se remit en route.

Ses doigts rencontrèrent un mur de pierres suintant d'humidité. Il le longea vers la droite jusqu'à un mur perpendiculaire dans lequel étaient boulonnés les gonds d'une porte en fer. À tâtons, il chercha la poignée et la tourna, mais la porte refusait de bouger.

Smithback prit sa respiration et tira de toutes ses forces. Inutile.

Dépité, il fit demi-tour en étouffant un juron. Le mur s'arrêtait une vingtaine de pas plus loin, laissant place au vide. Il s'engagea prudemment à travers l'ouverture et s'arrêta, la gorge nouée, en apercevant brusquement une lueur un peu plus loin, au détour d'un couloir. Quelqu'un venait d'allumer une lumière. Ou alors il n'avait pas eu l'occasion de la voir plus tôt.

Smithback s'immobilisa, indécis. Il était convaincu de se déplacer dans la bonne direction et la lumière avait quelque chose de rassurant. À condition bien sûr que personne ne soit en train de l'attendre.

Il avança en rasant le mur et jeta un coup d'œil prudent à l'endroit où le passage faisait un coude.

Le couloir était éclairé par plusieurs ampoules qui pendaient du plafond. Les lampes, très espacées, ne jetaient autour d'elles qu'une faible lueur jaune, mais suffisante pour lui permettre de poursuivre.

Le couloir était désert. Quelqu'un avait dû oublier d'éteindre la lumière en remontant.

Il s'avança lentement et passa devant plusieurs portes ouvertes sur des pièces plongées dans l'obscurité : une cave à vin dans laquelle s'alignaient des rangées entières de bouteilles et de tonneaux couverts de toiles d'araignée, un débarras où moisissaient des piles de dossiers dans de vieux semainiers en bois, un billard au tapis déchiré… Le bric-à-brac hétéroclite auquel on pouvait s'attendre dans les sous-sols d'une vieille propriété transformée en asile de luxe.

Smithback continua son exploration, rassuré.

Tout se déroulait comme prévu. Il arrivait près du but, l'aire de chargement ne devait plus être loin. Le tout était…

Il avait cru entendre dans son dos des pas étouffés et il faillit céder à la panique.

Il se retourna d'un bloc. Le couloir était vide, du moins dans sa partie éclairée.

Il passa la langue sur ses lèvres sèches.

— Pendergast ? tenta-t-il de dire, mais le mot resta coincé dans sa gorge.

Il était certain à présent d'être suivi. Il le sentait. Mais ça ne pouvait pas être Pendergast…

Il se remit en route, le cœur battant, gêné par la lueur blafarde des ampoules qui projetaient autour de lui des ombres inquiétantes. Il en était sûr. On avait *volontairement* allumé la lumière pour mieux le traquer.

Un dangereux tueur cherche à vous assassiner. La menace est suffisamment grave pour que je me voie contraint de prendre des mesures exceptionnelles.

Malgré son envie de s'enfuir à toutes jambes, Smithback refusait de se laisser submerger par la peur. Prendre le temps de réfléchir. Trouver un recoin sombre où se cacher. Mais avant toute chose, s'assurer qu'il était bien suivi.

Il s'enfonça dans une poche d'ombre, entre deux ampoules, et pivota soudainement sur lui-même.

Loin derrière, une silhouette noire curieusement emmitouflée se dissimula dans un recoin sombre.

Affolé, Smithback perdit la tête et détala comme un lapin, sans se soucier des obstacles qui auraient pu se présenter devant lui.

Le bruit de bottes qui résonnait dans son dos lui donnait des ailes.

Les poumons en feu, il atteignit en quelques enjambées l'extrémité du couloir au-delà duquel s'étendait un monde inconnu, plongé dans le noir le plus absolu.

Au moment où il s'y attendait le moins, quelque chose de dur et de froid l'arrêta net dans sa course. Une douleur violente lui déchira la tête et la poitrine, des éclairs éclatèrent dans son crâne, et la dernière sensation qu'il eut avant de perdre connaissance fut celle d'une main de fer s'abattant sur son épaule.

33

— Qui êtes-vous ? s'étrangla Margo, fendant l'air de son cutter en direction de la voix. Qui est là ?

— Moi.

— Qui, vous ? Qu'est-ce que vous me voulez ?

— Je suis à la recherche d'un honnête homme… ou d'une honnête femme, c'est selon.

L'inconnu parlait d'une voix claire avec une élocution précieuse, presque efféminée.

— Ne m'approchez pas, hurla-t-elle en brandissant son arme dans le noir.

Margo voulut maîtriser les battements de son cœur. Ce type-là ne plaisantait pas, elle le sentait instinctivement. L'éclairage de secours n'allait pas tarder à se remettre en route automatiquement. Mais les secondes défilaient à une vitesse effrayante et rien ne se passait. Son poursuivant avait-il réussi à neutraliser le système électrique ? Non, impossible. Mais alors, pourquoi la lumière ne revenait-elle pas ?

Margo rassembla son courage et se dirigea le plus silencieusement possible vers la sortie en tâtant le terrain du pied, enjambant les obstacles qu'elle rencontrait tout en enchaînant les moulinets à l'aide du cutter. Elle avait une notion assez vague de la direction qu'il lui fallait prendre et l'inconnu ne disait plus rien, sans doute était-il aussi perdu qu'elle dans l'obscurité. Elle atteignit enfin un mur le long duquel elle se guida jusqu'à sentir enfin sous ses doigts l'acier de la porte blindée. Soulagée, elle chercha la poignée à tâtons, trouva le lecteur magnétique, sortit sa carte et la glissa dans la fente.

Rien.

Son soulagement s'évanouit aussi vite qu'il était venu, laissant place à une peur sourde. *Bien sûr!* Comment n'y avait-elle pas pensé? Le lecteur magnétique ne fonctionnait pas, faute d'électricité. Elle saisit la poignée qu'elle secoua violemment et se jeta contre le battant, sans résultat.

— En cas de panne électrique, lui dit la voix claire, le système d'alarme se bloque automatiquement. Vous ne pouvez plus sortir.

— Ne m'approchez pas ou je vous donne un coup de cutter! cria-t-elle en faisant volte-face, le dos collé à la porte.

— À votre place, je ne ferais pas ça. La vue du sang me fait défaillir... de plaisir.

Malgré sa frayeur, Margo comprit que la meilleure défense était l'attaque. Il lui fallait absolument vaincre cette peur qui l'empêchait de rassembler ses idées. Reprendre l'initiative, le déconcerter. C'était la seule solution si elle voulait s'en sortir. Sans un bruit, elle fit un pas en avant.

— Dites-moi, Margo. Quel effet vous procure la vue du sang? lui demanda l'inconnu dans un murmure sinistre.

Se guidant au son de la voix, elle s'approcha.

— Le sang est une matière étrange, vous ne trouvez pas? Cette couleur exquise, cette vie intense, tous ces globules rouges et blancs, ces hormones et ces anticorps. Le sang est une substance vivante, qui poursuit son existence même lorsqu'elle s'écoule sur le sol crasseux d'un musée poussiéreux. Un temps, tout du moins...

Margo se rapprochait, elle se trouvait tout près à présent. Les muscles tendus, elle se rua sur l'inconnu en fendant l'air à l'aide du cutter. La lame rencontra une résistance avec un bruit de déchirure et l'autre perdit l'équilibre en réprimant un cri d'étonnement.

Margo recula précipitamment, espérant avoir touché une artère.

— Bravo, Margo, reprit le murmure. Vous m'impressionnez, ma chère. Je crois bien que vous avez déchiré mon manteau.

La jeune femme contourna l'inconnu avec l'intention de le frapper à nouveau. Mais il devait être sur la défensive. Il lui fallait impérativement le blesser, gagner du temps, s'enfuir, mettre le maximum de distance entre elle et cette horrible voix sans visage. Jamais il ne la retrouverait dans le noir et elle n'aurait plus qu'à attendre la prochaine ronde des gardiens.

Un gloussement lui fit comprendre que l'inconnu se déplaçait en même temps qu'elle.

— Margo, Margo, Margo ! Vous n'avez tout de même pas imaginé que vous parviendriez à me blesser ?

Elle se précipita dans la direction de la voix, mais le cutter ne rencontra que le vide.

— Bien, bien ! s'exclama l'inconnu d'un ton amusé tout en continuant à tourner autour de la jeune femme.

— Laissez-moi tranquille ou je vous tue, répondit Margo avec un calme qui la surprit elle-même.

— Quel tempérament !

Margo lança son sac à la tête de l'homme afin de détourner son attention et lui donna un grand coup de cutter. Au bruit, elle sut qu'elle avait fait mouche.

— Tiens, tiens. Il semblerait que notre amie Margo ait plus d'un tour dans son sac. Je vois que j'ai affaire à une adversaire plus redoutable que je ne l'imaginais. Vous avez fini par me blesser.

À l'instant où elle croyait pouvoir s'enfuir, Margo sentit son adversaire se jeter sur elle. Elle tenta d'esquiver l'attaque, mais l'inconnu lui avait déjà saisi le poignet qu'il tordit dans un craquement d'os inquiétant, et le cutter vola au loin. La jeune femme poussa un hurlement et tenta de résister, malgré la douleur atroce qui lui paralysait le bras. Son adversaire accentua sa pression. Elle cria à nouveau en se débattant et parvint à lui donner un coup de poing de sa main libre, mais l'homme l'attira violemment contre lui par son poignet cassé. Submergée par la douleur, elle crut qu'elle allait défaillir. Elle sentit les doigts de fer de son agresseur se refermer sur son bras tandis qu'une haleine chaude, teintée d'une pointe d'humus, l'enveloppait brusquement.

— Tu m'as blessé, murmura-t-il en relâchant son étreinte et en la projetant à terre.

Margo tomba à genoux, proche de l'évanouissement. Son poignet brisé serré contre elle, elle s'efforçait de retrouver ses esprits, se demandant où le cutter avait pu tomber.

— Je suis ordinairement assez cruel, grinça la voix, mais je ne compte pas prolonger inutilement tes souffrances.

Margo sentit un souffle au-dessus de sa tête, semblable au frôlement d'une chauve-souris géante, et une douleur insoutenable lui traversa le dos. Allongée sur le sol, elle comprit dans une demi-stupeur qu'il l'avait poignardée. Rassemblant les dernières forces qui lui restaient, elle parvint à se mettre à genoux, mais il était trop tard. Un liquide tiède lui coulait le long du bras et s'égouttait sur le sol tandis que s'abattait sur elle une obscurité infiniment plus noire que celle de la pièce. Très loin, comme dans un rêve, un dernier éclat de rire sardonique lui parvint.

34

Laura Hayward traversa à grands pas l'immense hall du Muséum qu'éclairaient les premières lueurs du jour, traçant volontairement sa route dans les rais de lumière, comme pour mieux se préparer à la scène qui l'attendait. Jack Manetti, le responsable de la sécurité du musée, avait le plus grand mal à la suivre. Un groupe d'inspecteurs de la Criminelle et plusieurs employés du Muséum fermaient la marche.

— Dites-moi, monsieur Manetti. L'exposition est dotée d'un système d'alarme, non ?

— Un système entièrement neuf.

— Vous voulez dire que vous n'aviez aucun système de sécurité ?

— Si, bien sûr. Tout a été refait. Le plus curieux, c'est qu'aucune des alarmes ne s'est déclenchée, justement.

— Dans ce cas, comment le meurtrier a-t-il pu s'introduire dans l'exposition ?

— À l'heure qu'il est, nous n'en avons aucune idée, mais nous avons dressé la liste de toutes les personnes autorisées à y pénétrer.

— Je m'entretiendrai avec chacune d'elles individuellement.

— Vous trouverez leurs noms ici, dit Manetti en tirant un listing informatique de la poche de sa veste.

— Je suis heureuse d'avoir affaire à un professionnel, le remercia Hayward en feuilletant brièvement le document avant de le tendre à l'un de ses inspecteurs. Parlez-moi un peu de ce nouveau système.

— Il fonctionne à l'aide de cartes magnétiques et permet de garder une trace de toutes les allées et venues en dehors des heures d'ouverture. Je vous en ai également fait une copie, précisa-t-il en tendant une autre page à la jeune femme.

Ils se trouvaient à présent dans la galerie de la Vie océanique. Hayward, préoccupée, passa à côté de l'énorme baleine bleue sans la voir.

— Vous a-t-on signalé des cartes disparues ou volées ?

— Aucune.

— Est-il envisageable de réaliser un double de ces cartes ?

— D'après le fabricant, non.

— Quelqu'un aurait-il pu prêter la sienne ?

— C'est une possibilité, bien sûr, mais aucune carte ne semble manquer à l'appel, à l'exception de celle de la victime. Je compte effectuer les vérifications nécessaires.

— Le meurtrier pourrait fort bien être un employé du Muséum.

— J'en doute.

Hayward répondit par un grognement. Elle en doutait, elle aussi, mais elle ne voulait négliger aucune piste. D'expérience, elle savait que cette vénérable institution employait pas mal de cinglés. C'était d'ailleurs ce qui l'avait poussée à prendre en main cette enquête alors qu'elle avait déjà l'affaire Duchamp sur les bras. Peut-être était-ce un pressentiment, mais elle était persuadée que les deux meurtres étaient liés. Et si son intuition ne la trompait pas, cette histoire risquait de faire du bruit. Beaucoup de bruit.

Laissant derrière eux la galerie des Indiens de la côte Ouest, ils s'arrêtèrent devant le portail d'entrée de l'exposition. Les voix des techniciens de l'identité judiciaire leur parvenaient par la porte ouverte, barrée par des bandes de plastique jaune.

— Vous, vous et vous, fit Hayward en désignant trois de ses inspecteurs. Vous me suivez. Les autres, vous attendez ici et vous empêchez les curieux de passer. Vous nous accompagnez, monsieur Manetti ?

— C'est-à-dire que… j'aurais voulu être là pour accueillir le professeur Collopy.

— Désolée, mais nous ne pouvons laisser personne s'introduire ici.

Manetti ne tenta même pas de négocier.

Hayward se glissa sous les bandes jaunes et adressa un signe de tête au sergent stationné à l'entrée, signa la feuille qu'il lui tendait et pénétra dans le foyer de l'exposition en prenant le temps d'observer attentivement le décor qui l'entourait.

La petite troupe traversa une première salle en cours d'installation, veillant à éviter les obstacles, puis elle passa dans la pièce où s'était déroulé le drame. La silhouette de la victime était dessinée à la craie sur le sol, au milieu d'une mare de sang. Le photographe venait d'achever son travail et il attendait les instructions de la jeune femme. Deux experts de l'identité judiciaire faisaient le tour de la salle à quatre pattes, une pince à épiler à la main.

Laura observa longuement la scène, enregistrant mentalement l'emplacement de la mare rouge sombre, la forme des taches disséminées un peu partout, les empreintes de pas et les traces sanglantes. D'un geste, elle fit signe au responsable de l'identité judiciaire, Hank Barris, de la rejoindre. Il se releva, mit sa pince à épiler dans sa poche et s'approcha.

— Une belle pagaille, laissa-t-elle tomber.

— Les secours ont passé pas mal de temps sur la victime.

— L'arme du crime ?

— Un couteau. Ils l'ont emporté avec la victime à l'hôpital. Ils ne sont pas censés le retirer tant que…

— Je sais, merci, répliqua sèchement Hayward. Vous avez pu voir à quoi ressemblaient les lieux initialement ?

— Non. Ils avaient déjà tout salopé quand je suis arrivé avec mes gars.

— On a pu identifier la victime ?

— Pas que je sache. En tout cas, pas encore. Je peux appeler l'hôpital, si vous voulez.

— Quelqu'un a vu à quoi ressemblait cette pièce avant l'arrivée des secours ?

Barris hocha la tête.

— Un technicien. Un certain Larry Enderby.

— Amenez-le-moi.

— Ici ?

— C'est ce que je viens de vous demander, non ?

Tandis que l'autre s'éloignait, penaud, Hayward regarda à nouveau autour d'elle. Le sang avait giclé en plusieurs endroits, ce qui donnait une idée de la violence de l'agression. À mesure qu'elle enregistrait tous les détails, elle parvenait à se faire une idée assez précise de la façon dont les choses s'étaient déroulées.

— Capitaine ? M. Enderby est là.

Hayward se retourna et découvrit un gringalet boutonneux. Il portait un vieux tee-shirt, un jean éculé et une casquette des Mets posée à l'envers sur ses cheveux noirs.

Elle crut un instant qu'il portait des baskets rouges avant de comprendre que ce n'était pas leur couleur naturelle.

Un agent le poussa dans sa direction.

— C'est vous qui avez découvert la victime ?

— Oui, madame. Je veux dire, capitaine.

Il n'avait pas l'air dans son assiette.

— Quel est votre métier, monsieur Enderby ? demanda-t-elle.

— Technicien informatique de niveau 1.

Il était au bord des larmes et répondait d'une voix tremblante. Comme le disait en plaisantant le professeur de psychologie criminelle qu'elle avait à la faculté : *Ce sont toujours les plus timides qui tombent sur les crimes les plus horribles.*

— Que faisiez-vous ici à 3 heures du matin ? poursuivit-elle d'une voix plus douce afin de ne pas l'effaroucher.

— J'étais venu m'assurer du bon fonctionnement du nouveau système d'alarme.

— Si je comprends bien, l'exposition se trouvait donc sous alarme.

— En grande partie, mais on vient d'installer un nouveau programme et il y avait un os. Mon patron…

— Comment s'appelle votre patron ?

— Walt Smith.

— Continuez.

— Mon patron m'a envoyé voir s'il n'y avait pas une coupure de courant.

— C'était le cas ?

— Ouais. Quelqu'un avait sectionné un fil d'alimentation.

Hayward lança un coup d'œil en direction de Barris.

— Oui, capitaine, nous sommes au courant. Il semble que le meurtrier ait voulu neutraliser les éclairages de secours afin de surprendre la victime.

— Parlez-moi un peu de ce nouveau système d'alarme, demanda-t-elle en se tournant à nouveau vers Enderby.

— Eh bien, c'est un système redondant à plusieurs niveaux qui fonctionne avec des détecteurs de mouvements, des caméras vidéo, des lasers infrarouges croisés, des détecteurs de vibrations et des détecteurs de déplacement d'air.

— Tout ça m'a l'air très élaboré.

— Très. Ça fait six mois qu'on travaille dessus. On est en train d'installer le nouveau système partout dans le Muséum, il faut équiper les halls l'un après l'autre.

— En quoi consiste exactement cette mise à jour ?

Enderby prit sa respiration.

— En liaison avec le fabricant, il faut reconfigurer le logiciel de surveillance, effectuer des protocoles de tests et tout le reste. Tout ça en respectant un planning très strict, piloté à la seconde près par une horloge atomique satellitaire. Et il faut faire ça la nuit, pendant les heures de fermeture.

— Je vois. C'est donc en venant voir s'il y avait une coupure de courant que vous avez découvert le corps.

— Oui, c'est bien ça.

— Si ça ne vous ennuie pas, monsieur Enderby, je voudrais que vous regardiez très attentivement autour de vous avant de me dire où se trouvait la victime.

— Euh… le corps… le corps était là où vous voyez ce dessin à la craie, et il avait un bras en l'air comme c'est indiqué. Sinon, la victime avait un couteau planté dans les reins, jusqu'au manche.

— Avez-vous tenté de retirer le couteau, ou bien l'avez-vous touché ?

— Non.

Hayward acquiesça.

— La main droite de la victime était-elle ouverte ou fermée ?

— Je… je crois qu'elle était fermée, répondit Enderby en avalant sa salive.

— Je ne cherche pas à vous compliquer la vie inutilement, monsieur Enderby, mais votre témoignage est crucial. Le corps avait été déplacé quand le photographe de l'identité judiciaire est arrivé, et nous ne disposons que de votre témoignage.

Le jeune homme s'essuya le front du revers de la main.

— Le pied gauche était-il tourné vers l'intérieur ou vers l'extérieur ? poursuivit Hayward.

— Vers l'extérieur.

— Et le pied droit ?

— Vers l'intérieur.

— Vous en êtes certain ?

— Je ne crois pas que je pourrai jamais oublier ça. On aurait dit que le corps était tordu.

— Tordu de quelle façon ?

— Il était face contre terre, mais il avait presque les jambes croisées.

Enderby reprenait visiblement du poil de la bête, et il se révélait même être un bon témoin.

— Comment se fait-il que vous ayez du sang sur vos chaussures ?

Enderby posa les yeux sur ses baskets et sursauta.

— Ben… c'est quand j'ai accouru pour secourir la victime.

Le jeune informaticien remonta encore d'un cran dans l'estime de Hayward.

— Dites-moi précisément ce que vous avez fait.

— Eh bien… Je me tenais ici quand j'ai aperçu le corps. Je me suis arrêté machinalement, et puis je me suis précipité. Je me suis mis à genoux, j'ai pris son pouls et… ça doit être à ce moment-là que j'ai marché dans la flaque de sang. Parce que j'avais aussi du sang sur les mains, mais je les ai lavées.

Hayward approuva machinalement, tentant de reconstituer la scène dans sa tête.

— Son pouls battait-il encore ?

— Je ne crois pas, mais je n'en suis pas certain. J'ai cru que j'allais me sentir mal. En plus, je suis loin d'être un spécialiste. Après, j'ai appelé les types de la sécurité…

— Sur une ligne intérieure ?

— Oui, il y a un poste dans la salle d'à côté. Ensuite, j'ai essayé de lui faire du bouche-à-bouche, et un gardien est arrivé là-dessus.

— Le nom de ce gardien ?

— Roscoe Wall.

Hayward fit signe à l'un de ses inspecteurs de prendre note.

— Après ça, les premiers secours ont débarqué et ils m'ont plus ou moins poussé dehors.

Hayward hocha la tête.

— Monsieur Enderby, si vous voulez bien avoir la gentillesse d'attendre quelques instants en compagnie de l'inspecteur Hardcastle, j'aurai d'autres questions à vous poser.

La jeune femme s'éloigna en direction de la salle voisine dont elle fit le tour, avant de revenir à son point de départ. En dépit des allées et venues, on distinguait encore des traces de lutte sur la sciure qui jonchait le sol. Elle se baissa afin d'examiner de petites giclures de sang assez parlantes. Le malheureux avait été surpris par son agresseur dans la première salle, et les deux hommes s'étaient tourné autour jusqu'à ce que le meurtrier saute sur sa victime et lui enfonce un couteau dans le dos.

Elle ferma les yeux quelques instants afin de visualiser la valse mortelle des deux hommes.

En rouvrant les paupières, son regard s'arrêta sur une marque noire, un peu à l'écart, qu'elle avait déjà repérée en arrivant dans la salle. Elle s'approcha et découvrit une tache de sang de la taille d'une pièce de cinq *cents.* Elle était nette et ronde, comme si elle était tombée à la verticale d'une hauteur approximative d'un mètre cinquante.

— Hank, dit-elle à l'inspecteur en pointant la tache du doigt. Veillez à ce que les techniciens récupèrent cette tache de sang intacte. Ils n'auront qu'à découper le plancher. Commencez par la faire prendre en photo et demandez immédiatement une analyse ADN. Dites aux types du labo que c'est pour hier. Ensuite, comparez l'ADN avec toutes les bases de données disponibles.

— Bien, capitaine.

D'un coup d'œil, elle évalua la distance entre la silhouette dessinée à la craie, la tache de sang, et le mur du fond.

— Hank, j'allais oublier.

Il la regarda d'un air interrogateur.

— Je ne serais pas surprise que vous découvriez l'arme avec laquelle s'est défendue la victime derrière la vitrine du fond.

L'inspecteur s'empressa d'aller voir.

— Nom d'un chien !

— De quoi s'agit-il ? demanda Hayward.

— Un cutter.

— Avec du sang ?

— Pas à première vue.

— Mettez-le dans un sachet et faites-le analyser sous toutes les coutures. Profitez-en pour comparer le résultat avec la tache. Je vous parie tout ce que vous voulez que l'ADN sera le même. En attendant, allez me chercher Enderby.

L'inspecteur Hardcastle revint quelques instants plus tard accompagné du jeune technicien.

— Vous m'avez bien dit que vous aviez fait du bouche-à-bouche à la victime ?

— Oui, capitaine.

— Dans ce cas, vous avez dû le reconnaître.

— *La* reconnaître, vous voulez dire. Oui, bien sûr.

— Comment ça, *la* reconnaître ? Ce n'était pas un homme ?

— Ben… non. C'était Margo Green.

Hayward sursauta.

— Margo Green ?!

— Oui, j'ai cru comprendre qu'elle avait travaillé ici autrefois, mais elle venait d'être nommée au poste de rédactrice en chef de…

Hayward ne l'écoutait plus. Dans un éclair, elle revit le visage de la jeune Margo Green, cette étudiante courageuse qui avait risqué sa vie quelques années plus tôt, à l'époque des meurtres du métro. Elle-même était encore simple flic, et Margo avait joué un rôle de première importance dans cette affaire.

La vie était décidément injuste.

35

Smithback, effondré sur le siège qu'il occupait vingt-quatre heures plus tôt, avait l'impression de vivre un cauchemar. Un feu dansait dans la cheminée de marbre, répandant dans l'air un léger parfum de bouleau brûlé, et l'on apercevait à travers le bow-window le parc enneigé.

Le directeur, assis derrière son énorme bureau, son sempiternel sourire condescendant aux lèvres, observait Smithback du même air réprobateur dont il l'avait déjà gratifié la veille. Le journaliste avait un mal de crâne carabiné dû au choc encaissé en se jetant la tête la première dans un mur de béton de la cave, mais c'était encore la blessure reçue à son amour propre qui lui faisait le plus mal. Comment avait-il pu paniquer de la sorte en entendant derrière lui les pas d'un simple infirmier ? Mais aussi, quel idiot d'avoir cru pouvoir s'échapper de River Oaks aussi facilement. Le directeur devait plus que jamais le prendre pour un cinglé.

— Eh bien, Edward, fit le docteur Tisander en croisant les doigts. J'ai cru comprendre que vous aviez entrepris une longue promenade à travers la maison. Je suis sincèrement désolé que Montaney vous ait effrayé, et j'espère que vous aurez reçu à l'infirmerie tous les soins nécessaires.

— J'aurais surtout voulu comprendre pourquoi vous me faites espionner par l'un de vos sbires, demanda Smithback, mortifié. J'aurais pu me tuer !

— Vous tuer en vous cognant contre un mur ? N'exagérez pas, rétorqua Tisander avec son odieux sourire doucereux. En fin de compte, vous vous en tirez avec une simple contusion.

Smithback préféra ne pas répondre. Le pansement lui comprimait la tempe à chaque fois qu'il bougeait la mâchoire.

— Je suis tout de même surpris par votre réaction, Edward. Je croyais pourtant m'être bien fait comprendre. Ce n'est pas parce qu'on circule librement à l'intérieur de cette institution qu'elle n'est pas gardée. C'est le secret de notre réussite, nos pensionnaires n'ayant jamais la désagréable impression d'être surveillés.

Le mot pensionnaire commençait à irriter sérieusement Smithback. *Tu parles de pensionnaires. Des prisonniers, oui !*

— Nous avons pu vous suivre lors de votre équipée nocturne grâce aux rayons infrarouges et aux capteurs volumétriques devant lesquels vous êtes passé. Nous avons attendu que vous pénétriez dans la cave avant de vous faire suivre discrètement par Montaney, et ce dernier s'est acquitté de sa mission à la lettre. Vous pensiez sans doute pouvoir vous échapper en vous introduisant à bord d'un camion de livraison. Si cela peut vous rassurer, vous n'êtes pas le premier.

Smithback l'aurait volontiers étranglé. *Je ne suis pas plus cinoque que toi, vieux crétin !* Il préféra s'abstenir, conscient de la nasse dans laquelle il se trouvait enfermé. Le moindre signe de violence, tout comme son insistance à se prétendre sain d'esprit, ne feraient que conforter le médecin dans son opinion qu'il était fou.

— J'aurais simplement souhaité savoir combien de temps vous comptez me garder ici, s'enquit-il.

— Cela dépend, mais je dois dire que cette tentative d'évasion n'est pas pour me rassurer. Elle est malheureusement la preuve que vous n'êtes pas encore prêt à accepter notre concours. Vous devez comprendre que nous ne pouvons pas vous aider sans votre pleine et entière coopération, monsieur Jones. Je le répète souvent à mes patients, c'est *vous* qui détenez la clé de votre guérison.

Smithback serra les poings, s'efforçant de ne pas perdre son sang-froid.

— Je dois d'ailleurs vous avertir qu'une nouvelle tentative du même genre nous obligerait à prendre à votre égard des dispositions plus contraignantes. À votre place, j'accepterais de collaborer avec nous. Dès le premier jour, j'ai senti chez vous une certaine agressivité, ainsi qu'une propension anormale à la résistance.

Tout simplement parce que je ne suis pas plus fou que toi.

Smithback grimaça un sourire forcé, conscient qu'il lui faudrait faire preuve de plus d'imagination la prochaine fois qu'il tenterait de s'évader.

— Oui, docteur, je comprends.

— Fort bien ! Je suis heureux de constater que vous allez dans la bonne direction.

Il devait bien y avoir un moyen de s'échapper de cet endroit. Si Monte-Cristo avait réussi à s'évader du château d'If, William Smithback trouverait sûrement le moyen de fausser compagnie à ses geôliers de River Oaks.

— Dites-moi, docteur. Que dois-je faire pour retourner chez moi ?

— Vous laisser faire. Accepter que nous vous aidions. Prenez à cœur votre thérapie, mettez toute l'énergie dont vous disposez au service de votre guérison, engagez-vous à coopérer avec tous ceux qui cherchent à vous apporter leur soutien. Vous ne sortirez pas d'ici sans un blanc-seing portant ma signature.

— Vraiment ?

— Vraiment. C'est à moi que revient la décision finale. Dans le respect, bien évidemment, des principes de la médecine et de la loi.

— Que vient faire la loi là-dedans ? s'étonna Smithback.

— Avec la médecine, la loi est l'autre pilier de la psychiatrie.

— Je ne comprends pas.

À en juger par son ton pontifiant, Tisander s'engageait sur un terrain qui lui tenait à cœur.

— C'est très simple. Je dois constamment tenir compte de facteurs médicaux et juridiques. Prenons votre cas, Edward. Vous nous avez été confié par votre famille, qui vous aime et s'inquiète pour vous. Mais vous imaginez bien qu'il n'est pas possible de priver un individu de sa liberté sans de bonnes raisons, et la société y veille scrupuleusement.

— Excusez-moi, mais vous avez parlé de… de ma *famille*?

— Naturellement. Qui d'autre aurait pu vous confier à nous ?

— Vous connaissez ma famille ?

— J'ai rencontré votre père, Jack Jones. Un homme tout à fait remarquable, soit dit en passant. Comprenez-moi, Edward, nous voulons tous votre bien.

— À quoi ressemblait mon père ?

L'étonnement se lut sur le visage de Tisander, et Smithback s'en voulut aussitôt d'avoir posé la question.

— Je veux dire, quand l'avez-vous vu ?

— Lors de votre arrivée. C'est lui qui a signé tous les documents nécessaires.

Ce sagouin de Pendergast…

Tisander se leva.

— Rien d'autre pour votre service, Edward ?

Smithback serra la main que l'autre lui tendait. Une idée venait de germer dans son esprit.

— Une dernière chose, docteur.

Tisander leva les sourcils sans se départir de son sourire condescendant.

— J'ai cru comprendre que vous disposiez d'une bibliothèque.

— En effet, à côté de la salle de billard.

— Je vous remercie.

En quittant la pièce, Smithback eut le temps de voir du coin de l'œil Tisander se rasseoir derrière son imposant bureau à pattes d'aigle et lisser sa cravate avec sa fatuité coutumière.

36

Un soleil pâle se couchait au-dessus de l'eau lorsque D'Agosta s'arrêta devant la vieille bâtisse de Hudson Street. Il prit une longue inspiration afin de ne pas avoir l'air trop anxieux. Il avait suivi à la lettre les instructions de Pendergast. L'inspecteur avait à nouveau changé de refuge, soucieux de ne laisser aucun répit à Diogène, et D'Agosta se demanda sous quel accoutrement il allait retrouver son ami.

S'assurant une dernière fois qu'on ne l'avait pas suivi, il frappa les sept coups convenus et attendit. Quelques instants plus tard, un clochard au teint d'alcoolique avancé ouvrait la porte à un D'Agosta admiratif.

L'inspecteur le fit entrer sans un mot et referma la porte à double tour derrière lui, avant de descendre quelques marches menant à un sous-sol bruyant dans lequel ronflait une chaudière. Un carton déplié dans un coin et des vieilles couvertures servaient de matelas, une bougie et un peu de vaisselle attendaient dans une caisse en plastique, et des boîtes de conserve soigneusement rangées complétaient le tableau.

Pendergast écarta un chiffon crasseux, révélant un iMac G5 relié à internet à l'aide d'une borne Airport. À côté du clavier, D'Agosta reconnut les photocopies du dossier Duchamp subtilisées dans les locaux de la Criminelle, ainsi qu'une épaisse liasse de feuilles et de documents. Sans doute les rapports de police relatifs au meurtre de Hamilton. Pendergast était en plein travail.

— Je...

D'Agosta ne savait par où commencer. Incapable de contenir sa rage plus longtemps, il explosa :

— Le salaud ! Le chien ! Tuer froidement Margo…

Il se tut, incapable d'en dire davantage. Il n'avait appris le retour de Margo à New York qu'en découvrant les détails de sa mort. Il l'avait bien connue autrefois, à l'époque des meurtres du Muséum, et par la suite lors de l'affaire des crimes du métro. Une fille aussi intelligente que courageuse qui ne méritait pas de subir un tel sort.

Pendergast, absorbé par le clavier de son ordinateur, ne répondit pas, mais son visage en sueur était bien la preuve qu'il accusait le coup.

— Diogène a menti en prétendant que Smithback serait sa prochaine victime, reprit le lieutenant.

Sans relever la tête, Pendergast prit dans la caisse en plastique un sachet transparent contenant une carte de tarot et une feuille de papier. Il tendit le tout à D'Agosta.

Ce dernier commença par examiner la carte de tarot : une tour en brique orange frappée par des éclairs. Des flammes sortaient des meurtrières et de minuscules personnages se jetaient dans le vide depuis les créneaux. D'Agosta reposa la carte, déplia la feuille et lut :

Ave, frater !

Depuis quand me crois-tu capable de te dire la vérité ? Après toutes ces années, tu devrais savoir que je suis un menteur invétéré. En t'employant à mettre à l'abri ce petit journaliste prétentieux – bravo pour ton efficacité, je n'ai pas encore réussi à lui mettre la main dessus – tu m'as laissé tout le temps d'organiser la mort de Margo Green. Tu seras heureux d'apprendre qu'elle s'est débattue avec la dernière énergie.

Ne suis-je pas malin ?

Laisse-moi te confier un secret, mon cher frère. Je me sens d'humeur à faire des confidences, et je t'annonce le nom de ma prochaine victime : le lieutenant Vincent D'Agosta.

N'est-ce pas amusant ? Comment savoir si je dis la vérité, ou bien si je mens à nouveau ? Voilà de quoi solliciter ta sagacité, mon cher frère.

Je ne te dis pas adieu, mais au revoir.

Diogène

D'Agosta rendit la lettre à Pendergast. Davantage que de la peur, il éprouvait une sensation de haine qui le faisait trembler de rage.

— Qu'il vienne, ce pourri ! gronda-t-il.

— Asseyez-vous, Vincent. Nous n'avons que très peu de temps devant nous.

C'était la première fois que Pendergast ouvrait la bouche depuis l'arrivée de D'Agosta. Frappé par la gravité de sa voix, le lieutenant se laissa tomber sur une caisse.

— Pourquoi cette carte de tarot ? demanda-t-il.

— Il s'agit de la Tour dans une variante du tarot connue sous le nom de *Gran Tarot Esotérico.* Cette carte est synonyme de destruction, de changement imminent.

— Tu parles !

— J'ai passé la journée à dresser la liste des victimes potentielles de Diogène afin d'assurer leur protection. Pour ce faire, j'ai été contraint d'en appeler à toutes les personnes qui avaient une dette envers moi, au risque de faire voler en éclats mon incognito. Mes interlocuteurs se sont tous engagés à ne rien dire, mais je ne me fais guère d'illusion, on ne tardera pas à savoir que je suis vivant. Vincent, je vous demanderai de jeter un œil à cette liste.

D'Agosta se pencha sur l'écran. Si certains noms lui étaient familiers, beaucoup lui étaient inconnus.

— Aurais-je oublié quelqu'un ?

D'Agosta repassa la liste en revue.

— Hayward, laissa-t-il tomber avec un pincement au cœur.

— Le capitaine Hayward est assurément la seule personne à laquelle Diogène ne s'en prendra jamais. J'ai de bonnes raisons de me montrer aussi affirmatif, mais il ne m'est pas possible de vous en dire davantage.

— Je pensais aussi à…

D'Agosta hésitait à prononcer le nom de celle à qui il pensait, sachant Pendergast particulièrement susceptible sur tout ce qui touchait à sa vie privée.

— Je pensais aussi à Viola Maskelene, finit-il par dire.

— J'y ai beaucoup réfléchi, répliqua Pendergast dans un murmure, les yeux rivés sur ses mains blanches. Elle se trouve toujours sur l'île de Capraia où elle est en sécurité. Sa retraite est trop lointaine, il faudrait à Diogène plusieurs jours avant d'y parvenir. De plus, vous connaissez les lieux : le port est minuscule et un étranger ne manquerait pas d'attirer l'attention, quel que soit son déguisement. Depuis New York, Diogène ne peut rien contre elle et jamais il ne ferait appel à un comparse. Mais surtout, conclut-il dans un murmure, Diogène ne sait rien de mon... de mon attachement pour elle. Vous êtes la seule personne au monde à connaître ce secret. Pour Diogène, elle n'est qu'un simple témoin interrogé dans le cadre de notre enquête relative à ce violon. J'aurais trop peur d'attirer son attention si je prenais brusquement des mesures de protection à l'endroit de Lady Maskelene.

— Je comprends.

— C'est pourquoi j'ai décidé de laisser les choses en l'état en ce qui la concerne, dit-il en décroisant les doigts. Quant aux autres, j'ai pris les mesures qui s'imposaient, que cela leur plaise ou non. Ce qui nous conduit à un sujet délicat : vous-même, Vincent.

— Je n'ai pas l'intention de me cacher. Comme je vous l'ai dit, qu'il vienne. D'ailleurs, autant servir d'appât. Je préfère encore être tué plutôt que de fuir lâchement devant l'assassin de Margo.

— Je ne tenterai pas de vous faire changer d'avis, mais vous prenez un risque considérable, et vous le savez.

— Je le sais, mais je suis prêt.

— Je vous crois sur parole. Le meurtre de Margo reproduisait celui d'une vieille tante, poignardée à l'aide d'un coupe-papier à manche de nacre par un serviteur mécontent. Il est possible que Diogène ait laissé sur place quelque indice, j'aurai donc à nouveau besoin de votre aide. Mais nous allons être confrontés à un problème épineux lorsque la nouvelle de ma « résurrection » parviendra à la police.

— Comment ça ?

Pendergast secoua la tête.

— Vous ne tarderez pas à comprendre. En attendant, vous êtes bien évidemment libre de me laisser agir seul. Le moment venu, je compte bien faire justice moi-même. Il est hors de question de confier aux juges un être tel que Diogène.

D'Agosta opina avec vigueur.

— Entièrement d'accord.

— Sachez toutefois que le pire est à venir. Pour moi, et plus encore pour vous.

— Cette ordure a tué Margo. C'est tout ce qui m'intéresse.

Pendergast posa une main sur l'épaule de son interlocuteur.

— Vous êtes quelqu'un de bien, Vincent. L'un des meilleurs.

D'Agosta ne répondit pas, préoccupé par certaines réponses énigmatiques de son ami.

— J'ai fait en sorte que les cibles les plus probables de mon frère s'évanouissent dans la nature. C'était le plus urgent, mais il nous reste à passer à l'étape suivante : neutraliser Diogène. Mon plan initial a échoué lamentablement, cela doit me servir de leçon. Je ne peux venir à bout de mon frère sans aide extérieure. Je pensais pouvoir anticiper ses réactions et l'empêcher de nuire, mais il n'en est rien. Je ne peux continuer à agir seul.

— Je suis là.

— Je le sais et je vous en suis infiniment reconnaissant, mais il me faut également faire appel à un *spécialiste*.

— Un spécialiste ? Que voulez-vous dire ?

— Je suis trop proche de Diogène. Je m'aperçois que ma subjectivité et mes émotions m'empêchent d'agir comme je le devrais. Je croyais le connaître, mais les événements m'ont donné tort et de façon tragique. J'ai donc besoin d'un professionnel capable d'établir son profil psychologique. Ce ne sera pas une tâche aisée car Diogène est un individu hors norme.

— Si vous voulez, je connais plusieurs excellents profileurs criminels.

— L'excellence ne suffit pas. Nous avons à faire à quelqu'un de véritablement exceptionnel, répondit Pendergast en griffonnant quelques mots sur une feuille. Vincent, je vous demanderai de vous rendre à ma maison de Riverside Drive afin de donner ceci à Proctor qui le transmettra à Constance. Si quelqu'un est capable de nous trouver cet être rare, c'est bien Constance.

D'Agosta plia le papier et le glissa dans sa poche.

— Le temps nous est compté. Il nous reste deux jours seulement avant le 28 janvier, ajouta Pendergast.

— Vous avez une idée de la signification précise de cette date ?

— Aucune, sinon que mon frère ne l'a pas choisie au hasard.

— Qui vous dit qu'il ne cherche pas à brouiller les pistes en mentant à nouveau ?

Pendergast ne répondit pas immédiatement.

— Rien, mais mon instinct me dit qu'il ne bluffe pas. À l'heure qu'il est, c'est d'ailleurs la seule chose qui me reste : l'instinct.

37

Affalé sur une table de la bibliothèque de la Phillips Exeter Academy, Whit DeWinter, troisième du nom, suait sang et eau sur un volumineux ouvrage de mathématique avancée, incapable de mémoriser les formules truffées de lettres grecques qui défilaient devant ses yeux. L'examen du premier semestre avait lieu dans moins d'une heure et il lui restait à ingurgiter des dizaines de formules. Il s'en voulait d'avoir passé la moitié de la nuit à fumer de l'herbe avec sa petite copine Jennifer au lieu de réviser ses maths. Quel idiot, mais quel idiot ! S'il ratait son examen, sa moyenne en pâtirait et il pouvait dire adieu à Yale. Jamais il ne pourrait faire médecine et il traînerait toute sa vie un boulot minable, avec une femme minable et une flopée de mômes braillards dans un appartement minable…

Whit poussa un soupir à fendre l'âme. Il allait se replonger dans ses formules lorsqu'une voix s'éleva de l'un des boxes voisins. Il dressa l'oreille en reconnaissant cette drôle de fille, une gothique avec des cheveux violets qui suivait le même cours de littérature anglaise que lui. Corrie quelque chose… Corrie Swanson !

— C'est quoi, votre problème ? Vous ne voyez pas que je travaille ? s'exclama la voix, troublant la quiétude de la vénérable bibliothèque.

Whit eut beau tendre l'oreille, la réponse de l'interlocuteur de la jeune fille ne lui parvint que dans un murmure.

— En Australie ? Vous êtes cinglé ou quoi ? s'énerva Swanson. En pleine période d'examens ? D'abord vous êtes qui, espèce d'obsédé ?

Des chuts s'élevèrent des autres boxes. Whit, trop heureux de la diversion, jeta un œil curieux hors de son cubicule et aperçut un personnage en costume noir quelques mètres plus loin.

— C'est *lui* qui vous a dit ça ? Si c'est vrai, montrez-moi vos papiers.

Un murmure grave répondit à la jeune fille.

— C'est bon, je vous crois. Je n'ai rien contre des vacances sous les cocotiers, mais c'est une drôle d'idée de me faire partir pendant les examens…

De toutes parts, les autres élèves commençaient à manifester leur agacement.

— D'accord, d'accord. Mais que Pendergast ne vienne pas se plaindre si je me plante en biologie.

Le crissement d'une chaise sur le plancher résonna dans le silence de la pièce et Whit vit Corrie Swanson s'éloigner en compagnie de son étrange visiteur. Une vraie tête d'espion avec son menton carré et ses lunettes noires. Quelle connerie avait bien pu faire Corrie ?

Whit la regarda se diriger vers la sortie, son petit cul bien en évidence dans une robe noire moulante d'où pendaient des breloques en ferraille, ses mèches violettes en pétard jusqu'aux épaules. Plutôt mignonne, quand même. Il en aurait bien fait son ordinaire, sauf que son père le tuerait si jamais il sortait avec une fille pareille.

Whit tenta de se concentrer à nouveau sur la fonction à deux variables permettant de calculer le rayon d'une courbe, mais il avait l'impression de lire du chinois. Ou plutôt du grec, avec toutes ces lettres biscornues. Autant lire l'*Iliade* en version originale…

Il poussa un gémissement déchirant. Sa vie était foutue, et tout ça à cause de Jennifer et de sa pipe à herbe…

Une mince couche de neige recouvrait la belle maison de bois située au coin de Church Street et de Sycamore Terrace à River Pointe, une banlieue calme de Cleveland. Les rues étaient silencieuses sous leur manteau blanc, le paysage nocturne parsemé de trouées jaunes sous les réverbères. Le sifflement d'un train dans le lointain ajouta une touche mélancolique à l'ensemble.

Une ombre bougea derrière la fenêtre d'une chambre mansardée, la silhouette d'un homme en fauteuil roulant se découpait dans la lueur bleue provenant du fond de la pièce. L'homme allait et venait silencieusement, occupé à quelque tâche mystérieuse au milieu d'une forêt d'ordinateurs, d'écrans, d'imprimantes, de disques durs, de scanners et autres bornes wifi. Une forte odeur de menthe et de circuits intégrés surchauffés flottait dans la pièce.

L'homme faisait rouler son fauteuil d'une machine à l'autre, pianotant d'une main sèche sur un clavier, appuyant sur un bouton, entrant un code. Les machines s'éteignaient l'une après l'autre dans son sillage, les écrans passaient au noir, les diodes clignotaient une dernière fois avant de mourir. L'inconnu, un génie de l'informatique connu dans le milieu des *hackers* sous le seul nom de Mime, s'apprêtait à entrer en clandestinité.

Un dernier écran LCD s'éteignit, plongeant la pièce dans l'obscurité.

Sa besogne terminée, Mime s'immobilisa dans le noir. Plus rien ne le reliait au reste du monde, il était désormais impossible de le retrouver, mais les informations envoyées par le dénommé Pendergast n'étaient pas pour le rassurer. Et Pendergast était l'une des deux seules personnes au monde auxquelles il faisait confiance.

Depuis toutes ces années, c'était la première fois que Mime n'avait pas le reste du monde au bout des doigts, et ce sentiment d'isolement le rendait morose.

Il resta longtemps plongé dans ses pensées. Il ne lui restait plus qu'à brancher d'autres appareils, mettre en route d'autres écrans reliés au réseau de caméras et d'alarmes installées dans la maison et autour du jardin. Un système installé des années plus tôt et dont il n'avait jamais eu l'occasion de se servir. Jusqu'à aujourd'hui.

Pour la première fois de sa vie, Mime connaissait la peur.

Proctor verrouilla soigneusement derrière lui la porte de la vieille demeure du 891 Riverside Drive et se glissa derrière le volant du Hummer après un dernier regard aux alentours. La maison avait été transformée en véritable forteresse, toutes ses issues condamnées. Seule Constance s'y trouvait encore, cachée au fond de son refuge secret. Un refuge qui lui avait longtemps permis de se protéger du reste du monde, et dont Pendergast lui-même ignorait l'emplacement exact. Proctor avait veillé à ce qu'elle dispose de tout le nécessaire : des provisions, des médicaments, et même un téléphone portable en cas de besoin.

Il mit en route le lourd véhicule, sortit du parc et tourna à droite sur Riverside Drive, s'assurant qu'il n'était pas suivi en jetant un coup d'œil dans le rétroviseur. Aucune voiture ne s'était glissée derrière lui, mais cela ne signifiait pas nécessairement que personne ne l'observait.

À hauteur de la 95e Rue, il ralentit afin de jeter dans une poubelle publique un vieux sachet McDonald's contenant des restes de frites et de ketchup, puis il accéléra et prit la bretelle de la West Side Highway en direction du nord, veillant à respecter les limites de vitesse, attentif au trafic dans son rétroviseur. Il laissa Riverdale et Yonkers derrière lui et emprunta successivement le Saw Miller River Parkway, le Taconic State Parkway, l'I-90 et l'I-87 avant d'arriver au Northway. Il lui faudrait rouler toute la nuit et une bonne partie de la matinée du lendemain avant d'arriver à destination, un petit chalet en bordure d'un lac à une trentaine de kilomètres de Saint Amand l'Église, au Québec.

D'un coup d'œil, il s'assura que le fusil posé sur le siège passager n'avait pas bougé. Un AR-15 équipé d'un chargeur de trente cartouches 5.56 NATO. Proctor espérait presque être suivi, il aurait été ravi de donner à l'autre ordure une leçon dont il se souviendrait toute sa vie. C'est-à-dire pas longtemps.

Dans l'aube sale qui se levait sur les eaux de l'Hudson, fouetté par un vent glacial qui faisait voler les pages d'un vieux journal sur Riverside Drive, un clochard avançait péniblement en traînant les pieds. Il s'arrêta devant une poubelle trop pleine, la fouilla et en exhuma un sachet McDonald's contenant quelques frites à moitié congelées qu'il dévora avec un grognement de satisfaction, empochant discrètement le petit morceau de papier dissimulé au fond du sac. S'il l'avait déplié, il aurait pu lire en lettres anglaises élégantes :

Voici le nom de la seule personne au monde
susceptible de répondre à vos besoins :
Eli Glinn, de la société Effective Engineering Solutions
12e Rue Ouest, Greenwich Village, New York.

38

Une énorme lune, presque incandescente, faisait briller la mer dix mille mètres plus bas. Depuis son hublot, Lady Maskelene suivait du regard le long sillage argenté d'un énorme paquebot. On aurait dit un jouet d'enfant. Sans doute le *Queen Mary*, en route pour New York depuis Southampton.

Sous le charme de cette vision féerique, elle imagina les milliers de passagers en train de manger, de boire, de danser, de faire l'amour en plein océan. Un monde à part entière sur un minuscule navire qui aurait pu tenir dans le creux de sa main. Songeuse, elle le suivit des yeux jusqu'à ce qu'il disparaisse à l'horizon. Elle avait pris l'avion des centaines de fois, mais elle ne se lassait jamais de la magie d'un tel spectacle. Du coin de l'œil, elle remarqua que le voyageur assis de l'autre côté de l'allée s'était endormi en lisant le *Financial Times*. Elle ne l'avait pas vu regarder une seule fois par le hublot. Comment pouvait-on voyager aussi bêtement ?

Elle s'enfonça confortablement dans son siège, cherchant un autre moyen de se distraire. Le voyage touchait à sa fin. Elle s'était envolée de Rome à destination de Londres où elle avait fait escale, elle avait terminé le livre qu'elle avait emporté et feuilleté les magazines fournis par la compagnie. L'espace réservé aux premières classes était quasiment vide. Il était 2 heures du matin à Londres et les rares passagers qui partageaient la cabine avec elle dormaient. Elle en profita pour faire signe à l'hôtesse.

— Puis-je vous aider, Lady Maskelene ?

Viola fit la grimace. Comment était-elle au courant de son titre ?

— Une coupe de champagne, s'il vous plaît. Et je vous en prie, ne m'appelez pas Lady Maskelene, j'ai l'impression d'être une douairière décatie. Je m'appelle Viola.

— Je vous prie de m'excuser. Je vous apporte du champagne tout de suite.

— Merci infiniment.

En attendant le retour de l'hôtesse, Viola tira de son sac à main la lettre reçue trois jours plus tôt dans sa maison de l'île de Capraia. L'enveloppe montrait des signes de fatigue, comme si la lettre avait été lue et relue.

Ma chère Viola,

Cette lettre risque fort de vous surprendre, et croyez bien que j'en suis sincèrement désolé. À l'instar de Mark Twain, me voici contraint de vous dire que l'annonce de ma mort était fort exagérée. Je suis en vie et me porte même fort bien, mais une enquête extrêmement délicate m'oblige à me mettre en retrait de la vie publique. Ces circonstances, auxquelles s'ajoutent certains événements survenus en Toscane dont on vous aura déjà parlé, auront contribué à faire croire à mon entourage que j'avais quitté cette terre. J'ai provisoirement cru bon de ne pas contredire la rumeur, mais je puis vous assurer que je suis bien vivant, chère Viola, même s'il m'a effectivement été donné de côtoyer la mort de près.

Cette expérience cruelle est d'ailleurs à l'origine de ces lignes. Les quelques heures au cours desquelles j'ai tutoyé la mort m'ont fait comprendre à quel point la vie est courte et fragile. Nul être vivant n'a le droit de laisser échapper les rares moments de bonheur que lui réserve l'existence. Notre rencontre à Capraia peu avant mon calvaire m'a pris de court. Tout comme vous, si vous m'autorisez à le dire. Quelque chose d'indéfinissable s'est passé entre nous. Vous avez laissé dans mon âme une impression indélébile, et j'ose espérer que la réciproque fut vraie. C'est pourquoi je souhaiterais aujourd'hui vous inviter à me rejoindre à New York pour une dizaine de jours, afin que nous puissions apprendre à mieux nous connaître. Afin de nous assurer que cette impression initiale était aussi indélébile et favorable que je voudrais le croire.

Viola ne put s'empêcher de sourire. La formule était ampoulée et vieillotte, mais elle ressemblait tant à Pendergast qu'elle croyait presque entendre sa voix en la lisant. Il fallait bien avouer qu'elle n'avait jamais reçu de lettre semblable. Viola avait été sollicitée de bien des façons par bien des hommes, mais jamais de la sorte. Quelque chose d'indéfinissable s'est passé entre nous.

Elle reprit sa lecture.

Si vous décidez d'accepter la présente invitation malgré son aspect peu conventionnel, je vous propose de vous envoler de Gatwick à destination de Kennedy Airport le 27 janvier par le vol British Airways 822. Une ultime recommandation : n'indiquez à personne la véritable motivation de ce déplacement. *Je vous en expliquerai les raisons lorsque nous nous verrons ; sachez seulement que la moindre indiscrétion pourrait mettre ma vie en danger.*

Mon cher frère Diogène vous attendra à l'arrivée.

Diogène... Viola sourit. Lors de sa visite à Capraia, Aloysius n'avait pas menti en lui précisant que le clan Pendergast avait l'habitude des prénoms excentriques. Comment pouvait-on appeler son enfant Diogène ?

Vous le reconnaîtrez sans peine à notre forte ressemblance, à ceci près qu'il porte une courte barbe et qu'il a gardé, suite à un curieux accident de jeunesse, des yeux de couleurs différentes : l'un noisette, l'autre bleu pâle. Je vous laisse le soin de l'aborder à l'aéroport puisqu'il ne vous a jamais vue, mais je n'aurais pas voulu confier une telle mission à un autre que mon frère dont l'absolue discrétion m'est acquise.

Diogène vous conduira dans mon cottage de Long Island, au cœur de la petite bourgade de Gardiners Bay, où je vous attendrai. Nous disposerons alors de quelques jours ensemble. Ma petite maison est simple, mais elle dispose de tout le confort nécessaire et bénéficie d'une vue splendide sur Shelter Island, de l'autre côté de la baie. Vous y aurez bien évidemment vos quartiers personnels et vous pouvez compter sur moi pour me comporter en gentleman, à moins que les circonstances ne nous amènent à changer d'avis.

Viola ne put retenir un petit rire à la lecture de cette phrase. Malgré son côté vieux jeu, ce cher Aloysius lui faisait rien moins qu'une proposition, avec le tact et le sens de l'humour qui le caractérisaient.

L'affaire sur laquelle je travaille actuellement arrivera à son terme trois jours après votre arrivée, ce qui me permettra de réintégrer l'ordre des vivants avec, je l'espère, le plaisir de vous avoir à mon bras. Une semaine durant, nous pourrons ainsi explorer ensemble les trésors artistiques, musicaux et culinaires de New York, en attendant votre retour à Capraia.

Viola, je vous demanderai une dernière fois de ne parler à personne de tout ceci. Je compte sur votre réponse par le biais d'un bon vieux télégramme à l'adresse suivante :

A. Pendleton
15 Glover's Box Road
The Springs, NY 10511

Pour plus de sûreté, vous voudrez bien signer « Anna Livia Plurabelle ».

Sachez que vous ferez de moi le plus heureux des hommes en acceptant cette invitation. J'ai bien conscience de pratiquer fort médiocrement l'art épistolaire fleuri et sentimental, aussi préféré-je garder toute démonstration d'affection pour le jour de notre rencontre.

À vous,
Aloysius

Viola ne put s'empêcher de sourire de nouveau. Anna Livia Plurabelle… Pas moins. Pendergast s'autorisait la fantaisie de glisser dans son invitation une allusion littéraire distinguée[1]. Quel charmeur ! Elle frétillait d'aise à l'idée de le retrouver, et le

1. Anna Livia Plurabelle est l'une des grandes héroïnes féminines de James Joyce, tirée de *Finnegan's Wake*.

léger parfum de danger auquel il était fait allusion n'était pas pour lui déplaire. Comment pouvait-elle avoir le sentiment de le connaître aussi intimement alors qu'elle ne l'avait vu que l'espace d'un après-midi ? Jusqu'alors, elle n'avait jamais prêté attention à toutes les fadaises couramment colportées sur l'âme sœur, le coup de foudre, la fusion des êtres. Et pourtant...

Elle replia la lettre et tira de son sac un télégramme :

Ravi de votre venue ! Mon frère vous attendra comme prévu. Je sais pouvoir compter sur votre discrétion. Tendrement, A.X.L.P.

Elle replaça machinalement les deux courriers dans son sac et repensa au jour où ils s'étaient rencontrés à Capraia, tout en savourant sa coupe de champagne. Elle était occupée à répandre du fumier dans sa vigne, lorsqu'elle avait vu un homme élancé en costume noir s'avancer vers elle en évitant du mieux qu'il le pouvait les mottes de terre, un policier en civil à ses côtés. Le tableau était si drôle qu'elle avait failli éclater de rire. Les deux hommes l'avaient hélée, la prenant pour un paysan. En les voyant s'approcher, elle avait découvert pour la première fois le visage à la fois étrange et beau de Pendergast. Elle avait ressenti à cet instant une sensation inconnue, tout comme lui. La visite des deux hommes avait à peine duré une heure, le temps pour elle de leur offrir un verre de vin blanc sur sa terrasse surplombant la Méditerranée, mais le souvenir de cet après-midi ne l'avait plus quittée depuis.

Et il y avait eu cette autre visite. D'Agosta, seul cette fois, le visage ravagé par la douleur, lui annonçant la disparition de Pendergast. Jusqu'à cet instant, elle n'avait pas compris à quel point elle espérait le revoir, à quel point la certitude qu'il ferait désormais partie de sa vie s'était ancrée en elle.

Une journée atroce, que l'arrivée inopinée de cette lettre lui avait enfin permis d'oublier.

Viola sourit à l'idée de le revoir. Elle avait toujours aimé l'imprévu, acceptant sans hésiter les hasards du destin. Ce caractère impulsif lui avait parfois joué des tours, mais il avait contribué à faire de son existence une longue suite de moments étonnants, auxquels elle n'aurait renoncé pour rien au monde. Cette invitation mystérieuse était digne des romans à l'eau de rose qu'elle dévorait à l'adolescence. Comment refuser un week-end dans un cottage isolé de Long Island en compagnie d'un homme qui la fascinait, suivi d'une semaine dans le tourbillon de la vie new-yorkaise ? Rien ne l'obligeait à partager ses nuits, Pendergast était trop bien élevé pour revenir sur sa parole, mais cette seule pensée suffisait à la faire rougir…

Elle but le fond de son champagne, qui était excellent. Voyager en première classe la culpabilisait parfois, mais le confort valait bien une légère entorse à son mépris de l'élitisme. Viola vivait de façon spartiate lorsqu'elle effectuait des fouilles archéologiques en Égypte, ce qui lui avait permis de constater que l'inconfort n'est pas une fin en soi.

Elle jeta un coup d'œil à sa montre. Elle atterrissait à Kennedy dans tout juste quatre heures.

Elle se réjouissait déjà à la perspective de faire la connaissance de Diogène. Rencontrer son frère était déjà une façon de mieux connaître Pendergast.

39

D'Agosta suivait à bonne distance la silhouette pitoyable de Pendergast sur la 9e Avenue, lorsqu'il le vit tourner sur la 12e Rue Ouest. Il était 9 heures du soir et un vent glacé venu de l'Hudson s'engouffrait dans les rues. L'ancien quartier des abattoirs, coincé entre Chelsea et Greenwich Village, avait considérablement changé depuis quelques années, au point que le lieutenant le reconnaissait à peine. Des restaurants branchés, des boutiques chic et des start-up informatiques avaient poussé comme des champignons au milieu des boucheries traditionnelles et des entrepôts des grossistes en viande. Drôle de quartier pour un profileur.

Pendergast s'arrêta quelques mètres plus loin, face à un vieil immeuble d'une dizaine d'étages aux fenêtres opacifiées par la crasse. À l'exception de l'inscription *Price & Cie – Viande de porc* peinte en lettres usées à même la brique sur la façade noircie par les ans, rien ne pouvait confirmer l'existence d'une firme quelconque derrière ces murs. Une petite porte, pourvue d'une sonnette anonyme, s'ouvrait sur la rue, à côté de l'ancienne plate-forme réservée aux camions de livraison, aujourd'hui condamnée. Pendergast appuya sur la sonnette.

— Oui ? fit une voix sortant de la grille d'un petit haut-parleur.

Pendergast murmura quelques paroles inintelligibles et la porte s'ouvrit automatiquement, dévoilant une petite entrée aux murs blancs, surveillée par une minuscule caméra vidéo. D'Agosta suivit Pendergast à l'intérieur et la porte se referma derrière eux avec un petit clic. Ils attendaient face à la caméra depuis trente secondes, sans bouger, lorsqu'une porte dissimulée dans le mur du fond coulissa en silence. Les deux hommes suivirent un couloir immaculé et pénétrèrent dans une pièce au décor inattendu.

Les niveaux supérieurs de l'entrepôt avaient été rasés, laissant place à un loft gigantesque, haut de six étages. L'espace ainsi dégagé, plongé dans une demi-obscurité, abritait de nombreuses tables sur lesquelles reposaient des dizaines d'ordinateurs et de machines compliquées. Le regard de D'Agosta fut immédiatement attiré par la maquette gigantesque de ce qui devait être le fond océanique de l'Antarctique, l'ensemble de ses couches géologiques dominé par un curieux volcan sous-marin. D'autres maquettes complexes étaient disséminées à travers l'immense salle, notamment celle d'un navire équipé de curieux véhicules robotisés, débordant d'appareillages scientifiques et d'équipements militaires.

— Bienvenue, messieurs, résonna une voix dans la pénombre.

D'Agosta se retourna et vit une silhouette en fauteuil roulant se déplacer dans leur direction entre deux rangées de tables. L'homme avait des cheveux bruns coupés très court, une bouche à peine dessinée et un menton volontaire. Il était vêtu d'un costume discret mais élégant, et il se dirigeait, de sa main gantée de noir, à l'aide d'une petite manette fixée à l'un des bras de son fauteuil. À l'éclat terne de l'un de ses yeux, D'Agosta devina qu'il s'agissait d'une prothèse en verre. Une cicatrice violacée traversait le profil droit du visage de l'homme, de la racine des cheveux au menton, comme s'il avait été blessé lors d'un duel.

— Eli Glinn, se présenta-t-il d'une voix grave et neutre. Lieutenant D'Agosta et inspecteur Pendergast, je présume, poursuivit-il en leur tendant la main. Bienvenue dans les locaux d'Effective Engineering Solutions.

Les deux hommes suivirent leur hôte à travers le dédale des tables. Ils dépassèrent une petite serre dont les lampes artificielles émettaient une curieuse et vacillante lueur, puis ils prirent place dans un ascenseur qui les conduisit jusqu'à une passerelle métallique, trois étages plus haut. Tout en suivant le fauteuil roulant sur la passerelle, D'Agosta se demandait ce que cachait réellement l'étrange firme de M. Glinn. Ou plutôt du professeur Eli Glinn. En dépit de ses qualités, Constance Greene aurait-elle pu sous-estimer leur hôte ? Rien de ce qu'il voyait ici n'évoquait le cadre de travail d'un spécialiste en psychologie criminelle, et D'Agosta avait croisé plus d'un profileur au cours de sa carrière.

Glinn jeta un regard par-dessus son épaule sur l'uniforme de D'Agosta.

— Vous pouvez éteindre votre radio et votre téléphone portable, lieutenant. Nous avons fait en sorte qu'aucune fréquence radio ne passe à l'intérieur de ce bâtiment.

Glinn les conduisit jusqu'à une petite salle de réunion habillée de bois vernis, puis il referma la porte derrière eux et leur fit signe de s'asseoir. Lui-même plaça son fauteuil à l'extrémité de la table, dans un espace vide entre deux chaises de Herman Miller.

À l'exception d'une enveloppe posée devant Glinn, la table était nue. Il se pencha en avant et posa sur ses visiteurs un regard pénétrant.

— Votre requête est pour le moins inhabituelle, déclara-t-il.

— Le problème auquel je me trouve confronté est pour le moins inhabituel, répliqua Pendergast.

Glinn l'examina de la tête aux pieds.

— Un déguisement remarquable, monsieur Pendergast.

— En effet.

Glinn croisa les doigts.

— Je vous écoute.

Pendergast jeta un rapide coup d'œil au décor qui les entourait avant de répondre.

— Parlez-moi d'abord de votre société. Je me permets de vous poser la question car ce lieu ne ressemble guère au refuge d'un spécialiste en psychologie criminelle.

Un sourire sombre étira les lèvres de Glinn, faisant ressortir sa cicatrice.

— Je comprends votre étonnement. Effective Engineering Solutions a l'ambition de résoudre les problèmes d'ingénierie les plus complexes, mais aussi d'analyser les raisons d'un échec.

— Quel genre de problèmes d'ingénierie ? demanda Pendergast.

— Comment neutraliser le réacteur nucléaire souterrain d'un État voyou du Moyen-Orient désireux de fabriquer du combustible à des fins militaires, par exemple. Ou encore analyser les raisons ayant entraîné la perte mystérieuse d'un satellite espion d'un milliard de dollars, expliqua-t-il en remuant un doigt.

Un geste en apparence anodin, qui prenait toute son ampleur chez ce personnage étrange, aussi immobile qu'un sphinx.

— Vous comprendrez que je ne puisse vous en dire davantage, poursuivit-il. Sachez, monsieur Pendergast, que l'analyse d'échec est le complément naturel de l'ingénierie bien pensée. Idéalement, c'est l'art d'anticiper les raisons d'un échec afin de le prévenir ; plus souvent, malheureusement, il s'agit d'analyser l'échec une fois qu'il est survenu.

— Je ne comprends pas bien, s'interposa D'Agosta. Quel rapport y a-t-il entre analyser un échec et faire le portrait psychologique d'un criminel ?

— J'y viens, lieutenant. La psychologie criminelle est au cœur de l'analyse. Nous savons depuis longtemps que les raisons d'un échec sont avant tout humaines. Il en est de même de la prise de décision en général. Il est essentiel de pouvoir prédire la réaction d'un individu donné dans un contexte précis. Nous avons été amenés à développer un système capable d'établir le profil psychologique d'un individu à partir de ses capacités musculaires. Ce programme fonctionne à l'aide d'un superordinateur IBM doté d'un système eServer, et nos résultats sont largement supérieurs à ceux des profileurs habituels. Ne voyez pas là un argument commercial, mais bien une réalité.

Pendergast opina.

— Fort intéressant. Comment se fait-il que je n'aie jamais entendu parler de vous auparavant ?

— Nous ne faisons rien pour nous faire connaître. Je veux dire, en dehors d'une clientèle très restreinte.

— Avant d'aller plus loin, je dois d'abord m'assurer de votre totale discrétion.

— Monsieur Pendergast, notre firme vous offre deux garanties essentielles. La première est la confidentialité la plus absolue. La seconde est le succès. À présent, dites-moi quel est votre problème.

— Il s'agit d'un certain Diogène Pendergast, qui se trouve être mon frère. Diogène a disparu il y a plus de vingt ans après avoir fait croire à sa mort et il s'est littéralement évanoui dans la nature. Officiellement, tout du moins. En dehors d'un faux certificat de décès, son nom n'apparaît dans aucune base de données. Pas d'adresse, pas de photo, rien.

Pendergast prit dans la poche de son manteau une enveloppe brune qu'il déposa sur la table.

— Toutes les informations dont je dispose sont réunies ici.

— Comment savez-vous qu'il est encore en vie ?

— Nous nous sommes croisés dans des circonstances très étranges l'automne dernier. Vous trouverez tous les détails dans cette enveloppe. Mais ce n'est pas tout. Je sais qu'il est encore en vie pour la bonne raison qu'il s'est récemment transformé en tueur en série.

Glinn approuva lentement.

— Diogène me hait depuis son plus jeune âge et il a décidé de faire de ma destruction l'œuvre de sa vie. Le 19 janvier dernier, il est entré en action. Il a commencé par assassiner plusieurs de mes amis, l'un après l'autre, en me défiant d'arriver à les sauver. Il s'en est pris à quatre personnes jusqu'à présent, m'avertissant à l'avance pour les deux derniers. La première fois à bon escient, la seconde en me lançant sur une fausse piste. Bref, je me suis révélé tout à fait incapable de contrecarrer ses projets criminels. Il prétend maintenant vouloir s'attaquer au lieutenant D'Agosta ici présent, mais je le répète, vous trouverez dans ce dossier tous les détails dont vous avez besoin.

D'Agosta remarqua que les yeux de Glinn brillaient d'un éclat nouveau.

— Ce Diogène est-il quelqu'un d'intelligent ?

— Enfant, il avait un QI de 210, après la scarlatine qui, soit dit en passant, lui a laissé d'importantes séquelles.

Glinn leva un sourcil interrogateur.

— Vous voulez dire que nous avons affaire à un individu dont les fonctions mentales ont été perturbées par la maladie ?

— C'est peu probable. C'était déjà un enfant étrange avant sa maladie.

— Vous vous sentez sans doute trop proche de lui, et vous comptez donc sur moi pour établir son portrait psychologique, criminel et comportemental, c'est bien cela ?

— Exactement. Diogène a mis des années à peaufiner son plan et il semble avoir trois longueurs d'avance sur moi en permanence. Il ne laisse derrière lui aucun indice. Excepté ceux qu'il abandonne intentionnellement dans son sillage, bien sûr. Le seul moyen de l'arrêter est d'anticiper ses actes. J'ajoute que le temps presse. Diogène entend faire aboutir son grand œuvre criminel demain, 28 janvier. Il m'a lui-même précisé la date, et qui sait combien de vies humaines sont en jeu.

Glinn ouvrit de sa main valide le dossier qu'il feuilleta.

— Il m'est impossible d'établir le profil de cet homme en vingt-quatre heures.

— Il le *faut.*

— C'est impossible. Même si je laissais en plan l'ensemble des dossiers dont j'ai actuellement la charge, j'aurais besoin de soixante-douze heures. Vous venez me voir trop tard, monsieur Pendergast, en tout cas, pour la date fixée par votre frère. Mais pas nécessairement trop tard pour agir par la suite.

Glinn penchait curieusement la tête en fixant Pendergast. Celui-ci ne réagit pas immédiatement.

— Qu'il en soit ainsi, finit-il par répondre dans un murmure.

— Alors nous n'avons pas une minute à perdre, fit Glinn en faisant glisser l'enveloppe posée devant lui en direction de son interlocuteur. Vous trouverez ici notre contrat habituel. Quant à mes honoraires, ils s'élèvent à un million de dollars.

D'Agosta bondit de sa chaise.

— Un million de dollars ? Mais vous êtes complètement cinglé !

Pendergast lui fit signe de garder son calme.

— J'accepte.

Il décacheta l'enveloppe et jeta un rapide coup d'œil à son contenu.

— Nos conditions et autres décharges figurent au dos du contrat. Nous vous garantissons le succès plein et entier de la mission que vous nous confiez.

— C'est la deuxième fois que vous faites allusion à cette étrange garantie. Quelle est votre définition du mot *succès*, monsieur Glinn ?

À nouveau, Glinn afficha un sourire forcé.

— Bien évidemment, nous ne pouvons garantir l'arrestation de Diogène, ni même vous garantir que nous l'empêcherons de tuer. La responsabilité vous en revient. En revanche, notre garantie concerne les points suivants : premièrement, vous fournir un profil psychologique de Diogène Pendergast mettant en lumière ses motivations criminelles profondes.

— Je connais déjà ses motivations.

— Deuxièmement, poursuivit Glinn sans se soucier de l'interruption, le profil criminel que nous vous fournirons vous permettra d'anticiper ses mouvements. Je serai en mesure de vous indiquer, dans un cadre assez précis, la nature des actes qu'il sera sur le point de commettre. De plus, dans le cas où vous auriez des questions spécifiques relatives à ces actes, nous nous engageons à les résoudre grâce à notre système.

— Je doute que cela soit possible avec un être humain normal, *a fortiori* avec un individu tel que Diogène.

— Il n'est pas dans mon intention de parler philosophie avec vous, monsieur Pendergast. Les hommes sont pitoyablement prévisibles, et cette triste règle s'applique aussi bien aux psychopathes qu'aux vieilles dames. Je tiens toujours mes engagements.

— Vous est-il déjà arrivé d'échouer ?

— Jamais. Mais l'une des missions qui m'a été confiée n'est pas encore… comment dirais-je… résolue.

— La mission relative à cet engin thermonucléaire, sans doute.

Si Glinn avait été dérouté par une telle question, il ne le montra pas.

— À quel engin thermonucléaire faites-vous allusion ?

— Celui auquel vous travaillez actuellement au rez-de-chaussée. J'ai remarqué sur un tableau plusieurs équations relatives à la courbe d'énergie libérée par la fission atomique. Sur une feuille de papier, un peu plus loin, j'ai aperçu le schéma d'un appareil manifestement conçu pour comprimer un noyau atomique.

— Mon ingénieur en chef aura fait preuve d'une négligence coupable dont je compte bien m'entretenir avec lui.

— J'ai également remarqué que vous étiez en train de travailler à la conception génétique d'un virus mosaïque. Cela aurait-il un rapport avec le projet auquel vous faisiez allusion ?

— Vous comprendrez que je ne sois pas en mesure de vous répondre. Nous apportons à nos autres clients la même garantie de confidentialité que je vous ai offerte. Mais revenons à Diogène, et plus particulièrement à ses motivations.

— Pas tout de suite, monsieur Glinn. Je n'ai pas pour habitude de parler sans raison. Tout dans votre comportement – votre façon de parler, vos mouvements, votre véhémence – trahit une inquiétude majeure. À en juger par votre cicatrice, vos blessures sont récentes. Lorsque j'ajoute à cela les éléments qu'il m'a été donné de voir en arrivant, je m'inquiète.

Glinn fronça les sourcils.

— Vous vous inquiétez ?

— Comment un homme, aussi préoccupé que vous l'êtes par des problèmes qui dépassent de beaucoup le mien, aurait-il le temps de s'intéresser à mon affaire ?

Parfaitement immobile, Glinn ne répondit pas. Impassible, Pendergast fit peser sur lui un regard perçant.

Une minute s'écoula, puis une autre, sans que personne ne dise mot. D'Agosta assistait avec une anxiété croissante à ce qui ressemblait fort à une joute muette entre les deux hommes.

Brusquement, Glinn reprit de sa voix neutre :

— Si jamais vous décidez un jour de quitter le FBI, monsieur Pendergast, je serai heureux de vous proposer un poste ici. Pour en revenir au sujet qui nous intéresse, comprenez-moi bien, je travaille actuellement à la résolution d'une autre affaire, même si mon client n'est plus en mesure d'apprécier mon travail : il s'agit de remédier aux effets d'une faille sismique dans l'Atlantique sud en faisant appel à une technologie, euh… nucléaire. Je ne vous en dirai pas davantage. Mais j'ai besoin d'argent pour arriver à mes fins, et j'accepte, en effet, de me pencher sur votre petit souci pour des raisons exclusivement pécuniaires. Cela ne m'empêchera pas d'y consacrer toute mon énergie. Un échec serait cuisant pour mon amour-propre, et il me contraindrait à vous rendre votre argent. Je vous l'ai déjà dit, je n'échoue jamais. Est-ce clair ?

Pendergast hocha la tête.

— Fort bien. Revenons-en à votre frère, aux raisons qui ont déclenché sa haine à votre endroit. Il s'est passé quelque chose entre vous, et il me faut savoir de quoi il s'agit.

— Tous les éléments figurent dans le dossier que vous avez entre les mains. Il m'a toujours haï. La destruction de son journal intime aura été la goutte d'eau en trop.

— Parlez-moi de cet incident.

— J'avais quatorze ans, il en avait douze. Nous ne nous sommes jamais entendus. C'était un enfant étrange, d'une cruauté effrayante, surtout depuis sa scarlatine.

— Quel âge avait-il à l'époque ?

— Sept ans.

— Puis-je disposer de son dossier médical ?

— Il n'y en a jamais eu. Il a été traité par le médecin de famille.

— Poursuivez.

— Je suis tombé un jour sur les volumes du journal intime qu'il tenait depuis un long moment. Ce n'était qu'une suite de détails répugnants, une litanie d'abominations indignes d'un être humain doué de raison. J'ai brûlé le tout et cet incident a cristallisé sa haine. Quelques années plus tard, nos parents sont morts dans l'incendie de notre maison. J'étais absent au moment du drame, mais Diogène a tout vu. Il a entendu leurs appels désespérés et il ne s'en est jamais remis.

L'ombre d'un sourire passa sur le visage de Glinn.

— Je ne crois pas.

— Je vous demande pardon ?

— Je ne doute pas qu'il ait pu être jaloux de vous et que la destruction de ses journaux l'ait rendu furieux, mais cet incident est survenu trop tard pour servir de déclencheur à une haine pathologique obsessionnelle aussi poussée. Je ne crois pas davantage que la scarlatine ait pu faire naître une telle aversion sans raison. Non, monsieur Pendergast. Cette dissension a été provoquée par un *autre incident* survenu nettement plus tôt. C'est précisément l'information qui me fait défaut, et vous seul êtes en mesure de me la fournir.

— Tout ce qui nous concerne, mon frère et moi, figure dans ce dossier. Jusqu'à notre récente rencontre en Italie. Je puis vous assurer que rien d'autre ne saurait expliquer sa haine à mon encontre. Mes placards ne contiennent aucun cadavre.

Glinn s'empara du dossier qu'il feuilleta pendant cinq bonnes minutes avant de le reposer.

— Vous avez raison. Je ne trouve ici aucun cadavre.

— Je vous l'avais dit.

— Il est fort possible que vous en réprimiez le souvenir.

— Je ne réprime rien du tout. J'ai une mémoire exceptionnelle, mes souvenirs les plus anciens sont antérieurs à mon premier anniversaire.

— Dans ce cas, vous me cachez volontairement quelque chose.

Pendergast se raidit sous le regard étonné de D'Agosta. C'était la première fois qu'il voyait quelqu'un s'opposer de la sorte à son ami.

Glinn fixait son interlocuteur d'un regard toujours aussi placide.

— Il m'est impossible d'aller plus loin sans cette information. J'en ai besoin, et tout de suite, ajouta-t-il en regardant sa montre. Je compte faire appel à certains de mes collaborateurs. Ils seront là dans moins d'une heure. Derrière cette porte se trouve une petite pièce équipée d'un lit. Je vous propose de vous y installer confortablement en attendant mes instructions, monsieur Pendergast. Quant à vous, lieutenant, je ne vous retiens pas.

D'Agosta se tourna vers Pendergast. Il n'avait pas le souvenir d'avoir jamais lu auparavant ce qui ressemblait à de la peur sur le visage de l'inspecteur.

— Je ne vais nulle part, rétorqua D'Agosta que l'arrogance de Glinn énervait considérablement.

— N'ayez pas d'inquiétude, Vincent, lui répondit Pendergast avec un léger sourire. L'idée de fouiller mon passé à la recherche de quelque chose qui n'a sans doute jamais existé ne me plaît guère, mais j'en comprends la nécessité. Je vous retrouverai à l'endroit convenu.

— Vous êtes sûr ?

Pendergast fit oui de la tête.

— Et n'oubliez pas. Vous êtes le suivant sur la liste de Diogène et nous serons le 28 janvier dans moins de trois heures. Je vous en conjure, Vincent, faites preuve d'une extrême prudence.

40

Laura Hayward faisait les cent pas dans son bureau en jetant de fréquents coups d'œil à la pendule accrochée au mur. Il lui fallait impérativement canaliser son énergie si elle ne voulait pas exploser et elle préférait encore tourner en rond.

Elle avait passé la soirée à comparer tous les éléments dont elle disposait, avec ceux qu'elle avait pu obtenir de Washington et de La Nouvelle-Orléans à force de persuasion et de ténacité, de cajoleries et de menaces. Elle avait débarrassé le panneau de liège de son bureau de tout ce qui y était affiché et s'était appliquée à réunir en quatre grands secteurs les indices recueillis après l'assassinat de Torrance Hamilton le 19 janvier, de Charles Duchamp le 22, de Michael Decker le 23, et de Margo Green le 26. Il y avait là des tirages de fibres et de cheveux pris au microscope, des clichés de nœuds et de traces de pas, les rapports des médecins légistes, les analyses des taches de sang, des photos prises sur les lieux des crimes, des relevés d'empreintes digitales, des schémas indiquant les déplacements du meurtrier et une multitude d'autres indices plus ou moins parlants. Accrochés avec des punaises de couleur, des fils rouges, jaunes, verts et bleus reliaient entre eux les éléments en rapport les uns avec les autres, et ils étaient nombreux. Si le mode opératoire était à chaque fois différent, Hayward avait la conviction qu'une seule et même personne se trouvait derrière ces quatre meurtres.

Elle en était même sûre.

Le rapport que venait de lui fournir le meilleur spécialiste de psychologie criminelle du NYPD, soigneusement rangé sur son bureau, allait dans ce sens. Mieux, le psychologue dressait un profil de l'assassin. Un profil pour le moins surprenant.

Personne ne se doutait encore de rien à La Nouvelle-Orléans, à Washington, ou encore au siège du FBI. Rocker et Singleton n'étaient pas davantage au courant, mais ils avaient affaire à un tueur en série. Un tueur intelligent, méthodique, froid, sans scrupule, et totalement dérangé.

Lorsqu'elle dirait à Rocker que les quatre affaires étaient liées, ça allait barder. Le FBI, déjà sur les dents à la suite du meurtre de Decker, allait leur tomber dessus à bras raccourcis. Sans parler de la presse qui serait ravie d'en faire ses choux gras. Les tueurs en série ont toujours fait vendre du papier, et celui-ci battait tous les records. Elle voyait déjà la nouvelle s'afficher en lettres énormes à la une du *Post*. Le maire allait vouloir s'en mêler, peut-être même le gouverneur, et Dieu sait où tout ce cirque s'arrêterait.

Mais il lui manquait encore la dernière pièce du puzzle, la plus importante, avant d'appeler Rocker. La pièce maîtresse. Quoi qu'il en soit, elle savait déjà qu'elle se retrouverait aux premières loges à l'heure de la curée, tant les conséquences politiques étaient terribles. Elle n'avait pas le droit à l'erreur si elle voulait encore sauver sa peau.

Elle s'arrêta brusquement en entendant un coup discret à la porte.

— Entrez !

Un homme passa la tête dans l'entrebâillement, une grande enveloppe à la main.

— Où étiez-vous ? Ça fait deux heures que j'attends ce rapport !

— Je suis désolé, bégaya l'homme en pénétrant timidement dans la pièce. Comme je vous l'ai dit au téléphone, on a préféré refaire la vérification trois fois de suite avant de…

— C'est bon. Donnez-moi ça.

Il lui tendit l'enveloppe d'une main tremblante, comme s'il avait peur de se faire mordre.

— Vous avez pu reconstituer l'empreinte ADN ? demanda-t-elle.

— Oui, grâce au sang retrouvé sur le cutter et grâce à la tache sur le plancher de l'exposition. La même empreinte dans les deux cas, mais pas celle de la victime. Et c'est là que ça se complique. Comme l'ADN ne figurait dans aucun des fichiers criminels du FBI, on a suivi vos conseils, on l'a comparé à toutes les autres bases de données disponibles. On a fini par faire mouche dans une base de données fédérale, mais il a fallu faire des pieds et des mains pour obtenir le nom de la personne concernée du fait de clauses de confidentialité. Et alors…

— Et alors ? le poussa gentiment Hayward.

— J'ai revérifié trois fois parce que je voulais être certain de ne pas me tromper. C'est de la dynamite, capitaine.

— Alors ? insista Hayward, suspendue à ses lèvres.

— Vous n'allez pas me croire. Figurez-vous que l'ADN est celui d'un des meilleurs agents du FBI.

Hayward poussa ce qui ressemblait à un ouf de soulagement.

— Mais si, je vous crois. Dieu soit loué, je vous crois même tout à fait.

41

Dans son petit bureau du troisième étage, Eli Glinn attendait. La pièce, pourvue d'une table, de quelques ordinateurs, d'une pendule et d'une étagère, était peinte dans un gris sobre. Rien ne venait égayer les murs, à part la photographie d'une belle femme blonde en uniforme de capitaine, agitant la main depuis le pont supérieur de ce qui semblait être un tanker. Un vers d'un poème de W. H. Auden avait été tracé d'une écriture délicate au bas de la photo.

La pièce était plongée dans une pénombre irisée, l'écran luminescent d'un moniteur haute définition retransmettant les faits et gestes de deux personnages installés dans une pièce du sous-sol : Rolf Krasner, le psychologue attitré de la compagnie, mettait Pendergast en condition.

Glinn suivait la scène avec intérêt. La sagacité de l'inspecteur, sa capacité à interpréter les quelques indices glanés d'un simple coup d'œil, la facilité avec laquelle il avait percé la psychologie de son hôte intriguaient ce dernier, partagé entre agacement et admiration.

À la lueur de l'écran plat encore muet, Glinn feuilleta une nouvelle fois le dossier. La mission que lui avait confiée Pendergast pouvait sembler accessoire, mais elle présentait plusieurs points intéressants. À commencer par les rapports entre les deux frères, dignes de Caïn et Abel. Ce Pendergast était de toute évidence un personnage hors du commun. Glinn n'avait jamais rencontré d'individu capable de rivaliser intellectuellement avec lui, ce qui avait contribué à entretenir sa misanthropie. Et voilà qu'il croisait enfin la route d'un être auquel il pouvait *s'identifier*, pour reprendre une horrible expression à la mode. Le frère de Pendergast semblait plus intelligent encore, mais d'une intelligence exclusivement tournée vers le mal. Un personnage pétri de méchanceté, capable de vouer son existence à l'objet de sa haine avec une fureur obsessionnelle, proche de la passion amoureuse. Seule une expérience dramatique avait pu déclencher une telle exécration.

Glinn releva la tête et vit que Rolf Krasner s'apprêtait à passer aux choses sérieuses. Derrière la bonhomie trompeuse de ce psychologue jovial et patelin, doté d'un charmant accent viennois, se dissimulait un grand professionnalisme. Pour l'avoir souvent vu à l'œuvre, Glinn n'était plus dupe depuis longtemps de l'innocence apparente de ce Docteur Jekyll aux instincts de Mister Hyde.

Pourtant, Krasner n'avait jamais été confronté à un patient aussi brillant.

Glinn alluma le son de son téléviseur en poussant l'interrupteur d'un doigt ferme.

— Cher monsieur Pendergast, disait Krasner d'un air affable, puis-je vous proposer quelque chose avant de commencer. De l'eau ? Un soda ? Un martini ?

Il ponctua sa question par un léger gloussement.

— Rien, je vous remercie.

Pendergast paraissait mal à l'aise, ce qui n'était guère surprenant. Effective Engineering Solutions disposait de trois techniques d'interrogatoire différentes, selon la personnalité des sujets concernés ; une quatrième, plus expérimentale, servait uniquement dans les cas extrêmes. Après en avoir discuté ensemble, Krasner et Glinn n'avaient pas hésité un seul instant. La technique n° 4 n'avait été utilisée qu'à cinq reprises auparavant, mais toujours avec succès.

— Nous allons recourir aux bonnes vieilles méthodes de la psychanalyse, expliqua Krasner. C'est pourquoi je vous demanderai de vous allonger sur ce divan de façon à ne pas me voir.

Pendergast s'installa comme le lui demandait le psychologue et croisa ses mains blanches sur sa poitrine. Si ce n'était les haillons qu'il portait, on aurait pu croire un corps exposé lors d'une veillée funèbre. *Quel personnage fascinant*, pensa Glinn en approchant son fauteuil de l'écran.

— Peut-être aurez-vous reconnu cette pièce, monsieur Pendergast ? demanda Krasner en marchant de long en large.

— Absolument. Il s'agit du 19 de la Berggasse.

— Exactement ! Une réplique du bureau de Freud à Vienne. Nous avons même réussi à nous procurer plusieurs de ses sculptures africaines. Ce tapis persan lui appartenait également. Freud disait de son bureau qu'il était *gemütlich*, un terme allemand intraduisible, synonyme tout à la fois d'agréable, de confortable, de douillet. C'est précisément l'atmosphère que nous avons souhaité recréer ici. Parlez-vous allemand, monsieur Pendergast ?

— Je n'ai malheureusement pas ce bonheur. J'aurais pourtant aimé pouvoir lire le *Faust* de Goethe dans le texte.

— Une œuvre remarquable, à la fois puissante et poétique, approuva Krasner en s'asseyant sur un tabouret, hors du champ de vision de Pendergast.

— Faites-vous appel aux méthodes psychanalytiques d'associations libres ? demanda Pendergast assez sèchement.

— Oh non ! Nous avons mis au point une technique qui nous est propre. Nous privilégions une approche plus directe. Il n'est ni question de piéger le patient, ni d'interpréter ses rêves. Nos références à Freud s'arrêtent au décor de cette pièce.

Krasner conclut par un nouveau gloussement et Glinn ne put retenir un sourire. À l'image des autres méthodes, la technique n° 4 n'était pas exempte de pièges, mais le sujet n'était pas censé s'en apercevoir. Les questions posées étaient extrêmement simples. En apparence, tout du moins. Les patients les plus intelligents pouvaient aisément se laisser leurrer, mais encore fallait-il faire preuve de prudence et de subtilité dans le maniement des questions.

— Je commencerai par vous aider en recourant à des techniques de visualisation très simples, tout en vous posant des questions banales. Ce n'est en aucun cas de l'hypnose, il s'agit uniquement de vous aider à vous concentrer afin de faciliter les réponses. Êtes-vous prêt, Aloysius ? Si je puis me permettre de vous appeler ainsi.

— Vous le pouvez, et je suis à votre disposition, docteur Krasner. Je crains malheureusement de ne pouvoir vous fournir l'information qui vous intéresse. Je ne crois tout simplement pas qu'elle existe.

— Ne vous souciez pas de cela. Détendez-vous, faites ce que je vous dis et répondez à mes questions du mieux que vous le pouvez.

Détendez-vous... Glinn savait déjà qu'une fois l'interrogatoire entamé, Pendergast serait tout sauf détendu.

— Parfait. Je vais commencer par baisser les lumières, et je vous demanderai de fermer les yeux.

— À votre guise.

La pièce se retrouva bientôt plongée dans la pénombre.

— Nous allons commencer par trois minutes de silence, précisa Krasner.

Une éternité s'écoula avant que Krasner reprenne la parole.

— Nous pouvons commencer.

Krasner chuchotait presque, s'exprimant d'une voix douce. Il laissa passer un nouveau silence avant de reprendre.

— Inspirez lentement. Retenez votre respiration. Expirez plus lentement encore. Recommençons. Inspirez, retenez votre respiration, expirez. Relaxez-vous. Très bien. Je voudrais à présent que vous vous placiez dans le cadre de votre choix, celui dans lequel vous vous sentez le mieux au monde. Prenez le temps de vous y installer. Maintenant, regardez autour de vous et respirez l'air à pleins poumons. Vous sentez les odeurs qui vous entourent, vous reconnaissez des sons familiers. Dites-moi à présent ce que vous voyez.

Pendergast ne répondit pas tout de suite. Dans son bureau, quelques étages plus haut, Glinn était littéralement collé à son écran.

— Je me trouve sur une vaste pelouse à l'orée d'un bois de vieux bouleaux. J'aperçois un pavillon d'été, des jardins et un moulin à eau au pied duquel s'écoule une rivière. La pelouse remonte en pente douce jusqu'à une vieille demeure de pierre protégée par des ormes.

— Quel est cet endroit ?

— Ravenscry. La propriété de ma grand-tante Cornelia.

— En quelle année sommes-nous, et à quelle saison ?

— Au milieu du mois d'août 1972.

— Quel âge avez-vous ?

— Douze ans.

— Respirez à nouveau l'air qui vous entoure. Que sentez-vous ?

— L'odeur de la pelouse fraîchement tondue, de légers effluves émanant des pivoines du jardin.

— Qu'entendez-vous ?

— Un engoulevent, la rumeur des feuilles caressées par la brise, le murmure lointain de la rivière.

— Bien, très bien. Vous allez maintenant vous élever lentement dans les airs. Vous flottez au-dessus du parc… Vous survolez la pelouse et la vieille demeure…

— Je les vois.

— Vous vous élevez encore davantage dans les airs, vous voguez à une cinquantaine de mètres au-dessus du sol. Que voyez-vous ?

— Je vois le dessin de la grande maison, les écuries, les jardins, la pelouse, le moulin à eau, l'élevage de truites, le jardin botanique, les serres, le bois de bouleaux, l'allée qui serpente jusqu'à la grille de la propriété. Je vois l'enceinte du parc.

— Qu'apercevez-vous au-delà ?

— La route qui mène à Haddam.

— Nous sommes maintenant la nuit.

— La nuit est tombée.

— Le jour.

— Le jour s'est levé.

— Vous avez bien conscience de voir tout cela dans votre tête ? Vous vous rendez compte que ce ne sont pas des images réelles ?

— Absolument.

— Vous ne devez jamais l'oublier tout au long de l'expérience. C'est vous qui maîtrisez la scène, rien de tout cela n'est vrai. Il s'agit uniquement du fruit de votre imagination.

— J'en suis bien conscient.

— À présent, je voudrais que vous disposiez sur la pelouse les membres de votre famille. Commencez par les présenter les uns après les autres.

— Il y a mon père, Linnaeus. Ma mère, Isabella. Ma grand-tante Cornelia. Cyril, le jardinier, travaille un peu plus loin…

Pendergast marqua une longue pause.

— Quelqu'un d'autre ?

— Mon frère, Diogène.

— Quel âge a-t-il ?

— Dix ans.

— Que font-ils ?

— Ils se tiennent tous debout sur la pelouse, là où je les ai placés.

Pendergast répondait d'une voix sèche, légèrement sarcastique. Il avait manifestement décidé de se protéger derrière un voile d'ironie.

— Je voudrais que vous les animiez, poursuivit Krasner d'une voix caressante. Que font-ils ?

— Ils sont en train de boire le thé sur une couverture étalée à même la pelouse.

— Vous allez maintenant redescendre lentement afin de les rejoindre.

— Je suis avec eux.

— Que faites-vous exactement ?

— Chacun a bu son thé et ma grand-tante Cornelia fait passer à la ronde un plat de petits-fours rapportés de La Nouvelle-Orléans.

— Sont-ils bons ?

— Bien évidemment. Ma grand-tante est une femme de goût.

Pendergast était plus ironique que jamais et Glinn se demanda qui pouvait être cette grand-tante Cornelia. Il feuilleta rapidement le dossier et frissonna en lisant le terrible curriculum de la vieille femme. Il referma aussitôt le dossier. Il aurait tout le loisir de voir ça plus tard.

— Quel thé buvez-vous ?

— Ma grand-tante ne boit que du T.G. Tips, qu'elle fait venir spécialement d'Angleterre.

— Dévisagez maintenant vos voisins. Votre regard se pose sur Diogène.

Un long silence lui répondit.

— À quoi ressemble Diogène ?

— Il est grand pour son âge, le teint pâle, les cheveux très courts, les yeux de deux couleurs différentes. Il est extrêmement mince, avec une bouche très rouge.

— Regardez-le bien dans les yeux. Est-ce qu'il vous voit ?

— Non. Il a détourné le regard. Il n'aime guère qu'on le fixe.

— Continuez à le regarder, ne le quittez pas des yeux.

Nouveau silence.

— J'ai détourné le regard.

— Non. Souvenez-vous, vous maîtrisez la scène. Regardez-le.

— Je n'en ai pas envie.

— Parlez-lui. Dites-lui de se lever, que vous souhaitez lui dire quelque chose en privé.

Un long silence s'ensuivit, au terme duquel Pendergast répondit enfin.

— C'est fait.

— Demandez-lui de vous suivre jusqu'au pavillon d'été.

— Il refuse.

— Il ne peut pas refuser, il est en votre pouvoir.

Le regard rivé à son écran, Gill remarqua qu'un voile de sueur perlait sur le front de Pendergast. *C'est le début…*

— Dites à Diogène que quelqu'un vous attend tous les deux dans le pavillon d'été afin de vous poser des questions. Un certain docteur Krasner. Dites-le-lui.

— C'est fait. Il accepte de le rencontrer. Diogène a toujours été curieux.

— Vous vous excusez auprès des autres membres de votre famille et vous vous dirigez vers le pavillon d'été. Je vous y attends.

— Très bien.

— Vous y êtes ? s'enquit Krasner après un bref moment de silence.

— Oui.

— Très bien. Que voyez-vous ?

— Nous sommes à l'intérieur. Je vois mon frère, je vous vois, je suis également là.

— Bien. Nous allons rester debout. Je vais vous questionner tous les deux. Comme votre frère ne peut pas me répondre directement, c'est vous qui me donnerez ses réponses.

— Si vous y tenez, répliqua Pendergast avec une pointe d'ironie retrouvée.

— Ne l'oubliez pas, c'est vous qui maîtrisez la scène, Aloysius. Diogène est obligé de répondre, car c'est vous qui répondez en fait à sa place. Vous êtes prêt ?

— Oui.

— Dites à Diogène de vous regarder en face. Droit dans les yeux.

— Il ne voudra jamais.

— Obligez-le à le faire. C'est vous qui décidez.

Pendergast ne répondit pas tout de suite.

— C'est bon.

— Diogène, c'est à vous que je m'adresse. Quel est le premier souvenir qui vous reste de votre frère aîné, Aloysius ?

— Il dit qu'il se souvient de moi en train de dessiner.

— Que représente ce dessin ?

— Un simple gribouillage.

— Quel âge as-tu, Diogène ?

— Il dit qu'il a six mois.

— Demandez à Diogène ce qu'il pense de vous.

— Il dit que je me prends pour Jackson Pollock.

Toujours ce ton ironique, s'inquiéta Glinn intérieurement. Décidément, ce Pendergast était un sujet difficile.

— Je vois mal un bébé de six mois penser cela.

— N'oubliez pas que le Diogène que vous interrogez a dix ans, docteur Krasner.

— Fort bien. Demandez bien à Diogène de ne pas vous quitter des yeux. Que voit-il ?

— Rien.

— Comment ça, rien ? Il refuse de vous répondre ?

— Il s'agit de sa réponse. Il dit qu'il ne voit rien.

— Que signifie ce *rien* ?

— Je vous cite ses propre mots : « Je ne vois rien car il n'y a rien à voir. »

— Je vous demande pardon ?

— Il s'agit d'une citation de Wallace Stevens, répliqua Pendergast d'un ton sec. À dix ans, Diogène avait déjà un faible pour Stevens.

— Lorsque tu dis *rien*, Diogène, cela signifie-t-il que tu considères ton grand frère Aloysius comme une entité inexistante ?

— Il rit. Il répond que c'est vous qui le dites, pas lui.

— Pourquoi ?

— Il éclate de rire.

— Combien de temps vas-tu rester à Ravenscry, Diogène ?

— Il dit qu'il y restera jusqu'à la rentrée des classes.

— Où vas-tu à l'école ?

— À Saint Ignace de Loyola sur Lafayette Street, à La Nouvelle-Orléans.

— Tu aimes l'école, Diogène ?

— Non. Il dit qu'il ne voit pas l'intérêt de se retrouver enfermé dans une pièce avec vingt-cinq simples d'esprit sous la direction d'un vieil hystérique.

— Quelle est ta matière préférée à l'école ?

— Il dit qu'il adore la biologie expérimentale... dans la cour.

— À présent, Aloysius, je voudrais que vous demandiez à Diogène de répondre à trois questions. Veillez à ce qu'il y réponde. Souvenez-vous, vous avez la maîtrise de ses réponses. Vous êtes prêt ?

— Je suis prêt.

— Diogène, quel est ton plat préféré ?

— L'armoise et la bile.

— J'attends de vraies réponses.

— Diogène ne répond jamais franchement, docteur Krasner. C'est bien le problème, expliqua Pendergast.

— N'oubliez pas, Aloysius. C'est *vous* qui répondez.

— Et je le fais avec une infinie patience, rétorqua Pendergast, en m'efforçant de réfréner mon incrédulité.

Glinn s'éloigna de l'écran. Quelque chose clochait. Ce n'était pas la première fois qu'un client opposait une certaine résistance. Certains se montraient même très récalcitrants, mais jamais de cette façon-là. Pendergast avait su ériger autour de lui un rempart d'ironie d'une efficacité redoutable. Glinn avait beau s'en agacer, il reconnaissait certains traits de son propre caractère. Pendergast avait une conscience aiguë de lui-même, au point de ne jamais se laisser aller, de ne jamais baisser la garde, de ne jamais laisser tomber le masque derrière lequel il se protégeait du reste du monde.

Glinn n'était pas loin de ressentir le même isolement.

— Très bien. Aloysius, vous vous trouvez toujours dans le pavillon d'été en compagnie de Diogène. Vous avez un pistolet chargé à la main.

— Fort bien.

Glinn haussa les sourcils. Krasner venait de passer à la deuxième phase, sans transition. Il avait décidé d'accélérer le processus.

— Reconnaissez-vous le pistolet ?

— Oui, il s'agit d'un Signature Grade 1911 de calibre 45, un Hilton Yam appartenant à ma collection.

— Donnez-le à votre frère.

— Est-ce vraiment prudent de donner un pistolet à un enfant de dix ans ?

Toujours ce ton sarcastique.

— Faites-le quand même.

— C'est fait.

— Demandez-lui de braquer le canon dans votre direction et de tirer.

— C'est fait.

— Que s'est-il passé ?

— Il rit à gorge déployée. Il n'a pas appuyé sur la détente.

— Pour quelle raison ?

— Il dit qu'il est encore trop tôt.

— Il souhaite vous tuer ?

— Naturellement. Mais il préfère…

Pendergast avait laissé sa phrase en suspens et Krasner s'introduisit dans la brèche.

— Que veut-il exactement ?

— Il souhaite jouer avec moi.

— Quel genre de jeu ?

— Il voudrait m'arracher les ailes afin de voir comment je réagis. Je ne suis qu'un insecte entre ses mains.

— Pour quelle raison ?

— Je ne sais pas.

— Posez-lui la question.

— Il me rit au nez.

— Secouez-le, exigez qu'il vous réponde.

— Je n'ai pas envie de le toucher.

— Attrapez-le. Obligez-le à vous répondre, par la brutalité s'il le faut.

— Cela le fait rire.

— Frappez-le.

— Ne soyez pas ridicule.

— *Frappez-le !*

— Je n'ai pas l'intention de me prêter plus longtemps à ce petit jeu.

— Reprenez-lui son arme.

— Il l'a laissée tomber et…

— Ramassez-la.

— Fort bien.

— Tirez sur lui. Tuez-le.

— Tout ceci est absurde…

— Tuez-le. Je vous l'ordonne. Ce n'est pas la première fois que vous tuez quelqu'un. Vous en êtes capable. Vous *devez* le faire.

Un silence pesant lui répondit.

— Vous l'avez fait ?

— Cette expérience confine au ridicule, docteur Krasner.

— Mais vous l'avez fait, j'en suis sûr. Vous l'avez tué virtuellement.

— Je n'ai rien fait du tout.

— Bien sûr que si. Vous l'avez tué. Vous vous êtes vu en train de le tuer. À présent, vous voyez son corps étendu à vos pieds. Vous ne pouvez pas vous en empêcher.

— C'est…

Pendergast n'alla pas plus loin.

— Vous le voyez, vous ne pouvez pas vous en empêcher. Vous le voyez parce que je vous ordonne de le voir. Attendez… il n'est pas tout à fait mort… Il bouge, il respire encore… Il voudrait vous dire quelque chose. Il rassemble ses dernières forces, il vous fait signe d'approcher, il vous glisse quelques mots à l'oreille. *Que vous a-t-il dit ?*

Un mur de silence s'était érigé entre les deux hommes, que Pendergast finit par briser d'une voix tranchante.

— *Qualis artifex pereo.*

Glinn fit une grimace. Il avait reconnu la citation, mais ce n'était manifestement pas le cas de Krasner. Au moment où Pendergast était censé craquer, il se lançait dans une joute intellectuelle.

— Qu'est-ce que cela signifie ?

— C'est du latin.

— Je vous demande ce que cela signifie.

— « Un artiste s'éteint avec moi ! »

— De qui est cette phrase ?

— Ce sont les dernières paroles de Néron. Une ultime facétie de Diogène.

— Vous avez tué votre frère, Aloysius, et son corps sans vie gît à vos pieds.

Pendergast lui répondit par un soupir agacé.

— C'est la seconde fois que vous le tuez.

— La seconde fois ?

— Vous l'avez déjà tué, il y a des années de cela.

— Je vous demande pardon ?

— Bien sûr que oui. Vous avez tué ce qu'il pouvait y avoir de bon en lui, ne laissant derrière vous qu'une coquille pleine de haine et de méchanceté. Je ne sais pas comment, mais vous avez assassiné son âme !

Devant son écran, Glinn retenait son souffle. Passant à la phase trois de manière inopinée, le docteur Krasner s'exprimait à présent sur un ton acerbe.

— Je n'ai rien fait du tout. Diogène est un être cruel et vide de naissance.

— C'est faux. *Vous avez tué ce qu'il pouvait y avoir de bon en lui !* C'est la seule explication. Vous ne comprenez donc pas, Aloysius ? Diogène voue à votre endroit une aversion presque irréelle. Cette haine, il a bien fallu qu'il aille la chercher quelque part. L'énergie, quelle qu'elle soit, est le fruit de quelque chose. C'est vous qui êtes à l'origine de son exécration, vous l'avez meurtri au plus profond de son âme et vous réprimez le souvenir de ce forfait depuis des années. Vous venez à nouveau de le tuer, littéralement. Il est temps d'accepter enfin l'idée que vous êtes l'auteur de votre propre destin, Aloysius. C'est *vous* le coupable. *Vous !*

Pendergast, immobile sur le divan, le teint cireux, ne disait rien.

— Diogène trouve enfin la force de se relever. Il vous regarde à nouveau, et je voudrais que vous lui posiez une question.

— Laquelle ?

— Demandez-lui ce que vous lui avez fait pour qu'il vous haïsse à ce point.

— C'est fait.

— Quelle est sa réponse ?

— Il rit à nouveau, et il me répond : « Je te hais d'être toi-même. »

— Posez-lui à nouveau la question.

— Il répond que c'est une raison suffisante, que je ne lui ai rien fait de particulier, que sa haine est là spontanément, comme le soleil, la lune ou les étoiles.

— Non, non et non. Que lui avez-vous fait, Aloysius ?

Krasner avait posé la question d'une voix douce, mais insistante.

— C'est le moment de vous libérer d'un poids qui pèse sur vous depuis trop longtemps. Libérez-vous de ce fardeau.

Au lieu de répondre, Pendergast se releva lentement. Il posa les pieds par terre et resta un moment sans bouger, puis il se passa la main sur le visage et regarda sa montre.

— Il est minuit. Nous sommes à présent le 28 et le temps presse. Je n'ai plus le temps de me prêter à ce genre d'exercice.

Il se leva et s'approcha du docteur Krasner.

— Je vous sais gré de vos brillants efforts, docteur. Mais croyez-moi, rien dans mon passé ne saurait justifier la conduite de Diogène. Au cours d'une longue carrière consacrée à l'étude des criminels, j'ai pu me rendre à l'évidence : certains êtres sont des monstres de naissance. On arrive parfois à comprendre comment et pourquoi ils sont passés à l'acte, mais on ne saurait expliquer l'origine du mal qu'ils portent au plus profond de leur être.

Krasner l'observait d'un air navré.

— C'est là que vous vous trompez, mon ami. Les gens ne naissent pas mauvais.

Pendergast lui tendit la main.

— Restons-en là, puisque nous ne sommes pas d'accord.

Dans un même élan, il leva les yeux en direction de la caméra dissimulée dans un recoin du plafond. Face à l'écran, Glinn sursauta. Comment ce diable d'homme avait-il pu deviner ?

— Monsieur Glinn, laissez-moi vous remercier également de vos efforts. Vous trouverez dans ce dossier tout ce dont vous aurez besoin. Je ne peux malheureusement pas vous aider davantage. Quelque chose de terrible surviendra au cours des heures qui viennent, et j'entends tout faire pour l'empêcher.

Sur ces mots, Pendergast tourna les talons et sortit de la pièce.

42

La vieille demeure du 891 Riverside Drive avait été érigée sur l'une des zones géologiques les plus tourmentées de Manhattan. Sous les rues jonchées de détritus de ce quartier déshérité, le sol de schiste avait cédé la place au Manhattan du cambrien. Le gneiss original était traversé de failles, de grottes et de galeries naturelles. L'une de ces failles avait été élargie par la main de l'homme plusieurs siècles auparavant afin de relier directement les entrailles de la vieille maison aux broussailles bordant l'Hudson. D'autres, plus anciennes et plus secrètes encore, sillonnaient les profondeurs du sous-sol à l'insu de tous.

À l'insu de tous, sauf de Constance Greene.

Elle s'enfonçait lentement dans les profondeurs de la terre avec l'assurance d'une personne rompue à l'obscurité. La torche qu'elle tenait à la main n'était pas allumée, elle connaissait si intimement les coins et les recoins de ces galeries étroites qu'elle en frôlait rarement les murs. La faille dans laquelle elle avançait était d'origine naturelle, mais on aurait pu la croire taillée de la main de l'homme tant ses parois étaient lisses et ses marches joliment dessinées par l'érosion.

Constance était la seule personne au monde à arpenter ce monde souterrain.

Jusqu'à ces jours derniers, elle avait espéré ne plus jamais y retourner. Ces galeries évoquaient avec acuité l'époque la plus douloureuse de son existence. Elle avait assisté à des scènes qu'aucun être humain ne devrait connaître. *Il* était arrivé sans crier gare, et *il* avait fait déferler sur son existence la violence et la mort, lui ôtant le seul être qui l'ait jamais rattachée au monde, celui qu'elle avait toujours considéré comme un père. En faisant brusquement irruption dans l'univers qu'elle s'était construit, à l'abri du monde, *le meurtrier* l'avait obligée à trouver refuge dans l'humidité glacée de ces souterrains et elle avait pu croire un instant devenir folle[1].

Mais son esprit était habitué depuis trop longtemps à cheminer sur la voie de la raison pour qu'elle puisse perdre la tête. Lentement, très lentement, elle avait refait surface, s'intéressant à nouveau au monde des vivants. Avec d'infinies précautions, elle avait repris la route de son ancien royaume, réinvestissant peu à peu la vieille demeure du 891 Riverside Drive. C'est alors qu'elle avait aperçu pour la première fois le dénommé Wren dont elle avait longtemps épié les mouvements avant de se révéler à lui.

À son tour, le vieux monsieur l'avait présentée à Pendergast.

Pendergast. Grâce à lui, elle avait pu réapprivoiser le monde, quitter l'ombre de son passé, reprendre pied dans la lumière du présent.

Mais sa guérison n'était pas totale. Seule une frontière ténue la protégeait de la folie lorsque étaient survenus ces événements…

Tout en avançant plus profondément dans l'obscurité, Constance se mordit la lèvre afin de retenir ses sanglots.

Tout finira par s'arranger, se disait-elle désespérément. *Tout finira par s'arranger.* Aloysius ne le lui avait-il pas promis ? Aloysius était capable de tout, même de ressusciter.

Elle commencerait par tenir sa promesse de dormir ici. Personne ne pourrait jamais la trouver dans son refuge, pas même Diogène Pendergast. Elle tiendrait donc sa parole, malgré l'atmosphère sinistre de ce lieu, malgré les souvenirs horribles qui y restaient liés.

La galerie se fit plus étroite avant de se séparer en deux. À droite, le tunnel s'enfonçait en colimaçon dans les profondeurs de la terre ; à gauche, un étroit boyau poursuivait sa route à l'horizontale. Constance s'y engagea sur une distance d'une centaine de mètres, puis elle s'arrêta et alluma enfin sa lampe.

La torche révéla un spectacle surprenant : une petite chambre de deux mètres sur trois au centre de laquelle s'étalait un

1. Voir *La Chambre des curiosités*, L'Archipel, 2003.

précieux tapis persan prélevé dans l'une des caves de la demeure. Des reproductions de tableaux Renaissance apportaient une touche de chaleur aux parois de pierre brute : *La Vierge au long cou* du Parmigianino, *La Tempête* de Giorgione, quelques autres encore. Un lit pliant meublait la pièce, installé aux pieds d'une petite table sur laquelle étaient empilées des œuvres de Thackeray, Trollope et George Eliot à côté de *La République* de Platon et des *Confessions* de saint Augustin.

La température était supportable et une légère odeur de terre et de rocher parfumait l'air, mais le confort de la minuscule retraite de Constance s'arrêtait là.

Elle posa la lampe sur la table, s'installa, et sortit un volume de cuir d'un renfoncement dans la pierre : le dernier tome du journal intime qu'elle tenait lorsqu'elle était la pupille de l'ancêtre de Pendergast.

D'un air pensif, elle le feuilleta longuement avant de trouver la dernière page, rédigée en juillet de l'année précédente.

À deux reprises, elle lut les mots tracés quelques mois plus tôt, effaçant une larme qui coulait sur sa joue, puis elle replaça le livre dans la niche, à côté des précédents. En tout, 43 volumes identiques dont les plus anciens portaient l'empreinte du temps.

Constance restait prostrée, perdue dans ses pensées, la main posée sur le rebord de son étagère improvisée. En se relevant, sa manche avait dévoilé une longue rangée de petites cicatrices sur son avant-bras. Une trentaine au total, toutes parallèles.

Elle sortit de sa rêverie en soupirant. Elle éteignit la lampe, dit une rapide prière dans le noir et s'allongea sur le lit, le visage tourné vers le mur. Alors, les yeux grands ouverts, elle attendit courageusement le sommeil, prête à affronter les cauchemars qui ne manqueraient pas de venir troubler son repos.

43

Viola Maskelene récupéra ses bagages sur un tapis roulant de l'aéroport Kennedy, demanda à un porteur de charger ses valises sur un chariot et de la suivre jusqu'à l'immigration. Il était minuit passé et le fonctionnaire devant lequel elle se présenta lui posa quelques questions sans enthousiasme avant de mettre un tampon sur son passeport et de lui faire signe de passer.

Plusieurs personnes attendaient dans le hall d'arrivée. Elle repéra très vite un homme élancé vêtu d'un costume de flanelle grise, un peu à l'écart. Elle le reconnut aussitôt à son incroyable ressemblance avec son frère : même front dégagé, même nez aquilin, même maintien aristocratique. Il était peut-être un peu plus corpulent, plus grand aussi, les traits plus marqués et les pommettes très saillantes, ce qui donnait à son visage un curieux effet asymétrique. La couleur de ses cheveux, d'un brun presque roux, accentuait la différence, tout comme sa barbe épaisse, soigneusement taillée. Le plus étrange était surtout son regard vairon. Viola se demanda un instant s'il n'était pas aveugle de son œil bleu délavé qui semblait sans vie.

Le cœur de la jeune femme se mit à battre plus fort à l'idée de revoir Pendergast et elle fit un petit signe à Diogène.

Ce dernier lui adressa un large sourire et s'approcha d'un pas nonchalant. Les bras tendus, il prit dans ses mains fraîches et douces celles de la jeune femme.

— Lady Maskelene ?

— Appelez-moi Viola.

— Très volontiers, Viola. Ravi de faire votre connaissance.

Il s'exprimait avec le même accent sudiste et la même indolence que son frère, tout en articulant chaque mot très distinctement, avec une précision presque mécanique qui donnait à son élocution un côté étrange.

— Moi aussi, je suis heureuse de vous rencontrer, Diogène.

— Mon frère fait bien des mystères à votre propos, mais je sais qu'il est impatient de vous voir. Vos bagages, sans doute ?

D'un claquement de doigts, il appela un porteur.

— Les valises de cette dame vont dans la Lincoln noire qui attend juste devant. Le coffre est ouvert, dit-il en faisant apparaître comme par magie un billet de vingt dollars que le porteur remarqua à peine, tant il semblait fasciné par Viola.

Diogène se tourna vers elle.

— Comment s'est déroulé votre voyage ?

— Ces vols transatlantiques sont assez pénibles, répondit-elle avec son accent anglais.

— Je regrette de n'avoir pu vous proposer un vol moins tardif. Comme vous le savez, mon frère est extrêmement occupé ces temps-ci, et l'organisation de votre venue était un peu compliquée.

— Ne vous inquiétez pas. Je suis arrivée à bon port, c'est le principal.

— Vous avez tout à fait raison. Êtes-vous prête ?

D'un geste galant, il lui offrit son bras et elle s'y accrocha, surprise de découvrir sous son manteau des muscles d'acier qui infirmaient sa nonchalance apparente.

— Je ne risquais pas de vous confondre avec quelqu'un d'autre, dit-elle en traversant l'aérogare. Vous vous ressemblez tant avec Aloysius.

— Je prendrai cela comme un compliment.

Ils franchirent une porte tournante et se retrouvèrent dans l'air glacial de la nuit. Un voile de neige poudreuse recouvrait la chaussée.

— Brrr ! s'exclama Viola en frissonnant. Il faisait vingt degrés quand j'ai quitté Capraia. Quel temps barbare !

— Je suppose que vous parlez en degrés Celsius, plaisanta Diogène. Quelle chance vous avez de vivre à l'année dans un tel paradis. Mais voici ma voiture.

Il ouvrit la porte côté passager, attendit que le porteur ait achevé de charger les bagages, et fit le tour de l'auto.

— À dire vrai, je ne vis pas à Capraia toute l'année. En janvier, je rejoins habituellement Louxor où j'effectue des fouilles dans la vallée des Nobles. Mais cette année, à cause de la situation au Proche-Orient, je n'ai pas pu obtenir les autorisations nécessaires.

Diogène mit le moteur en marche, s'éloigna lentement du trottoir et se dirigea vers la sortie de l'aéroport.

— Vous êtes donc égyptologue, répondit-il. Passionnant. J'ai moi-même passé quelque temps en Égypte lorsque j'étais plus jeune, au sein de l'expédition von Hertsgaard.

— L'expédition qui s'était rendue en Somalie à la recherche des mines de diamant de la reine Hatshepsout ? L'expédition au cours de laquelle Hertsgaard a été retrouvé décapité ?

— Exactement.

— C'est formidable ! Il faudra que vous me racontiez ça.

— Formidable, dites-vous ? Je ne suis pas certain que Hertsgaard ait vu la chose sous le même angle.

— On raconte que Hertsgaard aurait localisé ces mines juste avant d'être assassiné. Est-ce vrai ?

Diogène accueillit la question par un rire silencieux.

— J'en doute. Vous savez à quelle vitesse se propagent les rumeurs. Mais l'existence de la reine Hatshepsout elle-même, la seule femme pharaon de l'histoire, est à mon sens plus passionnante que ces mines légendaires. Car elle a bien existé, ce n'est pas moi qui vais vous l'apprendre.

— Une femme extraordinaire.

— Elle prétendait tirer sa légitimité des amours de sa mère et du dieu Amon, dont elle aurait été le fruit. Que dit cette célèbre inscription, déjà ? *Amon trouva la reine endormie dans sa chambre. Attirée par les parfums entêtants qui émanaient du dieu, elle s'éveilla. Il se révéla alors à elle dans toute sa splendeur divine, et lorsqu'il s'approcha d'elle, la reine, pleurant de joie à la vue de sa puissance et de sa beauté, se donna à lui.*

L'ampleur du savoir de Diogène impressionnait Viola. À l'image de son frère, il semblait tout connaître.

— Mais dites-moi, Viola. À quel genre de fouilles procédez-vous dans la vallée des Nobles ?

— Nous avons entrepris de retrouver les sépultures de plusieurs scribes royaux.

— Avez-vous trouvé des trésors ? De l'or, ou mieux encore, des bijoux ?

— Non, rien de tel. Toutes ces tombes ont été pillées dans l'Antiquité. Je m'intéresse surtout aux inscriptions.

— Vous exercez une profession merveilleuse. Je constate que mon frère a eu le bon goût de s'intéresser à une femme de qualité.

— Je connais à peine votre frère, vous savez.

— Les prochains jours devraient vous permettre de combler cette lacune.

— J'en serais ravie, répliqua-t-elle avec un petit rire gêné. Je n'arrive pas à me faire à l'idée que je suis ici. Ce voyage relève du… du caprice, mais je n'ai jamais su résister au mystère.

— Vous rejoignez Aloysius sur ce point. Vous êtes faits pour vous entendre.

Viola se sentit rougir et elle s'empressa de changer de sujet de conversation.

— Vous a-t-il parlé de cette affaire qui le préoccupe tant ?

— Il s'agit de l'une des enquêtes les plus compliquées de sa carrière, mais elle touche à sa fin. Le dénouement doit d'ailleurs survenir aujourd'hui même, ce qui lui laissera tout le loisir d'être avec vous. Il s'est lancé à la poursuite d'un tueur en série, un véritable dément qui semble avoir conçu une haine tenace à son encontre, pour d'obscures raisons. Depuis quelque temps déjà, il multiplie les meurtres et met mon frère au défi de l'arrêter.

— Quelle horreur !

— C'est vrai. Dans le cadre de son enquête, mon frère s'est vu contraint d'entrer en clandestinité et tout le monde le croit mort.

— J'en étais la première persuadée. C'était ce que m'avait dit le lieutenant D'Agosta.

— Il n'était pas au courant, j'étais le seul à connaître la vérité. À la suite de cette triste affaire en Italie, je l'ai aidé en veillant sur sa guérison. Sans vouloir me vanter, je crois bien lui avoir sauvé la vie.

— Il a de la chance d'avoir un frère tel que vous à ses côtés.

— Aloysius a très peu de vrais amis. Il faut bien reconnaître qu'il est assez vieux jeu et plutôt renfermé. Cela explique que je sois tout autant son ami que son frère. Je suis personnellement ravi qu'il vous ait trouvée. Je me faisais beaucoup de souci pour lui depuis l'horrible accident dont a été victime sa femme en Tanzanie.

Sa femme ? En Tanzanie ? Viola brûlait d'envie de demander à Diogène ce qui s'était passé, mais elle préféra n'en rien faire. Aloysius lui raconterait tout le moment venu. En bonne Anglaise, elle n'avait pas l'habitude de se mêler des affaires d'autrui.

— Aloysius ne m'a pas vraiment « trouvée », vous savez. Nous ne sommes guère que des amis occasionnels.

Diogène posa sur elle son étrange regard et répondit en souriant :

— Je crois que mon frère est amoureux de vous.

Viola rougit, à la fois gênée, troublée et perplexe. *Ridicule,* pensa-t-elle. *Comment pourrait-il être amoureux de moi ? Nous ne nous sommes vus qu'une seule fois.*

— Et j'ai tout lieu de croire que vous êtes amoureuse de lui.

Viola se mit à rire d'un air détaché, mais elle n'en éprouvait pas moins une sensation étrange. Dehors, le vent glacial soufflait sur la carrosserie de l'auto noire.

— Tout ceci est un peu prématuré, finit-elle par déclarer.

— Aloysius et moi nous ressemblons beaucoup, mais il est vrai que je suis infiniment plus direct que lui. Excusez ma maladresse.

— N'en parlons plus.

Le long ruban neigeux du Long Island Expressway se déroulait devant eux, enveloppé par la nuit. Il était près d'1 heure du matin et les véhicules étaient rares. Des flocons de neige s'écrasaient sur le pare-brise de la voiture qui filait dans la nuit.

— Aloysius n'a jamais été très direct. Déjà enfant, on ne savait jamais ce qu'il pensait.

— C'est vrai qu'il semble assez impénétrable.

— Extrêmement impénétrable, vous voulez dire. Il ne dit jamais vraiment ce qui le pousse à faire les choses. Je reste persuadé, par exemple, qu'il est entré dans la police dans le seul but de faire oublier les brebis galeuses du clan Pendergast.

— Vraiment ? s'étonna Viola, sa curiosité piquée.

— Oui, répondit Diogène en riant. Prenons le cas de ma grand-tante Cornelia. Il a fallu l'interner à l'unité de psychiatrie criminelle de l'hôpital Mount Mercy, pas très loin d'ici.

La curiosité laissa place à la surprise.

— Une unité de psychiatrie criminelle ?

— Malheureusement oui. Il faut croire que chaque famille a ses vilains petits canards.

— Vous avez sans doute raison, répliqua Viola en pensant à son propre arrière-grand-père.

— Mais certaines familles en ont davantage que d'autres.

Elle acquiesça en lançant un coup d'œil en direction de Diogène. Celui-ci la regardait fixement, et elle s'empressa de baisser les yeux.

— À mon sens, ce sont là des choses qui mettent un peu de piment dans les histoires de famille. Autant avoir un assassin comme arrière-grand-père qu'un vulgaire boutiquier.

— C'est un point de vue, concéda Viola qui trouvait Diogène amusant, mais plus étrange qu'elle ne l'avait cru.

— Vous-même, comptez-vous des criminels parmi vos ancêtres ? demanda-t-il. Mais peut-être suis-je indiscret.

— Pas le moins du monde. Non, il n'y a pas de criminel à proprement parler chez nous, mais il est vrai que l'un de mes ancêtres était un peu particulier. C'était l'un des plus grands violonistes du XIXe siècle. Il était devenu fou sur la fin de sa vie, et il s'est laissé mourir de froid dans une cabane de berger au cœur des Dolomites.

— Voilà qui vient confirmer ma théorie ! J'étais certain que vous aviez des aïeuls intéressants. Je voyais mal des comptables ou des représentants de commerce dans votre arbre généalogique.

— C'est vrai.

— Cela dit, l'un de mes ancêtres était représentant de commerce. Les Pendergast lui doivent d'ailleurs une bonne partie de leur fortune.

— Vraiment ?

— Absolument. Il avait mis au point un médicament douteux, l'Élixir Fabuleux et Fortifiant Glandulaire d'Hezekiah, qu'il proposait à la vente au sein d'une troupe ambulante.

Viola se mit à rire.

— Quel drôle de nom !

— Extrêmement amusant, en effet. Les effets de ce fameux élixir l'étaient moins, il s'agissait d'un mélange hautement toxique de cocaïne, d'acétanilide et d'alcaloïdes végétaux assez dangereux. Il provoquait une forte dépendance chez ceux qui en buvaient et plusieurs milliers de personnes sont mortes d'en avoir abusé, y compris sa propre femme.

Le rire s'étrangla dans la gorge de Viola.

— Je vois, dit-elle, mal à l'aise.

— Il est vrai qu'à l'époque, personne ne connaissait encore les effets pernicieux de la cocaïne, et il serait ridicule de le reprocher aujourd'hui à l'arrière-arrière-grand-père Hezekiah.

— Non, bien sûr.

Le silence s'installa dans l'auto. La neige fine et poudreuse qui tombait sans interruption formait un voile fantomatique dans la lumière des phares.

— Pensez-vous qu'il existe un gène criminel ? demanda Diogène.

— Non, ce sont des fadaises, répondit la jeune femme.

— Je me pose parfois la question, surtout quand je vois le nombre de cas dans ma propre famille. Je pourrais vous parler de l'oncle Antoine, l'un des plus grands tueurs en série du XIXe siècle, qui a assassiné et mutilé près d'une centaine de garçons et de filles arrachés à des maisons de redressement.

— Quelle horreur, murmura Viola, dont le malaise allait croissant.

Diogène lui répondit par un petit rire.

— Les Anglais déportaient les criminels dans leurs colonies. En Géorgie dans un premier temps, en Australie par la suite. Ils étaient convaincus de parvenir ainsi à purger la race anglo-saxonne de ses éléments les plus délétères, mais il n'en était rien. Plus ils déportaient de malfaiteurs, plus le taux de criminalité augmentait.

— Le crime dépend bien davantage des conditions sociales que de la génétique, remarqua Viola.

— Vous croyez ? J'avoue que je n'aurais pas aimé naître pauvre en Angleterre à l'époque de Dickens. Les véritables criminels étaient les membres des castes dirigeantes. Moins d'un pour cent de la population détenait quatre-vingt-quinze pour cent des terres. Des lois iniques permettaient aux lords anglais de se débarrasser à loisir de leurs métayers. Ces malheureux allaient grossir les bataillons des ruraux contraints de se réfugier en ville où ils sombraient dans la délinquance pour ne pas mourir de faim.

— C'est vrai, reconnut Viola.

Diogène semblait oublier qu'elle-même était issue de l'aristocratie anglaise.

— Les choses étaient différentes en Amérique. Dans ce cas, comment expliquer que le crime se soit perpétué de génération en génération au sein d'une même lignée, au même titre que les cheveux blonds ou les yeux bleus ? C'est le cas chez les Pendergast. Après Antoine, voyons voir… il y a eu Comstock Pendergast, célèbre disciple de Mesmer, magicien reconnu et maître de Harry Houdini, qui a tué son associé et toute sa famille avant de se donner la mort en se tranchant la gorge par deux fois. Ensuite…

— Deux fois ? s'étrangla la malheureuse Viola dont les doigts s'étaient machinalement refermés sur la poignée de sa portière.

— Vous avez bien entendu. Il a dû se trancher la gorge à deux reprises, parce qu'il n'avait pas suffisamment enfoncé la lame la première fois. L'idée de saigner lentement jusqu'à en mourir ne devait guère le séduire. C'est curieux, d'ailleurs. Personnellement, je crois que ça ne me dérangerait pas. On prétend qu'il s'agit d'une mort douce, proche du sommeil. Cela me laisserait tout le loisir de voir s'écouler mon sang. La couleur du sang est si délicate. Vous aimez la couleur du sang, Viola ?

— Je vous demande pardon ? demanda Viola qu'un sentiment de peur commençait à envahir.

— La couleur du sang est comparable à celle des plus beaux rubis. À moins que ce ne soit l'inverse. Pour ma part, je ne connais rien de plus beau, au risque de vous paraître excentrique.

Viola tenta de calmer l'appréhension qui la gagnait. La ville était loin derrière eux et la voiture s'enfonçait toujours plus avant dans la nuit, à l'écart des rares îlots de vie encore éclairés à cette heure tardive.

— Où allons-nous ? demanda-t-elle.

— Je vous conduis dans un petit cottage au bord de l'eau, le Springs. Il nous reste à peu près deux heures de route.

— Aloysius nous y attend ?

— Bien sûr. Il meurt d'envie de vous revoir.

Elle avait commis une erreur monumentale en entreprenant ce voyage sans réfléchir. Elle s'était laissé entraîner par le romantisme de l'invitation de Pendergast, soulagée d'apprendre qu'il était encore en vie, mais il lui fallait bien reconnaître qu'elle ne savait rien de lui. Quant à son frère…

L'idée de passer deux heures de plus enfermée à ses côtés dans une voiture lui parut soudain insupportable.

— Viola ? Je suis désolé. Vous vous sentez bien ?

— Oui, oui. Très bien.

— Vous semblez soucieuse.

Elle prit sa respiration.

— Pour tout vous dire, Diogène, je préférerais dormir à New York cette nuit. Je suis plus fatiguée que je ne le croyais et il sera toujours temps de voir Aloysius lorsqu'il arrivera en ville.

— Vous ne pouvez pas lui faire ça. Il serait *accablé*.

— Croyez bien que je le regrette, mais je vous demanderai de faire demi-tour. Je suis désolée de changer d'avis aussi brusquement, mais ce sera mieux ainsi. Je vous en prie, ramenez-moi à New York.

— Comme il vous plaira. Je ferai demi-tour à la prochaine sortie.

— Merci infiniment, dit-elle, soulagée. Je suis vraiment désolée de toutes ces complications.

La voiture approchait de Hempstead. Diogène ralentit, s'engagea sur la bretelle et s'arrêta à hauteur d'un stop. La route était déserte et Viola attendait qu'il redémarre, les doigts agrippés à la portière.

Mais Diogène ne redémarrait pas. Soudain, une odeur désagréable chatouilla les narines de la jeune femme.

Elle se retourna d'un bloc.

— Qu'est-ce…

Une main armée d'un chiffon s'abattit sur sa bouche pendant qu'un bras lui enserrait brutalement le cou, la clouant à son siège. Le tissu nauséabond l'empêchait de respirer. Elle voulut se débattre, à demi asphyxiée, mais une porte invisible s'ouvrit sur la nuit. Incapable de résister davantage, elle s'y engouffra et se sentit tomber en avant tandis que le monde s'écroulait autour d'elle.

44

Le décor était sinistre. Une mince pellicule neigeuse avait recouvert le cimetière la nuit précédente et un vent glacial soufflait à travers les branches des arbres, qui ployaient sous les rafales en faisant tomber de petits paquets de neige sur le sol gelé. La tombe fraîchement creusée formait une blessure sombre sur la terre blanchie. Un tapis d'un vert agressif avait été disposé tout autour de la fosse, un autre cachait à la vue le tas de terre. Le cercueil gisait à côté de l'horrible trou, déjà sanglé à la machine qui permettrait aux fossoyeurs de le descendre dans la fosse. D'énormes bouquets de fleurs fraîches, ballottés par le vent, apportaient une touche de vie irréelle à ce cadre de mort.

Nora ne parvenait pas à détacher son regard du cercueil. Chaque fois qu'elle tournait la tête, ses yeux revenaient automatiquement se poser sur la grosse boîte de bois vernis munie de poignées de laiton. Elle n'arrivait pas à se faire à l'idée que sa nouvelle amie se trouvait là. Morte.

Comment ne pas penser à ce dîner partagé ensemble chez Margo ?

Et comment croire qu'elle ait pu être assassinée quelques heures plus tard ?

Sans compter l'appel angoissant qu'elle avait reçu la veille de Pendergast…

Nora s'obligea à respirer lentement afin de calmer le tremblement qui l'agitait. Elle avait les doigts gourds malgré ses gants et elle ne sentait plus son nez. Le froid était si vif que ses larmes gelaient presque sur son visage.

Le prêtre, vêtu d'un long surplis noir, lisait le rituel du service des morts de l'Église anglicane d'une voix qui fendait l'air glacé. Ils étaient nombreux à s'être déplacés malgré le froid. Énormément de gens du Muséum, preuve que Margo avait su se faire apprécier en très peu de temps. Il est vrai qu'elle avait effectué une partie de ses études au musée. Collopy, le directeur, se tenait au premier rang, accompagné d'une femme ravissante, plus jeune que Nora. La plupart des membres du département d'Anthropologie étaient là, à l'exception des quelques collègues chargés de veiller aux préparatifs de dernière minute de l'exposition, dont l'inauguration aurait lieu le soir même. Nora n'aurait pas dû se trouver là, mais elle s'en serait terriblement voulu de ne pas assister aux obsèques de Margo. Prine, emmitouflé comme un Esquimau, essuyait son nez rouge à l'aide d'un mouchoir en tissu. Manetti, le responsable de la sécurité, était visiblement affecté par la mort de Margo dont il devait se sentir en partie responsable. Nora parcourut la foule du regard et remarqua une femme qui pleurait en silence au premier rang, soutenue par deux employés des pompes funèbres. Sans doute la mère de Margo. Elle avait les mêmes cheveux châtains, les mêmes traits fins et la même silhouette gracile. Il s'agissait apparemment de la seule famille de Margo, qui lui avait dit être fille unique le soir où elles avaient dîné ensemble.

Une rafale plus forte que les précédentes traversa le cimetière, couvrant momentanément les paroles du prêtre qui poursuivait imperturbablement :

— Ô Seigneur, accueille ta servante Margo, notre chère sœur, afin qu'elle se retrouve entre les mains de notre Créateur et de notre Sauveur, en t'implorant de la garder auprès de toi…

Nora se recroquevilla dans son manteau en écoutant machinalement les paroles d'apaisement du prêtre. Elle aurait tant aimé avoir Bill à ses côtés. Le curieux appel de Pendergast l'avait secouée. Car il s'agissait bien de Pendergast, elle l'avait clairement reconnu. Qui pouvait bien en vouloir à Bill ? Où se cachait-il ? Et pourquoi sa propre vie était-elle en danger ? Tout ça était à la fois incroyable et effrayant. Elle avait pourtant la preuve devant elle, dans ce cercueil, que Pendergast disait la vérité.

Un ronronnement la tira de ses pensées. C'était la machine qui descendait le cercueil avec un bruit de moteur et d'engrenages. Le prêtre, contraint d'élever la voix, fit un signe de croix de sa main levée en achevant son invocation. Le cercueil toucha le fond du trou avec un bruit mat et l'officiant invita la mère de Margo à jeter la première poignée de terre. D'autres l'imitèrent, et les mottes de terre gelée frappaient l'une après l'autre le couvercle du cercueil qui rendait un son atrocement creux à chaque nouvelle pelletée.

Nora crut que son cœur allait éclater. Un tel drame, juste au moment où commençait à naître son amitié avec Margo. Une mort tragique au sens premier du terme. Margo, le courage et la conviction personnifiés.

L'enterrement touchait à sa fin et les gens commençaient à remonter l'allée en direction des voitures, précédés par de petits nuages de buée. Nora regarda sa montre et vit qu'il était 10 heures. Elle avait tout juste le temps de retourner au musée où l'attendaient les derniers préparatifs avant l'inauguration.

Elle remontait l'allée lorsqu'elle avisa un homme tout de noir vêtu, quelques pas derrière elle. Il était défait, et elle se fit la réflexion qu'il devait s'agir d'un proche de Margo.

— Nora ? prononça une voix dans son dos.

Étonnée, elle s'arrêta.

— Continuez à marcher.

Inquiète, elle obéit.

— Qui êtes-vous ?

— L'inspecteur Pendergast. Je vous avais pourtant bien dit de ne pas sortir.

— J'ai une vie, vous savez.

— Quelle vie vous restera-t-il si l'on vous tue ?

Nora poussa un soupir.

— Dites-moi ce qui est arrivé à Bill.

— Ainsi que je vous l'ai dit, Bill se trouve en lieu sûr. C'est pour vous que je m'inquiète. Je ne voudrais pas que l'on s'en prenne à vous.

— Qui pourrait s'en prendre à moi ?

— Il m'est impossible de vous en dire davantage. Je puis toutefois vous affirmer que vous êtes en danger. À l'heure qu'il est, vous devriez avoir peur.

— Mais j'ai peur, inspecteur ! J'ai peur depuis que vous m'avez téléphoné, mais je ne peux tout de même pas laisser tomber toutes mes activités. Je vous l'ai dit, j'ai une exposition sur les bras.

Un soupir agacé résonna dans son dos.

— Il cherche à tuer tous mes proches. Il finira par vous tuer, vous aussi, et vous n'aurez plus jamais d'exposition à réaliser.

Loin de s'exprimer d'une voix douce comme à son habitude, Pendergast semblait tendu.

— Tant pis, j'en prends le risque. Je compte bien rester au Muséum toute la journée, l'exposition est suffisamment bien gardée. Quant à l'inauguration, il y aura des centaines de personnes et je ne crains rien.

— Il a déjà prouvé qu'il se fichait de la sécurité du Muséum.

— Mais qui est ce *il*, à la fin ?

— Je vous l'ai dit, je ne suis pas en mesure de vous en dire plus sans vous faire courir un risque supplémentaire. Mais enfin, Nora, que dois-je faire pour que vous vous montriez raisonnable ?

Touchée par son ton désespéré, Nora finit par céder.

— Je suis désolée. Écoutez, il n'est pas dans ma nature de m'enfuir comme une voleuse au premier signe de danger et je travaille à cette inauguration depuis trop longtemps, mais je vous promets d'y réfléchir demain. D'accord ?

— Puisque c'est votre dernier mot…

Nora se retourna et vit s'éloigner la silhouette noire. Jamais elle n'aurait reconnu le Pendergast d'autrefois.

45

D'Agosta s'arrêta un instant devant la porte de Laura Hayward, angoissé à l'idée de la revoir. Il tenta d'effacer le souvenir de la première fois où ils s'étaient retrouvés dans ce bureau et frappa à la porte plus brutalement qu'il ne l'aurait voulu.

— Entrez.

Il poussa la porte avec un pincement au cœur.

Il trouva le bureau de la jeune femme parfaitement rangé. Le désordre soigneusement maîtrisé de Hayward n'était plus de mise, comme si elle avait décidé de concentrer ses efforts sur une seule affaire.

Debout derrière son bureau, charmante dans son uniforme gris de capitaine, elle le regardait droit dans les yeux. D'Agosta crut un instant qu'il n'aurait pas la force d'aller plus loin.

— Assieds-toi, lui demanda-t-elle d'une voix neutre.

— Écoute, Laura, avant toute chose, je voudrais te dire…

— Lieutenant, rétorqua-t-elle. Je vous ai fait venir ici pour des raisons professionnelles, votre vie privée ne m'intéresse pas.

Blessé, D'Agosta affronta son regard.

— Je t'en prie, Laura…

Les traits de la jeune femme s'adoucirent légèrement.

— S'il te plaît, Vincent, ne complique pas la situation. Surtout aujourd'hui. J'ai quelque chose de très, très désagréable à te montrer.

Le ton employé par Hayward avait achevé de refroidir D'Agosta.

— Assieds-toi.

— Je préfère rester debout.

Après un dernier instant de répit, elle se lança :

— Pendergast est vivant.

D'Agosta se raidit. Il s'attendait à tout, sauf à ça.

— Comment l'as-tu appris ? s'exclama-t-il.

Le visage de la jeune femme s'empourpra.

— Alors tu étais au courant.

Dans le silence gêné qui suivit, Hayward posa une feuille de papier devant elle. De loin, D'Agosta vit qu'il s'agissait de notes manuscrites. Il n'avait jamais vu Laura aussi tendue.

— Le 19 janvier, le professeur Torrance Hamilton était empoisonné dans un amphithéâtre de l'université de Louisiane en présence de deux cents étudiants, et il décédait une heure plus tard. Les seuls indices recueillis lors de l'enquête, des fibres noires retrouvées dans son bureau, sont analysés dans ce rapport.

D'un geste brusque, elle désigna un dossier.

— Selon ce rapport, il s'agit de fibres d'une laine mérinos et cachemire extrêmement rare, fabriquée dans une usine de Prato en Italie au cours des années cinquante. Le seul endroit en Amérique où il était possible à l'époque de se procurer ce tissu, j'ai bien dit le seul endroit, était une petite boutique de la rue Lespinard à La Nouvelle-Orléans. Une boutique fréquentée par la famille Pendergast.

Le cœur de D'Agosta fit un bond dans sa poitrine. Se pouvait-il qu'elle le croie enfin, qu'elle ait diligenté une enquête sur Diogène ?

— Laura, je…

— Laisse-moi terminer. À ma demande, les équipes de l'identité judiciaire ont fouillé l'appartement de Pendergast au Dakota, du moins les pièces auxquelles ils ont eu accès, et ils ont prélevé des échantillons de fibres textiles. Ils ont également découvert dans un placard deux douzaines de costumes noirs, tous identiques. L'analyse de ces fibres comme celle des costumes a montré qu'il s'agissait de la même laine mérinos et cachemire noire. Aucun doute là-dessus.

D'Agosta, hébété, commençait à comprendre.

— Le 22 janvier, Charles Duchamp a été pendu depuis la fenêtre de son appartement de Broadway, au coin de la 65e Rue. Cette fois encore, on n'a quasiment rien retrouvé sur place, à part ces mêmes fibres noires. En outre, la corde qui a servi à pendre Duchamp a été tissée à l'aide d'une soie grise très rare. Nous avons fini par découvrir qu'il s'agissait d'une corde utilisée lors de certaines cérémonies bouddhistes au Bhoutan. Dans le cadre de pratiques méditatives, les moines tissent des nœuds d'une complexité extrême. Des nœuds uniques, comme celui-ci.

Elle plaça sous les yeux de D'Agosta une photographie de la corde tachée de sang.

— Ce nœud est connu sous le nom de Ran t'ankha durdag, ce qui signifie « le chemin inextricable de l'enfer ». J'ai appris depuis que l'inspecteur Pendergast avait longtemps séjourné au Bhoutan chez les moines qui réalisent ces nœuds.

— C'est très simple à expl…

— Vincent, si tu m'interromps encore une fois, je te fais bâillonner.

D'Agosta se contraignit à garder le silence.

— Le lendemain, 23 janvier, l'inspecteur en chef Michael Decker était assassiné dans sa maison de Washington, la gorge transpercée à l'aide d'une baïonnette datant de la guerre de Sécession. Cette fois encore, l'identité judiciaire n'a presque rien trouvé, sinon des fibres provenant de cette même laine mérinos et cachemire.

Elle déposa devant D'Agosta un nouveau dossier.

— Vers 2 heures du matin le 26 janvier, Margo Green était poignardée au Muséum d'histoire naturelle de New York. J'ai personnellement consulté la liste du personnel du musée, elle est la dernière à avoir pénétré dans le hall de l'exposition où elle a trouvé la mort, et son meurtrier s'est manifestement servi de sa carte magnétique pour sortir. Pour une fois, on a retrouvé plusieurs indices. Green s'est battue avec son agresseur. Elle s'est défendue à l'aide d'un cutter et elle a réussi à le blesser. On a retrouvé sur place du sang n'appartenant pas à la victime. Sur la lame du cutter, et par terre.

Elle marqua une pause, lui laissant le temps de digérer les informations qu'elle venait de lui donner.

— Le résultat des analyses ADN nous est parvenu tard hier soir, poursuivit-elle en brandissant un document. Le voici.

D'Agosta n'osait pas regarder la feuille. Il connaissait la réponse d'avance.

— Tu as deviné. L'inspecteur Pendergast.

D'Agosta préféra ne rien dire.

— Ce qui m'amène au mobile. Les victimes avaient toutes un point commun, il s'agissait de proches de Pendergast. Hamilton a été le professeur de langue de Pendergast au lycée, Duchamp était son meilleur ami, sinon le seul. Quant à Michael Decker, il a formé Pendergast au FBI ; c'est notamment à lui que Pendergast doit d'avoir pu garder sa place au Bureau, où ses méthodes peu orthodoxes lui avaient valu pas mal d'inimitiés. Enfin, dois-je te rappeler que Pendergast et Margo se sont croisés à deux reprises par le passé, pendant l'affaire des meurtres du Muséum et à nouveau lors de celle des meurtres du métro ? Les tests ont été faits, vérifiés et revérifiés. Le doute n'est plus permis, l'inspecteur Pendergast est un dangereux assassin psychopathe.

D'Agosta, le cœur serré, comprenait enfin pourquoi Diogène avait tiré Pendergast des souterrains de Castel Fosco. Il ne lui suffisait pas d'assassiner les amis de son frère. Il voulait également lui faire porter le chapeau.

— Je voudrais enfin te montrer ceci, ajouta Hayward en lui tendant un rapport dont l'intitulé se détachait en lettres noires :

Profil psychologique du meurtrier
Affaires Hamilton / Duchamp / Decker / Green
Département des Sciences du comportement
FBI – Quantico

— Je ne leur ai pas dit que je soupçonnais l'un des leurs. Je leur ai simplement demandé d'établir le profil psychologique du tueur en leur précisant que ces différentes affaires étaient probablement liées. L'une des victimes appartenant au Bureau, leur rapport m'est parvenu en moins de vingt-quatre heures. Tu le liras en détail si ça te chante, mais je t'en donne les grandes lignes. Nous avons affaire à un homme doté d'une éducation très supérieure à la moyenne, possédant des connaissances avancées en chimie. Il connaît très bien les techniques policières et fait probablement partie de la police. Il est extrêmement calé dans un nombre impressionnant de domaines, notamment les sciences, la littérature, les mathématiques, l'histoire, la musique et la peinture. Il est doté d'un QI situé entre 180 et 200. Il a entre trente et cinquante ans, a beaucoup voyagé et pratique plusieurs langues. C'est probablement un ancien militaire, et il dispose de moyens financiers considérables. Enfin, il est passé maître dans l'art du déguisement. Ça ne te rappelle personne, Vincent ? conclut-elle en le regardant fixement.

D'Agosta ne répondit pas.

— Voilà pour les détails généraux. Passons à l'analyse psychologique.

Elle feuilleta le rapport, à la recherche du chapitre qui l'intéressait.

— Notre homme jouit d'une parfaite maîtrise de lui-même et souffre d'une tendance affirmée à dominer les autres. Organisé et méticuleux, il fonde sa démarche sur la logique. Totalement maître de ses émotions, il est peu enclin à se confier aux autres. Il a très peu de vrais amis, s'il en a, et entretient des relations difficiles avec le sexe opposé. Il a très certainement connu une enfance difficile, avec une mère dominatrice et un père absent, au sein d'une famille peu démonstrative. Il possède une hérédité chargée, marquée par la folie ou le crime. Enfant, il a subi un traumatisme majeur de la part d'un de ses proches – son père, sa mère, un frère ou une sœur – et semble avoir voué son existence à combler ce handicap. Il se méfie de toute forme d'autorité, se considère intellectuellement et moralement supérieur aux autres…

— Un tissu de conneries pseudo-psycho-merdiques, oui ! explosa D'Agosta. Tout est déformé. Pendergast n'est pas du tout comme ça !

Il s'arrêta net en voyant Hayward lever les sourcils.

— Je constate que tu reconnais donc cette personne.

— Bien sûr que je le reconnais ! Mais c'est une caricature grotesque. Jamais Pendergast n'a tué ces gens. Le sang, les indices, tout est bidon ! C'est un coup monté par son frère, Diogène !

Comme il se taisait, la jeune femme insista.

— Vas-y, je t'écoute, dit-elle d'une voix neutre.

— À la suite de nos aventures en Italie, quand tout le monde le croyait mort, Pendergast a été sauvé par Diogène qui l'a envoyé en convalescence dans une clinique. Pendergast étant à l'article de la mort, il lui était facile de récupérer tout ce dont il avait besoin pour le faire accuser. Du sang, des cheveux, ces fibres. Mais tu ne comprends donc pas que c'est Diogène qui est derrière tout ça ? Il déteste Pendergast depuis toujours, ça fait des années qu'il peaufine sa vengeance. Il a envoyé à Pendergast une lettre dans laquelle il lui annonce son intention de commettre un crime majeur. Il lui indique même la date. Aujourd'hui !

— Vincent, tu ne vas tout de même pas t'imaginer que je vais gober cette histoire…

— Laisse-moi parler, l'interrompit D'Agosta. Diogène n'a pas voulu se contenter de tuer son frère, il souhaite le détruire. Il a commencé par tuer ses proches en s'arrangeant pour diriger les soupçons sur…

D'Agosta s'arrêta en pleine phrase car Hayward l'observait avec un mélange de tristesse et de pitié.

— Vinnie, tu m'avais demandé de faire une recherche sur ce Diogène. Tu te souviens ? Eh bien je l'ai faite. Ça n'a pas été sans mal, et voici ce que j'ai trouvé.

Elle prit dans un dossier une lettre à en-tête pleine d'inscriptions officielles qu'elle lui tendit.

— Qu'est-ce que c'est ?

— Un certificat de décès. Celui de Diogène Dagrepont Bernoulli Pendergast, mort dans un accident d'automobile au Royaume-Uni, il y a vingt ans.

— C'est un faux. J'ai vu la lettre qu'il a écrite à Pendergast. Je *sais* qu'il est vivant.

— Qui te dit que cette fameuse lettre n'a pas été rédigée par Pendergast ?

D'Agosta la regarda avec des yeux ronds.

— Tout simplement parce que j'ai vu Diogène. Je l'ai vu, de mes yeux vu.

— Ah oui ? Et où ça ?

— Tout près de Castel Fosco, pendant mon évasion. Il avait les yeux de deux couleurs différentes. Exactement comme nous l'a dit la grand-tante Cornelia.

— Comment peux-tu savoir qu'il s'agissait de Diogène ?

D'Agosta hésita.

— J'en ai eu la confirmation.

— Tu lui as parlé ?

— Non, j'ai vu une photo de lui quand il était petit. Il avait le même visage.

Dans le silence tendu qui s'était installé, Hayward prit le profil psychologique fourni par le FBI et le feuilleta.

— Il y a autre chose que je voudrais te faire lire, dit-elle en lui tendant le rapport ouvert à la bonne page.

Le sujet présente tous les symptômes d'une forme rare de dédoublement de la personnalité. Il s'agit d'une variante du syndrome de Münchhausen par procuration, un désordre qui voit le sujet assumer deux rôles diamétralement opposés : celui de tueur et celui d'enquêteur. Dans un tel cas de figure, il arrive que le coupable soit le fonctionnaire de police chargé d'élucider le ou les meurtres concernés. Il existe des variantes de cette pathologie, notamment celle au cours de laquelle le tueur, simple citoyen et enquêteur improvisé, dame le pion à la police en faisant des « découvertes » de toute première importance. Dans tous les cas, le tueur laisse derrière lui des indices infimes que son double va pouvoir découvrir, mettant ainsi en lumière des pouvoirs d'observation et de déduction exceptionnels. Quelle que soit la position dans laquelle il se trouve, le sujet n'a jamais conscience de l'existence de son double, le lien entre les deux pôles de sa personnalité troublée s'établissant au plan de l'inconscient.

— N'importe quoi. Le syndrome de Münchhausen par procuration concerne toujours des gens qui veulent qu'on s'intéresse à eux. C'est exactement l'inverse de Pendergast, qui cherche systématiquement à éviter de faire parler de lui. Enfin, Laura, tu le connais. Tu as travaillé avec lui, tu dois bien *sentir* au fond de toi que ça ne tient pas debout !

— Je préfère ne pas te dire ce que je sens au fond de moi, répliqua-t-elle en le dévisageant de son regard sombre. Sais-tu pourquoi j'ai tenu à te montrer tout ça, Vinnie ?

— Non, pourquoi ?

— Parce que je te crois en danger. Pendergast est un cinglé dangereux et j'ai peur que tu sois sa prochaine victime. J'en suis même convaincue.

— Eh bien tu as tort. Il ne me tuera pas, tout simplement parce que ce n'est pas lui le tueur.

— Le Pendergast que tu connais n'a même pas conscience d'être le tueur. Il croit à l'existence de Diogène. Il est sincèrement persuadé que son frère est encore vivant et que vous allez lui mettre la main dessus. C'est bien le plus terrible dans cette maladie, insista-t-elle en frappant du doigt le rapport. Diogène, c'est lui ! Les deux coexistent chez Pendergast, mais tu n'as pas encore eu l'occasion de rencontrer son double. Seulement le jour où tu croiseras sa route… *il te tuera !*

D'Agosta, à bout d'arguments, ne disait plus rien.

— Je ne sais pas, reprit Hayward. J'aurais peut-être mieux fait de me taire, dit-elle avant d'ajouter d'une voix dure : Surtout après toutes les conneries que tu as faites ces temps derniers. Je me suis mouillée comme jamais pour toi, je me suis arrangée pour qu'on te donne un super poste, tout ça pour que tu me trahisses et que tu me jettes…

La jeune femme laissa sa phrase en suspens, mais elle en avait trop dit.

— Je t'ai trahie, moi ? Écoute-moi bien, Laura. J'ai essayé de te parler de tout ça, j'ai voulu t'expliquer ce qui se passait, mais tu m'as repoussé en m'accusant de faire une fixette sur la mort de Pendergast. Ce sont tes propres termes. Tu crois peut-être que ça me faisait plaisir ? Et tu crois que ça me plaît aujourd'hui de t'entendre parler de ma naïveté et de ma crédulité, tout ça parce que j'ai la faiblesse de faire confiance à Pendergast ? Tu m'as pourtant déjà vu travailler, tu devrais savoir de quoi je suis capable. Comment peux-tu penser que je me trompe à ce point ?

Hayward ne répondit pas tout de suite.

— Ce n'est ni le lieu ni le moment de parler de ça, finit-elle par dire d'un ton détaché. Ce n'est pas le sujet.

— Ah bon ? Et c'est quoi, le sujet ?

— Je veux que tu dises à Pendergast de se rendre.

D'Agosta faillit s'étrangler. Il aurait pourtant dû s'y attendre.

— Amène-le ici. Pense à ta vie. Pense à ta carrière. Et s'il est innocent, comme tu le prétends, laisse un tribunal en juger.

— Mais enfin, tu sais bien qu'il n'a pas la moindre chance de s'en tirer avec autant d'éléments à charge…

— Je ne te le fais pas dire. Et encore, tu n'as pas tout vu. Mais c'est comme ça que fonctionne le système. Amène-le-nous et les jurés décideront.

— Te l'amener ? Mais comment ?

— J'ai un plan. Tu es la seule personne en qui il ait confiance.

— Si je comprends bien, tu me demandes de le trahir.

— Le *trahir*? Mais enfin, Vinnie, ce type-là est un tueur en série ! Il a déjà tué quatre innocents. Et tu sembles oublier une chose : tu t'es mis dans une belle merde en nous mentant, à Singleton et moi, en oubliant de nous dire qu'il était vivant. Pour ta gouverne, ça s'appelle entrave à la justice. Pendergast est recherché par toutes les polices du pays, un mandat d'arrêt a été lancé contre lui et tu te rends coupable de complicité en refusant de le dénoncer. Tu n'as pas le choix, Vinnie ! C'est le seul moyen de t'en sortir. Ou bien tu nous le livres, ou bien tu vas en prison. C'est aussi simple que ça.

D'Agosta conserva longtemps le silence. Lorsqu'il retrouva enfin sa voix, elle avait perdu tout son mordant.

— Donne-moi vingt-quatre heures. J'ai besoin de réfléchir.

— Vingt-quatre heures ?! Tu plaisantes ou quoi ? Je te donne dix minutes, pas une de plus.

46

Viola avait un mal de tête lancinant en se réveillant. Elle regarda sans comprendre le toit du lit à baldaquin au-dessus de sa tête jusqu'à ce que la mémoire lui revienne brusquement : le trajet interminable en pleine nuit, les remarques de plus en plus étranges du frère de Pendergast, l'agression dont elle avait été victime…

Elle s'obligea à respirer lentement, sans penser à rien, avec l'espoir de refouler la panique qui ne demandait qu'à l'envahir.

Enfin maîtresse d'elle-même, elle se mit en position assise, mais la tête lui tournait et des taches noires dansaient devant elle. Elle ferma les yeux et attendit que son mal de crâne se calme avant de relever les paupières et d'examiner la pièce dans laquelle elle se trouvait.

Il s'agissait d'une petite chambre garnie de meubles victoriens, éclairée par une fenêtre munie de barreaux. Les murs étaient tendus de papier peint rose. Elle se leva avec précaution, soucieuse de ne pas faire de bruit et de ne pas réveiller sa migraine, puis elle s'approcha de la porte dont elle tourna la poignée. Comme elle pouvait s'y attendre, la porte était verrouillée.

Elle ravala à nouveau sa peur et se dirigea vers la fenêtre. La maison se trouvait à quelques centaines de mètres d'une baie marécageuse. De l'autre côté d'une rangée de dunes, une mer agitée battait furieusement le sable. Viola devina au gris terne du ciel qu'on était le matin. Le long de la plage vide, quelques rares pavillons s'abritaient de l'hiver derrière leurs volets tirés.

Elle passa la main à travers les barreaux et tapota le carreau d'un doigt : la vitre était très épaisse, le bruit du ressac ne parvenait même pas jusqu'à elle. Probablement du verre blindé.

Toujours aussi lentement et silencieusement, elle pénétra dans la petite salle de bains attenante. À l'image de la chambre, elle était désuète avec son vieux lavabo et sa baignoire à pattes de lion. Là aussi, la fenêtre protégée par des barreaux était munie de verre renforcé. Elle tourna le robinet et l'eau jaillit, brûlante.

Elle referma le robinet, retourna dans la chambre et s'assit sur le lit, le temps de faire le point. Elle avait l'impression de vivre un cauchemar inextricable. Elle n'avait aucun doute sur l'identité de son ravisseur. Sa ressemblance avec Pendergast était criante. Mais pourquoi l'avoir kidnappée ? Quelles étaient ses intentions ? Et surtout, quel rôle Pendergast jouait-il dans cette affaire ? Comment avait-elle pu se tromper à ce point sur son compte ?

Repensant à leur courte entrevue de l'automne précédent à Capraia, elle prit conscience de l'étrangeté de la situation. Sans doute l'annonce de sa disparition tragique l'avait-elle poussée à sublimer leur rencontre. Et puis cette lettre lui annonçant qu'il était vivant, ces sous-entendus romantiques, ce rendez-vous romanesque…

Elle avait eu tort de se montrer impulsive. Ce n'était pas la première fois, mais elle risquait cette fois de payer cher le prix de sa témérité.

D'Agosta pouvait-il être complice de toute cette mise en scène ? Et s'il s'agissait d'un coup monté destiné à l'attirer dans cette maison ? Aurait-elle pu tomber entre les mains d'un réseau de kidnappeurs ? Si c'était le cas, comptaient-ils exiger une rançon ? Plus elle réfléchissait à toute cette histoire, plus son angoisse s'effaçait derrière l'indignation et la colère. Mais il était hors de question de se laisser aller, elle aurait besoin de toute son énergie si elle comptait s'évader.

Elle retourna dans la salle de bains et dressa un inventaire rapide de son contenu : un peigne en plastique, une brosse à dents, du dentifrice, un verre, des serviettes propres, un gant de toilette, du shampooing. Elle prit le verre sur la tablette. Du vrai verre, lourd et froid.

Elle le tourna et le retourna entre ses mains d'un air pensif. À condition de le briser, elle pouvait s'en faire une arme, ou un outil. Toute tentative d'évasion était impossible par l'une ou l'autre des deux fenêtres, et la porte était très certainement blindée. En revanche, la maison n'était pas récente et elle pouvait espérer venir à bout des murs de plâtre.

Elle enveloppa le verre dans une serviette et le cassa sur le rebord du lavabo, puis elle déplia la serviette et découvrit plusieurs échardes de verre pointues, ainsi qu'elle l'espérait. Munie de la plus acérée, elle retourna dans la chambre, s'approcha d'un mur qu'elle sonda en veillant à faire le moins de bruit possible.

Le morceau de verre glissa sur la paroi en déchirant un lambeau de papier peint. À sa stupeur, Viola vit un éclat métallique. En arrachant le papier peint à l'aide de ses ongles, elle constata que le mur était renforcé à l'aide de tôles d'acier.

Viola sursauta en entendant frapper à la porte. Elle retourna précipitamment dans le lit et feignit d'être endormie.

On toqua à deux autres reprises, puis elle entendit une clé tourner dans la serrure et la porte s'ouvrit en grinçant. Les yeux fermés, elle attendait, le morceau de verre dissimulé contre son corps.

— Je sais que vous étiez debout, ma chère Viola.

Elle décida de rester immobile.

— Je constate que vous avez déjà exploré votre chambre et compris qu'elle était habillée de métal. Assez joué à présent. Redressez-vous. J'ai des choses importantes à vous dire.

Bouillant intérieurement, Viola se redressa et découvrit un inconnu sur le seuil de la pièce. La voix était pourtant bien celle de Diogène.

— Excusez cette allure étrange, mais je me suis habillé avant d'aller en ville. Je dois partir d'ici quelques minutes.

— Un déguisement, à ce que je vois. Vous vous prenez pour Sherlock Holmes ?

L'étrange visiteur acquiesça.

— Que voulez-vous, Diogène ?

— Rien de plus que ce que j'ai déjà. C'est-à-dire vous.

— En quoi puis-je vous être utile ?

Il lui adressa un large sourire.

— En quoi vous pouvez m'être utile ? À dire vrai, je me moque pas mal de vous, à un détail près : vous avez attiré l'attention de mon frère. Je l'ai entendu un jour prononcer votre nom, ce qui n'a pas manqué d'éveiller ma curiosité. Il ne l'a prononcé qu'une seule fois, mais par chance pour moi, vous avez un nom peu commun et votre famille est largement connue, ce qui a grandement facilité ma tâche lorsqu'il s'est agi d'en apprendre plus sur vous. *Beaucoup plus.* Je me suis très vite douté des liens d'affection qui pouvaient vous attacher à mon frère. Votre réponse à ma lettre n'a fait que confirmer mes soupçons et c'est ainsi que j'ai pu remporter le gros lot.

— Vous n'êtes qu'un idiot et vous ne savez rien du tout.

— Très chère Viola, ne vous souciez donc pas de ce que je sais ou ne sais pas. En revanche, il y a deux choses que vous ne savez pas, et que vous devriez savoir. La première, c'est qu'il vous sera impossible de quitter cette pièce dont les murs, le plancher et le plafond sont recouverts de tôle à bateau. Quant aux fenêtres, elles sont équipées de deux couches d'un verre spécial, incassable et insonorisé. Il s'agit en outre de verre sans tain ce qui signifie que vous pouvez voir ce qui se passe à l'extérieur mais que personne ne peut vous voir, quand bien même quelqu'un passerait par ici, ce qui est loin d'être courant. Je vous dis cela pour vous épargner tout effort inutile. Vous trouverez des livres sur les étagères, l'eau du robinet est potable et le tiroir du bas du bureau recèle une boîte de bonbons acidulés qui vous aideront à passer le temps.

— Des bonbons acidulés ? Quelle générosité ! Quelle prévenance !

— N'est-ce pas.

— *N'est-ce pas*, répéta-t-elle en raillant son accent précieux. Mais je croyais que vous aviez deux choses à me dire ?

— En effet. La seconde, c'est qu'il vous faudra mourir. Si vous croyez en l'Être suprême, apurez les derniers comptes que vous pourriez avoir avec lui. Votre mort surviendra demain matin à l'heure habituelle, c'est-à-dire à l'aube.

Sans réfléchir, Viola laissa échapper un rire dur et amer.

— Si vous saviez quel crétin prétentieux vous faites ! *Votre mort surviendra à l'aube.* Vous avez raté votre vocation.

Diogène recula d'un pas et une ombre fugitive passa sur son visage impassible.

— La méchante mégère que voilà !

— Dites-moi au moins ce que je vous ai fait, pauvre cinglé !

— Mais vous ne m'avez rien fait. Je me préoccupe uniquement de ce que vous avez fait à mon frère.

— Mais je n'ai *rien* fait à votre frère ! Quelle est cette sinistre plaisanterie ?

Il lui répondit par un gloussement.

— Une sinistre plaisanterie, en effet. Très sinistre, même.

Viola, trop en colère pour avoir peur, serra machinalement l'éclat de verre entre ses doigts.

— Dites-moi, Diogène. Je vous trouve particulièrement imbu de vous-même pour quelqu'un d'aussi ignoble.

Le gloussement mourut dans la gorge de Diogène.

— Eh bien, je constate que nous n'avons pas la langue dans notre poche, ce matin.

— Vous êtes fou.

— À l'aune des critères imposés par la société, il ne fait guère de doute que je suis bon à enfermer.

Viola plissa les yeux.

— Ainsi donc, vous êtes un adepte du psychiatre écossais R. D. Laing.

— Je ne suis l'adepte de personne.

— C'est ce que vous croyez, dans votre ignorance. Laing a dit : « La maladie mentale est une réponse saine à un monde malade. »

— Je félicite ce monsieur, quel qu'il soit, pour sa clairvoyance. Cela dit, ma chère Viola, je suis au regret de vous dire que le temps me manque pour poursuivre cette charmante conversation.

— Mon cher Diogène, si vous saviez à quel point vous manquez de classe. *Je suis au regret de vous dire que le temps me manque pour poursuivre cette charmante conversation*, persifla-t-elle en imitant à la perfection l'intonation nonchalante de son ravisseur. Vous aurez beau faire, jamais vous ne parviendrez à dissimuler votre rustrerie.

Diogène ne répondit pas. Son sourire avait disparu, mais rien dans son attitude ne laissait deviner qu'elle ait pu le blesser. Viola était la première étonnée de la rage qu'elle sentait monter en elle. Elle était essoufflée et son cœur battait à tout rompre.

Diogène poussa un soupir.

— Vous babillez comme une guenon et vous êtes presque aussi maligne. À votre place, je me montrerais moins loquace et je me préparerais à mourir avec toute la dignité qu'impose votre race.

— Ma *race*, dites-vous ? Mon Dieu, ne me dites pas que vous êtes de ces ploucs américains que la seule vue d'un baronnet au nez rouge ou d'un vicomte édenté fait bander. J'aurais dû m'en douter…

— Viola, ma chère ! Vous vous laissez aller.

— Parce que vous ne vous laisseriez pas aller, si on vous attirait dans un guet-apens à l'autre bout du monde, qu'on vous droguait et qu'on vous retenait contre votre gré dans une chambre en vous menaçant de…

— Cela suffit, Viola ! Je serai de retour aux premières lueurs de l'aube afin de tenir ma promesse. Si vous souhaitez tout savoir, j'entends vous trancher la gorge. Deux fois, en l'honneur de l'oncle Comstock.

La précision glaça les sangs de Viola. Brutalement rattrapée par la peur, elle demanda :

— Mais pourquoi ?

— Enfin une question digne de ce nom. Je vous répondrai en vous disant que je suis un existentialiste invétéré. Je donne un sens à mon existence en me repaissant des restes de la charogne puante qui nous sert d'univers. Sans le vouloir, vous êtes entrée dans ma vie, mais n'allez pas croire que je vous plains. Ce monde déborde d'épreuves et de souffrances, je préfère en être moi-même l'ordonnateur plutôt que la victime. Je n'éprouve aucun plaisir à voir souffrir les autres, à une exception près : l'être haï qui donne un sens à ma vie. Car je vis pour mon frère, Viola. C'est à lui que je dois ma force, ma résolution et mon salut.

— Allez au diable, vous et votre frère !

— Ah, ma chère Viola ! Vous ne saviez donc pas que l'enfer est *ici*, dans ce bas monde ? Rassurez-vous, vous ne tarderez pas à lui échapper.

D'un bond, Viola repoussa ses draps et se rua sur lui en brandissant l'éclat de verre.

En un éclair, elle se retrouva immobilisée à terre. Diogène l'écrasait de tout son poids en lui envoyant au visage une haleine au léger parfum de girofle.

— Au revoir, chère petite guenon, murmura-t-il avant de lui plaquer un long baiser sur les lèvres.

L'instant d'après, il se relevait avec une souplesse inattendue et disparaissait en claquant la porte derrière lui. Viola se jeta contre le battant, mais trop tard. L'écho d'un verrou soigneusement huilé résonna à ses oreilles et elle se retrouva à nouveau seule dans la chambre forte qui lui servait de prison.

47

D'Agosta n'avait pas besoin de vingt-quatre heures pour réfléchir à la proposition de Hayward, ni même de dix minutes. À peine retrouva-t-il la rue qu'il sortit son portable et contacta Pendergast.

Un quart d'heure plus tard, il descendait d'un taxi au coin de Broadway et de la 72e Rue. Le souvenir de son entrevue avec Laura était encore cuisant, mais il n'était pas question de se laisser distraire par des préoccupations personnelles. Il aurait tout le loisir d'y repenser plus tard, quand l'affaire serait terminée. Si jamais il en voyait un jour le bout.

Il remonta la 72e Rue en direction de Central Park dont on apercevait les arbres décharnés dans le lointain. Au premier carrefour, il s'arrêta et sortit à nouveau son portable. *Appelez-moi dès que vous serez à hauteur de Columbus Avenue*, lui avait recommandé Pendergast. L'appartement de l'inspecteur dans le Dakota se trouvait tout près. Il n'avait tout de même pas eu le culot de retourner chez lui en un moment pareil…

Il ouvrit le téléphone et composa un numéro.

— Oui ? répondit la voix de Pendergast.

Quelqu'un pianotait sur un clavier derrière lui.

— Je suis arrivé.

— Fort bien. Allez sans vous faire voir jusqu'au numéro 24. Il s'agit d'un immeuble semi-résidentiel avec des bureaux. La porte est fermée, mais la réceptionniste ouvre habituellement à toute personne d'allure normale. Prenez l'escalier conduisant au sous-sol jusqu'à la porte B-14. Assurez-vous bien de ne pas être suivi, et toquez à sept reprises. Avez-vous tout noté ?

— Oui.

Pendergast raccrocha.

D'Agosta remit son téléphone en poche et poursuivit sa route en direction de Central Park. La façade tarabiscotée du Dakota, tout droit tirée d'un dessin de la famille Addams, se dressait un peu plus loin. Une énorme arche gothique surmontait la guérite du portier. Deux flics en uniforme faisaient les cent pas devant le bâtiment et trois voitures de patrouille attendaient un peu plus loin sur Central Park West.

La cavalerie était là.

D'Agosta ralentit en rasant les murs, l'œil rivé sur ses collègues.

Le numéro 24 était une grande bâtisse de pierre brune. D'Agosta s'assura que personne ne regardait de son côté et il sonna. La porte à peine ouverte, il se précipita à l'intérieur.

Le hall de marbre gris, patiné par les ans, était petit et sombre. D'Agosta adressa un signe de tête à la réceptionniste et se dirigea vers l'escalier du sous-sol. Il en descendit les marches et se retrouva dans un long couloir dont les murs de parpaing étaient troués de portes en fer. Moins d'une minute plus tard, il parvenait à la porte B-14. Il jeta un dernier coup d'œil derrière lui et frappa sept coups.

Après un court silence, un bruit de verrou lui répondit et la porte s'ouvrit sur un portier en uniforme noir et blanc. L'inconnu s'assura que le couloir était bien vide avant de lui faire signe d'entrer.

À son grand étonnement, le lieutenant découvrit non pas une pièce, mais un étroit passage s'enfonçant dans l'obscurité. Le portier fit jouer l'interrupteur d'une lampe électrique et lui ouvrit la voie. Aux parpaings succédèrent des murs de briques puis du plâtre et à nouveau des briques. Après s'être élargi, le couloir se rétrécit à nouveau, au point que les épaules de D'Agosta touchaient les parois. Les deux hommes tournèrent à gauche par deux fois, puis à droite, avant de traverser une cour en plein air à peine plus grande qu'une bouche d'aération. Enfin, ils escaladèrent quelques marches et le portier déverrouilla une porte à l'aide d'une énorme clé.

Le couloir dans lequel ils venaient de pénétrer se terminait en cul-de-sac face à un ascenseur de service. Le portier tira la grille, débloqua l'appareil avec une clé et fit signe à D'Agosta de monter. Le portier referma la grille, tira la porte, manœuvra un grand levier circulaire, et l'ascenseur se mit péniblement en route en grinçant.

La cabine était aveugle, mais à la durée du parcours, D'Agosta évalua à quatre ou cinq le nombre d'étages qu'ils franchissaient. L'appareil s'arrêta enfin et l'homme ouvrit la porte, découvrant une grille coulissante derrière laquelle s'enfonçait un petit couloir menant à une porte. Debout sur le seuil, un Pendergast en costume sombre attendait son visiteur.

D'Agosta s'arrêta net, interdit. Depuis sa résurrection, c'était la première fois qu'il revoyait son vieil ami dans sa tenue habituelle, et non grimé d'une façon ou d'une autre.

— Vincent, l'accueillit Pendergast. Entrez, je vous en prie.

Sans plus de formalité, il l'introduisit dans une petite pièce banale, meublée d'une commode en chêne, d'un canapé en cuir et d'un grand bureau sur lequel s'alignaient quatre iBooks, plusieurs boîtiers électroniques et ce qui avait tout l'air d'être un commutateur réseau. Deux portes se dessinaient sur le mur du fond, l'une était fermée et l'autre laissait entrevoir une salle de bain.

— Ce n'est tout de même pas votre appartement du Dakota ? interrogea D'Agosta, incrédule.

Un léger sourire s'afficha sur les traits de Pendergast.

— Pas exactement, répondit-il en refermant la porte d'entrée. Mon appartement se trouve un étage plus haut.

— Mais alors… où sommes-nous ?

— Disons que c'est mon refuge. Un refuge plutôt high-tech, mis en place l'an dernier avec l'aide d'un allié originaire de l'Ohio, au cas où il me serait provisoirement impossible d'avoir recours à ses services.

— Mais enfin, vous ne pouvez pas rester ici, le quartier grouille de flics ! Je viens du bureau de Laura Hayward et figurez-vous qu'ils ont un tout nouveau suspect.

— Moi-même.

— Comment vous avez deviné ?!

— Je le sais depuis quelque temps déjà, répliqua Pendergast tout en pianotant d'un ordinateur à l'autre. Lorsque je me suis retrouvé chez mon malheureux ami Michael Decker, j'ai retrouvé une poignée de cheveux entre ses doigts. Des cheveux blonds très clairs, or mon frère est roux. J'ai tout de suite compris que Diogène avait mis au point un plan encore plus « intéressant » que je ne l'imaginais. Il ne lui suffisait pas de tuer mes proches, il comptait également me faire accuser à sa place.

— Il y a tout de même les lettres qu'il vous a envoyées. Elles sont bien la preuve qu'il est vivant.

— Malheureusement non. Souvenez-vous de cette écriture étrangement familière. Il s'agissait de ma propre écriture, modifiée de façon à faire croire aux experts graphologues que j'avais tenté de la déguiser.

D'Agosta prit le temps de digérer l'information.

— Pourquoi ne m'avoir rien dit ?

— Je ne voulais pas vous inquiéter plus que de raison. À la vue de cette poignée de cheveux, j'ai compris que Diogène avait eu tout le loisir de recueillir les éléments dont il aurait besoin pendant ma convalescence. Mon sang, en particulier. J'étais conscient qu'on finirait par me soupçonner un jour ou l'autre, même si j'espérais disposer d'un peu de répit. C'était sans compter sur la perspicacité du capitaine Hayward.

— Il y a autre chose. Laura m'a demandé de vous tendre un piège, mais j'ai réussi à gagner du temps. Il n'y a pas une minute à perdre. Ils ont lancé un mandat d'arrêt contre vous. Vous ne pouvez pas rester ici.

— Bien au contraire, Vincent. Il me faut rester ici car il s'agit du seul endroit disposant des ressources dont j'ai actuellement besoin. Souvenez-vous de la lettre volée de Poe. Jamais ils ne penseront à me chercher dans ce refuge. La présence policière aux alentours du Dakota est une simple formalité.

D'Agosta le regardait fixement.

— C'était donc ça ! Vous saviez que Diogène ne s'en prendrait jamais à Laura parce qu'elle enquêtait sur le meurtre de Duchamp. Il se doutait qu'elle finirait par vous suspecter.

— Exactement. À présent, prenez une chaise et je vais vous montrer à quoi je m'occupe, dit Pendergast en désignant son installation informatique. Ces ordinateurs piratent les systèmes de surveillance vidéo de la ville et de plusieurs autres réseaux, notamment ceux des banques et des distributeurs de billets.

Il pointa du doigt l'un des écrans sur lequel s'affichait une mosaïque d'images animées en noir et blanc. Des carrefours, des rues et des barrières de péage défilaient à l'envers à toute vitesse.

— Pourquoi faites-vous ça ? s'étonna D'Agosta.

— J'ai la conviction que Diogène a choisi Manhattan ou ses environs pour passer à l'action. De nos jours, il est impossible de circuler dans une ville telle que New York sans être filmé, photographié ou enregistré à chaque minute.

— Diogène ne manquera pas de se déguiser.

— Sans doute, mais certains traits de comportement échappent au meilleur des déguisements. La façon de marcher, de regarder, de cligner les yeux. Nous nous ressemblons énormément avec Diogène. Je me suis donc filmé et j'ai disséqué ces images à l'aide d'algorithmes qui comparent mon attitude à celle des personnes filmées dans la rue. Sur cet écran, ajouta-t-il en désignant l'un des Macs, je m'intéresse tout particulièrement aux images prises aux alentours du Dakota et de ma maison de Riverside Drive. Nous savons que Diogène s'est déjà rendu là-bas, il est probable qu'il sera également venu rôder dans le quartier. Si je parviens à l'identifier, je n'aurai plus qu'à le suivre dans ses déplacements en espérant comprendre ce qu'il trame.

— Vous allez avoir besoin de réseaux informatiques infiniment plus puissants que ceux-ci.

— D'où l'intérêt de ceci, répondit Pendergast en ouvrant la porte voisine de celle de la salle de bain, découvrant un local rempli de serveurs, de disques durs et autres modules de stockage.

D'Agosta émit un petit sifflement.

— Vous vous y retrouvez dans tout ce merdier ?

— Non, mais je sais m'en servir, répliqua Pendergast en posant sur D'Agosta un regard dans lequel brillait une lueur étrange.

Jamais le lieutenant ne l'avait vu aussi pâle. Ses traits tirés dévoilaient l'énergie trompeuse de quelqu'un qui n'a pas dormi depuis plusieurs jours.

— Diogène est *là*, Vincent. Il se cache quelque part parmi ces milliers d'images. S'il veut commettre le crime suprême, il lui faudra bien sortir du bois. C'est là mon unique chance de pouvoir l'arrêter, et cette pièce est le seul endroit disposant des moyens techniques dont j'ai besoin, déclara-t-il en s'escrimant sur son clavier. Cet allié de l'Ohio, dont je vous parlais tout à l'heure, serait infiniment mieux à même que moi d'effectuer un tel travail, mais il a été contraint de disparaître afin… afin de se mettre à l'abri.

— Laura n'est pas du genre à se tourner les pouces. À cette heure, elle a déjà lancé ses hommes à vos trousses.

— Et aux vôtres par la même occasion.

D'Agosta ne répondit pas.

— Ils sont déjà venus fouiller mon appartement, poursuivit Pendergast, sans doute ont-ils fait de même avec ma maison de Riverside Drive. Quant à ce refuge, vous avez pu constater par vous-même qu'il disposait d'une sortie secrète. Même les portiers du Dakota n'en connaissent pas l'existence, à l'exception de Martyn, que vous venez de rencontrer.

Pendergast s'arrêta un instant de taper.

— Vincent, je voudrais vous demander une chose.

— Laquelle ?

— Allez voir Laura Hayward et dites-lui que vous êtes prêt à l'aider tout en lui affirmant que je me suis évanoui dans la nature et que vous n'avez aucune idée de l'endroit où je peux me cacher. Inutile de sacrifier inutilement votre carrière.

— Je vous l'ai déjà dit, je reste avec vous.

— Vincent, *j'exige* que vous partiez.

— Aloysius ?

Pendergast lui lança un regard interrogateur.

— Allez vous faire foutre.

Pendergast l'observa longuement avant de réagir.

— Je ne l'oublierai pas, Vincent.

— N'en parlons plus.

L'inspecteur se remit au travail avec un acharnement fiévreux. Une vingtaine de minutes s'étaient écoulées lorsqu'il sursauta brusquement.

— Vous avez trouvé quelque chose ?

— Je crois bien, murmura Pendergast, les yeux rivés sur une silhouette floue qu'il faisait défiler d'avant en arrière.

— C'est lui ? interrogea D'Agosta par-dessus son épaule.

— L'ordinateur en est persuadé, et moi aussi. C'est d'ailleurs curieux, l'image n'a pas été prise près du Dakota, ainsi que je le pensais, mais quelques centaines de mètres plus au nord, près de…

Il fut interrompu par une sonnerie.

— Qu'est-ce que c'est ? s'inquiéta D'Agosta.

— Martyn. Il semble que j'ai de la visite.

D'Agosta tendit le cou.

— La police ?

Pendergast fit non de la tête en appuyant sur le bouton d'un interphone.

— Un coursier à bicyclette pour vous, monsieur, résonna une voix. Il a un pli à votre intention.

— Vous lui avez demandé d'attendre ?

— Oui.

— La police ne l'a pas vu ?

— Non, monsieur.

— Faites-le monter, avec les précautions d'usage.

Pendergast relâcha le bouton et se redressa.

— Voyons de quoi il s'agit, ajouta-t-il d'une voix neutre que trahissait la crispation de son visage.

Puis il se leva et entraîna D'Agosta jusqu'au palier où les deux hommes attendirent près de l'ascenseur sans prononcer une parole. Un ronronnement leur annonça bientôt que la cabine était en route. L'appareil s'arrêta avec un claquement sec, une main tira la grille coulissante et le portier émergea le premier, suivi d'un jeune coursier latino portant un blouson et une écharpe qui tenait à la main une grande enveloppe.

Pendergast pâlit en voyant le pli. Sans un mot, il sortit de la poche de sa veste des gants de chirurgien qu'il enfila, puis il prit dans son portefeuille un billet de vingt dollars et le tendit au coursier.

— Cela vous ennuierait d'attendre ici quelques instants ? demanda-t-il.

— Ben… non, répondit le jeune homme d'un ton hésitant en regardant les gants de son interlocuteur d'un air soupçonneux.

Pendergast lui prit l'enveloppe des mains, échangea un coup d'œil avec le portier et retourna dans le petit appartement en faisant signe à D'Agosta de le suivre.

— Une lettre de Diogène ? s'enquit ce dernier en refermant la porte derrière eux.

Trop occupé pour lui répondre, Pendergast étala une feuille de papier blanc sur le bureau et y déposa l'enveloppe avant de l'examiner sous toutes les coutures. Un fil rouge entrecroisé maintenait le rabat fermé. Pendergast observa un instant le fil, puis il le défit et vida l'enveloppe de son contenu avec précaution.

Une feuille de papier pliée en deux tomba sur la feuille blanche, accompagnée d'une boucle de cheveux noirs.

Pendergast tressaillit. Sans attendre, il se mit à genoux devant la table et déplia la lettre.

Il s'agissait d'un magnifique papier de lin dont l'en-tête en relief représentait deux lunes surmontées d'un œil, posées sur un lion couché. Sous les armoiries, écrite à l'encre brune à l'aide d'une plume d'oie ou d'un stylo à plume, une simple date : 28 janvier.

La lettre ressemblait en tous points à celle que Pendergast avait montrée à D'Agosta dans sa demeure de Riverside Drive, quelques mois plus tôt, à ceci près qu'un message suivait cette fois la date :

Elle a beaucoup de caractère, mon cher frère. Je comprends pourquoi elle te plaît.

Tu apprécieras ce modeste présent à sa juste valeur : une boucle de ses jolis cheveux. Tu l'apprécieras et la conserveras en sa mémoire. Il suffit de les caresser pour sentir l'air si doux de Capraia.

Bien sûr, je pourrais te mentir et cette boucle pourrait provenir de la chevelure d'une autre. À toi de chercher la vérité au fond de ton cœur.

Frater, ave atque vale[1].

— Mon Dieu… balbutia D'Agosta.

Il ne put achever sa phrase, la gorge serrée.

---

1. *Salut et adieu.* Cette phrase a été écrite par Catulle dans un poème d'adieu à son frère décédé.

Du coin de l'œil, il observa Pendergast. Celui-ci, assis par terre, caressait la boucle de cheveux avec une infinie douceur. Il portait sur le visage l'expression d'une telle désolation que D'Agosta détourna le regard.

— Il bluffe peut-être, dit-il. Ce ne serait pas la première fois que votre frère est pris en flagrant délit de mensonge.

Pendergast ne répondit pas. Le silence qui s'était installé dans la pièce avait quelque chose d'effrayant.

— Je vais poser quelques questions au coursier, proposa D'Agosta.

Il sortit de la pièce sans oser se retourner et se glissa jusqu'à l'ascenseur où l'attendait le coursier, sous la surveillance de Martyn.

— Police, déclara-t-il en exhibant brièvement son badge.

D'Agosta avait la curieuse impression que le temps s'était arrêté, comme dans un cauchemar. Une chape de plomb sur les épaules, le moindre mouvement lui coûtait.

Le jeune homme hocha la tête.

— Qui vous a donné ce pli ?

— Un taxi l'a déposé au bureau.

— À quoi ressemblait l'homme ?

— Il n'y avait personne dans le taxi. Rien que le chauffeur.

— Quel type de véhicule ?

— Un taxi jaune de base.

— Vous avez pu relever son numéro ?

D'Agosta savait d'avance que toutes ces questions ne servaient à rien. Diogène n'aurait rien laissé au hasard.

Le coursier secoua la tête.

— Comment avez-vous été payé ?

— Le chauffeur de taxi nous a donné cinquante dollars en nous disant de remettre ce pli à M. Pendergast au premier de la 72e Rue Ouest. En main propre si possible, avec pour instruction de ne parler à personne en dehors de M. Pendergast et du portier.

— Très bien.

D'Agosta nota à tout hasard le nom du jeune coursier et celui de son employeur, puis il prit Martyn à part et lui recommanda de veiller à ce que le gamin ne se fasse pas arrêter par les flics en repartant. Toujours sous le choc, il retourna dans l'appartement d'une démarche pesante.

Pendergast ne leva même pas les yeux sur lui. Assis en tailleur par terre, penché en avant, les avant-bras sur les genoux, le pouce et le majeur de chaque main formant un petit cercle, il regardait fixement la boucle de cheveux posée devant lui. Ses traits avaient retrouvé leur impassibilité habituelle et il ne semblait même pas respirer. On aurait dit qu'il se trouvait à des années-lumière de là.

C'est peut-être le cas, pensa D'Agosta. *Il doit méditer, ou un truc du genre. Ou alors il fait tout pour ne pas perdre la boule.*

— Le coursier ne savait rien, prononça-t-il d'une voix douce. Diogène avait protégé ses arrières.

Pendergast, pâle comme la mort, ne l'entendait même pas.

— Je me demande bien comment Diogène a pu apprendre l'existence de Viola, murmura D'Agosta.

Cette fois, Pendergast lui répondit d'une voix mécanique.

— Pendant la première semaine de ma convalescence, j'étais inconscient. J'aurai probablement prononcé son nom dans mon délire. Rien n'échappe à Diogène. Jamais.

D'Agosta se laissa tomber sur une chaise. Si Laura Hayward, une douzaine d'agents du FBI ou un corps d'armée avaient débarqué dans l'appartement à cet instant-là, il n'aurait même pas levé le petit doigt. On aurait tout aussi bien pu le jeter aux oubliettes. Pour ce que ça aurait changé… Quelle vie de merde…

Les deux hommes étaient prostrés depuis plus d'une demi-heure, sans bouger ni échanger une parole, lorsque Pendergast se releva brusquement. D'Agosta fit un bond sur sa chaise.

— Elle aura pris l'avion sous son vrai nom, déclara Pendergast, les yeux brillants d'excitation.

— Quoi ? fit D'Agosta en se levant à son tour.

— Jamais elle ne serait venue s'il lui avait demandé de prendre un pseudonyme ou d'utiliser un faux passeport. Et s'il m'envoie cette lettre aujourd'hui, c'est qu'elle vient tout juste d'arriver !

Se précipitant sur l'ordinateur le plus proche, il s'acharna sur le clavier.

— J'ai trouvé ! s'exclama-t-il au bout de quelques minutes.
D'Agosta se précipita et lut sur l'écran :

Centre d'information de Folkestone
SQL 4.041.a CONFIDENTIEL

Liste des passagers

Demande enregistrée

Un résultat(s) trouvé(s) :

BA-0002359148
Maskelene, Lady Viola
British Airways Vol 822
Départ : Londres Gatwick LGW, 27 janvier, 11:54 pm GMT
Arrivée : New York Kennedy Intl JFK, 28 janvier 0:10 am EST

Fin

Pendergast quitta l'écran des yeux, le regard incandescent.
— Vite, Vincent. À l'aéroport. Chaque minute compte.
Sans attendre la réponse de son compagnon, il sortit de la pièce et se rua vers l'ascenseur.

48

Pendergast, dans son éternel costume noir, filait à toute allure dans les rues de New York au volant de sa Rolls. *Comme au bon vieux temps*, se dit D'Agosta avec un pincement au cœur. Un bon vieux temps définitivement révolu. Pendergast était recherché par toutes les polices d'Amérique et D'Agosta ne valait guère mieux. Il s'était mis dans un tel pétrin, il lui aurait fallu une tenue d'homme-grenouille pour remonter à la surface.

La Rolls se rangea le long du trottoir devant le hall d'arrivée du terminal 7 et Pendergast en descendit précipitamment en laissant tourner le moteur. Avisant un agent de la police aéroportuaire un peu plus loin, il se précipita à sa rencontre.

— FBI, dit-il en exhibant son badge très rapidement afin que l'autre n'ait pas le temps de déchiffrer son nom.

— À votre service, réagit le flic, très intimidé.

— Nous sommes sur une affaire de première urgence. Merci de veiller sur mon véhicule.

— À vos ordres, répondit l'autre, quasiment au garde-à-vous.

Pendergast pénétra à toute vitesse dans le terminal, les pans de son manteau volant dans son sillage, et D'Agosta le suivit jusqu'au bureau des enregistrements. Un employé replet écoutait d'un air placide les hurlements d'un passager en costume dont la valise avait été volée.

Pendergast fit à nouveau usage de son badge.

— Inspecteur Pendergast, du FBI, et lieutenant D'Agosta du NYPD.

— Il était temps ! s'écria le passager d'un air furieux. Ma femme a des bijoux de *grande* valeur et...

— On ne met jamais des objets de valeur dans un bagage enregistré, l'interrompit Pendergast d'une voix calme tout en le poussant dehors avant de refermer la porte et de donner un tour de clé.

— On dirait que vous avez fait ça toute votre vie, sourit l'employé derrière le comptoir.

— Je cherche l'agent Carter, demanda Pendergast après avoir regardé subrepticement le badge de son interlocuteur.

— Je suis Randall Carter. Que puis-je pour vous ?

— J'ai un petit problème à résoudre et on m'a dit que vous étiez l'homme de la situation.

— Ah bon ? fit l'autre, flatté. Qui…

— J'aurais besoin de visionner les images prises par les caméras de surveillance de l'aéroport la nuit dernière aux alentours de minuit. Chaque minute compte.

— Pas de problème. Je vais appeler le chef de la sécurité.

Pendergast prit un air surpris.

— Vous n'êtes pas au courant ? Tout est déjà réglé.

— Ben… non. C'est bizarre, normalement on aurait dû m'envoyer un SC…

— Aucune importance, le coupa Pendergast. Le plus important est qu'on m'ait adressé à quelqu'un de responsable. J'ai tout de suite vu que vous n'étiez pas du genre à vous abriter derrière le règlement. Dites-moi, ajouta-t-il en posant une main sur l'épaule de son interlocuteur, vous portez un gilet pare-balles, au moins ?

— Un gilet pare-balles ?! C'est-à-dire que… en fait, ce n'est pas obligatoire. Mais pourquoi vous me demandez…

— Ainsi que je vous l'ai dit, chaque minute compte. Allons-y.

— Bien, inspecteur, répondit docilement l'employé en déverrouillant une porte blindée au fond du bureau.

Ils longèrent un couloir aux murs beige jusqu'à une porte que leur guide ouvrit avec une clé, découvrant une vaste salle informatique. Plusieurs dizaines d'écrans relayaient les images des caméras disséminées à travers le terminal. Assis autour d'une table de collectivité, un petit groupe d'agents de sécurité buvaient un café. Un peu plus loin, un technicien fluet s'escrimait rageusement sur un clavier.

— Ces messieurs ont besoin de visionner des bandes, lui expliqua Carter.

— Une minute, râla le technicien.

— Non, tout de suite. Ce monsieur est un inspecteur du FBI et il y a urgence.

Le technicien se leva en soupirant d'un air agacé.

— D'accord, alors montre-moi le SC, dit-il en tendant la main.

— Pas besoin, tout est en règle. Je me porte garant.

L'autre leva les yeux au ciel.

— Bon, qu'est-ce qu'il vous faut ?

Pendergast s'avança.

— Le vol British Airways 822 en provenance de Gatwick a dû atterrir peu après minuit. Il me faut les vidéos du tapis roulant des bagages de ce vol, et surtout celles de la zone d'arrivée, après la douane.

— Asseyez-vous, ça risque de prendre du temps.

— Justement, je n'ai pas le temps.

— Vous êtes gentil, mais je ne peux pas aller plus vite que la musique. Je vais voir ce que je peux faire.

Pendergast lui adressa un sourire carnassier.

— Vous vous appelez Jonathan Murphy, c'est bien ça ? demanda Pendergast d'une voix doucereuse.

— Je vois avec plaisir que vous êtes capable de lire un badge. Félicitations.

— Vous savez, Jonathan, je suis personnellement un ardent partisan de la technique de la carotte et du bâton. Si vous trouvez le moyen de me faire visionner ces bandes d'ici cinq minutes, vous touchez une prime de 10 000 dollars au titre du PDT, le Programme de dédommagement des témoins du FBI. Dans le cas contraire, je m'arrange pour que votre dossier soit définitivement rayé des listes, et vous ne travaillerez plus jamais dans un aéroport de votre vie. Alors, Jonathan : la carotte ou le bâton ?

D'Agosta vit les agents de sécurité se pousser du coude d'un air hilare. Murphy n'avait pas la cote dans le service.

— Tant qu'à faire, je choisis les 10 000 dollars, répondit l'autre avec un sourire niais.

— Je m'en réjouis.

Sans perdre un instant, il s'installa derrière son clavier et se mit à taper furieusement. Des rangées de chiffres défilaient à toute vitesse sur l'écran.

— On n'utilise plus de bandes vidéo depuis un moment, expliqua-t-il. Tout est stocké sur disque dur. Pour vous donner une idée, on a besoin d'un terabyte toutes les…

Il s'arrêta en pleine phrase.

— Ah ! Voilà. Le vol de Londres a atterri à 0 h 10 porte 34. Disons qu'il faut un quart d'heure en moyenne pour récupérer ses bagages avant de passer l'immigration et la douane. En prenant 0 h 20, je calcule large.

Le hall des bagages apparut sur l'écran et Pendergast se pencha en avant, les yeux brillants, tandis que D'Agosta regardait par-dessus son épaule. Un tapis roulant tournait à vide.

— Je vais mettre en accéléré jusqu'à l'arrivée des premiers passagers, suggéra Murphy.

Le tapis roulant se mit à défiler plus vite alors que les secondes s'écoulaient à toute allure au bas de l'écran. Les premiers voyageurs apparurent et Murphy ralentit la bande.

— La voici ! murmura Pendergast d'une voix tendue en désignant une passagère.

D'Agosta reconnut la silhouette mince de Viola Maskelene, un petit sac à la main. Ils la virent s'approcher du tapis roulant, regarder son billet afin de vérifier qu'elle avait bien le ticket d'enregistrement de sa valise puis attendre, les bras croisés.

— Maintenant, fit Pendergast après avoir observé la scène, passez à la zone d'arrivée. À la même heure.

Le technicien cliqua à plusieurs reprises sur la souris et le tapis roulant s'effaça de l'écran, laissant place à une vue du hall d'arrivée où quelques petits groupes attendaient face à la sortie.

— *Là !* s'exclama Pendergast en montrant du doigt un personnage élancé vêtu d'un long manteau noir qui se tenait à l'écart.

Il avait des cheveux tirant sur le roux et regardait nonchalamment autour de lui, comme s'il cherchait quelque chose. Soudain, son regard s'arrêta longuement sur l'œil de la caméra.

D'Agosta dut se retenir de ne pas faire un bond en arrière. L'homme qui les regardait fixement avait le teint mat, des traits marqués, une courte barbe et des yeux de couleurs différentes. D'Agosta reconnut le curieux personnage aperçu sur les hauteurs de Castel Fosco deux mois plus tôt.

L'homme inclina légèrement la tête en adressant un petit signe de main à la caméra et ses lèvres remuèrent, comme s'il voulait dire quelque chose.

Pendergast, livide de rage, se tourna vers le technicien.

— Revenez en arrière et faites-moi un tirage papier de l'homme au moment où il fait un signe.

— Bien, inspecteur.

Quelques instants plus tard, une imprimante ronronnait. Pendergast arracha la photo qu'il fourra dans sa poche.

— En avance rapide, maintenant, jusqu'à ce que la femme sorte de la douane et le rejoigne.

Murphy passa en accéléré jusqu'à l'arrivée de Viola. D'Agosta vit Diogène accueillir cette dernière avec un grand sourire, les mains tendues, avant d'échanger les amabilités d'usage. Diogène héla ensuite un porteur en agitant un billet de banque, et ils ne tardèrent pas à s'éloigner, suivis par le porteur.

Pendergast le montra du doigt.

— Comment s'appelle ce porteur ?

Carter s'approcha de l'écran.

— On dirait Norm Saunders.

— Est-il encore là ?

Carter haussa les épaules.

— Aucune idée.

— Il termine normalement son service à 8 heures, s'interposa l'un des agents de sécurité, mais il lui arrive de faire des heures sup.

Sur l'écran, les deux silhouettes sortaient du terminal.

— Passez à la caméra extérieure.

— OK.

En quelques manipulations, Murphy fit réapparaître Diogène qui avançait sur le trottoir en direction d'une Lincoln noire dont il ouvrit la porte côté passager. Il aida Viola à y prendre place, attendit que le porteur ait refermé le coffre, fit le tour de l'auto et s'installa derrière le volant.

Quelques instants plus tard, la voiture s'éloignait dans la nuit.

— Revenez en arrière et faites-moi un tirage de la voiture en gros plan, ordonna Pendergast. Au moment où il ouvre la porte. Je veux voir l'intérieur de l'auto. Faites aussi un tirage de la voiture en train de s'en aller, afin que nous puissions relever son numéro.

L'imprimante ne tarda pas à cracher les photos demandées, qui rejoignirent la précédente dans la poche de Pendergast.

— Bien. Il est temps d'aller voir ce Saunders.

— Le mieux est d'aller du côté des tapis roulants, précisa Carter.

— Je vous remercie, répondit Pendergast qui s'éloignait déjà.

— Et mes 10 000 dollars ? demanda le technicien.

Pendergast se retourna.

— 10 000 dollars ? Pour vous être contenté de faire votre travail ? Vous devez plaisanter, déclara-t-il sèchement avant de s'éloigner vers la sortie sous les rires étouffés des agents de sécurité.

— Si Saunders est encore là, on le trouvera dans le hall des bagages, insista Carter. Je vais vous y conduire.

Avec l'arrivée simultanée de plusieurs vols, des centaines de passagers étaient agglutinés autour des tapis roulants chargés de valises, et les porteurs ne savaient plus où donner de la tête. Carter trouva le moyen d'arrêter l'un d'eux au passage.

— Tu sais si Saunders fait des heures sup ?

L'autre fit non de la tête.

— Il reprend son service à minuit.

Au même instant, D'Agosta repéra quatre agents de la police aéroportuaire qui surveillaient le trafic des voyageurs depuis une passerelle.

— Je n'aime pas ça, souffla-t-il à l'oreille de Pendergast.

— Moi non plus.

La radio de Carter se mit à crépiter et il la décrocha de sa ceinture.

— Il est temps de filer, murmura D'Agosta.

Ils s'éloignaient à grands pas lorsqu'une voix affolée résonna dans leur dos.

— Hé ! Attendez !

D'Agosta se retourna et vit les agents se jeter au milieu de la foule.

— Vous deux ! Attendez !

Pendergast se dirigea au pas de course vers la sortie du terminal, zigzaguant entre les passagers. Le flic à qui ils avaient confié la Rolls était occupé à parler dans sa radio. Pendergast lui passa sous le nez tandis que D'Agosta s'engouffrait à la hâte dans l'auto, et ses protestations se perdirent dans le rugissement du moteur et le crissement des pneus de la Rolls qui démarrait sur les chapeaux de roue.

Tout en roulant à vive allure sur le JFK Expressway, Pendergast sortit les tirages de sa poche.

— Démarrez mon ordinateur et effectuez une recherche sur une Lincoln Town Car immatriculée dans l'État de New York sous le numéro 453A WQ6. Contactez ensuite par radio le péage de la sortie 11 sur le Van Wyck Expressway et demandez-leur de visionner les vidéos de cette nuit, entre 0 h 30 et 1 heure du matin.

— Où allons-nous ?

— Vers l'est.

— Pourquoi ? Vous ne pensez pas qu'il l'aura ramenée en ville ?

— Si, bien sûr. Mais Diogène semble prendre un malin plaisir à faire tout l'inverse de ce que je pense. C'est pourquoi nous allons jusqu'à la côte.

— D'accord.

— Une dernière chose. Il va nous falloir opter pour un moyen de transport moins voyant, suggéra Pendergast en s'engouffrant dans le parking d'une agence de location Hertz.

Il se gara sur un emplacement vide et coupa le contact.

D'Agosta leva les yeux.

— Vous comptez louer une voiture ?

— Pas la louer. La voler.

49

Pour sa troisième visite dans le bureau du docteur Tisander, Smithback s'était muni d'une pile de livres impressionnante. Il était 8 heures du soir et les pensionnaires de River Oaks avaient fini de dîner depuis belle lurette, mais le directeur était toujours là. Cette fois, le journaliste crut discerner une lueur d'irritation dans son regard condescendant.

— Edward, l'accueillit-il. J'ai beaucoup de travail, comme vous le savez, mais je vous accorde bien volontiers quelques minutes de mon temps.

Smithback s'assit sans y être invité et posa la pile de livres sur le bureau.

— J'ai beaucoup réfléchi à ce dont nous avons parlé avant-hier, commença-t-il. Vous m'avez dit : « Il n'est pas possible de priver quiconque de sa liberté sans de bonnes raisons, et la société y veille scrupuleusement. »

— C'est fort possible.

— Ce sont vos mots exacts. J'ai donc cherché à savoir de quelle façon la société veillait au grain.

Tisander acquiesça d'un air supérieur.

— Je constate avec plaisir que vous avez trouvé votre bonheur dans notre bibliothèque.

— En effet. J'ai même trouvé exactement ce que je voulais.

— Vous m'en voyez ravi, répliqua machinalement Tisander en regardant sa montre.

Smithback tapota la pile de livres.

— Les lois de l'État de New York relatives à l'enfermement des malades mentaux sont parmi les plus sévères du pays.

— J'en suis bien conscient. C'est bien pour cela que nous avons autant de SDF dans les rues.

— La signature des proches est insuffisante pour enfermer un patient contre son gré. Il y a toute une procédure à respecter.

Tisander approuva d'un signe de tête.

— J'ai cru comprendre qu'on devait impérativement être déclaré *non compos mentis* par un juge.

— En effet.

— Le juge ne peut le faire qu'à deux conditions. Des conditions que vous connaissez sûrement, n'est-ce pas, docteur ?

Le médecin, ravi d'étaler son érudition, gratifia Smithback d'un large sourire.

— Bien évidemment. Le patient doit présenter un danger pour lui-même, ou bien présenter un danger pour la société.

— Exactement. Dans le premier cas, les penchants suicidaires du patient, ou bien une tentative de suicide, doivent être avérés par une lettre signée d'un médecin. Dans le second, il faut en général que le patient ait été arrêté par la police.

— Je constate que vous n'avez pas perdu votre temps, mon cher Edward, commenta Tisander.

— Ensuite, une fois la déclaration *non compos mentis* établie, une évaluation psychiatrique du malade est nécessaire avant de pouvoir recommander son enfermement.

— C'est la marche normale des choses. Maintenant, Edward, si ça ne vous ennuie pas, il est 8 heures passées et il est temps de rejoindre votre...

— Ne vous inquiétez pas, je n'en ai que pour une minute, l'interrompit Smithback en sortant un ouvrage de la pile.

Tisander se leva et arrangea les dossiers sur son bureau.

— Si vous me promettez d'aller vite, laissa-t-il tomber en adressant un signe de tête discret à l'infirmier qui se tenait près de la porte.

Smithback tira une feuille et la tendit au médecin.

— J'ai dressé la liste des documents qui devraient se trouver dans mon dossier, conformément aux termes de la loi.

Tisander s'empara de la feuille en fronçant les sourcils.

— La déclaration du juge. Une notification de tentative de suicide, établie par un médecin, ou à défaut une notification d'arrestation. L'évaluation psychiatrique du patient, marmonna-t-il en découvrant la liste. Eh bien, je pense que toutes ces pièces figurent au dossier. À présent, Edward, il est temps de regagner votre chambre.

L'infirmier s'avança.

— Une dernière chose, insista Smithback.

— *Merci*, Edward.

Tisander ne cherchait même plus à dissimuler son exaspération.

— Une dernière question. Qui a réalisé l'évaluation psychiatrique annexée à mon dossier ?

— Nous-mêmes, comme toujours. Rappelez-vous, Edward. Les tests que nous vous avons fait passer à votre arrivée.

— C'est bien là que vous vous êtes trompé, Tisander, réagit Smithback du tac au tac en reposant brutalement sur le bureau le gros volume qu'il tenait à la main. Vous verrez là-dedans que…

— Jonathan ?

L'infirmier planta son impressionnante silhouette à côté de Smithback.

— Par ici, monsieur Jones.

— … la loi exige que l'évaluation psychiatrique soit réalisée par un expert indépendant de l'institution dans laquelle est interné le patient.

— C'est ridicule. Jonathan, soyez gentil de raccompagner M. Jones jusqu'à sa chambre.

— C'est la vérité ! s'écria Smithback alors que l'infirmier le prenait par le bras. Dans les années cinquante, un jeune type a été interné par sa famille avec la complicité de l'asile dans lequel il avait été enfermé. Ils voulaient le spolier de sa part d'héritage. Depuis, on a passé une loi spécifiant que l'évaluation doit être effectuée par un psychiatre indépendant. Vérifiez vous-même. Vous trouverez tous les détails page 337, l'affaire Romanski contre l'hôpital Raynauld.

— Par ici, monsieur Jones, insista l'infirmier en tirant fermement Smithback qui résistait de toutes ses forces.

— Tisander ! cria-t-il par-dessus son épaule. Le jour où je sortirai d'ici, j'entamerai un procès contre River Oaks et contre vous personnellement. À moins d'être en mesure de produire une évaluation indépendante, vous êtes sûr de perdre et je peux vous dire que ça vous coûtera bonbon !

— *Bonsoir*, Edward.

— J'en fais le serment ! Je vous poursuivrai jusqu'en enfer, comme les Furies lancées aux trousses d'Oreste ! Il ne vous restera rien ! Ni votre boulot, ni votre réputation, rien du tout ! J'ai tout le fric qu'il faut, je suis riche comme Crésus, mon dossier vous le confirmera. Vous êtes en tort et je le sais ! Jamais vous n'avez fait appel à un expert indépendant, vous le savez mieux que moi !

L'infirmier saisit Smithback à bras-le-corps.

— N'oubliez pas de refermer la porte derrière vous, Jonathan, fit la voix du docteur Tisander derrière eux.

— Tisander ! hurla Smithback. Vous êtes en train de commettre une bourde monumentale qui va vous coûter cher. Je ne vous laisserai rien, espèce de fils de…

Sa phrase se perdit dans le claquement de la porte qui se refermait.

— Allez, Jones ! Ne faites pas le méchant, conclut l'infirmier en le poussant dans le couloir.

— Ne me touchez pas ! s'écria Smithback en se débattant.

— C'est bon, c'est bon ! Je fais mon boulot, c'est tout, répliqua l'autre d'une voix posée.

Smithback se calma aussitôt.

— C'est vrai, excusez-moi. Si c'est aussi folichon de travailler ici que d'être « pensionnaire », je vous plains, mon vieux.

L'infirmier relâcha son étreinte et Smithback lissa les pans de sa veste.

— C'est bon, Jonathan, ajouta-t-il en s'efforçant de sourire. Remettez-moi dans ma cage. Je trouverai autre chose demain.

Ils atteignaient le bout du couloir lorsque la voix de Tisander se fit entendre dans leur dos.

— Jonathan ? Ramenez-moi M. Jones, je vous prie.

Jonathan s'arrêta.

— On dirait que vous avez droit à une nouvelle audience.

— Ça m'en a tout l'air, répondit Smithback en faisant demi-tour.

Au moment de pénétrer dans le bureau de Tisander, il entendit l'infirmier murmurer à son oreille :

— Bonne chance.

Smithback franchit le seuil de la pièce et trouva Tisander debout, raide comme la justice, un dossier portant la mention « Edward Jones » posé sur sa table à côté du livre ouvert à la page 337.

— Asseyez-vous, lui ordonna Tisander d'une voix aigre en faisant signe à l'infirmier d'attendre dehors.

Smithback obtempéra.

— Vous vous croyez sans doute malin, commença Tisander d'un ton qui n'avait plus rien de condescendant.

Ses traits s'étaient durcis et il avait le teint cireux.

— J'avais raison, murmura Smithback, davantage à lui-même qu'à son interlocuteur.

— Un point de procédure mineur. Aucun hôpital psychiatrique de cet État ne fait jamais appel à des experts extérieurs lorsqu'il s'agit de réaliser une évaluation. Cette loi est ridicule, et je suis persuadé que personne ne la connaît. Il n'empêche, je n'ai pas les moyens de vous garder ici.

— Pour ne pas avoir les moyens, vous n'avez certainement pas les moyens. Je réclamerai jusqu'à votre dernier sou en dommages et intérêts si jamais…

— Monsieur Jones, je vous en prie, l'arrêta-t-il en levant la main, les yeux fermés. Nous ne faisions que vous aider, mais je préfère être pendu que de laisser un enfant gâté de votre espèce défaire tout ce que je me suis efforcé de construire depuis tant d'années. Vous n'en valez pas la peine.

— En clair, ça veut dire que je suis libre ?

— Dès que j'aurai signé votre ordre de sortie. Il est malheureusement trop tard pour le faire ce soir, mais vous pourrez quitter l'établissement dès demain matin 6 heures.

— Demain ? répéta Smithback qui n'en croyait pas ses oreilles.

— S'il ne tenait qu'à moi, je n'attendrais même pas jusque-là. Jonathan ?

L'infirmier ouvrit la porte.

— M. Jones nous quitte demain matin. Veillez à ce qu'il soit traité avec tous les égards d'ici là.

Smithback sortit du bureau sans demander son reste. La porte à peine refermée, il déclara d'un air radieux :

— Jonathan, mon vieux, figure-toi que je me casse d'ici.

L'infirmier lui tapa dans la main avec un grand sourire.

— Comment vous avez fait ?

— Je suis génial, c'est tout, répliqua Smithback avec un haussement d'épaules modeste.

50

Nora Kelly s'arrêta au coin de la 77e Rue et de Museum Drive. La monumentale entrée du musée était surmontée par d'un gigantesque calicot annonçant l'inauguration de l'exposition « Images du Sacré ». L'allée menant au Muséum était noire de véhicules, tous plus luxueux les uns que les autres, desquels descendaient invités et célébrités dans une débauche de fourrures et de smokings, sous les flashes des photographes. Les marches de granit étaient habillées d'un tapis rouge protégé sur les côtés par un cordon cramoisi, comme pour la première d'un film, afin de tempérer les ardeurs de la presse et des curieux.

Nora Kelly en avait la nausée.

Margo Green, assassinée deux jours plus tôt et enterrée le matin même, était déjà reléguée aux oubliettes par la direction du Muséum. Nora hésita un instant à rentrer chez elle, tout en sachant qu'elle pouvait dire adieu à sa carrière si elle le faisait. George Ashton le lui avait bien fait comprendre, sa présence était indispensable. *The show must go on*, lui avait-il glissé d'un ton sentencieux.

Elle prit une profonde inspiration, serra contre elle son manteau de laine et remonta l'allée. Elle s'apprêtait à montrer son badge aux agents chargés de la sécurité lorsqu'elle remarqua un attroupement, légèrement à l'écart. De petits hommes trapus, vêtus de daim et enroulés dans des couvertures multicolores, formaient un cercle et dansaient en psalmodiant des chants rituels au rythme de tambours. Certains agitaient des bouquets d'armoise qui se consumaient en laissant échapper des fumées odorantes. Un instant désarçonnée, Nora se souvint brusquement de la manifestation organisée par les Tanos. Manetti, le responsable de la sécurité du Muséum, flanqué de plusieurs de ses hommes et de quelques policiers en uniforme, palabrait avec les Indiens en faisant de grands gestes. La bousculade avait attiré l'attention des invités dont certains s'approchaient déjà.

— Pardon, pardon, s'excusa Nora en fendant la foule des badauds.

Elle se glissa sous le cordon rouge en tendant son badge au gardien qui tentait de l'en empêcher, et s'approcha des Indiens. Elle fut aussitôt rejointe par une ravissante jeune femme, poursuivie par une meute de paparazzis.

— Vous vous trouvez sur une propriété privée, expliquait Manetti au chef de la délégation Tano. Personne ne vous empêche de manifester, mais faites-le sur le trottoir, pas ici.

— Nous ne manifestons pas, monsieur, répliqua le chef d'une voix calme. Nous prions.

— Quoi qu'il en soit, vous ne pouvez pas rester ici. C'est une propriété privée.

La belle jeune femme s'interposa et Nora reconnut Wanda Meursault, une comédienne aux traits exotiques qui se trouvait sur les rangs pour l'oscar de la meilleure actrice, à en croire les potins.

— Une seconde ! Pourquoi empêche-t-on ces gens de prier ? demanda-t-elle.

Des dizaines de flashes crépitèrent et une forêt de micros s'abattit sur elle tandis que les équipes de télévision allumaient leurs projecteurs pour ne rien perdre de la scène.

Au plan des relations publiques, c'était une catastrophe pour le Muséum.

— Je ne leur interdis pas de prier, rétorqua Manetti d'un ton exaspéré. Je leur dis juste qu'ils sont sur une propriété privée et…

— Mais enfin, ces Amérindiens sont en train de prier ! insista Meursault avant de se tourner vers le chef Tano : Pour quelle raison priez-vous ?

— Nous prions pour nos masques sacrés, qui sont enfermés dans une vitrine de ce musée, répondit le chef.

— Vos masques sacrés sont enfermés dans une vitrine ! s'exclama la jeune actrice d'un air faussement horrifié, pour le plus grand plaisir des cameramen et des photographes.

Il fallait réagir, et vite. Nora s'avança résolument en bousculant Manetti.

— Une petite minute, protesta ce dernier.

— Nora Kelly, commissaire adjointe de l'exposition, se présenta-t-elle en montrant son badge à tous les officiels présents. Laissez-moi faire, monsieur Manetti.

— Professeur, ces gens n'ont pas le droit de se trouver ici et…

— Je sais, merci. Je m'en occupe.

Manetti n'insista pas. Nora constatait une nouvelle fois qu'avec de l'aplomb, on arrive à tout. Il lui avait suffi de hausser le ton et de faire preuve d'assurance, alors que personne ne l'avait missionnée pour éteindre l'incendie.

Elle se tourna vers le chef Tano et constata avec étonnement qu'il avait au moins soixante-dix ans. Le vieil homme, d'une sérénité et d'une dignité impressionnantes, n'avait rien du jeune militant agressif auquel elle s'attendait. Ses compagnons, tous grassouillets, emmitouflés dans des couvertures Pendleton, avaient à peu près le même âge. Le vieux bus Volkswagen à bord duquel ils avaient traversé le pays était garé un peu plus loin sur un emplacement interdit, au risque d'être embarqué par la fourrière à tout moment.

— *Y'aah shas slil dz'in nitsa*, dit-elle au vieil homme qui ouvrit des yeux ronds.

— *Y'aah shas*, répondit-il machinalement. Comment se fait-il…

— J'ai vécu un certain temps parmi les Tanos, mais c'est tout ce que je connais de votre langue, alors n'essayez pas de me répondre, sourit Nora en lui tendant la main. Je m'appelle Nora Kelly, et je suis l'une des commissaires de l'exposition. J'ai parlé avec l'un des vôtres au téléphone il y a quelques jours.

— Oui, c'était moi.

— Dans ce cas, vous devez être monsieur Wametowa.

Le vieil homme acquiesça.

— Que puis-je faire pour vous ? s'enquit Nora.

— Ils veulent prier ! répondit la voix de Wanda Meursault qui se tenait légèrement à l'écart.

Les yeux plongés dans ceux de Wametowa, Nora fit celle qui n'avait pas entendu.

— Nous prions pour les masques, déclara-t-il. C'est tout ce que nous voulons. Avoir le droit de leur parler.

— Vous voulez parler à ces masques?

— Oui. Nous voulons les rassurer, leur dire que nous sommes là et que nous ne les avons pas abandonnés.

Manetti leva les yeux au ciel.

— C'est *tellement* beau! commenta Meursault en présentant son meilleur profil aux caméras dans un nouveau crépitement de flashes.

— Pour nous, ces masques sont vivants et ils possèdent une âme. Cela fait très longtemps que nous ne les avons plus avec nous. Nous sommes venus les réconforter et les bénir.

Nora fit mine de réfléchir, sachant d'expérience que les Tanos se méfiaient de toute décision qui n'était pas longuement méditée.

— Ce n'est pas le meilleur endroit pour prier, dit-elle enfin.

— C'est ce que je me tue à leur répéter, dit Manetti.

Sans le regarder, Nora poursuivit:

— Je me demande s'il n'y aurait pas une autre solution…

— Mais oui, l'interrompit Manetti. Sur le trottoir, là-bas.

Nora le fusilla du regard.

— Nous ne souhaiterions pas nous éloigner davantage de nos masques, expliqua Wametowa.

— Dans ce cas, pourquoi ne pas nous rendre ensemble à l'intérieur? demanda Nora.

— On refuse de nous laisser rentrer.

— C'est moi qui vous invite. Je vais vous conduire jusqu'aux masques et vous aurez tout le loisir de leur parler en toute tranquillité. Avant l'inauguration.

— Vous êtes folle, professeur? protesta Manetti.

Le chef Tano observa longuement la jeune femme, et son visage s'illumina.

— *Eesha lat dzil*, dit-il en s'inclinant devant elle. Mademoiselle Nora, vous êtes douée d'humanité.

— Bravo! s'écria Meursault.

— Il n'en est pas question, s'interposa le chef de la sécurité.

— Monsieur Manetti, j'en prends l'entière responsabilité.

— Mais enfin, vous n'allez tout de même pas faire pénétrer ces gens dans l'exposition avant l'inauguration officielle ! C'est impossible !

— Mais non, rien n'est impossible. C'est même indispensable. Messieurs, si vous voulez bien me suivre.

— Avec plaisir, répondit le chef Tano.

Meursault prit le vieil homme par le bras et ils emboîtèrent le pas à Nora sous le regard de la presse et des curieux.

— Place aux anciens du peuple Tano ! s'exclama Meursault dont la robe pailletée scintillait sous les projecteurs.

La foule s'écarta devant eux et ils montèrent les marches. Sous la conduite de Nora, les Tanos traversèrent la grande rotonde en psalmodiant leurs chants rituels accompagnés de tambours. De tous côtés, les invités les regardaient passer, subjugués, persuadés que la procession faisait partie du spectacle. Le maire, flairant le moyen de se mettre en valeur, s'avança.

Manetti fermait la marche, rouge de colère.

Collopy se précipita à son tour.

— Nora ! Mais enfin, que se passe-t-il ?

— Les Tanos souhaitent s'entretenir brièvement avec leurs masques avant que vous ne coupiez le ruban, glissa-t-elle discrètement à l'oreille du directeur.

— Mon Dieu, mais pour quelle raison ?

— Ils souhaitent prier et bénir les masques. Rien d'autre.

Colllopy fronça les sourcils.

— Ce n'est pas le moment, Nora. Je suis sûr qu'ils peuvent attendre un peu.

La jeune femme le regarda droit dans les yeux.

— Je vous demande de me faire confiance. Je connais bien les Indiens des régions du Sud-Ouest, j'ai vécu parmi eux suffisamment longtemps. Ils ne sont pas venus avec l'intention de déclencher un scandale. Tout ce qu'ils demandent, c'est qu'on les laisse quelques minutes seuls avec leurs masques. Ensuite, je peux vous assurer qu'ils repartiront tranquillement, sans le moindre incident. Croyez-moi, c'est de loin la meilleure solution et je ne doute pas que vous serez de mon avis lorsque vous aurez pris le temps d'y réfléchir, insista-t-elle avant d'ajouter à mi-voix : Sans compter que toute cette affaire est excellente pour notre image.

Une ombre passa sur le visage aristocratique de Collopy. Il regarda Nora, posa un instant les yeux sur Manetti et se tourna vers les Tanos qui attendaient patiemment. Il se racla la gorge et se passa la main dans les cheveux d'un air perplexe, puis il sembla soudain se décider. Un sourire affable aux lèvres, il tendit la main au vieux chef Tano.

— Bienvenue au muséum, monsieur… ?

— Wametowa.

— Mais bien sûr, où avais-je la tête ! Soyez les bienvenus ! L'institution que je dirige est heureuse de recevoir d'éminents représentants du peuple Tano. Je crois savoir que vous avez fait une longue route afin de contempler les masques du Grand Kiva.

— Plus de 3 000 kilomètres.

Un murmure admiratif parcourut la foule.

— Laissez-moi vous dire à quel point nous sommes ravis de votre présence à nos côtés en cette occasion. C'est un honneur pour le Muséum comme pour moi-même.

Nora comprit que la partie était gagnée. Les caméras filmaient la scène et les journalistes de la presse écrite prenaient furieusement des notes.

— Le responsable de nos services de sécurité, M. Manetti, va vous conduire jusqu'au hall d'exposition où vous aurez tout le loisir de, euh… d'admirer les masques sans être dérangés. Monsieur Manetti, je compte sur vous. Et veillez à ce que personne ne dérange ces messieurs pendant qu'ils se recueillent.

— Bien, monsieur le directeur.

— Pensez-vous qu'une demi-heure suffira ? ajouta Collopy en s'adressant au chef Tano.

— Oui, je vous remercie, répondit le vieil homme.

— Voilà qui est parfait ! Vous et votre groupe êtes bien évidemment cordialement invités à vous joindre à notre petite fête, monsieur Wem… euh, Wem…

— Wametowa.

— Exactement. Que pouvons-nous faire d'autre pour vous ?

— Pour le moment, cela suffira.

Les autres Tanos approuvèrent de la tête.

— À vrai dire, nous ne nous attendions pas à être traités avec autant de respect.

— Qu'allez-vous chercher là ! C'est un immense plaisir pour nous ! s'exclama Collopy qui avait retrouvé son aisance coutumière.

Se tournant vers les caméras, il ajouta :

— Le Muséum tient à remercier le peuple Tano de lui avoir fait l'honneur de partager avec le reste de l'humanité ces masques remarquables.

Wanda Meursault applaudit la première, imitée par toute l'assistance.

Tandis que Manetti s'éloignait en compagnie des Indiens en donnant des instructions par radio, Nora s'écroula sur la première chaise qui se trouvait à sa portée, les jambes flageolantes. C'était le plus bel hommage qu'elle puisse rendre à Margo.

Elle émergea de ses pensées en voyant une main lui tendre une flûte de champagne et découvrit Hugo Menzies, resplendissant dans un smoking de la première élégance, la crinière savamment rejetée en arrière et un grand sourire aux lèvres.

Il glissa la flûte entre ses doigts en lui donnant une petite tape amicale sur le dos et s'installa à côté d'elle.

— Vous a-t-on jamais dit que vous étiez géniale ? dit-il en riant. C'est le plus beau coup publicitaire auquel il m'a été donné d'assister.

Nora secoua la tête.

— Un coup qui aurait pu tourner à la catastrophe.

— Sans vous, c'était la catastrophe assurée, je suis bien d'accord. Non seulement vous avez su parler aux Tanos, mais vous faites passer le Muséum pour un modèle d'intégrité. Bravo.

Le regard brillant, Menzies frétillait littéralement de plaisir. Nora ne l'avait jamais vu aussi excité.

Elle avala une gorgée de champagne. Quelle semaine ! Bill menacé de mort, Margo assassinée, le stress des jours précédant l'inauguration, l'avertissement de Pendergast… Épuisée, elle n'avait qu'une envie : rentrer chez elle, s'enfermer à double tour et se traîner jusqu'à son lit. Au lieu de ça, il lui faudrait passer la soirée à sourire, pontifier et faire des ronds de jambe.

Menzies posa une main amicale sur son épaule.

— Quand tout ce cirque sera terminé, vous prendrez une semaine de vacances. Vous l'avez bien méritée.

— Merci. Si seulement je pouvais la prendre tout de suite…

— Allons ! Encore quelques heures de patience.

Nora leva sa flûte.

— Encore quelques heures, répéta-t-elle en buvant une nouvelle gorgée de champagne.

Les invités commençaient à s'approcher des buffets et un quatuor à cordes jouait *L'Empereur* de Haydn. Le Muséum avait mis les petits plats dans les grands, et les tables débordaient de blinis au caviar, de jambon fumé, de fromages français et italiens, de baguettes croustillantes, de crudités, d'huîtres, de queues de homard, d'esturgeon fumé, de vins variés et de champagne. Des serveurs virevoltaient de tous côtés, armés de plateaux d'argent.

— Vous devriez aller saluer nos invités, lui conseilla Menzies.

— Mon Dieu, soupira la jeune femme.

— Venez, je vous accompagne dans la fosse aux lions.

Il lui prit gentiment le bras et l'entraîna au-devant des invités. Nora, assaillie de questions par les journalistes qui la happaient au passage, recevait les félicitations de la plupart de ceux qu'elle croisait, persuadés que son petit numéro avec les Tanos faisait partie du programme.

Nora et Menzies rejoignirent enfin une table où les attendaient plusieurs collègues, ainsi que le professeur Ashton. Ils commençaient tout juste à manger lorsque Collopy, accompagné de sa jeune épouse, grimpa sur le podium et prononça un discours plein d'esprit, comme à son habitude.

L'heure de l'inauguration proprement dite arriva enfin. Nora, Menzies, Ashton et quelques autres s'avancèrent tandis que Collopy, une énorme paire de ciseaux à la main, feignait de s'escrimer sur le ruban. Les portes d'« Images du Sacré » s'ouvrirent enfin sous les applaudissements du public qui se précipita à l'assaut de l'exposition.

Sollicités de toutes parts, Nora et ses collègues entamèrent la visite. À côté de la jeune femme, Menzies lui glissait des compliments chaque fois qu'ils passaient devant l'une des vitrines dont elle avait la charge. Les Tanos étaient repartis, non sans avoir déposé au pied des masques quelques offrandes : des morceaux de turquoise, des grains de pollen, de la farine de maïs. Sur le seuil de la dernière salle d'exposition, Menzies s'inclina devant Nora.

— Mission accomplie, sourit-il d'un air malicieux. Vous pouvez vous éclipser. Je n'ai malheureusement pas cette chance, du travail m'attend encore dans mon bureau. Je vous propose de reparler ensemble de ces vacances la semaine prochaine.

Après une dernière courbette, il s'éloigna, laissant Nora, heureuse de pouvoir enfin rentrer chez elle.

51

Pour la centième fois en moins de deux jours, Larry Enderby fut tenté de démissionner. Il commençait à en avoir ras le bol de cette saleté de Muséum sinistre et glauque.

Non content de travailler dans une pièce aveugle en sous-sol, il avait fallu qu'il tombe sur le cadavre de cette pauvre fille. Depuis quarante-huit heures, il n'arrivait pas à se défaire de cette vision d'horreur. Et pas un jour de congé pour se remettre, pas la moindre cellule psychologique en vue, à croire que la direction n'en avait rien à foutre et qu'il comptait pour du beurre. À voir la manière dont ils avaient inauguré l'expo sans se soucier d'elle, Margo Green aussi comptait pour du beurre.

Il ne la connaissait pas vraiment, mais elle s'était toujours montrée très gentille avec lui les quelques fois où ils s'étaient croisés. Pas comme les administrateurs et autres chefs de service, qui prenaient systématiquement le petit personnel pour des sous-fifres.

Enderby refusait de se l'avouer, mais il en voulait surtout à ses supérieurs d'avoir choisi le jour où le Muséum organisait sa plus belle réception en cinq ans pour mettre en route le nouveau système de sécurité dans une nouvelle salle. Bref, il se retrouvait une fois de plus enfermé dans sa cave face à son écran d'ordinateur au lieu de s'empiffrer de caviar et de champagne avec les gens de la haute.

Il avait pourtant été invité à la réception, comme tous les employés du musée.

Il fit rouler sa chaise en arrière en poussant un soupir à fendre l'âme.

— Ça va ? lui demanda Walt Smith, son responsable, depuis le pupitre de commande.

Smitty s'était montré particulièrement sympa avec lui depuis sa triste mésaventure. D'ailleurs, tout le monde dans le service lui parlait avec ménagement, comme s'il avait perdu un proche.

— Si on faisait un petit break, histoire de faire un tour là-haut ? demanda Enderby. Je n'aurais rien contre un ou deux canapés à la crevette.

Smitty fit non de la tête.

— J'ai bien peur que ce ne soit pas possible, Larry. Désolé, répondit-il en jonglant entre son Black Berry et son téléphone.

— Allez, Smitty ! tenta de l'amadouer Jim Choi, l'informaticien, de l'autre côté du tableau de commande. Rien qu'une demi-heure. Je te dis pas combien de crevettes je suis capable d'ingurgiter en une demi-heure. Ils ont presque fini, là-haut. Il faut se dépêcher si on veut qu'il reste encore quelque chose à manger.

— Vous savez bien qu'on ne peut pas modifier le planning comme ça. C'est le tour du Hall Astor. Vous croyez peut-être qu'on pourrait reculer l'horloge atomique de cinq minutes sans que personne ne s'en aperçoive ? répliqua Smitty en riant grassement de sa propre plaisanterie.

Choi leva les yeux au ciel. Quelle flèche, ce Smitty !

Enderby posa les yeux sur la barbiche de Smith qui s'agitait au rythme de son hilarité. Une barbiche négligée et pleine de trous, qui lui tenait au menton par trois poils et qu'on s'attendait à voir tomber à chaque instant. Enderby était de mauvaise humeur, mais il reconnaissait volontiers que Smitty n'était pas un mauvais bougre. À trente-cinq ans, c'était déjà un vieux de la vieille qui avait fait son trou en commençant par le bas de l'échelle. Un type pointilleux, sans un brin d'humour, mais prêt à défendre ses troupes à condition que chacun fasse correctement son job. Après tout, ce n'était pas la faute de Smitty si les huiles du Muséum voulaient que le nouveau système de sécurité soit opérationnel le plus vite possible.

Smitty se leva et traversa la pièce en direction des dizaines de petits écrans de contrôle qui tapissaient le mur du fond. Tous affichaient des images en noir et blanc de vitrines plongées dans l'obscurité et de salles désertes ; seule la demi-douzaine de moniteurs en bas à droite rendait compte de l'activité intense qui régnait dans le grand hall du Ciel où se déroulait la réception. Depuis son poste, le cœur gros, Enderby voyait les images danser sur son écran. Pendant qu'il suait sang et eau à son pupitre au fond de sa cave, tous les vieux schnocks rassis du Muséum faisaient du plat aux nymphettes et aux starlettes. Il n'était pas le plus à plaindre, c'est vrai. Il aurait pu se retrouver au « Trou », le QG de la sécurité, comme certains de ses collègues. Des locaux deux fois plus grands que ceux du Centre de technologie avancée, avec deux fois plus d'écrans et de pupitres et une chaleur à mourir.

— OK. Prêts pour le dernier test ? demanda Smitty, hypnotisé par son Black Berry.

Personne ne répondit.

— Je suppose que ça veut dire oui, reprit Smitty en entrant un code sur son clavier. Hall Astor, dernier test de sécurité avancée, 28 janvier, 20 h 28.

Quel plouc ! On dirait qu'il se croit dans Mission impossible, pensa Enderby.

À côté de lui, Jim Choi leva les yeux au ciel.

— Larry, que dit l'ancien système ? demanda Smitty.

— Tout a l'air normal.

— Jim, le point sur le réseau laser du Hall Astor.

Un bruit de clavier lui répondit.

— Tout est prêt, confirma Choi.

— On peut passer aux diagnostics secondaires.

Concentrés sur leur écran, Smitty et Choi firent les vérifications nécessaires en silence. Enderby s'assura que l'ancienne alarme fonctionnait normalement en attendant que le nouveau système laser prenne le relais. C'était au moins la quarantième salle qu'ils convertissaient au nouveau système. À chaque fois, il leur fallait respecter à la lettre une procédure longue et complexe en passant par toutes les étapes obligées : l'analyse du système existant, la configuration du nouveau système, le codage, l'installation… Enderby aurait gagné facilement trois fois plus dans une start-up de la Silicone Valley, sans parler des stock-options. Là-bas, au moins, il ne serait pas tombé sur des cadavres en pleine nuit.

Smitty leva les yeux de son clavier.

— Jim, tu peux m'indiquer la clé ?

— 780E4F3 X.

— Bon pour moi. On continue.

Smitty saisit son téléphone et composa un numéro, sous le regard morne d'Enderby. Un simple coup de fil aux collègues du Trou, histoire de les tenir au courant, au cas où un petit nouveau piquerait sa crise en voyant l'image se mettre à trembler d'un seul coup sur son écran de contrôle. La procédure était toujours la même. On commençait par débrancher l'ancien système, on initialisait le nouveau et on faisait la bascule pendant les quatre-vingt-dix secondes prévues pour ça. Suivait ensuite une période de vingt minutes au cours de laquelle on testait le nouveau système afin de s'assurer que tout fonctionnait normalement. Vingt minutes à se tourner les pouces. Après ça, le système était vraiment opérationnel et l'ancien servait de secours. Enderby bâilla à s'en décrocher la mâchoire et son ventre se mit à gargouiller furieusement.

— Allô, le central ? fit Smitty dans son téléphone. Qui est à l'appareil ? C'est toi, Carlos ? Salut, Walt Smith du CTA. On vient d'activer les lasers du Hall Astor. Initialisation dans un peu moins de cinq minutes. OK. Je te rappelle quand on a fait la bascule.

Il raccrocha son téléphone et se tourna vers Enderby.

— Larry, dit-il d'un ton amène.

— Quoi ?

— Choi prétend qu'il lui faut combien de temps pour vider un chalutier de crevettes ?

— Une demi-heure, s'interposa Choi.

Smitty se pencha en avant, les avant-bras posés sur son pupitre.

— Voilà ce que je vous propose. Si l'initialisation se déroule bien, on lance la phase de vérification, ce qui nous laisse un quart d'heure pour faire un tour à la réception. Un quart d'heure tout compris.

Enderby se redressa.

— Sérieux ?

Smitty acquiesça.

— T'es un frère, lança Choi, un grand sourire aux lèvres.

— Bon, ce n'est pas tout ça, on a du pain sur la planche. Essayons de faire fissa, conclut Smitty en ramenant les yeux sur son écran.

52

Hugo Menzies glissa une clé dans la serrure de l'ascenseur réservé au personnel et pénétra dans la cabine. Il descendit au quatrième étage et s'engagea d'un air songeur dans un couloir soigneusement ciré, en longeant une enfilade de portes en chêne, trouées de verre cathédrale. Les noms de ses collègues, même les plus jeunes, s'y étalaient en lettres dorées à l'ancienne. Le Muséum tenait à ses traditions et Menzies esquissa un sourire nostalgique.

Il s'arrêta devant son bureau qu'il laissa ouvert le temps de ramasser le vieux sac de toile qui ne le quittait jamais, puis il donna un tour de clé et se dirigea vers une porte anonyme, tout au bout du couloir, qui donnait sur une cage d'escalier. Deux étages plus bas, il émergea dans la salle des Indiens du Pacifique Nord, un chef-d'œuvre de l'art muséographique de la fin du XIXe siècle fleurant bon le bois de cèdre et le tabac. Masques, totems et autres poteries luisaient faiblement dans l'obscurité. Menzies huma avec délice l'atmosphère de la pièce déserte en la traversant. Quelques minutes plus tard, il s'arrêtait face à une grande porte métallique portant l'inscription *Hall Astor – Diamants.*

Il caressa longuement des yeux l'acier brossé du blindage et son regard s'arrêta sur les deux petites caméras vidéo installées de chaque côté qui l'observaient de leur œil noir. Ou plutôt, qui auraient dû l'observer, puisqu'elles se trouvaient provisoirement neutralisées. Un sourire aux lèvres, il sortit de la poche de son gilet une montre gousset d'un genre un peu particulier, dissimulant derrière son apparence inoffensive un chronomètre numérique ultrasophistiqué sur l'écran duquel défilaient des chiffres à une allure vertigineuse, avec une précision d'un millième de seconde.

Le chronomètre était relié au même satellite que le système d'alarme du Muséum.

Menzies attendit que le décompte ait atteint un point bien précis en émettant un léger bip, puis il remit prestement la montre dans sa poche, colla son oreille contre la porte et glissa une carte magnétique dans la fente prévue à cet effet. Un petit hublot s'ouvrit instantanément, dévoilant un scanner rétinien.

Menzies baissa la tête, retira deux lentilles de contact qu'il déposa dans un petit boîtier en plastique et approcha son visage du scanner. Un rai de lumière lui balaya le visage, une ou deux secondes s'écoulèrent, et la porte s'ouvrit avec un clic discret. Il pénétra dans la salle et la porte se referma automatiquement dans son dos.

Avec une agilité surprenante pour son âge, Menzies s'agenouilla, ouvrit son sac et se mit au travail. Il commença par ôter la perruque blanche qui lui servait de crinière avant de la ranger dans son sac, puis il sortit un à un de sa bouche les cinq moulages qui lui modelaient les joues et le haut du menton. La métamorphose était proprement stupéfiante. D'un geste sec, il tira sur ses sourcils broussailleux et retira successivement plusieurs taches de vieillesse ainsi qu'un gros grain de beauté.

Toujours sans se relever, il sortit de son sac une quinzaine de petits miroirs de dentiste montés sur des supports en laiton aux formes curieuses. Il retira également de sa besace toute une série de petits gadgets noirs reliés entre eux à l'aide de fils électriques, plusieurs feuilles de Mylar, divers outils, des ustensiles étranges, ainsi qu'une feuille de gommettes adhésives de la taille d'une lentille.

Son matériel disposé devant lui avec une précision toute militaire, l'inconnu sortit son chronomètre et attendit à nouveau. Une seule fois, il releva la tête afin de regarder autour de lui. Le grand hall était plongé dans le noir absolu et rien ne permettait de deviner le contenu des vitrines. L'obscurité faisait partie des mesures de sécurité de la salle aux heures de fermeture, les radiations électromagnétiques se limitant aux infrarouges lointains et aux rayons laser, indécelables à l'œil nu, qui s'entrecroisaient dans la salle. Mais l'intrus n'avait pas besoin de lumière, pour avoir répété les mêmes gestes des centaines de fois dans une réplique exacte du hall érigée par ses soins.

Le chronomètre émit un petit bip et l'inconnu se mit au travail. Avec une rapidité déconcertante, il installa ses petits miroirs dans des endroits stratégiques tout autour de la salle, veillant à respecter un angle d'inclinaison bien précis.

Deux minutes plus tard, sa tâche achevée, il reprit sa place près de la porte et attendit, le chronomètre en main.

Un nouveau bip lui indiqua que les rayons laser s'étaient remis en route selon un schéma différent du précédent, puisqu'ils délimitaient à présent le périmètre du hall au lieu de s'entrecroiser comme auparavant. Il s'agissait de l'une des caractéristiques du nouveau système d'alarme. À l'heure qu'il était, dans leur PC souterrain, les techniciens se félicitaient sans doute d'avoir parfaitement réussi la bascule.

Mais l'homme attendait toujours, les yeux rivés sur son chronomètre. Un bip résonna et il se releva en emportant cette fois les feuilles de Mylar à l'aide desquelles il obstrua consciencieusement les objectifs des caméras de sécurité disposées à tous les points stratégiques. Sur chacune des feuilles de plastique, transparentes en apparence, était imprimée une reproduction holographique de l'angle de la pièce concerné, tel qu'il apparaissait normalement à la lueur des infrarouges. À l'instant où les caméras se remettraient en marche, elles transmettraient les mêmes images ennuyeuses que d'habitude, sans la présence de l'étrange visiteur, bien évidemment.

Avec une souplesse de félin, l'inconnu reprit sa place dans son coin en attendant que son chronomètre l'avertisse une nouvelle fois, puis il fit rapidement le tour de la salle en déposant à chaque coin de la pièce l'un des boîtiers noirs connectés à leurs batteries à l'aide de fils. Un spécialiste aurait aisément reconnu de puissants pistolets radars semblables à ceux qu'utilise couramment la police, censés neutraliser le nouveau système radar Doppler qui venait d'être activé. Un système d'une sensibilité extrême, capable de détecter les mouvements d'un simple cafard rampant sur le sol.

Ses radars activés, l'inconnu se redressa et épousseta ses genoux avec un petit rire silencieux, puis il retira de sa besace une lampe de poche qu'il alluma. La lampe émettait une lueur verdâtre dont la longueur d'ondes était calculée de façon à rester invisible aux capteurs électromagnétiques du Hall Astor.

Il s'approcha nonchalamment du centre de la pièce où se dressait un socle carré d'un peu plus d'un mètre de hauteur sur lequel reposait une vitrine de plexiglas épais. Il se pencha et reconnut la silhouette caractéristique du Cœur de Lucifer, un énorme diamant en forme de cœur d'une beauté unique et d'une valeur inestimable.

Enfin !

L'inconnu découpa tranquillement un trou dans le plexiglas, introduisit à travers l'orifice des outils préalablement munis de pastilles adhésives, souleva délicatement le diamant de son écrin de satin en veillant à ce que le ressort situé sous l'énorme pierre ne se soulève à aucun moment, puis il la sortit de la vitrine et la remplaça par une grosse bille de verre.

L'homme examina longuement sa prise à la lueur de son étrange lampe : on aurait dit un vulgaire morceau de charbon, les diamants rouges virant invariablement au noir sous l'effet d'une lumière verte. En pleine lumière, le Cœur de Lucifer lui serait apparu rouge, ou plutôt d'une couleur cannelle limpide. Une pièce unique.

Le faux Menzies savait que les diamants bleus tiennent leur teinte du bore ou de l'hydrogène emprisonné dans leurs cristaux, que certains diamants sont verts sous l'effet de radiations naturelles, d'autres jaunes ou bruns du fait de l'azote qu'ils contiennent, ou encore roses suite à la présence dans leur structure de lamelles microscopiques, mais personne n'avait jamais pu donner d'explication rationnelle à la coloration cannelle de cette pierre d'exception.

Il posa la pierre sur le verre de sa lampe et son regard s'y refléta, se multipliant à l'infini en un kaléidoscope surnaturel. L'inconnu ne semblait pas se lasser de ce spectacle fabuleux, faisant glisser l'énorme cœur minéral d'un œil à l'autre.

Chaque fois, la magie se répétait, mais si le premier œil était noisette, l'autre était d'un bleu laiteux.

53

Installé face à son écran dans le Centre de technologie avancée, Larry Enderby avait du mal à respirer. À la faim qui le tenaillait une demi-heure plus tôt avait succédé une sensation de satiété proche de la nausée. Repu, il se sentait comme un cochon de lait dans la vitrine d'un traiteur. Il ne lui manquait que deux cerises confites à la place des yeux.

Il rota discrètement, desserra sa ceinture d'un cran et jeta un coup d'œil en coin à ses collègues. Smitty avait fait preuve de mesure, selon son habitude, et il travaillait tranquillement devant son écran, comme si de rien n'était. Ce n'était pas le cas de Jim Choi, affalé sur sa chaise, le regard vitreux. Mettant à profit le petit quart d'heure accordé par Smitty, il avait voulu leur montrer son formidable appétit en ingurgitant un nombre impressionnant de canapés aux crevettes et de flûtes de champagne. C'est bien simple, Enderby s'était arrêté de compter en le voyant avaler son soixante-deuxième canapé.

Larry soulagea à nouveau son estomac encombré et se caressa prudemment le ventre, envoyant promener d'une pichenette un grain de caviar collé à sa chemise. Ils étaient arrivés à temps, les buffets n'étaient pas entièrement nettoyés, mais il n'aurait peut-être pas dû boire une quatrième flûte de champagne avant de repartir. Le tout était de tenir sans vomir jusqu'à la fin de son service. Il regarda la pendule : encore une heure. Il leur restait à s'assurer que le nouveau système d'alarme du Hall Astor avait convenablement pris le relais avant de faire basculer l'ancien en mode auxiliaire. Aucun problème. Ils avaient déjà fait ça des dizaines de fois, il aurait pu faire la manip les doigts dans le nez.

Une petite sonnerie retentit.

— C'est bon, les vingt minutes sont écoulées, déclara Smitty en se tournant brièvement vers Choi. Qu'est-ce que dit le système du Hall Astor ?

Choi fixait son écran d'un air hagard.

— Contrôle terminé. Rien à signaler, répondit-il en vérifiant les écrans de contrôle l'un après l'autre. Tout est normal.

— Des logs d'erreurs ?

— Aucun.

— La modulation des rayons ?

— Normale. Toutes les cinq minutes, comme prévu. Aucun retard.

Smitty se dirigea vers les écrans de contrôle du Hall Astor et passa en revue les vitrines de diamants qui luisaient faiblement sous l'effet des infrarouges. La salle était déserte. Une fois la porte en position de blocage et les lasers activés, personne n'avait accès aux salles les plus sensibles du Muséum, pas même les gardiens.

Smitty poussa un grognement de satisfaction, puis il retourna à son pupitre et décrocha le téléphone intérieur.

— Carlos ? C'est Walt du CTA. On vient de terminer le test de mise en place du nouveau système laser dans le Hall Astor. Qu'est-ce que ça donne chez vous ?... OK, super. On active définitivement le système et on met l'ancien en auxiliaire.

Il raccrocha et se tourna vers Enderby.

— Tu peux y aller, Larry. Les types du Trou disent que tout est au poil. Pendant ce temps-là, je donne un coup de main à Jim, il faut encore qu'on finalise l'automation des lasers.

Larry acquiesça et se pencha sur son écran. Il ne lui restait plus qu'à basculer l'ancien système en mode auxiliaire. Les yeux plissés, il s'essuya la bouche du revers de la main et entra les données nécessaires sur son clavier.

Il s'arrêta presque aussitôt.

— C'est bizarre, murmura-t-il.

— Qu'est-ce qui est bizarre ? réagit Smitty.

Enderby lui montra du doigt un cadran lumineux dans le coin duquel brillait un voyant rouge.

— Il s'est allumé quand j'ai voulu vérifier la zone 1 en mode auxiliaire, comme si on était en Code Rouge.

Smitty fronça les sourcils. Le Code Rouge signifiait le déclenchement d'une alarme. Dans le Hall Astor, cela signifiait que l'un des diamants avait été retiré de son écrin.

— Quelle zone dis-tu ?

— La zone 1.

— Elle contient quoi, la zone 1 ?

Enderby roula son siège jusqu'à un poste de travail lui permettant d'accéder à l'inventaire.

— Elle contient un seul diamant. Le Cœur de Lucifer.

— C'est celui qui se trouve au milieu de la salle, commenta Smitty en se dirigeant vers le mur d'écrans. Tout a l'air normal. À mon avis, ça doit être un bug informatique quelconque. Essaye de voir ce que ça donne en zone 2.

Enderby entra une série de données sur son clavier et un autre voyant rouge s'alluma sur l'écran.

— J'ai aussi un Code Rouge.

Smitty s'approcha, le front barré d'un pli soucieux.

Enderby, les yeux rivés sur son écran, n'avait plus du tout sommeil.

— Bascule tout le hall sur l'ancien système, lui ordonna Smitty.

Enderby entra une série de chiffres en retenant sa respiration.

— Oh non ! souffla-t-il, interloqué.

Son petit écran de contrôle ressemblait à un sapin de Noël.

Les deux hommes contemplaient l'écran, bouche bée. Le premier, Smitty reprit ses esprits.

— Pas la peine de paniquer. C'est sûrement un bug informatique dû à une incompatibilité quelconque entre l'ancien et le nouveau système. Inutile de s'énerver. Larry, commence par éteindre l'ancien système, module par module, avant de tout remettre en route.

— Tu ne crois pas qu'on devrait signaler ça au PC sécurité ?

— Pour qu'ils nous prennent pour des demeurés ? Il sera toujours temps de les avertir une fois qu'on aura résolu le problème.

— OK. C'est toi le patron, répliqua Enderby en se mettant au travail.

Un sourire forcé aux lèvres, Smitty lui montra les écrans de contrôle sur lesquels on distinguait clairement les pierres précieuses dans leurs vitrines.

— M'enfin, regarde ! Tu vois des cambrioleurs, toi ?

Enderby sourit à son tour. Qui avait dit que Smitty n'avait pas le sens de l'humour ?

54

D'Agosta scanna les fréquences de la police sur la radio portable qu'il avait pris la précaution de prendre dans la Rolls avant de l'abandonner. Leur équipée à Kennedy Airport avait déclenché une véritable chasse à l'homme à travers Long Island, du Queens à Bridgehampton. Les flics avaient saisi la Rolls retrouvée sur le parking Hertz et ils n'avaient pas mis longtemps à identifier la Toyota Camry volée par Pendergast. Le signalement de l'auto avait été transmis à toutes les brigades, mais ils avaient réussi à éviter les barrages établis sur le Long Island Expressway en empruntant des petites routes et en se fiant aux indications glanées sur la radio.

Ils se trouvaient néanmoins dans une nasse dont les mailles se refermaient lentement sur eux.

Imperturbable, Pendergast s'arrêtait à toutes les aires de service, refusant d'interrompre ses recherches. Le genre de corvée policière ingrate qui demande un temps infini et donne rarement des résultats. Chaque minute qui s'écoulait achevait de convaincre D'Agosta que la chance les avait définitivement abandonnés.

Pendergast s'arrêta dans un long crissement de pneus devant une station-service de Yaphank qui ressemblait à s'y méprendre à celles qu'ils venaient de visiter : même façade en verre, mêmes néons verdâtres peinant à chasser l'obscurité.

D'Agosta redoutait à chaque instant de tomber sur un employé qui aurait reçu sur son fax les avis de recherche de la police. Pendergast descendit d'un bond de la Camry, habité par une force intérieure inépuisable. Cela faisait plus de douze heures qu'ils poursuivaient leurs recherches tout en jouant à cache-cache avec la police, et D'Agosta commençait à se demander si son compagnon tiendrait encore longtemps.

Pendergast pénétra dans la petite boutique et s'approcha du comptoir derrière lequel un employé somnolait en regardant un film d'arts martiaux à la télévision.

— Inspecteur Pendergast, FBI, dit-il sur un ton à la fois posé et autoritaire en exhibant brièvement son badge tandis que D'Agosta se glissait derrière le comptoir et éteignait la télé.

L'employé qui se balançait tranquillement sur son siège se leva précipitamment, affolé. Les pieds de la chaise, retombant lourdement sur le sol, résonnèrent dans un silence crispé.

— Le FBI ? Ouais, tout de suite. De quoi il s'agit ?

— À quelle heure prenez-vous votre service ? demanda Pendergast.

— À minuit.

— Je voudrais que vous jetiez un œil à ces photos, poursuivit Pendergast en sortant de sa poche les tirages imprimés à l'aéroport. Avez-vous déjà vu cet homme ? Il a peut-être fait halte ici la nuit dernière entre 1 heure et 3 heures.

L'employé examina la photo d'un air grave. Il n'avait pas encore eu vent de l'avis de recherche les concernant, mais le temps ne jouait pas en leur faveur. Il était près de 4 heures et D'Agosta croyait de moins en moins à leurs chances de découvrir quelque chose. Autant chercher une aiguille dans une botte de foin. De son côté, la police finirait bien par les coincer et ils…

— Ouais, finit par dire le type. Je le reconnais.

Dans la station-service, l'atmosphère était électrique.

— Maintenant, regardez cette photo, dit Pendergast en lui tendant un deuxième cliché. Vous êtes bien sûr qu'il s'agit du même homme ?

La voix de l'inspecteur était calme, mais D'Agosta savait qu'il avait les nerfs à vif.

— Oui, c'est bien lui, murmura le type. Il avait un drôle de regard, des yeux qui faisaient peur.

— Avez-vous vu cette voiture ? insista Pendergast en lui montrant une autre photo.

— Là, vous m'en demandez trop. Il s'est servi lui-même à la pompe.

— Vous êtes monsieur… ? demanda Pendergast en rassemblant les photos.

— Malek. Art Malek.

— Monsieur Malek, avez-vous remarqué si cet homme était seul ?

— Il était tout seul quand il est venu payer. Je n'ai pas bougé d'ici, alors je ne pourrais pas vous dire s'il y avait quelqu'un d'autre dans l'auto. Désolé.

— Aucune importance, le rassura Pendergast.

Il remit les clichés dans la poche de sa veste et s'approcha de son interlocuteur.

— À présent, dites-moi exactement ce qui s'est passé entre le moment où sa voiture s'est arrêtée et le moment où il est reparti.

— Eh ben… c'était donc la nuit dernière, comme vous l'avez dit, vers 3 heures du matin. Sinon, rien de spécial. Il s'est arrêté, il a pris de l'essence et il est venu payer.

— En liquide ?

— Ouais.

— Avez-vous remarqué quoi que ce soit de particulier ?

— Pas vraiment. Il avait un drôle d'accent, un peu comme vous. Sauf votre respect, ajouta Malek précipitamment. En fait, il vous ressemblait même un peu.

— Comment était-il habillé ?

L'autre fit un effort pour rassembler ses souvenirs.

— Tout ce que j'me souviens, c'est qu'il avait un grand manteau noir.

— Il vous a payé, et puis quoi d'autre ?

— Il a fait le tour des rayons, mais il a rien acheté, en fin de compte.

Pendergast se figea.

— Vous avez des caméras de surveillance au-dessus des rayons du fond ?

— Ouais, bien sûr.

— Montrez-moi la vidéo de la nuit dernière.

L'homme hésita.

— La bande tourne en boucle, les nouvelles images remplacent les anciennes toutes les trente heures, et…

— Arrêtez la bande *tout de suite.* J'ai besoin de voir ces images.

L'employé se précipita vers un petit bureau situé derrière lui.

— On dirait qu'on tient enfin une piste, laissa tomber D'Agosta.

Pendergast posa sur lui un regard morne.

— Bien au contraire. Diogène comptait bien que nous arrivions jusqu'ici.

— Comment pouvez-vous dire ça ?

L'inspecteur n'eut pas le temps de répondre car l'employé ressortait de son bureau en soufflant, une cassette à la main. Pendergast s'empressa d'extraire le film de karaté du magnétoscope et glissa la cassette de vidéo-surveillance à la place. Une vue du haut des rayons s'afficha sur la télévision, accompagnée de l'heure et de la date dans le coin gauche de l'écran. Pendergast appuya sur la touche de retour rapide, s'arrêta et recommença à plusieurs reprises avant d'atteindre les images prises le 28 à 3 heures du matin, puis il fit défiler la bande en accéléré.

L'image, en noir et blanc, était de piètre qualité et sautait constamment. De temps à autre, on voyait une silhouette slalomer à toute vitesse entre les rayons, à la manière d'une boule de flipper, avant de disparaître aussi brutalement qu'elle était venue.

Soudain, un personnage vêtu de noir apparut à l'écran. Pendergast se rua sur la touche Play et l'image se stabilisa. Sur l'écran, Diogène traversait les rayons en cherchant de son regard étrange l'emplacement de la caméra.

Un sourire aux lèvres, il sortit de sa poche une feuille de papier qu'il déplia et tendit nonchalamment en direction de la caméra.

BRAVO, FRATER !

JE TE DONNE RENDEZ-VOUS DEMAIN AU 466.

DEMANDE VIOLA.

C'EST LA DERNIÈRE FOIS QUE NOUS COMMUNIQUONS ENSEMBLE.

BONNE CHANCE DANS TA NOUVELLE VIE ! VALEAS.

— Le 466 ? Drôle de numéro de tél…

D'Agosta s'arrêta au milieu de sa phrase. Il venait de comprendre. Il ne s'agissait pas d'un numéro de téléphone, mais d'une adresse. Le 466 1re Avenue correspondait à l'entrée souterraine de la morgue de New York.

Pendergast éjecta la cassette et la fourra dans sa poche avant de se diriger vers sa voiture, suivi de D'Agosta.

— Vous pouvez la garder, fit la voix de l'employé dans leur dos.

Pendergast se glissa derrière le volant et mit le moteur en marche sans démarrer pour autant. Le teint terreux, les yeux à demi clos, il semblait anéanti.

Dans la Camry, le silence était étouffant. D'Agosta, à la limite de la nausée, ne savait plus quoi dire. L'instant était plus dramatique encore qu'au Dakota, douze heures plus tôt. Au moins avaient-ils un semblant d'espoir lorsque la lettre de Diogène leur était parvenue.

— Je vais voir ce qu'ils racontent sur les fréquences de la police, bredouilla le lieutenant sur un ton embarrassé.

Tout valait mieux que ce silence insupportable.

Pendergast, atone, n'esquissa pas un geste en entendant D'Agosta allumer la radio. Un concert de voix affolées crépita dans le haut-parleur.

Instinctivement, D'Agosta regarda par la fenêtre, certain qu'on les avait repérés. Mais non, tout était calme autour d'eux, les routes des alentours désertes.

Il changea de fréquence et des appels tout aussi frénétiques lui résonnèrent dans les oreilles.

— Qu'est-ce qui se passe ? s'énerva D'Agosta en passant d'une fréquence à l'autre.

Curieusement, plus de la moitié des canaux étaient saturés, et il n'était plus du tout question d'eux. Il se passait manifestement quelque chose de grave en ville. Il cherchait à comprendre lorsqu'il remarqua que Pendergast, tous les sens en alerte, ne perdait pas un mot des messages échangés par la police.

Il était question d'un vol quelconque au Muséum d'histoire naturelle. Apparemment, la salle des diamants avait été cambriolée.

— Passez sur le canal réservé aux gradés du NYPD, lui commanda Pendergast.

D'Agosta s'exécuta.

— *Rocker recommande de se concentrer sur les techniciens,* fit une voix. *Il ne fait aucun doute que le vol a été commis par quelqu'un de la boîte.*

D'Agosta ouvrit des yeux ronds. Rocker?! Il fallait que la chose soit importante pour que le préfet soit sur le pied de guerre à 4 heures du matin.

— *Ils ont tout pris? Y compris le Cœur de Lucifer?*

— *Ouais. Établissez en priorité la liste de ceux qui connaissaient le fonctionnement de l'alarme. Et vite. Sans oublier les types de la sécurité.*

— *Compris. Et qui assurait les pierres?*

— *Affiliated Transglobal.*

— *Oh putain! J'en connais qui vont faire la gueule en apprenant ça.*

Du coin de l'œil, D'Agosta vit que Pendergast était comme transfiguré. Comment pouvait-il s'intéresser à un simple cambriolage en un moment pareil?

— *Le directeur du Muséum ne va pas tarder à arriver. Ils ont aussi réveillé le maire. Lui qui déteste être tenu à l'écart quand il se passe quelque…*

— On a cambriolé la salle des diamants, dit D'Agosta. C'est sûrement pour ça qu'ils nous ont oubliés.

Pendergast, les yeux brillants d'intérêt, ne disait toujours rien.

— Pendergast? Ça va?

L'inspecteur posa sur lui ses yeux pâles.

— Non, murmura-t-il.

— Je ne comprends pas. Quel rapport peut-il y avoir entre ce casse et…

— Un rapport évident, laissa tomber Pendergast en détournant le regard. Tous ces meurtres d'une brutalité inouïe, ces lettres, ces messages… Ce n'était qu'un écran de fumée. Un écran de fumée d'un sadisme et d'une cruauté insondables.

Prenant soudain une décision, il démarra et se dirigea vers un groupe d'habitations devant lequel ils étaient passés en arrivant.

— Où va-t-on?

Pour toute réponse, Pendergast freina brutalement à hauteur d'un petit immeuble. D'un doigt, il montra à son compagnon un pick-up Ford garé face à l'entrée, l'inscription *À Vendre* écrite au blanc d'Espagne sur le pare-brise.

— Nous allons avoir besoin d'un autre véhicule, expliqua-t-il. N'oubliez pas d'emporter la radio et l'ordinateur portable.

— Vous voulez acheter une voiture à 4 heures du matin ?!

— Cette voiture volée est trop voyante. Il nous faut gagner du temps.

Sans attendre, Pendergast descendit de la Toyota, s'approcha de la porte d'entrée et appuya à plusieurs reprises sur la sonnette. Au bout d'une minute, une lumière s'alluma au deuxième étage. Une fenêtre s'ouvrit et une voix se fit entendre au-dessus de leurs têtes.

— Qu'est-ce que vous voulez ?

— Votre pick-up… Est-il en état de marche ?

— Je sais pas si t'es au courant, mon vieux, mais il est 4 heures du matin !

— Cela change quelque chose si je vous l'achète en liquide ?

Le type referma la fenêtre en étouffant un juron. Quelques instants plus tard, une lumière s'alluma au-dessus de l'entrée et la porte s'ouvrit sur la silhouette rondouillarde d'un homme en robe de chambre.

— J'en veux 3 000 dollars. Il fonctionne parfaitement et j'ai même fait le plein.

Pendergast retira de la poche intérieure de sa veste un portefeuille bien garni et compta sans discuter trente billets de 100 dollars.

— Qu'est-ce qui se passe ? demanda le type d'une voix hésitante.

Pendergast sortit son badge.

— Je suis du FBI, expliqua-t-il, et mon collègue est du NYPD.

D'Agosta s'empressa de sortir à son tour son badge après avoir coincé la radio et l'ordinateur sous un bras.

— Nous enquêtons actuellement sur un réseau de trafiquants de drogue. Incognito. Alors essayez de garder votre langue.

— Pas de problème, répliqua l'homme en prenant les billets.

— Les clés ?

Le propriétaire du pick-up s'éclipsa à l'intérieur de la maison et revint peu après avec une enveloppe.

— Elles sont là-dedans, avec tous les papiers.

Pendergast saisit l'enveloppe.

— L'un de nos collègues viendra bientôt chercher le véhicule avec lequel nous sommes venus, mais ne lui parlez pas de nous, même s'il vous interroge. Nous travaillons incognito.

L'autre hocha la tête à plusieurs reprises.

— Vous pouvez compter sur moi. Je sais ce que c'est, j'ai lu pas mal de bouquins sur ce genre d'enquêtes.

Pendergast le remercia et s'éloigna en direction du pick-up. Moins d'une minute plus tard, les deux hommes étaient déjà loin.

— Cela nous fera gagner quelques heures, remarqua Pendergast en se dirigeant à toute allure vers le Montauk Highway.

55

Tenant le volant d'une main légère, Diogène Pendergast avançait lentement sur la Old Stone Highway au milieu de paysages urbains que l'hiver rendait particulièrement sinistres. Barnes Hole, Eastside, Springs… Il ralentit en voyant un feu passer au rouge et s'arrêta.

Derrière le pare-brise s'étendait l'immensité blanche d'un champ de pommes de terre figé par le gel. Des bouquets d'arbres, leurs membres décharnés recouverts de neige, découpaient leurs silhouettes dénudées dans le lointain. Le monde de Diogène Pendergast était un monde terne, en noir et blanc ; une recréation cauchemardesque de l'univers plat d'Edwin A. Abbott. *Honte à moi ! Avec quelle frénésie je façonne mon propos…* récita Diogène intérieurement[1].

Il sut que le feu passait au vert en voyant s'allumer l'ampoule du bas. Il appuya sur l'accélérateur et tourna à droite sur Springs Road, veillant à ne pas dépasser la vitesse autorisée. D'autres champs de pommes de terre, gris, bordés de rangées de maisons grises, défilaient par la fenêtre, avec en arrière-plan le gris des marais d'Acabonack.

Du gris, du gris, et encore du gris. Un gris exquis, délicieux.

---

1. Edwin Abbott Abbott (1838-1926), mathématicien et théologien anglais, est l'auteur d'une satire de la société victorienne baptisée *Flatland* dans laquelle il décrit un monde sans relief, en deux dimensions. Cette citation de *Titus Andronicus* de Shakespeare y figurait en frontispice ; dans son contexte original, cette phrase est prononcée par un Titus atteint de folie.

Diogène tendit la main et tourna le bouton du chauffage vers la droite, augmentant le flux d'air chaud à l'intérieur de l'habitacle. Curieusement, il n'éprouvait ni satisfaction ni contrariété particulières, mais un sentiment de vide, propre à tous ceux qui viennent de réaliser un exploit.

Diogène vivait dans un monde dépourvu de couleurs, sinon celles qui s'imposaient fugitivement à lui lorsqu'il s'y attendait le moins, celles qu'il voyait du coin de l'œil à la façon d'un kôan zen. Koan. Ko. Koan Ko. Ko ko rico, ko ko rico…

Son monde s'était teinté de gris il y a longtemps déjà, la réalité cédant la place à un univers monochrome de formes et d'ombres, dépourvu de couleurs jusque dans ses rêves éveillés. Ce n'était pourtant pas tout à fait vrai. Pas question de sombrer dans le mélo, la nostalgie et la facilité, surtout à présent qu'il avait un havre de couleur à sa disposition. Là, tout près de lui, dans ce petit sac de cuir.

La voiture avançait toujours sur la route déserte. Aucune silhouette vivante n'habitait le paysage vide.

Aux nuances de gris du ciel, il savait que la nuit était sur le point de perdre son combat contre le jour. L'aube n'était pas loin, mais Diogène n'avait que faire de la lumière du soleil, de même qu'il était insensible à la chaleur humaine, à l'amour, à l'amitié, à toutes ces fariboles qui nourrissent les pulsions stériles de la race humaine.

Tout en conduisant, il repassa dans sa tête les événements de la nuit. Il revivait chaque geste, chaque décision, chaque action, savourant le plaisir de n'avoir pas commis d'erreur. Il passa ensuite en revue son programme des jours à venir, énumérant tout ce qui lui restait à faire avant le grand voyage final et sa conclusion inéluctable, *aber natürlich*. Il repensa à Viola, à son frère, à son enfance, une multitude de pensées qui s'entrecroisaient, s'emmêlaient et s'entrechoquaient jusqu'à former une réalité indépendante du présent. À l'inverse des autres sacs de sang et d'os qui constituent l'espèce humaine, Diogène avait le pouvoir de suivre plusieurs lignes de pensée simultanées.

L'accident qui avait privé Diogène de la perception des couleurs l'empêchait également de dormir. Au lieu de sombrer dans le sommeil et l'oubli, il restait allongé des heures durant à rêver éveillé, plongé dans les souvenirs, les conversations et les heurts du passé. Il revoyait les convulsions douloureuses d'animaux empoisonnés avec une cruauté consommée, se délectait à la vue de corps suppliciés sur des croix bardées d'échardes, souriait en repensant à une haire confectionnée à l'aide de ganglions nerveux, savourait la vue d'une bonbonne remplie de sang frais. Autant de visions décousues de son passé qui défilaient dans sa tête à la façon d'une lanterne magique, et auxquelles Diogène ne résistait pas.

Mais tout cela allait changer. La roue allait tourner, cette roue sur laquelle il comptait supplicier ses démons afin d'exorciser le mal qui l'empoisonnait. Sa revanche sur son frère serait totale.

Au début, au lendemain de l'accident, il avait cherché à oublier en s'enfermant dans le labyrinthe de ses pensées, aussi loin de la réalité et de la raison que possible, en veillant toutefois à maintenir un fil ténu avec un quotidien dont l'accident lui avait fait prendre la mesure.

Puis la folie dans laquelle il s'était réfugié avait fini par perdre tout attrait, par ne plus lui apporter le moindre réconfort, pas même celui de l'amertume. Ce jour-là, tel un plongeur à la limite de l'asphyxie, il avait refait surface au prix d'une remontée sans paliers.

Un instant d'une brutalité terrible, presque insurmontable.

C'est pourtant à cet instant précis, au moment où il était rattrapé par la réalité, qu'il avait enfin compris la double mission de représailles et de vengeance qui l'attendait dans le monde réel. Plusieurs décennies avaient été nécessaires à la préparation de ce qui serait, à l'aune de sa folie, son chef-d'œuvre.

Je te réglerai ton compte[1].

C'est ainsi que Diogène avait réintégré l'ordre des vivants.

Il savait désormais à quoi ressemblaient le monde et ses habitants. Un monde laid, dur, cruel et méchant, peuplé de créatures pétries de bile, de pisse et d'excréments. Seule la mission qu'il s'était fixée lui avait donné la force de tenir. À la façon d'un caméléon, il s'était appliqué à dissimuler sa véritable nature

---

1. *Why then Ile fit you*: Cette citation, extraite de la *Tragédie espagnole* du dramaturge élisabéthain Thomas Kyd, apparaît dans *La Terre vaine* d'Eliot.

derrière un mur de faux-semblant, de prévarication, de duperie, de cynisme et de détachement.

Chaque fois que sa volonté avait montré des signes de faiblesse, il s'en sortait grâce à l'un ou l'autre de ses passe-temps favoris. Ce qui, chez d'autres, aurait pu passer pour de la haine prenait chez lui la forme d'un antidote qui lui redonnait la patience et le goût du détail. Loin de mener une double, ou même une triple vie, Diogène s'était coulé dans la peau d'une demi-douzaine de personnages fictifs de nationalités différentes, en fonction des impératifs de son grand œuvre.

Dans certains cas, il lui était arrivé de jouer le jeu pendant des années, voire des décennies, à mesure que progressaient ses préparatifs.

La voiture arrivait à un carrefour et Diogène ralentit avant de tourner à nouveau à droite.

Le jour commençait à se lever, mais le comté de Suffolk dormait toujours. Diogène avait la chance que son frère ne soit pas l'un de ces êtres bassement jouisseurs, capables de s'abandonner à leur propre sensualité. Jamais Aloysius ne pourrait retrouver le sommeil, ce qui lui laisserait tout le loisir de souffrir.

Le plan mis au point par Diogène était une mécanique parfaitement huilée, un piège dans lequel Aloysius s'était jeté la tête la première. Il ne lui restait plus qu'à attendre le coup de grâce. À ceci près que Diogène ne comptait pas le gracier.

Son regard se posa machinalement sur le sac de cuir posé à côté de lui. Il ne l'avait pas ouvert depuis la veille. Le moment où il pourrait regarder à loisir les diamants – ou plutôt regarder *à travers* les diamants – était quasiment arrivé.

Diogène attendait cette délivrance depuis si longtemps... Seule l'intensité lumineuse d'un diamant coloré, tel que celui-ci, saurait le libérer de sa prison en noir et blanc, lui rendre les couleurs d'une vie révolue dont il conservait, au fond de sa mémoire, le souvenir infiniment précieux. De toutes les couleurs, le rouge était de loin celle qui lui manquait le plus. Le rouge dans son infinie diversité.

Le Cœur de Lucifer, le commencement et la fin de tout. L'alpha et l'oméga de la couleur.

Ensuite, il lui faudrait s'occuper de Viola.

Il avait pris soin de nettoyer, de lustrer et d'affûter ses instruments. Viola méritait toute l'attention accordée à un grand cru, que l'on sélectionne amoureusement dans une cave bien achalandée et que l'on amène à température avant de le déboucher et de le laisser s'aérer, en attendant de le déguster à petites gorgées jusqu'à la dernière goutte. Il était indispensable de la faire souffrir, moins pour son plaisir que pour laisser des traces. Aloysius serait le plus à même de lire le calvaire de Viola sur son corps, et sa propre souffrance s'en trouverait décuplée.

Il envisageait de commencer par une reconstitution de *Judith et Holopherne* dans la cave humide du cottage. Sa toile préférée du Caravage, qu'il avait passé des heures à contempler à la Galleria Nazionale d'Arte Antica à Rome. Subjugué par la beauté de l'œuvre, il avait longuement étudié le pli déterminé sur le front de Judith tranchant la gorge du tyran ; sa manière toute particulière de préserver son corps charmant du sang de sa victime – à l'exception de ses mains nues, bien sûr ; les puissantes giclées carmin s'étalant en diagonale sur les draps... Bref, une parfaite entrée en matière. Peut-être même prendraient-ils le temps d'étudier ensemble une reproduction de l'œuvre avant de passer aux choses sérieuses. Judith et Holopherne. À ceci près qu'il comptait fermement inverser les rôles cette fois, et ajouter au tableau un plat à saignée en étain afin de ne pas perdre une goutte du précieux nectar...

Diogène traversa Gerard Park. À la sortie du village désert, Gardiners Bay étalait devant lui sa longue nappe de zinc glacée de laquelle émergeait à l'horizon la silhouette de quelques îlots. La voiture s'engagea sur Gerard Drive en longeant la baie d'un côté et le port d'Acabonack de l'autre. Il lui restait à peine un kilomètre à parcourir.

— *Vale, frater*, murmura Diogène, un petit sourire aux lèvres. *Vale.*

Assise sur une chaise face à la fenêtre, Viola regardait les premières lueurs de l'aube tracer à la craie un message blafard sur la masse sombre de l'Atlantique. Un sentiment de détachement artificiel s'était emparé d'elle, proche de celui qui accompagne un mauvais rêve que l'on peine à chasser. Le plus inquiétant était peut-être la minutie avec laquelle Diogène avait conçu sa prison. Les murs doublés d'acier, le plancher et le plafond renforcés, la porte digne d'un coffre-fort, les vitres blindées, la plomberie et les câbles électriques spéciaux… Même les cellules des prisons de haute sécurité n'étaient pas aussi bien protégées.

Pourquoi ? En voyant l'aube se lever, Viola se demanda s'il était vraiment possible qu'il lui reste à peine quelques minutes à vivre.

Une fois de plus, elle s'obligea à ne pas y penser.

Elle avait compris depuis longtemps que toute fuite était impossible. Elle avait bien tenté de trouver la faille, mais Diogène avait tout prévu. À en juger par le silence dans lequel était plongée la maison, il n'avait pas été là de la nuit. Elle avait hurlé à plusieurs reprises, frappé du poing sur la porte et même démoli une chaise en la lançant sur un mur, en vain.

À l'horizon, l'aube se teinta de rouge. Sous l'effet d'un vent violent, l'océan s'était couvert de moutons et des nuages de neige gelée, ou peut-être de sable, fouettaient la grève.

Elle se figea brusquement, tous les sens en alerte. Elle avait cru entendre un bruit dans les profondeurs de la maison. Elle se leva précipitamment et colla l'oreille à la porte. Une faible rumeur lui parvint de l'étage inférieur, comme étouffée. Elle entendit un bruit de pas, reconnut le claquement d'une porte qui se referme.

Il était rentré.

Prise de panique, elle jeta un regard apeuré du côté de la fenêtre. Les premiers rayons du soleil venaient d'apparaître au-dessus de l'Atlantique, aussitôt voilés par des nuées orageuses. Il s'était appliqué à revenir à l'aube, juste à temps pour l'exécution.

Viola grimaça un sourire. S'il pensait qu'elle se laisserait tuer sans mot dire, il se trompait lourdement. Elle était prête à se battre jusqu'à son dernier souffle…

La gorge serrée, elle se rendit compte de l'inanité de telles pensées face à un homme qui possédait sûrement une arme et qui savait probablement très bien s'en servir.

Un vent de panique la submergea, qu'elle tenta de dominer. Des pensées contradictoires se bousculaient dans sa tête. D'un côté, le désir instinctif de vivre à tout prix, de l'autre la volonté de mourir dignement, sans une plainte, s'il était vraiment décidé à la tuer.

D'autres bruits se firent entendre et elle s'allongea par terre afin de coller son oreille contre le mince interstice entre la porte et le sol. Les bruits lui parvenaient faiblement, comme assourdis.

Elle se releva, se précipita dans la salle de bains, arracha le papier toilette de son dévidoir et le déroula à toute vitesse jusqu'à ce qu'il ne reste plus que le tube de carton rigide. Elle courut jusqu'à la porte, coinça un bout du tube dans l'interstice et colla l'autre extrémité contre son oreille.

Grâce à ce pavillon improvisé, les sons lui parvenaient nettement plus clairement : elle identifia un bruit de vêtements, des objets déplacés, un verrou que l'on tire.

Et brusquement une courte exclamation, puis plus rien. Le silence le plus total.

Cinq bonnes minutes s'écoulèrent. Soudain, une plainte sourde et déchirante s'éleva. Un gémissement sinistre, atroce, qui montait et descendait, s'amplifiait jusqu'à se transformer en un hurlement de douleur insupportable, inhumain. Viola n'avait jamais rien entendu de plus horrible, mais elle n'avait aucun doute sur l'origine de ce cri d'un autre monde : il émanait de *lui*.

56

Le taxi stoppa devant l'immeuble du *Times*. Smithback signa d'une main impatiente la facturette que lui présentait le chauffeur. 425 dollars de course, qu'il avait pu régler grâce à la carte récupérée en chemin chez lui. Il tendit le feuillet au chauffeur qui fronça les sourcils.

— Et mon pourboire ? s'étonna-t-il.

— Vous plaisantez ou quoi ? À ce prix-là, j'aurais pu m'acheter un vol pour Aruba.

— Vous êtes bien gentil, mon vieux, mais entre l'essence, l'assurance et tout le tremblement...

Smithback claqua la portière, se rua à l'intérieur du bâtiment et courut jusqu'aux ascenseurs. Il lui fallait s'expliquer au plus vite avec son rédacteur en chef, lui dire qu'il était à nouveau sur le pied de guerre, s'assurer que son poste n'était pas menacé, et filer au Muséum retrouver Nora. Il était 9 h 15. Il avait été surpris de ne pas la trouver à l'appartement lorsqu'il y était passé en coup de vent, elle devait donc être au boulot.

Il appuya sur le bouton du trente-deuxième étage en pestant intérieurement contre l'ascenseur qui montait à une vitesse d'escargot. La cabine à peine immobilisée, il sortit précipitamment et se dirigea au pas de course vers le bureau de Davies devant lequel il s'arrêta un instant, le temps d'aplatir son épi rebelle.

Il prit sa respiration et frappa discrètement à la porte.

— C'est ouvert, lui répondit une voix.

Grâce à Dieu, Harriman n'était pas là.

Davies leva les yeux et les posa sur son visiteur.

— Bill ! Moi qui croyais que vous étiez hospitalisé à St. Luke, à l'article de la mort.

— Ça va mieux.

Davies le regarda de la tête aux pieds, les sourcils froncés.

— Je constate avec plaisir que vous avez pris du poids, dit-il sèchement. Je ne doute pas que vous puissiez nous fournir un certificat médical ?

— Bien sûr, bien sûr, bégaya Smithback, priant pour que Pendergast tienne sa promesse.

— Vous avez choisi votre moment pour disparaître, poursuivit Davies sur un ton ironique.

— Ce n'est pas moi qui l'ai choisi, mais lui qui m'a choisi, tenta de se justifier Smithback.

— Asseyez-vous.

— C'est-à-dire que je m'apprêtais à…

— Oh, mille excuses ! J'aurais dû me douter que vous aviez des choses plus urgentes à faire.

Au tour que prenait la conversation, Smithback jugea préférable de s'asseoir. Il ne pouvait se payer le luxe de froisser Davies.

— Pendant que vous étiez malade, Bryce Harriman a pris le relais dans l'affaire Duchamp et dans celle du musée, puisque la police semble avoir établi un lien entre les deux meurtres, mais…

Smithback sursauta sur son siège.

— Désolé de vous interrompre, mais vous avez bien dit qu'il y avait eu un meurtre dans un musée ? Quel musée ?

— Je constate que vous étiez effectivement coupé du monde. Je parle du Muséum d'histoire naturelle de New York, dont une chercheuse a été assassinée il y a trois jours…

Le cœur de Smithback fit un bond dans sa poitrine.

— Quelle chercheuse ?

— Une fille dont je n'avais jamais entendu parler, mais ne vous faites pas de bile, Harriman s'en occupe, répondit Davies en décachetant une grande enveloppe. En revanche, j'ai une enquête sensationnelle à vous confier. Je vais être franc avec vous, Bill. J'hésite à confier une affaire de cette importance à un journaliste en convalescence. J'aurais volontiers refilé le bébé à Harriman, mais il a beaucoup de pain sur la planche en ce moment. En outre, il n'était plus dans la maison quand la nouvelle est tombée il y a vingt minutes. Le Muséum a été victime d'un cambriolage cette nuit. La loi des séries, je suppose. Quoi qu'il en soit, vous connaissez beaucoup de monde là-bas, vous avez même consacré un bouquin au Muséum, et je vous confie l'enquête. Non sans appréhension, je dois dire.

— Mais qui…

Il poussa l'enveloppe en direction de Smithback.

— Quelqu'un s'est amusé à vider la salle des diamants hier soir pendant un raout quelconque. Ils organisent une conférence de presse à 10 heures, tout est là-dedans. C'est dans une demi-heure, vous avez tout juste le temps d'y aller.

— Au sujet de ce meurtre commis au Muséum, insista Smithback. Comment s'appelait la victime ?

— Je vous l'ai dit, une fille sans importance. Une chercheuse qu'ils venaient de recruter, une certaine Margo Green.

— Quoi ? s'étrangla Smithback en s'agrippant à son siège.

Non, pas Margo…

Davies posa sur lui un regard inquiet.

— Vous vous sentez bien ?

Smithback se leva, les jambes flageolantes.

— Margo Green… assassinée ?

— Vous la connaissiez ?

— Oui, balbutia-t-il.

— Alors j'ai bien fait de ne pas vous confier l'affaire, conclut Davies. Un journaliste ne doit jamais enquêter sur un sujet qu'il connaît bien. Comme le disait toujours mon rédacteur en chef : l'avocat qui assure sa propre défense est sûr d'avoir un mauvais avocat et un mauvais cli… Hé ! Où allez-vous ?

57

Nora venait de tourner à l'angle de Columbus Avenue lorsqu'elle comprit qu'il se passait quelque chose au musée. Des voitures de police, des fourgonnettes de l'identité judiciaire et des véhicules banalisés étaient garés en pagaille sur Museum Drive, sans parler des camionnettes des équipes de télévision autour desquelles grouillait la meute des journalistes. Inquiète, elle se demanda s'il y avait eu un nouveau meurtre au musée.

Elle accéléra le pas et se dirigea vers l'entrée du personnel.

La police avait veillé à ce que les employés du Muséum puissent se frayer un chemin à travers la foule des badauds et des curieux qui affluaient de toutes parts, alertés par les infos du matin. Pour une fois que Nora n'écoutait pas la radio en se levant… Elle s'était couchée à point d'heure à cause de l'inauguration, et elle n'avait pas entendu son réveil.

— Vous travaillez au Muséum ? lui demanda un agent.

Elle acquiesça en lui montrant son badge.

— Que se passe-t-il ?

— Le Muséum est fermé. Passez par là.

— Qu'est-ce…

Mais le flic s'adressait déjà à quelqu'un d'autre et Nora se trouva poussée vers l'entrée du personnel que surveillait une armée de gardiens. Manetti, le responsable de la sécurité, donnait des ordres en gesticulant.

— Tous les employés du musée sur la droite ! cria l'un des gardiens. Sortez vos badges !

Nora aperçut George Ashton un peu plus loin et elle le rejoignit.

— Qu'est-ce qui s'est passé ?

Il la regarda avec des yeux comme des soucoupes.

— Vous êtes bien la seule à ne pas être au courant.

— Je me suis réveillée en retard, répliqua-t-elle d'un ton irrité.

— Par ici ! aboya un agent de police. Le personnel du Muséum est invité à passer par ici !

Les cordons qui avaient contenu la presse et le public la veille servaient à canaliser le flot des employés. Un sas avait été improvisé près de l'entrée et des gardiens vérifiaient l'identité de chacun en tentant de calmer les esprits.

— Le Hall Astor a été cambriolé pendant la réception, expliqua un Ashton haletant. Ils ont tout pris, tout !

— Tout ?! Même le Cœur de Lucifer ?

— Surtout le Cœur de Lucifer.

— Mais comment ?

— Mystère.

— Je croyais que le Hall Astor était une forteresse imprenable.

— Je le croyais aussi.

— Restez bien sur la droite ! cria un flic. Un peu de patience !

Ashton fit la grimace.

— Il fallait que ça nous tombe dessus le lendemain du jour où j'ai bu cinq coupes de champagne.

Dix, tu veux dire, pensa méchamment Nora en se souvenant des élucubrations pâteuses d'Ashton à la fin de la réception.

Avec l'aide des gardiens, la police vérifiait les identités de tous les employés auxquels ils posaient des questions avant de les parquer près de l'entrée.

— On soupçonne quelqu'un ? demanda Nora.

— Personne pour le moment, mais la police est persuadée que les cambrioleurs ont bénéficié de l'aide de complices à l'intérieur du musée.

— Préparez vos pièces d'identité ! claironna un flic dans l'oreille de Nora.

Elle sortit à nouveau son badge de son sac à main et l'exhiba au flic.

— Professeur Kelly ?

Un agent en uniforme équipé d'un bloc la prit à part pendant que l'un de ses collègues faisait de même avec Ashton.

— J'ai deux ou trois petites questions à vous poser.

— Allez-y, répondit la jeune femme.

— Vous vous trouviez au Muséum hier soir ?

— Oui.

Tout en prenant des notes, il poursuivit :

— À quelle heure avez-vous quitté le musée ?

— Aux alentours de minuit.

— C'est tout. Mettez-vous par là, on ouvrira les portes dès que possible. Il est possible qu'on ait besoin de vous plus tard pour vous interroger.

Au moment où elle s'éloignait, Nora sourit en entendant la voix d'Ashton derrière elle. Il poussait des glapissements, exigeant qu'on lui lise ses droits.

La jeune femme rejoignit la foule des employés qui attendaient devant l'entrée, frigorifiés. Le temps était gris et la température inférieure à zéro. Les gens se plaignaient de tous côtés, des nuages de buée sortant de leur bouche.

Nora se retourna en entendant un brouhaha du côté de l'entrée principale du Muséum. C'était la meute des journalistes, des cameramen et des preneurs de son qui se précipitaient dans une cohue indescriptible en voyant Frederick Watson Collopy sortir du bâtiment en compagnie du préfet de police Rocker. Une escouade de policiers en uniforme entourait les deux hommes. Une pluie de questions les accueillit tandis que des dizaines de mains se levaient.

Au même moment, Nora entendit un cri derrière elle. Elle tourna la tête et reconnut son mari, perdu au milieu de la foule, qui essayait désespérément d'attirer son attention.

— Bill ! s'écria-t-elle en se précipitant à sa rencontre.

— Nora ! lui répondit-il en se taillant péniblement un chemin parmi les badauds.

D'une bourrade, il envoya promener un gardien et sauta pardessus le cordon avant de se jeter dans les bras de sa femme.

— Nora ! Si tu savais à quel point tu m'as manqué ! s'écria-t-il en lui collant un baiser magistral sur la bouche.

Le temps de se dégager et la jeune femme lui demanda, le souffle court :

— Bill, que t'est-il arrivé ? Mais tu es blessé ! On dirait que tu as pris un coup sur le crâne.

— Ne t'inquiète pas de ça, la rassura Smithback. Je viens d'apprendre la nouvelle, au sujet de Margo. Elle a vraiment été assassinée ?

Nora acquiesça tristement.

— Je suis allée à son enterrement hier.

— Mon Dieu ! Je n'arrive pas à le croire, murmura-t-il, les yeux brillants de larmes.

— Mais où étais-tu ? Je me suis fait un sang d'encre.

— C'est une longue histoire, j'ai été enfermé dans un asile de fous.

— Quoi ?!

— Je te raconterai plus tard. Moi aussi, je me suis inquiété. Pendergast est persuadé qu'un tueur fou en veut à tous ses amis.

— Je sais, il m'a expliqué la même chose. Mais je ne pouvais décemment pas m'évanouir dans la nature à la veille de l'inau…

— Ce monsieur n'a rien à faire ici, l'interrompit un gardien. Seuls les employés du Muséum ont le droit de se trouver…

Il s'arrêta net en entendant un larsen strident sortir d'un haut-parleur. Le préfet Rocker s'approcha du micro en demandant le silence. Comme par miracle, la foule se tut.

— Je suis accrédité par le *Times*, en profita pour se justifier Smithback en sortant un carnet de sa poche.

— Tiens, prends mon stylo, lui proposa Nora qui le tenait toujours par la taille.

Sur le parvis du Muséum, le préfet entamait la conférence de presse.

— Hier soir, le Hall Astor où se trouvent rassemblées les collections de diamants du Muséum a été cambriolé. À l'heure qu'il est, nos équipes sont sur place avec les meilleurs techniciens de la police scientifique. Toutes les mesures ont été prises. Il est encore trop tôt pour évoquer des pistes précises, mais vous serez les premiers informés des évolutions à venir. Je suis au regret de ne pouvoir vous en dire davantage, mais notre enquête ne fait que commencer. Je préciserai pourtant ceci : ce vol a été commis par des cambrioleurs aguerris, munis d'équipements extrêmement sophistiqués. Ils semblaient parfaitement connaître le système d'alarme du musée, et ils auront profité de la cérémonie d'inauguration qui se déroulait ici hier soir pour réaliser leur coup. C'est tout ce que je peux vous dire à l'heure actuelle. Professeur Collopy ?

Le directeur du Muséum s'avança. Très droit, il tentait vainement de faire bonne figure, mais sa voix tremblait.

— Je souhaite insister sur ce qui vient d'être dit par le préfet Rocker : toutes les mesures nécessaires ont été prises. La plupart des pierres volées sont aisément identifiables par des professionnels. Tout recel est donc impossible sous leur forme actuelle.

Un murmure accueillit la déclaration du directeur. En clair, cela signifiait que les diamants risquaient fort d'être retaillés.

— Je souhaite ici m'adresser à tous les New-Yorkais afin de leur dire que cette perte n'est pas seulement celle du Muséum, mais surtout la leur. À ce point de l'enquête, il est malheureusement impossible de savoir qui a pu commettre un tel forfait.

— Qu'en est-il du Cœur de Lucifer ? cria un premier journaliste.

Collopy marqua visiblement le coup.

— Je puis vous assurer que nous faisons tout ce qu'il est humainement possible de faire.

— Le Cœur de Lucifer a-t-il été volé ? insista un autre reporter.

— Je passe maintenant la parole à la responsable des relations publiques du Muséum, Carla Rocco.

Collopy s'éloigna du micro sous une tempête de questions et Mme Rocco s'avança, les mains levées en signe d'apaisement.

— Je ne pourrai pas vous répondre tant que le calme ne sera pas revenu.

Le brouhaha s'apaisa rapidement.

— Mme Lilienthal de la chaîne ABC, fit Rocco en désignant une jeune femme.

— Peut-on savoir si le Cœur de Lucifer a disparu ?

— Oui, il fait partie des diamants dérobés cette nuit.

Tout le monde s'y attendait, mais la consternation n'en était pas moins grande.

— Je vous en prie ! voulut les calmer à nouveau Rocco.

— Le Muséum a toujours prétendu qu'il disposait de systèmes d'alarme inviolables, lança un journaliste. Comment les cambrioleurs ont-ils pu s'y prendre ?

— C'est ce que nous sommes en train de déterminer à l'heure où je vous parle. Nous disposons non pas d'un, mais de plusieurs systèmes d'alarme complémentaires, et le Hall Astor se trouve en permanence sous la surveillance d'une caméra vidéo. Je peux toutefois vous préciser que les cambrioleurs ont abandonné une partie de leur matériel sur place.

— Quel genre de matériel ?

— Il est trop tôt pour le dire. Il faudra plusieurs jours pour en faire l'analyse.

Plusieurs questions fusèrent et Rocco montra du doigt un journaliste.

— Roger ?

— Quel est le montant de l'assurance ?

— Cent millions de dollars.

Des réactions de stupeur s'élevèrent de la foule.

— Quelle est la valeur *réelle* de tous ces diamants ? poursuivit le dénommé Roger.

— Une valeur inestimable. Monsieur Werth de la NBC, votre question ?

— Combien vaut à lui seul le Cœur de Lucifer ?

— Au risque de me répéter, il s'agit d'une pierre d'une valeur inestimable. Je voudrais en profiter pour vous dire que nous avons bon espoir de recouvrer ces pierres, d'une façon ou d'une autre.

Collopy s'avança en direction du micro.

— Les collections du Muséum sont principalement constituées de diamants « anormaux », c'est-à-dire de pierres aisément identifiables à leur couleur. C'est notamment le cas du Cœur de Lucifer qui est le seul au monde à être d'une couleur cannelle aussi prononcée.

Smithback se détacha de Nora et enjamba le cordon qui protégeait l'espace réservé à la presse, la main levée.

— Monsieur Smithback, du *Times* ?

— Peut-on dire que le Cœur de Lucifer est le plus beau diamant du monde ?

— Le plus beau diamant de sa catégorie, très certainement. C'est du moins ce que s'accordent à dire les spécialistes.

— Dans ce cas, comment justifier la perte d'un tel trésor auprès des New-Yorkais ?

La voix de Smithback tremblait d'une émotion qui traduisait ses épreuves des derniers jours, et peut-être plus encore celle de l'annonce de la mort de Margo.

— Comment le Muséum a-t-il pu laisser commettre un vol aussi insensé ? insista-t-il.

— Personne n'a rien *laissé* faire, rétorqua Rocco, sur la défensive. Le système d'alarme du Hall Astor est le plus sophistiqué au monde.

— En tout cas, ça n'a pas suffi.

Sollicitée de toutes parts, Rocco leva les bras.

— Je vous en prie ! Laissez-moi parler !

Cette fois, le brouhaha ne s'apaisa qu'à grand-peine.

— Le Muséum regrette plus que quiconque la disparition du Cœur de Lucifer. Nous avons parfaitement conscience de l'importance de ce diamant pour la ville, et le pays en général. Nous comptons tout mettre en œuvre pour rentrer en sa possession, mais de grâce, laissez à la police le temps de faire son travail. Madame Carlson du *Post* ?

— Une question à l'intention du professeur Collopy. Sans vouloir insister, vous aviez la charge de ce diamant au nom des habitants de cette ville. Je voudrais savoir comment vous comptez personnellement assumer cette responsabilité.

— Les systèmes de sécurité sont mis au point par des êtres humains, ils sont donc à la merci des hommes.

— Je vous trouve bien fataliste, s'étonna Carlson. En d'autres termes, vous êtes en train de nous dire que le Muséum dont vous êtes le directeur ne pourra jamais garantir la sécurité de ses collections.

— Mais non ! s'emporta Collopy. Nous garantissons la sécurité de nos collections.

— Question suivante, s'empressa d'enchaîner Rocco.

Mais il était trop tard. Les journalistes disposaient enfin d'un angle d'attaque, et ils n'allaient pas s'en priver aussi facilement.

— Pouvez-vous nous dire ce que vous entendez par le mot « garantir » ? Le plus gros diamant du monde vient d'être volé alors que vous prétendiez garantir sa sécurité.

— Laissez-moi m'expliquer, répliqua Collopy, rouge de colère.

— J'ai comme l'impression qu'on ne parle pas tous la même langue ! l'interrompit Smithback.

— J'ai parlé de garantie pour la simple et bonne raison que le Cœur de Lucifer *ne faisait pas partie des diamants dérobés* ! s'écria Collopy.

Un silence stupéfait lui répondit. Abasourdis, Rocco et le préfet Rocker regardaient Collopy avec des yeux ronds.

— Monsieur le directeur… commença Rocco.

— Je vous en prie, laissez-moi parler ! Je suis le seul à être au courant, mais étant donné les circonstances, je ne puis me permettre de me taire plus longtemps. La pierre qui était exposée dans le Hall Astor était une copie, plus précisément un diamant coloré artificiellement par radiation. Le *véritable* Cœur de Lucifer n'a jamais quitté son abri dans les coffres de la compagnie d'assurances du musée. Cette pierre était bien trop précieuse pour être exposée au public, la compagnie d'assurances refusait d'en prendre le risque. Les cambrioleurs, quels qu'ils soient, se sont emparés d'un faux, ajouta-t-il, une lueur malicieuse dans les yeux.

Mais la déclaration de Collopy avait provoqué une véritable émeute.

— La conférence de presse est terminée, merci de votre attention ! cria Rocco au-dessus de la mêlée alors que le directeur s'éclipsait en s'épongeant le front.

À en juger par les réactions hystériques de la presse, il était clair que l'affaire du Cœur de Lucifer ne faisait que commencer.

58

Les heures s'écoulaient, et ils continuaient inlassablement à écumer les petites villes balnéaires désertes. La nuit avait laissé place à un jour sale et glacé qui filtrait péniblement à travers les nuages plombés, poussés par un vent acide. D'Agosta écoutait sa radio d'une oreille morose, et les communications de la police n'étaient pas pour le rassurer. Personne ne parlait plus d'eux, et pas uniquement à cause du vol des diamants. Il ne faisait guère de doute à ses yeux que leurs poursuivants utilisaient désormais des canaux plus sûrs auxquels sa radio n'avait pas accès.

Ils étaient au bout du rouleau. À quoi bon poursuivre leur tournée des stations-service ? Après avoir fait le plein, Diogène n'avait plus de raison de s'arrêter. Quant aux informations obtenues à Yaphank, elles ne faisaient que confirmer ce qu'ils savaient déjà : son refuge se trouvait à l'est et Viola serait bientôt morte. D'Agosta avait mal au cœur pour son compagnon. Tout espoir était perdu, et Pendergast le savait.

Il refusait pourtant d'abandonner, s'arrêtant à tous les motels, visitant toutes les supérettes et tous les restaurants de nuit, au risque de se faire arrêter à tout moment.

Les rares informations glanées sur la radio n'étaient guère encourageantes. D'Agosta avait cru comprendre que les fédéraux s'étaient joints à la poursuite, et la nasse se refermait lentement. De nouveaux barrages avaient été mis en place et tous les policiers étaient en alerte. Leurs poursuivants finiraient bien par apprendre qu'ils circulaient dans un pick-up. À moins que Pendergast ait un atout maître dans sa manche, ils étaient cuits.

La camionnette fit une embardée et D'Agosta s'agrippa à la poignée de toit. Sans raison apparente, Pendergast s'arrêta dans un crissement de pneus devant un Starbucks installé face à l'océan, au milieu d'une aire de parking.

Ils restèrent là un moment, sans bouger, bercés par le grésillement de la radio de D'Agosta. Apparemment, le vol des diamants faisait l'objet d'une conférence de presse retransmise en direct sur une chaîne publique.

— Jamais Diogène n'aura fait halte ici, finit par dire D'Agosta.

— À la vérité, je cherche un relais wifi, lui répondit Pendergast en démarrant son ordinateur portable. Je ne serais pas surpris que ce Starbucks en ait un. Il me suffira de m'y connecter pour accéder à Internet. Mon logiciel de reconnaissance physique est resté branché au Dakota. Voyons s'il a pu détecter quelque chose de neuf.

L'inspecteur se mit à pianoter sur son clavier sous le regard morne de son compagnon.

— Vincent, auriez-vous la gentillesse d'aller chercher du café ? demanda-t-il sans lever les yeux.

D'Agosta descendit du pick-up et pénétra dans le Starbucks. Lorsqu'il revint quelques minutes plus tard avec deux gobelets, Pendergast avait refermé son ordinateur et s'était installé sur le siège passager.

— Du neuf ?

Pendergast secoua la tête et s'adossa à son siège en fermant les yeux.

D'Agosta poussa un soupir. Il fit le tour du pick-up et prit place derrière le volant. Au même moment, une voiture de patrouille apparut à l'autre bout du parking. Elle ralentit en passant à leur hauteur et s'arrêta légèrement à l'écart.

— Merde. Ce con est en train de vérifier notre numéro, grommela D'Agosta.

Pendergast, immobile, les yeux clos, ne réagit pas.

— Cette fois, c'est foutu.

La voiture de patrouille venait de faire demi-tour et s'approchait d'eux.

Pendergast ouvrit les yeux.

— Donnez-moi ces gobelets et voyez si vous parvenez à leur échapper.

D'Agosta embraya aussitôt et démarra en direction de la route qui longeait la mer. La voiture de patrouille se lança à leur poursuite, sirène hurlante et gyrophare allumé.

Le pick-up fonçait à toute vitesse sur la route du bord de mer lorsqu'une autre sirène se fit entendre, loin devant.

— La plage, laissa tomber Pendergast en tenant les deux gobelets tant bien que mal.

— OK.

D'Agosta enclencha les quatre roues motrices et donna un grand coup de volant. Le pick-up fit voler en éclats la barrière de sécurité, franchit un chemin de planches et s'envola littéralement avant de retomber sur le sable un mètre en contrebas.

Quelques instants plus tard, ils poursuivaient leur course sur la plage, à quelques mètres des premières vagues. Un coup d'œil dans le rétroviseur confirma à D'Agosta que les deux voitures de police l'avaient suivi.

Ça va être du sport, pensa-t-il, cramponné au volant.

Il appuya sur l'accélérateur, faisant gicler des gerbes de sable mouillé dans son sillage. Sur sa gauche s'étalait l'immensité désolée d'une réserve naturelle couverte de dunes. Il s'y précipita à plus de soixante à l'heure, sans s'inquiéter de la barrière en bois qu'il venait de démolir. Il ne savait pas où il allait, mais le mieux était encore de se diriger vers l'espace sablonneux, couvert de broussailles et de pins, qu'il apercevait quelques centaines de mètres plus loin. Jamais ses poursuivants ne parviendraient à le suivre.

Du coin de l'œil, il vit Pendergast se cramponner à son siège.

Derrière eux, les deux voitures de police avaient dû s'arrêter car D'Agosta ne les voyait plus dans son rétroviseur. Le répit serait de courte durée car toutes les polices municipales du coin étaient équipées de buggies. Il le savait pour en avoir lui-même emprunté à plusieurs reprises, du temps où il faisait partie de la brigade de Southampton. S'ils voulaient s'en tirer, il allait leur falloir trouver un moyen de…

— Arrêtez-vous ! lui ordonna soudain Pendergast.

— Pas question, il faut…

— Arrêtez-vous !

Quelque chose dans la voix de son compagnon lui dit d'obéir. Il freina brutalement, le pick-up chassa par l'arrière et s'arrêta au pied d'une énorme dune. D'un geste, il éteignit les phares et coupa le moteur. Quelle connerie ! Les flics n'auraient aucun mal à les retrouver en suivant les traces de pneus dans le sable.

L'oreille collée à la radio, Pendergast ne perdait pas un mot de la conférence de presse qui se déroulait au Muséum.

... n'a jamais quitté son abri dans les coffres de la compagnie d'assurances du musée. Cette pierre était bien trop précieuse pour être exposée au public, la compagnie d'assurances refusait d'en prendre le risque.

Pendergast se tourna vers D'Agosta, le regard brillant d'espoir.

— Voilà l'ouverture que j'attendais !

— Quelle ouverture ?

— Diogène a enfin commis une erreur, répondit-il machinalement en sortant son téléphone portable.

— J'aimerais tout de même que vous m'expliquiez...

— Je dois impérativement passer plusieurs coups de téléphone. À compter de cet instant, Vincent, je vous confie une mission vitale : *nous ramener à Manhattan et...*

De l'autre côté de la dune, un bruit de sirène interrompit Pendergast.

59

Smithback referma lentement son portable, stupéfait de ce qu'il venait d'entendre. Nora lui jeta un regard curieux. L'entrée du personnel venait enfin de s'ouvrir et les employés se précipitaient à l'intérieur, heureux de pouvoir enfin échapper au froid.

— Bill, qu'est-ce qu'il y a ? demanda-t-elle. Qui était-ce ?

— L'inspecteur Pendergast. Je ne sais pas comment il s'y est pris, mais il a réussi à se procurer le numéro du téléphone que j'ai pris au *Times* en passant.

— Que voulait-il ?

— Pardon ? dit-il d'un air pensif.

— Je te demandais ce qu'il te voulait. Tu as l'air bouleversé.

— C'est-à-dire que… qu'il vient de me faire une proposition peu banale.

— Une proposition ? Mais de quoi parles-tu ?

Smithback sembla se reprendre.

— Je t'expliquerai plus tard, répliqua-t-il en prenant Nora par les épaules. Tu penses être en sécurité, au Muséum ? Je me fais du souci pour toi, surtout après ce qui est arrivé à Margo.

— S'il y a bien un endroit où je ne cours aucun danger, c'est ici. Le Muséum grouille de flics.

Smithback acquiesça lentement, l'air songeur.

— C'est vrai, c'est vrai.

— Écoute, il faut que j'aille travailler.

— Je t'accompagne. Je dois voir le professeur Collopy.

— Collopy ? Je te souhaite bon courage.

Une meute d'agents en uniforme et de gardiens contenait la foule des journalistes, furieux qu'on leur refuse l'accès au bâtiment. Smithback avait d'autant moins de chance de pénétrer dans le Muséum qu'il y était connu comme le loup blanc.

— Que comptes-tu faire ? l'interrogea Nora en lui posant un bras sur l'épaule.

— Il faut absolument que je trouve le moyen de rentrer.

Nora fronça les sourcils.

— À cause du coup de fil de Pendergast ?

— On ne peut rien te cacher, répondit-il en plongeant son regard dans les yeux verts de sa femme. Tu sais de quoi j'ai vraiment envie ?

— Pas question, vilain tentateur. J'ai du boulot jusque pardessus la tête. C'est aujourd'hui que l'exposition ouvre officiellement ses portes, si tant est qu'elles ouvrent un jour.

Smithback l'embrassa et la serra contre lui. Il voulut se dégager, mais Nora refusa de le laisser partir.

— Bill, lui glissa-t-elle à l'oreille. Je suis si heureuse de te revoir.

Elle lui adressa un sourire et un clin d'œil et disparut à l'intérieur du musée.

Smithback la regarda s'éloigner, puis il se glissa dans la foule des employés qui faisaient la queue, court-circuitant ses collègues, parqués sur le côté. La police et les gardiens vérifiaient l'identité de chacun, il n'allait pas être facile de franchir le barrage. Smithback en profita pour réfléchir. Une idée lui vint à l'esprit, il tira de sa poche l'une de ses cartes au dos de laquelle il griffonna quelques mots.

Au moment où arrivait son tour, un gardien lui barra la route.

— Votre badge.

— Smithback, du *Times*.

— Vous vous êtes trompé de côté, mon vieux. La presse, c'est là-bas.

— Écoutez-moi. J'ai une communication urgente et confidentielle à faire au professeur Collopy. Faites-lui parvenir ceci tout de suite, sinon ça va barder. Je ne plaisante pas. Vous jouez votre place, monsieur Primus, déclara-t-il sur un ton péremptoire en lisant discrètement le nom de son interlocuteur sur le badge accroché à sa veste.

Le gardien hésita, visiblement troublé. Depuis quelques années, la direction ne se montrait pas tendre avec les petits employés du Muséum qui vivaient pour la plupart dans la hantise de perdre leur travail. Smithback le savait, et ce n'était pas la première fois qu'il en abusait.

— C'est à quel sujet ? s'enquit le dénommé Primus.

— C'est au sujet du vol de cette nuit. Je dispose d'informations importantes.

— Je ne sais pas si… commença le gardien, hésitant.

— Je ne vous demande pas de me laisser rentrer, mais simplement de donner ce mot en main propre à votre directeur. Ni à sa secrétaire, ni à personne d'autre, à lui seul. Enfin ! je ne suis tout de même pas le premier crétin venu. Vous voulez voir ma carte de presse ?

Le gardien jeta un coup d'œil dubitatif au document que lui tendait Smithback. Ce dernier en profita pour lui glisser la petite carte entre les doigts.

— Glissez-la dans une enveloppe, ça vous évitera la tentation de la lire, et donnez-la au directeur. Croyez-moi, vous ne le regretterez pas.

Après une dernière hésitation, Primus prit la carte et se retira dans un petit bureau d'où il ressortit peu après avec une enveloppe.

— J'ai mis votre carte dedans sans la regarder.

— C'est bien, le rassura le journaliste tout en écrivant sur l'enveloppe : « À l'attention du professeur Collopy. À ouvrir de toute urgence. De la part de William Smithback du *New York Times.* »

— Je vais demander qu'on la lui donne, fit le gardien.

Smithback s'approcha et le toucha presque.

— Je crois que vous ne comprenez pas bien : c'est *vous* qui devez la lui remettre en main propre. Je n'ai aucune confiance en tous ces guignols, ajouta-t-il en jetant un regard à la ronde.

Le gardien hocha la tête en rougissant.

— Très bien, dit-il en s'éloignant avec la précieuse enveloppe.

Smithback se posta près de l'entrée, son téléphone à la main, en faisant les cent pas. Cinq minutes s'écoulèrent, puis dix, puis quinze. Tout ça ne lui disait rien qui vaille.

Soudain, son téléphone sonna et il le déplia à la hâte.

— Collopy à l'appareil, fit la voix distinguée du directeur. Vous êtes Smithback ?

— Oui, c'est moi.
— Un gardien va vous accompagner jusqu'à mon bureau.

Un désordre invraisemblable régnait dans l'antichambre du bureau directorial où se mêlaient inspecteurs, agents en uniforme et cadres du Muséum. Comme par miracle, les portes en chêne de l'antre de Collopy s'ouvrirent devant Smithback.

Le maître des lieux tournait comme un lion en cage, les mains dans le dos, face à une rangée de fenêtres en arc de cercle donnant sur le décor hivernal de Central Park. Plusieurs hauts responsables du musée se trouvaient là, parmi lesquels Smithback reconnut Manetti.

Collopy s'arrêta net en apercevant le journaliste.

— Monsieur Smithback ?

— En personne.

Collopy se tourna vers ses autres visiteurs.

— Je vous demanderai de bien vouloir m'excuser cinq minutes, leur dit-il.

Il attendit que tout le monde soit sorti pour affronter le journaliste. Les doigts serrés sur la petite carte qu'on lui avait remise quelques minutes plus tôt, il prit la parole, le visage empourpré :

— Qui a l'audace de faire courir cette rumeur *scandaleuse*, monsieur Smithback ?

Smithback décida de jouer son va-tout.

— Il ne s'agit pas exactement d'une rumeur, monsieur le directeur. Je tiens cette information d'une personne qui souhaite conserver l'anonymat, mais j'ai pris la précaution de la vérifier avant de venir vous voir, et il semble qu'elle ne soit pas infondée.

— C'est intolérable ! Comme si j'avais besoin de ça ! Un tissu de mensonges dont je n'ai pas l'intention de tenir compte.

— Je ne suis pas certain que ce soit la meilleure solution.

— Et pourquoi donc ? Vous ne comptez tout de même pas publier une telle calomnie dans le *Times* ? Je vous affirme que le diamant se trouve en sécurité dans le coffre de notre compagnie d'assurances et ma parole devrait vous suffire.

— Le *Times* n'a pas l'habitude de propager de vagues rumeurs, je vous l'accorde. Mais comme je vous l'ai dit, j'ai des sources bien informées dont je dois tenir compte.

— Nom d'un chien !

— Laissez-moi vous poser une question, insista Smithback d'une voix posée. Quand avez-vous vu personnellement le Cœur de Lucifer pour la dernière fois ?

Collopy lui jeta un regard en coin.

— Il y a environ quatre ans, lors du renouvellement de notre police d'assurance.

— Un gemmologue agréé a-t-il examiné la pierre ce jour-là ?

— Non, mais nous n'avions aucune raison de le faire. Ce diamant est suffisamment reconnaissable…

Collopy n'acheva pas sa phrase, conscient de la faiblesse de l'argument.

— Professeur, comment pouvez-vous être *certain* qu'il s'agissait bien du Cœur de Lucifer ?

— Je n'avais aucune raison d'en douter.

— C'est bien là le nœud du problème. Si je comprends bien, poursuivit Smithback d'une voix douce, vous n'avez aucun moyen d'être sûr que le Cœur de Lucifer se trouve bien dans le coffre de la compagnie d'assurances. Ni même que le diamant qui s'y trouve est effectivement celui du Muséum.

— Votre théorie est absurde ! s'exclama le directeur en recommençant à tourner en rond, les mains dans le dos. Vous me faites perdre mon temps.

— Je suis convaincu que vous aurez à cœur de ne pas laisser courir une telle rumeur. Vous savez aussi bien que moi qu'il est plus facile de faire naître des ragots que de les faire taire. Sans oublier que je dois rendre mon article avant ce soir.

— Votre article ? Quel article ?

— L'article que je compte consacrer à ces allégations.

— Je vous mets au défi de publier un tel tissu d'infamies ! Nos avocats vous réduiront en charpie.

— Croyez-moi, on ne s'attaque pas au *Times* aussi facilement.

Smithback avait constamment veillé à ne pas hausser le ton, à laisser son interlocuteur parvenir de lui-même à la seule conclusion qui s'imposait.

— Bon sang ! s'exclama Collopy en faisant brusquement demi-tour. Je ne vois qu'une solution : montrer cette satanée pierre à un expert !

— C'est en effet une solution, approuva Smithback.

Collopy avait déjà repris sa ronde.

— Il nous faudra procéder à la chose en présence de témoins, en prenant naturellement toutes les précautions nécessaires. D'un autre côté, je me vois mal inviter Pierre, Paul et Jacques à cette petite sauterie.

— Si vous me permettez, il suffit que quelqu'un du *Times* soit présent. Les autres médias ne pourront que nous suivre, comme c'est le cas en temps ordinaire. La réputation du *Times* est le garant de son sérieux.

— Vous avez sans doute raison, grommela Collopy en faisant une courte halte. Bon ! Voici ce que je vous propose. Je vais commencer par m'assurer les services d'un gemmologue afin qu'il puisse nous garantir l'origine de la pierre détenue par l'Affiliated Transglobal. L'opération se déroulera dans leurs locaux, sous le contrôle le plus strict. Vous serez le seul journaliste autorisé à assister à l'expertise, et je vous conseille de tordre le cou à ces rumeurs ridicules dans votre article.

— S'il s'agit bien du Cœur de Lucifer.

— Il vaudrait mieux que ce soit le Cœur de Lucifer, sinon le Muséum aura la peau d'Affiliated Transglobal.

— Reste le choix du gemmologue. Il doit impérativement s'agir d'un expert indépendant si vous voulez que l'opération soit crédible.

Collopy s'arrêta un instant.

— Vous avez raison. Je ne puis me permettre d'utiliser quelqu'un de la maison.

— Vous aurez besoin d'un expert au-dessus de tout soupçon.

— Je vais immédiatement prendre contact avec le Conseil national de gemmologie. Il leur suffira de m'envoyer l'un des leurs, conclut Collopy en se dirigeant vers le téléphone posé sur son bureau.

Quelques coups de fil plus tard, il se tournait vers son visiteur.

— Tout est arrangé. Je vous propose de nous retrouver au siège d'Affiliated Transglobal, 1271 avenue des Amériques, quarante et unième étage, à 13 heures très précises.

— Vous avez trouvé un gemmologue ?

— Oui, un certain George Kaplan dont on me dit qu'il est l'un des meilleurs. À présent, monsieur Smithback, je vous demanderai de vous retirer. Il me reste bien des détails à régler avant 13 heures. À tout à l'heure... et merci de votre discrétion.

— C'est moi qui vous remercie, professeur.

60

Le bruit se rapprochait inexorablement de l'autre côté des dunes. D'Agosta avait reconnu les sirènes de mauvaise qualité des buggies.

Ils attendaient là depuis cinq bonnes minutes, à l'abri de la grande colline de sable. Il leur était impossible de retourner sur la plage où les buggies auraient l'avantage. Il n'était pas plus question d'emprunter la route du bord de mer maintenant que toutes les patrouilles avaient la description et le numéro d'immatriculation de leur pick-up.

Ils se trouvaient tout près de Southampton et D'Agosta avait une bonne connaissance des lieux. Il devait bien y avoir un moyen de leur échapper.

Il tourna la clé dans le démarreur et desserra le frein à main.

— Accrochez-vous, recommanda-t-il à Pendergast qui venait de ranger son téléphone.

— Notre sort est entre vos mains, Vincent.

D'Agosta inspira profondément, puis il appuya sur l'accélérateur et le pick-up se lança à l'assaut de la dune en faisant voler des nuages de sable dans son sillage. Ils descendirent dans un creux de terrain et contournèrent plusieurs dunes avant d'attaquer en diagonale le flanc de celle qui les séparait de la terre ferme. Le temps d'un éclair, D'Agosta aperçut dans son rétroviseur plusieurs buggies lancés à pleine vitesse le long de l'océan, cinq cents mètres en contrebas, et au moins deux autres au milieu des dunes. Ceux-là avaient dû retrouver leurs traces.

Merde et remerde… Ils étaient plus près qu'il ne le pensait.

Parvenu en haut de la dune, il enfonça la pédale pied au plancher. Le pick-up s'envola brièvement avant d'atterrir de l'autre côté sur une bande de sable meuble parsemée d'ajoncs. Ils arrivaient à l'extrémité de la réserve naturelle et le petit chemin sur lequel ils se trouvaient se terminait en cul-de-sac, face à plusieurs grandes propriétés des Hamptons. Tout en zigzaguant entre les buissons, D'Agosta réfléchissait à la disposition des lieux. À condition de traverser ces propriétés, ils pouvaient espérer rejoindre le marais de Scuttlehole.

Le terrain redevenait plat et il fit voler en éclats la barrière en bois qui les séparait d'une route étroite. L'une des propriétés était protégée par une haie de buis qu'il longea, à la recherche d'une trouée. Il venait de passer un virage lorsqu'une occasion se présenta. Il vira à angle droit et le pick-up franchit la haie à plus de soixante à l'heure. Les rétroviseurs latéraux se désintégrèrent, mais le pick-up continua comme si de rien n'était à tracer sa route sur l'immense pelouse qui s'étalait entre une immense villa de style géorgien, un belvédère et une piscine couverte.

D'Agosta longea le bassin à toute allure, dévasta une roseraie en arrachant au passage le bras d'une statue de femme nue et saccagea un potager. Devant lui, une haie formait un mur de verdure.

Pendergast se retourna.

— J'ai bien peur que vous ayez commis quelques dégâts, Vincent, déclara-t-il d'un air désolé.

— Au point où j'en suis, une statue de plus ou de moins... En attendant, je vous conseille de vous accrocher, ajouta-t-il en accélérant.

Le pick-up faillit stopper net en heurtant la haie. Le moteur toussa et D'Agosta crut un instant qu'il allait caler, mais il se mit à rugir de plus belle, une fois l'obstacle franchi. Une petite route les séparait à présent de la barrière en bois entourant les marais de Scuttlehole.

Un froid intense s'était installé sur la région depuis quinze jours, le tout était de savoir si cela suffirait.

D'Agosta roulait à vive allure sur la petite route, l'œil rivé sur la barrière de bois. À la première brèche, il donna un coup de volant et passa l'obstacle, mais il fut contraint de ralentir afin d'éviter les pins qui poussaient le long des marais. Les sirènes résonnaient toujours dans le lointain. Il avait réussi à gagner du temps, mais pas suffisamment.

Les derniers pins s'effacèrent et le pick-up s'engagea sur un terrain sablonneux parsemé de touffes d'herbes. On apercevait déjà à travers le pare-brise les silhouettes des joncs pris dans les eaux gelées du marais, à peine visibles dans le jour sale.

— Vincent ? demanda Pendergast d'une voix calme. Vous avez bien conscience que nous nous dirigeons vers ces marécages ?

— Oui, je sais.

Il accéléra et le pick-up franchit la rive gelée du marais en faisant voler autour de lui des échardes de glace. L'aiguille du compteur franchit la barre des cinquante, soixante, soixante-dix… D'Agosta allait devoir rivaliser de vitesse avec la nature s'il entendait réussir.

Le pick-up traversa un dernier bouquet de joncs et se retrouva sur la glace.

Pendergast lâcha les deux gobelets de café et s'agrippa à la portière.

— Vincent…

Le pick-up filait sur les eaux gelées qui se fissuraient sur son passage avec des crépitements sinistres. D'Agosta jeta un coup d'œil dans le rétroviseur : des morceaux de glace volaient dans tous les sens, aussitôt submergés par l'eau noire. C'était l'intégralité de la glace recouvrant le marais qui se craquelait en émettant des détonations assourdissantes.

— Comme ça, au moins, ils ne pourront pas nous suivre, déclara D'Agosta, les dents serrées.

Pendergast ne disait rien.

L'autre rive, le long de laquelle s'alignaient des villas cossues, n'était plus très loin. On aurait pu croire que le pick-up flottait tant il tanguait sur la croûte de glace que chaque tour de roue fragilisait un peu plus.

Ils étaient en train de perdre leur élan. D'Agosta appuya légèrement sur l'accélérateur, le moteur rugit et le rythme des détonations s'accéléra autour d'eux.

Deux cents mètres.

Il accéléra encore, mais les roues patinaient sur la surface gelée. Le pick-up vacilla sur le côté, la glace commençait à céder sous son poids.

Aux grands maux les grands remèdes.

D'Agosta enfonça l'accélérateur au plancher en tournant le volant. Le moteur hurla et le pick-up reprit de la vitesse, pas assez pourtant pour gagner la course terrible qui s'était engagée entre la glace et la machine.

Cent mètres.

Le moteur faisait un bruit de réacteur, mais le pick-up n'avançait plus que sur sa lancée.

La rive était toute proche à présent, mais le pick-up ralentissait de plus en plus. Pendergast, l'ordinateur portable et la radio sous un bras, se tenait prêt à ouvrir sa portière.

— Pas encore ! lui cria D'Agosta en tournant brusquement le volant afin de dévier la course du pick-up qui commençait à s'enfoncer par l'arrière.

S'il parvenait à reposer les roues avant sur la glace, tout espoir n'était pas perdu…

Le pick-up resta suspendu en l'air l'espace d'une éternité, puis il bascula en avant et s'enfonça brutalement dans la glace, moteur arrêté.

D'Agosta ouvrit sa portière à la volée et se jeta dans l'eau glacée. Il se raccrocha comme il le pouvait à un bloc de glace et se hissa péniblement sur la banquise au moment où le pick-up achevait de sombrer, ses roues arrière encore en train de tourner, dans un bouillonnement d'air et de glaçons.

À demi suffoqué par la vague qu'avait provoquée le naufrage du pick-up, D'Agosta leva les yeux et vit de l'autre côté du trou noir un Pendergast imperturbable dans son grand manteau noir parfaitement sec, les deux pieds plantés sur le marais gelé, l'ordinateur et la radio calés sous le bras.

D'Agosta se releva en faisant craquer la glace sous son poids. La rive se trouvait à une dizaine de mètres à peine. Un regard en arrière lui confirma que les buggies n'étaient plus là.

— Allons-y.

En quelques enjambées, ils se trouvèrent sur la rive. Ils commencèrent par se cacher derrière un ponton en voyant la lumière jaune des phares des buggies trouer l'aube grise, de l'autre côté de l'eau. La longue cicatrice qui traversait la glace, et surtout le trou à l'endroit où avait sombré le pick-up en laissant derrière lui une flaque de gas-oil irisée, tout laissait à penser que les deux hommes s'étaient noyés.

Pendergast glissa un œil prudent entre deux planches.

— Toutes mes félicitations, Vincent. La manœuvre était particulièrement habile.

— Merci, le remercia son compagnon entre deux claquements de dents.

— Ils vont mettre du temps à s'apercevoir que nous sommes en vie. En attendant, je vous propose d'aller voir ce que les environs nous proposent comme moyen de transport.

D'Agosta hocha la tête. Il n'avait jamais eu aussi froid de toute son existence. Ses cheveux et ses vêtements détrempés commençaient à geler et ses doigts le brûlaient horriblement.

Les deux hommes se glissèrent discrètement le long de la haie qui protégeait l'une des villas dont les volets étaient fermés pour l'hiver. L'allée conduisant à la maison était déserte et ils se dirigèrent vers le garage en rasant les murs.

À travers une fenêtre, ils aperçurent une Jaguar de collection sur cales, ses quatre roues sagement empilées dans un coin.

— Voilà qui fera l'affaire, chuchota Pendergast.

— Le garage est sûrement muni d'une alarme, prononça péniblement D'Agosta.

— Très certainement.

Pendergast regarda autour de lui et remarqua un fil qui courait derrière une gouttière. Il le suivit jusqu'à la porte du garage et découvrit une boîte de dérivation.

— Un système pour le moins rudimentaire, commenta-t-il en ouvrant le boîtier à l'aide d'un clou ramassé par terre.

Il démonta les deux fils en veillant à ne jamais couper le circuit, puis il força la serrure, releva la porte roulante de quelques centimètres et se glissa à l'intérieur.

Par chance, l'intérieur du garage était chauffé.

— Venez vite, Vincent, et réchauffez-vous pendant que je me mets au travail.

— Je me demande bien comment vous avez fait pour ne pas vous mouiller, grommela D'Agosta en se plaçant devant la bouche de chaleur.

— J'aurai mieux calculé mon coup.

Pendergast commença par retirer son manteau et sa veste, puis il releva ses manches de chemise immaculées et entreprit de mettre la voiture sur cric avant de replacer les roues l'une après l'autre.

— Vous êtes à peu près réchauffé ? demanda-t-il.

— Si l'on peut dire.

— Dans ce cas, je vous demanderai d'ouvrir le capot et de rebrancher la batterie, suggéra Pendergast en désignant à son compagnon une boîte à outils qui traînait dans un coin.

D'Agosta prit une pince, releva le capot, remit en place les cosses de la batterie, puis il vérifia les niveaux et examina le moteur.

— Tout a l'air en ordre.

— Parfait, répondit Pendergast en serrant le dernier boulon.

— Nous avons la chance que le coin soit tranquille. Personne ne risque d'appeler les flics pour leur signaler un vol de voiture.

— Nous verrons bien. Tout est désert en cette saison, mais nous ne sommes jamais à l'abri d'un voisin trop curieux. En outre, une Mark VII de 1954 ne passe pas exactement inaperçue. Voyons à présent si elle veut bien démarrer. Mettez-vous au volant.

D'Agosta obéit et attendit les instructions de Pendergast.

— Pied sur l'accélérateur, starter tiré, levier de vitesse au point mort.

— C'est bon.

— Dès que le moteur se met à tousser, appuyez légèrement sur l'accélérateur.

D'Agosta s'exécuta et la voiture démarra presque aussitôt.

— Maintenant, repoussez très doucement le starter, fit Pendergast qui se dirigea vers le boîtier de l'alarme afin de le court-circuiter à l'aide d'un long fil électrique.

Il ne lui restait plus qu'à relever complètement la porte du garage.

— C'est bon, vous pouvez y aller.

D'Agosta sortit prudemment la Jag, et Pendergast referma la porte du garage avant de prendre place à l'arrière de l'auto.

— Essayons de voir comment marche le chauffage sur cet engin, fit D'Agosta en tournant les boutons d'une main tout en conduisant de l'autre.

— Bonne idée. Vous n'avez qu'à vous arrêter, le temps de chauffer l'habitacle. Pendant ce temps, je m'allonge quelques… Mais qu'est-ce que c'est ? s'exclama-t-il en brandissant une veste à gros carreaux verts. La chance nous sourit, Vincent. Voici un uniforme idéal pour vous.

D'Agosta retira son manteau détrempé qu'il jeta au pied du siège passager, puis il enfila la veste que lui tendait Pendergast.

— Elle vous va à ravir.

— On peut dire ça comme ça.

Leur échange fut interrompu par le portable de Pendergast.

— Allô, répondit l'inspecteur. Oui, très bien… je comprends… C'est parfait. Je vous remercie.

Une fois le téléphone replié, il se pencha vers D'Agosta :

— Il nous faut être à Manhattan dans moins de trois heures. Vous pensez pouvoir y arriver ?

— Tu parles, répliqua D'Agosta avant d'ajouter, après une courte hésitation :

— Si vous me disiez à qui vous parliez et de quoi il retourne ?

— C'était un appel de William Smithback.

— Le journaliste ?

— Lui-même. Voyez-vous, Vincent, je crois que la chance est en train de tourner. Enfin !

— Qu'est-ce qui vous fait dire ça ?

— Le responsable du cambriolage du Hall Astor cette nuit n'est autre que Diogène.

D'Agosta se retourna, les yeux écarquillés.

— Diogène ? Vous êtes sûr ?

— Sûr et certain. Les diamants ont toujours été sa passion. Tous ces meurtres n'étaient qu'une manœuvre de diversion monstrueuse. Il s'agissait de détourner mon attention pendant qu'il commettait son véritable forfait. Viola était sa dernière carte. Il savait que je me lancerais immédiatement à sa recherche, ce qui lui laissait toute liberté d'agir au Muséum. Le crime parfait dont il parlait, c'était le vol des diamants. Un « crime » au sens légal du terme.

— D'accord, mais je ne vois pas en quoi la chance a tourné.

— Diogène ne pouvait pas se douter que le diamant qu'il convoitait le plus n'était pas exposé dans le Hall Astor. Au lieu d'emporter le Cœur de Lucifer, il s'est emparé d'une vulgaire copie.

— Et alors ?

— Alors j'ai l'intention de voler le véritable Cœur de Lucifer et de lui proposer un échange. À présent, si le moteur est chaud, je vous propose de rejoindre New York au plus vite. Nous n'avons pas une minute à perdre.

— Je vous ai déjà vu tirer pas mal de lapins de votre chapeau, mais il faudra m'expliquer comment vous comptez voler le plus gros diamant du monde sans aucune préparation, réagit D'Agosta en démarrant. Vous ne savez pas où il se trouve, et encore moins comment il est protégé.

— Peut-être, mais j'ai un plan, déclara mystérieusement Pendergast en tapotant la poche dans laquelle il venait de ranger son portable.

D'Agosta, les yeux rivés sur la route, ne répondit pas tout de suite.

— Il y a tout de même un dernier problème, finit-il par dire d'une voix grave.

— Lequel ?

— Encore faudrait-il que Diogène ait quelque chose à échanger.

— Prions pour que cela soit le cas, laissa tomber Pendergast après un court silence.

61

Laura Hayward monta d'un pas pressé les marches du Lower Manhattan Federal Building, son collègue Singleton sur les talons. Ce dernier, fidèle à son élégance, portait un manteau en poil de chameau, une écharpe Burberry et des gants de cuir noirs. Il n'avait pas beaucoup parlé en chemin, ce qui était aussi bien car Hayward n'était pas d'humeur bavarde.

Vingt-quatre heures à peine s'étaient écoulées depuis que D'Agosta avait quitté son bureau en rejetant son ultimatum, mais le temps lui importait peu. Hayward, habituellement fière de sa rigueur, avait l'impression de se débattre dans un rêve, comme si rien de tout ce qui lui arrivait n'était réel. Comment croire qu'elle se rendait à une réunion du FBI, que Pendergast était le criminel le plus recherché de toute la ville, que D'Agosta était son complice ? Elle aurait voulu pouvoir arrêter ce cauchemar, se réveiller huit jours plus tôt chez elle, dans l'odeur des lasagnes préparées par Vinnie.

Elle montra son badge à l'entrée, déposa son arme de service à la consigne et signa la feuille qu'on lui tendait en se disant que toute cette histoire risquait de mal finir. À défaut d'être le complice de Pendergast, D'Agosta risquait fort d'en être la victime.

La réunion avait lieu dans une grande salle habillée de bois sombre. Le drapeau de New York et celui des États-Unis encadraient la porte d'entrée, des photos en couleur de hauts fonctionnaires tapissaient les murs de la pièce au milieu de laquelle trônait une immense table ovale entourée de sièges en cuir. Contrairement au NYPD qui veillait à fournir du café et des beignets dans ce genre d'occasion, le FBI n'avait rien prévu pour ses hôtes, à l'exception de bouteilles d'eau disposées sur la table.

Plusieurs agents en costume sombre discutaient à voix basse, et ils s'empressèrent de gagner leur place en voyant arriver Hayward et Singleton. La jeune femme prit le siège le plus proche et son collègue s'installa à côté d'elle après avoir posé son écharpe et ses gants sur la table, faute de mieux. Hayward et Singleton étaient d'ailleurs les seuls participants en manteaux.

Un personnage à la carrure impressionnante pénétra dans la pièce, accompagné de deux assistants nettement moins grands qui le suivaient comme des toutous, des piles de dossiers rouges sous le bras. Le géant s'arrêta sur le seuil et fit le tour de la table du regard. Contrairement à ses collègues, il avait le teint hâlé de quelqu'un qui a passé de longues heures au soleil. Ses petits yeux furetaient dans tous les coins d'un air mauvais.

Il se dirigea vers l'extrémité de la table où trois sièges étaient restés vides et s'assit sur celui du milieu tandis que ses sbires s'installaient de part et d'autre.

— Bonjour, dit-il avec un fort accent de Long Island qui tranchait avec son bronzage. Je suis l'inspecteur en chef Spencer Coffey, et je vous présente les inspecteurs Brooks et Rabiner qui sont là pour m'aider à traquer l'inspecteur Pendergast.

C'est tout juste s'il n'avait pas craché le dernier mot, le visage haineux.

— Voici les faits tels que nous les connaissons : Pendergast est soupçonné d'avoir commis quatre meurtres. Le premier à La Nouvelle-Orléans, un à Washington et deux à New York. Des traces de son ADN et des fibres lui appartenant ont été retrouvées sur les lieux, et l'enquête se poursuit en partenariat avec les autorités locales.

Singleton lança à Hayward un regard lourd de sens. Le « partenariat » auquel faisait allusion Coffey s'était traduit par l'irruption intempestive du FBI dans les locaux de la Criminelle ; une nuée d'agents avait longuement interrogé les enquêteurs du NYPD avant d'emporter des caisses entières d'indices prélevés sur les lieux des deux crimes. Coffey semblait oublier un peu vite qu'il devait à Hayward d'avoir découvert le pot aux roses.

— De toute évidence, nous avons affaire à un déséquilibré mental. Le profil psychologique le confirme clairement. Il est très certainement sur le point de commettre de nouveaux meurtres. Il a été repéré, pour la dernière fois, hier après-midi à Kennedy Airport où il est parvenu à échapper à la police et aux services de sécurité de l'aéroport, avant de s'enfuir à bord d'une voiture volée en abandonnant son propre véhicule. Pour la petite histoire, il s'agissait d'une Rolls-Royce.

Cette révélation provoqua des expressions de mépris et des regards indignés autour de la table. Pendergast ne s'était pas fait que des amis au cours de sa carrière au FBI.

— Pendergast aurait également été vu, la nuit dernière et ce matin, dans un certain nombre d'épiceries et de stations-service de nuit des comtés de Nassau et de Suffolk. Nous sommes en train de vérifier. Pendergast est accompagné d'un homme que l'on croit avoir identifié ; il s'agirait du lieutenant D'Agosta du NYPD. Il y a quelques minutes encore, on me signalait une course poursuite près de Southampton. Les premiers témoignages confirment qu'il s'agissait bien de Pendergast et de D'Agosta.

Hayward s'agita sur son siège, tandis que Singleton restait imperturbable.

— Plusieurs de nos équipes fouillent actuellement l'appartement de Pendergast sur la 72e Rue, ainsi que sa maison de La Nouvelle-Orléans. Tout élément susceptible d'éclairer ses actions futures vous sera transmis sans délai. Nous mettons sur pied une cellule de coordination pour faire circuler l'information. La situation est susceptible d'évoluer à chaque instant et il faut adapter notre stratégie en conséquence.

Sur un signe de tête de Coffey, ses adjoints se levèrent et firent le tour de la table en distribuant des dossiers à tout le monde, à l'exception de Hayward et Singleton. Coffey avait fourbi son plan d'attaque, et la police locale n'y avait aucune place.

— Chacun d'entre vous trouvera dans ces dossiers des instructions le concernant. Chaque équipe disposera de six agents. Il nous faudra déterminer en priorité ce qu'a pu faire Pendergast au cours des dernières vingt-quatre heures, histoire de voir ce qu'il manigance pour mieux le prendre au piège. Nous ne savons pas ce qui a pu l'attirer à Long Island, ni pourquoi il fait le tour des stations-service. À en croire les témoins qu'on a pu interroger, il cherche quelqu'un. J'exige un rapport toutes les heures, vous me le transmettrez directement, ou vous le ferez parvenir aux inspecteurs Brooks et Rabiner.

Sur ces mots, Coffey se leva pesamment en lançant un regard lourd de sens à son auditoire.

— Pas besoin de vous faire un dessin. Pendergast est l'un des nôtres, il connaît toutes les ficelles du métier. Nous pensons l'avoir coincé à Long Island, mais il est capable de nous filer entre les doigts. Il faut prendre ce salopard, et vite. Il en va de notre réputation. Des questions ?

— Oui.

Tous les regards se tournèrent vers Hayward. Elle s'était pourtant promis de ne rien dire, mais le mot était sorti tout seul.

Coffey plissa les yeux et posa sur elle des prunelles ardentes.

— Vous êtes le capitaine… euh, Hayward, c'est bien ça ?

Elle opina du chef.

— Allez-y, je vous en prie.

— Vous n'avez pas évoqué le rôle du NYPD dans cette chasse à l'homme.

Coffey leva les sourcils.

— Quel rôle ?

— Exactement. Vous nous avez expliqué tout ce que le FBI allait faire, mais je constate qu'il n'est plus question de coopération avec le NYPD.

— Lieutenant Hayward, je ne sais pas si vous avez écouté ce que je viens de dire, mais tous les témoignages placent Pendergast dans le comté de Suffolk. Je vois mal en quoi vous pourriez nous être utiles là-bas.

— C'est vrai, mais nous ne manquons pas d'hommes à Manhattan, et nous connaissons d'autant mieux cette affaire que c'est nous qui l'avons…

— Lieutenant, je suis personnellement très reconnaissant au NYPD de tout ce qu'il a fait dans cette enquête, l'interrompit Coffey sur un ton qui contredisait son propos. Mais pour l'instant, l'affaire déborde le cadre de votre juridiction.

— Pour l'instant. Mais rien ne nous dit qu'il n'a pas l'intention de revenir ici. Et dans la mesure où l'inspecteur Pendergast est soupçonné de deux meurtres pour lesquels je suis chargée d'enquête, je tiens à m'assurer qu'on nous laissera l'interroger une fois qu'il aura été arrêté et…

— Ne mettons pas la charrue avant les bœufs, la coupa Coffey. À l'heure qu'il est, il court toujours. D'autres questions ?

Comme personne ne se manifestait, il conclut sur un ton plus mesuré.

— Très bien. Une dernière chose. Ne prenez pas de risques inutiles. Pendergast est armé, extrêmement dangereux, et prêt à tout. En cas d'affrontement direct, n'hésitez pas à vous défendre. En d'autres termes, abattez-moi cette ordure. Et pas de quartier.

62

George Kaplan sortit sur le petit perron de son immeuble de Gramercy Park et s'arrêta quelques instants en haut des marches. Il ajusta sa cravate, chassa d'une pichenette un grain de poussière qui traînait sur le revers de sa veste et boutonna son manteau en cachemire. Satisfait, il tapota machinalement ses poches et descendit les marches en inspirant à pleins poumons l'air glacé. Il aimait ce quartier calme aux rues bordées d'arbres. Son immeuble faisait face au parc où, malgré le froid, des mères promenaient leurs enfants à travers les allées. Des rires montaient à travers les arbres nus.

Kaplan brûlait littéralement d'impatience depuis qu'il avait reçu ce coup de téléphone inattendu. N'importe quel gemmologue digne de ce nom rêvait de toucher un jour l'une des pierres les plus rares de la planète. Mais de là à expertiser le Cœur de Lucifer ! Comme tout un chacun, il l'avait vu au Muséum où il était exposé derrière un épais blindage, sous une lumière exécrable. Il en comprenait à présent la raison : s'il avait été éclairé correctement, les gemmologues d'exception dont il faisait partie auraient compris qu'il s'agissait d'une copie. Une excellente copie, il est vrai. Un véritable diamant, irradié de façon à obtenir cette couleur cannelle unique. Sans parler des fibres optiques qui devaient être placées sous la pierre afin d'accentuer la ressemblance avec l'original. En quarante ans de carrière, Kaplan avait tout vu ou presque, et il s'en voulait de n'avoir pas compris qu'un diamant tel que le Cœur de Lucifer ne pouvait pas se trouver au Muséum. Quelle compagnie aurait accepté d'assurer une pierre exposée dans un espace public aussi fréquenté ?

Le Cœur de Lucifer... Quelle pouvait être sa valeur ? Le dernier diamant rouge de qualité mis sur le marché, une pierre de cinq carats baptisée le Dragon Rouge, s'était vendu 16 millions de dollars. Or celui-ci était neuf fois plus gros, plus pur et d'une couleur inégalée. Il s'agissait sans conteste du plus beau diamant coloré au monde, lui donner un prix n'avait aucun sens.

En raccrochant, Kaplan s'était enfermé dans sa bibliothèque afin de se rafraîchir la mémoire sur l'histoire du Cœur de Lucifer. En règle générale, la valeur d'un diamant est inversement proportionnelle à sa coloration, sauf lorsque la couleur est extrêmement marquée. De tous les diamants colorés, les rouges sont les plus rares ; Kaplan savait qu'un diamant rouge de qualité est extrait des mines De Beers en moyenne tous les deux ans seulement. Dire que le Cœur de Lucifer était unique tenait de l'euphémisme : une pierre de quarante-cinq carats en forme de cœur classé VVS1 par l'Institut américain de gemmologie. Aucune autre pierre au monde ne possédait un tel pedigree. Sans parler de sa couleur qui n'était ni grenat ni rubis, deux colorations pourtant très recherchées, mais plutôt d'un rouge orangé intense parfaitement indescriptible. On parlait souvent de cannelle, un terme auquel Kaplan avait fini par adhérer, faute de mieux, tout en trouvant qu'il décrivait imparfaitement l'intensité d'une eau qui évoquait davantage la teinte du sang en plein soleil, en plus vive encore. Une couleur unique au monde, qui défiait la science. Il aurait fallu pouvoir prélever un fragment de la pierre pour pouvoir l'analyser, ce qui était bien évidemment impossible.

L'histoire du Cœur de Lucifer était à la hauteur de sa réputation. La pierre originale, un monstre de 104 carats, avait été découverte au Congo par un aventurier du début des années 1930. Son premier propriétaire, ne comprenant pas qu'il s'agissait d'un diamant à cause de sa couleur, l'avait utilisé en règlement d'une dette de bar. Comprenant son erreur, il avait tenté de le récupérer auprès du barman qui avait refusé. Une nuit, l'aventurier s'était alors introduit chez ce dernier qu'il avait froidement assassiné avec sa femme et leurs trois enfants, puis il avait fait disparaître les corps en les coupant en morceaux avant de les jeter aux crocodiles. Le criminel s'était fait prendre, mais au cours de l'enquête, l'un des gendarmes chargés d'ouvrir le ventre des reptiles soupçonnés d'avoir avalé les restes des victimes, avait été dévoré par une bête enragée et l'un de ses collègues s'était noyé en tentant de lui porter secours.

La pierre brute s'était ensuite retrouvée sur le marché noir où la rumeur voulait qu'elle ait fait plusieurs autres victimes. Elle avait refait surface en Belgique chez un trafiquant notoire qui s'était suicidé après l'avoir gravement fissurée en la taillant maladroitement. La pierre avait poursuivi un temps sa course sanglante dans l'univers des diamantaires avant de se retrouver sur l'établi d'un tailleur de diamants d'exception, un Israélien nommé Arens. Au terme d'une opération entrée dans la légende, Arens avait réussi la prouesse de réaliser un diamant en forme de cœur à partir de la pierre endommagée, sans la casser ni la dénaturer. Arens avait passé pas moins de trois années à regarder la pierre, et trois autres à s'entraîner sur plus de deux cents répliques en plastique de l'original afin d'en optimiser la taille et la forme. Tel Michel-Ange sculptant son *David* à partir d'un bloc de marbre fissuré, que d'autres avant lui avaient rejeté, il avait réalisé un chef-d'œuvre.

Arens avait également réussi à tailler une douzaine de diamants de dimensions plus modestes en plus de celui qu'il avait baptisé le Cœur de Lucifer en référence à son histoire tragique, ajoutant à l'intention de la presse qu'il s'agissait d'« un travail véritablement diabolique ».

Dans un élan de générosité rare, le sauveur du Cœur de Lucifer l'avait légué au Muséum d'histoire naturelle de New York, précisant que sa passion des diamants était née lorsqu'il était enfant en visitant le Hall Astor. Pour prix de son travail, Arens avait vendu pour une somme astronomique les autres diamants rouges dont aucun n'avait curieusement refait surface depuis. Sans doute leur acheteur avait-il décidé d'en faire quelque bijou extravagant à l'intention d'une femme soucieuse de discrétion.

Kaplan tourna au coin de Gramercy Park en direction de Park Avenue où il savait pouvoir aisément trouver un taxi. Il avait une bonne demi-heure devant lui, mais il connaissait trop bien les caprices de la circulation à l'heure du déjeuner pour ne pas risquer de rater son rendez-vous.

Alors qu'il attendait près d'un feu au coin de Lexington Avenue, une voiture noire s'arrêta à sa hauteur. Le conducteur, un homme vêtu d'une veste verte à carreaux, se pencha et descendit la vitre côté passager.

— Monsieur George Kaplan ?

— C'est moi.

L'homme lui tendit un badge de lieutenant du NYPD tout en ouvrant la portière.

— Veuillez monter, je vous prie.

— C'est-à-dire que… j'ai un rendez-vous très important. De quoi s'agit-il ?

— Je suis au courant. C'est moi qui suis chargé de vous conduire au siège de l'Affiliated Transglobal.

Kaplan déchiffra le nom gravé sur le badge : Lieutenant Vincent D'Agosta. Il ne s'agissait pas d'un faux, un expert aussi avisé que Kaplan l'aurait vu tout de suite. Malgré son curieux accoutrement, son interlocuteur était un vrai flic. D'ailleurs, qui d'autre aurait pu être au courant de son rendez-vous ?

— C'est très aimable à vous, fit Kaplan en prenant place à côté du conducteur.

La portière se referma en se verrouillant automatiquement et l'auto s'éloigna.

— Nous sommes obligés de prendre des mesures de sécurité inhabituelles, expliqua le policier en désignant à son passager une boîte en plastique grise posée entre les deux sièges avant. Je vous demanderai de bien vouloir me remettre votre téléphone portable, votre portefeuille, vos papiers, les armes que vous pourriez porter sur vous, ainsi que tous vos outils. Merci de les déposer dans cette boîte. Mon collègue les gardera avec lui en attendant de vous les rendre après vérification lorsque nous serons arrivés à destination.

— Est-ce bien nécessaire ?

— Malheureusement oui. Je suis sûr que vous ne nous en voudrez pas.

Kaplan avait posé la question pour la forme et il s'exécuta sans hésiter. La voiture venait de s'arrêter à un feu lorsqu'une vieille Jaguar qui les suivait depuis un moment s'arrêta à leur hauteur. Les vitres des deux véhicules étaient baissées, et le policier tendit la boîte au conducteur de la Jaguar, un homme aux cheveux d'un blond très pâle vêtu d'un costume sombre particulièrement élégant.

— Votre collègue a une drôle de voiture, remarqua Kaplan.

— C'est un drôle de collègue, répliqua le policier du tac au tac.

Le feu passa au vert et la Jaguar tourna à droite tandis que l'auto noire poursuivait son chemin en direction du sud.

— Excusez-moi, mais vous allez dans la mauvaise direction, s'étonna Kaplan. Les bureaux d'Affiliated Transglobal se trouvent au 1271 avenue des Amériques.

Sans s'émouvoir, le policier accéléra et tourna un visage grave vers son passager.

— Désolé de vous décevoir, monsieur Kaplan, mais j'ai bien peur que vous ne puissiez pas assister à ce rendez-vous.

63

La réunion devait avoir lieu dans le salon privé du PDG d'Affiliated Transglobal, Harrison Grainger. La pièce, située tout en haut de la tour du groupe, dominait la tranchée formée par l'avenue des Amériques dont on apercevait l'extrémité nord à quelques pâtés de maisons de là, coupée par le rectangle sombre de Central Park. Grainger en personne émergea de son bureau à 13 heures précises. C'était un homme d'allure joviale, au visage étroit et rubicond encadré par des oreilles en chou-fleur sous une calvitie naissante.

— Je constate que tout le monde est là, déclara-t-il à la cantonade.

Smithback, la bouche sèche, transpirant abondamment, jeta un coup d'œil furtif autour de lui en se demandant quelle mouche avait bien pu le piquer d'accepter la proposition de Pendergast. Au moment décisif, le scoop magistral qu'il convoitait prenait une allure nettement moins engageante : non content de se rendre complice d'un vol, il bafouait ouvertement sa déontologie professionnelle.

— Sam, pouvez-vous me présenter ces messieurs ? demanda Granger avec un large sourire.

Samuel Beck, le responsable de la sécurité de la compagnie d'assurances, s'avança avec un hochement de tête. En dépit de sa nervosité, Smithback ne put s'empêcher de remarquer qu'il avait des pieds minuscules de danseuse étoile.

— M. George Kaplan, commença Beck, membre associé du Conseil américain de gemmologie.

Kaplan s'inclina poliment. Avec son costume noir, sa barbiche et ses petites lunettes sans monture, il avait la classe et l'élégance d'un homme du monde du siècle précédent.

— Frederick Watson Collopy, directeur du Muséum d'histoire naturelle de New York.

Collopy, manifestement gêné de se trouver là, serra la main de toutes les personnes présentes.

— William Smithback du *New York Times.*

Le journaliste, plus mal à l'aise encore, tendit à la ronde une main moite.

— Harrison Grainger, président-directeur général de la holding Affiliated Transglobal Insurance Group.

Un murmure courtois parcourut l'assistance.

— Rand Marconi, responsable du département des Fraudes de l'Affiliated Transglobal Group.

Dieu du ciel... Smithback n'avait jamais imaginé qu'il puisse y avoir autant de monde.

— Foster Lord, secrétaire général de l'Affiliated Transglobal Group.

Nouvelles poignées de main générales.

— Skip McGuigan, trésorier de l'Affiliated Transglobal Group.

Smithback, défait, écarta d'un doigt le col de sa chemise.

— Jason McTeague, chargé de la sécurité de l'Affiliated Transglobal Group.

Un type armé jusqu'aux dents qui se dandinait nonchalamment opina sans tendre la main.

On se serait cru à un bal de la haute société, lorsque le laquais de service annonce le titre de chaque invité.

— Quant à moi, je suis Samuel Beck, directeur des services de sécurité de l'Affiliated Transglobal Group. Je terminerai en précisant que chacun d'entre nous a été soigneusement fouillé, contrôlé et agréé, précisa-t-il avec un sourire complice tandis que Grainger partait d'un grand rire.

— Fort bien ! Passons aux choses sérieuses, suggéra le PDG en montrant à ses invités le chemin des ascenseurs.

Le petit groupe s'enfonça dans les profondeurs de l'immeuble, empruntant successivement trois ascenseurs différents avant de s'enfoncer dans un dédale de couloirs jusqu'à la plus grosse porte de coffre que Smithback ait jamais vue. Son cœur fit un bond dans sa poitrine.

Beck commença par composer un code sur un clavier, puis il introduisit plusieurs clés dans des serrures spéciales et présenta enfin son œil au viseur d'un scanner optique, sous le regard attentif des autres.

— Messieurs, déclara-t-il au terme de la manœuvre, il nous faut à présent attendre le déblocage de l'ensemble des verrous. Je mettrait à profit ce délai de cinq minutes pour vous donner quelques explications, poursuivit-il avec une fierté manifeste. Ce coffre contient toutes nos polices d'assurance. Toutes sans exception. Chaque police d'assurance a valeur de contrat, et les originaux de ces contrats sont conservés ici. Le montant global de l'ensemble de nos polices s'élève à près de 500 milliards de dollars. Vous comprendrez donc que nous ayons recours aux systèmes de protection les plus sophistiqués. Ainsi, ce coffre est capable de résister à un tremblement de terre de 9 degrés sur l'échelle de Richter, à un cyclone de force 5, ou encore à l'explosion d'une bombe nucléaire de cent kilotonnes.

Smithback, dégoulinant de sueur, prenait des notes tant bien que mal en laissant des traces moites sur son bloc. *Pense à ton papier, à rien d'autre.*

Une petite sonnerie tinta.

— Messieurs, ce signal nous indique que les cinq minutes sont écoulées et que les verrous ont été tirés.

Beck tira un levier vers lui et un léger ronronnement se fit entendre alors que la lourde porte blindée, d'une épaisseur de près de deux mètres, pivotait lentement vers l'extérieur.

Le petit groupe franchit un premier seuil sous le regard attentif du garde armé qui fermait la marche, puis il passa deux autres portes de dimensions impressionnantes avant de pénétrer dans ce qui devait être le coffre principal, un cube d'acier aux murs entièrement constitués de tiroirs blindés.

Grainger se tourna vers ses visiteurs avec une satisfaction évidente.

— Messieurs, voici le coffre central. Même ici, le diamant bénéficie d'une protection supplémentaire, au cas où l'un de nos fidèles employés serait tenté de s'en emparer. Comme vous allez le constater, il est enfermé dans un coffre à l'intérieur de ce coffre, et la présence de quatre dirigeants d'Affiliated Transglobal est nécessaire pour que l'on puisse l'ouvrir : moi-même, Rand Marconi, Skip McGuigan et Foster Lord.

Les collègues de Grainger auraient pu être frères. Tous les trois chauves et vêtus du même costume perle, ils affichaient un sourire ravi, fiers de tenir pour une fois les premiers rôles.

Une porte blindée, trouée de quatre serrures horizontales surmontées d'une diode lumineuse rouge, trahissait la présence d'un coffre intérieur au fond de la pièce.

— Ce coffre ne pourra être ouvert qu'une fois les portes extérieures refermées.

Des moteurs se mirent à ronronner, accompagnés de cliquetis d'engrenages.

— Nous sommes à présent enfermés, et les portes extérieures resteront bloquées tant que le coffre intérieur n'aura pas été reverrouillé. Même s'il prenait à l'un d'entre nous la fantaisie de voler le diamant, il ne pourrait pas s'enfuir ! plaisanta Grainger avant d'ajouter :

— Messieurs, vos clés !

Dans un même geste, ses trois collaborateurs tirèrent de leur poche une minuscule clé.

— Nous avons fait installer un petit bureau à l'intention de M. Kaplan, précisa le PDG en désignant une jolie table dressée à l'écart.

Kaplan la regarda avec une moue revêche.

— Vous êtes prêt ? lui demanda Grainger.

— Apportez-moi le diamant, répondit Kaplan avec brusquerie.

— Messieurs ? fit Grainger en adressant un signe de tête à ses collaborateurs.

Chacun des quatre hommes introduisit sa clé dans une serrure. Le temps de se concerter du regard, et ils tournèrent simultanément les clés. La diode lumineuse passa au vert et la porte du coffre s'ouvrit dans un déclic, dévoilant huit tiroirs numérotés.

— Le tiroir numéro 2, précisa Grainger.

Il se pencha en avant et ouvrit un compartiment dont il retira une boîte métallique de couleur grise qu'il plaça cérémonieusement sur la petite table, devant Kaplan. Le gemmologue s'assit et disposa méticuleusement autour de lui toute une collection d'outils et de loupes, puis il déroula un carré de velours noir au centre du bureau. Debout en arc de cercle derrière lui, les autres ne perdaient pas un seul de ses gestes, à l'exception du garde qui se tenait légèrement en retrait, les bras croisés.

Enfin, Kaplan enfila une paire de gants de chirurgien.

— Je suis prêt. Donnez-moi la clé.

— Je suis désolé, monsieur Kaplan, mais je suis la seule personne autorisée à ouvrir la boîte, s'interposa le directeur de la sécurité.

— Alors allez-y, répliqua Kaplan avec un geste d'impatience. Et faites attention de ne pas le faire tomber. Les diamants sont peut-être durs, mais ils cassent comme du verre.

Beck fit tourner la clé et souleva le couvercle. Tous les regards étaient rivés sur la boîte.

— Surtout, ne le touchez pas avec vos doigts moites, s'interposa Kaplan d'une voix acide.

Beck recula de quelques pas. Kaplan tendit la main, retira le diamant de la boîte aussi négligemment que s'il s'était agi d'une balle de golf et le déposa sur le carré de velours avant de déplier une loupe.

— Je suis désolé, s'exclama-t-il brusquement d'un ton excédé en se redressant, mais je ne vois pas comment je pourrais travailler convenablement avec autant de témoins dans mon dos. Messieurs, je vous en prie !

— Bien sûr, bien sûr, tenta de le calmer Grainger. Reculons-nous afin de laisser un peu de place à M. Kaplan.

Tous firent quelques pas en arrière et Kaplan reprit son examen. Il commença par saisir la pierre à l'aide d'une pince à quatre branches et la retourna, puis il approcha son œil de la loupe.

— Passez-moi le filtre Chelsea, commanda-t-il sur un ton autoritaire sans s'adresser à personne en particulier.

— Euh… de quoi s'agit-il ? s'enquit Beck.

— Cet objet allongé de couleur blanche.

Le directeur de la sécurité s'en empara et le tendit à Kaplan. Ce dernier l'ouvrit et examina longuement la pierre en grommelant des paroles inintelligibles entre ses dents.

— Tout se passe comme vous le souhaitez, monsieur Kaplan ? lui demanda aimablement Grainger.

— Non.

Un courant électrique traversa la pièce.

— Vous avez assez de lumière ? insista le PDG.

Un silence glacial lui répondit.

— Passez-moi le DiamondNite. Non, pas ça. L'autre.

Beck lui tendit un curieux objet à l'extrémité pointue avec lequel Kaplan effleura la pierre. L'appareil émit un léger bip et une diode verte s'alluma.

— Hmmm... Du moins savons-nous qu'il ne s'agit pas de moissanite, grinça le gemmologue en repassant l'appareil à Beck qui n'avait pas l'air particulièrement heureux de jouer les assistants.

— Le polariscope, s'il vous plaît.

Beck hésita entre deux ou trois accessoires avant de lui tendre le bon.

Kaplan poursuivit son examen, manifestement mécontent, puis il se leva et se tourna vers son auditoire.

— Tout ce que je puis vous dire à ce stade, avec cet éclairage épouvantable, c'est qu'il s'agit probablement d'un faux. Un faux magnifique, mais un faux tout de même.

On aurait pu entendre une mouche voler. Du coin de l'œil, Smithback observa Collopy : le directeur était blanc comme un linge.

— Si je comprends bien, vous n'en êtes pas sûr, intervint Grainger.

— Comment pourrais-je être sûr de quoi que ce soit ? Quel expert accepterait de remettre un avis après avoir examiné un diamant de couleur tel que celui-ci à la lueur de *néons* ?

Grainger rompit le premier le silence.

— Dans ce cas, n'était-il pas préférable que vous apportiez votre propre lumière ? suggéra-t-il.

— Ma propre lumière ? s'écria Kaplan. Cher monsieur, j'avoue être surpris par tant d'ignorance. Nous avons affaire à un diamant de couleur d'une gradation particulièrement élevée, qui ne s'examine pas à n'importe quelle lumière. Pour être en mesure de vous donner un diagnostic sérieux, j'aurais besoin de vraie lumière, c'est-à-dire de lumière naturelle. C'est la seule solution. Personne ne m'avait prévenu que j'étais censé examiner le plus beau diamant du monde à la lumière d'un vulgaire néon. C'est une véritable injure à la profession que je représente.

— Vous auriez mieux fait de le dire dès le départ, le coupa Beck.

— Excusez-moi, cher monsieur, mais j'étais convaincu d'avoir affaire à une compagnie sérieuse, suffisamment versée dans le domaine des pierres précieuses. Jamais je n'aurais imaginé être contraint d'examiner un diamant dans un coffre au fin fond d'un sous-sol, sous le regard d'une demi-douzaine de curieux qui observent mes faits et gestes comme si j'étais un singe en cage. Vous m'avez demandé un diagnostic, je préciserai donc qu'il s'agit peut-être d'un faux, sous réserve de pouvoir examiner la pierre à la lumière naturelle.

Kaplan croisa les bras en fusillant le PDG du regard.

— Très bien, articula péniblement Smithback en prenant des notes tant bien que mal. J'ai ce qu'il faut pour mon article.

— Votre article ? réagit Collopy en le regardant. Mais vous n'avez rien de concluant !

— C'est bien mon avis, acquiesça Grainger d'une voix blanche. Ne nous emballons pas.

Smithback haussa les épaules.

— Mon informateur m'avait prévenu que ce diamant était un faux, et M. Kaplan nous confirme que c'est possible.

— Vous le dites vous-même. C'est *possible*, mais ce n'est pas confirmé, répliqua Grainger.

— Une petite minute ! les interrompit Collopy en se tournant vers le gemmologue. Vous avez besoin de lumière naturelle, c'est bien ça ?

— Qu'est-ce que je viens de vous dire ?

Collopy se tourna vers Grainger.

— Il doit bien y avoir un endroit dans cet immeuble où examiner ce diamant à la lumière naturelle.

Comme personne ne lui répondait, Collopy poursuivit sur un ton exaspéré :

— Écoutez Grainger, c'est à vous qu'a été confiée la responsabilité de cette pierre.

— Évidemment, nous aurions pu l'emporter jusqu'à la salle du conseil d'administration au septième étage. Ce n'est pas la lumière qui manque.

— Sans vouloir vous contredire, monsieur Grainger, s'interposa Beck, mais le règlement est très strict à ce sujet : le diamant ne peut quitter le coffre.

— Mais enfin, vous avez entendu ce qu'a dit monsieur. Il a besoin de lumière.

— Sauf votre respect, monsieur le directeur, j'ai des instructions bien précises et personne ne peut les changer, pas même vous.

Le PDG leva les bras au ciel.

— C'est ridicule ! La situation est grave et il doit bien y avoir un moyen de contourner le règlement.

— Uniquement si l'assuré nous y autorise par écrit dans un document certifié par un officier ministériel.

— Mais voilà la solution ! Le directeur du Muséum est ici présent et Lord est officier ministériel. N'est-ce pas, Foster ?

Lord acquiesça.

— Professeur Collopy, êtes-vous prêt à nous donner l'autorisation nécessaire ?

— Absolument. La question doit être tranchée sur-le-champ.

Le malheureux Collopy était livide.

— Foster, je vous demanderai de bien vouloir rédiger ce document.

— En tant que responsable de la sécurité, je vous déconseille formellement de prendre une telle décision, intervint Beck d'une voix calme.

— Monsieur Beck, rétorqua Grainger, je vous sais gré de votre vigilance, mais je ne crois pas que vous ayez pris la mesure de la situation. La police du Muséum s'élève à 100 millions de dollars, mais le Cœur de Lucifer fait l'objet d'un avenant spécifique. Il prévoit notamment que le montant de notre responsabilité est illimité tant que nous assurons nous-mêmes la garde de cette pierre. En cas de problème, nous serions contraints de rembourser le montant fixé par l'Institut américain de gemmologie, quel qu'il soit. Vous comprendrez donc qu'il est absolument indispensable de savoir si ce diamant est authentique.

— Il n'en reste pas moins que je suis personnellement hostile à ce que cette pierre sorte du coffre.

— J'en prends bonne note. À présent, Foster, si vous voulez bien rédiger ce document afin que le professeur Collopy puisse le signer.

Le secrétaire général tira de la poche de sa veste une feuille de papier sur laquelle il traça quelques lignes. Collopy, Grainger et McGuigan apposèrent leur signature au bas du document et Lord le contresigna.

— Allons-y, ordonna le PDG.

— Je vais demander une escorte, fit Beck, l'air sombre.

Sous le regard apeuré de Smithback, le directeur de la sécurité sortit un pistolet de l'étui qu'il portait à la ceinture, vérifia qu'il était chargé, ôta le cran de sûreté et remit l'arme en place.

Kaplan s'apprêtait à soulever le diamant à l'aide de la pince à quatre branches lorsque Beck l'arrêta d'un geste.

— Je m'en occupe, monsieur Kaplan, dit-il posément.

Il prit la pince des mains du gemmologue et saisit la pierre qu'il reposa dans son écrin. Il referma la boîte, la verrouilla, glissa la clé dans sa poche et mit la boîte sous son bras.

Ils attendirent tous que Kaplan ait rassemblé ses outils, puis le coffre intérieur fut refermé afin que les portes extérieures puissent se rouvrir.

Le petit groupe franchit successivement les trois seuils blindés. Une unité de sécurité les attendait devant la porte principale, et ils rejoignirent les ascenseurs sous bonne escorte. Moins de cinq minutes plus tard, Smithback et ses compagnons pénétraient dans une salle de réunion habillée de bois exotique. Une dizaine de baies vitrées permettaient à la lumière extérieure de rentrer à flots.

Beck posta deux de ses hommes dans le couloir, puis il referma la double porte et la verrouilla.

— Je vous demanderai de vous éloigner de la table, déclara-t-il. La pièce vous convient-elle, monsieur Kaplan ?

C'était un homme transformé qui lui répondit.

— C'est parfait ! s'exclama-t-il avec un large sourire.

— Où souhaitez-vous vous installer ?

Kaplan lui désigna un siège au coin de la table de réunion, entre deux baies vitrées.

— Asseyez-vous, je vous en prie.

Le gemmologue sortit à nouveau ses outils, étala devant lui le carré de velours et demanda :

— La pierre, je vous prie ?

Beck déposa la boîte devant lui, la déverrouilla et l'ouvrit, découvrant le diamant au creux de son écrin.

Kaplan avança la main, saisit la pierre à l'aide de sa pince et demanda qu'on lui apporte une double loupe Grobet. Il examina longuement la pierre à l'aide de la lentille gauche, puis de la droite, puis des deux à la fois. Le diamant, traversé par la lumière, projetait sur les murs de la pièce des myriades de points cannelle d'une intensité rare.

Plusieurs minutes s'écoulèrent dans un silence religieux. Smithback retenait son souffle. Enfin, Kaplan reposa lentement le diamant sur son carré de velours, retira sa loupe et tourna vers son auditoire un sourire radieux.

— Oui, c'est une pure merveille. La lumière naturelle fait toute la différence. Eh bien, messieurs, je suis à présent en mesure de vous affirmer sans le moindre doute qu'il s'agit bien du Cœur de Lucifer.

On aurait cru que la pièce tout entière recommençait à respirer.

— Monsieur Beck ? fit Kaplan en l'appelant d'un geste. Vous pouvez le ranger. Avec la pince, bien évidemment.

— Dieu soit loué, soupira Grainger en prenant la main de Collopy entre les siennes.

— Dieu soit loué en effet, rétorqua Collopy en s'épongeant le front de sa main libre. Je vous avoue avoir passé un mauvais moment tout à l'heure.

Beck, l'air toujours aussi sombre, voulut s'emparer de la pierre à l'aide de la pince. Au même instant, Kaplan le bouscula en voulant se relever.

— Oh, je suis désolé !

Tout alla ensuite très vite : Kaplan tenait le diamant dans une main et l'arme de Beck dans l'autre, le canon pointé sur le chef de la sécurité. Le pistolet aboya à trois reprises dans un bruit de fin du monde et les balles passèrent au ras du visage de Beck avant de se ficher dans le mur. Tout le monde plongea au sol d'un même mouvement, Beck y compris.

L'instant d'après, Kaplan avait disparu, empruntant la porte que tout le monde croyait verrouillée.

Beck se releva d'une détente.

— Arrêtez-le ! Ne le laissez pas s'enfuir !

Smithback se redressa, les oreilles bourdonnantes. Par la porte ouverte, il vit les deux gardes, abasourdis, se relever et se lancer à la poursuite du fuyard en dégainant leurs armes.

— Il a pris le diamant ! s'écria Collopy en se relevant à son tour. Il a pris le Cœur de Lucifer ! Mon Dieu, faites quelque chose ! Rattrapez-le !

Beck avait déjà sorti sa radio.

— Allô ! Le PC sécurité ? Ici Samuel Beck. Bloquez immédiatement toutes les issues ! Que personne ne sorte ! On ne laisse plus rien passer. Ni courrier, ni poubelle, ni personne, rien de rien ! Vous m'entendez ? Bloquez les ascenseurs, verrouillez les cages d'escalier. Alerte maximum ! Que tous les personnels de sécurité disponibles se lancent à la recherche de George Kaplan. Faites des tirages de son visage à partir de la caméra de surveillance de l'entrée. Personne n'est autorisé à quitter l'immeuble tant qu'un cordon de sécurité n'a pas été mis en place. Non, rien à foutre des consignes incendie ! C'est un ordre ! Arrangez-vous pour trouver un appareil à rayons X avec du personnel qualifié et installez-le tout de suite à l'entrée de la 6e Avenue. Il s'agit de vérifier que personne n'a pu avaler ou cacher sur lui un diamant de grosse taille.

Beck relâcha le bouton de sa radio et se tourna vers ses compagnons :

— En attendant, aucun d'entre vous ne quitte cette pièce sans mon autorisation.

Deux longues heures plus tard, Smithback faisait la queue avec des centaines d'employés d'Affiliated Transglobal. Une queue impressionnante, qui serpentait à travers le grand hall d'entrée et faisait plusieurs fois le tour de la colonne d'ascenseurs. À l'autre extrémité du hall, des spécialistes manipulaient des chariots entiers de paquets et de lettres qu'ils examinaient un par un à l'aide d'une machine à rayons X d'aéroport. Kaplan était introuvable et Smithback savait déjà qu'on ne le trouverait jamais.

Son tour approchait et il distingua les éclats de voix des quelques râleurs inévitables qui refusaient avec véhémence de passer aux rayons X. La plus grande confusion régnait dehors où une meute de journalistes, dans un kaléidoscope de gyrophares, faisait le pied de grue devant l'entrée de l'immeuble, protégée par une nuée de camions de pompiers et de voitures de police. L'un après l'autre, les employés faisaient l'objet d'une fouille poussée avant d'être passés aux rayons X et de retrouver la grisaille de cet après-midi de janvier sous les applaudissements des badauds et les crépitements des flashes.

Smithback s'en voulait de transpirer autant, mais sa nervosité ne faisait qu'augmenter au fur et à mesure qu'il approchait de la sortie. Il jura intérieurement pour la millième fois, furieux de s'être laissé embarquer dans une pareille aventure. Il avait déjà subi l'humiliation de deux fouilles au corps et pouvait toujours se consoler en se disant que ses compagnons avaient tous subi le même sort, à l'insistance de Collopy qui, le premier, avait montré l'exemple. Même Beck y était passé. Collopy, au comble de l'énervement, avait longuement entrepris Smithback, espérant le convaincre de ne pas souffler mot de l'affaire à ses lecteurs. Le pauvre, s'il avait su…

Putain, mais qu'est-ce qui t'a pris d'accepter un truc pareil?

Il ne restait plus qu'une dizaine de personnes devant lui. Les gens passaient les uns derrière les autres dans une espèce de cabine téléphonique pendant que cinq techniciens vérifiaient la moindre anomalie sur leurs écrans de contrôle. Devant lui, un type écoutait la radio sur un petit transistor, une grappe de collègues autour de lui. Comment la nouvelle avait-elle pu circuler aussi vite? Le véritable Kaplan avait apparemment été relâché indemne devant chez lui une demi-heure plus tôt, et la police était actuellement en train de l'interroger. Quant au faux Kaplan, personne ne savait encore qui il était.

Plus que deux personnes. Smithback, la gorge serrée, avait du mal à avaler sa salive et son estomac faisait des bonds. Le plus dur restait à faire.

Son tour arriva enfin. Deux techniciens commencèrent par le positionner sur un tapis de sol sur lequel étaient peints deux pieds jaunes, puis ils entreprirent de le fouiller, un peu trop longuement à son goût. Ils examinèrent sa carte de presse et le badge d'accès qui lui avait été délivré à son arrivée à 13 heures, lui firent ouvrir la bouche et s'assurèrent qu'il ne dissimulait rien sous sa langue à l'aide d'une canule. Enfin, ils ouvrirent la porte de la cabine et lui demandèrent d'y pénétrer.

— Ne bougez pas. Les bras bien sur le côté. Regardez droit devant vous…

Net, rapide, efficace. Un léger bourdonnement, et Smithback vit les deux techniciens s'attarder longuement sur leur écran avant de lui adresser un signe de tête.

Au même instant, un autre technicien ouvrit la porte et le tira par le bras.

— Vous pouvez y aller, dit-il en lui montrant la sortie.

En lui lâchant le bras, le technicien le bouscula légèrement.

Smithback se dirigea vers la grande porte tournante. Jamais quelques mètres ne lui avaient paru aussi longs.

Une fois dehors, il remonta la fermeture éclair de son manteau sous le feu des flashes, évita de répondre aux journalistes qui le bombardaient de questions, se fraya un chemin à travers la foule et s'éloigna d'un pas raide sur l'avenue des Amériques. Arrivé à la 56e Rue, il héla un taxi et se glissa sur la banquette arrière en donnant son adresse au chauffeur. Tandis que le taxi s'infiltrait dans le flot des voitures, Smithback se retourna afin de s'assurer que personne ne le suivait.

Pleinement rassuré, il s'affaissa sur la banquette et glissa une main dans son manteau. Là, sagement calé au fond de sa poche, se trouvait le Cœur de Lucifer.

64

Assis côte à côte dans la Mark VII, au cœur du quartier d'Inwood dans les hauteurs de Manhattan, D'Agosta et Pendergast ne disaient pas un mot. Un ultime rayon de soleil transperça le ciel nuageux d'un trait rougeoyant, illuminant brièvement les façades délabrées des vieux immeubles et des entrepôts qui se trouvèrent presque aussitôt plongés dans la nuit.

La radio de la Jaguar était réglée sur 1010 WINS, la station d'informations de New York. Le vol du Muséum faisait l'objet de points réguliers en plus des journaux qui se succédaient toutes les vingt minutes. L'affaire avait pris une tout autre tournure avec l'annonce du vol spectaculaire du Cœur de Lucifer dans les locaux de la compagnie d'assurances. Malgré tous ses efforts, la police n'avait pas réussi à étouffer l'événement.

… le vol de diamant le plus audacieux de l'histoire a eu lieu cet après-midi dans la foulée du cambriolage de la nuit dernière, au nez et à la barbe du directeur du Muséum et des dirigeants de l'Affiliated Transglobal Insurance. À en croire une source proche de l'enquête, le même malfaiteur serait à l'origine des deux affaires…

Parfaitement immobile, les traits tendus, son téléphone portable posé à côté de lui, Pendergast ne perdait pas un mot des commentaires du journaliste.

La police interroge actuellement George Kaplan, le gemmologue enlevé à la mi-journée alors qu'il s'apprêtait à rejoindre les locaux de l'Affiliated Transglobal où il devait procéder à l'examen du Cœur de Lucifer. Selon les enquêteurs, l'homme se serait ensuite fait passer pour le gemmologue afin d'avoir accès au diamant. La police est persuadée que le voleur se dissimule toujours dans l'immeuble de la compagnie d'assurances où, en ce moment même, tout est mis en œuvre pour le retrouver...

Pendergast tendit la main et éteignit la radio.

— Comment pouvez-vous être sûr que Diogène entendra la nouvelle ? lui demanda D'Agosta.

— J'en suis persuadé. Pour une fois, il doit se sentir perdu. Il est à cran, prêt à tout, sans trop savoir que faire, à l'affût de la première occasion pour rebondir. Dès qu'il apprendra ce qui s'est passé, il saura ce qui lui reste à faire.

— Vous croyez qu'il comprendra que c'est vous ?

— Quelle autre explication ? répondit Pendergast avec un sourire triste. Croyez-moi, il saura que je suis derrière ce vol. Et à défaut de pouvoir me faire parvenir un message, il m'appellera.

Dehors, sous la lueur jaune pâle des réverbères, l'avenue était déserte. La température était passée sous la barre des -10° et un vent cinglant remontait de l'Hudson en faisant tournoyer de rares flocons de neige.

Sur la banquette entre les deux hommes, le téléphone sonna.

Pendergast eut un léger temps d'hésitation, puis il l'ouvrit et activa le haut-parleur sans un mot.

— *Ave frater*, fit une voix.

Pendergast ne répondit pas. D'Agosta lança un coup d'œil dans sa direction. Dans la pénombre, son profil aquilin avait la couleur de l'albâtre. Ses lèvres remuaient, mais aucun son ne sortait de sa bouche.

— Je crois sentir dans ce silence un vent de réprobation. Est-ce là une manière de saluer le retour du frère prodigue ?

— Je suis là, répliqua Pendergast d'une voix tendue.

— Tu es *là* ? Quel honneur pour moi ! Un honneur qui me ferait presque oublier l'affront que tu me fais en me contraignant à t'appeler. Mais trêve de politesses, j'ai une question à te poser : est-ce toi qui as volé le Cœur de Lucifer ?

— Oui.

— Pour quelle raison ?

— Tu la connais.

Un silence à l'autre bout du fil, suivi d'un soupir.

— Mon frère, mon frère, mon frère...

— Je ne suis pas ton frère.

— Ah ! Mais tu te trompes. Nous sommes frères, que tu le veuilles ou non. C'est même à cause de notre relation que nous sommes tels que nous sommes. Tu le sais, n'est-ce pas, Aloysius ?

— Je sais que tu es une personne malade qui a besoin de se faire soigner.

— C'est vrai, je suis malade. La vie est une maladie dont on ne se remet jamais et contre laquelle personne ne peut rien, sinon la mort. Mais à bien y regarder, nous sommes tous malades, à commencer par *toi*. Eh oui, en cela aussi nous sommes frères, car tu es aussi mauvais et malade que moi.

Cette fois encore, Pendergast choisit de ne pas répondre.

— Mais voilà que nous échangeons à nouveau des politesses ! Tu ne crois pas qu'il serait temps de parler sérieusement ?

Pendergast restait muré dans son silence.

— Puisque tu ne te montres pas très bavard, je vais faire la conversation à ta place. Tout d'abord, un grand bravo pour ton exploit de cet après-midi.

Sur le petit haut-parleur, D'Agosta l'entendit applaudir lentement.

— Me trompé-je, ou bien aurais-tu l'intention de procéder à un petit échange ? Une certaine personne contre le diamant ? Sinon, pourquoi aurais-tu pris tant de risques ?

— Tu ne te trompes pas. Mais tout d'abord…

Pendergast n'eut pas le temps d'aller plus loin.

— Tu voudrais savoir si elle est encore en vie.

Cette fois, ce fut au tour de Diogène d'imposer une pause dans la conversation. D'Agosta observait Pendergast du coin de l'œil et il remarqua qu'un tic agitait sa pommette droite.

— Eh bien, oui. Elle est toujours en vie… pour l'instant.

— Tu touches à un seul de ses cheveux et je te poursuivrai jusqu'en enfer.

— Tss, tss… Mais puisque nous parlons de femmes, parlons un peu de cette jeune personne que tu tiens cloîtrée dans la demeure de notre regretté ancêtre. Si tant est qu'elle soit « jeune », ce dont je doute personnellement. Elle m'intrigue. Elle m'intrigue même *beaucoup*. J'ai l'impression que les apparences sont trompeuses. Comme si elle dissimulait au plus profond d'elle les facettes cachées de sa personnalité. Plus prosaïquement, on dirait que quelque chose en elle s'est cassé.

À mesure que Diogène poursuivait sa tirade, Pendergast se raidissait.

— Écoute-moi bien. Ne t'approche pas d'elle ou bien…

— Ou bien quoi ? Ou bien tu me tues ? Au risque d'avoir mon sang sur les mains, plus que tu ne l'as déjà ? Sans parler du sang de tes quatre malheureux amis. Car c'est bien *toi* qui es responsable de tout ça, *frater*. Tu le sais pertinemment. C'est toi qui m'as fait tel que je suis.

— Rien du tout !

— Rien du tout ? Bien dit ! s'exclama Diogène avec un rire désincarné qui fit frissonner D'Agosta.

— Au fait ! laissa tomber Pendergast.

— Quel dommage ! Juste au moment où la conversation devenait intéressante. Tu n'as donc pas envie de parler de ta responsabilité, pleine et entière, dans ce qui nous arrive ? Demande à n'importe quel psychiatre, il te dira à quel point la parole peut être libératrice, *frater*.

N'y tenant plus, D'Agosta décida d'intervenir.

— Diogène, espèce de pauvre malade ! Si vous voulez vraiment le diamant, vous feriez mieux d'arrêter vos conneries.

— Pas de diamant, pas de Viola.

— Si vous osez toucher à Viola, je prends un marteau, je réduis en poudre votre saleté de caillou et je vous l'envoie par la poste. Si vous croyez que je bluffe, vous n'avez qu'à continuer comme ça.

— De pauvres petites menaces.

Furieux, D'Agosta donna un grand coup de poing sur le tableau de bord.

— Doucement ! On ne s'énerve pas, lui répondit aussitôt la voix paniquée de son interlocuteur.

— Alors fermez-la.

— La force d'inertie de la bêtise est trop puissante pour qu'on sache lui résister.

— Je vous ai dit de la fermer.

— L'échange se fera à mes conditions, reprit Diogène d'un ton cinglant. Vous m'entendez ? À mes conditions !

— À deux réserves près, s'interposa Pendergast d'une voix calme. Tout d'abord, l'échange doit avoir lieu à Manhattan au cours des six prochaines heures. Ensuite, je ne veux pas que tu puisses revenir sur ta décision. Dis-moi ce que tu proposes et je te dirai si cela me convient. C'est ton unique chance de réussite.

— Tu as parlé de deux conditions, pas de cinq. Mais ne mégotons pas, mon cher frère. J'avoue cependant que l'équation n'est pas simple à résoudre. Je te rappelle d'ici dix minutes.

— Cinq.

— Une condition de plus, hein ? railla Diogène avant de mettre fin à la communication.

Dans la Jaguar, aucun d'eux ne parlait. Un voile de transpiration perlait sur le front de Pendergast, qu'il essuya à l'aide d'un mouchoir en soie.

— Vous croyez qu'on peut lui faire confiance ? demanda D'Agosta.

— Non, jamais. Mais je ne pense pas qu'il trouve le moyen de nous doubler dans un délai aussi court. Il tient au Cœur de Lucifer pour une raison que ni vous ni moi ne pourrons jamais comprendre. De cette passion incontrôlée, et d'elle seule, dépend notre réussite.

Le portable sonna et Pendergast brancha à nouveau le haut-parleur.

— Oui ?

— C'est bon, *frater*. Je te propose un petit quiz de géographie urbaine. As-tu déjà entendu parler de la Grande Horloge ?

— La plaque tournante ferroviaire ?

— Je vois que nous nous comprenons. Tu sais où elle se trouve ?

— Oui.

— Très bien. L'échange aura lieu là-bas. Je compte sur toi pour venir avec ton fidèle Vinnie.

— C'est bien mon intention.

— Écoute-moi très attentivement. Je te donne rendez-vous là-bas à 23 h 54 très précises. Tu arriveras par le tunnel numéro VI et tu te mettras en pleine lumière. Vinnie est libre de rester dans l'ombre pour te protéger avec l'arme de son choix. Il sera le garant de ma probité. Apporte ton Les Baer si tu veux, mais nous n'aurons pas besoin de faire parler les armes, sauf en cas de pépin. Mais il n'y aura pas de problème. Je veux récupérer mon diamant et tu veux récupérer ta charmante Viole de gambe. Toi qui connais la disposition des lieux, tu sais comme moi que c'est l'endroit rêvé pour une telle… comment dire ? Une telle transaction.

— Je suis d'accord.

— Très bien. Ai-je ta bénédiction, mon cher frère ? Te voilà rassuré ?

Pendergast hésita avant de répondre.

— Oui, finit-il par dire.

— Alors à plus tard, fit Diogène en raccrochant.

— Ce salopard me donne la chair de poule, marmonna D'Agosta.

Pendergast resta longtemps sans rien dire, puis il s'épongea à nouveau le front à l'aide de son mouchoir. Sa main tremblait légèrement.

— Ça va ? lui demanda-t-il.

Pendergast secoua la tête.

— Il est temps d'en finir, murmura-t-il avant de se murer dans le silence.

Au moment où D'Agosta s'y attendait le moins, son compagnon se tourna vers lui et lui prit la main.

— Il faut que je vous demande quelque chose, dit-il. J'ai bien peur que cela vous soit pénible, mais croyez-moi si je vous affirme que c'est la seule solution. Êtes-vous prêt à accepter ?

— Tout dépend de ce que vous allez me demander.

— Non, Vincent, je ne peux me satisfaire d'une telle réponse. J'ai besoin que vous me donniez votre parole.

D'Agosta hésitait, et une ombre passa sur le visage de Pendergast.

— Vincent, je vous en prie. Je dois pouvoir compter sur vous, l'heure est grave.

— Bon, d'accord, je vous donne ma parole, acquiesça D'Agosta en soupirant.

— Bien, fit Pendergast, manifestement soulagé. Maintenant, écoutez-moi bien.

65

Les yeux perdus dans le vague, Diogène Pendergast réfléchissait. Seul le léger tremblement du petit doigt de sa main gauche trahissait son trouble. Sa joue gauche s'était teintée de gris et s'il avait pris la peine de s'observer dans la glace – ce qu'il faisait uniquement lorsqu'il se grimait –, il aurait pu constater que son œil bleu avait perdu toute vie.

Son regard s'arrêta sur un flacon bouché à l'aide d'une membrane de caoutchouc à côté duquel reposait une seringue hypodermique. Il saisit le flacon, le retourna, introduisit l'aiguille de la seringue à travers la membrane, pompa une petite quantité de liquide, se ravisa, en pompa quelques gouttes supplémentaires, puis il retira l'aiguille qu'il protégea avec un bouchon en plastique avant de la glisser dans la poche de sa veste.

Lentement, il leva les yeux sur un jeu de tarots qui se trouvait là. Un jeu Albano-Waite, son préféré. Il le ramassa, le mélangea, et posa face cachée les trois premières cartes en les disposant conformément à ce que l'on appelle couramment le tirage des bohémiens.

Il reposa le jeu, retourna la première carte et découvrit la Grande Prêtresse. *Tiens, tiens… intéressant.*

Il retourna la deuxième carte, découvrant cette fois un personnage vêtu d'un long manteau noir, la tête baissée, derrière lequel coulait une rivière au pied d'un château d'allure sinistre. À ses pieds reposaient plusieurs gobelets d'or renversés d'où s'échappait un liquide vermillon. Le cinq de Coupe.

Diogène retint sa respiration et approcha lentement sa main de la dernière carte. Il hésita un instant, puis il la retourna.

La carte était à l'envers. On y voyait une main sortant d'un nuage de fumée noire au-dessus d'un paysage morne. La main tenait une grande épée à la garde incrustée de pierreries, dont la lame traversait une couronne d'or.

L'as d'Épée à l'envers.

Diogène regarda longuement la carte, puis il la saisit d'une main tremblante et la déchira méchamment en deux, puis en quatre, avant d'en éparpiller les morceaux d'un geste rageur.

Son regard s'arrêta sur le carré de velours noir au milieu duquel étaient étalés 488 diamants de couleur scintillant de mille feux à la lumière de la lampe posée sur la table.

La vue des pierres sembla l'apaiser.

S'efforçant de garder son calme, il promena une main nerveuse au-dessus de l'océan de diamants avant de saisir l'un des plus gros, la Reine de Narnia, une pierre bleu vif de trente-trois carats. Il la fit rouler dans le creux de sa main, fasciné par les reflets changeants de la pierre, puis il la porta à celui de ses yeux qui voyait encore.

Le monde lui apparut soudain transformé, comme s'il entrouvrait brusquement la porte d'un univers magique, plein de vie et de couleur. Un monde réel, à des années-lumière du monde terne et gris auquel il était condamné.

Sa respiration se fit plus rapide et le tremblement de sa main s'apaisa tandis que son esprit s'évadait, partant à la rencontre de souvenirs enfouis depuis longtemps.

La magie des diamants. Il leur devait tout. Il se revoyait dans les bras de sa mère au cou de laquelle brillait une rivière de diamants. Elle portait également des diamants aux doigts et aux oreilles, sa voix douce et fraîche, elle-même, courait en cascade diamantée lorsqu'elle lui chantait une berceuse en français. Il n'avait pas encore deux ans, mais il pleurait, ému aux larmes par la beauté presque douloureuse de la voix maternelle. *Malgré moi, la beauté insidieuse du chant trahit ma nostalgie et mon cœur pleure à l'idée de retrouver*[1]...

La scène fit place à une autre.

---

1. Extrait du poème « Piano », de D. H. Lawrence.

Il errait à présent dans la vieille demeure de Dauphine Street dont il explorait les couloirs et les pièces mystérieuses, et dont beaucoup étaient, à l'époque, déjà fermées depuis longtemps. Il suffisait pourtant de pousser une porte et l'on partait brusquement à la rencontre d'un monde étrange, merveilleux et troublant à la fois : un énorme lit à baldaquin, des tableaux de dames en robes immaculées et de messieurs au regard terne, une infinité d'objets à l'exotisme suranné rapportés de contrées lointaines, tels cette flûte de Pan réalisée à l'aide d'ossements, une patte de singe montée sur un manche d'argent, un étrier espagnol en laiton, la tête grimaçante d'un jaguar, le pied d'une momie égyptienne enveloppé de bandelettes.

Et toujours la possibilité de se réfugier dans les bras de sa mère, de respirer sa chaleur, de vibrer au son de sa voix douce, de se laisser hypnotiser par ces diamants qui scintillaient à chacun de ses mouvements en laissant derrière eux des arcs-en-ciel éphémères. Les diamants, eux, n'étaient pas éphémères ; ils étaient là, immuables et immortels, leur beauté toujours prête à témoigner de l'éternité.

Quel contraste avec la précarité de la chair.

Diogène s'identifiait volontiers à Néron, regardant à travers une pierre précieuse l'incendie de Rome qu'il avait lui-même allumé. Néron avait pris la mesure du formidable pouvoir des diamants, il savait à quel point ils ont la faculté de transformer notre regard sur le monde et sur nous-mêmes. La lumière est une vibration, et les vibrations du diamant touchaient Diogène au plus profond de l'âme. Il était peut-être le seul au monde à les entendre. Oui, les pierres lui parlaient, elles lui chuchotaient leur secret dans le creux de l'oreille, elles lui insufflaient force et sagesse.

Aujourd'hui, il avait décidé d'exercer l'art de la divination par les diamants et non par les cartes.

Diogène poursuivait son fascinant périple à travers le diamant bleu. Chaque pierre a sa propre voix, et celle-ci possédait la voix de la raison. Il lui parlait doucement afin de mieux l'inciter à lui répondre.

Son attente fut bientôt récompensée, car le diamant répondit à la question qui s'était échappée de ses lèvres. Une réponse lointaine, tel l'écho d'un écho, perdu dans les brumes d'un rêve éveillé.

Mais c'était la réponse qu'il attendait.

Un murmure étrange, presque une psalmodie, montait jusqu'à la pièce où était enfermée Viola Maskelene. Un murmure à peine perceptible, impossible à déchiffrer, qui s'éteignit brusquement, faisant place à un silence insoutenable. Enfin, au terme d'une demi-heure de calvaire, lui parvint la rumeur qu'elle redoutait : un bruit de chaise suivi de pas dans l'escalier. Tous les sens en alerte, les muscles tendus, elle attendait, prête à tout.

Une main frappa poliment à la porte.

Elle attendit.

— Viola ? Je vais entrer. Faites le tour du lit et éloignez-vous de la porte.

Elle hésita un instant avant de lui obéir.

Il avait promis de la tuer à l'aube, mais il ne l'avait pas fait. La journée s'était écoulée et la nuit commençait même à tomber. Il avait dû se passer quelque chose. Il avait changé ses plans. Plutôt, un événement indépendant de sa volonté l'avait obligé à changer ses plans.

La porte s'ouvrit et Diogène apparut sur le seuil. Un Diogène différent, perturbé, le visage couvert de taches, le foulard de travers, ses cheveux carotte légèrement ébouriffés.

— Que voulez-vous ? lui demanda-t-elle d'une voix rauque.

Il ne la quittait pas des yeux.

— Je commence à comprendre ce qui a pu fasciner mon frère chez vous. Vous êtes belle, intelligente, et vous avez du caractère, mais vous possédez surtout une qualité surprenante. Vous n'avez pas peur.

Elle ne daigna pas répondre.

— Vous *devriez* avoir peur.

— Vous êtes fou.

— Dans ce cas, Dieu est fou lui aussi. S'il existe. Je me demande pourquoi vous n'avez pas peur. Est-ce le courage, la bêtise, ou tout simplement un manque cruel d'imagination qui vous empêche de vous voir mourir ? Personnellement, j'imagine fort bien votre mort, dans tous ses détails. Vous n'êtes qu'un sac de sang, d'os, de viscères et de viande à l'intérieur d'une enveloppe infiniment vulnérable qu'il serait si facile de percer. J'avoue même avoir attendu avec une certaine impatience le moment de la déchirer. Ah ! s'exclama-t-il en la fixant. Je crois avoir enfin vu chez vous l'ombre de la peur.

— Que voulez-vous ? répéta-t-elle.

Il ouvrit la main, dévoilant un diamant entre le pouce et l'index. La lumière du plafonnier, en traversant la pierre, faisait courir une guirlande irisée sur les murs de la chambre.

— L'Ultima Thule.

— Je vous demande pardon ?

— C'est le nom de ce diamant. Une référence à un vers des *Géorgiques* de Virgile. En latin, cela signifie le lointain Thulé, le pays des glaces éternelles.

— Vous n'êtes pas le seul à avoir fait du latin, vous savez, railla Viola.

— Dans ce cas, vous saurez pourquoi ce diamant me fait penser à vous.

D'un léger mouvement de poignet, il lança la pierre dans sa direction et elle la rattrapa par réflexe.

— Un petit cadeau d'*adieu*.

La façon dont il avait prononcé le mot adieu la fit frissonner.

— Je ne veux pas de vos cadeaux.

— Vous avez tort. Un diamant de vingt-deux carats sans le moindre défaut, de taille princesse, avec une coloration exceptionnelle classée D. Vous y connaissez-vous en diamants ?

— Vous parlez pour ne rien dire.

— Les pierres de classe D sont parfaitement incolores. C'est ce que l'on appelle les diamants blancs. Une caractéristique qui semble séduire les êtres dépourvus d'imagination. Que voit-on lorsque l'on vous regarde, Viola ? Une jeune femme riche, noble et belle qui mène une brillante carrière d'égyptologue. Vous possédez une charmante maison sur l'île de Capraia, une prestigieuse propriété familiale en Angleterre, et je ne doute pas que vous ayez l'impression de jouir pleinement de l'existence. Sans parler des rapports intimes que vous avez entretenus avec une longue liste de personnages tous plus passionnants les uns que les autres : un professeur de l'université d'Oxford, un acteur hollywoodien, un pianiste de renom, et même un joueur de football italien. Toutes les femmes doivent vous envier !

Viola se laissa emporter par la colère.

— Espèce de…

— Et pourtant, la réalité est loin d'être aussi rose. Vos relations amoureuses se sont toutes révélées stériles, et je ne doute pas que vous cherchiez à en attribuer la faute aux hommes dont vous avez croisé le chemin. Mais vous êtes-vous jamais posé la question de votre propre responsabilité ? Comme ce diamant, vous êtes parfaite, brillante, lisse et parfaitement incolore. Vos misérables tentatives d'échapper à la banalité ne sont que cela. De misérables tentatives, répéta-t-il en partant d'un rire grinçant. Comme si le fait de déterrer des momies ou de bêcher votre petit jardin de Capraia pouvait donner un sens à votre existence. Ce diamant, si parfait aux yeux du monde, est d'une banalité affligeante. Tout comme vous, Viola. À trente-cinq ans, vous n'avez jamais été aimée et vous n'avez jamais aimé. L'amour vous fait tant défaut que vous vous envolez à l'autre bout du monde à la première lettre d'un inconnu croisé de façon fortuite ! Je vous fais cadeau d'Ultima Thule, Viola. Vous le méritez bien.

Viola crut un instant qu'elle allait faire un malaise. Chacune des paroles de Diogène avait fait mouche et elle restait sans voix.

— Eh oui. Où que vous alliez, vous n'échapperez jamais à l'Ultima Thule, la terre des glaces éternelles. Vous êtes un être dépourvu d'amour, et l'amour saura se passer de vous. L'existence vous a condamnée au vide et à la solitude.

— Allez vous faire voir, avec votre bouchon de carafe ! hurla-t-elle en lui jetant le diamant au visage.

Diogène l'attrapa au vol.

— Un bouchon de carafe ? Savez-vous ce que j'ai fait la nuit dernière en vous abandonnant ici à votre triste sort ?

— Si vous saviez à quel point vos faits et gestes m'indiffèrent !

Sans s'émouvoir, Diogène tira de la poche de sa veste un exemplaire du *New York Times* qu'il déplia devant la jeune femme.

Les yeux plissés, elle en déchiffra la une.

— J'ai cambriolé la salle des diamants du Muséum d'histoire naturelle. Un vol que je préparais depuis des années. Sans le savoir, vous m'y avez aidé, et je voulais vous remercier en vous offrant cette pierre. Mais après tout, si vous n'en voulez pas...

Il glissa le diamant dans sa poche avec un haussement d'épaules.

— Mon Dieu... murmura Viola, les yeux écarquillés.

Pour la première fois depuis son enlèvement, elle avait peur.

— Vous avez joué un rôle de tout premier plan. Un rôle crucial. À peine a-t-il été informé de votre disparition que mon frère, éperdument inquiet, s'est précipité à Long Island et s'est lancé désespérément à votre recherche, me laissant tout le loisir de dévaliser le Muséum avant de revenir ici avec mon butin.

Viola comprit que le sursis serait de courte durée. Jamais il ne lui aurait raconté tout ça s'il avait eu l'intention de la laisser en vie.

Il allait *vraiment* la tuer.

— Je comptais vous offrir cette pierre en guise de souvenir puisque nous allons bientôt nous séparer pour ne plus jamais nous revoir dans ce bas monde.

— Pourquoi ? Je vais quelque part ? l'interrogea-t-elle d'une voix qu'elle aurait voulue plus assurée.

— Oh oui.

— Où donc ?

— Vous ne tarderez pas à le savoir.

Elle le vit saisir quelque chose dans sa poche. Il fit un pas en avant, la porte grande ouverte dans son dos.

— Venez par ici, Princesse des Glaces.

Viola ne bougeait pas.

Il fit un autre pas, puis un troisième. C'est le moment qu'elle choisit pour se précipiter vers la porte, mais il avait deviné son intention et il fondit sur elle avec l'agilité d'un félin. Viola sentit un bras se refermer autour de son cou avec une force incroyable. De sa main libre, Diogène sortit de sa poche une seringue et elle ressentit une piqûre au niveau de la cuisse. Une onde de chaleur la submergea, ses oreilles se mirent à bourdonner furieusement et le monde bascula autour d'elle.

66

— Vous savez de quoi il s'agit ? demanda Singleton dans l'ascenseur qui les menait aux étages supérieurs du One Police Plazza.

Laura Hayward fit non de la tête. Si le préfet Rocker avait demandé à la voir seule, elle aurait pu penser qu'il entendait s'entretenir avec elle des retombées de l'affaire Pendergast. Mais dans ce cas, il n'aurait pas demandé à Singleton d'être présent.

Ils sortirent de l'ascenseur au quarante-cinquième étage. Un couloir recouvert d'une moquette épaisse conduisait au bureau du préfet. Une secrétaire en uniforme prit leurs noms, composa un numéro sur son poste, échangea quelques mots à voix basse avec son interlocuteur et leur signifia qu'ils étaient attendus.

Le bureau de Rocker était spacieux, mais sobre. Au lieu d'accrocher aux murs ses trophées de tir et la galerie de portraits souriants que l'on trouve chez tout haut fonctionnaire satisfait de sa personne, il avait préféré s'entourer d'aquarelles et de quelques diplômes. Le préfet les attendait derrière un bureau en face duquel trois canapés étaient disposés en arc de cercle. L'inspecteur en chef Coffey était assis sur celui du milieu, entre les inspecteurs Rabiner et Brooks.

— Ah, capitaine Hayward ! capitaine Singleton ! les accueillit Rocker en se levant. Merci d'être venus.

Hayward ne l'avait jamais vu aussi tendu. Il s'exprimait d'une voix singulière, la mâchoire serrée.

Brooks et Rabiner se levèrent d'un bond, tandis que Coffey jugeait inutile de se mettre en frais, se contentant d'un vague signe de tête tout en regardant alternativement Hayward et son collègue.

Rocker leur désigna les canapés.

— Asseyez-vous, je vous en prie.

Hayward s'installa sur celui qui se trouvait le plus près de la fenêtre. C'était donc ça… Coffey daignait les appeler en renfort. À défaut d'avoir de ses nouvelles suite à la réunion du matin, elle avait poursuivi l'interrogatoire des employés du Muséum en compagnie de ses hommes. Une façon comme une autre de ne pas penser à la chasse à l'homme qui se déroulait à Long Island. Pourquoi D'Agosta s'était-il mis dans un tel pétrin ? Étant donné les circonstances, le marché qu'elle lui avait mis en main était plus qu'honorable, même si, sans le dire expressément, elle lui demandait clairement de choisir entre elle et Pendergast.

Et il avait choisi.

Rocker toussota.

— L'inspecteur en chef Coffey m'a demandé d'organiser cette réunion afin de discuter des affaires Duchamp et Green. J'ai également souhaité convier le capitaine Singleton puisque ces deux meurtres se sont déroulés dans sa circonscription.

Hayward approuva.

— J'en suis ravie, monsieur le préfet. Le FBI nous a transmis très peu d'informations sur la chasse à l'homme qui a lieu en ce moment et…

— Je suis désolé, capitaine, l'interrompit Rocker d'une voix douce. L'inspecteur Coffey souhaite qu'on lui transmette les éléments d'enquête recueillis dans les affaires Duchamp et Green.

Hayward eut du mal à dissimuler son étonnement.

— Lui transmettre les éléments de l'enquête ? Mais le Bureau a toujours eu libre accès aux informations dont nous disposons.

Coffey croisa les jambes.

— C'est nous qui reprenons l'enquête, capitaine.

Éberluée, Hayward mit quelques instants à lui répondre.

— Vous n'avez aucun droit de le faire, finit-elle par dire.

— Cette enquête revient de droit au capitaine Hayward, s'interposa Singleton d'une voix calme mais ferme en s'adressant à Rocker. Elle y travaille nuit et jour, et c'est grâce à elle qu'on a pu établir le lien entre ces meurtres et ceux de Washington et de La Nouvelle-Orléans. C'est elle qui a réuni les éléments permettant d'identifier Pendergast. En outre, le meurtre n'est pas un crime relevant des autorités fédérales.

— Je sais tout cela, soupira Rocker, mais…

— Laissez-moi faire, l'interrompit Coffey. Le coupable est un homme du FBI, l'une des victimes aussi, cette affaire concerne plusieurs États et le suspect ne se trouve plus dans votre juridiction. Point final.

— L'inspecteur Coffey a raison, reprit Rocker. Cette affaire revient de droit au FBI, même s'il est bien évident que nous restons à la disposition du…

— Ne perdons pas de temps en vaines palabres, insista Rabiner. Voyons concrètement comment organiser le transfert des éléments d'enquête.

Hayward lança un regard à Singleton.

— Sans le capitaine Hayward, il n'y aurait même pas de poursuite à l'heure qu'il est, déclara ce dernier, rouge de colère.

— Nous sommes ravis que le capitaine Hayward ait bien fait son travail, le contra Coffey, mais cette affaire ne relève plus du NYPD.

— Capitaine, je vous demanderai de bien vouloir transmettre au FBI les éléments dont ils ont besoin, conclut Rocker d'un ton exaspéré.

Hayward observa Singleton. Il était manifestement aussi furieux qu'elle, mais il avait les mains liées.

Elle aurait dû s'en douter. Outre le fait que les fédéraux ont toujours aimé faire parler d'eux, ce Coffey avait l'air d'avoir une sacrée dent contre Pendergast. Elle préférait ne pas penser à ce qui arriverait le jour où D'Agosta et lui tomberaient entre leurs mains.

Hayward aurait dû être outrée, mais elle n'éprouvait qu'une immense lassitude. L'idée de continuer à respirer le même air que Coffey lui donnait la nausée.

— Très bien, dit-elle sèchement en se levant. Je m'occupe du transfert. Vous aurez tout dès que les papiers seront signés. Autre chose ?

— Capitaine, fit Rocker. Je vous suis très reconnaissant de tout ce que vous avez fait.

Elle le remercia en hochant la tête, tourna les talons et sortit de la pièce.

Elle se dirigeait d'un pas rapide vers l'ascenseur, le souffle court, lorsque son téléphone sonna.

Elle décida de ne pas répondre. Une minute plus tard, la sonnerie retentissait de nouveau. Cette fois, elle décrocha.

— Hayward.

— Laura ? C'est moi, Vinnie.

Le cœur de la jeune femme se serra.

— Vincent, nom de Dieu. Qu'est-ce que tu… ?

— Je t'en prie. J'ai quelque chose de très important à te dire.

Elle prit une longue inspiration.

— C'est bon, je t'écoute.

67

D'Agosta pénétra dans Penn Station à la suite de Pendergast. L'entrée située à hauteur de Madison Square Garden se limitait à de vieux escalators. C'était un mardi soir ordinaire, l'endroit était quasiment désert, et les deux hommes ne croisèrent qu'une poignée de SDF ainsi qu'un illuminé distribuant ses poèmes. Ils traversèrent le hall et s'enfoncèrent plus profondément sous terre afin de rejoindre les quais.

D'Agosta ébaucha un sourire amer en voyant qu'ils se dirigeaient vers la voie 13.

En une demi-heure, Pendergast avait à peine desserré les dents. À mesure qu'approchait l'heure du rendez-vous, l'inspecteur donnait l'impression de se renfrogner.

Les quais étaient déserts, à l'exception des employés chargés de l'entretien qui vidaient les poubelles et de deux flics en uniforme discutant autour d'un café devant leur guérite. Pendergast remonta toute la voie 13 jusqu'à atteindre l'endroit où les voies disparaissaient à l'intérieur d'un tunnel.

— Tenez-vous prêt, murmura-t-il à son compagnon en surveillant les alentours.

Ils attendirent un moment que les deux flics veuillent bien rentrer dans leur guérite.

— *Maintenant !* siffla-t-il entre ses dents.

Les deux hommes sautèrent sur la voie et s'enfoncèrent dans le tunnel en courant. D'Agosta se retourna, s'assurant que personne ne les avait vus.

Il faisait moins froid que dans la rue, mais l'humidité leur collait à la peau et passait à travers la veste de D'Agosta. Pendergast s'arrêta au bout de quelques dizaines de mètres et sortit de sa poche une lampe électrique.

— Il nous reste un bon bout de chemin à parcourir, dit-il en éclairant l'intérieur du tunnel.

Plusieurs paires d'yeux se mirent à luire dans l'obscurité. Des rats.

L'inspecteur avançait rapidement entre les rails. D'Agosta le suivait, l'oreille aux aguets au cas où surviendrait un train, mais seul l'écho de leurs pas lui répondait, accompagné du murmure des gouttes d'eau s'écoulant lentement de stalactites accrochées à la voûte.

— Si j'ai bien compris, la Grande Horloge est une plaque tournante, dit-il pour briser le silence angoissant qui les entourait.

— Oui, une plaque tournante très ancienne.

— Je ne savais même pas qu'il en restait encore à Manhattan.

— Celle-ci a été construite afin de réguler la circulation des trains en provenance de la vieille Pennsylvania Station. Il s'agit en fait du tout dernier vestige de l'architecture originale.

— Vous savez comment y arriver ?

— Vous vous souvenez des meurtres du métro, il y a quelques années ? J'ai passé pas mal de temps par ici à me familiariser avec le paysage souterrain de New York. Je connais assez bien la disposition des galeries de Manhattan. Les principales, en tout cas.

— Comment Diogène peut-il les connaître ?

— La question mérite en effet d'être posée.

Ils arrivèrent en vue d'une porte métallique cachée dans un renfoncement. Un vieux cadenas rouillé la maintenait fermée, que Pendergast examina rapidement. Il recula de quelques pas en faisant signe à D'Agosta de l'imiter, puis il sortit son Combat 1911 et visa la serrure. La déflagration résonna longuement sous la voûte et le verrou tomba sur le sol dans un nuage de rouille.

D'un coup de pied bien appliqué, l'inspecteur ouvrit la porte, découvrant un escalier qui sentait le moisi.

— Il faut encore descendre ?

— La Grande Horloge se trouve en fait à notre niveau, mais ce passage est un raccourci.

Les marches étaient glissantes et le froid se faisait moins vif à mesure qu'ils s'enfonçaient sous terre. Au terme d'une longue descente, ils se retrouvèrent dans un ancien tunnel de brique, parsemé d'arches gothiques, dans lequel s'alignaient des cabanes de chantier.

— J'entends des voix plus loin et j'aperçois de la lumière, remarqua D'Agosta en s'arrêtant.

— Des SDF, répondit Pendergast.

Ils reprirent leur route et un fumet de bois brûlé ne tarda pas à chatouiller leurs narines. Quelques instants plus tard, ils passaient devant un petit groupe d'hommes et de femmes en haillons qui partageaient une bouteille de vin autour d'un brasier improvisé.

— Alors, les amis ? demanda l'un d'eux. Vous avez raté le train ?

Des rires fusèrent dans leur dos. Un cri de bébé résonna dans l'obscurité.

— Seigneur ! marmonna D'Agosta. Vous avez entendu ça ?

Pendergast hocha la tête.

Un peu plus loin, une porte en fer dont le cadenas avait été scié leur barrait le chemin. Pendergast la tira à lui et ils remontèrent les marches d'un escalier détrempé qui les conduisit jusqu'à une autre voie de chemin de fer.

Pendergast s'arrêta et regarda sa montre.

— 11 h 30.

Ils poursuivirent leur route sur quelques kilomètres en longeant la voie, faisant fuir les rats. De vieux wagons rouillés attendaient sur des voies de garage abandonnées, et ils découvraient à intervalles réguliers des équipements oubliés dans des renfoncements. La rumeur lointaine d'un convoi leur parvenait de temps à autre, mais les rails le long desquels ils avançaient semblaient délaissés depuis longtemps.

Pendergast s'arrêta enfin. Il éteignit sa lampe et D'Agosta s'aperçut que le tunnel débouchait sur une zone faiblement éclairée.

— La Grande Horloge se trouve là, devant nous, dit Pendergast à voix basse.

D'Agosta sortit son Glock 29, vérifia le magasin et remit le pistolet dans son étui.

— Vous savez ce que vous avez à faire.

D'Agosta hocha la tête.

Ils avancèrent lentement l'un derrière l'autre, le plus silencieusement possible. D'Agosta regarda sa montre : 11 h 48.

— Souvenez-vous, lui murmura Pendergast. À partir de maintenant, vous me couvrez.

D'Agosta s'aplatit contre le mur en brique. Depuis son abri, la vue était dégagée et il étouffa un cri de surprise en découvrant un dôme gigantesque. Des traînées de suie et de calcaire striaient les blocs de granit de cette incroyable cathédrale souterraine au centre de laquelle une plaque tournante dessinait un cadran géant. Douze tunnels en arc de cercle débouchaient sur l'Horloge, tous identifiés par des chiffres romains allant de I à XII, taillés à même la pierre. Chaque entrée était surmontée d'une lumière voilée par la crasse.

Le père de D'Agosta, passionné de chemins de fer, avait eu l'occasion de lui expliquer le fonctionnement des plaques tournantes lorsqu'il était enfant. Mais à l'inverse de la plupart d'entre elles, auxquelles on accède par une voie unique, la Grande Horloge servait à répartir les trains dans toutes les directions depuis Penn Station.

L'écho des gouttes d'eau brisait le silence à intervalles réguliers. D'Agosta leva la tête et vit qu'elles s'écoulaient de stalactites accrochées au sommet de la voûte, chaque goutte tournoyant dans la lumière glauque avant de s'écraser au sol dans des flaques noires.

Depuis lequel des onze autres tunnels Diogène les guettait-il ?

Un grondement se fit entendre, accompagné d'un puissant courant d'air. Pendergast se replia aussitôt dans le tunnel et fit signe à D'Agosta de ne pas bouger. Quelques instants plus tard, un train de banlieue émergea de l'un des tunnels et traversa la plaque tournante dans un bruit de tonnerre, toutes fenêtres allumées, puis il s'enfonça dans la galerie d'en face et disparut dans l'obscurité. Tandis que le grondement s'éloignait, l'unique voie ferrée placée au centre de la plaque tournante pivota en grinçant et ses extrémités s'arrêtèrent en face de deux autres tunnels, en attente du prochain convoi : le numéro XII et le numéro VI, dans lequel se trouvaient les deux hommes.

Le calme revint et D'Agosta distingua dans l'ombre des rats aussi gros que des chiots. Les gouttes d'eau tombaient toujours, et une forte odeur de moisi flottait dans l'air.

Pendergast regarda sa montre et décida de passer à l'action en constatant qu'il était 11 h 54. Il prit la main de D'Agosta dans la sienne.

— Vous savez ce que vous avez à faire, répéta-t-il.

D'Agosta acquiesça.

— Merci, Vincent. Merci pour tout.

Sur ces mots, il tourna le dos à son compagnon et s'avança sur la plaque tournante. Sa silhouette se découpait dans la faible lumière ambiante.

Il fit un pas en avant, puis deux, puis trois, couvert par D'Agosta. Les tunnels silencieux ressemblaient à des bouches d'ogre, des stalactites gelées en guise de dents.

Pendergast s'immobilisa.

— *Ave, frater !*

La voix résonna longuement, répercutée par la voûte, sans qu'il soit possible de savoir d'où elle venait. D'Agosta écarquilla les yeux, mais les tunnels conservaient leur mystère.

— Ne sois donc pas si timide, mon frère. Mets-toi bien dans la lumière et montre-moi ton joli minois.

Pendergast s'avança. Il se trouvait maintenant à découvert, sous la protection du Glock de D'Agosta.

— Tu l'as apporté avec toi, au moins ? poursuivit la voix sur un ton ironique teinté d'impatience.

Pendergast leva la main dans laquelle il tenait le diamant. Dans la pénombre, on aurait dit un vulgaire caillou.

— Amène-moi Viola, demanda Pendergast.

— Tout doux, mon frère. Chaque chose en son temps. Avance-toi encore un peu.

Pendergast s'exécuta.

— Tu vas continuer à avancer jusqu'au centre de l'Horloge. Là, tu verras un trou découpé dans une plaque métallique. Tu y trouveras un écrin dans lequel tu poseras le diamant. Et ne traîne pas trop en route, il ne faudrait pas qu'un train déboule sans crier gare.

Du fait de l'acoustique de la pièce, D'Agosta ne savait toujours pas de quel tunnel provenait la voix.

Pendergast s'avança prudemment. Une fois parvenu au centre de l'immense espace, il s'agenouilla, ouvrit l'écrin et y déposa le diamant.

Sans crier gare, il se releva d'un bond et sortit son Wilson Combat dont il dirigea le canon en direction de la pierre.

— Amène-moi Viola ! répéta-t-il.

— Holà, mon frère ! Toi d'habitude si calme ! Procédons par ordre. Commence par reculer afin que mon comparse puisse s'assurer qu'il s'agit bien du diamant.

— C'est bien le diamant.

— J'ai eu le tort de te faire confiance une fois, il y a très longtemps. Tu t'en souviens ? Regarde où ça m'a mené. Tu ne m'en voudras donc pas de ne pas récidiver. Monsieur Kaplan ? C'est à vous.

Un personnage terrifié sortit en titubant du tunnel numéro IX, l'air hébété. Il portait un costume sombre sous un manteau de cachemire noir tout déchiré. Une loupe pendait de son crâne dégarni et il tenait à la main une torche.

Déjà enlevé une première fois quelques heures plus tôt, le malheureux traversait les pires instants de son existence.

Il s'avança d'un pas mal assuré, hagard.

— Qui… ? Qu'est-ce que… ? balbutia-t-il.

— Le diamant se trouve dans un écrin au centre de la plaque tournante. Examinez-le et dites-moi s'il s'agit bien du Cœur de Lucifer.

L'homme jeta un regard apeuré autour de lui.

— Qui est là ? Où suis-je ?

— *Frater*, montre le diamant à Kaplan.

Kaplan trébucha et Pendergast visa aussitôt l'écrin.

La vue de l'arme sembla sortir Kaplan de sa stupeur.

— Non, je ferai tout ce que vous voulez, mais ne me tuez pas ! s'écria-t-il. J'ai des enfants.

— N'aie pas peur, tu reverras tes Triplés, mais à condition de faire ce que je te dis, répondit la voix de Diogène.

L'homme s'avança d'un pas mal assuré, s'agenouilla à côté de l'écrin et saisit délicatement le diamant qu'il examina à l'aide de sa loupe lumineuse.

— Eh bien ? le pressa Diogène d'une voix tendue.

— Une minute ! hoqueta Kaplan. Laissez-moi le temps.

À la lueur de la lampe, la pierre baignait dans un halo cannelle.

— On dirait bien qu'il s'agit du Cœur de Lucifer, dit-il à mi-voix.

— « On dirait bien » ! Ça ne me suffit pas, monsieur Kaplan. J'ai besoin d'une certitude.

Le gemmologue poursuivit son examen d'une main tremblante. Enfin, il se redressa.

— J'en suis certain, dit-il.

— J'espère que c'est bien vrai. Votre vie et celle des vôtres dépendent de votre verdict.

— J'en suis certain. Le Cœur de Lucifer est une pierre unique.

— Ce diamant a pourtant un défaut microscopique. Dites-moi où il se situe.

Kaplan se pencha à nouveau sur la pierre. Une minute s'écoula, puis deux.

— On distingue une minuscule inclusion à deux millimètres du cœur de la pierre.

Un sifflement de triomphe, ou peut-être d'autre chose, se fit entendre dans l'obscurité.

— C'est bon, Kaplan. Vous pouvez rentrer chez vous. Prenez le tunnel numéro VI. Quant à toi, *frater*, ne bouge pas.

Le gemmologue s'éloigna précipitamment en direction du tunnel VI, manquant de s'étaler par terre à chaque pas. Quelques instants plus tard, il rejoignait D'Agosta, tout essoufflé.

— Dieu soit loué, Dieu soit loué, balbutia-t-il entre deux sanglots.

— Mettez-vous derrière moi, lui conseilla D'Agosta.

Kaplan reconnut le lieutenant et ses traits se brouillèrent.

— Attendez une seconde ! Vous êtes ce flic qui…

— On s'occupera de ça plus tard, le rudoya D'Agosta en le poussant à l'abri. On va commencer par vous évacuer.

— Voici enfin venu le moment que tu attendais tant, reprit la voix de Diogène, réverbérée par la voûte de la Grande Horloge. Je te présente… Lady Viola Maskelene !

La jeune femme émergea à son tour du tunnel numéro IX. Elle s'arrêta en pleine lumière en papillonnant des yeux.

Pendergast fit un pas en avant.

— Ne bouge pas ! Elle va te rejoindre.

Viola venait de reconnaître Pendergast et elle s'avança vers lui d'un pas hésitant.

— Viola ! s'écria Pendergast en faisant un nouveau pas.

Un coup de feu retentit, répercuté par l'écho, et un nuage de poussière jaillit à quelques centimètres du pied de Pendergast. Il se jeta à plat ventre, l'arme au poing, visant chaque tunnel l'un après l'autre.

— Vas-y, mon frère. Tire-moi dessus et tu ne viendras rien me reprocher si ta belle est fauchée par une balle perdue.

Pendergast se tourna vers Viola qui s'était immobilisée en entendant le coup de feu.

— Venez, Viola, dit-il.

— Aloysius ? demanda-t-elle avec une petite voix, les yeux écarquillés.

— Je suis là. Approchez-vous lentement.

— Mais vous… vous…

— Tout va bien, à présent. Vous êtes sauvée. Venez me rejoindre, insista-t-il, les bras tendus.

— Quelle scène touchante ! railla Diogène en éclatant d'un rire cynique.

La jeune femme parcourut d'une démarche hésitante les derniers mètres qui la séparaient de Pendergast et s'écroula dans ses bras.

L'inspecteur la serra contre lui, lui prenant le menton d'une main douce afin de la regarder.

— Tu l'as droguée ! s'exclama-t-il.

— Pff ! Quelques milligrammes de Versed pour qu'elle se tienne tranquille. Ne t'inquiète pas, je te la rends *intacte*.

De son poste d'observation, D'Agosta entendit Pendergast murmurer des paroles indistinctes à l'oreille de la jeune femme. Elle secoua la tête et s'arracha à son étreinte en titubant. Il l'aida à retrouver l'équilibre, puis il la dirigea vers l'entrée du tunnel.

— Bravo, messieurs ! L'affaire est réglée, s'écria Diogène d'un ton triomphant. Vous n'avez plus qu'à repartir par le tunnel numéro VI. C'est d'ailleurs la seule issue possible, et je vous conseille de ne pas traîner en route. Le train de Washington ne devrait plus tarder. Il prend de la vitesse à la sortie de la gare et doit rouler à cent trente à cette hauteur-là. La niche la plus proche se trouve à trois cents mètres et vous seriez bien inspirés de la rallier au plus vite si vous n'avez pas envie d'être réduits en bouillie. Je vous préviens, je tire sur le premier qui pointe le bout de son nez, alors dépêchez-vous.

Pendergast venait d'atteindre l'entrée du tunnel et il confia Viola à D'Agosta.

— Faites-la sortir d'ici au plus vite, et emmenez Kaplan avec vous, murmura-t-il en lui confiant sa lampe électrique.

— Et vous ?

— Je n'ai pas encore terminé.

— Il va vous tuer, dit D'Agosta en tentant de le retenir.

Pendergast se dégagea doucement.

— Vous ne pouvez pas faire ça ! insista D'Agosta sur un ton inquiet. Ils seront…

— Vous m'avez entendu ? s'éleva la voix de Diogène. Il vous reste quatre minutes !

— *Allez-y !* insista Pendergast.

D'Agosta le regarda une dernière fois, puis il prit Viola par l'épaule et poussa gentiment Kaplan en avant.

— Allez, monsieur Kaplan. On y va, laissa-t-il tomber en allumant sa torche.

68

Pendergast se tenait dans l'ombre du tunnel, l'arme à la main, prêt à agir. Autour de lui, tout n'était que silence. Une minute s'écoula, puis deux, trois, quatre…

Cinq minutes, toujours pas de train.

Six minutes. Sept.

Mais Pendergast attendait toujours, sachant son frère trop prudent pour ne pas attendre le passage du train avant de se montrer. Lentement, il sortit du tunnel.

— Aloysius ! Que fais-tu là ? l'accueillit une voix paniquée. J'ai pourtant juré de tuer le premier qui se montrerait !

— Alors fais-le.

Une détonation retentit et la balle fit voler le gravier à quelques centimètres des pieds de l'inspecteur.

— Tu vises mal.

Une balle ricocha sur la voûte au-dessus de Pendergast, faisant tomber une pluie d'éclats sur sa tête.

— Encore raté.

— Le train sera là d'une minute à l'autre, reprit la voix, plus inquiète que jamais. Je n'aurai même pas besoin de te tuer, le train s'en chargera.

Pendergast secoua la tête tout en continuant d'avancer.

— *Retourne d'où tu viens !*

Une troisième détonation.

— Décidément, Diogène, tu as perdu la main.

Pendergast était parvenu au centre de la plaque tournante.

— Non ! dit la voix. Va-t'en !

Pendergast se baissa et ramassa l'écrin, puis il en sortit la pierre et la fit sauter dans le creux de sa main.

— Le train, pauvre fou ! Remets ce diamant tout de suite ! Il ne craint rien dans sa cachette.

— Il n'y a pas de train.

— Bien sûr que si. Il est en retard, c'est tout.

— Non, il ne viendra pas.

— Qu'est-ce que tu me chantes ?

— L'express de minuit a été annulé. J'ai lancé une alerte à la bombe.

— Tu bluffes ! Comment aurais-tu pu deviner ? Tu ne pouvais pas savoir comment j'allais m'y prendre.

— Tu crois ça ? Pourquoi nous donner rendez-vous à 23 h 54 et non pas à minuit ? Et pourquoi ici ? Il ne pouvait y avoir qu'une seule raison : les horaires des trains. Le reste était un jeu d'enfant.

Tout en parlant, Pendergast avait glissé le diamant dans sa poche.

— Rends-moi ça ! Ce diamant m'appartient ! Tu m'as menti ! *Tu n'es qu'un menteur !*

— Je ne t'ai pas menti. Je me suis contenté de suivre tes instructions. C'est toi, au contraire, qui m'as menti. À plusieurs reprises. Tu m'as menti quand tu as menacé de tuer Smithback alors que tu comptais t'en prendre à Margo Green.

— J'ai déjà tué tes amis. Tu sais que je n'hésiterai pas à te tuer.

— J'y compte bien. Il te faudra me tuer si tu veux m'empêcher de repartir.

— Espèce de salaud ! Mon double, mon frère ! *Eh bien meurs !*

Immobile, Pendergast attendait, mais une minute s'écoula, puis une autre.

— Tu vois bien, tu es incapable de me tuer, dit-il. C'est pour ça que tu m'as raté à plusieurs reprises tout à l'heure. Tu as besoin de moi vivant. J'en ai eu la preuve le jour où tu m'as sauvé, à Castel Fosco. Tu as besoin de moi, Diogène. Sans moi, sans la haine que tu me voues, tu ne serais plus rien.

Diogène ne réagissait toujours pas. Pourtant, la voûte résonnait de bruits inattendus : des ordres, les crachotements d'une radio, une petite troupe au pas de course.

La rumeur se rapprochait.

— Qu'est-ce que c'est ? s'inquiéta brusquement Diogène.

— La police, lui répondit calmement Pendergast.

— Tu as appelé la police ? Pauvre fou, c'est toi qui vas te faire prendre. Pas moi.

— C'était bien mon intention. Tes coups de feu les auront attirés.

— Qu'est-ce que tu me chantes ? Espèce d'idiot, tu veux donc leur servir d'appât ? Tu veux te sacrifier, c'est ça ?

— Exactement. Je suis prêt à sacrifier ma liberté pour sauver Viola et récupérer le Cœur de Lucifer. Eh oui, Diogène : tu avais tout prévu, sauf ça. Tout simplement parce que tu ne connais pas la signification du mot sacrifice, et que tu ne la connaîtras jamais.

— Espèce de… Rends-moi ce diamant !

— Viens le chercher. Avec un peu de chance, tu auras le temps de le voir avant de te faire prendre. À moins que tu ne préfères t'échapper. Si tu y arrives…

— Tu es complètement fou ! Tu n'as pas le droit de faire ça !

Un gémissement sourd, inhumain, à glacer les os, s'éleva de l'un des tunnels. La plainte se répercuta longtemps sous la voûte avant de s'éteindre.

Quelques instants plus tard, une meute de policiers dirigés par Hayward émergeait du tunnel IV. Singleton fermait la marche en aboyant des ordres dans sa radio. Les agents encerclèrent aussitôt Pendergast et mirent un genou à terre, l'arme braquée sur lui.

— Police ! Ne bougez pas ! Les mains en l'air !

Très lentement, Pendergast leva les bras.

Hayward s'avança et fendit le cercle formé par ses hommes.

— Vous êtes armé, inspecteur ?

Pendergast hocha la tête.

— Vous trouverez le Cœur de Lucifer dans la poche gauche de ma veste. Je vous demanderai de le manipuler avec précaution. N'en confiez la garde à personne.

D'un geste, Hayward signala à l'un de ses hommes de désarmer le prisonnier tandis qu'un autre flic lui menottait les mains dans le dos.

— Il serait préférable de ne pas rester au milieu des voies, leur conseilla Pendergast. C'est plus prudent.

— Chaque chose en son temps, répliqua Hayward.

Elle glissa une main dans la poche de l'inspecteur, prit le diamant auquel elle jeta un coup d'œil furtif avant de le mettre dans la poche intérieure de sa propre veste.

— Aloysius Pendergast, vous avez le droit de garder le silence. Tout ce que vous direz pourra être retenu contre vous devant un tribunal…

Mais Pendergast ne l'écoutait plus, les yeux perdus dans l'obscurité du tunnel III où brillaient faiblement deux points lumineux qui s'éteignirent brièvement, l'espace d'un battement de paupière, avant de s'effacer tout à fait.

69

Kaplan et Viola avaient été emmenés en ambulance. Seul D'Agosta se trouvait encore dans le commissariat de Madison Square Garden, menotté à une chaise sous la garde de six policiers dans une salle d'interrogatoire, les yeux baissés afin de ne pas croiser le regard de ses collègues. Ceux-ci discutaient entre eux d'un air dégagé tout en feignant de ne pas le voir.

Il tendit l'oreille en entendant des conversations animées avant d'apercevoir à travers la cloison vitrée un groupe de flics dominé par la silhouette élancée de Pendergast. Menotté dans le dos, encadré par deux agents musclés, la tête haute, le visage serein, D'Agosta crut revoir un instant le Pendergast qu'il avait connu. Ses gardiens allaient certainement le faire monter dans l'un des paniers à salade qui stationnaient devant l'entrée de la 8e Avenue. En passant, Pendergast le regarda sans le voir à travers la glace sans tain. D'Agosta aurait juré que Pendergast lui avait adressé un signe furtif de reconnaissance.

Le lieutenant baissa la tête. C'était toute sa vie, tout son univers qui s'écroulaient. Pendergast avait insisté pour que D'Agosta le dénonce à Hayward, et il risquait fort de passer le reste de son existence en prison.

Il ne manquait plus que la présence de Hayward pour que la détresse de D'Agosta soit complète.

C'est précisément l'instant que choisit la jeune femme pour apparaître en compagnie de Singleton.

Rouge de confusion, D'Agosta entendit des pas approcher.

— Lieutenant ?

Il leva les yeux et découvrit le visage de Singleton. Laura ne s'était même pas arrêtée.

Singleton fit un signe aux agents qui gardaient D'Agosta.

— Enlevez-lui les menottes, demanda-t-il avant d'ajouter, une fois le prisonnier libéré de ses entraves : Je souhaiterais m'entretenir un instant avec le lieutenant, si ça ne vous ennuie pas.

Les flics quittèrent la pièce sans demander leur reste, manifestement soulagés. La porte à peine refermée, Singleton posa une main sur l'épaule de D'Agosta :

— Vous êtes dans la merde jusqu'au cou, Vinnie, dit-il sur un ton bienveillant.

D'Agosta acquiesça.

— Vous vous en doutez, il y aura une commission d'enquête et l'inspection générale des services se réunira dans les plus brefs délais. Après-demain, probablement. Je ne donne pas cher de votre avenir dans la police, mais c'est très certainement le cadet de vos soucis. D'après ce que j'ai pu comprendre, vous êtes sous le coup de quatre chefs d'inculpation : enlèvement, vol de véhicule, mise en danger de la vie d'autrui et complicité.

D'Agosta se prit la tête dans les mains.

Singleton lui serra l'épaule.

— Malgré tout, Vinnie, c'est grâce à vous que Pendergast a pu être arrêté. Quelques voitures se retrouvent à la casse, mais personne n'a été blessé. On pourra même prétendre que vous avez fait ça pour piéger Pendergast.

D'Agosta préféra ne pas répondre. Il n'était pas près d'oublier la vision qu'il avait eue de Pendergast menotté. Pendergast l'incorruptible.

— Je vais voir ce que je peux faire pour arranger les choses. Je ne vous promets rien, mais on peut sans doute faire passer ça pour des délits mineurs si l'on agit vite.

— Merci, répondit D'Agosta, la gorge nouée.

— Tout n'est pas encore très clair. À en croire les premières déclarations de la victime, Diogène Pendergast serait effectivement vivant. Ce serait même lui qui aurait commis le vol du Muséum. Il semble qu'il ait réussi à nous échapper ce soir en s'enfuyant par l'un des tunnels. Reste à comprendre pourquoi Pendergast avait le Cœur de Lucifer dans sa poche. L'affaire est loin d'être classée, il va falloir qu'on reprenne tout depuis le début.

D'Agosta releva brusquement la tête.

— Je peux tout expliquer.

— On attendra votre interrogatoire pour ça. Hayward m'a parlé de votre thèse, selon laquelle Diogène aurait voulu faire accuser son frère des meurtres qu'il aurait lui-même commis. Il n'en reste pas moins que c'est Pendergast qui a volé le diamant en se faisant passer pour Kaplan. Quelles que soient ses motivations, il sera condamné à de la prison, ça ne fait aucun doute. À votre place... c'est l'ami qui vous dit ça, pas le flic. À votre place, je chercherais d'abord à sauver ma peau. Ce connard du FBI vous a fait assez de tort comme ça.

— Capitaine, sauf votre respect, je vous demanderai de ne pas parler de Pendergast en ces termes.

— Vous lui restez fidèle jusqu'au bout, c'est ça ? constata Singleton d'un air désolé.

La conversation fut interrompue par des éclats de voix. Plusieurs agents fédéraux venaient d'apparaître de l'autre côté de la vitre. D'Agosta fronça les sourcils. Le visage du type qui dirigeait la meute du FBI lui disait quelque chose... Coffey ! L'inspecteur en chef Coffey !

Ce dernier ouvrit la porte de la salle d'interrogatoire.

— Capitaine Singleton ?

Coffey, sous son bronzage, était rouge de colère.

— Oui, inspecteur ? répondit Singleton d'un air imperturbable.

— C'est quoi, ce bordel ? Est-il vrai que vous l'avez arrêté sans nous prévenir ?

— En effet.

— Mais enfin, vous savez très bien que cette affaire relève de mes services.

Singleton ne répondit pas tout de suite. Il finit par le faire d'une voix calme et douce, comme s'il s'adressait à un enfant.

— L'information nous est parvenue en dernière minute et il nous fallait agir vite. Le suspect était parvenu à revenir en ville après avoir échappé à vos hommes dans le comté de Suffolk. Vous comprendrez bien qu'on ne pouvait pas se permettre d'attendre.

— Vous n'avez même pas pris la peine de contacter le bureau de Manhattan alors que nous avions des agents prêts à intervenir sur-le-champ.

Singleton hésita à nouveau.

— Une erreur due à la précipitation. J'en prends toute la responsabilité. Vous savez ce que c'est, dans le feu de l'action, on néglige parfois la procédure. Toutes mes excuses.

Coffey se campa devant Singleton, le visage cramoisi. Dans son dos, plusieurs agents du NYPD ricanaient ouvertement.

— L'arrestation de Pendergast s'est révélée particulièrement fructueuse, ajouta Singleton.

— Pourquoi cela ?

— On a retrouvé le Cœur de Lucifer dans l'une de ses poches.

Comme Coffey restait sans voix, Singleton en profita pour dire à ses hommes :

— Nous en avons terminé ici. On peut s'en aller.

Prenant D'Agosta par le bras, il tourna le dos à Coffey et quitta la pièce.

70

Le mercredi matin, un soleil radieux éclairait la salle à manger du petit appartement de West End Avenue. Nora Kelly entendit claquer la porte de la salle de bains et Bill Smithback apparut peu après, l'air sombre, sa cravate dénouée et sa veste négligemment jetée sur l'épaule.

— Viens prendre ton petit déjeuner.

Le visage du journaliste s'éclaira légèrement et il s'installa en face d'elle.

— À quelle heure es-tu rentré cette nuit ?

— À 4 heures, répondit-il en l'embrassant par-dessus la table.

— Tu as l'air de sortir d'un cauchemar.

— Un cauchemar bien réel.

Nora lui tendit le *Times*.

— Tu fais la une. Félicitations.

Smithback se contenta de jeter un coup d'œil au journal. Son article sur le vol du Cœur de Lucifer s'étalait en première page, juste au-dessous du titre. Un scoop spectaculaire qui reléguait en troisième page de la locale le papier de Harriman sur l'arrestation de l'Agitateur : une vieille dame qui avait aperçu l'exhibitionniste en pleine action devant un distributeur de billets l'avait proprement assommé avec sa canne. Mais pour une fois, les malheurs de Harriman ne semblaient guère amuser Smithback qui repoussa le journal.

— Tu ne travailles pas aujourd'hui ? s'enquit-il.

— Le Muséum nous a donné congé jusqu'à la fin de la semaine. Chômage forcé. Les locaux sont bouclés jusqu'à ce qu'ils comprennent la raison pour laquelle le système d'alarme n'a pas fonctionné. En plus, ajouta-t-elle en secouant la tête, Hugo Menzies a disparu. Il a été filmé par une caméra de surveillance près du Hall Astor peu avant le cambriolage, et on se demande s'il n'aurait pas été tué par les cambrioleurs.

— À moins que ce soit lui le voleur.

— Ne dis pas de bêtise. Le voleur est Diogène Pendergast, tu es bien placé pour le savoir.

— Qui te dit que Diogène et Menzies ne sont pas une seule et même personne ? insista-t-il avec un rire forcé.

— Je ne trouve pas ça drôle.

Smithback haussa les épaules.

— Désolé.

Nora lui servit une tasse de café et remplit la sienne.

— À la lecture de ton article, il y a quelque chose que je ne comprends pas. Comment Pendergast s'y est-il pris pour sortir le Cœur de Lucifer de l'immeuble de la Transglobal ? Toutes les issues étaient bloquées, ils avaient la liste de ceux qui se trouvaient dans le bâtiment et tout le monde a été passé aux rayons X, sans qu'on puisse lui mettre la main dessus. Comment a-t-il fait ? Il n'a tout de même pas fait de la varappe le long de l'immeuble.

Smithback lissa son épi rebelle qui se redressa aussitôt.

— C'est de loin le point le plus intéressant. Si seulement je pouvais raconter ça aux lecteurs du journal...

— Qu'est-ce qui t'en empêche ?

Smithback lui adressa un sourire triste.

— Ce qui m'en empêche ? Le fait que c'est moi qui ai sorti le diamant de l'immeuble.

— Toi ?! s'écria Nora, incrédule.

Smithback acquiesça.

— Bill !

— Nora, je n'avais pas le choix. C'était la seule solution. Mais ne t'inquiète pas, personne ne le saura jamais maintenant que le diamant a été restitué à ses propriétaires. Mais c'était un plan génial.

— Raconte-moi comment ça s'est passé.

— Tu es sûre d'avoir envie de savoir ? Le simple fait de t'en parler fait de toi ma complice.

— Mais non, idiot. Je suis ta femme. Et bien sûr que j'ai envie de savoir.

Smithback poussa un soupir.

— Pendergast avait tout combiné. Il avait prévu que l'immeuble serait bouclé et que tout le monde serait fouillé, alors il s'est fait passer pour l'un des techniciens chargés de radiographier les gens.

— Mais si la sécurité était aussi draconienne que tu le dis, ils auraient dû penser à fouiller les techniciens au moment où ils sont sortis.

— Pendergast y avait pensé. Quand je suis sorti de la machine à radiographier, il a glissé le diamant dans ma poche en me poussant vers la porte et je suis passé comme si de rien n'était.

Nora n'en croyait pas ses oreilles.

— Si tu t'étais fait pincer, tu en aurais pris pour vingt ans.

— Tu crois que je n'y ai pas pensé ? Mais il y allait de la vie de cette femme. Et puis j'ai toujours fait confiance à Pendergast. À l'heure qu'il est, je dois bien être le seul.

Il se leva, s'approcha de la fenêtre et regarda dehors, les mains sur les hanches.

— Crois-moi, Nora. Cette histoire est loin d'être terminée.

Se retournant brusquement, il ajouta, les yeux brillants de colère :

— C'est un simulacre de justice. On va condamner un innocent pour des crimes horribles qu'il n'a pas commis. Pendant ce temps, le véritable assassin court toujours. Je suis journaliste et c'est mon métier de dire la vérité à mes lecteurs. On est loin du compte, mais je peux t'assurer que je m'emploierai à faire toute la lumière sur cette affaire.

— Bill, pour l'amour du ciel, ne te lance pas aux trousses de Diogène.

— Et Margo, alors ? Tu voudrais que son meurtrier s'en tire ? Pendergast en prison et D'Agosta sur la touche, je suis le seul à pouvoir encore agir.

— Je t'en prie, Bill. Ne fais pas ça. Tu t'enflammes comme toujours et tu t'apprêtes à faire une grosse bêtise.

— Je m'enflamme peut-être, comme tu dis, et je vais peut-être faire une bêtise, mais tant pis.

Nora se leva précipitamment, rouge de colère.

— Et nous alors ? Tu as pensé à notre avenir ? Si tu te lances à la poursuite de Diogène, il te tuera. Tu ne fais pas le poids face à ce type-là.

Smithback ne répondit pas immédiatement.

— Pendergast m'a sauvé la vie, dit-il enfin. Et il également sauvé la tienne, ajouta-t-il en regardant Nora droit dans les yeux.

Au comble de l'exaspération, elle lui tourna le dos, mais il s'avança et la prit dans ses bras.

— Si tu me dis de ne pas le faire… je ne le ferai pas.

— Tu sais très bien que jamais je ne t'interdirai de faire quoi que ce soit. C'est à toi de décider.

Smithback recula d'un pas, noua sa cravate et enfila sa veste.

— Il faut que j'y aille. Je t'aime, Nora, dit-il en l'embrassant.

— Fais bien attention à toi.

— Je te le promets. Fais-moi confiance, répliqua-t-il en ouvrant la porte de l'appartement.

71

Le lendemain, à quatre-vingts kilomètres plus au nord, le soleil transperçait les stores d'une chambre, dans une clinique privée. Le drap blanc dessinait la silhouette d'une malade rattachée à la vie par une batterie de machines qui ronronnaient de façon rassurante à côté d'elle. Elle avait les yeux fermés.

Une infirmière pénétra dans la pièce, s'assura que tout allait bien et prit quelques notes avant d'attarder son regard sur la malade.

— Bonjour, Theresa, dit-elle d'une voix enjouée.

Les yeux toujours fermés, la femme ne répondit pas. On ne la nourrissait plus par perfusion et elle était hors de danger, mais la guérison serait longue.

— C'est une journée magnifique, poursuivit l'infirmière en relevant les stores.

Un rayon de soleil se posa sur le lit. De l'autre côté des larges fenêtres de la vieille bâtisse, les eaux de l'Hudson scintillaient dans l'air glacé du matin.

La tête de la jeune femme reposait sur un oreiller et ses cheveux bruns s'étalaient sur la taie immaculée.

L'infirmière vaquait tranquillement à ses occupations. Elle remplaça une poche de perfusion, borda les draps et se pencha au-dessus de la patiente afin d'écarter une mèche rebelle.

La jeune femme ouvrit lentement les yeux.

L'infirmière lui prit la main.

— Bonjour, répéta-t-elle en lui serrant doucement les doigts.

Les paupières de la malade papillonnèrent un instant et elle ouvrit la bouche sans que n'en sorte aucun son.

— Il est encore trop tôt pour parler, lui recommanda l'infirmière en s'approchant de l'interphone. Vous avez passé un mauvais moment, mais tout ira bien.

Elle appuya sur l'une des touches et approcha sa bouche de l'appareil.

— La patiente de l'unité 6 est en train de se réveiller, murmura-t-elle. Prévenez le docteur Winokur.

Elle relâcha le bouton, s'assit sur le bord du lit et reprit la main de la jeune femme entre les siennes.

— Où… ?

— À la clinique Faversham, chère Theresa. Ça se trouve à quelques kilomètres de Cold Spring. Nous sommes le 31 janvier et vous avez perdu connaissance il y a six jours, mais vous êtes en bonne voie. Tout va très bien. Vous êtes jeune et forte, vous vous en tirerez.

Les yeux s'écarquillèrent légèrement.

— Que… ? fit la malade d'une voix faible.

— Ce qui s'est passé ? Ne vous inquiétez pas. Il est encore trop tôt. Vous êtes passée tout près de la mort, mais ce n'est plus qu'un mauvais souvenir. Vous êtes en sécurité à présent.

La jeune femme fit mine de vouloir parler, mais seules ses lèvres s'animèrent.

— Il est trop tôt pour parler. Gardez vos forces pour la visite du docteur.

— … essayé de me tuer…, insista-t-elle.

— Ne pensez plus à tout ça. Vous aurez besoin de toutes vos forces si vous voulez guérir.

— … horrible…

L'infirmière lui caressa doucement la main.

— Vous avez sûrement traversé une épreuve terrible, mais ce n'est pas le moment d'y penser. Le docteur Winokur sera là d'un instant à l'autre et il voudra sans doute vous poser quelques questions. Il faut vous reposer.

— Fatiguée… fatiguée…

— C'est tout à fait normal. Vous êtes très fatiguée, mais il ne faut pas vous rendormir tout de suite, Theresa. Le docteur a besoin de vous parler. D'accord ? C'est bien.

— Je ne m'appelle pas… Theresa.

L'infirmière lui adressa un sourire rassurant tout en lui tapotant la main.

— Ne vous inquiétez pas. Vous êtes encore perdue, et c'est normal. En attendant l'arrivée du docteur, regardez un peu par la fenêtre. Vous avez vu comme il fait beau ?

72

Hayward n'avait encore jamais visité le quartier de haute sécurité de l'hôpital Bellevue et c'est avec une certaine curiosité qu'elle s'y rendait. Une odeur d'éther et d'eau de Javel flottait dans le couloir aux néons aveuglants le long duquel se succédaient des portes soigneusement verrouillées : Urgences adultes, Urgences psychiatriques, Internement psychiatrique. Le couloir se terminait en cul-de-sac, face à une double porte blindée gardée par deux infirmiers en blouse blanche et un sergent du NYPD, installé derrière un petit bureau. Un écriteau à moitié écaillé était vissé sur la porte : *Zone protégée.*

Hayward montra son badge.

— Je suis le capitaine Laura Hayward et cette personne m'accompagne. Nous sommes attendus en D-11.

— Bonjour, capitaine, la salua nonchalamment le sergent.

Il prit son badge, traça quelques mots sur un bloc et lui rendit son insigne.

— Cette personne attendra dans un premier temps ici pendant que je rends visite au prisonnier.

— Pas de problème, acquiesça le sergent. Joe va vous conduire.

Le plus gros des deux infirmiers hocha la tête sans un sourire tandis que le sergent prenait son téléphone. Quelques instants plus tard, un bruit de targette électrique se fit entendre et le dénommé Joe tira la porte à lui.

— Vous allez en D-11, c'est ça ?

— Oui.

— Par ici, capitaine.

De l'autre côté de la double porte s'ouvrait un couloir étroit, au sol et aux murs recouverts de linoléum. Des portes métalliques, toutes percées d'un hublot, s'ouvraient de chaque côté. Hayward fut immédiatement accueillie par une rumeur sourde : des voix, des cris, des injures, des geignements à peine humains filtraient à travers les portes. L'odeur n'était plus la même ; aux effluves de détergents et d'alcool se mêlaient des relents de vomis, d'excréments et de peur, comme dans toutes les prisons de haute sécurité qu'avait pu visiter Hayward.

La porte se referma bruyamment dans son dos et le verrou se réengagea avec un claquement d'arme à feu.

Hayward suivit l'infirmier le long d'un premier couloir, puis d'un second qui finissait en impasse. Elle devina sans peine dans quelle cellule elle se rendait en apercevant quatre personnages en costume sombre installés devant une porte. Coffey n'avait peut-être pas participé à la curée, mais il n'avait pas l'intention de laisser échapper sa proie.

Les quatre hommes se retournèrent et elle reconnut parmi eux l'inspecteur Rabiner, le sbire attitré de Coffey. Il n'avait pas l'air particulièrement ravi de la voir.

— Capitaine, je vous demanderai de mettre vos armes dans cette caisse, lui dit-il en guise de salut.

Hayward sortit son pistolet et sa bombe lacrymogène qu'elle déposa dans la boîte.

— Tout semble indiquer que nous allons le garder, précisa Rabiner avec un sourire onctueux. On le tient pour le meurtre de Decker, avec plus qu'il n'en faut pour le faire condamner à mort par un tribunal fédéral. On attend la fin des évaluations psychiatriques. Il devrait se retrouver à l'isolement au pénitencier de Herkmoor avant la fin de la semaine, et son procès ne traînera pas.

— Vous êtes en verve ce matin, inspecteur, remarqua Hayward.

La remarque suffit à refroidir les ardeurs de son interlocuteur.

— Je souhaiterais le voir, reprit-elle. Seule dans un premier temps, et avec quelqu'un d'autre tout à l'heure.

— Sans protection ?

Sans daigner répondre, Hayward attendit que l'un des agents du FBI lui ouvre la porte, l'arme à la main, après s'être assuré que tout allait bien en jetant un coup d'œil à travers le hublot.

— N'hésitez pas à crier s'il fait mine de s'en prendre à vous, lui recommanda Rabiner.

La jeune femme franchit le seuil. La petite cellule baignait dans une lumière crue.

Pendergast, dans l'uniforme orange réglementaire des prisonniers, était sagement assis sur une couchette qui constituait l'unique mobilier de la pièce aux murs matelassés.

Hayward resta un instant sans voix. Cette tenue criarde jurait avec son élégance naturelle. Il avait les traits tirés, le teint d'une pâleur extrême, mais il n'avait rien perdu de sa sérénité coutumière.

— Bonjour capitaine, la salua-t-il en se levant et en l'invitant d'un geste à s'asseoir sur le lit. Mettez-vous à l'aise.

— Merci, je préfère rester debout.

— Comme il vous plaira, répondit Pendergast en évitant de se rasseoir par courtoisie.

Dans l'espace confiné de la cellule, le silence était assourdissant. Embarrassée, Hayward s'éclaircit la gorge.

— Qu'avez-vous fait à l'inspecteur Coffey pour qu'il vous en veuille autant ? demanda-t-elle.

Pendergast lui adressa un sourire timide.

— L'inspecteur Coffey a une haute opinion de lui-même, et je n'ai jamais pu me résoudre à la partager. Nous avons travaillé de concert sur une affaire il y a quelques années et l'enquête ne s'est pas très bien terminée pour lui.

— Je vous pose la question parce que je n'ai jamais vu le FBI faire autant d'efforts pour qu'un dossier soit retiré au NYPD. Le Bureau n'y a même pas mis les formes.

— Cela ne me surprend pas.

— En fait, deux ou trois petites choses m'intriguent. Rien d'officiel pour l'instant, mais j'aurais souhaité vous poser quelques questions.

— Je vous en prie.

— Tout d'abord, Margo Green n'est pas morte. Un petit malin à l'hôpital s'est arrangé pour la faire évacuer sous un faux nom dans une clinique privée à cent kilomètres d'ici. Dans le même temps, la dépouille d'une droguée sans famille qui venait de mourir prenait sa place. Le médecin légiste prétend qu'il s'est trompé en toute bonne foi, le directeur de l'hôpital affirme qu'il s'agit d'une « erreur regrettable », mais le plus curieux est que les deux hommes en question font partie de vos vieilles connaissances. Soit dit en passant, la mère de Margo Green a failli faire une attaque quand on lui a appris que la fille qu'elle venait à peine d'enterrer était encore en vie.

Elle s'arrêta, plissa les yeux et explosa :

— Bon sang, Pendergast ! Vous ne ferez donc jamais les choses comme tout le monde ? Comment avez-vous pu faire ça à cette pauvre femme ?

— Parce qu'il était indispensable que son chagrin ait l'air vrai, sinon Diogène se serait aperçu du subterfuge. Aussi cruel soit-il, c'était le seul moyen de sauver la vie de Margo Green. N'est-ce pas l'essentiel ? Il me fallait impérativement tenir la chose secrète, même du lieutenant D'Agosta.

Hayward poussa un soupir.

— Quoi qu'il en soit, je viens d'avoir Green au téléphone. Elle est encore très faible, elle est passée à un cheveu de la mort, mais elle a toute sa lucidité et j'avoue avoir été surprise par ce qu'elle m'a raconté. Elle est absolument certaine que vous n'êtes pas son agresseur, et la description qu'elle m'a donnée correspond assez bien à celle que nous avons de votre frère. Seul petit problème, nous avons retrouvé votre sang sur le lieu du crime, avec des fibres textiles et des cheveux vous appartenant. Vous voyez dans quel imbroglio on se trouve.

— Ce n'est pas moi qui vous contredirai sur ce point.

— L'interrogatoire de Viola Maskelene confirme ce que vous affirmez au sujet de Diogène, tout du moins ce que j'en sais. Elle insiste sur le fait que c'est lui qui l'a kidnappée, et pas vous. Il aurait plus ou moins avoué ses crimes devant elle et lui aurait montré l'une des pierres volées dans le Hall Astor. Nous ne disposons d'aucune preuve, seulement de son témoignage, mais ses dires nous ont permis de retrouver la maison dans laquelle elle a été séquestrée. Nous y avons trouvé pas mal d'éléments intéressants, y compris certains indices liant Diogène au vol des bijoux. Des indices qu'il ne souhaitait manifestement pas laisser derrière lui.

— Voilà qui est passionnant.

— Dans les tunnels ferroviaires souterrains, nous avons bien failli mettre la main sur quelqu'un, que D'Agosta nous dit être Diogène. Le gemmologue, Kaplan, le confirme, tout comme Maskelene. Leurs témoignages semblent converger, et il ne pouvait s'agir de vous. Nous avons demandé à la police britannique d'ouvrir une enquête sur les circonstances de la mort de Diogène en Angleterre, mais ça prendra du temps. Bref, tout semble indiquer que votre frère est bel et bien vivant. Nous disposons de trois témoins prêts à en jurer.

Pendergast hocha la tête.

— Quelle est votre opinion en la matière, capitaine ?

Hayward hésita.

— Je pense que tout ça mérite la poursuite de l'enquête. L'ennui, c'est que le FBI met actuellement tout en œuvre pour faire condamner à mort l'assassin de l'un des leurs. Les doutes qui subsistent dans les trois autres meurtres ne les intéressent pas vraiment. Deux meurtres, en fait, puisque Margo Green n'a pas été assassinée. Bref, je vois mal l'intérêt de poursuivre mes recherches.

Pendergast acquiesça.

— Je comprends votre dilemme.

Hayward leva sur lui un regard empreint de curiosité.

— Je me demandais… Que pourriez-vous me dire qui puisse m'aider ?

— Rien, sinon que j'ai toute confiance en vos capacités à découvrir la vérité.

— C'est tout ?

— C'est déjà beaucoup, capitaine.

Elle laissa passer un moment avant d'insister.

— Pendergast, *aidez-moi.*

— La personne la plus à même de vous aider est le lieutenant D'Agosta. Il est au courant de tout et il vous sera d'un grand secours.

— Vous savez bien que c'est impossible. Le lieutenant D'Agosta a été suspendu, il lui est impossible d'aider quiconque.

— Rien n'est jamais impossible. Il faut simplement savoir tordre le bras au règlement dans certaines circonstances.

Hayward poussa un soupir d'exaspération.

— J'ai une question à vous poser, poursuivit Pendergast. L'inspecteur Coffey est-il au courant de la réapparition de Margo Green ?

— Non, et je doute que ça le concerne. Comme je vous l'ai dit, le FBI ne s'intéresse qu'à l'affaire Decker.

— Fort bien. Je vous demanderai de garder cette information secrète le plus longtemps possible. Je ne pense pas que Margo Green ait quelque chose à craindre de Diogène, du moins pour l'instant. Mon frère va se terrer quelque part, le temps de se remettre de ses déboires. Mais attention ! Le jour où il repassera à l'action, il sera plus dangereux que jamais. Veillez à protéger Margo Green tout au long de sa convalescence. Il en est de même avec William Smithback et son épouse Nora. Enfin, faites également attention à vous. J'ai bien peur que vous soyez une cible potentielle.

Hayward ressentit un léger pincement au cœur.

— J'y veillerai, dit-elle.

— Je vous remercie.

Comme le silence s'installait, Hayward décida de mettre un terme à l'entrevue.

— Je vais devoir m'en aller. En fait, j'étais venue accompagner une personne qui désire vous voir.

— Capitaine ? l'interrompit Pendergast. Un dernier mot.

Elle se retourna. Le teint blafard dans la lumière artificielle, il l'observait calmement.

— Ne vous montrez pas trop dure avec Vincent.

Hayward détourna involontairement le regard.

— C'est à ma requête qu'il a agi de la sorte. Il n'a rien voulu vous dire et vous a quittée afin de ne pas attirer l'attention de mon frère sur vous. Il a consenti un immense sacrifice au plan professionnel dans le but de me venir en aide et de sauver des vies humaines. J'ose espérer que ce sacrifice n'aura pas de conséquences personnelles.

Hayward ne répondit pas.

— C'est tout. Au revoir, capitaine.

— Au revoir, inspecteur, répondit la jeune femme en recouvrant sa voix.

Tout en fuyant son regard, elle frappa à la vitre du hublot.

Pendergast vit la porte se refermer sur Hayward. Immobile dans son étrange tenue orange, il tendit l'oreille. Des voix lui parvenaient assourdies à travers le battant matelassé. Il reconnut le pas décidé de Hayward qui s'éloignait, le claquement des verrous qui se désengageaient, le bruit caractéristique de la double porte qui s'était refermée bruyamment.

D'autres pas résonnèrent dans le couloir. Des pas plus lents, presque hésitants. On tambourina à sa porte.

— Vous avez de la visite !

Le battant s'ouvrit et Viola Maskelene apparut sur le seuil.

Elle avait une griffure au-dessus d'un œil et son bronzage dissimulait mal sa pâleur.

Pendergast, droit comme un I, la regardait fixement.

Elle s'avança, mal à l'aise, et s'arrêta au milieu de la petite pièce tandis que la porte se refermait derrière elle.

Pendergast n'avait pas bougé.

Les yeux de Viola se posèrent sur sa tenue de prisonnier.

— Pour votre propre bien, j'aurais voulu ne jamais vous rencontrer, lui dit-il froidement.

— Et pour *votre* bien ?

Il l'observa longuement avant de répondre d'une voix plus neutre.

— Je ne regretterai jamais de vous avoir connue. Mais vous serez en danger aussi longtemps que vous tiendrez à moi. Si d'aventure c'était le cas. Il vous faut impérativement partir d'ici et m'oublier.

Après une courte hésitation, il ajouta, la tête baissée :

— Je suis infiniment désolé de tout ce qui s'est passé.

— C'est tout ? s'enquit Viola dans un murmure après un long silence. Nous ne saurons donc jamais ?

— Jamais. Diogène est toujours là. S'il comprend qu'un lien persiste entre nous, aussi ténu soit-il, il vous tuera. Quittez New York au plus vite, retournez à Capraia, reprenez le cours de votre vie et faites savoir autour de vous que je vous suis désormais indifférent. Il faut d'ailleurs vous en convaincre.

— Et vous ?

— Je saurai que vous êtes en vie. Cela me suffira.

Elle fit un pas en avant, l'air décidé.

— Il n'est pas question pour moi de reprendre le cours de ma vie, comme vous dites. C'est trop tard.

Elle hésita un court instant, puis elle le prit par les épaules :

— Pas après vous avoir rencontré.

— Il vous faut m'oublier, insista-t-il d'une voix douce. Diogène reviendra et je ne serai pas là pour vous protéger.

— Il... il m'a dit des choses épouvantables, dit-elle d'une voix tremblante. Depuis trente-six heures que je suis sortie de ce tunnel, je ne pense à rien d'autre. Jusqu'ici, mon existence a été vide, sans âme, sans amour. Et voilà que vous me demandez de renoncer à la seule chose qui donne un sens à ma vie.

Pendergast la prit doucement par la taille et la regarda droit dans les yeux.

— Diogène a toujours su trouver le point faible chez les autres, afin de mieux les faire souffrir ensuite. Il a poussé plusieurs personnes au suicide, mais ses paroles sont creuses. Diogène est le prince de l'ombre, ne le laissez pas vous entraîner dans les ténèbres, Viola. La lumière vous attend. Mais sans moi.

— Non, balbutia-t-elle.

— Retournez dans votre île et oubliez-moi. Si vous ne le faites pas pour vous, faites-le pour moi.

Ils se regardèrent longtemps. Puis, dans la lumière crue de la minuscule cellule, ils s'embrassèrent.

Pendergast finit par se dégager et il fit un pas en arrière, le regard brillant, le teint animé.

— Au revoir, Viola.

La jeune femme était incapable du moindre mouvement. Une minute s'écoula, une éternité, puis elle se dirigea péniblement vers la porte en lui tournant le dos.

Elle hésita et prit la parole une dernière fois, sans se retourner.

— Je ferai ce que vous me demandez. Je retournerai sur mon île et je dirai à tout le monde que vous m'êtes désormais indifférent. Je vivrai ma vie, mais lorsque vous serez enfin libre, vous saurez où me trouver.

Elle frappa rapidement au hublot, la porte s'ouvrit et elle disparut.

ÉPILOGUE

Le tas de charbon achevait de se consumer dans l'âtre. La bibliothèque aux murs garnis de volumes assoupis était plongée dans la pénombre. Comme à l'accoutumée, le silence le plus absolu enveloppait les lampes à abat-jour, les fauteuils en cuir et les tables recouvertes de nappes sur lesquelles s'accumulaient des piles de livres. Même en ce dernier jour de janvier où la ville rayonnait sous un beau soleil d'hiver, la vieille demeure du 891 Riverside Drive n'échappait pas à la nuit.

Dans un fauteuil, les jambes repliées sous elle, sa taille prise dans une longue jupe noire bordée de dentelles, Constance était plongée dans la lecture d'un traité du XVIIIe siècle sur les vertus de la saignée. D'Agosta était assis près d'elle dans une bergère. Une boîte de Budweiser intacte, recouverte de condensation, était posée sur un plateau d'argent à côté de lui.

Il observait à la dérobée le joli profil de Constance et sa longue chevelure brune. Aucun doute, elle était très belle fille ; sans parler de son intelligence aiguë et de sa formidable érudition, surprenante chez quelqu'un d'aussi jeune. Il émanait pourtant d'elle quelque chose d'étrange. De très étrange, même. Elle n'avait laissé percer aucune émotion en apprenant l'arrestation de Pendergast.

D'Agosta trouvait inquiétante cette absence de réaction. Pendergast lui avait maintes fois répété que le passé tourmenté de Constance était la cause de sa fragilité, et son attitude présente n'était pas pour le rassurer. Pendergast en prison, il avait décidé de s'installer au 891 afin de veiller sur elle.

Les menaces proférées par Diogène le préoccupaient. Ses plans avaient été mis à mal, c'est vrai, et le NYPD s'était enfin lancé à ses trousses, mais cela le rendait d'autant plus dangereux. D'Agosta n'avait pas oublié les allusions à Constance au cours de la conversation entre les deux frères, dans la vieille Jaguar. Le jour où Diogène serait prêt, sa vengeance serait terrible.

Constance leva les yeux de son livre.

— Saviez-vous, lieutenant, que les médecins désireux de pratiquer une saignée se servaient plus volontiers de sangsues que d'un scarificateur, et ce jusqu'au début du XIXe siècle ?

D'Agosta se tourna vers elle.

— Je mentirais en vous disant que je le savais.

— Les médecins coloniaux avaient plus volontiers recours à la sangsue européenne, la *Hirudinea annelida*, qu'à la *Macrobetta decora* dont la morsure était moins efficace.

— La *Macrobetta decora*?

— La sangsue américaine, lieutenant, précisa Constance avant de reprendre sa lecture.

Appelez-moi Vincent, pensa D'Agosta en l'observant d'un air pensif. D'ailleurs, il risquait de ne pas rester lieutenant très longtemps.

Il repensa à son audition, la veille, par l'inspection générale des services. À son grand soulagement, Singleton avait tenu sa parole, parlant d'une opération d'infiltration qui avait mal tourné. On avait reproché à D'Agosta son manque de discernement, ses erreurs répétées. L'un des membres de la commission l'avait même traité de « flic le plus bête de tout le NYPD », mais il avait finalement été absous.

Mieux vaut passer pour un crétin que pour un criminel, s'était-il dit en sortant de l'audience. Mais il n'avait pas fini d'en entendre parler et son avenir de flic était gravement compromis.

Hayward avait été appelée à témoigner. Elle l'avait fait d'une voix neutre dans le jargon policier habituel, sans regarder une seule fois dans sa direction. Son témoignage avait pourtant contribué à lui éviter le pire.

D'Agosta se plongea à nouveau dans le dossier de Diogène, sans trop y croire. Il se trouvait dans cette même pièce dix jours plus tôt lorsqu'il l'avait ouvert pour la première fois. Quatre personnes avaient trouvé la mort depuis et Pendergast avait réintégré l'ordre des vivants pour mieux disparaître dans un cul-de-basse-fosse.

Mais D'Agosta refusait de se laisser aller au découragement, bien qu'on lui ait tout pris : son métier, sa compagne, son meilleur ami. Il ne lui restait plus qu'une chose à faire : retrouver Diogène afin de prouver l'innocence de Pendergast.

Un timbre résonna dans les profondeurs de la maison. Quelqu'un sonnait à la porte.

Constance leva les yeux de son livre. L'espace d'un instant, un voile de peur assombrit son visage.

D'Agosta se leva.

— Ne vous inquiétez pas. Sans doute les gamins du quartier qui veulent nous faire une farce. Je vais voir.

Il vérifia discrètement son arme et se dirigea vers la porte. Il allait sortir lorsque Proctor pénétra dans la bibliothèque.

— Un monsieur demande à vous rencontrer, monsieur, lui annonça Proctor.

— Vous avez pris les précautions habituelles ? s'enquit D'Agosta.

— Oui, monsieur, j'ai…

Il fut interrompu par l'irruption dans la pièce d'un personnage en chaise roulante. À sa grande surprise, D'Agosta reconnut Eli Glinn, le responsable d'Effective Engineering Solutions.

Glinn passa à côté d'eux et arrêta son fauteuil roulant devant l'une des tables. D'un geste brusque, il repoussa les piles de livres qui s'y trouvaient afin de faire de la place, puis il déposa une liasse de plans et de schémas électriques.

Constance s'était levée et elle observait la scène, son livre à la main.

— Que faites-vous ici ? s'étonna D'Agosta. Comment avez-vous pu vous procurer cette adresse ?

— Aucune importance, rétorqua Glinn en tournant vers D'Agosta un œil brillant. Je vous ai fait une promesse dimanche dernier.

De sa main gantée de noir, il sortit une enveloppe de papier kraft qu'il déposa sur la table.

— Voici le résultat : un profil psychologique sommaire de Diogène Dagrepont Bernoulli Pendergast, mis à jour à la lumière des événements récents tels qu'ils ont été relatés par la presse. Je compte sur vous pour m'en apprendre davantage.

— Vous êtes encore loin de tout savoir.

— Vous êtes sans doute Constance, fit Glinn en posant les yeux sur la jeune femme.

Elle hocha la tête en lui faisant une révérence.

— Pourquoi ce brusque regain d'intérêt ? demanda D'Agosta. J'avais cru comprendre que…

— … que cette affaire ne faisait pas partie de mes priorités ? C'est vrai. J'ai initialement cru qu'il s'agissait d'un problème sans grande importance, grâce auquel j'allais pouvoir gagner quelque argent. Jusqu'à *ceci*, dit-il en tapotant l'enveloppe. Tout me porte à croire que nous avons affaire à l'un des individus les plus dangereux au monde.

— Je ne comprends pas…

Un sourire amer étira les lèvres de Glinn.

— Vous comprendrez lorsque vous aurez lu ce rapport.

— Et tous ces papiers ? insista D'Agosta en montrant du menton les plans étalés sur la table.

— Les plans et les schémas techniques du quartier de haute sécurité du pénitencier de Herkmoor, dans le nord de l'État.

— Pourquoi ?

— Le pourquoi me paraît évident. À cause de mon client, l'inspecteur Pendergast.

— Mais Pendergast se trouve à Bellevue et non à Herkmoor.

— Il ne tardera pas à y être transféré.

D'Agosta fronça les sourcils.

— Vous ne voulez tout de même pas dire qu'on va… l'aider à s'échapper ?

— Mais si.

Constance sursauta.

— Mais c'est l'un des pires établissements pénitentiaires du pays. Personne ne s'en est jamais évadé !

— J'en suis parfaitement conscient, rétorqua Glinn en fixant D'Agosta.

— Vous croyez que c'est possible ?

— Tout est possible. Mais j'ai besoin de votre aide.

D'Agosta posa les yeux sur les plans. Tout y était : les bâtiments, l'ensemble des circuits électriques, techniques, et autres.

Il regarda brièvement Constance qui hocha imperceptiblement la tête, puis il se tourna à nouveau vers l'étrange visiteur, une lueur d'espoir dans le cœur.

— Je suis votre homme, laissa-t-il tomber. Et plutôt deux fois qu'une.

Le visage balafré de Glinn s'éclaira. De sa main gantée, il tapota la liasse de documents.

— Dans ce cas, mes amis, mettons-nous au travail.

8815

Achevé d'imprimer en France (La Flèche)
par CPI BRODARD ET TAUPIN
le 13 avril 2009. 51519

Dépôt légal avril 2009.
EAN 9782290008072

ÉDITIONS J'AI LU
87, quai Panhard-et-Levassor, 75013 Paris

Diffusion France et étranger : Flammarion